완월회맹연 6

소교완 모자의 평지풍파

6

현대역

완월회맹연

소교완 모자의 평지풍파

소교완은 정인성과 이자염의 바르고도 뛰어난 기질과 품격을 시기하고 미워하여 죽이려는 것이었다. 소교완은 어진 이를 해하는 것이 하늘의 이치에 어긋나는 것임을 모르지 않았지만, 간절히 바라는 사람이 많으면 하늘의 이치도 거스를 수 있다고 믿었다.

완월회맹연 번역연구모임

조선시대 최장편 국문소설《완월회맹연》

완월회맹연(玩月會盟宴, 달구경을 하면서 굳은 약속을 하는 모임 혹은 잔치). 이는 18세기 조선의 장편소설 제목이다. 달밤의 약속이라니, 낭만적이다. 무슨 이야기일까?《완월회맹연》은 고전문학 연구자들에게는 익숙한 작품일 터인데, 일반 독서 대중들에게는 낯선 소설일 수도 있겠다.

《완월회맹연》의 교주본과 현대역본 출판을 앞두고 쓰는 서문은 각별하다. 궁금한 작품이었고 또 널리 알리고 싶은 작품이었지만 너무나도 방대한 분량에 압도되어 오늘날의 독서물로 번역할 엄두를 내기 어려운 작품이었기 때문이다. 번역을 하기 위해서는 원문 교주본이 필요하다. 제대로 된 번역을 하기 위해서는 원문에 대한 정확한 이해가 확보되어야 하는데, 이 긴 분량을 교감 작업을 하면서 주석하는 일 역시 엄두가 나지 않기는 마찬가지였다. 그런데 지금 그 1차 교주본과 현대역본의 출간을 앞두고 서문을 쓰고 있다. 1976년 창덕궁 낙선재에서《완월회맹연》이 발견된 이후 첫 번째 교주 및 현대역 작업의 결과물이 이제 첫선을 보이는 것이다.

창덕궁 안에 있는 낙선재에 소장되어 있었던 장서각본《완월회맹연》의 독자는 비빈과 상궁, 궁녀 등 궁중에 거처하는 여성들이었을 것이다. 조선시대에는 소설을 읽기도 했지만 남이 읽어주는 것을 듣는 방식으로 즐기기도 했다. 그렇기 때문에 '독자'라는 단어를 사용하기가 조심스러운 부분이 있는데, 180권이나 되는 작품을 듣는 방식으로 즐긴다는 것은 엄두가 나지 않을 것으로 보이기에 이 같은 국문장편소설의 경우는 독자라는 단어가 적합할 것으로 보인다.

이 최장편 국문장편소설의 작가는 안겸제의 어머니로 알려진 여성이다. 이를 뒷받침하는 것은 조재삼(1808-1866)이 쓴《송남잡지(松南雜識)》의 기록이다.

> 또 완월은 안겸제의 어머니가 지은 바로, 궁궐에 흘려 들여보내 이름과 명예를 넓히고자 했다(又玩月 安兼濟母所著 欲流入宮禁 廣聲譽也).

안겸제의 어머니가《완월》을 지었는데, 궁중에 들여보내 자기 이름이 알려지고 명예가 더해지기를 바라서 이 소설을 지었다는 내용이다. 조선시대 소설은 작가가 밝혀진 경우가 드문데, 이 장편 거질은 작가가 거론되고 창작 이유까지 언급되어 있다. 더구나 작가가 여성이라니 더더욱 눈길이 가지 않을 수 없다.《완월》은《완월회맹연》을 가리키는 것으로 보인다. 조재삼의 기록은 신뢰할 만한 근거가 있다. 조재삼 집안과 안겸제의 모친 전주 이씨는 외가이자 사돈지간으로, 조재삼의 외고조부가 안겸제 모친과 재종지간이며 조재삼의 큰며느리도 전주 이씨이다. 이런 경로로 조재삼은 집안끼리의 왕래를 통해 안겸제 모친에 대한 소식을 들었을 수 있다. 안겸제의 모친 전주 이씨는 1694년에 아버지 이언경과 어머니 안동 권씨 사이에서 태어나 20세 무렵 안개(1693-1769)와 혼인했으며, 안겸제는 그녀의 셋째 아들이다. 지금도 파주에 가면 전주 이씨가 남편인 안개와 함께 묻힌 묘소가 있다. 무덤 앞의 비석에 새겨진 비문을 보면 전주 이씨는 부덕을 갖췄으며 여사(女史)의 풍모가 있는 여성이었음을 알 수 있다. 이런 자질은《완월회맹연》의 작가로서 잘 어울리는 요소이다. 그뿐만 아니라 안겸제 모친 전주 이씨의 친정 가문 여성들에게 소설을 즐기는 문화가 있었다는 연구 결과도 보고되어 있다. 다만 소설 분량이 너무 방대하고 후반부에 약간 결이 다른 서술들이 발견된다는 점을 염두에 두고 볼 때《완월회맹연》을 지은 작가가 전주 이씨 한 명만이 아닐 가능성은 있다. 중국의 장편소설인 탄사소설《재생연(再生緣)》도 공동 창작 작품으로, 원래 작가였던 진단생이 마무리를 못 하고 죽자 후에 양덕승이라는 여성이 그 뒤를 채워 결말을 맺었다.

《완월회맹연》은 180권으로 이루어진, 단일 작품으로는 가장 긴 서사 분량을 지닌 한글소설이다. 지금 우리가 보기에 180권이나 되는 소설 작품은 돌출적인 작품인 것처럼 보일 수도 있다. 그러나 17세기 중후반부터 조선에서는 국문장편소설을 창작하고 즐기는 여가 문화가 펼쳐졌을 것으로 보인다. 17세기 작품인《소현성록》연작이 그 효시가 되는 작품이며, 소위 삼대록계 국문장편소설로 불리는 다수의 작품이 있고, 이 같은 장편대하소설들은 18, 19세기까지 지속적으로 창작되고 독자들을 확보했다. 세책가라고 불리는 책 대여점에서도 국문장편소설은 중요한 비중을 차지했다. 이런 소설들은 가문소설이라고 불리기도 하는데, 그 까닭은 이런 소설에서는 대개 두세 가문이 등장하여 혼인 관계로 사건이 얽히고 삼대에 걸쳐 가문의 흥망성쇠를 보여주는 서사가 펼쳐지기 때문이다.

'완월회맹연'이라는 제목처럼 이 작품은 아름다운 달밤에 자식들의 혼인 약속을 정하는 것이 서사의 근간을 이룬다. 그 이야기의 세계는 우아하고 유장하고 섬세하고 구체적이며 때로는 격렬하며 역동적이고 선악의 길항이나 인간 내면의 여러 겹 층위를 다양하게 드러내어 보여주고 있다.《완월회맹연》서사 세계의 정교함과 풍부함 그리고 문제적 징후를 포착해 내는 시선은 중국의《홍루몽》에 비견할 만하다. 또《완월회맹연》의 방대한 서사는 여느 연의소설에 견주어도 못지않은 장강 같은 흐름을 보여준다. 이 작품에는 조선시대의 상층 문화가 상세하게 재현되어 있다. 배경은 중국이지만 이 작품이 다루고 있는 내용은 조선시대 상층 양반들의 이야기이자 그들의 생활 문화이다. 180권에 달하는 서사 분량 속에 당대 문화의 규범과 일상의 디테일들이 풍부하고도 섬세하게 담겨 있는 것이다. 그러나 그렇다고 하여 이 작품이 상층의 인물만을 재현하는 것은 아니다.《완월회맹연》은 하층 인물들 또한 구체적으로 실감나게 재현하고 있으며 하층 인물의 경우에도 인물마다 이야기를 만들어주고 있다. 이 교주와 번역 작업을 통해《완월회맹연》의 서사 세계와 그 가치가 드러날 수 있기를 기대한다.

《완월회맹연》교주 및 현대역 작업 과정

《완월회맹연》교주 및 번역 작업은 이화여자대학교 고전소설 전공자들이 진행하고 있다. 박사 논문을 쓴 선배부터 석사과정 학생에 이르기까지 이화여대에서 고전소설을 전공하는 이들이 모여 매주 열너덧 명의 인원이 강독 스터디에 참여하고 있으며, 그중 국문장편소설을 번역할 역량을 갖춘 구성원들이 주축이 되어 교주 및 번역 작업을 담당하고 있다. 《완월회맹연》 강독은 2016년 무렵부터 시작하여 그 이후 매주 토요일에 각자 입력하고 주석한 원문과 번역문을 가지고 와서 안 풀리는 부분을 함께 풀어가고 있다. 이 모임에는 이미 삼대록계 국문장편소설을 번역·출판한 경험을 비롯하여 다수의 한문소설을 번역한 경험을 지닌 연구자들 여럿이 함께하고 있는데, 《완월회맹연》 번역은 기존에 했던 어떤 국문장편소설보다도 난도가 높은 것으로 보인다. 방학 동안에는 조금 더 집중적으로 작업을 해왔으며 코로나 이후로는 토요일마다 계속 줌(zoom)을 통해 같은 작업을 이어가고 있다. 혼자서는 도저히 안 풀리던 구절이 여럿이 함께 의논하면 신기하게도 풀리곤 하는 경험을 반복하고 있다. 여럿의 입이 난공불락의 글자들을 녹여 뜻을 드러내는 듯하다. 이렇듯 노력을 기울이고 있지만 그 과정에서 툭툭 오류들이 발견되고 수정될 때마다 아차 싶고 교차 검토에서도 오류가 바로잡히는 것을 보게 된다. 첫 번 시도하는 《완월회맹연》 교주 및 번역 작업에 만전을 기하고자 노력하지만 여전히 발견하지 못한 부분들이 남아 있을 수도 있다. 이어지는 또 다른 작업에서 오류가 시정되기를 바라면서 《완월회맹연》의 첫 번 교주본과 현대역본을 세상에 내보낸다.

《완월회맹연》은 180권으로 이루어진, 단일 작품으로는 가장 긴 서사 분량을 지닌 한글소설이다. 이 작품은 현재 두 개의 완질본이 있는데, 하나는 한국학중앙연구원 장서각본(180권 180책)이고 다른 하나는 서울대학교 규장각본(180권 93책)이다. 장서각본은 원래 창덕궁 낙선재에 소장되어 있었다. 이 두 이본은 책수가 다르고 필사 과정에서 약간의 차이를 보이는 부분들이 있으나 전체적인 내용과 분량은 서로 유사하다. 이 두 이본 중에는 장서각본이 전체적으로 더 보관 상태가 깨끗하며, 상대적으로 구개음화나 단모음화가 일어나지 않은 표기가 빈번하므로 필사 시기도 앞설 가능성이 높을 것으로 논의되고 있다. 그러므로《완월회맹연》의 교주 작업 역시 장서각본을 대상으로 했으며, 규장각본으로 교감 작업을 병행하여 장서각본의 원문이 불확실한 부분을 보완했다. 이같이 본격적으로 규장각본을 함께 검토하고 교열하면서 교주 및 번역 작업을 해오고 있다.

《완월회맹연》은 한글소설이지만 한자 어휘 및 용사나 전고 등의 한문 교양이 대거 사용되고 있다. 교주본 작업을 하면서 각주를 통해 용사나 전고 등의 전거를 최대한 정확하게 밝히고자 했다. 미진한 경우에는 맥락에 따라 추정을 하고 그 추정 근거를 밝히는 방식으로 작업했다. 각자 교열 및 주석 작업을 한 후에는 수차례에 걸쳐 서로의 교주본 파일을 교차 검토하면서 교주본의 완성도를 높이기 위해 노력했으며 오류가 발견되는 경우 강독 모임을 통해 그 경우의 수들을 공유하면서 각자 수정을 하여 교주 및 번역의 일관성을 유지할 수 있도록 했다.

국문장편소설에는 길이가 긴 문장들이 자주 보이는데《완월회맹연》도 한 문장의 길이가 매우 긴 경우들이 빈번하게 등장하며 그 안에서 초점화자가 바뀌는 경우들이 있기에 주술 관계나 수식 관계를 파악할 때 각별한 주의를 기울였다. 긴 문장 속에서 자칫하면 서술어의 주체를 놓치기 쉽고, 경우에 따라서는 인물들의 호칭도 헷갈릴 수 있기에 조심스럽다. 남성 인물들은 대개 성씨에 관직명을 더해 부르는데 두세 가문의 인물들이 주로 나오므로 같은 성씨가 반복되는 데다가 여러 인물들이 같은 벼슬을 할 수도 있고 같은 인물이라 해도 승진이나 부서 이동에 따른 호칭 변동이 있을 수 있다. 여성 인물의 경우에도 용례는 다르나 비슷한 어려움에 처할 경우가 생긴다. 친정의 맥락에서는 남편 성씨에 따라 부르기도 하기 때문이다. 예를 들어 서씨 성을 가진 여성이 정씨 집안으로 시집을 가면 시집 맥락에서는 계속 서부인으로 불리다가 친정의 맥락에서는 정부인으로 불리는 식이다. 더군다나 친족 관계 호칭도 상황에 따라 변할 수 있기에 인물들 간의 관계를 잘 따져가면서 확인할 필요도 있다.

《완월회맹연》 번역은 특히 이런저런 신경을 늘 쓰고 있어야 맥락이 풀리는 경우가 많다. 매주 하는 강독 모임에서 발견하는 즐거움이 있다면 그것은 이런 문제 해결에서 온다. 혼자서는 맥락이 잘 안 잡히던 부분이 여럿의 공동 고민을 경유하면 툭 하고 풀리는 시원함을 경험한다. 이러니 힘들지만 우리는 서로에게 책임을 느끼며 모이는 데 열심을 낼 수밖에 없다. 《완월회맹연》 교주와 번역은 이화여대 《완월회맹연》 번역팀의 열너덧 명이 한마음으로 진행하고 있다. 이렇게 작업할 수 있음에 감사하고 또 묵묵하게 힘든 작업을 해내는 구성원들 모두에게 존경을 보낸다. 보다 구체적인 번역 원칙은 교주본의 일러두기에 적어놓았다. 현대역본을 내면서는 별도로 두 가지 일러둘 부분이 있는데, 하나는 가계도에 대한 것이고 다른 하나는 원문 세주에 관한 것이다. 가계도의 경우, 교주본에서는 아들을 먼저 적고 그 뒤에 딸을 적었는데 현대역본에서는 밝힐 수 있는 한 정리를 해서 태어난 순서대로 적는 방식을 택했다. 또 원문 세주의 경우, 교주본에서는 원문 세주 부호를 따로 두어 구별을 했고 현대역본은 가독성을 높이기 위해 현대역 본문에 원문 세주 내용을 풀어 넣거나 세주 부호를 사용해서 번역문 가운데 삽입했다. 《완월회맹연》 작품 자체에 대해서는 《완월회맹연》 작품 자체에 대해서는 이 팀의 공동 저서인 《달밤의 약속, 완월회맹연 읽기》에 미룬다.

우리 팀은 우선 교주와 번역을 시작했는데 막상 이런 장편 거질을, 그것도 원문 입력과 주석까지 더한 학술적 성격의 초역을 출판해 줄 출판사를 만나는 것이 또 하나의 숙제였다. 이처럼 방대한 작업의 출판을 기꺼이 결정해 주신 휴머니스트 출판사에 마음 깊은 곳에서 우러나는 감사를 드린다.

이야기는 인류의 유산이자 자산이다. 지금도 새로운 이야기들이 만들어지고 있다. 《완월회맹연》은 18세기 조선에서 만들어진 유례없는 장편소설이다. 이 작품이 지니는 여러 매력적인 지점들과 의미 있는 부분들로 인해 《완월회맹연》에 대해서는 지속적으로 연구들이 쌓이고 있다. 이런 《완월회맹연》의 첫 교주본과 현대역본을 낼 수 있게 되다니 감개가 무량하다. 《완월회맹연》 교주본과 현대역본 출판은 학문적 연구의 활성화는 물론이며 다양한 문화콘텐츠의 원천으로도 충분히 활용 가능할 것이다.

조혜란 씀

차례

정잠과 정삼 집안

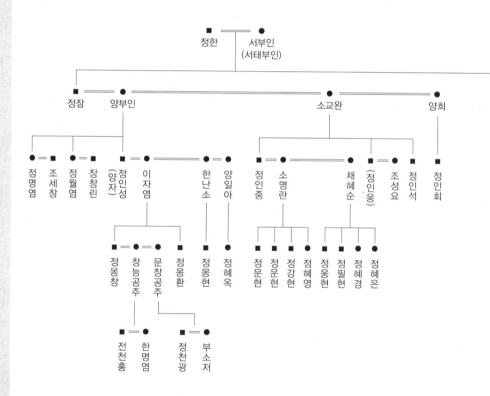

인물 관계도

■ 남자
● 여자

```
        ●━━━■      ■━━━●
       정태요 상연   정삼 화부인
                      │
   ┌────┬─────┬────────┴──────────┬──────┐
   ■   ■━━━●━━━●           ■━━━●  ●━━━■
 (정인성) 정인광 장성완 소채강      정인경 주성염 정자염 이창현
                                    (교숙란)
   ┌──┬──┬──┬──┬──┐      ┌──┬──┬──┬──┐
   ■━━● ● ■  ■  ■  ■      ■  ■  ● ● ■
  정 이 정 정 정 정 정     정 정 정 정 정
  몽 혜 혜 몽 몽 기 경     몽 선 혜 혜 몽
  천 순 주 양 연 현 현     희 현 강 교 선
```

* 원문에서 동일한 인명이 다르게 표기되는 경우, 현대역에서는 원칙적으로 처음 나오는 표기를
 따르되, 뒤에 나오는 표기가 다수일 경우 그 표기를 따른다.

정흠과 정염 집안

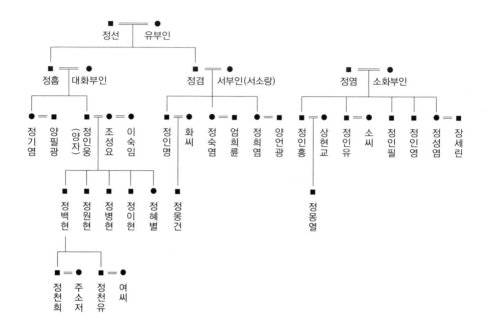

조세창 집안

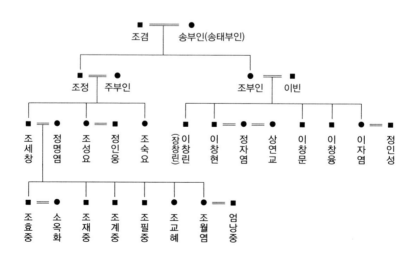

장헌 집안

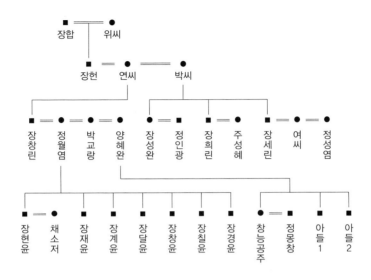

소교완 집안

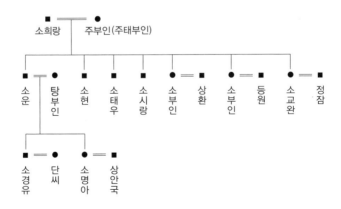

상연 - 정태요 집안

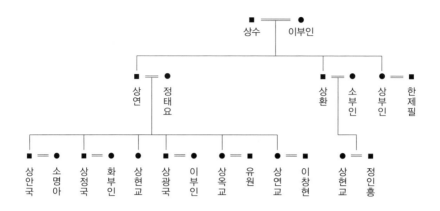

주성염(교숙란) 집안: 정인경 처가

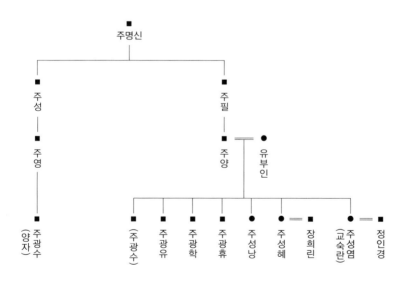

완월회맹연 권 51

장세린의 회복과 정인웅의 부상

혼인의 희망으로 장세린이 회복하고

정인웅은 정인중의 악행을 말리다가 얻어맞다

정성염과의 혼담을 듣고 쾌차한 장세린

연부인이 탄식하며 말했다.

"며느리(정월염) 네가 이 말을 전하는 일이 참으로 낯부끄럽겠지만 네가 아니면 이 사정을 알릴 수 있는 사람이 없을 것이다. 경조공(정염)께서는 세린이가 방탕한 것을 더 마뜩잖게 여기시고 사돈 맺는 것을 용납하지 않으시겠지만, 불행하게도 일이 벌써 이상하게 흘러가니 이 결혼을 못 하면 세린이를 살리지 못할 것이다. 벼슬하지 않은 유생에게 첩이라니, 너무 분수에 넘치는구나. 물론 첫아이(장창린)도 벼슬에 오르기 전에 세 번 결혼했지만, 창린이는 위엄과 권세가 자연스레 뒤따라서 좋은 운수가 온전할 수 있었다. 너도 비록 몹쓸 일과 불행을 당했지만 한번 좋은 운수를 만나, 간사함과 요망함이 사라지고 악한 자들도 뜬구름처럼 흩어졌으며 흉악한 자들은 벌을 받지 않았느냐? 결국 높은 벼슬아치의 정실부인이라는 존귀함이 네 한 몸에 오롯하고 지난날의 재앙과 난리는 봄 꿈처럼 덧없게 되었다. 하지만 모든 사람이 너와 같을 수는 없구나. 여씨의 패악한 모습이 셋째(장세린)의 앞날을 어지럽게 할 징조인데도 세린이의 됨됨이는 첫아이에게 미치지 못하니, 만약 태임과 태사 같은 숙녀를 만난다 해도 집안을 온전하게 지켜 화목한 부부가 될 수 있을지 근심스럽다. 그러니 경조공과 소화부인께서 어찌 그 천금 같은 딸을 흔쾌히 경박한 자에게 시집보내려 하시겠느냐? 하지만 사람 목숨이 귀한 것을 굽어살피신다면 성염 소저를 다른 집안으로 시집보내지는 못하시겠지.”

정월염이 이 말을 공손히 받아 말했다.

“제 어려움이 해결된 것은 시부모님의 크신 은혜와 염려 덕분입니다. 지금의 즐거움은 박복하고 박덕한 저에게 과분하니, 어찌 두렵고 근심스러운 마음이 없겠습니까? 시숙(장세린)께서 아내를 잘못 만나셨지만 여씨의 됨됨이는 자신의 몸에 해를 입힐 뿐이지 시숙님의 복록에는 크게 피해를 더하지는 않습니다. 그러니 숙부님(정염) 내외가 원치 않는다고 하더라도 어찌 다른 집안을 생각하겠습니까? 그러니 이 일로 염려하지 마십시오. 그저 시숙님의 병세가 회복되길 바랄 뿐입니다.”

이에 연부인이 다시 말하려고 하는데 장헌이 들어왔다. 정월염이 급하게 일어나서 맞았고 연부인도 일어나 맞이했다. 장헌은 아들의 병세가 조금 나아질 기미가 있다고 말하며 매우 기뻐했는데, 연부인은 구태여 회복된 이유는 말하지 않고 잠자코 들을 뿐이었다. 연부인은 장헌이 나가기를 기다려 장희린을 불러 말했다.

“정씨 가문에 혼담을 청하고 그 소식을 세린이에게 알려라. 경조공

(정염)께서 비록 불쾌하고 분하게 여기시겠지만, 딸을 다른 집안에 보낼 생각은 없을 것이라고 말해 빨리 차도가 있게 하거라."

장희린이 명을 받고 나와 장세린에게 '혼인을 이루는 것이 손바닥 뒤집기보다 쉽지만, 아직 경조공의 분노가 풀리지 않아 조금 날이 지체될 것이다. 하지만 정씨 집안 사람들도 성염 소저를 다른 집안에 보내려고 생각하지 않는다'고 말하면서 빨리 회복되길 당부했다. 원래 장세린은 죽는 한이 있어도 자기 병이 정성염을 사랑해서 생긴 것이라고는 차마 말하지 못했었다. 정염의 성격이 올곧아 여간해서는 굽히지 않는다는 것을 알았기 때문이다. 정염이라면 딸을 방에 가둔 채 처녀로 늙어 죽게 두거나, 심지어 죽여 없애더라도 천금 같은 딸의 지위를 낮춰 첩으로 보내지는 않으리라 생각했다. 그런데 정염이 딸의 혼사를 영영 막아버리지 않고 마침내 혼인을 허락했다고 하니, 이것은 정말 생각지도 못한 일이라 매우 놀라워하며 기뻐했다. 그러니 어떻게 혼인날이 더딘 것을 안타까워하겠는가? 다만 이번 생에 천고의 아름다운 숙녀를 만날 희망이 생긴 것만으로 그저 좋을 뿐이었다.

장세린의 병은 본래 걱정 때문에 생긴 것이어서 밤낮 잠을 못 이루며 정성염을 생각하고 괴롭게 사모한 나머지 슬픔과 울적함에 애간장이 끊어질 듯했다. 그런데 어제 형 장희린의 말에 따라 예의염치는 아주 잊어버린 채 진심을 털어놓고 정씨 집안에 혼담을 보내 희소식을 간절히 기다리다가 오늘 기쁜 소식을 듣게 된 것이다. 그러자 마음에 맺혀 있던 근심과 심중에 깊이 쌓여 있던 회포를 한 번에 씻어내고 마음과 기운이 편안해져서 온갖 증세가 바로 차도를 보이며 위태롭던 상태에서 빠르게 회복되어 갔다. 가슴속이 시원하고 머리가 가벼워서 온몸이 상쾌하니, 곧 구름 낀 하늘이 맑게 갠 듯했다. 물론 여러 달 먹지도 자지도 않아 기운이 허약해졌기 때문에 바로 일어나 움직이지는 못했지만, 정신을 차리고 기운을 수습하는 모습은 의식이 없던 때와는 비교할 수 없었다. 미음이 술술 내려가고 입맛이 돌아와 스스로 찾아서 먹고 원기를 돋우는 약을 구해서 힘써 마시니, 죽어가던 사람이 불로불사의 약을 먹어 다시 살아난 것만 같았다. 부모 형제가 매우 기뻐하는 것은 말할 것도 없고, 희망 없던 그의 병세에 슬퍼하던 친구들도 매우 다행으로 여겼다. 그래서 길사 정인명 등이 날마다 와 보고 학사 정인홍이 손을 잡아 진맥하다가 매우 의심스러워하며 장희린을 돌아보아 말했다.

"계승(장희린)은 동생의 병이 나은 이유를 좀 말해주시지요. 문승(장세린)의 병은 추위나 더위 때문에 상한 것도 아니고 자질이 약하고 기가 허해서 생긴 것도 아닙니다. 오로지 누군가를 좋아하는 마음 때문에 생겨난 병인데, 지금 맥을 잡아보니 걱정을 덜어 그 그리움을 많이 씻어냈군요. 이러한 응어리는 이유 없이 풀리지는 않고 반드시 그 뜻이 이루어져야 풀린 것 같은데, 어떻게 이 병이 차도를 보인 것입니까?"

장희린이 가만히 웃으며 말했다.

"인홍 형님이 의술에 매우 밝다고 하시지만, 내 동생의 병이 나은 것은 형님의 말과 달리 우연히 병이 위중해졌다가 자연스레 차도를 보이며 회복한 겁니다. 무슨 소문이 있기에, 남다른 이유로 병이 생겼다가 나았을 거란 이상한 말을 하십니까? 만일 곡절이 있다면 감추지 않았을 겁니다."

정인홍이 빙그레 웃으며 말했다.

"내가 비록 의술에 밝지 않지만 문승의 병이 대수롭지 않은 건 압니다. 당연히 자연히 낫지는 않았으리라 생각했는데, 왜 그 이유를 숨기고 말하는 것을 꺼립니까?"

정인명이 말했다.

"문승이 가물가물해 정신을 차리지 못했을 때는 우리가 계승에게 병세가 어떤지 물었었지요. 하지만 지금은 문승이 살아나 정신이 멀쩡합니다. 병이 차도를 보인 까닭을 본인에게 물으면 되는데 왜 계승에게 묻습니까? 대장부라면 모름지기 모든 행동이 비 갠 뒤의 맑은 바람과 밝은 달처럼 시원스럽고 거리낌이 없을 테니, 천지신명과 스스로에게도 부끄럽지 않을 겁니다. 남자는 여자와 같지 않습니다. 혹시 마음을 기울이고 정을 둔 일이 있어도 그것이 무슨 수치스러운 일이라고 음행 죄를 지은 것같이 숨깁니까?"

직사 정인유가 말했다.

"꼭 숨기려고 한다면 구태여 이렇게 꼬치꼬치 물어봐야 소용없습니다. 문승이 죽을병을 회복했으니, 다만 우리는 더할 나위 없이 다행스럽게 여길 뿐입니다."

장세린이 귀로 정씨 집안 사람들의 말을 들으면서 눈으로 그 기색을 살피니, 모두 자신이 낫게 된 이유를 듣지 못한 것 같은 모습이라 의아하고 놀라 어찌할 줄 몰랐다. 하지만 정중하신 연부인이 거짓으로 자신을 속였을 리도 없고, 큰형수(정월염)에게 간청해 희망 없던 혼사를 성사했는데 찜찜하다고 할 수도 없었다. 장세린이 반신반의

하면서 자기도 모르게 마음이 어지럽게 요동쳤다. 하지만 정씨 집안 사람들의 성품이 저마다 진중하여 혹시 알고도 일부러 이러는가도 싶어서 헤아릴 수 없었다. 그래서 다만 희미하게 미소를 머금고 말했다.

"제가 병이 생기자 형님들이 먼저 상사병이라 지목하시고, 이제 나으니까 또 그 곡절이 있을 것이라 하시는군요. 저희 형제들도 모르는 일을 지목하며 그리 말씀하시니, 제가 무어라 변명하겠습니까? 다만 형님들이 짐작하는 말이 이상합니다. 제가 다른 사람을 사모한다고 하시니, 남들의 입에 오르내릴까 두렵군요."

정씨 공자들이 웃으며 말했다.

"짐작하는 말을 싫어하니 더는 말하지는 않겠지만, 우리도 장님이나 귀머거리가 아니니 어찌 보고 들은 것이 없겠습니까?"

장세린이 이 말을 듣고서는 정씨 집안 사람들이 무심하게 말한 것인 줄은 모르고, 혹시 아는 게 있나 싶어 한편으로는 다행이라고 생각하고는 머뭇거리며 별다른 대답은 하지 않았다. 훗날 알게 된다 하더라도 하늘이 맺어준 이 기이한 만남을 가지고 어찌 음행이라고 하며 죄를 주겠는가 생각한 것이다. 정씨 집안 사람들은 그 뜻은 모르고 다만 연모로 인해 맺혔던 마음이 풀려 병이 나은 것을 신기하게 여기며, 분명 사모하던 사람을 만났을 것이라 생각할 뿐이었다. 하지만 장세린이 말하지 않자 굳이 여러 번 묻지는 않았고, 한바탕 수다를 떨며 모두 기뻐했다.

장헌을 충동질해 경솔히 구혼하게 한 여원홍

이때 시종이 추밀사 여원홍의 수레가 문 앞에 도착했다고 알리자 장세린의 낯빛이 바뀌었다. 정씨 집안 사람들도 간교한 여원홍을 불쾌하게 여겼기에, 조정이나 길거리에서는 서로 대해도 여기에서까지 구태여 그를 보고 싶지는 않아 바로 일어나 돌아가려 했다. 이때 학사 정인홍이 사촌동생 정인경을 보고 웃으며 말했다.

"너는 우리와 달리 여원홍이 처가 어른 아니냐? 빨리 나가 마중하고 그동안 조카사위로서 외숙께 인사가 늦은 것을 사죄하거라."

정인경이 웃음을 머금으며 말했다.

"아내의 외삼촌에게 인사가 늦은 것을 사죄하는 것이 우스운 일은 아니지요. 하지만 저는 교씨 가문과 의절했는데 여씨 가문과 무슨 관계가 있겠습니까? 그리고 백면서생이 높은 재상을 이유 없이 대하는 것은 있을 수 없는 일입니다."

그러고는 다른 이들과 나란히 쪽문으로 돌아갔다. 장세린이 정인경의 근심 없는 모습을 부러워하며 말했다.

"불행히 나쁜 아내를 만나도 운보(정인경)처럼 거리낌 없이 의절할 수 있다면 누가 부부간 화합을 걱정하겠습니까? 흉악한 내 아내(여씨)도 교숙란같이 음란하고 도리에 어긋나는 행동을 해서 죄명이 뚜렷하게 나타난다면 수고롭게 쫓아낼 필요 없이 자연스레 의절하게 되련만…… 사람 같지 않은 여씨는 교씨 같은 미모도 없지요. 병들고 더러운 놈과 나무하는 천한 놈이라도 여씨의 험악하고 흉한 얼굴을 보면 침 뱉으며 더럽게 여길 것이니, 어찌 정을 줄 수가 있겠습니까? 다만 저와 깊은 원한만 쌓여갈 뿐이지요."

장희린이 쓸데없는 말을 그치라고 말하고는 나와서 여원홍을 뵈러 가니, 장헌이 이미 대서헌에서 여원홍을 맞아 한창 이야기하고 있었다. 여원홍이 둘째 공자 장희린에게 집안의 걱정거리가 끝나가는 것을 축하했는데, 진심으로 좋아하며 기뻐하는 빛이 얼굴에 드러났다. 장희린이 그 자연스러운 인정을 차마 무시하지 못하고는 동생의 매몰찬 태도를 민망하게 여겼다. 여원홍이 장헌과 얘기하던 중에 사위를 보고 싶다고 하니, 장헌이 기뻐하면서 두 손을 모아 인사하고는 장희린에게 여원홍을 모시고 병실로 가라고 했다.

장희린이 바로 여원홍을 인도하여 병실에 도착했다. 장세린이 매우 괴롭고 화가 났지만, 어른 앞에서 예의를 지키려 헝클어진 머리에 관을 들어 얹고 병풍에 걸린 도포를 가져다가 어깨에 걸치고는 느릿느릿 일어나 여원홍을 맞았다. 그러고는 겨우 허리를 굽혀 인사하고는 당당히 바르게 앉았으나 아무런 말이 없었다. 장세린의 맑은 골격과 빛난 풍채가 죽을병을 앓고 난 뒤에 더욱 깨끗해지고 신선같이 되어, 아름다운 귀밑머리 아래 윤기 나는 살결이 옥과도 같고 흰 연꽃에 이슬을 떨어뜨린 것과도 같았다. 또 해 같은 이마를 덮은 짙푸른 머리카락은 검은 구름이 층층이 어린 듯하고, 뚜렷한 얼굴은 구름을 뚫고 나온 듯, 꽃봉오리가 피어나는 듯 뛰어났다. 그 와중에 의젓한 빛을 띠고 우뚝하게 있으니, 그 모습이 산이 솟은 것같이 아름다웠다. 그 엄숙함은 가을의 매서운 서리에 여름의 뜨거운 태양까지 더한 것 같으니, 보는 사람마다 공경하고 사모할 만했다.

여원홍은 그 모습을 진정으로 사랑하면서도 딸(여씨)의 부덕하고 비루한 모습을 돌아보면 천만번을 생각해도 그의 짝이 아닌 것 같아 매번 하늘이 불평등함을 한탄했다. 여원홍은 사위의 매몰찬 마음을 모르지 않았지만, 딸의 앞길을 위해 장세린의 병이 심해졌을 때부터 오늘까지 자주 왕래했다. 위독할 때면 근심하고 차도가 있으면 기뻐하는 것이 장헌과 다름없었는데, 이는 여원홍이 장세린의 기상을 매우 사랑하고 아꼈기 때문이다. 여원홍은 위독한 병이 얼마 되지 않아 회복된 것을 다행이라고 하며, 또 딸을 이 집에 돌려보내려는 마음을 어렴풋이 비쳤는데, 말이 구차해지는 것도 모르고 그저 사위의 관대함을 바랐다. 장세린은 그 능청스럽고 교활한 모습을 매우 싫어하고 분하게 여겨, 마지못해 그의 잦은 문병에 감사해하고는 잠자코 무릎을 모은 뒤 말했다.

"제가 원래 미친 사람처럼 망령되고 치우쳐서 생각하는 것에도 병통이 많은 것을 모르지 않지만 스스로 고치지 못했습니다. 어르신의 두터운 인정과 계속되는 부탁을 저버리려고 한 것은 아니지만, 좇아받들 방법이 없으니 어찌 속마음을 털어놓지 않겠습니까? 부부는 오륜의 중심이고 만복의 시작이니, 한번 예를 갖춰 정식으로 혼인을 이루는 일에 얼굴이 아름답니 추하니 말하는 것은 군자가 할 말은 아니지요. 오직 칠거지악을 범하는 일이 없으면 어찌 박절하게 돌려보내겠습니까? 하지만 따님(여씨)이 저의 집 문을 들어오는 날에 제 어머니(박부인)를 욕하며 공손치 못한 말이 미치지 않은 곳이 없었습니다. 웃어른을 놀라시게 한 것은 법을 어긴 죄보다도 심하고, 사납게 달려들며 성낸 것은 임금께 불경한 죄보다 더합니다. 그처럼 패악하고 버릇없는 사람을 어찌 잠시라도 머무르게 하고 싶겠습니까? 하지만 아버지께서는 어르신(여원홍)의 얼굴을 생각하시고 좋게 두셨습니다. 그런데도 따님의 음란하고 패악한 말과 용서할 수 없는 행동은 날이 갈수록 심해졌습니다. 삼강오륜이 있다면 제가 댁의 따님과 더불어 부부의 윤리와 의리를 완전하게 하지 못할 것이며, 어르신께서도 저에게 딸을 다시 보내는 일을 말하지 못하실 것입니다. 그런데 어떻게 그런 경솔한 말씀을 하십니까? 제가 댁에 기러기를 보내고 따님을 맞아들였지만, 마음으로는 부부로 여기지 않겠다고 결심했습니다. 그런데 이제 따님과 완전히 의를 끊었으니 어르신과도 장인과 사위의 의리가 있지 않습니다. 매번 누추한 저희 집에 귀한 걸음 하셔서 이 더러운 병을 물으시니, 비록 다정하시지만 불안한 마음이 앞섭니다. 앞으로는 이 천한 집에 귀한 걸음 마시어 저의 어리석은 마음을 편하게 해주십시오."

  말을 끝내고는 잠잠하고 묵묵한 낯빛으로 다시 말하려 하지 않으니, 그 엄한 모습이 해처럼 뜨겁고 높아 위엄으로 위협하거나 말재주로 꾈 수가 없었다. 원래 여원홍은 교만하고 방자해서 평생 두려워하고 꺼리는 사람도 없고 달래고 비는 적도 없었다. 모든 일에 호령으로 구속하고 위엄으로 제어하며 부귀로써 사람을 낮추어 보는 것이 심했다. 그런데 오늘 장세린에게 능욕을 당하면서도 감히 욕하지 못하고 꾸짖지 못하니, 마음속에 분이 안 날 수가 없었다. 하지만 딸의 흉악하고도 사납고 인자하지 못한 모습을 생각하면 장세린의 말이 틀렸다 할 수가 없으니 뭐라고 다투겠는가? 오직 미미하게 선웃음을 지으며 말했다.

  "자네의 매몰차고 박절한 말을 들으니 부끄러워 얼굴이 붉어지는

군. 딸 둔 이들의 구차한 마음을 충분히 알 것 같네. 내 딸은 날 때부터 기질이 어리석고 둔하며 비루한 데다 부모에게 지나친 사랑을 받아 배움이 전혀 없이 자랐네. 그러니 자대의 아내로는 격이 맞지 않는다는 것을 모르지 않네. 하지만 사돈어른의 인자함과 덕을 사모하고 자네 가문의 너그럽고 후덕한 풍모를 우러러봐서 외람되게도 무뿌리같이 보잘것없는 딸을 난초 같은 자네 곁에 두게 한 것이네. 기와와 돌 같은 천한 자식을 구슬같이 빛나는 자네의 짝이 되게 한 것이지. 못나고 어리석은 내 딸이 귀한 가문에 죄를 얻고, 자네의 맹렬한 성격이 우리 아이의 잘못을 너그러이 용납할 뜻을 두지 않으니, 강한 것들이 서로 부딪히면 그 하나는 꺾이는 법이지. 내 딸이 이미 시댁에 죄를 지어 처가로 쫓겨났지만 나이가 차고 생각이 깊어지면 그 옹졸함을 고칠 것이네. 그런데 자네는 어찌 영영 아내를 버릴 생각만 하는가? 자네 아버지도 자네의 병이 낫기를 기다려 다시 보내라고 틀림없이 말씀하셨다네. 그런데 자네가 어찌 예로써 맞이한 정실부인을 가볍게 몰아내 내쫓고는 끝내 용서하지 않으려 하는가? 이는 내가 알던 자네 모습이 아니네."

장세린은 여원홍과 말을 나누는 것도 아주 괴로웠으나 마지못해서 다시 대답했다.

"댁의 따님이 됨됨이나 마음씨가 이상하고 망측한 것은 타고난 것입니다. 고쳐서 변할 수가 없습니다. 만약 따님이 아녀자의 바른 행실을 되찾아 저희 부모님께 불순하고 패악한 모습을 보이지 않으며, 여자의 염치를 차려서 짐승 같은 행동을 보이지 않으면 영영 내쫓아 집안에 들이지 않는 일은 없을 것입니다. 어르신은 따님의 행동을 먼저 헤아려보신 뒤에 돌려보내시지요. 따님이 계속 고쳐지지 않으면, 임금께서 명하시고 형벌을 내려 다스리신다 해도 저의 마음을 돌리지 못할 것이니 길게 말씀 마십시오. 아버지께서 비록 은혜로운 마음으로 다시 부르라고 하시나, 저는 그렇게 못 하겠습니다."

여원홍이 장세린의 단호한 말을 들으니, 딸의 앞날을 다시 바랄 수 없을 듯했다. 이에 분한 심정으로 침묵하다가 일어나 대서헌으로 향하자 장세린이 건성으로 절하며 배웅했다. 장세린이 다시 침상에 앉아 생각을 깨끗이 끊어내려 했지만, 정염의 뜻이 어떨지를 명백히 알지 못해 답답하고 혼인이 언제 이루어질지를 몰라 속으로 근심했다. 하지만 어머니(연부인)와 큰형수(정월염)를 믿었기에, 자신을 속이지 않았기를 바랄 뿐이었다.

이날 여원홍이 장헌에게 매몰차고 정 없는 사위가 딸의 앞날을 돌아보지 않는다고 하며 분한 낯빛을 보이자 장헌이 매우 불안하고 민망해했다. 하지만 장헌은 아들의 죽을병이 여씨를 아내로 삼아서 생긴 근심 때문이라고 여겨서, 다시 장세린에게 여씨와의 부부간 정을 회복하라고 권할 수 없었다. 그뿐 아니라 여씨를 데려와서 병이 난 아들의 마음을 더 어지럽게 할까 봐 걱정도 되었다. 그래서 장헌은 기꺼이 여씨를 데려온다고 말하지는 못하고 다만 공손한 태도로 말했다.

"젊은 아이가 조급한 성질 때문에 아직 멀리 생각하지 못한 것일 뿐이지, 훗날은 분명 그렇지 않을 것입니다. 검은 머리의 푸르른 청춘이라 앞으로의 인생이 만 리 같으니 괜한 근심을 둘 필요 없습니다."

장헌이 기분을 풀어주며 위로하니, 여원홍이 비록 오만하고 포악하나 엄한 기세를 부릴 수가 없어 다만 분노를 가득 품은 채 돌아갔다.

장헌이 매우 근심스럽고 마음이 편하지 못해서 다음 날 여씨 집안에 인사하러 갔다. 여원홍이 기쁘게 맞아 차분히 담화를 나누고, 술을 내와 주인과 손님이 술잔을 주고받았다. 여원홍의 말이나 안색이 분노가 가득했던 어제의 모습과 다르게 기쁘고 화평한 기운이 가득하니, 장헌 또한 처음의 두렵고 민망하던 마음이 풀려 즐거워했다. 하지만 장헌의 마음속 한편으로는 여원홍의 그런 모습을 볼수록 이런 생각이 들었다.

'저 사람의 딸이 비록 사납고 못됐지만 집안의 위엄이 당당하고 부귀가 왕성하니 어찌 여씨 며느리를 박대하고도 무사하길 바라겠는가? 그 아이를 끝내 내쫓는다면 분명 환란을 당할 것이야.'

이에 마음이 더욱 두렵고 불안해졌다. 이때 문득 내당의 시녀가 나와 여씨가 뵙기를 청한다고 알렸다. 장헌은 흉하고 누추한 여씨의 모습을 새삼 보고 싶은 생각이 없었으나, 여원홍의 권세와 부귀를 두려워하니 어찌 감히 나오지 말라고 하겠는가?

장헌이 흔쾌히 더할 나위 없이 반기는 낯빛으로 여씨를 맞았다. 여씨는 흉험한 외모에 화려하게 차려입은 모습이었다. 시녀들이 좌우에서 호위하고 나왔는데, 눈이 어지러울 정도로 단장한 채 경망하고 어수선한 걸음으로 나아와 당에 올라 인사했다. 여씨의 더러운 부스럼과 헐헐거리는 숨결이 볼수록 놀라울 뿐 아니라, 흉하고 참혹한 모습과 시기심 많고 엉큼한 행동이 대할수록 더욱 미워 보였다. 하지만 장헌은 세력을 좇는 비루한 마음으로 존귀함을 신처럼 여기고 부귀나 빈천에 따라 다르게 대하는 사람이었다. 그렇기에 여씨가 절하자 기쁘게 응하며 별 탈 없었는지 묻고, 그동안 집안에 우환이 있어 어수선한 나머지 자주 와보지 못했다고 말했다. 그러자 여씨가 갑자기 차갑게 웃으며 화난 기색으로 말했다.

"박부인이 저를 내쫓을 때 말하기를 '아들(장세린)이 너를 만나 화병이 심해져서 죽을 지경에 이르렀으니, 만약 살지 못하면 네 배를 갈라 간을 꺼내 회를 쳐 먹어서 원수를 갚겠노라.' 했습니다. 그런데 남편이 병을 얻은 이유를 들어보니, 저 때문에 난 병이 아니더군요. 서시·양귀비 같은 미인이 가까운 데 있어 정을 품고 마음을 기울여서지요. 서로 초상화로 신물을 삼고 글로 마음을 표하면서 굳은 맹세를 하고, 옥으로 만든 침상과 비단 자리 위에 함께 있는 향기로운 꿈을 함께 꾸고, 원앙새가 푸른 물가에서 놀고 비취새가 연리지에 깃드는 것같이 백년해로하기를 기약했다고 하더군요. 하지만 아버지와 형님이 엄하고 가문의 풍속과 예의가 엄중해서 그 사사로운 정을 원하는 대로 펴지 못하고 마음대로 남녀 간 정을 통하지 못하니까 그 음탕한 마음을 어찌하지 못한 채 자지도 먹지도 못하는 바람에 병들어 위태해진 것입니다. 그러다가 정씨(정성염)가 글을 보내 부부의 인연을 이룰 계교가 있다고 해서 위로하니, 몇 달간의 상사병이 구름 낀 하늘이 맑게 개듯 깨끗해져서 혼인할 날을 손꼽아 기다리고 있다지요? 그런데 무슨 이유로 저 때문에 병이 생겼다고 했나요? 그리고 방탕한 남자와 요사한 여자가 재상가 출신이면서도 풍속을 해치고 스스로 죽을병에 이르렀는데, 그 부모가 어째서 내 간을 회 쳐 먹는다고 하는 것인가요?"

여씨는 흉하고 추한 머리를 흔들면서 눈을 굴리고 침을 튀겨가며 거친 소리를 마구 질러 장헌을 사납게 핍박했다. 여원홍이 이를 꾸짖으며 하인들에게 딸을 붙잡아 내당으로 들여보내게 했다. 이에 여씨가 몹시 발악하며 흉험하고 잡스러운 말을 그치지 않았지만, 그 말에 다 맥락이 있어 들으면 경악할 만했다. 장헌이 어쩔 줄 몰라 하며 마음을 걷잡지 못했는데, 여원홍이 딸을 들여보내고는 한바탕 여유롭게 웃으며 말했다.

"공은 내 못난 딸의 망령된 말을 듣고 놀랍고 망측하시겠지만, 그 말에 복잡한 사정이 있는 것을 알지 못하는구려. 내가 비록 정신이 없지만 그 대강을 말해 문승(장세린)이 병을 얻었던 이유를 알려드리고, 특별히 절세미인을 천거해 드리려고 하오."

그러고는 장헌에게 바짝 다가가 소리를 낮추어 말했다.

"이보시오, 장형(장헌)! 형이 정씨 집안과 평범한 관계가 아니고 서로 마음이 맞는 것이 마치 친형제 같기는 하지만…… 모르겠군. 경조공(정염)의 딸을 어릴 때라도 본 적이 있소?"

장헌이 여원홍의 화평한 얼굴을 보고는 마음을 진정하고 대답했다.

"제가 정씨 집안과 정이 특별한 것은 두말할 필요도 없지요. 하지만 은백(정염)은 저와 마음이 맞지 않을뿐더러 아주 친하지도 않습니다. 물론 사이가 소원한 것은 아니지만 운계(정삼)처럼 마음이 잘 맞지는 않습니다. 그리고 한때 그 집안이 시골로 내려가서, 은백에게 딸이 있는 것은 알았지만 어렸을 적 얼굴을 본 적은 없습니다."

여원홍이 웃으며 말했다.

"그렇소? 형은 보지 못했겠지만 형의 아들(장세린)은 그의 딸을 보왔고, 서로 그림을 주고받으며 소식을 전하는 사이라고 하오. 이는 하늘이 맺어준 운명이고 기이한 만남이 아닌가? 문승이 정염의 고집이 과격한 것을 알고 인연을 이룰 길이 없다고 근심한 나머지 먹지도 자지도 못한 채 앓다가 죽을 지경까지 간 것이지. 그러다가 정염의 딸(정성염)이 편지를 써 위로하고 부부의 연이 바랄 수 없는 일은 아니라고 말하자 문승의 마음이 풀려 점점 낫게 된 것이오. 하지만 정염이 그 딸의 행동을 알지 못하고, 공이 또한 문승이 병이 난 이유를 모르니 일이 될 리가 있겠소? 부모가 알지 못하는 결혼이 이루어질 리 만무하지. 혹시 정씨 집 딸이 다른 가문에 시집가면 그 음란하고 천한 허물이 정씨 여자에게 있고 문승에게 있지 않겠지만, 내가 걱정되는 건 사위가 그 집의 딸을 만나지 못하면 그 청춘을 속절없이 버릴 거라는 점이오. 그러면 형은 아들을 잃는 설움을 어쩌지 못할 것이고, 나 또한 딸이 남편을 잃고 인생이 끝나는 것을 봐야 하니 자식을 잃고 눈이 멀었던 자하의 슬픔과 어찌 다르겠소? 이 혼인을 우리가 힘써 주선하여 이루는 것이 우리 딸과 사위를 살리는 길일 것이오. 말이란 군더더기 없이 명백하고 곧은 것이 옳고, 일이란 것은 더디지 않고 신속한 것이 좋소. 정염이 고집이 세긴 하지만, 총명하고 준수한 사위를 맞는 것이 무엇이 욕되겠소? 정염이 형의 간절한 구혼을 매몰차게 거절한다면 공연히 딸을 늙어 죽게 만드니 것이니, 어찌 문승을 사위로 맞이하지 않을 수 있겠소? 형이 오늘이라도 그를 만나 문승의 상사병이 오로지 정성염 때문인 것을 말씀하시오. 그리고 이미 그 딸의 초상화가 문승의 손안에 있고 문승의 초상화는 그 딸의 상자 안에 있어 그 정을 어쩌지 못하니, 비록 원하지 않지만 문승을 나무라서 버리지 말라고 해서 부디 결혼을 허락받으시오. 내 딸이 무식하고 망령되어서 말실수가 많지만 내가 마땅히 그 성격과 도량을 제어할 수 있소. 그리고 문승의 자질로 볼 때, 누추한 용모와 자질을 가진 내 딸과 짝지은 것은 정말 천 번 만 번 급이 안 맞는 혼사 같소. 그러니 형의 집안에 내 딸을 맡길 뿐이지 어찌 문승에게 다른 처첩을 두지 말라고 하겠소? 형 또한 정씨 집안과의 교분을 더 두텁게 하고, 아울러 예쁘고 아름다운 며느리를 얻는다면 더없는 경사요. 그러니 어찌 구혼을 마다하겠소? 내가 형에게 이렇듯 권하는 것은 첩 두는 것을 좋아해서가 아니오. 사위의 죽을병이 걱정되고 또 결국 내 딸은 마땅한 배우자가 될 수 없으니, 문승에게 걸맞은 배우자를 만나게 하려고 그러는 것이오. 형은 행여라도 이상하게 여기지 마시오."

장헌이 홀린 듯이 여원홍의 얼굴을 우러러보면서 긴말을 듣고는, 놀라운 듯 기쁜 듯 마음을 다스리지 못하다가 이윽고 물었다.

"공께서 못난 제 아들의 상사병과 은백의 딸이 한 일을 어찌 이렇게 자세하게 아십니까?"

여원홍이 웃으며 말했다.

"발 없는 말이 천 리를 간다고 하지 않소? 태운산이 비록 30리나 떨어져 있지만 소문은 금세 퍼지지. 자세하게 아는 것을 수상히 여기지 마시고, 모름지기 청혼을 늦추지 마시오."

여원홍은 달콤한 말로 꾀어 장헌의 어수룩한 마음을 녹이고는 다시금 정염을 만나 빨리 구혼하라고 일렀다. 부귀를 탐하고 사리와 체면에 어두운 장헌은 놀라 당황하면서도 매우 기뻐했다.

'세린이가 정씨(정성염)를 좋아하는 것이 아니라도 여씨와 함께 늙어가지는 못할 것이다. 이제 이런 사연이 있고 여공(여원홍)이 진심으로 둘의 혼인을 권하니 매우 의외구나. 이는 참으로 다행한 일인데 내가 어찌 그 말을 따르지 않겠는가? 사람들이 다 여공을 현명한 재상이 아니라 했는데, 오늘 그의 말을 들으니 아주 삿되지 않고 공정하군. 내가 사돈을 잘못 만나지는 않았구나.'

장헌이 감격한 표정으로 감사를 표하며 말했다.

"형님께서 이같이 관대하고 도량이 크실 줄은 미처 몰랐습니다."

장헌이 거듭 여원홍을 칭송했으며, 자기 아들이 정씨 집안과 사돈 맺을 일을 생각하고는 은근히 기뻐했다. 여원홍이 정염에게 구혼할 것을 두세 번 더 당부하니, 장헌이 순순히 대답하고 날이 늦어서야 헤어졌다. 장헌은 바로 정씨 부중으로 수레를 돌려 정염을 만나 혼인을 의논하려 했다.

모르겠구나! 여원홍이 어떻게 그림의 일을 알고 이 혼인을 힘써 권한 것이며, 또 정염은 장헌의 구혼을 듣고 어떻게 반응할 것인가? 다음 회를 낱낱이 읽어보라.

이자염에 대한 소교완의 계교

전에 정씨 집안에서 정삼이 정염과 함께 선산으로 간 뒤 한 달이 지나자 서태부인과 집안사람들은 섭섭하고 우울한 분위기를 차마 떨쳐내지 못했다. 하지만 소교완은 온 집안이 공허한 것을 기뻐하며 남몰래 일을 꾸미며 날마다 이자염을 잔인하고 포악하게 대했다. 비록 서태부인은 진중한 성격이라 소교완이 남을 속이고 음흉한 것을 모르는 척했지만, 워낙 신명하여 사랑하는 슬하의 자식들에 대한 장단점을 다 알고 있었다. 그리고 요사이 이자염을 위로하고 돕는 것이 전보다 더했는데, 뛰어난 영웅을 낳을 경사가 있을 것을 알고는 임신한 이자염을 사랑하며 보호하는 것이 예사롭지 않았다. 화부인은 이자염의 상황이 어떤지를 군이 살피려 하지 않았고, 임신 사실 또한 모르는 것처럼 대했다. 하지만 화부인이 이자염의 임신 사실을 눈치챈 것을 똑똑한 소교완이 어찌 모르겠는가. 또한 소교완은 짐짓 높은 위엄과 엄숙한 기색으로 사람들을 대했으니, 친자식인 정인웅도 쉽사리 간섭하거나 잘못에 대해 말할 수 없었다. 정인중 역시 자기 어머니가 정인성 부부에게 자애롭지 않은 것을 알아도 불의한 일을 공모할 뜻을 내비치지 못했다.

하루는 이자염이 태전(서태부인의 처소)에 가 서태부인을 모시고 정인웅은 경일루(대화부인의 처소)에 있어 소교완의 주위가 조용했다. 소교완은 아무런 근심 없는 표정으로 단정하게 앉아 있고, 녹빙 등은 공경히 모시며 베 짜는 일을 다스리니, 그 한가하고 위엄 있는 모습이 마치 높은 관리가 홀을 잡고 지키는 모습이었다. 그러니 저 안에 흉악한 생각을 품은 채 요사하고 괴이한 술법을 행하는 이가 있다는 것을 어찌 알겠는가? 소교완이 오랫동안 말이 없다가 베갯머리에서 편지 한 통을 꺼내 계월에게 던져주며 말했다.

"주부인께서 자주 불편하시다고 하셨지. 내가 당연히 찾아뵈었어야 했는데 그러지 못했구나. 후아에게 이 편지를 주어 영릉후 가문에 다녀오게 해라."

계월이 그 편지를 공경스럽게 받아 후아에게 전해주려고 물러났는데, 주위 사람들은 다만 평범한 일로 알 뿐이었다. 저 요망한 시녀가 소교완의 손발이 되어 간교한 술수를 부릴 줄 누가 알겠는가.

소교완이 계월을 보내고 조용히 앉아 있는데, 정인중이 도착했다. 정인중은 홍화방 외가에서 외조부모를 뵙고 돌아와서는 태전에 잠깐 들른 뒤였다. 정인중이 어머님을 모시고 앉아서 외할머니의 안부를 전했다. 그리고 주변을 살피니, 녹빙 모녀와 숙난만 있고 다른 종들은 베 짜는 일을 마치고 물러나 있어 조용했다. 정인중이 온화한 얼굴로 나직하게 말했다.

"정섬 아저씨가 새로 첩으로 맞은 주씨 아주머니는 주씨 가문의 얼자(孼子)입니다. 물론 얼자라 천하기는 하지만 어머니와는 외가 쪽 친척이 되는 것을 아십니까?"

소교완이 샛별 같은 두 눈을 들어 아들에게 미소 지으며 말했다.

"주씨 여자가 외가 쪽 사람인 것은 알았지만 특별하게 두드러진 사람이 아니라 염두에 두지 않았는데, 너는 왜 묻느냐?"

정인중이 웃는 얼굴로 유쾌하게 말했다.

"인의의 말을 들으니 주씨 아주머니가 임신했다고 하자 숙부(정염)께서 화내며 아저씨(정섬)를 혼내셨다고 하여 웃겨서 말씀드렸습니다."

소교완이 웃으며 말했다.

"기대도 안 한 천한 여자에게는 임신하는 경사가 왜 이렇게 쉬운 것이냐?"

소교완이 녹빙과 아들을 돌아보고는 크게 소리 내며 밝게 웃었다.

물론 주위에 듣는 사람은 없었지만, 누가 봐도 어머니와 아들, 주인과 종이 말하는 모습이 정답고 별일이 없는 듯했다. 하지만 요사스러운 시녀인 녹빙은 한 번 듣고 주인 모자의 뜻을 명백히 알아서, 물러가 계월과 함께 주씨를 농락할 계책을 세웠다.

주씨는 소씨 가문 첩의 딸이었다. 아름답고 마음씨가 고왔는데, 마치 가을바람에 나부끼는 갈대 같은 사람이라 결코 사납지도 않지만 그렇다고 어질다고 칭찬할 정도도 아니었다. 정엽의 배다른 동생인 정섭은 호방한 성격으로, 주씨를 첩으로 맞이한 뒤 그녀와 맺은 정에 기뻐하고 만족스러워했다. 하지만 엄한 정엽과 집안의 남다른 예를 두려워해서 감히 입 밖에 내지 못했는데, 결국 정엽이 그 사실을 알고는 정섭을 꾸짖고 나무랐다. 이후 참정공 정잠이 듣고 정섭의 분수에 넘치는 행동을 꾸짖는 한편, 비록 천인이라도 여자가 원망을 품으면 오뉴월에 서리가 내린다는 말을 들어, 집안에 원망을 품은 사람이 있으면 상서롭지 않다고 설득하여 결국 주씨를 정씨 집안에서 받아들이게 되었다.

서부인(서소랑, 정겸의 아내)은 어진 여자라서 주씨를 후하게 보살폈고, 또한 의식이 궁핍하지 않으니 주씨의 신세가 특별히 괴롭지는 않았다. 하지만 집안의 남녀노소 모두 주씨의 성품은커녕 그녀가 있는지 없는지도 별 신경을 쓰지 않으니, 주씨는 그저 서부인이 거느린 사람에 지나지 않았다. 그러니 주씨가 임신한 일 또한 누가 대수롭게 생각하겠는가? 다만 주씨가 마침 병이 나자 정인의가 정인홍에게 약을 얻어 갔는데, 그 약이 임산부에게 해로운지 묻는 것을 정인중이 듣고 어머니 소교완에게 알린 것이다. 이미 소교완과 정인중은 모자간 서로 속마음을 알고 있었다. 그러니 소교완이 아들의 말뜻을 어찌 모르겠는가?

이미 소교완의 뜻을 알아들은 계월과 녹빙은 바로 방에 들어가 주부인을 핑계로 받은 편지를 열어보았다. 편지에는 다른 말이 없고, 임산부를 준비시켜 여러 달이 차기를 기다려 아이를 얻고 그때까지 신중하게 일을 처리하라는 당부의 말만 있었다. 뒤이어 녹빙이 나와서 주씨가 임신했다고 하니, 계월이 크게 기뻐했다. 이후 녹빙은 주씨와 사귀며 사탕발림으로 농락했는데, 곧 목숨도 함께할 친구가 되었다. 또한 소교완이 주씨를 살피고 은혜로 돌보는 것이 마치 비와 이슬이 초목을 적시는 것 같았으니, 주씨가 소교완과 그녀의 여종을 위해서는 죽는 것도 마다하지 않을 정도가 되었다.

한편, 계월도 한 여자를 만났는데 먼 지역에서 돌아다니다가 이곳에 온 여자였다. 이름은 연섬으로 먼 곳의 촌사람이라 소씨와 정씨 집안 부인들이나 소저들은 알지도 못했고, 다만 남은 밥을 얻어 배를 채우면 다행으로 여기는 인물이었다. 계월은 혹시 나중에 쓸 곳이 있을까 해서 행랑에 머물게 하고는 후하게 보살폈다. 그러다 연섬이 완연한 임산부의 모습을 보이자 계월이 크게 기뻐했다. 계월은 남몰래 연섬과 주씨의 해산이 이자염의 해산일과 겹치기를 빌었다.

정인성 부부를 저주하는 정인중

이때 정인중은 장형노 등 요승을 사귀어 빈번하게 왕래했다. 정인

중은 겉으로는 소교완의 가르침을 잘 따르는 듯했지만 점점 밖으로
도는 시간이 잦아졌다. 정삼과 정염이 집을 떠나고 정인광과 정인홍
도 자주 궁중에서 숙직하자 더욱 거리낄 것이 없었다. 때때로 외가에
간다는 핑계를 대고는 장형노를 찾아갔는데, 마치 진평 같은 책사를
만난 듯 깊이 사귀며 정성을 기울였다. 요승 장형노는 음양의 이치를
헤아릴 수 있었는데, 정인성과 이자염을 자신의 변변찮은 요술로 해
치지 못할 줄 알고 있었다. 하지만 이참에 정인중을 속여 재물을 낚
아보려고 이전에 방술요법을 기록한 책을 정인중에게 주었었다. 정
인중은 옛날 방연이 손빈을 시가해서 해치려던 수단을 시험해 보려
고 했으나 집안에 보는 눈이 많아서 뜻을 이루지 못하고 있었는데,
마침 정겸은 외사촌이 불러서 가고 정인광과 정인홍은 여러 날을 궁
중에서 숙직하여 집안이 매우 적막했다. 정인중은 이때를 타 서태부
인께 아뢰었다.

"외할머니의 병세가 며칠 새 심해지셨다고 합니다. 외사촌 형들이
며칠간 함께 간호하자고 하니 그렇게 하려고 합니다."

서태부인이 눈을 들어 천천히 바라보다가 적이 엄한 표정으로 말
했다.

"소씨 집안의 주태부인께서 지병이 재발해 앓으신다고 하니 네가
손자 된 도리로 문병을 가지 않을 수는 없지. 그런데 네 외사촌들은
아버지, 형, 삼촌도 있고 사촌도 많아 간호하는 데 힘들지 않을 텐데
왜 굳이 너에게 여러 날 머물라고 하느냐? 인홍이와 인광이는 궁중
에서 숙직하고 수백(정겸)은 피치 못할 일 때문에 외가에 가서 집안
이 매우 쓸쓸하고 적막하니 빨리 돌아오너라. 그리고 너는 아직 어리

니 다른 곳에서 방황하지 말거라."

말이 끝나자 차가운 빛이 서태부인의 얼굴에 드러났는데, 꾸짖는 말은 없었으나 그 위엄이 마치 찬 서리 같았다. 정인중이 당황해하며 서둘러 자리에서 일어나 변명했다.

"제가 왜 이유 없이 방황하겠습니까? 동생(정인웅)은 공부하는 틈틈이 경일루에 계신 숙모님(대화부인)을 모셔야 하니, 제가 어머니를 대신해서 외가에 나아가 뵙는 일이 잦았지만 구태여 밤을 지내지는 않았습니다. 그런데 이번에는 외사촌 형들이 함께 며칠 간호하자고 하여 무심하게 그러자고 한 것입니다. 하지만 할머니 말씀이 이러시니, 저의 미련함을 반성하고 빨리 돌아오겠습니다."

정인중의 말마다 조심하고 삼가는 모습은 사랑스럽고 아름다웠다. 서태부인은 최근 정인중이 외가에 오가며 그 행동거지가 침착하지 않은 것을 걱정했지만, 차마 생각지도 못한 일을 마음에 품고 있을 줄 꿈속에서나 생각하겠는가. 서태부인은 오늘 밤만 머물고 돌아오라 했다.

원래 주태부인이 가벼운 병이 있어서 소교완이 정인중에게 가서 뵙고 그 병세가 어떠한지 자세히 알아 오라고 했지만, 어찌 소씨 가문의 사촌들이 며칠 머물라고 했겠는가. 하지만 요사하고 간사한 정인중은 눈엣가시 같은 사람들이 없는 틈에 악한 일을 행하려고 짐짓 이렇게 말한 것이다.

정인중은 외가에 잠깐 들렀다가 서둘러 돌아와 뒤뜰 영선대에 올라갔다. 그러고는 허수아비를 만들어 정인성과 이자염의 생년월일을 써 허수아비 뱃속에 넣고 칠등[1]을 벌여놓고 요사스러운 법술을 행하느라 밤이 새는 것도 알지 못했다. 주술서에 적힌 방법을 흉내 내고 다시 장형노의 요사스러운 술법을 더하니 흉악하기 그지없었다. 일을 끝내고는 다락문을 닫고 뒷문으로 나와 태연하게 청노새를 몰아서 집으로 들어오니, 사광처럼 귀 밝고 이루처럼 눈 밝은 사람이라 하더라도 어찌 알아채겠는가.

정인중이 서태부인이 계신 곳에 나아가 인사드리고 취일전(소교완의 처소)에 가니, 소교완이 정인중에게 어제 돌아오지 않은 이유를 물었다. 정인중은 외할머니(주태부인)의 병환이 이미 차도가 있어서 사촌형들이 하룻밤 동안 수다라도 떨자고 해서 밤을 지내고 왔다고 대답했는데, 그 교묘하게 꾸미는 모습이 물 흐르듯 자연스러웠다. 소교완은 친정어머니의 병세가 차도를 보인 것에 기뻐하면서, 정인중에게 서태부인을 곁에서 모시며 기쁘게 해드리고 또한 독서를 게을리하지 말라고 경계했다. 정인중이 명을 받고 서당으로 물러 나와 정인웅과 함께 독서한 뒤 태전에 가 서태부인의 안부를 여쭙고 종일토록 모시고 있다가 잠자리를 살핀 뒤에야 물러났다.

정인중은 정인웅에게 취일전에 간다고 말한 뒤 급하게 영선대에 가서 신발을 벗고 머리를 푼 다음 칼을 들어 하늘을 향해 정인성 부부의 영화와 복록을 거두어가기를 몰래 빌었다. 빌기를 마치고 나서

---

1 칠등(漆燈): 귀인의 무덤 앞에 켜놓는 등. 무덤 앞에 커다란 쇠 동이를 놓고 그 안에 생옻〔생칠(生漆)〕을 두어 말쯤 담고 가운데에 심지를 꽂아 불을 켜놓으면 심지 불이 푸르게 빛나며 꺼지지 않는다고 한다. 칠등장명(漆燈長明)이라고도 하며, 여기서는 주술을 행할 때 쓰는 등불을 가리키는 것으로 보인다.

활을 잡아 밝은 칠등을 쏘아 맞추고는 바로 등불을 껐다. 아주 비밀스럽게 술법을 쓰다가 닭 울음소리를 듣고는 아침 문안 시간에 늦지 않게 갔다. 아, 이것이 차마 선비가 할 짓인가! 이러한 행동을 보고 어찌 태부 정잠의 아들이라고 하며, 문헌공 정한의 손자라고 하겠는가.

정인성 부부는 당당한 군자와 숙녀로서 장수하고 복록을 누릴 것이 분명하니, 요사스러운 기운이 어찌 그들을 침범할 수 있으며 이자염에게 무슨 해를 입힐 수 있겠는가? 단지 요사스럽고 간악한 정인중 스스로가 자신의 앞길을 망치고 인륜을 어지럽힌 죄인이 될 뿐이니, 이 어찌 가슴 아프고 한탄스럽지 않겠는가.

아침 문안을 드리는 때가 되자 정인중 형제가 함께 잘 주무셨는지 여쭙고 진짓상을 살폈다. 이자염은 소교완을 모시고 서태부인이 앉고 누울 때마다 받들어 섬겼는데, 이자염의 평안한 행동과 의연한 기상은 볼수록 더 속세를 벗어난 듯 기특했다. 그러니 어찌 조금이나마 불편함이 있겠는가. 그녀의 빼어난 자태와 고요한 기운이 날마다 더욱더 기이해지는 것을 보니, 정인중의 마음은 일만 마리 원숭이 떼가 뛰노는 것처럼 불안하게 두근댔다. 그는 마음속으로 '아직 그 별을 공격하지 않아서 이처럼 편안하구나.'라고 생각했다.

정인중을 설득하려다 다친 정인웅

정인중은 날이 저물기만 기다리다가 저녁 인사를 마치자마자 급히 발걸음을 옮겨 영선대로 갔다. 다시 술법을 행하고 활을 잡아 허수아비의 왼쪽 눈을 쏘고 나서 등잔을 껐는데, 갑자기 인기척이 들리며 누군가가 허수아비를 불사르고 칠등을 끄고는 불태워 버렸다. 정인중은 깊은 밤 고요한 시간이라 하늘과 땅의 신이 아니고서야 알 사람이 없을 것이라 생각했는데, 이러한 일을 당하니 마른하늘에 날벼락을 맞아 온몸이 부서지는 것 같았다. 정인중이 번개 맞은 누에처럼 손도 놀리지 못한 채 서 있는 동안 그 사람이 곁에 있던 종 육재에게 명했다.

"등불 등속의 기구들을 빨리 치우고 불을 질러라."

그러고는 정인중의 두 손을 붙잡고 눈물을 흘렸다. 정인중이 그제야 눈을 들어 자세히 보니 동생 정인웅이었다. 육재도 매우 당황해하다가 정인웅임을 알고 적이 마음을 놓았다. 그러나 명을 어길 수 없었기에 급하게 불을 질렀다.

정인웅은 정인중의 행동거지가 이상한 것을 눈치채고 있었다. 정인중이 낮에 책을 읽을 때 보니, 입으로만 읽을 뿐 두 눈은 글자가 아닌 먼 산을 향해 있었다. 또 문안을 마치고 나오면 고개를 푹 숙였다가, 멀리 하늘의 구름을 보며 마치 누군가를 기다리는 듯이 안절부절못하기도 했다. 정인웅은 그런 형의 모습을 보면서 아주 이상하게 여겼다. 그런 중에 정인중이 저녁 문안을 마치고는 기쁜 표정으로 급하게 취일전으로 가서 다시 나오지 않다가 다음 날 아침 문안 때 멀쩡하게 참여하는 모습을 본 것이다.

정인웅은 원래 천성이 욕심이나 걱정이 없어 마음에 두는 일이 없었지만 알려고 하면 말하지 않아도 알 수 있는 신묘함이 있었다. 그것은 아버지 정잠에게서 물려받은 것이었다. 요사이 그는 어머니 소교완이 덕을 잃고 자애롭지 못한 것을 안타까워했고, 형수(이자염)가

고생하는 것을 보고 조금도 마음을 놓지 못하고 있었다. 그래서 예전처럼 경일루에 가서 대화부인을 온전하게 모시지 못하고, 취일전에 자주 가 소교완을 모시고 앉아서는 온화한 얼굴과 목소리로 어머니를 위로하고 기쁘게 해드렸다. 그러면서 간간이 잘못된 행동에 대해 간절히 말씀드리는 한편, 여느 움직임도 예사로 보아 넘기지 않았다. 소교완은 그가 공경스럽고 효성스러운 마음으로 온순하게 자신을 섬기는 것을 보고는 사랑하는 마음이 자연스레 일어나 꾸짖어 나무라거나 차마 물러가라고 할 수 없었다. 또한 소교완은 그의 정직하고 바른 성품을 어려워해서 정인웅이 볼 때는 이자염을 마음대로 할 수 없었는데, 이 때문에 마음속에서 괴로움과 증오가 더욱 심해졌다. 다만 계월과 녹빙에게 남몰래 계획을 알려주고는 정삼이 돌아오기 전에 이자염이 해산하기만을 마음 졸이며 기다릴 뿐이었다.

한편, 정인중은 지혜가 부족해서 요사스러운 술법으로 이자염을 해칠 수 있으리라 여겼지만, 그 또한 정인웅의 눈을 벗어날 수 없었다. 정인웅은 형의 행동이 의심스러웠지만 왜 그런지는 알 수 없던 중이었다. 그날 형제들이 저녁 문안을 끝낸 뒤 명광헌[2]에 물러나서 이불을 펴고 큰 베개에 기대어 함께 책을 읽고 있었는데, 정인중이 문득 눈썹을 찡그리며 말했다.

"배가 너무 아픈데 서당은 춥고…… 어머니께서 들어와서 몸을 살피라고 하시니, 나는 취일전에 들어가 자면서 몸조리해야겠다."

---

2 명광헌: 정씨 가문 남자들이 함께 모이는 서재.

그러고는 대답을 기다리지 않고 일어났다. 그러자 정인웅도 조용히 말했다.

"저는 경일루에 계신 양어머니(대화부인)께서 몸이 불편하신 듯하니, 비록 심하지는 않으시지만 마음을 놓을 수가 없습니다. 들어가 모시고 잘까 하니, 형님도 취일전에서 주무시면서 몸을 회복하십시오."

그러자 정인중이 시원스레 답하고 들어갔다. 정인유는 두 동생을 데리고 혼자 머물게 된 것이 갑작스러웠지만, 대화부인이 때때로 몸이 좋지 않아 정인웅이 모시고 자는 경우가 잦기 때문에 예사롭게 여길 뿐이었다.

정인웅이 경일루에 간다고 말하고 밖에 나와서 조용히 살피니, 형이 어머니가 계신 취일전으로 가지 않은 듯했다. 이에 정인웅이 탄식하고 슬퍼하며 생각했다.

'형제는 한 몸이라 서로 속을 훤히 아는 사이다. 그런데 인중 형은 갑자기 인성 형님 내외의 우애를 받아주지 않고, 나는 오늘 인중 형의 행동을 의심해서 그 뜻을 자꾸 꼬아서 생각하니 어찌 한심하지 않겠는가.'

정인웅은 형이 간 곳을 알지 못해 후원으로 향하면서 하릴없이 머리를 들어 하늘을 보았다. 북극의 별들은 창창하고 높은 하늘은 아득한데 동정호의 가을 달은 구름 낀 하늘에 한가로이 떠 있었다. 가을 하늘의 맑은 기운과 함께 높고 환하게 비치는 달빛을 보니, 마치 아버지와 큰형의 풍채와 기상을 대하는 것 같아 그리움이 더했다. 정인웅이 별자리를 살펴서 정잠과 정인성이 무사한지를 점쳤는데, 운수를 헤아리고 점치는 능력이 정인성보다 못하지 않았다. 변경에 군대를 이끌고 간 아버지와 큰형이 안전한지도 별자리로 알 정도이니 어떻게 눈앞의 일을 모르겠는가. 정인중의 별이 살기를 띠고 큰형 부부의 별을 침범해 해를 끼치는 모양이 후원에 비쳤다. 정인웅이 더욱 경악해서 발걸음을 옮겨 후원에 도착하니, 영선대에 촛불 그림자가 미미하게 비치고 있었다. 얼른 들어가 보니, 정인중이 막 활을 들어 허수아비의 왼쪽 눈을 쏘고 뛰어올라 등잔을 끄고 있었다. 정인웅이 그 모습을 보고는 놀랍고 경악스러워 급하게 칠등을 거꾸러뜨리고 불을 들어 허수아비를 불사르는데, 마침 육재가 뜰아래에서 멀리 바라다보고 있었다. 그는 서둘러 정인중의 두 손을 붙든 채 육재에게 이 흉악하고 더러운 물건들을 모두 불살라 없애라고 했다. 그러고는 슬피 울며 말했다.

"형님, 이게 대체 무슨 일입니까? 형님이 차마 어떻게 아버지의 성인과 같은 큰 덕과 큰형님의 큰 효성을 이처럼 저버리셨습니까? 옛적 전국시대와 같이 무도한 일이 행해지던 시절에도, 방연이 손빈을 해치려던 일을 개탄했을뿐더러 군자가 본받을 일이 아니라 여겼습니다. 저 손빈 선생은 전국시대 여섯 나라 중에서도 평범한 재주를 가졌는데도 결국 방연이 패했으니, 이는 곧 후세 사람들이 경계할 일입니다. 지혜로운 사람은 방연이 패하여 망한 길을 본받지 않습니다. 이 같은 일은 전국시대처럼 어둡고 어지럽던 때도 한심하게 여겼던 일인데, 차마 유학을 배우는 학자가 생각이나 할 일입니까? 더구나 한 핏줄을 나눈 형제지간에 말입니다. 우리 집안은 이름난 관리의 후예로, 학문의 도와 훌륭한 행실이 수백 세대가 지나도록 전해졌습니다. 비록 우리가 할아버지(정한)와 아버지(정잠)의 학문과 행실을 온전히 잇지는 못한다고 하더라도, 형님이 어찌 이런 행동까지 하십니까? 제가 큰형님 내외를 위해서 근심하거나 슬퍼하는 것이 아니라 오히려 어머니께서 덕을 잃으신 것을 서러워하고 형님께서 잘못된 길로 가시는 것 때문에 슬퍼합니다. 큰형님 내외는 하늘이 내신 성인이시며 하늘이 우리 유가를 도우려고 보내신 분이라서 해칠 수가 없습니다. 하늘이 우리 유가를 없애려 하지 않으시는데, 형님께서는 왜 속절없이 마음과 힘을 허비하십니까? 이는 만대에 욕된 이름을 남기고 평생의 앞길을 그르칠 뿐이지 큰형님은 손해가 없으실 것입니다. 제발 어질게 헤아리시고 덕을 행하세요. 그렇게 아버지께 기쁨을 드리고 종당의 칭찬을 받으며, 형제간에 사랑하고 공경하며 화합하고 모자간에 자애와 효를 행하면서, 잠깐 머물다 가는 여관 같은 세상에서 걱정 없이 안락하게 지내면 무엇이 해롭겠습니까?"

정인웅은 말이 끝나자 울음을 터뜨리며 자신 앞에 벌어진 이 일에 대해 안타깝게 여겼다.

한편, 정인중은 처음에는 행여나 다른 사람에게 발각된 것인가 싶어 놀랐다가 겨우 마음을 진정시키고 보니 정인웅인 걸 알고는 도리어 화가 났다. 정인중은 정인웅의 간절하고 바른 말을 듣고 스스로 구차하고 부끄러워 두 눈을 독하게 뜬 채로 묵묵히 말이 없었다. 그러다가 정인웅이 정인성 부부의 성인과 같은 덕과 큰 효를 말하자 분노가 한층 더해 그가 잡은 손을 뿌리치고 두 주먹으로 정인웅을 마구 때리며 말했다.

"나는 그저 병법과 진세(陣勢)를 만들어서 놀려고 한 것뿐이다. 집안의 법이 일찍이 이런 일을 배척하고 작은아버지(정삼)께서도 절대 못 하게 하시며 할머니께서도 이곳저곳 방황하며 놀지 말라고 하셔서 고요한 밤에 잠깐 가지고 논 것뿐이다. 그런데 네가 어찌 말을 이처럼 악독하게 해서 나를 천고의 큰 죄인으로 만드느냐! 너는 원래 나의 골육 형제이고 어머니의 뱃속에서 쌍둥이로 나왔으니 정이 각별할 것이다. 그런데 갑자기 큰형님께 붙어 서로 우애로운 척하고 악한 말을 지어내어 나를 인륜을 어긴 죄인으로 만드는구나. 이는 분명 네가 그렇게 우러러보는 큰형님이 부추긴 것이다. 내가 언제 부모의 자애와 자식의 효도를 말리기라도 했느냐? 아니면 형은 사랑하지 말고 동생은 공경하지 말라는 말이라도 했더냐? 나는 본래 너처럼 어질고 착하지 못해, 송 태종이 그의 형인 태조 조광윤을 독살한 것을 마땅하다 생각하고, 당 황제가 그의 형제 건성과 원길을 죽인 것을 옳다고 여긴다. 네가 이미 나를 미워하여 없애버리려고 하니, 나도 맹세코 너의 그 성현 같은 큰형을 없애버리고 너를 절대 용서하지 않을 것이다. 그렇게 해봤자 대대손손 오명을 쓰다가 그 악취가 만년까지 남겨지기밖에 더 하겠느냐?"

정인중이 이렇게 말하며 정인웅을 모질게 때렸다. 정인웅은 정인중이 잔혹하고 포악한 것을 오래전부터 알았지만, 이같이 흉악하고 간사하기까지 한 줄은 몰랐었다. 형의 입에서 점점 도리에 어긋난 말이 잇따라 나오자 정인웅은 아예 두 귀를 가린 채 슬픔에 복받친 목소리로 말했다.

"옛사람도 '하늘이 알고 귀신이 알고 내가 알고 그대가 아니, 어떻게 모른다고 말할 수 있는가?'라고 말씀하셨습니다. 밝은 하늘이 굽어보시니 군자는 어두운 방에서도 더욱 삼가야 하는데, 들을 사람이 없고 볼 사람이 없다고 해서 차마 입 밖으로 꺼낼 수 없는 말들을 이처럼 어지러이 하십니까? 제가 비록 병서에 대해 아는 것이 없어 육도삼략의 병법을 알지 못하며 진법을 벌이는 것도 구경하지 못했지만, 오늘 형님께서 하신 것은 진법이 아니었고 어린아이가 장난치고 노는 일도 아니어서 잘못된 것임을 간절히 말씀드린 것입니다. 그런데 형님께서는 제가 망령된 말을 한 죄를 다스리기는커녕 스스로 도리에 어긋난 말을 나오는 대로 하십니까? 이미 밤이 깊었으니 빨리 돌아갑시다. 저는 남들이 볼까 봐 무섭습니다."

정인중이 더욱 화가 나서 마치 독 오른 벌과 성난 전갈같이 복받치는 감정을 참지 못한 채 좌우를 살폈다. 평소 이 누각 안에 이따금 유생들이 쉬곤 해서 대베개만 두세 개 있었다. 정인중이 그걸 보자 바로 대베개를 집어 동생을 때리니, 정인웅은 생각지도 못한 일이라 미처 피하지도 못한 채 머리를 맞고 피를 줄줄 흘렸다. 정인웅이 매우 당황하여 피하면서 목소리를 가다듬고 말했다.

"제가 무례하고 망령되다고 꾸짖으시려면 시종들을 시켜 곤장을 때리시지 어찌 이렇게 하실 수 있습니까?"

하지만 그 말이 정인중의 귀에 들리겠는가. 정인중은 정인웅의 어깨와 등을 셀 수 없이 때리면서 분한 마음을 감추지 못했다. 그는 평소 동생의 공손하고 조심스러운 성격을 알고 있어서 이렇게 생각했다.

'분이 풀릴 때까지 피나게 두들겨 팬들 인웅이가 감히 나를 뿌리치고 도망가지는 못할 것이다. 누각 아래에 거꾸로 박아 머리를 다치게 해도 자기 스스로 넘어졌다고 할 텐데, 내가 그랬는지 누가 알까?'

정인중은 제 형을 죽이려고 했던 악한 마음이 눈 깜짝할 사이에 동생을 죽이려는 데까지 미쳤다. 하지만 정인웅은 원래 큰 도를 아는 군자였다. 그가 어머니와 형의 행동을 애석하게 여겨 평소에 굳이 살 뜻이 없었다고 해도, 어떻게 부모님께서 물려주신 몸을 소중하게 여기지 않겠는가? 게다가 정인웅은 소교완이 특히 자신에게 기대하고 있으며, 대화부인은 큰 아픔과 곤궁함 속에서도 자신을 가문에서 기대할 만한 자식이라고 여기며 자기 한 몸을 의지하고 있다는 것을 알고 있었다. 그러니 어떻게 그 믿음을 저버린 채 형의 악독한 손아귀에서 명을 끝내겠는가? 만일 자신이 순순히 매를 맞는다면 죽을지도 모를 일이었다. 정인중의 두 눈썹에는 살기가 등등하고 두 눈에는 독기가 이글이글한 것을 보면, 오늘 밤 꼭 죽이고야 말 것 같았다. 정인웅은 어린 버드나무처럼 약하며 작은 바람에도 날아갈 것 같은 몸을 가졌지만, 그렇다고 힘이 없진 않았다. 그는 몸을 일으켜 옆으로 피하면서 정인중의 손에 들린 대베개를 빼앗았다. 정인중이 비록 날래고 용맹하지만 분한 마음이 북받쳐 날뛰다 보니, 옥같이 연약한 정인웅이 침착하게 대응하는 것을 당하지 못해 곧바로 대베개를 빼앗겼다. 정인웅은 형을 단단히 붙들어 안고 방으로 가서 부드러운 목소리로 말했다.

"옛사람께서 말씀하시기를 '큰 몽둥이로 때리면 도망가고 작은 회초리로 때리면 맞으라.'라고 하셨습니다. 형님 화가 풀린다면 못난 제가 다치는 것은 괜찮습니다. 하지만 그리되면 동생을 때렸다는 오명이 형님에게 더해질 것이고, 존당에 계신 부모님과 할머님께도 걱정을 끼치게 됩니다. 그래서 부득이하게 옛말의 '큰 몽둥이로 때리면 도망간다'는 말을 따른 것이니, 버릇없는 행동을 용서하십시오."

말을 마치고는 나는 듯이 문을 나와 밖에서 문을 걸어 잠갔다. 그러고는 목소리를 가다듬고 말했다.

"육재는 둘째 형님을 모시고 빨리 돌아와라."

그러고는 훌쩍 돌아갔다.

육재는 정원에서 인기척을 살피고 있었고 높은 마루 위에서 무슨 일이 벌어지는지는 모르다가, 정인웅이 이르는 말을 듣고 어쩔 줄 몰라 하며 당에 올랐다. 그런데 촛불만 대낮처럼 밝을 뿐 정인웅은 이미 가고 없었다. 그가 의아해하며 당황할 즈음에 방 안에서 문을 열라는 소리가 들려 급히 문을 열었다.

이때 정인중은 정인웅이 자신을 뒤에서 안고 방 안에 앉힌 뒤에 나가버리자 급히 뒤따라 나가려 했다. 하지만 정인웅이 밖에서 문을 걸고 육재를 불러 말하는 것을 듣고는 홀린 듯이 서 있었다. 이윽고 정인중이 방에서 나왔으나 동생의 모습은 보이지 않았다. 정인중은 몹시 분해하며 이를 갈았지만 이미 정인웅에게 사납게 굴었으니 어찌 다시 시도할 수 있겠는가? 정인중은 어머니를 닮아 영리하고 민첩해서 정인웅이 이와 같은 일이 소용없다고 한 말을 깊이 깨닫고 한탄했다. 그러면서 사람이 없는 누각 안에 혼자 머무는 것이 이롭지 않다고 생각되어 돌아와 아침 문안을 드리러 갔다.

정인웅이 아침 문안에 모습을 보이지 않자 정인홍이 말했다.

"상보(정인웅)가 어제 경일루에 계신 숙모님을 모시고 자겠다고 들어갔는데, 왜 아침 문안에 참여하지 않았지?"

정인중이 그 말에 태연하게 대답했다.

"미처 못 일어났나 보네요."

이윽고 문안을 마치고 명광헌에서 노는데, 서당에 불빛이 밝은 것을 보고는 정인흥과 정인영이 말했다.

"어제 서재에서는 아무도 자는 사람이 없었는데, 왜 촛불이 커졌지?"

　정인경이 말했다.

"가서 보면 알 텐데 뭐 하러 쓸데없는 말을 하오?"

　정인유가 웃고는 나아가 문을 열자 정인웅이 침대 위에 누워 있고 시동들이 옆에서 모시고 있었다. 공자들이 놀라서 한꺼번에 들어왔고, 정인유가 물었다.

"상보는 어젯밤에 경일루 숙모님(대화부인)을 모시고 잔다고 하고는 왜 여기에 누워 있소?"

　어젯밤 정인웅은 부득이하게 정인중을 방 안에 두고 밖에서 문을 잠그고는 빨리 서재로 돌아왔다. 그러고는 시동에게 명하여 촛불을 밝히게 하고는 흐르는 피를 씻고 약을 발랐다. 그래서 차마 아침 문안에는 나가지 못한 것이었다. 정인웅은 온몸이 안 아픈 곳이 없고 그 마음 또한 아프고 분하여 침상에 누워 정신이 나간 듯이 촛불만 바라보고 있었다. 그런데 사촌들이 들어와 물으니 뭐라고 대답하겠는가? 억지로 일어나 깊게 생각하다가 말했다.

"제가 어제 경일루에 들어가는 길에 변이 급해 뒷간에 가려다가 머리를 부딪혀 이렇게 피가 났습니다. 경일루로 들어가면 어머니께서 놀라실 것이고 명광헌으로 가려고 해도 다들 놀랄 것 같아서 서당으로 와 누워 있었습니다. 제가 조심하지 않는 바람에 부모님께서 물려주신 몸을 제대로 간수하지 못한 죄인이 되었으니 부끄럽습니다. 하지만 상처가 대단치 않으니 할머니(서태부인)와 두 어머니(소교완, 대화부인)를 불안하게 하진 마시지요."

정인명과 정인경이 매우 놀라 상처를 보자고 했지만, 정인웅이 약을 싸맸다고 하자 굳이 들추려 하지는 않았다. 이들은 좌우로 둘러앉아 마치 자신들이 아픈 것처럼 걱정하며 바로 명광헌으로 와 상처를 치료하지 않은 것을 나무랐다. 정인중 또한 오히려 과할 정도로 이들과 함께 놀라며 근심했는데, 정인웅은 형의 이런 위선적인 모습이 내심 부끄러웠다.

날이 늦은 뒤 정겸이 돌아와 인웅이 왜 없는지 물어 사정을 알고는 매우 놀랐다. 정겸은 정인웅에게 가 신중하지 못한 처신을 꾸짖는 한편 약을 가지고 부지런히 치료했다. 소교완과 화부인도 놀라는 한편 안타깝게 여겼는데, 대화부인이 걱정할까 봐 데리고 들어오지 못하고 걱정하며 잠을 이루지 못했다. 서태부인은 탄식하며 이렇게 말했다.

"사람의 액운이 무겁고 괴상하구나. 인웅이처럼 조심스러운 아이가 넘어지고 다쳐서 걱정하게 만들 줄 꿈에라도 생각했겠느냐?"

이처럼 서태부인은 정인웅이 넘어져 다쳤다는 말에 의아해했다. 화부인과 이자염도 비록 말은 안 했지만 그것이 허무맹랑한 일임을 명백히 알고 있었다. 소교완 역시 정인웅이 넘어졌다는 것을 이상하게 여겨 녹빙과 계월 등에게 몰래 알아보게 했다. 그리고 그 전말을 알게 되자 놀라서 자신도 모르게 마음 아파했다. 그리고 자신의 태교가 어질지 않은 결과라고 생각하여 스스로 한스러워하고 탄식하는 한편 부끄럽기도 했다.

소교완은 자신이 악한 일을 행할지언정 정인중이 나쁜 짓을 하는 것을 싫어하고 어진 정인웅을 아꼈다. 이는 자기 잘못은 까마득히 모르고 자식 꾸짖는 데에만 밝은 것이었다. 낮 문안 시간에 정인중이 들어오자 소교완이 엄숙한 얼굴을 하며 사나운 목소리로 물었다.

"네가 최근 이틀 밤을 내 곁에서 자겠다고 했지만 온 적이 없으니, 어디서 잤느냐? 홍화방에서도 자지 않았다고 하니, 대체 어디에서 잔 것이냐? 인웅이는 내가 낳아 길렀다고 하기가 조심스러울 정도로 뛰어난 아이인데, 네가 무슨 일로 그렇게 때려 깊은 상처를 만든 것이냐? 너와 내가 어질지 못함을 인웅이가 깨우쳐 이끌 것이고 불길에서도 우리를 건질 것이니, 너는 모름지기 조심하거라. 나는 네가 못난 것을 모르지 않는다. 나의 자식 사랑이 과하고 인성이의 운명이 기구해서 내가 인성이를 끊임없이 해치려고 하는 것이지 너를 귀중하게 여겨서 그런 것이 아니다. 네가 어진지 아닌지는 다 알고 있으니, 네가 그 성정을 끝내 고치지 않는다면 정을 베고 마음을 끊어 용서하지 않을 것이다."

소교완의 차가운 표정이 마치 겨울 하늘의 차가운 달같이 엄숙하니, 정인중이 매우 당황하고 두려워했다. 정인중은 소교완이 자신보다 정인웅을 더 귀하게 여기는 것을 알고 시기하는 마음이 일었지만 어찌 그것을 드러내겠는가? 그가 믿을 것은 어머니인데, 어머니가 매서운 분이라 만일 그 사랑을 끊으면 자신을 헤아려주지 않을 것이었다. 정인중은 매우 겁이 나서 손을 모아 사죄했다. 그러고는 동생의 말이 강렬하고 지나쳐서 홧김에 앞뒤를 돌아보지 못하고 그렇게 했지만 그를 미워해서 그런 것이 아니라고 변명했는데, 이치가 그럴 듯했다. 하지만 소교완은 정색하며 말했다.

"그치거라. 인웅이는 너에게 무례하거나 도리에 어긋나게 행동하지 않았을 것이다. 내가 그걸 모르지 않는데 네가 군이 옳고 그름을 밝히려 해봤자 뭐 하겠느냐? 지혜가 그처럼 짧으니 무슨 일을 이루겠느냐? 만일 너처럼 술법을 부려 인성이 부부를 해칠 수 있다면 내가 편하게 누워 목강 같은 인자한 새어머니 흉내를 내면서 하루살이 쓸어버리듯 했을 것이다. 그렇다면 근심할 일이 뭐가 있겠느냐?"

말이 끝나자 길게 한숨 쉬며 슬퍼했다. 그리고 미음을 쑤어 서당에 있는 정인웅에게 계속 보냈다.

정인웅은 오래 누워 있는 것이 민망하고 또 대화부인이 지나치게 걱정하자 이삼일간 몸을 돌보고는 내당에 가 서태부인에게 안부를 여쭙고 몸조심하지 못한 것에 대해 사죄했다. 서태부인은 정인웅을 어루만지며 상처를 걱정했고, 정염도 다치지 말라고 당부했다.

정인웅이 물러가 경일루에 가니, 대화부인은 며칠 사이에 얼굴이 심하게 축난 것에 경악해서 나다니지 못하게 하고 갓난아이처럼 돌보았다. 소교완은 정인웅의 상처를 보자 정인중에 대한 원통하고 분한 마음이 더하고 정인웅에 대한 안타까움이 배가 되어 더욱 사랑하고 위로했다. 하지만 차마 정인중의 흉악한 일에 대해서는 내색하지 못해서, 몸을 잘 돌보라고 이를 뿐이었다. 정인중에게는 말도 걸지 않고 냉담하게 대했으며, 홍화방에 왕래하는 것도 엄하게 금했다. 정인중은 이를 두려워해서 정인경과 정인유 등과 함께 부지런히 독서했을 뿐 아니라, 서태부인을 모시고 재롱을 부리며 기쁘게 해드리려고 노력하는 등 행동을 매우 조심했다. 아, 안타깝구나! 소교완이 어둡고 굽은 마음을 버리고 어질고 의로운 어머니의 모습을 본받았다면 정인중이 비록 악하다 하더라도 어찌 이렇게까지 엇나갔겠는가.

정인광과 정인홍이 근무를 마치고 돌아와 정인웅이 넘어져서 경일루에서 몸조리한다는 말을 듣고는 매우 의아해하며 숙모에게 안부를 여쭙고 정인웅의 상처를 보았다. 정인광은 정인중이 흉악한 일을 한 것은 몰랐지만 정인웅이 그 강직한 성품으로 어머니와 형의 뜻을 어기고 간하다가 이리된 것인가 짐작했으나 태연히 웃으며 말했다.

"네가 너무 조심스럽고 신중해서 너의 조숙함과 듬직함을 집안 어른들이 믿으시고 형님(정인성) 못지않다고들 하시지. 그리고 우리가 너만 못한 것을 한탄하셨다. 그런데 이제 조물주가 희롱해서 너의 경망스러움이 드러나게 했구나."

정인웅이 억지로 웃으며 말했다.

"동생이 발을 헛디뎌 다쳤으면 형은 조심하라고 경계하셔야지요. 그런데 어째서 비웃으십니까?"

옆에 있던 대화부인도 웃으며 말했다.

"인광이와 인홍이가 궁에 들어가고 아주버님(정염)이 외가에 가셨을 때였지. 내가 저녁 식사를 마친 뒤 몸이 좀 불편했지만 크게 아픈 데는 없었는데, 인웅이가 나를 모시고 자려고 들어오는 길에 변소에 급히 가다가 헛디뎌서 이렇게 크게 다친 게다. 이 아이가 신중하지 못한 것이 아니라 큰 액운을 만나서지. 그때 조카들이 있었으면 병에 맞게 약을 써서 빨리 회복할까 해서 애타게 기다렸는데, 지금 너는 할머니와 삼촌이 인웅이를 인성이에게 비교하고 너(정인광)보다 낫다고 하신 것을 시기하는 것이냐? 왜 인웅이의 상처를 걱정하지 않고 오히려 놀리느냐? 너의 뛰어남이 인웅이보다 못하지 않겠지만, 성격이 고집스럽고 강해서 어진 아내를 구박했으면서 도리어 인웅이를 꺼리느냐?"

정인광이 큰 소리로 말을 받았다.

"우연히 한 말에 숙모께서 발끈하십니다. 하지만 제가 비록 저희 형의 높은 학문과 큰 도에 미치지 못한다 해도 숙모의 귀한 아들(정인웅)의 왜소하고 착하기만 한 성격보다 못해서 그를 시기하겠습니까? 다만 숙모님께서 너무 이렇게 받드시고 온 집안이 과하게 칭찬하니, 저렇게 크게 다친 것도 누군가의 시기 때문이 아닌지 어떻게 알겠습니까?"

정인홍이 웃으며 말했다.

"인웅이 너의 상처가 넘어져 다친 것 같지 않았는데, 인광 형님 말씀을 들으니까 형님이 밀치신 듯하구나. 만일 궁에 들어가시지 않았으면 숙모께서 오히려 의심하셨겠네."

그 말에 정인웅이 남몰래 부끄럽게 여겼지만 억지로 웃으며 말했다.

"형님들께서 놀리시는 말씀이 비록 그러셔도 지혜로운 어머니께서 그런 말도 안 되는 의심을 하시겠습니까?"

대화부인이 말을 이었다.

"이러나저러나 인웅이가 어질기만 하고 약하다 해도 인광이의 강하고 뛰어나고 호쾌한 행동은 부럽지 않으니 어서 상처나 치료해 주어라."

정인광과 정인홍이 웃었으나, 정인웅을 진정으로 안타까워하고 걱정하는 모습이 친형제와 다름없었다.

정인웅이 몸조리에 힘을 써 보름이 지나자 전과 다름없이 회복했다. 소교완과 대화부인이 기뻐한 것은 말할 것도 없고 서태부인과 숙모들도 모두 다행스러워했다.

소교완의 핍박에도 의연한 이자염

정인웅이 경일루에서 병을 조리하니, 소교완은 정인중에게 화가 난 것까지 더해 '인중이가 비록 어질지 않지만 인성 부부가 없었으면 무슨 일로 나쁜 일을 했겠으며, 인웅이가 형을 위해 속 끓이다가 이렇게 크게 다쳤겠는가?'라고 인성 부부를 탓했다. 그러고는 아들들에 대한 분노와 근심을 아울러 이자염에게 풀어서, 큰 소리로 나무라고 상식에 어긋나게 행동하는 것이 날마다 더했다. 때때로 밥을 주지 않는 것은 말할 것도 없었으니, 이자염의 고생은 피와 살을 가진 사람으로서 차마 견딜 수 없을 정도였다. 하지만 이자염은 오직 시키는 대로 순순히 좇는 것은 말할 것도 없고 조금도 한을 품거나 원망하는 일이 없었다. 그뿐만 아니라 스스로 매우 조심하고 삼가며 효와 정성을 다했다. 자기 정성이 부족해 시어머니의 마음을 얻지 못한 탓이라며 슬퍼할지언정 털끝만큼이라도 맺힌 감정이 없었다.

이자염의 효성은 순임금과도 비교할 만했고, 그녀는 단정하고 엄숙하면서도 화평하고 평안했으며 겉과 속이 맑고 깨끗했다. 소교완이 질책하고 벌을 주는 것이 천지간 용납할 수 없을 정도였지만, 그녀의 맑고 온화한 기운과 순순하고 공손한 몸가짐은 이전과 같았다.

소교완은 이자염을 바로 삼켜버리고 싶었지만, 또 마음먹은 대로 못 하고 다시 모질게 해칠 뜻을 낼 수 없었다. 이는 첫째로 남들이 볼까 두려워했기 때문이고, 두 번째는 이자염이 공손하고 부지런하며 숨도 못 쉴 정도로 자신을 낮추면서도 그런 가운데 자연스러운 위엄이 드러나고 가을 하늘에 높이 뜬 달처럼 여유로워 감히 범할 수 없었기 때문이었다. 소교완은 이자염이 원망으로 애태우다가 속이 문드러지고 고생을 견디지 못해 명을 재촉하기를 바랐으나, 이자염은 한결같이 편안하고 유순했다. 그뿐 아니라 공손하고 사려가 깊어, 온 누리를 은혜로 덮었던 요임금의 덕과 같았다. 소교완은 이자염이 성인처럼 뛰어난 것을 한스럽고 분하게 여겨 그녀를 더욱 미워했다.

정인웅은 병이 낫자 태전에 가서 문안하고 취일전에서 어머니를 모셨다. 소교완은 아들의 병세가 완전히 회복된 것을 기뻐하며 온화한 기색으로 곁에 앉게 했다. 그러고는 미음을 권하자 정인웅이 받아 이자염에게 주면서 말했다.

"저는 막 경일루 어머니(대화부인)께서 죽을 먹이시고 태전 할머니(서태부인)께서도 진수성찬을 먹이셔서 이미 양이 찼습니다. 그래서 지금 어머니께서 주신 음식을 먹을 수가 없습니다. 감히 이 음식을 소홀하게 여겨서가 아니라 제가 형수님을 우러러보는 마음이 어머님과 다르지 않아서이니, 어머니께서 내려주신 이 미음을 형수님께 드립니다. 저의 정성을 받아주시겠습니까? 부디 거절하지 마시지요."

이자염은 정인웅의 효성과 우애가 특별한 것을 기뻐했다. 그러니 어찌 그를 공경하고 사랑하는 마음이 적겠는가. 이자염은 정인웅이 그 어린 나이에 백 가지 걱정을 짊어지고 어머니의 잘못을 슬퍼하며 형을 위해 근심하는 것을 남몰래 안타깝게 생각했었다. 정인웅의 지금 행동도 소교완의 미움이 심해 자신에게 때마다 음식을 주지 않는 것을 알고 불안해해서라는 것을 알고는, 바로 받아 들고는 고마워했다. 그러자 소교완이 구슬같이 맑은 목소리로 웃으며 말했다.

"인웅이가 맏형수 어려운 줄 모르고 친한 정이 깊다 보니 자기가 싫은 음식을 나누려고 하는구나. 네가 최근에 전혀 식사를 못 했으니, 이 음식이 비록 입에 안 맞아도 우리 아들의 정을 어여삐 여겨 억지로라도 먹는 것이 좋겠다."

이자염은 시어머니가 이처럼 온화하게 말하자 아무렇지도 않은 듯이 먹고는 그릇을 물렸다. 정인웅이 매우 기뻐서, 그 뒤로는 취일전에서 음식을 보면 반드시 이자염에게 주면서 말했다.

"형수께서 만삭이신데 식사를 잘 못 하시니 어머니께서 걱정하십니다. 어떻게 형수님의 덕과 도량으로 이만한 쉬운 일도 하지 못하셔서 할머니와 어머님을 걱정시키십니까?"

그러면서 공경하며 극진하게 권유했다. 소교완이 우연히 정인웅이 듣는 데서 이자염이 식사를 못 한다고 했다가, 그가 이를 큰 근심이 되는 것처럼 여겨 매번 이렇게 행동하는 것을 보고는 마음에 더욱 한이 맺혔다. 하지만 겉으로는 또 화평한 모습으로 먹으라고 하니, 이자염도 그때마다 그 지극한 우애를 나직이 칭찬하고 이런 식으로 배고픔을 면했다.

태전과 봉일루(화부인의 처소)에서 서태부인과 화부인이 이자염에게 진수성찬을 내려주면 소교완은 이자염을 더욱더 못살게 굴었다. 화부인은 이를 알면서도 며느리에 대한 사랑 때문에 차마 음식 보내는 것을 그만둘 수 없었다. 그래도 이자염은 소교완에게 미움받는 것을 전혀 나타내지 않았다. 온화하고 평안하게 받아, 그 먹이고자 하는 음식이 비록 잘 넘어가지 않아도 남기지 않았다. 이자염의 이 같은 빈틈없는 모습을 보고, 소교완은 며느리를 굶기고 애태워 유산시키려는 뜻을 이루지 못해 분통히 여겼다. 그리고 이자염이 해산달이 다가오고 정잠과 정삼이 집에 돌아올 때가 점점 가까워져 오는 것에 초조해했다.

이자염의 아이를 바꿔치기하려는 소교완

정인명이 먼저 돌아오자 온 집안사람들이 오랜 이별 뒤에 다시 만난 듯이 반겼다. 정겸과 서부인이 먼 길을 무사히 갔다 온 것에 기뻐하니, 정인명이 할머니와 어머니가 평안하신 것을 보고 다행으로 여기고는 두 숙부(정삼과 정염)는 선릉에 꼭 처리할 일이 있어서 보름 동안 더 머물렀다가 집에 돌아올 것이라고 알렸다. 그가 웃어른을 뵐 때, 그 화평한 기운은 따뜻한 봄과 같고 엄숙한 몸가짐은 밝게 빛나 속세를 벗어난 것 같았다. 서태부인이 사랑하고 귀하게 여기는 마음이 친손자보다 덜하지 않았고, 정겸 부부도 맏아들을 애지중지하는 마음은 마찬가지였다.

서태부인은 정삼이 집에 돌아오는 것을 미뤘다는 것을 갑작스럽게 여겼지만 소교완은 남몰래 기뻐했다. 공교롭게도 어진 이가 곤란하게 되면 소인이 권세를 부리는 때가 간간이 생기는데, 어찌 의외의 사건이 없을 것이며, 하늘은 반드시 사람들의 바람을 따르니 소교완의 악한 마음에 맞는 때가 오지 않겠는가? 연섬이 먼저 딸을 낳자 녹빙과 계월 등이 감추어 보호하며 소교완에게 넌지시 말했다. 이에 소교완이 고개를 끄덕이며 말했다.

"깊은 곳에 숨겨두어 온 집안이 모르게 하고 주씨의 해산을 기다려라. 이씨 아이(이자염)가 이번 달에 해산할 것이다."

두 여종이 그 말에 따라 연섬을 보호했는데, 사오일 뒤에 또 주씨가 아들을 낳았다. 그들이 모두 작당해서 연섬이 낳은 딸을 주씨의 아들과 바꾸었다. 하지만 주씨와 연섬에게는 이것이 소교완의 지시임을 조금도 드러내지 않았다. 그저 주씨에게는 자신들이 정인성에게 원망이 쌓이고 한이 맺혔다고만 했다. 녹빙은 정인중의 유모이기 때문에 인중 공자가 무용지물이 되는 것을 차마 볼 수 없다고 했고, 계월은 자신의 남편을 정인성이 무고하게 죽였다며 입술과 혀를 깨물어 원수를 갚고자 하는 마음을 보였다. 주씨는 계월이 남편을 죽인 원한을 갚으려고 자기 아들을 이자염의 아기와 바꾸어 정인성의 자식을 해치려는 줄로 알았다. 주씨의 존재는 집안의 하인들조차 관심이 없으니 누가 시비할 수나 있겠는가. 서부인이 주는 옷과 음식만으로 가난과 고초를 겨우 피하다가 녹빙과 계월이 소교완으로부터 얻어준 것이 풍부했고, 두 여종 또한 친하게 왕래하며 매사에 돌보니 주씨는 여종들에게 그저 감사할 따름이었다. 또 자신이 낳은 아이를 이자염의 귀한 아이와 바꾸어서 무사하게 자라면 집안사람들이 우러러보게 되고 끝내 높이 될 것이니, 이는 다시없는 영화였다. 다른 사람은 몰라도 자신은 그 사실을 명백하게 아니, 어찌 그 일을 끝까지 따르지 않겠는가.

주씨는 아이가 나올 기미가 보이자 바로 계월 등에게 알렸다. 계월이 직접 가서 밤중에 아이를 받아 연섬이 낳은 딸과 바꾸었다. 그런데 며칠 뒤에 자신이 낳은 아이가 편지 한 장과 함께 되돌아왔다. 주씨가 매우 놀라고 두려워하며 편지를 보니, 그것은 정인웅이 꾸짖는 글이었다. 몇 줄 글에 삼강오륜의 뜻이 뚜렷하고 윤리와 기강이 당당해서 천한 노비라도 한번 이 글을 보면 명백히 깨달을 만했다. 하물며 주씨는 사대부 집안의 핏줄로 주씨 집안의 맑은 명맥을 이어받았으니 어찌 성인의 교화에 감복하지 않겠는가. 자신이 낳은 아이가 돌아오고 더불어 정인웅이 경계한 글을 보자, 주씨는 슬프고 두려운 한편 밝게 깨닫고 송구스러운 마음이 들어서 자신의 잘못을 후회하고 자책했다. 이 일은 뒤에 다시 상세하게 쓸 것이니 끝까지 자세히 보라.

소교완이 연섬이 낳은 아이를 감춰두고 주씨의 해산을 기다리던 어느 날 밤, 두 시비가 조용한 때를 타 말했다.

"연섬이 낳은 아이를 주씨가 낳은 아이와 바꾸는 것은 어렵지 않지만, 만약 주씨가 먼저 해산하고 이 소저(이자염)께서 해산하는 때가 다음 달로 늦어지면 어떡하지요?"

소교완이 미소를 지으며 말했다.

"걱정하지 말아라. 용이나 호랑이의 새끼는 들쥐의 새끼와 크기부터 다른 법이다. 이씨 아이가 이번 달에 해산하지 않을 리도 없지만, 태어날 아이의 몸집이 크고 귀할 것은 묻지 않아도 알 것이다. 주씨가 한두 달 먼저 낳더라도 막 태어난 그 아이와 비슷할 것이니 근심할 필요가 없느니라. 다만 총명하신 시어머니(서태부인)와 신명한 화씨(화부인)의 눈을 가리기가 어려울까 두렵구나."

하지만 일이 공교롭게 되어서, 서태부인과 화부인이 정씨 부중을 떠나고 난 뒤에 주씨가 아들을 낳았다. 무슨 이유로 서태부인과 화부인이 정씨 부중을 떠나게 되었을까? 차례로 찬찬히 보아라.

정씨 부중을 떠나는 서태부인

이전에 소교완이 정삼이 정인성과 함께 열흘 남짓 늦게 돌아온다는 것을 아주 다행으로 여기고 기뻐하며 그사이 이자염이 해산하기만을 기다렸는데, 일이 마침 소교완이 바라는 대로 되었다. 원래 서태부인은 자매가 많았는데, 다른 이들은 모두 세상을 떠나고 오직 맏언니만 남아 있었다. 그녀는 처사 범창의 부인으로 나이가 칠순이었다.

범창은 고집이 세서 한번 고향에 돌아가더니 40년이 되도록 경사로 돌아오지 않았고, 하나 있는 아들 범경협에게도 벼슬을 구하지 말라고 했다. 이에 범경협도 아버지의 뜻을 이어 벼슬길을 헌 신처럼 여기고 있었다. 다만 그 자손에 다다라서는, 여러 대 동안 벼슬하지 않고 시골에 머물면 문벌이 한미해질까 걱정해서 세 아들에게 명해 과거를 보게 했다. 그 결과 그들이 동시에 급제하여 천자를 호위하고 궁궐에 출입하게 되니, 세 아들이 나랏일에 매여 천여 리나 떨어진 시골까지 자주 왕래할 수 없었다. 노처사 송명공 범창이 비록 기산에 들어가 은거한 높은 뜻을 이야기하며 후한 시대의 은사 엄광처럼 높고 맑은 마음이 있었지만, 그 뜻을 끝까지 이어갈 수 없었다. 그 이유는 손자에 대한 사랑으로 세 손자와 멀리 떨어져 지내는 것을 견디지 못했기 때문이다.

결국 범창은 고집을 꺾고 도성 밖 외따로 떨어진 곳에 집을 정해서 잠시 올라오게 되었다. 이에 따라 범태부인[3]도 상경하여 먼저 친정인 서씨 부중에 들르게 되었는데, 집과 주변 모습은 완연히 옛날 서씨 가문과 같았지만 사람들이 바뀌어 40여 년 전에 있던 옛 얼굴은 다시 보기 어려웠고 조카들과 손자들은 누가 누구인지 분별할 수조차 없었다. 범태부인은 속절없이 옛날을 그리워하고 슬퍼했는데, 부모님의 신위를 찾아뵐 때가 되어서는 자신도 모르게 오열하다가 기운이 막힐 정도였다. 범씨 사람들과 서공 등은 범태부인이 온 것에 감격해서 기뻐하던 중에, 범태부인이 슬픔으로 몸이 상하는 것을 민망하게 여겨 붙들고 간절히 위로했다. 하지만 범태부인은 부모상을 당했을 때도 그 앞에 가 곡하지 못했기 때문에, 마음속 응어리가 죽기 전에는 풀리지 않을 것 같았다. 그래서 마음이 울울하고 답답했고, 지나간 일과 부모님 생각에 맑은 눈물이 흰 귀밑머리를 적셨다. 노인이 이처럼 슬퍼하고 마음이 상하니 어찌 기운이 평안하겠는가. 이 때문에 몸이 매우 약해지니, 범경협이 몹시 초조해했고 범씨 집안사람들도 근심하며 어쩔 줄을 몰랐다. 범태부인은 기력이 약해져 편한 수

---

3 범태부인: 서태부인의 언니. 범부인이라고도 함. 현대역에서는 범태부인으로 통일함.

레와 넓은 가마로도 움직이기 힘든 지경이라 계속 서씨 가문에 머무르게 되었다.

범태부인은 동생을 몹시 그리워했는데, 자신이 오는 날 서태부인이 미리 와서 기다려 반기지 않은 것을 아쉬워했다. 서태부인도 언니를 그리워하며 손가락을 꼽아 날을 세면서 자매가 다시 만날 날만 기다리고 있었다. 하지만 정삼이 아직 돌아오지 않았고 정잠도 없어서, 만삭이 된 이자염을 둔 채 딸과 며느리를 데리고 언니의 행차를 맞으러 서씨 가문으로 갈 수가 없었고, 그냥 오라고 하기에는 염려스러웠다. 서태부인은 짐짓 잠자코 있었으나 남몰래 걱정하는 것은 요사스러운 무리의 못된 짓을 알아차렸기 때문이다. 그래서 언니가 온 것에 들뜨고 몹시 보고 싶었지만 바로 가서 범태부인을 만나지 못하고 정삼이 오기를 기다리고 있었다.

소교완은 밝고 영민하여 시어머니의 뜻을 헤아리고는 남몰래 계교를 꾸며 목적을 이루려고 했다. 그래서 짐짓 놀라 당황해하며 초조한 모습으로 서태부인의 앞에 나아가 친정어머니의 병세가 갑자기 나빠졌다고 했다. 그러고는 잠깐 친정에 가 어머니가 회복하는 것을 보고 오게 해달라고 했다. 원래 소씨 가문의 주태부인은 병든 지 오래였기에 지혜가 밝은 서태부인도 소교완의 마음을 다 알지 못하고는, 이 또한 자식으로서 당연한 도리라고 생각했다. 이에 돌아가 어머니를 간호해 차도가 있는 것을 확인한 뒤에 바로 돌아오라고 할 뿐, 소교완이 다른 마음을 품었다고 생각하지는 않았다.

소교완이 빨리 하직하고 가마를 재촉해서 친정으로 향했다. 정인중이 어머니의 가마를 호위해 갔다가 돌아와서는 외할머니의 병세가 매우 안 좋다고 했고, 시녀들이 전하는 말 또한 그러했다. 서태부인은 소교완의 초조하고 당황하던 모습을 떠올리며, 사돈의 두터운 정으로 주태부인의 병세가 가볍지 않은 것을 근심할 뿐이었고 조금도 의심하지 않았다. 이는 소교완이 어질고 순한 것은 아니지만 일을 잘 살피고 부지런히 힘쓰는 성격으로 그 됨됨이가 믿음직했기 때문이다.

서태부인이 화부인에게는 이자염이 해산할 기미가 있나 살피라고 한 뒤, 정태요와 서소랑을 데리고 서씨 가문으로 향하려고 할 때 범태부인에게서 편지가 왔다. 어제 친정에 돌아와 사당에 가 부모님을 뵙고 거기에서 밤을 지냈지만 동생을 만나지 못해 더 우울하고 슬프다며 빨리 오라고 재촉하는 내용이었다.

드디어 서태부인이 화부인과 이자염을 돌아보며, 다녀올 동안 잘 지내라고 당부했다. 서태부인은 범태부인을 보는 일이 급하기도 했지만, 오히려 화부인과 이자염을 잠시라도 떠나는 것이 슬펐다. 서태부인이 이자염의 손을 잡고 말했다.

"사람의 정이 끝이 없구나. 언니를 만날 마음이 진실로 급하지만, 며느리와 너를 데려가지 못하니 내 마음이 슬퍼서 멀리 이별하는 듯하구나. 그래서 사람이 흠 없이 만족하며 기뻐하기 어렵다고 하는가 싶다."

이자염은 두 손을 맞잡고 절하며 그 사랑을 감사하게 여겼고, 화부인은 정삼 부자가 돌아오면 시어머니가 계신 곳으로 가 모시겠다고 했다. 이에 서태부인이 말했다.

"언니가 반드시 너희 며느리들을 보고 싶어 하실 것이다. 막내 아이(정삼)가 돌아온 뒤에 때를 보아 언니를 만나는 것이 좋겠지만, 우리 손자며느리가 만일 아이를 낳으면 네가 움직이지 못할 것이니……
이 늙은 시어미와 어찌 함께 갈 수 있겠느냐. 나 또한 언니와 40년 동
안 이별한 회포를 푼 뒤에 바로 돌아올 것이다. 언니가 이미 도성에
오셨으니, 나중에라도 언제든지 다시 만날 수 있지 않겠느냐?"

그러고는 서태부인이 가마에 타니 정태요와 서소랑도 가마에 올
랐다.

정인명과 정인경이 가마의 뒤를 호위해 서씨 가문에 도착했다. 그
러자 범태부인이 베개를 물리치고 이불을 헤치며 다급히 몸을 일으
켜 서태부인을 맞았다. 서로 손을 잡고 무릎을 맞대어 앉고는 길게
오열하고 통곡하니, 자매간 그리웠던 정은 말하지 않아도 알 만했다.

(책임번역 박혜인)

완월회맹연 권 52

엇갈리는 희비

서태부인은 언니를 만나고
소교완은 실체를 드러내다

나이 들어 다시 만난 두 자매

범태부인이 얼른 일어나 여동생의 손을 잡고 무릎을 마주하고 앉더니 오열하며 길게 통곡했다. 이 두 자매가 다시 만난 정황은 굳이 말을 안 해도 알 만했다. 언니나 동생이나 다 귀밑머리 까맣고 윤이 날 때, 서태부인은 볼 빨간 어린 나이일 때 언니와 헤어졌다. 그런데 오늘 다시 만나니 귀밑에는 흰 머리가 무성하고 얼굴에서는 고운 빛이 사라졌다. 서태부인은 나이 들고 희끗하게 된 것이 언니와 다르지 않을 뿐 아니라 소복 차림의 미망인으로 세상에 남아 살아 있는 걸 슬퍼했다. 40년은 긴 세월이니 사람 사는 형편 또한 극적이라 할 만큼 변했다. 근래 오랜 병 끝에 덧없어하며 범태부인과 서태부인은 옛일을 느껴워하고 지금을 기뻐하며 반갑고도 슬픈 회포를 나누니, 어느새 날이 저물고 밤이 깊어갔다.

범태부인은 몸이 편치 않았고 타고나기를 남달리 맑고 연약했다.

나이 들어 병이 더욱 잦아졌는데, 슬프고 상한 마음에 쌓였던 병들이 한꺼번에 나타난 것이다. 그래도 정신은 명료하여 지난 일들을 또렷하게 기억하니, 세상 물정 어두운 어린아이 같지는 않았지만 기운은 매우 약했다. 서태부인은 이런 언니를 보며 걱정과 슬픔에 더욱 목이 메어, 언니가 움직일 때마다 몸소 부축하여 앉고 눕는 자리를 편안히 해주고, 미음은 먹기 편하게 온도를 맞추고 약도 미리 먹어보며 언니를 지극정성으로 돌보았다. 서태부인의 태도와 행동이 다 법도에 딱 맞아 아름다우니, 정잠과 정삼 같은 밝고 어진 이를 태교로 길러낸 것과 정인성 형제 같은 기이한 손자를 둔 것은 다 그 덕과 온화함에서 비롯한 것이었다. 범태부인은 자애롭고 어진 여동생이 남편과 사별한 것이 슬펐지만 그 자손들이 비상하고 특이하여 견줄 만한 사람이 없는 것을 기뻐했다. 범태부인이 조카 정태요의 손을 잡고 뺨을 어루만지며 말했다.

"지난날 네 어머니와 이별할 때 태부 조카(정잠)가 갓 태어나 어미 낯이나 겨우 알아볼 정도였단다. 한참 지나야 걸음마를 시작하고 말을 배울 것 같았는데, 이제 돌아오니 태부 조카는 이미 나이 들어 누군가의 할아버지가 되었구나. 너는 그때 아직 세상에 태어나지도 않았었는데, 이제 아들을 장가보내고 딸을 혼인시켜 친손자들과 외손자들이 가득하니, 내가 오래 살았고 세월이 많이 흐른 걸 알겠구나. 내 동생은 어질고 정숙한데 자녀가 적고 또 남편마저 먼저 죽어 어디 내세울 복이 없구나 싶었다. 그런데 태부 조카의 덕과 우뚝한 이름이 죽은 제부(정한)를 이어받았고, 처사 조카(정삼)의 큰 도와 높은 학문은 안회나 맹자보다 못할 것이 없고, 인성이 형제가 젊은 나이에 아름다운 명망을 얻었으며, 상씨 집안 세 아이는 새로 용각에서 황제를 보필하는 영화를 얻었으니, 기쁘고 아름답지 않은 것이 없구나. 게다가 사위들은 모두 군자와 영웅이고 며느리와 손자며느리에 이르기까지 모두 태임·태사의 덕과 열녀의 풍채를 겸해 속세의 보잘것없는 이들과는 견주지 못할 훌륭한 덕과 기특한 자질을 지녔다고 하니, 적선지가(積善之家)에 필유여경(必有餘慶)이고 복선화음이 반드시 하늘에 달린 것임을 비로소 알겠구나. 네 어미의 부귀와 영화가 진정 축하할 만하다.”

정태요가 미처 말을 하기도 전에 서태부인이 언니의 말을 감당하지 못하겠노라고 한사코 사양하더니 슬픈 낯빛으로 탄식하며 말했다.

“언니가 성대하게 말해주는 것과 높이 축하해 주는 걸 덤덤하게 듣는다면 제가 외람되지요. 하지만 지나치게 사양해서는 안 될 것 같네요. 제가 매우 미미한 사람이라 남편이 먼저 죽은 것 외에도 우환과 시름에서 놓여난 날이 없습니다. 죽지 못하고 괴롭게 세상에 머무는 것을 슬퍼했는데, 이제 언니를 만나 40년 동안 멀리서 그리워하던 마음을 조금이나마 풀어놓으니 살아 있는 게 다행인 듯하네요. 지난날 언니가 자식이 늦어 나이 삼십 줄에 들어 비로소 아들(범경협)을 얻고서야 후사가 없을까 했던 근심에서 벗어나셨지요. 그런데 또 그 아이가 기질이 맑고 아름다운 걸 보고는 혹시 장수하는 데 해로울까 염려하셨지요. 이제 보니 송학 같은 풍채에 골격이 빼어나고 기이하여 한갓 장수를 누릴 뿐 아니라 기질이 따뜻하고 온화하며 복덕이 무궁하겠어요. 희경이를 비롯해서 영화와 복록을 타고난 세 아이의 관상은 장수와 부귀 그리고 후한 때 이름난 신하 송홍의 덕을 겸했으니, 범씨 가문의 큰 경사와 복일 뿐 아니라 명나라 황실에도 매우 이로운 일입니다. 형부와 언니의 깊고 두터운 은혜가 묻혀버리지 않은 게 기쁘고 다행스러울 뿐 아니라 매우 부럽네요. 제 손자들은 거기까지는 미치지 못할 것 같아요. 그러니 언니가 희경이를 두고 제 손자 인성이 등을 칭찬하시는 게 어찌 과장이 아니겠어요?"

범태부인이 웃으며 말했다.

"내가 어찌 조금이라도 과장한 게 있겠느냐? 희경이 형제들이 비록 용렬하지는 않으나 네 손자들에게 비하면 백분의 일 정도나 될까 싶다. 인성이와 인광이는 내가 보지 못했지만, 인경이와 인웅이를 보면 그 기상과 덕이 고인이 된 제부의 풍모와 자질을 이어받았더구나. 자손이 대대로 번창하는 건 자손이 창성했던 주나라를 부러워하지 않아도 될 것 같다. 큰아들(정잠) 부자는 중화와 오랑캐를 복종시켜 지략과 그 이름이 천하에 알려지게 되었고, 이역만리 먼 곳에서 전쟁을 치르는 중요한 소임까지 맡고 있지 않느냐. 위험할까 봐 걱정은 되지만, 관우·악비의 재주와 장량·진평의 지모에 손무·오기의 용병술과 한신의 위엄을 겸비했으니 자잘한 적은 그다지 염려할 바가 아니다. 그러니 무슨 걱정으로 시름겨워 하느냐? 존귀와 영화와 복은 너보다 더 나은 사람이 드물 것 같구나."

서태부인이 한참 동안 말이 없다가 대꾸했다.

"인성이와 인광이는 오히려 인경이보다 낫고 인웅이 또한 빛나고 아름다운 것이 인성이보다 못하지 않지만 언니의 세 손자만큼은 못합니다. 부귀영화가 미망인인 제게 어찌 유쾌한 것이겠습니까? 자손들이 어질고 효성스러워 저를 괴롭히지는 않지만, 제 스스로 족함을 알지 못해 그런 것인지 근심에서 놓여날 때가 없네요. 맏며느리(양부인)를 먼저 앞세웠으니 사리를 거스른 슬픔이 긴 세월 동안 병이 되었고, 조카(정흠)가 원한을 품고 참혹하게 죽었으니 그 사무치는 슬픔이 어찌 친자식을 먼저 보낸 것과 다르겠습니까? 지나온 험난한 일들이 극에 달하니 슬픔과 기쁨이 어우러져 60년 세상살이에 괴로움이 심합니다. 고생과 비난에 파묻힌 게 아니고 하늘에 잘잘못을 따져 슬픈 것도 아니지만, 큰아이와 떨어져 있는 일이 너무 잦고 집안에 걱정과 괴로움이 연이어 쌓이니, 보잘것없는 제가 잘 대접받으며 지내는 게 뭐가 편하겠어요? 쓸데없이 오래 사는 게 결국 욕되더이다."

범태부인은 빼어나기가 서태부인과 어슷비슷하여 온화하고 지혜로웠으며 겸손히 스스로를 낮추고 드러내지 않았지만 너르고도 넉넉한 지식은 명철한 부인이라 하기에 부족함이 없었다. 범태부인이 서태부인의 말을 듣고 그 마음을 자못 알게 되었고, 또 훌륭한 정인웅을 낮춰 범희경 등만 못하다고 이야기하는 걸 하나하나 들으며 한동안 말이 없다가 입을 열었다.

"동생은 매우 공손하고 겸손해서 부귀영화를 도리어 두렵게 여기고, 또 천하의 가득한 기대를 받으면 사람들의 시샘을 받지 않을까, 크게 이름을 떨치게 되면 도리어 해롭지 않을까 염려하는 게로구나. 조카 잠이가 이미 오랑캐 땅에서 위험한 전쟁을 하면서 덥거나 춥거나 않으나 서나 간에 변함없이 충성스럽고 절개 있는 것이 먼저 간 제부의 뒤를 잇고, 또 자식들은 저마다 도와 덕을 공부하여 하나하나가 명철하고 지혜로우며 덕 있는 가문의 분위기 속에서 일찍 훌륭하게 성장했지. 하지만 왕연처럼 가벼이 굴지도 않았고 낙빈처럼 반란을 일으킬 불길한 조짐도 없으니 뒷날을 걱정할 게 없고, 그뿐 아니라, 사리에 통달한 옛사람도 오늘은 술 취하고 내일 일은 또 내일 일로 감당했으니 그걸 본받으면 좋겠구나. 장수하는 게 욕될까 근심해서 지나친 염려로 마음 복잡하게 하는 것이 뭐가 유익하겠느냐? 양씨 며느리가 일찍 세상을 떠난 것과 문계(정흠)가 화를 입어 죽은 것은 매우 참담하고 슬프나, 그 또한 그들의 명인 것을 어찌하겠느냐? 하물며 두 손녀 명염이와 월염이는 남들 열 아들보다도 낫고, 인성이를 양자로 삼아 후사가 영화로우며, 조카(정잠)의 충신·열사 같은 아름다운 이름은 구한다고 얻어지는 것이 아니다. 그러니 초목처럼 소리도 내음도 없이 늙는 것에 비하겠느냐? 한유는 죽은 조카를 위해 지은 제문에서, 자신도 머지않아 죽게 될 터인데 곧 죽는다면 살아 슬퍼할 날이 얼마 되지 않고 슬퍼하지 않을 날은 무궁할 터라고 했다. 그러니 네가 세상살이가 지리한 걸 한스럽게 여기지만 인생 백년을 산다 해도 벌써 육순에 이르렀으니 반은 넘긴 셈이다. 한번 눈을 감아 긴 잠에서 깨어나지 못한다면 길하고 흉한 일에 걱정할 게 없게 되지. 동생의 통달한 식견으로도 목숨이 명에 달린 것이고 화복이 하늘에 달린 것임을 깨닫지 못하느냐?"

동생의 며느리들이 보고 싶은 범태부인

서태부인이 이렇게 계속 머무르는 사이에 정태요는 시아버지의 제사가 다가왔기 때문에 상씨 부중으로 돌아갔고, 소교완은 어머니의 병세가 계속 위중하다며 정씨 부중으로 돌아오지 않았다. 서태부인은 소교완의 말에 대해 의심하지 않고, 다만 병간호하느라 경황이 없으려니 했다. 범태부인은 조카며느리인 소교완과 화부인, 그리고 이자염과 장성완 등을 즉시 보지 못해 궁금하게 여겼다. 반면, 처사 범경협의 부인 곽씨와 범희경의 부인 등은 차례로 와서 서태부인에게 인사하고 한 사람씩 돌아가며 범태부인을 모시면서 그 옆을 떠나지 않았다. 그들은 서태부인의 두 며느리와 손자며느리들은 일이 있어서 함께 와서 인사드리지 못한 것이라고 하며, 정성이 부족하고 인사에 소홀해서 그런 것이 아니라고 했다. 이에 범태부인이 웃으며 말했다.

"소씨 조카며느리의 어머니 병환과 이씨(이자염)와 장씨(장성완)에게 일이 생긴 것은 다 어쩌지 못할 바이지만, 화씨 조카며느리는 별다른 이유가 없는 것 같구나. 이씨가 아직 해산할 기미도 없는데 해산을 기다린다며 그 곁을 잠시도 떠나지 않는 것은 좀 이상하지 않으냐? 시골에 있을 때도 침상 앞에서 마음속으로 빌기를 '꿈속에서라도 고향에 돌아가 동생을 반갑게 만나고 여러 조카며느리와 친척을 보면 좋겠네.' 했었지. 그런데 꿈속에서도 다만 동생만 볼 따름이고 조카며느리들을 보지 못하니, 얼굴을 알지 못하기에 꿈에도 보이지 않고 비록 보여도 내가 모르는 것인가 했었다. 이제 요행히 경사에 이르렀는데, 너의 자손과 며느리들을 즉시 보지 못하니 어찌 울울하지 않겠느냐?"

서태부인이 언니의 지극한 정을 깨닫고는 슬픈 빛으로 말했다.

"내리사랑은 있어도 치사랑은 없다는 말의 뜻을 비로소 깨닫겠네요. 저도 언니와 멀리 헤어져 있으면서 무척 그리웠답니다. 그런데 언니의 그리움에는 미치지 못하겠네요. 일찍이 꿈속에서 언니 만나길 원했을지언정 운방 부부와 부자 만나는 걸 간절히 바라지는 않았거든요. 그러니 어찌 언니의 지극한 사랑과 두터운 정에 비하겠어요? 화씨 며느리에 대해서는 그럴 만한 이유가 없다고 할 수도 있지만, 실은 제가 여기로 오고 소씨 며느리는 친정에 가서 친정어머니 병환을 간호하니 집안에 어른이 없으면 안 되겠기에 움직이지 말라고 한 겁니다. 그런데 언니가 이렇게 궁금해하시니 내일 잠깐 와서 인사드리고 가라 하지요."

그러고는 손수 편지를 써서 범태부인의 뜻을 전하며 내일 와서 인사드리라고 일렀다.

범태부인에게 인사드리러 가는 화부인

화부인이 시어머니의 편지를 받고 즉시 편지를 써서 다음 날 인사드리겠다고 답한 뒤 이자염을 보러 갔다. 주위에 다른 사람이 없는 것을 확인하고는 한숨 지으며 말했다.

"옛날에 성을 지킨 명철한 부인이 있었지. 이처럼 슬기와 재주가 뛰어난 여자가 많은데, 부녀자의 바른 덕은 오직 밥하고 술 빚는 일이나 의논하는 것이라 하니 달리 할 수 있는 게 없고 오직 부엌에서 지내고 길쌈이나 가사 노동을 할 따름이다. 스스로 썩히기 아까운 총명함과 문식이 좀 있다고 하여 아직 당하지도 않고 다다르지도 않은 일을 아는 척하며 앞일을 근심하고 염려하는 것은 마땅한 일이 아니다. 그런데 요즘 내 마음이 예전과 다르구나. 하물며 사람의 화복이 아침저녁 사이에 달라지고 평안한가 아닌가도 시시각각 다르지. 네가 이미 만삭이 되어 조만간 해산할 조짐이 있을 것 같은데, 집안에 어른이 계시지 않고 둘째(정인광)는 나랏일에 바빠 집에 돌아오지 못하고 숙직이 길어지는구나. 이역만리에 종군하는 경우는 말할 것도 없고 별일 없던 사람도 다 사정이 생겨 집에 없으니, 혹시 네가 아기를 낳게 되어도 약재를 제대로 쓸 사람이 없구나. 어찌 답답하고 걱정되지 않겠느냐? 시어머니께서 내일 시이모님께 인사드리러 오라하시는구나. 집안을 잠시 비우기 어려운 사정을 말씀드릴 수도 있겠지만, 시이모님의 성의가 지극하시니 어찌 소홀하게 하겠느냐? 이는 사람의 도리에 어긋나는 일일 뿐 아니라, 시어머님 또한 내가 집을 떠나기 어려운 상황을 알고도 시이모님의 뜻을 받드신 것이니 내 어찌 명을 받들지 않을 수 있겠느냐? 행여 네가 해산할 조짐이 생기면 소씨 형님(소교완)이 친정어머니 간호를 못 하게 되더라도 반드시 돌아와서 극진히 돌보실 게다. 그러니 다른 염려는 없겠지만 녹빙 등이 전혀 충성스럽지가 못하고 또 간사하고 요망하니, 혹시 산모와 갓 태어난 아기에게 해를 끼칠까 두렵구나. 너는 매우 착하고 또 총명하여 악한 그림자가 이르기 전에 기미를 알아차려 임기응변할 방법을 생각하고 있겠지만, 오직 담담할 뿐 피하려 하지는 않지. 이는 온당하며 선에 부합하는 도리라 할 수 있겠지만, 자칫 부모 자식 간의 천륜을 어지럽힐 수 있단다. 또 스스로 몸이 상하는 것을 감수하면서까지 위태한 데로 나아가고 함정에 빠지게 되면 존귀한 존재의 덕을 욕되게 할뿐더러 양가 부모님께 큰 근심을 더하게 되는 것이다. 그 어찌 불효가 아니겠느냐?"

이자염이 고운 손을 모으고 공손한 태도로 말씀을 듣는데, 조심스럽고 부끄러워 감히 대답하지 못했다. 명철한 화부인이 소교완의 마음속을 까마득하게 모르고 있으리라고는 생각하지 않았지만, 의심하는 수준이 아니라 이렇게까지 생각하고 있는 것을 알고는 부끄럽고 당황하여 목소리를 평안하게 낼 수가 없었다. 화부인은 그 지극한 효심에 감탄하고 사람됨을 훌륭하게 여겨, 오히려 자기 자식보다 더 사랑하고 귀히 여기는 것 같았다. 또 이자염이 처한 위험한 형세와 사정을 곰곰 헤아려보니, 애처롭고 슬픈 마음이 사무쳐 애달픈 표정을 드러낸 채 탄식하고 눈물 흘리며 말했다.

"내가 그렇게 통찰력이 있지는 않지만, 인성이와 네가 타고난 수명이 인광이와 장씨(장성완)만 못한 듯하구나. 시름겨운 세상에서 걱정 없이 마냥 즐거워하지 못하고 남모르는 근심에 싸여 홀로 하늘을 향해 부르짖어 우는 일이 없지 않을 듯하니 어찌 슬프지 않겠느냐?"

이자염이 화부인의 밝은 지인지감에 탄복하며 찬찬히 생각해 보니, 자기네 부부가 부모님을 기쁘게 해드리기는커녕 도리어 걱정거리만 더한 것 같았다. 긴 세월 동안 애간장 태우셨을 걸 생각하니 마음이 슬프고 자신들의 불효가 크게 느껴졌다. 하지만 겉으로는 부드럽고 온화한 표정으로 화부인의 상한 마음을 더 슬프게 하지 않으려 할 따름이었다. 화부인이 예전에는 며느리를 대하여 걱정하는 기색을 보이지 않더니, 지난번 며느리의 상처를 본 뒤로는 매우 놀라고 걱정스러웠다. 화부인은 사람들이 모인 자리에서는 내색하지 않았고, 서태부인과 정태요에게도 속마음을 이야기하지 않았다. 하지만 안팎으로 강건하고 요악한 무리가 흉한 일을 벌이는 낌새를 알아채고는 더욱 간담이 서늘하고 놀라움을 금치 못했다. 그러던 때에 며느리를 보게 되니 자연히 근심스러운 표정을 감추지 못하고 한번 이야기한 것이었다. 그러나 이자염이 불안하고 두려워하며 마치 스스로 대죄를 지은 것처럼 하니, 며느리를 위해 걱정하고 슬퍼한 것이 도움은 안 되고 도리어 더 위축되고 불안하게 만든 셈이었다. 그 모습이 안됐고 불쌍하여 누누이 다 말하지 못하고 말을 돌려 이자염을 안심시키려 했다. 이자염도 시어머니의 정성 어린 마음을 헤아리고 뼛속 깊이 감사한 마음이 들었다.

화부인이 가마를 타고 서씨 부중에 이르러 범태부인에게 인사드리고 시어머니를 모시며 그간의 안부를 여쭙고 공손하게 예를 행하며 범태부인을 뵙는 일이 늦었다고 말씀드렸다. 그러고 나서 범경협 부인, 서공 부인 등과 함께 두 어른을 정성스레 모셨다. 화부인의 눈에서는 빛나는 안광이 흐르고 자태가 단정하고 가지런했으며 붉은 입술 사이로는 흰 이가 살짝 드러났다. 온유하고 나긋한 말소리는 마치 오동나무에 처음 깃든 봉황의 울음소리처럼 만물이 다 좋아할 듯했다. 법도에 맞고 얌전한 모습과 더불어 얼굴과 태도 또한 아름다워, 그 우아한 모습은 긴 강물이 하늘에 닿은 듯하고 무리 가운데 우뚝하여 맑은 가을 물빛 같았다. 그 모습이 한없이 맑으며 법도에 맞았고 덕스러운 자질은 엄연히 성인에 가까웠으니, 응당 숙녀의 모습이었다. 차림새도 다 꾸밈이 없고 깔끔하니, 서씨 집안 사람들의 치장과 사치한 옷차림이 도리어 잡스러워 보일 정도였다. 범태부인이 조카 며느리와 손자며느리들이 현숙하고 아름다우며 명철한 것을 다행으로 여겼다. 또한 정태요의 특출난 자질을 사랑했는데, 화부인을 보니 어진 바탕과 풍모가 정태요보다 낫고 서공 등의 부인들보다 월등하게 뛰어났다. 범태부인은 그런 화부인을 흠뻑 사랑하여 얼른 손을 잡고 동생 서태부인을 향해 즐거이 칭찬했다.

"돌아가신 제부(정한)와 동생의 덕스러운 자질과 풍모를 이은 게로구나. 내가 늘 제부의 풍채와 큰 도, 그리고 너의 신선 같은 풍모와 어짊은 따라갈 이가 없을 것이라 생각했는데, 이제 자손과 며느리로 이어져 이처럼 성스럽고 고운 처자가 여백(정삼) 조카의 부인이 되었구나. 또 체찰(정인성) 삼형제 같은 기이한 자식을 두어 문호를 창대하게 하니, 정씨 가문의 융성한 복과 큰 경사가 화씨 며느리에서 비롯한 것이로다."

서태부인이 기쁜 마음으로 감사해했다. 비록 지금 정씨 집안에 어른이 없다는 사실이 민망했지만, 한편으로는 화부인이 곁에서 자신을 모시고 있는 게 기쁘고 든든하여 그날 바로 돌려보내고 싶지 않았다. 그뿐만 아니라 범태부인이 두어 날 머물다 가라고 말하며 연신 감탄하고 어여삐 여기니, 서태부인도 우겨서 보내는 게 너무 박절한 것 같아 며칠을 머물게 했다.

갑자기 병이 난 서태부인

그러던 중 서태부인이 신음이 날 정도로 갑자기 몸이 불편해졌다. 비록 위중하고 위태로운 병은 아니었지만, 노인이 신음하니 어찌 괴롭지 않겠으며, 며느리와 자손의 마음이야 어찌 걱정되고 초조하지 않겠는가? 정인광이 근무를 마치고 바로 서씨 부중으로 가 범태부인에게 인사하고 할머니를 모셨다. 태운산에 있던 정겸과 공자들도 다 서씨 부중에 모여 탕약 시중을 들고 병을 간호했다. 이들은 하나같이 걱정되고 민망하여 스스로 대신 앓지 못하는 것을 안타까워했는데, 그 조심스러운 정성과 효성은 친자손과 조카, 손자 등이 다르지 않았다. 하나하나 예절 바른 용모가 빛나고 효성이 빼어나니, 아름다움이 자연스레 얼굴에 드러나고 행동거지에 나타났으며, 손위 친척과 어른을 받드는 데도 한결같이 선선하고 온화했다. 모두 서태부인을 모시고 간호할 때 걱정이 앞서 스스로 몸을 삼가고 호흡을 나직이 하여 극진히 공경했고, 조용조용 잡소리도 안 내며 아주 편안한 분위기를 만들었다. 병 증상을 의논해서 약을 쓸 때에도 어지럽게 여러 말 하지 않았고, 다만 선한 행실과 덕스러운 자질이 한결같았다. 이를 보면 다들 더할 나위가 없어 누가 더 나은지 정하기 어려웠지만, 그 중에서도 정인웅의 성스러운 풍모는 여러 사촌 중에서도 빼어났고 정인광의 걸출함은 공자들 중 으뜸이었다. 범태부인이 시원스레 한번 숨을 내쉬고 서태부인의 부귀복록은 지금 따라올 사람이 없다고 하며 "정인성의 아름다움을 정인광과 비교하면 어떤가?" 물으니 서태부인이 대답했다.

"인광이가 성스러운 행동과 덕스러운 자질을 지녔다 해도 자기 형과 견주어 보면 그 반에도 미치지 못할 겁니다. 어린 손자 인웅이가 선대의 가르침을 이어 제 형과 매우 닮긴 했으나 또 다른 바가 있지요."

범태부인이 말했다.

"동생은 인광이를 인성이보다 아래에 두고, 인성이의 성품을 논하면서 인웅이와 같다고 하는구나. 이를 보니 인성이와 인웅이는 백 대 이전부터, 또 백 대 이후에라도 다시 있기 어려운 사람인가 보다 싶다. 그러나 나보고 사람을 취하라고 한다면 인광이를 으뜸으로 둘 것이다."

서태부인이 크게 웃으며 말했다.

"언니의 밝은 견해와 지식으로 그 마땅하심을 알겠지만, 사람을 취할 때는 공자·맹자의 바른 맥을 이은 이가 합당합니다. 인광이가 실로 비상하고 뛰어나 문장 재주가 빛나고 덕행이 찬연하지만, 그래도 제 형에게는 크게 미치지 못합니다. 이런 까닭으로 제 아비가 말하길, 성질에 병통이 없는 걸로 치면 인경이만 못하다고 했지요. 하지만 구태여 제 아우보다 못하지는 않고 자질과 성품은 오히려 낫습니다."

범태부인이 웃으며 말했다.

"백에 하나도 흠이 없는 사람이라면 이는 곧 성인이다. 정씨 가문이 비록 정명도의 후손이라 해도 명철하고 지혜로운 이라고 해서 모두가 성인이 되겠느냐? 인웅이는 동생이 말한 대로 정씨 가문의 도통을 이어 공자·맹자의 맥이 한 몸에 오롯하고, 인광이는 성인의 자질과 영웅의 성품을 겸하고 요순의 진실함과 선함을 본받아 그 기상이 끝없이 넓고 굳세며 용맹하기까지 하다. 두 가지를 아우르기가 어려운데 홀로 완전하니 어찌 기이하지 않겠느냐?"

서태부인이 그렇지 않다며 겸손해했다.

화부인은 이자염을 생각하며 한 시각도 마음을 놓을 수 없었으나 서태부인의 몸이 좋지 않아 떠나지를 못했다. 정겸과 여러 사람이 여기에 와서 간호하니, 정씨 집안은 고요하고 사람의 이목이 드물어 간사한 자가 바야흐로 손 쓸 때를 얻지 않을까 의심하고 염려했다. 하지만 화부인은 이런 기미를 낯빛에 조금도 드러내지 않았으니, 이치에 밝은 서태부인조차 그런 낌새를 몰랐다. 다만 집안 남녀 어른들이 다 나와 있는 것을 불안하게 여겨, 병증이 좀 차도가 있으면 속히 돌아가야겠다고 생각했다.

소희량이 막내딸을 정잠에게 시집보낸 이유

앞서 소교완은 친정에 가 부모님을 뵙고 어머니를 간호하고 있었다. 주태부인은 자녀를 많이 낳아 네 아들과 세 딸을 두었고 슬하에 손자와 증손자가 많으니 복이 지극했다. 그러나 초년에 어린아이를 몇 잃어 애통해하며 슬퍼하다 깊은 병이 들어 몸이 약해졌고 나이가 들면서 병이 더욱 잦아졌다. 이때는 온몸 마디마디가 다 흩어지는 듯한 고통으로 괴로워하며 신음한 지 오래였다. 하지만 또 그렇다고 죽을까 걱정할 정도로 위태롭지는 않았기에 소희량이 딸들을 부르지 않았는데, 소교완이 스스로 와서 돌보며 간호를 하고 있었던 것이다.

소교완이 언니들과 함께 맛있는 음식을 챙겨 드렸는데, 정성스러운 태도로 잠시도 게으름을 부리지 않았다. 생각을 받드는 것과 입에 맞는 음식을 봉양하는 것은 말할 것도 없었지만, 원래 효성스럽고 공경하는 태도가 오라비들보다 못하지 않았다. 그러니 인정상 자연스레 막내에게 사랑이 갔고, 게다가 멀리 떨어져 살다가 이렇게 보게 되니 더욱 반가웠다. 그뿐만 아니라 딸 소교완의 사람됨이 총명하고 영리하기에 뿌듯하게 여기는 마음도 없지 않았다. 소희량과 주태부인은 판단력이 보통 사람들보다 나았다. 두 사람이 본디 사람을 볼 때는, 남자는 유가의 도덕을 잘 배웠는가를, 여자는 어질고 순하며 스스로를 낮추는가를 기준으로 삼았다. 그래서 총명하고 재주 많지만 경박한 부류와 덕행은 상관하지도 않고 재주와 용모를 자랑하는 부류는 매우 좋아하지 않았다. 그런 까닭에 소교완은 부모님이 보고 들을 때는 자신이 높아지는 걸 좋아하고 덕을 기르는 일은 싫어한다는 것을 겉으로 드러내지 않았다. 소희량은 막내딸이 아기였을 때부터 그 기질이 탁월하고 타고난 바탕이 비상하다는 걸 모르지 않았지만, 덕스럽고 어진 마음과는 거리가 있다는 걸 알고는 부인에게 이렇게 말했다.

"삼국시대 조조의 영웅성과 당나라 재상 이임보의 간사한 재략을 어찌 범상함에 비하겠소? 한나라와 당나라를 그르친 것이 바로 이런 부류이니, 비상한 기질과 재질은 타고났으나 덕을 타고나지 못했다면 그 불행이 극에 달하는 것이오. 막내딸의 미모와 기질은 천고의 재주 있고 아름다운 여자들보다 못하지 않지만, 나의 곧고 담백한 기질과 부인의 어질고 빼어난 자질을 닮지는 않았군요. 부모를 닮지 않은 게 괴이하고 또한 동기들과도 다르니, 모름지기 교육을 각별히 하셔야겠습니다."

또 이어서 말했다.

"엄정하고 세찬 장부를 만나지 않으면 암탉이 함부로 선을 넘는 근심이 있을 듯합니다. 비록 딸아이의 사사로운 마음에 기쁘고 흡족하지는 못하나 마땅히 이름난 군자의 후실로 시집보내 조심스러운 태도로 머리를 숙이게 해야겠습니다."

이에 주부인이 황망하게 부끄러운 낯빛으로 자기가 어질지 못해 옛사람들의 태교를 본받지 못했다고 말하니 소희량이 탄식하며 말했다.

"자식의 선악이 어찌 어미에게만 달렸고 그 아비와는 무관하겠습니까? 어린아이를 보고 염려할 것이 아니긴 하나, 막내는 어질고도 아름다운 다른 자식들과는 다르군요. 구태여 덜 빛나는 것도 아니고 빼어나기로도 평범하지 않지만, 우리 부부가 바라던 바와 같지는 않습니다. 그러니 천륜의 정으로 먼 훗날을 근심해서 이러는 것일 뿐, 부인이 스스로 허물 삼을 바는 아니지요."

소교완이 자라면서 꽃다운 명성이 인척들에게는 물론이고 멀리까지 전해져 장안 도성에 아들 가진 이들은 다투어 구혼했다. 그러나 소희량은 엄정하게 물리치며 가볍게 혼인을 정하지 않았는데, 정씨 집안에서 청혼하자 단번에 흔쾌히 혼약했다. 당시 사람들 가운데 소희량을 잘 모르는 자들은 의아하게 여기며 소희량이 태부 정한 부자의 혁혁한 존귀 때문에 세상 권세를 따르는 것이라 생각했다. 하지만 그를 아는 사람들은 소희량이 정잠의 학문 자질과 어진 풍모 그리고 대대로 내려온 덕을 취한 것인 줄 단박에 알아차렸다. 하지만 소교완의 사람됨을 염려해서 일부러 나이 서른 넘은 대장부의 재취로 시집보내는 것이라고는 미처 생각하지 못했다. 태부 정한은 인과응보의 밝은 식견을 헤아려 비록 말을 하지는 않았지만 소희량의 사람됨을 어렵게 여겼다.

딸의 실상이 궁금한 소희량

소희량과 주부인이 막내딸을 정씨 집안 며느리로 시집보낸 뒤 얼마 되지 않아 사위 정잠이 상을 당해 고향에 내려가게 되었다. 이로 인해 여러 해 동안 안부를 자주 묻지 못하고 오직 멀리서 그리워하는 마음에 꿈속에서도 잠 못 이루었는데, 생이별의 슬픔이 사별보다 더한 것을 한스럽게 여기고 있었다. 이러던 차에 정잠이 고국에 돌아오고 집안과 나라에 큰 경사가 겹으로 쌓여 정씨 집안 사람들이 모두 한꺼번에 식솔을 데리고 상경했다. 부모와 자식이 10년 동안 떨어져 지내다가 모두 다 모이게 되자 이보다 더한 기쁨과 즐거움이 없었다. 그러니 어찌 미처 드러나지 않은 허물과 평안하지 않은 마음을 꿰뚫어 보겠는가? 또 사람들이 전하는 소리와 귀에 들리는 말은 딸의 성품과 행동이 어질고 곧아 효성으로 시부모를 섬기고, 제사를 잘 지내고, 친척들과 돈독하게 지낸다는 내용으로, 다 부녀자의 온화하고 맑은 도리에 맞아 시집에서 칭찬을 듣는다는 것들뿐이었다. 그러니 딸이 간악하고 음험하여 전처 자식을 삼켜버리지 못해 성나고 괴로운 나머지 속에서 분노가 치밀어 오르는 건 미처 몰랐다. 소희량이 정성으로 증상을 살펴 병세를 진단해 보니, 딸이 자주 신음하는 건 자신을 잘 돌보지 않아서가 아니라 온통 마음 씀이 지나쳐 병이 된 것이었다. 소희량이 너무 의아하여 맏딸에게 조용히 말했다.

"공자 아버지와 공자의 아들 백어, 그리고 공자의 손자 자사가 다 부인을 쫓아냈다. 성현이 잘못 처신하지는 않았을 테고, 반드시 쫓겨날 만한 잘못이 있었기에 더 머물게 하지 않은 것이다. 여자가 남편을 받드는 것은 남자가 임금을 섬기는 것과 또 다르다. 신하는 임금을 섬기다가 더 이상 섬길 만하지 않다는 판단이 들면 물러나면 되지만, 부인이 한번 사람에게 몸을 허락하면 어찌 무를 수가 있겠느냐? 그러므로 여자의 온갖 처사는 용렬하거나 추하면 안 되고 시집가서 온화하고 공손하며 늘 한결같은 마음이어야 한다. 내 생각에 훌륭한 문덕과 자질을 지닌 정잠은 아내가 못나도 족히 잘 인도하여 사람 사는 일에서 예가 중하다는 걸 돌아볼 듯하고, 정씨 집안의 가풍과 대대로 내려오는 덕으로 볼 때 사람을 괴롭게 하거나 까다롭게 굴지는 않을 것이다. 그뿐만 아니라 정씨 집안 아들 인성이의 효와 덕과 선행이 지금 세상에는 둘도 없을 터이니, 결코 친어미가 아니라 하여 사이가 벌어지게는 안 할 것이다. 그러니 막내의 앞길이 영화롭고 신세가 백에 하나도 흠이 없는데, 제 뜻이 어떠하길래 이리 심려하는 병이 생겼는지 통 모르겠구나. 너는 정인홍을 사위로 두어 손녀 현교가 정씨 집안에 있으니, 때때로 그 집안의 일을 듣게 될 것이다. 그러니 모름지기 무심하게 여기지 말고 현교에게 당부하여 제 이모(소교완)의 모든 일을 알아 오게 해다오. 막내가 사람됨이 비상하지만, 자기가 높아지는 것을 좋아하고 덕화를 싫어하여 내가 평소에 염려했었다. 하지만 10년을 멀리 떨어져 지내면서 어떻게 살았는지 알지 못했으니, 혹시 군자의 문호에 죄를 지은 건 아닌가 의심스럽구나. 정씨 집안이 설령 덕 있고 어진 가문이 아니라도 막내가 지아비를 받든 지 10여 년에 두 아들을 낳아 길렀으니 아마도 새색시는 면했을 듯하고 행동거지와 처신이 서툴지는 않을 것이다. 하물며 대순 같은 효자와 아황·여영 같은 며느리가 삼가고 공경하며 뜻을 받들어 정성을 다할 텐데……."

상부인(소희량의 맏딸이자 상환의 아내)이 공손히 아버지의 말씀을 듣고는 대답했다.

"저희가 못나서 낳고 길러주신 은혜가 하늘 같은데도 다른 가문에 시집가 아름다운 소문이 부모님 귀에 들리게 하지 못해 부모님의 걱정이 여기에까지 미치셨군요. 어찌 이 불효를 용납할 수 있겠습니까? 정씨 가문의 세세한 법도와 막냇동생의 처사를 알고 싶으시다면 제 딸이 아니라도 조카딸이 또 고모(정태요)를 따라 정씨 부중에 자주 왕래하니 자연스레 작은 일이라도 듣고 본 게 있을 듯합니다. 그런데 정씨 집안사람들은 남녀 할 것 없이 모두 온화하고 조용하여 말수가 적은 게 남다릅니다. 막냇동생이 설령 허물이 있고 그른 일을 했어도 조카딸이나 제 딸이 능히 알기 어려울 것 같습니다."

소희량이 탄식하며 말했다.

"자식을 잘못 낳아 그런가? 나이 많아 마음이 소심해져서 그런가? 막내를 생각하면 예전에는 없던 자잘한 염려가 생기고 마음이 놓이지 않는구나. 이 또한 딸 둔 자의 구차함이겠지만, 너와 둘째를 시집보낸 지 수십 년이 되었어도 내 구태여 근심하는 일이 없었다. 명아(소명아. 소희량의 큰아들 소운의 딸이자 상안국의 아내)는 비록 제 시어머니(정태요)를 모시고 정씨 부중에 왕래하는 일이 잦긴 하나, 어찌 명아에게 막내 이야기를 하겠느냐? 교아(상현교, 상환의 딸이자 정인홍의 아내)는 오히려 정씨 집안에 시집갔으니, 이따금 왕래하는 명아보다는 듣고 보는 게 더 많을 게다. 지극한 선과 지극한 악은 사람이 감추고자 해도 자연스레 드러나는 법이니, 알고자 한다면 어렵지 않게 알 수 있지 않을까 싶다."

주부인이 말을 이었다.

"교아로 하여금 유심히 살펴서 좋든 나쁘든 간에 소문을 알게 해다오."

상부인이 다소곳하게 듣고 있었는데, 부모님의 이 같은 말씀이 잘못 생각하시는 게 아님을 깨달아 소교완의 사람됨을 또한 근심했다.

걱정스럽게 소교완을 지켜보는 사람들

원래 상부인은 매사를 바른 법도에 따랐으며 예를 알고 대의에 투철했으며, 부모의 밝은 가르침을 받들어 성품과 도량이 툭 트이고 의기로워 선비와 군자 같은 면모가 있었다. 하지만 그렇다고 너무 세찬 것도 아니어서 봄바람처럼 부드럽고 어질었으며, 간악한 무리가 아첨하는 것은 마주하는 것조차 원하지 않았다. 소교완은 상부인과는 전혀 달랐으니, 그 둘은 마치 어질었던 유하혜와 그와는 정반대였던 동생 도척의 관계 같았다. 상부인뿐 아니라 상서 소운 등 남자 형제 네 명과 등부인(둘째 딸)도 다 순하고 효성스럽고 우애 있고 충성스럽고 신의가 있었다. 그런데 소교완은 부모 형제의 맑은 덕과 덕스러운 자질을 전혀 닮지 않았다. 그녀는 빛나는 자질을 타고났으나 어질지 않은 성품과 행실은 부모 형제와는 전혀 달랐으니 어찌 한스럽지 않겠는가?

상부인은 부모의 말대로, 딸이 친정에 왔을 때 동생 소교완의 모든 일 처리를 알아보라고 했다. 상현교는 시집에 머문 지 1년이 되었는데, 사람됨이 인자하고 어질어 사람들이 칭찬하고 인정했다. 시댁 친척들과 정이 많이 들었고, 나이 비슷한 소저들과는 더욱 뜻이 맞아 자매처럼 친했다. 하지만 나이 어린 이들이 소교완에 대해 감히 시시비비를 논하지 못했으니, 상현교의 경우는 더욱 말할 필요가 없었다. 어떤 이들은 소교완을 온화하고 자혜롭다고 치켜세웠으나 주의 깊고 사리에 밝은 이들은 그렇게 생각하지 않았다. 그들은 진작에 소교완이 화부인·서부인 같은 부인들과 다른 걸 알고 있었고, 소교완이 이자염을 해치고자 하는 낌새를 알아차리고 있는 이들도 한둘이 아니었다.

정인홍은 아버지(정염)의 풍모를 물려받아 본래 악을 원수같이 여기고 미워했다. 그가 부인 상현교의 맑고 어진 자질을 매우 중히 여기니, 부부 금실의 즐거움 또한 말할 수 없이 좋았다. 정인홍이 간혹 금실지락이 좋지 못한 경우를 보면 상현교에게 나직하게 말했다.

"부인이 외할아버지(소희량)의 바름과 외할머니(주부인)의 규방 법도를 잇지 못하고 도리어 취일전 숙모(소교완)를 닮아 인중이 같은 자식을 낳을까 두려우니, 모름지기 삼가고 조심하여 허물을 짓지 마시오."

상현교는 허물이 있네 없네를 말하지 않으면서, 단지 자기 이모여서가 아니라 남편 일가의 어른 항렬이기에 함부로 가볍게 말하기 어렵다고 대답했다. 그러자 정인홍이 미소를 지으며 말했다.

"실로 패덕한 일을 행한다면 일가 어른이 아니라 황후라도 사람들의 시시비비 대상이 되는 걸 면치 못할 겁니다. 소씨 숙모의 온갖 처신이 세상 사람들보다 뛰어나시지만 두어 가지 의심 가는 일이 있어 청계 숙부(정잠)께서 깊이 생각하시는 바가 있으신 듯합니다. 그러니 부인의 이모라고 해서 마음으로 수긍할 수 없는 것을 말하지 못하면 되겠소?"

상현교가 이모 소교완이 어질지 못하다는 걸 눈치채고 다시 말하지 않았으나, 정인성의 부인 이자염이 만단으로 고생하는 것을 조용히 살피고 있었다. 상현교는 이자염이 몸을 보전하기 어려울까 염려할 뿐 아니라 이모의 악한 마음이 점점 커져 드러나게 되었을 때의 일도 걱정이었다. 그리되면 집안의 좋은 기운이 사그라들게 되어 정인성 형제가 근심하고 경황없을 것은 말할 것도 없고, 이모가 시집에서 쫓겨나는 화를 당해 초라한 수레를 타고 정씨 집안을 떠나게 되는 일이 있을까 걱정되었다. 소교완은 밖으로는 선한 척하면서 허물은 깊숙이 감추었고, 입으로는 꿀처럼 단 말을 하지만 뱃속에는 칼을 감추고 있다는 걸 남들이 알아차리지 못하게 하고 있었다. 그 성정은 한두 번의 말로 고치지 못할 것이었다. 정인성과 이자염의 큰 효와 성인 같은 태도에도 그러하니, 어질지 않은 것으로 치면 순임금의 이복동생 상의 어머니보다 더했다.

본데없는 정인중은 제 어머니에게 허물을 더하고 가문을 욕되게 할 싹이 보였지만 소교완은 이를 엄하게 금하지는 않았다. 어질고 효성스러운 정인웅은 어머니와 형을 개과천선시켜 덕을 닦게 하지 못한 것을 깊이 슬퍼하고 근심하여, 두 사람에게 어질고 덕스럽게 행하길 애걸하며 바른말을 고한 게 한두 번이 아니었다. 간절하게 심혈을 기울였지만 소교완은 조금도 나아지지 않았다.

상현교가 소교완의 간악한 마음이 철옥처럼 견고하다는 걸 알고 나니, 어쭙잖은 말로 아는 척하다가는 이모와 조카 사이의 정이 상할 뿐 아니라 유해무익하다고 여겼다. 그래서 그냥 입을 다물었고, 친정에 오가는 일이 있어도 듣고 본 걸 어머니(소희량의 맏딸)에게 전하지 않았다. 그런데 어머니가 알고자 하시니 가만히 아뢰었다.

"이모는 총명하고 민첩하셔서 온갖 일을 능히 감당하시니 어찌 평범한 이들이 미칠 바이겠습니까. 어쩌다 옳은 기운이 막혀 뜻을 잘못 세우시는 듯합니다. 그런데 존당께서 엄정하고 말이 없으시며 집안이 본래 남의 흠에 대해 여러 말을 하지 않으니 크게 드러난 건 없습니다. 하지만 점점 의심하는 마음이 성해지고 그런 가운데 큰 잘못을 저지르게 된다면 탐탁치 않게 여기는 상황이 생기지 않을까 싶습니다."

상부인이 크게 놀라 낯빛이 변하며 말했다.

"동생이 자질과 성품이 총명하고 기질이 비범하여 보통 사람들보다 나으니 허물이 되는 일은 안 하겠지 싶었는데, 동생은 도대체 어떤 사람이라는 말인가?"

이어 한숨을 쉬고 탄식하며 상한 마음으로 슬프게 말했다.

"부모보다 제 자식을 더 잘 아는 이가 있겠느냐? 지난번 친정에 갔을 때 아버지와 어머니께서 이리이리 이르시고 한참이나 걱정하셨다. 그걸 들으면서 부끄럽기도 하고 새삼 깨달은 것도 있었지. 부모님께서 못난 우리를 낳아 애써 길러주셨는데 한 번도 기쁘게 해드린 일이 없고 효도도 하지 못했는데, 시집가서마저 부모님께 염려를 더하니, 이보다 더 큰 불효가 어디 있겠느냐? 그뿐만 아니라 어머니가 지극한 마음으로 우리가 행여 잘못할까 근심하시고 혹시 허물과 죄 때문에 쫓겨날까 염려하시는 걸 알게 되었구나. 네 어미 나이가 마흔에 가깝고 상씨 가문에 시집온 지 30년이 채 못 되었지만 20년이 지난 지는 이미 오래되었다. 그런데도 살얼음 위에 선 듯 바늘을 디딘 듯 조심하며 또 부지런하게 하여 남편 가문에서 그릇되었다는 소리를 듣지 않겠노라고 맹세하며 부모님의 근심을 덜고자 했더란다. 그런데 동생은 빼어난 기질과 높은 지성으로 어찌 부모님이 걱정하실 것은 생각하지 않고 도리어 어리석고 용렬하여 점점 덕을 잃는 데까지 이르렀을까?"

그러고는 자세하게 물으니 상현교가 탄식하며 답했다.

"이모가 총명하시니 어찌 할아버지 할머니의 뜻을 알지 못하겠습니까? 그러나 스스로 고치지 못하시고 악한 마음에 사로잡힌 걸 생각지 못하십니다. 집안사람들이 처음에는 의심을 안 하셨는데, 점점 의심하는 이들이 생기면서 정인성 부부에게 부끄럽고 위태로운 일이 있을 것이라고들 합니다. 효성스러운 순임금의 가르침에 견줘보니, 정 태부(정잠)께서는 완악한 아버지가 아니시지만 이모는 간악한 어머니가 되는 걸 면치 못하실 것입니다."

상부인이 놀라고 안타까워 눈썹을 찡그리며 잠잠한 가운데 부끄럽고 슬픈 마음이 들었다. 상현교는 어머니 얼굴에 슬픈 기운이 도는 걸 보고는 도리어 웃고 위로하며, 아직 큰 사단이 나타나지 않았으니 부질없이 아는 척하지 마시라고 했다. 그러자 상부인이 탄식하며 말했다.

"형제자매는 한 가지에 난 이파리처럼 한 몸인 것인데, 동생이 도를 잃고 덕을 잃어 어리석고 자애롭지 않으니 어찌 놀랍고 안타깝지 않겠느냐? 스스로 자부하는 것이 외람되지만, 나는 어렸을 때부터 지금까지 어질지 못한 잘못을 한 게 없어 평생의 행실이 신에게나 사람에게나 부끄러울 게 없다. 그런데 동생의 악한 마음을 알게 되니 곧 나의 허물처럼 여겨지는구나. 그러니 스스로 지은 죄가 없다고 하여 어찌 마음이 편하겠느냐? 아버지와 어머니의 훌륭한 덕과 은혜로운 가르침 가운데 어찌 동생 같은 못난 딸이 생겨났는지 슬프구나. 비록 네 이모이긴 하나, 네가 해로움을 당하지 않았다 하더라도 예사롭게 여기지 말거라. 동생이 타고난 본성을 잃고 전처 자식을 해하려는 마음이 그 지경에 미쳤다면, 부모가 가르치고 형제가 타이르며 간곡히 권해도 고치려 하지 않을 것이다.”

상현교가 말했다.

“할아버지 할머니가 가르치시고 어머니와 외삼촌들이 지성으로 권면하셔도 인웅이가 간절히 권하는 말에는 미치지 못할 거예요. 이모가 뉘우치지 않으시니 어찌 그 악한 마음을 선하게 고치는 게 쉽겠습니까? 어머니가 비록 이모를 걱정하시고 한 몸 같은 동기라서 괴로움이 크시지만, 예로부터 같은 어머니에게서 난 형제자매라도 어진 자와 어리석은 자가 있기 마련이고, 어진 부모가 가르쳤다 해도 못난 자가 있기도 하지요. 이모의 박덕함이 애달프고 근심스럽지만, 부모 형제가 어지시니 이것이 저의 기쁨입니다. 이모가 잠깐 덕을 잃었다 한들 제게 무슨 부끄러움이 될 것이라고 걱정하며 태연하지 못하겠습니까? 시랑(정인성) 부부의 큰 효성과 오롯한 정성에 감동하여 이모가 악한 마음을 버리시지 않을까 싶습니다.”

상부인이 길게 한숨을 쉬며 말했다.

"너는 그리 말하지만 나는 온 마음이 불행하여 내가 지은 허물로 죄를 당하는 것 같구나. 그런데 부모님께 아뢰면 동생을 과하게 책망하여 부모와 자식 간의 정만 상하고 동생의 악함은 고칠 길이 없을 것이니, 아직 발설하지 말고 일의 형편을 봐가며 해야겠다. 동생의 극악하고 흉한 계교를 언제까지 감추지는 못할 것이니, 때가 되면 부모님께 아뢰어야겠지. 나는 또 나대로 수를 내어 동생의 계교를 이루지 못하게 꾸며야겠다. 이는 동생으로 하여금 큰 죄에 빠지게 하지 않고, 정인성 부부가 위험한 화를 당하는 것을 면하게 하고자 함이다. 하지만 어찌 뜻대로 되길 바라겠느냐?"

상현교가 마땅한 말씀이라고 대꾸하고 아직 불미한 일을 아는 체 마시라고 다시금 부탁했다. 이에 상부인이 고개를 끄덕이며 알겠다고 했다. 그리고 소교완이 덕을 잃고 도에 어그러진 것을 함구하여 부모님에게 아뢰지 않았다.

딸의 실상을 모르는 소희량 부부

소희량 부부는 이런 사정은 까마득하게 모르고 다만 소교완을 볼 때마다 정인성 부부의 효와 덕과 착한 행실을 칭찬하며 "부디 자애하여 그 효성을 저버리지 말고 자칫 자애롭지 않았던 민자건 모친을 본받지 말거라."라고 했다. 주부인은 이자염을 두어 번 직접 만나본 적이 있는 까닭에 더욱 흠모하며 칭찬했고, 정인성 같은 아들과 이자염 같은 며느리를 둔 게 인생의 지극한 경사이며 큰 복이라고 이야기했다. 소교완은 이 같은 말을 귓등으로도 듣지 않고 티끌같이 여겼으니, 어질고 선한 마음이라고는 털끝만치도 없었다. 그러나 아버지의 굳센 위엄과 어머니의 맑고 열렬한 성격은 두려워하여, 자칫 의심을 살까 매우 조심했다. 이에 겉으로는 순순하게 대하고, 또 부모님이 정인성 부부를 칭찬하시는 데 대해서는 자기도 기쁜 마음으로 아름답다고 칭찬하며 고금에 그 부부 같은 짝이 다시없다며 자랑했다. 부모와 형제들이 이 같은 소교완을 보고 전혀 의심하지 않으며 '비록 시기심 많고 어질지 않은 성정이라도 정인성 부부를 사랑하지 않고 귀하게 여기지 않을 사람은 없을 것이다.'라고 생각했다. 다들 소교완이 정인성 부부를 진정으로 칭찬하고 사랑한다고 여겼으니, 상부인(소교완의 큰언니) 외에는 소교완의 악함을 알 사람이 없었다.

바야흐로 소교완이 갑자기 친정에 와서 어머니의 병을 간호하는데, 사오일 동안 모시며 슬하를 떠나지 않았다. 자애로운 주부인이 이런 딸의 모습을 보고 어찌 더 사랑하는 마음이 없었겠는가? 이에 옥 같은 딸을 어루만지다 한숨을 쉬고는 말했다.

"어미와 딸이 천릿길에 가로막혀 10년 동안 멀리 떨어져 지냈으니, 이승과 저승만큼의 거리와 다를 바가 없구나. 비록 운아(소운)를 비롯한 아들 네 명과 너의 언니 둘이 더 있지만, 밤낮으로 너를 생각하고 걱정하던 정을 어찌 다 말로 하겠느냐? 운아를 북쪽 땅에 보낸 뒤 3년을 그리워했고, 상씨 집안이 고향으로 내려갔을 때는 상아가 부모를 보러 오는 일이 잦았기에 지나치게 그리워하지 않았단다. 그런데 너는 시댁 고향인 태항에 내려가 있으면서 소식이 끊어져 한 해에 두 번도 편지를 받지 못했으니, 어미의 정으로 그 슬픔을 어찌 감당할 수 있었겠느냐? 이제 요행히 서로 모여 오랜 이별을 위로하고 얼굴을 보니, 저녁에 죽는다 해도 한이 없겠다. 하지만 남은 근심이 없지는 않구나. 정 태부가 전쟁에서 이기고 돌아올 날이 아득하니, 이런저런 염려로 먹고 자는 게 편안하지가 않구나. 사오 년 세월이 손바닥 뒤집듯 후딱 가고 상공이 어서 돌아왔으면 좋겠구나."

소교완이 나직이 탄식하며 지난날 멀리 떨어져 지내던 일을 슬퍼했다. 그러나 사오 년은 또한 눈 깜짝할 사이에 지나갈 것이니, 헤어져 있는 시간도 잠깐 사이일 것이라고 어머니를 위로하며 부질없는 걱정은 하지 마시라고 했다.

친정에 머문 지 열흘이 못 되었을 때였다. 서태부인 건강이 좋지 않다고 하여 화부인이 태운산으로 즉시 돌아가지 못했고, 정겸과 여러 공자들이 다 서씨 부중에 머물러 병간호를 하고 있다고 했다. 그런데 소교완이 가지 않자 주부인이 의아하여 물었다. 그러자 소교완이 차분하게 대답했다.

"제가 돌아가지 않는 게 무슨 곡절이 있어서겠어요? 제가 여기에 온 건 어머니 건강을 좀 돌봐드리고 싶어서였습니다. 이제 시어머니께서 몸이 안 좋으시다고 하니 마땅히 서씨 부중으로 가서 범태부인을 뵙고 시어머니를 모셔야 하겠지만, 집 안팎에 어른들이 계시지 않고 이씨 며느리는 산달이 다 되었습니다. 화부인이 얼른 돌아가지 못한다면 이씨 출산을 보살필 사람이 없습니다. 마지못해 제가 태운산으로 가야 하는데, 어머니께서 회복하시는 걸 보지 못하고 떠나는 게 마음에 걸려 잠시 더 머물러 있는 거예요."

주부인이 눈썹을 찡그리며 말했다.

"내 병은 금방 나을 병이 아니다. 네가 어찌 집안일을 버려두고 여기에 있으면서 마땅한 도리를 하지 않는 것이냐? 근래 10년 동안 멀리 떨어져 있으면서 안부를 전하지 못할 때도 참고 견뎠는데, 어찌 족한 줄 모르고 사사로운 정을 우선하느냐? 너는 바로 서씨 부중으로 가서 네 시어머니를 모시고 화부인이 태운산으로 가도록 하는 것이 좋겠구나. 네가 범태부인을 뵙고 인사드리지 않을 수 없을 것이니, 서씨 부중으로 향하거라."

소교완은 어머니가 이같이 말씀하시니 더는 우기지 못하리라는 것을 깨닫고는 가마를 부른 뒤 부모님께 작별을 고했다.

영선대로 들어가는 소교완

소교완은 부모 형제와 작별하며 서씨 부중으로 간다고 분명하게 말해놓고는 바로 태운산으로 갔다. 그런데 집으로 들어가지 않고 영선대에서 내렸다. 하지만 사람들은 이를 모른 채, 골짜기 어귀에 있던 종들은 여주인의 가마가 집으로 들어갔는가 보다 생각했고, 멀리 있던 무리는 여주인이 이유가 있어 영선대에 잠시 들렀나 보다 여겼다. 본래 바깥에서 하는 말이 중문 안으로 통하지 못하고 안에서 하는 말이 중문 밖으로 들리지 않으니, 소교완의 가마가 영선대로 들어간 것에 대해 말할 사람이 없었다. 그뿐 아니라 정인중이 영선대에 자리 잡고 앉아서 종들에게 '왔다 갔다 하는 잡스러운 무리를 엄히 금하라'고 명했다. 녹빙과 계월 등 네댓 명의 충성스러운 여종들과 정인중이 영선대에서 소교완을 모셨는데, 어머니와 아들이 머리를 맞대고 부지런히 간사한 계교를 도모했다.

정인중이 말했다.

"일이 되려고 하는지, 경일루 숙모(대화부인)가 또 내일이 돌아가신 화씨 어르신 제삿날이라며 성안으로 가셨습니다. 잠시 문안드린 뒤 제사에 참례하고 다음 날 바로 서씨 부중으로 가서 할머니(서태부인)께 인사드리고 늦게 돌아오시거나 그렇지 않으면 숙모(화부인)를 모시고 천천히 올 것이니 어찌 다행스럽지 않겠습니까? 하지만 해일루【소화부인의 당호】숙모가 근래 각별하게 이씨 형수를 보호하여 진정 고모인 체하며 봉일루 숙모(화부인)를 대신하니, 장차 손쓸 기회를 찾는 게 쉽지 않을 것입니다."

소교완이 미소 지으며 말했다.

"제사가 내일이든 경일루 과부가 있든 없든 거리낄 것이 있겠느냐? 다만 소화부인이 이씨를 붙들고 있으면 그게 가장 괴로울 것이다. 인명이와 인유는 당직일 터이고, 인흥이와 인영이는 있느냐?"

정인중이 대답했다.

"할머니 환후를 묻기 위해 성안으로 들어갔는데 곧 나올 겁니다."

소교완이 기뻐하여 두 눈썹에는 즐거운 빛을, 뺨에는 빛난 웃음을 띠고 붉은 입술 살짝 벌어진 사이로 흰 이를 보이며 말했다.

"인흥이는 준수하고 사려 깊으며 인영이는 총명해서 보통 아이들보다는 훨씬 낫지만 인성이와 인광이에 비하면 들판 원숭이를 목욕

시켜 관을 씌워놓은 형국이다. 저들의 정기와 총명으로 어디 가당키나 하냐?"

말을 마치고 곁에 놓인 대나무 상자를 들추어 작은 앵두만 한 환약 두 알을 집어 계월에게 주고는 비밀리에 무언가를 지시했다. 계월이 명을 듣고 즉시 부중으로 들어갔다. 녹빙 등과 정인중이 그 자리에 있었는데, 소교완이 다시 말이 없자 정인중이 말했다.

"제가 며칠 전에 한 유명한 점쟁이를 만나 큰형수의 출산일이 어느 때쯤일지 물었더니, 이번 달 15일 자시(子時) 경에 매우 귀한 자식을 낳을 것이라 했습니다. 내일이 15일이니 분명 오늘 밤일 것 같기는 한데, 어찌 처리해야 할지 모르겠네요."

소교완이 정색하며 말했다.

"누가 너에게 그런 짓을 하라고 했길래 요망한 점쟁이의 허탄한 말을 옮기느냐? 내일 자시 아니라 오늘 지금이라도 아이를 낳게 되면 자기 운수이고 자기 운명인데, 무엇을 처리한다는 거냐? 비록 내가 악한 마음을 갖추었고 온갖 흉이 있다 하더라도 자식만은 어질고 선하고 신의 있고 곧기를 바란다. 그런데 네 거동은 점점 한심해지는구나. 내가 마음과 힘을 쏟아도 너를 바로잡지 못할까 걱정이다. 인웅이처럼 번거롭게 굴지 말아야 마땅하지, 어찌 악한 일을 그리 즐기느냐? 하물며 교유하는 자들은 다 부형의 밝은 가르침과는 거리가 멀구나. 점점 이치에 어그러지고 무도하게 되니, 계속 그러하다면 가문이 추락하고 조상에게 죄인이 되는 건 말할 것도 없다. 또한 내 태교가 본데없었다고 사람마다 꾸짖고 시비하는 걸 어찌 견디겠느냐? 내가 살아 있는 한 인성이와 이씨를 막고 종통이 네게 돌아가는 걸 보

고 말 것이다. 너는 모름지기 학문과 행실을 수련해서 정씨 가문의
유풍과 도덕을 빛내도록 하거라."

정인중은 형수의 해산을 점쟁이에게 점친 게 아니라 장형노에게
물었던 것인데, 어머니가 잡스러운 무리를 사귀는 기미를 알아차리
고 이렇듯 말하니 민망하기 그지없었다. 또 자신을 동생보다 못하게
여기는 걸 야속하게 생각했다. 하지만 한스럽고 분한 기색을 드러내
지 않고 묵묵하게 앉아 읽던 책장을 뒤적거렸는데, 마음이 글자에 있
지 않고 여러 생각 때문에 속내가 흔들렸다. 갑자기 마음이 급해져서
서두르다가 또 느긋해지기도 했지만, 단시간에 이자염을 없애버리지
못할까 싶어 분이 나고 애를 태우니 눈 깜짝할 사이에 속이 타 말라
버릴 지경이었다. 하지만 그런 심정을 겉으로 드러내지 않고 고요히
책에 집중하는 듯하니, 주변에서는 숨소리도 죽인 채 모실 뿐이었다.

해가 질 무렵, 소교완이 정인중에게는 부중에 들어가 있으라고 이
르고 자기는 두어 시각을 더 그곳에 있다가 일의 기미를 봐서 들어가
려 했다.

인흥·인영 공자의 위기와 소교완의 꾀병

계월이 소교완의 명을 받들어 환약 두 알을 품속에 감추고 자기 상
자 안에 있던 변용단을 삼키자 대화부인 시녀 향연의 얼굴로 바뀌었
다. 계월은 옷차림을 다듬은 뒤 소화부인에게 가 대화부인 말씀을 전
했다. 그 내용인즉, 오늘 돌아가지 못하는 게 민망하나 시어머니 곁

을 비우지 못해 부득이하게 머물게 되었노라 하며 이자염을 각별하게 보호해 달라고 당부하는 것이었다. 소화부인은 미쁘고 총명한 사람이었지만, 이런 당부는 뜻밖의 일이었고 게다가 사람의 얼굴이 바뀐다는 것은 생각지도 못한 일이라 별다른 의심을 하지는 않았다. 당연히 향연인 줄로만 알고 웃으며 말했다.

"형님이 이씨를 생각하시는 마음이 강보에 싸인 아기를 살피는 마음보다 더하시구나. 본래 잔말이 없는 성품이셨는데, 부탁하시는 말씀이 이렇게 다정하시니 며느리 사랑도 남다르시구나."

소화부인이 회답을 하려고 하는데 가짜 향연이 말하길, 날이 벌써 저물어 돌아가지 못하게 생겼다면서 새벽에 가겠다고 했다. 소화부인도 그렇다고 여겨 얼른 돌아가라고 하지 않았다.

가짜 향연(계월)이 부엌으로 들어가 동년배들과 함께 반찬을 맛보는 척하면서 인홍·인영 두 공자의 저녁 식사가 한 상에 놓인 것을 보았다. 계월은 사람들의 눈을 피해 반찬에다 환약을 몰래 넣고는 두 공자의 상을 들어 즉시 내보냈다. 정인홍 형제는 서씨 부중에서 갓 돌아와 어머니 소화부인을 뵙고 바야흐로 저녁밥을 기다리고 있었다. 두 공자는 음식에 몹쓸 약이 섞인 걸 모른 채 금세 다 먹었고, 그릇이 비자 상을 물린 뒤 정인중과 함께 말을 타고 서원으로 갔다. 저무는 석양이 서원에 그림자를 드리우고 지는 해는 함지에 떨어졌다. 흰 달이 밝아오길 기다리고 있는데, 때마침 소교완의 가마가 문 앞에 이르렀다는 소리가 들렸다.

정인중이 얼른 부중으로 돌아가서 가마를 맞이했고, 정인홍 형제도 소교완이 탄 채색 가마를 맞이하여 정인중과 함께 취일전에 도착했다. 소교완은 가마 속에서 가는 신음 소리를 내며 손으로 이마를 짚더니 가마 안에서 쓰러져 짐짓 병세가 위중한 척했다. 정인중은 일부러 경황없는 표정을 지었고 녹빙 등은 부인의 몸이 불편하신 듯하다고 하니, 정인중이 바로 이부자리를 깔라고 했다. 정인홍 형제는 갑자기 몸이 불편해지신 걸 염려해서 무슨 병인지 물으며 어떤 약을 쓸지를 의논했다. 이때 이자염 또한 이를 알고 바삐 당 아래로 내려와 소교완을 부축하여 방에 들어갔다. 그러고는 꿇어앉아 시어머니에게 상태가 어떠한지를 물었다. 이자염은 시어머니의 병세가 심한 것에 애가 타고 놀라며, 자신이 곧장 알아차리지 못해 보살피는 도리를 제대로 하지 못했다고 잘못을 빌었다. 소교완이 침상에 쓰러져 며느리의 말에 부드럽게 대답하길 "이렇듯 몸이 편치 않게 된 건 얼마 되지 않았다."라고 하면서, 홍화방에서 가마를 탈 때는 별 통증이 없었기에 서씨 부중으로 가려고 했는데 조금 지나자 문득 머리가 깨질 듯하고 정신이 아득하고 어지러워 서씨 부중으로 가지 못하고 돌아왔다고 했다. 그러고는 정인중에게 물러가라 하며 일렀다.

"깊은 병이 아니다. 며느리가 곁에서 간호하는 게 너희가 어지럽게 굴며 간호하는 것보다 나을 것 같구나."

정인중은 마지못해 정인홍 형제와 함께 나갔고, 소화부인이 둘째 며느리 소씨와 딸 정성염과 함께 취일전에 이르렀다. 소화부인이 들어가 인사하니, 소교완은 겨우 부축을 받아 답례하고 쓰러졌다. 소교완은 정신없고 어지러워 말을 잘 하지 못하는 척했는데, 다만 서씨 부중으로 가려다가 어지럼증이 나고 통증이 심해진 까닭에 돌아오게 되었다고 했다. 하지만 소화부인은 마음속으로 이를 의아하게 여겼다. 사람이 갑자기 병이 나는 경우가 없지는 않지만, 가마를 타고 가다가 병이 났는데 친정인 소씨 부중으로 돌아가지 않고 힘들게 여기로 돌아왔기 때문이다. 소화부인은 분명 어떤 이유가 있을 것이라 짐작하며 속으로 염려했지만 내색하지는 않았다.

이때 한 시녀가 급히 아뢰었다.

"두 공자가 물러나 서재로 나갔다가 까닭 없이 구토하고 정신을 못 차리십니다. 인의 공자가 어쩔 줄 몰라 하며 부인에게 바삐 고하라고 하십니다."

소화부인이 놀란 얼굴로 즉시 일어나 돌아가려 하니, 이자염이 배웅하며 시어머니의 환후 때문에 침전에 따라가 모시지 못하겠노라고 했다. 소화부인은 정신없는 와중에도 밤을 무사히 지내라고 당부하고 침소로 돌아와 두 공자의 유모와 시녀들에게 두 아이를 편한 침상에 누여 데려오라고 했다.

시녀들이 명에 따라 급히 인의 공자와 함께 두 공자를 모시고 해일루에 이르렀다. 소화부인이 두 아들을 따뜻한 곳에 편하게 눕히고 낯빛을 살폈다. 옥 같은 얼굴이 찬 잿빛처럼 변했고 팔다리가 얼음같이 차니, 기운이 막힌 것이었다. 소화부인은 관대하고 신중하여 조급한 성정이 아니었지만, 두 아들이 한꺼번에 혼절하여 위태로운데 지금 집안에 일을 해결할 만한 남자가 없으니 어찌 창황하고 망극하지 않겠는가? 이에 설침에게 빨리 약을 올리라고 했는데, 원래 설침은 의학의 이치를 잘 아는 사람이었다. 설침은 두 공자가 일시에 토하고 기절한 것에 놀라며 여러 가지 단약을 받들어 올렸다. 그러고는 결단코 그럴 리 없으나 형제가 함께 기절한 게 이상하고 의심되니 해독제를 써보시라고 아뢰며 따로 약 한 봉을 올렸다. 소화부인이 딸과 며느리를 돌아보며 말했다.

"설침의 말은 깊이 생각해 보고 한 말이다. 해독약을 쓰는 게 구태여 해롭지 않을 것이니, 먼저 시험해 봐야겠다."

그러고는 해독약을 따뜻한 차에 타서 두 아들의 입에 넣었다. 시간이 한참 흐른 뒤에 두 공자가 정신을 차렸으나, 뱃속에 칼이 걸리고 목구멍에서 불이 일어나는 듯하다고 하며 아픔을 참지 못했다. 소화부인은 두 아들이 정신을 차린 게 기쁘고 다행스러웠으나, 병세가 가볍지 않은 것이 걱정되었다. 이에 정인중과 정인의더러 설침에게 증상을 이르고 쓸 약을 의논하라고 했다.

정인중은 어머니 병환을 염려하는 중에 두 공자가 까닭 없이 혼절한 것에 놀라 초조해하고 걱정하는 척했다. 소화부인은 그게 진심에서 우러난 것이 아니라고 여길지언정 두 아들에게 독을 먹인 게 저 모자의 흉계라고는 미처 생각지 못했다. 정인중이 정인의와 함께 들어와 약을 건네며 바삐 달여서 쓰라고 아뢰자, 소화부인이 친히 둘째 며느리 소씨와 딸 정성염과 함께 약 두 첩을 먼저 달였다.

이때 상현교는 친정으로 돌아갔고 정겸의 부인 서소랑도 범태부인께 인사를 드리러 서씨 부중에 가 있으니 집안이 텅 빈 듯하여 집이 횅하니 더 넓게 느껴지고 낮은 건물도 불쑥 더 높아 보였다. 집안이 고요하고 쓸쓸하여 즐겁던 마음도 처량해질 지경인데, 하물며 꿈에도 생각지 못했던 우환이 쌍으로 일어났으니 그 급한 사정은 더 말할 나위가 없었다. 소화부인은 갈팡질팡하며 어쩔 줄 몰라 이자염을 염려할 겨를도 없었다.

월난과 홍도 등이 연이어 소저(이자염)의 말씀이라고 하면서 두 공자의 병세를 물으니, '비록 혼절한 증세는 돌아왔지만 병세는 위급하다'고 있는 그대로 답했다. 그러고는 소부인(소교완) 기운을 물으니 '정신없고 어지러운 것은 여전히 그런 상태'라고 했다. 이에 정인중은 어머니 병세를 살피려고 취일전으로 간다고 했다. 소화부인은 그런가 보다 여기고 여전히 어쩔 줄 몰라 초조해할 뿐, 정인중이 은밀하고 간악한 계교로 정성염의 깨끗한 행실에 누명을 씌우려 함인 줄 어찌 생각이나 했겠는가?

정성염을 모해하는 정인중

정인중은 저주와 방술로 형수를 해하고자 하다가 계교를 내지 못했는데, 요악한 잡술로 덕 있는 숙녀의 당당한 정기를 범하지 못하는 게 초조하고 분하며 한스러웠다. 그는 이제 아주 악독한 일은 어머니에게 맡기고 자신은 정성염을 해하는 일에 마음을 기울이고자 했다. 그런 까닭에 정염의 두 아들이 얼른 회복되기를 바랐다. 하지만 그 속셈을 어머니에게는 이르지 않고 녹빙과 초아에게 당부하여 초상화로 장생(장세린)을 속이는 일을 입 밖에 내지 말라 했다.

정인중은 이미 장세린의 초상화를 준비했고 또 필체를 본떠 글씨체가 같아지도록 공을 들였다. 정인중은 이를 능숙한 재주로 뛰어나게 잘했는데, 서너 장 종이에 흘려 쓰니 용과 호랑이 같은 필획이 완연히 장세린의 필체였다. 시 한 수를 지었는데, 남녀의 초상화를 바꿔 신물로 오래 잘 간직하자는 뜻을 지닌 내용이었다. 이렇듯 음란한 마음을 절절하게 담아낸 시를 그림과 함께 모아두었다.

정인중이 이날 초아를 불러 으슥한 곳에서 개용단을 먹여 정성염의 여종 쌍난의 모습으로 변하게 했다. 정인중은 손뼉 치며 묘하다고 일컫고는 그림을 주어 상운각에 가서 이리이리하라 하니, 초아가 명을 듣고 상운각으로 갔다. 이때 쌍난은 정성염을 모시고 정당에 있었고, 정성염의 유모 또한 두 공자의 병세를 보고는 경황없어 상운각을 지키지 못했다. 상운각에는 어린 여종 몇 명이 있었는데, 여종들은 이미 밤이 깊었으니 성염 소저가 돌아오지 않을 거라 생각하여 뒷문과 협실을 다 닫고 이불과 요를 개어놓은 채로 휘장을 드리웠다. 그러고는 여종 두 명이 휘장 밖에서 머리를 맞대고 잠을 잤는데, 조심하고 삼가는 모습이 소저를 호위하는 것 같았다. 정성염이 거처하던 장소인 데다가 옷과 이불 등의 물건이 있었기 때문에 그런 것이었다. 어리고 천한 여종일지라도 곧고 절개를 지키는 여자의 행실을 옳게 여기니, 일찍이 정씨 가문의 여종들은 연애를 꿈꾸는 일도 없었고 두 지아비를 섬기는 일도 변괴로 알았다. 그뿐만 아니라 비록 때를 놓치거나 어버이가 없다 해도, 부모와 항렬이 같은 친척들의 충고를 듣거나 주인의 명을 기다려 혼인할지언정 스스로 남모르게 음탕하고 비루한 행동을 하는 이가 있으면 저마다 침 뱉고 욕했다. 이는 다 주인의 맑은 규범과 어진 가르침에서 비롯한 것이었다.

정인중은 정성염에게 거짓 누명을 씌우려고 흉한 계교를 꾸몄는데, 이는 허무맹랑한 것이 백옥에 흠을 내고 맑은 얼음을 혼탁하게 하는 격이었다. 초아가 쌍난의 얼굴을 하고 방자하게 문을 열고 방에 들어가니, 두 여종이 공자들의 병세를 묻고 나서 성염 소저가 나오지 못하는 이유도 물었다. 이에 초아가 답했다.

"두 공자의 위태로운 증세가 낫지를 않아서 소저가 부인을 모시고 간호하시느라 처소로 오지 못하는 것이다. 내게 협실에 들어가 따뜻한 옷을 가져오라 하셔서 이렇게 왔는데 어찌 문을 잠갔는가? 어서 열쇠를 내와라."

두 여종이 말했다.

"뒷문과 협실을 잠그고 열쇠를 유모에게 주면서 소저에게 가져다드리라고 했는데, 소저가 따뜻한 옷을 내어오라고 하시면서 열쇠를 주지 않으시더냐?"

초아가 행여 일이 발각될까 두려워하며 말했다.

"공자들의 병 때문에 어찌나 정신이 없으시던지……. 아마도 유모가 소저에게 열쇠를 드리지 못했나 보네. 그러면 가서 그렇게 아뢰어야겠다. 소저가 또 벼룻집에 생강을 넣어두었으니 그것도 가져오라고 하시더라."

이리 말하며 휘장 안으로 들어갔는데, 두 여종은 별 의심 없이 들여보냈다. 쌍난은 원래 정성염의 심복 여종으로 소저의 명을 좇아 모든 일을 관장해 왔기에 구태여 의심하지 않은 것이었다.

초아가 보니 협실은 잠겼고 책상에 《효경》과 《열녀전》만 놓여 있을 따름이었다. 다른 물건은 보이지 않아 품고 온 그림을 허술하게 내던지고 갈 수가 없었다. 정인중이 부디 깊숙이 잘 놓아두고 오라고 했는데, 딱히 감출 곳을 찾지 못하다가 방구석 한 모퉁이에 번듯한 대나무 상자가 놓인 것이 보였다. 초아가 그것을 보고 기뻐하며 짐짓 생강을 넣는 척 덤벙거렸다. 그러면서 두 여종이 의심하지 않게 그림을 상자 속에 집어넣고 얼른 나와 정인중에게 갔다.

　정인중 또한 협실이 잠겼으니 어쩔 수 없었겠다고 여기고, 외면회단을 주어 초아를 원래 얼굴로 삽시간에 바꾸어 취일전으로 들여보냈다. 그러고는 가만히 웃으며 '사촌 누이가 상자 안을 들여다보게 되면 반드시 정신이 흩어지는 듯 놀란 마음을 가라앉히지 못할 것이다. 지레 없애버려 가족들이 모르게 하면 불미스러운 소문이 없겠지만, 온 집안사람들이 그 비루한 말을 원통하게 여길 것이다.'라고 생각했다.

　지난날 중양절에 장세린이 상운각을 바라보다가 혼절했던 것을 다른 사람들은 알아차리지 못했다. 정인중은 자기의 계교로 장세린이 그리된 것임을 알았고, 그가 정성염을 생각하는 마음을 눈치챘다. 정인중은 장세린에게는 거칠고 무식하고 어그러졌다는 허물을, 또 정성염에게는 음란하고 방탕하다는 누명을 씌우고자 했다. 그래서 그림과 시를 정성염의 거처에 둔 것이었다.

　그런데 그 대나무 상자는 정성염의 것이 아니라 그녀의 유모가 쓰던 것이었다. 초아가 정성염의 상자로 잘못 알고 그림을 거기에 넣고 간 것인데, 유모가 이를 알지 못하고 여종들도 미처 몰랐으니, 정성염이 이렇듯 사악하고 괴이한 경우를 생각이나 했겠는가? 정인중은 자기 계교가 상운각 주인과 종들이 꿈에도 의심하거나 생각해 보지 않은 것이라 여겨 스스로 몰래 기뻐했다.

　두 알의 독약으로 사람이 죽지는 않지만, 한번 먹으면 두어 시각 안에 정신이 혼란하고 가슴이 막혀 숨이 끊어질 듯 정신을 못 차리고 기운이 없어지게 된다. 이날 소교완이 정인흥과 정인영을 위태롭게 했던 것은 소화부인을 매우 경황없게 만들어 이자염을 보호하지 못하게 함으로써 자기가 하는 일을 살피지 못하게 하기 위함이었다. 소교완은 짐짓 어지럼증 때문에 정신을 차리지 못하는 척하고 있었지만, 마음속으로는 비할 수 없이 기쁘고 다행스러웠다.

며느리를 독살하려는 소교완

소교완은 밤이 깊기를 기다려 녹빙에게 두어 그릇 미음을 내오라 했다. 녹빙이 이미 소교완의 계교를 들었으므로 어찌 한 치도 그릇되게 하는 일이 있겠는가? 녹빙은 따뜻한 미음 두 그릇을 즉시 내왔다. 소교완은 이전에 이미 이자염의 그릇에 가장 강한 독약을 넣으라고 시켜 며느리와 태아를 다 죽이려 했었다. 하지만 이자염이 독약을 먹고도 아무렇지 않자 요즘에는 독약 쓰는 걸 그쳤다가 다시 시도하는 것이었다.

계월이 독약을 따뜻한 미음에 타서 내오자 소교완이 스스로 따뜻한 미음을 먼저 먹고 이자염에게도 권했다. 그러니 이자염이 감히 사양하지 못했다. 조금 마시자 복통이 느껴졌으나 어찌 마저 먹지 않을 수 있겠는가? 이자염은 소교완이 권하는 따뜻한 미음 한 그릇을 쭉 마셨는데, 독기가 코를 찌르고 목구멍이 아리는 듯했다. 하지만 감히 내색하지 못하고 다 먹고 나서 조용히 그릇을 물렸다.

소교완은 이전에 이자염이 독약을 먹고도 무사한 것이 이상했다.

그래서 오늘 밤은 한 발짝도 못 움직이게 하려고, 그릇을 여종에게 가져가라고 하고는 이자염을 곁으로 오라 하여 자기 두 손을 내어주며 주무르라고 했다. 이자염이 그 속셈을 모를 리 없었고, 해독약을 먹지 않는다면 위태롭게 될까 두려웠다. 이자염이 옷고름 사이에서 해독약을 꺼내는데, 소교완이 밝은 눈으로 잠시도 한눈을 팔지 않았으나 이자염이 융통성 있게 빠르게 처리하여 미처 그것을 눈치채지 못했다. 이자염이 해독약을 삼키고는 편안하게 소교완의 두 손을 주무르는데, 그 모습이 빼어나고 태도가 아름다워 감동할 만했다. 하지만 소교완은 그럴수록 미워하는 마음이 커져서 한시라도 빨리 없애버리지 못하는 것을 뼈아프게 여겼다.

소교완은 자기의 손가락이 희고 가늘고 곱고 길어 다른 사람의 손과는 다르다고 생각했지만, 박속같이 하얀 이자염의 손은 더 곱고 윤기 있었다. 소교완은 이름난 보물인 남전산 백옥 반지를 끼고 있었는데, 이자염의 곱고 아름다운 손에 비하면 누추해 보일 뿐이었다. 이자염이 복통을 견디고 내색을 하지 않았으나, 고운 뺨에 구슬 같은 땀이 방울방울 떨어졌다. 소교완이 처음부터 끝까지 눈길을 옮기지 않다가 이자염에게 물었다.

"며늘아기가 이렇듯 땀을 많이 흘리니, 몸이 어디 안 좋으냐?"

이자염이 답했다.

"어머니의 크신 덕 아래에서 제가 별 탈이 없었는데, 오늘 이렇게 땀을 흘리니 어머니께 심려를 끼칠까 걱정입니다."

소교완이 듣고 나서 갑자기 몸을 일으키며 말했다.

"이번 달이 네 산달인데 지금까지도 산기가 없는 걸 이상하게 여겼었다. 오늘 몸이 안 좋다고 하니, 이는 분명 아기가 나올 기미로구나. 나는 마음을 먹고 좀 괜찮아진 듯하니, 너와 함께 제운각에 나아가 해산을 기다리겠다."

이자염이 황공하고 불안하여 나직한 목소리로 여기에서 몸조리하시라고 청했다. 그러나 소교완은 얼른 손자가 태어나는 걸 보고 싶기라도 한 듯 서둘러 일어서며 이자염의 손을 이끌었고, 여종들더러 그녀를 부축하라 했다. 소교완은 기쁜 낯빛으로 이자염을 소중하게 대했으며, 또한 분만을 근심하고 염려하는 모습이었다. 이 모습을 본다면 어찌 자애롭지 않다고 하겠는가? 이자염은 효성이 빼어나니, 시어머니가 이렇듯 하는 게 감사하지 않은 것은 아니었다. 하지만 이자염은 화복이 제대로 보응하는 걸 좋아하여, 선한 뜻은 선하게 대하고 선하지 않은 뜻은 받아들이지 않았다. 그러니 이른바 앉아서 하늘의 이치를 헤아렸다고 하겠다.

이자염은 평온하고 신중하며 식견이 보통 사람보다 뛰어났으며 지극히 겸손한 태도를 지니고 있었다. 또 예를 중히 여기는 데다 행실이 바르고 선했으며, 일찍이 세상사에 별 관심을 두지 않았다. 정성과 효성 그리고 덕스러운 자질이 탁월하고 비범하니, 이는 진정 요순과 같은 성스러움이었다. 이자염은 자기가 죽으면 패덕하고 참혹한 죄과가 소교완에게 돌아가게 될까 봐 슬프고 불안했다. 또 이는 정인성의 큰 효를 저버리는 결과가 되는 것이기도 했다. 양어머니 소교완의 큰 악을 가려드리지 못했으니 이는 자기를 알아준 지아비에게도 차마 못 할 일이었다.

소교완의 의중을 헤아려 대비하는 이자염

앞서 운섬이 우연히 먼발치에서 소교완의 가마가 영선대로 들어가는 것을 보게 되었는데, 너무 의아해서 이 사실을 넌지시 홍소에게 일러 이자염에게 아뢰게 했다. 이자염은 이미 이를 헤아리고 있었는데, 다만 홍소가 말이 많은 데다 직접 보지 않아 잘 모르는 일도 함부로 전하곤 해서, 이자염은 소교완의 가마가 영선대에 이르렀다는 말을 전혀 믿지 않는 척했다. 그리고 여러 말 하지 않고 편지 두 봉을 가져와 홍소와 월난에게 각각 맡기며 말했다.

"떼어 볼 때를 겉봉에 썼으니, 반드시 어기지 말고 또 여기저기 말하지도 마라."

두 여종이 편지를 받아 각자 품속에 감추고는 절하며 명을 받들 따름이었다.

이자염은 이미 모든 일을 헤아리고 있었다. 소교완이 어지럼증이 괜찮아졌다며 함께 제운각으로 가자고 하자 이자염이 소교완에게 몸조리를 하셔야 한다고 아뢰었으나, 소교완은 여종들에게 이자염을 부축하라고 하고는 함께 갔다. 이자염은 그러는 것이 더 경황없고 불안하며, 혼자 가는 게 어렵지 않다고 하여 여종들을 물리쳤다. 그래서 녹빙이 촛불을 잡아 앞을 인도하고 초아와 홍소 등이 뒤를 따랐다.

이자염이 시어머니를 모시고 침실에 돌아오니, 소교완은 혜월에게 이자염의 이부자리를 펴게 했다. 그러고는 이자염에게 몸을 눕혀 쉬게 하고, 한편으로는 여종들에게 명하여 제운각 주변을 깨끗이 쓸고

상을 놓게 했다. 그리고 다른 한편으로는 정인중을 불러 약을 구했다. 정인중은 이미 가장 독한 재료를 모아 첩으로 만들어둔 것이 있었기에 즉시 가지고 나와서 제운각 난간에서 몸을 굽히고 살펴가며 약을 달였다. 그러면서 두 손을 모아 형수가 무사히 해산하여 정씨 가문을 일으킬 기린아가 태어나기를 하늘에 기도하고, 형수의 기운을 묻고 동정을 살피니, 정성이 가득하여 보는 자들이 착하다고들 말했다. 오늘 그 모자의 거동을 보면, 마치 자식을 돌보는 어머니의 모습이며 효성스럽고 우애 있는 형제의 모습이라 할 만했다.

혜월이 이미 아는 바가 있었기에 놀랍기도 하고 의아하기도 했지만 감히 내색하지 못했다. 월난은 급체 기운이 있다고 아뢰고 아랫방으로 물러갔다. 홍소도 앞에서 지키다가 급체기가 있다며 물러갔다. 소교완은 그들이 주인을 각별히 보호하는 것에 매우 놀랐으나 까닭 없이 꾸짖어 내쫓을 수는 없는 상황이었다. 그런데 각각 급체로 인해 물러가니 속으로 매우 다행이라 여겨 기뻐했다. 그러나 두 여종이 한꺼번에 급체라고 하는 것이 몹시 의심스러워 말했다.

"홍소와 월난이는 한 몸도 아닌데, 월난이 급체 기운이 있다고 하고 홍소도 또한 그렇다고 하는구나. 해산을 앞둔 주인을 간호하는 것보다 제 병을 더 크게 여기는 것이냐? 아니면 홍소는 아프지 않은데 월난을 간호하려고 그러는 것이냐?"

혜월이 황공하여 대답했다.

"어찌 그렇겠습니까? 오늘이 월난이의 생일인데, 운섬이 월난이가 홍소와 같은 해 같은 달에 태어난 것이 각별하다 하여 맛있는 음식을 차려주어 저녁을 과하게 먹었나 봅니다. 둘이 생각 없이 위장 차는 줄도 모르고 지나치게 먹고 나서 한꺼번에 체해 분부를 기다리지 못하고 물러간 것입니다. 이 또한 충성스럽지 못한 것이니, 날이 밝으면 엄하게 다스려주십시오."

소교완은 혜월이 진실하고 남을 속이지 않는 사람임을 알고 있었기에 그 말이 헛되지 않다고 믿어 더는 의심하지 않았다. 그리고 가만히 계월에게 명하여 선매와 초아에게 얼굴 바뀌는 약을 먹여 해월루에서 보초를 서게 하라고 했다. 소화부인이 그녀들을 홍소와 월난으로 알아 의심을 사지 않게 하려는 것이었다.

계월은 향연의 얼굴로 소화부인을 속여 두 공자의 음식에 독을 풀고는 짐짓 행각에서 자는 척하다가 즉시 나왔다. 그러고는 외면회단을 먹고 본래 자기 얼굴로 돌아온 뒤 소교완을 모시다가 그 명에 따랐다. 정인중은 독약이 달여지기만을 기다렸다가 친히 짜서 계월에게 주며 말했다.

"형수가 얼른 다 복용하시게 해라."

(책임번역 조혜란)

완월회맹연 권53

소고완과 정인중이 일으킨 평지풍파

소고완은 이자염을 죽이려 하고
정인웅은 갓 태어난 조카를 지켜내다

독살 시도 와중에 아기를 낳은 이자염

이때 정인중이 친히 짠 약을 계월에게 주며 말했다.

"형수가 얼른 다 복용하시게 해라."

계월이 그 명대로 이자염에게 다 드시라고 청했다. 이자염은 이부자리 사이에 두었던 해독약을 내어 손에 쥐었으나, 복통이 심하고 태동을 자주 느끼던 중에 지극히 흉한 독약을 여러 번 마시게 되니 실로 절박했다. 하지만 시어머니가 그 약을 굳이 먹게 할 것이고, 또한 시숙이 친히 보낸 약이니 사양하고 안 마실 수 없었다. 이자염이 다마시자 소교완이 입맛을 다시라며 단 약을 주었는데, 이 또한 독약이었다. 이자염이 받아서는 손에 쥐고 있던 해독약과 얼른 바꿔 먹었고, 얼마 지나지 않아 구토하기 시작했다. 이때 약물뿐 아니라 먼저 먹었던 따뜻한 미음도 아울러 다 토해버렸다. 그러자 독기가 방 안에 가득하여 앉아 있는 사람들의 코를 찔렀다. 잠깐 사이에 토한 피가 몇 되나 될 정도였다.

이자염은 독약을 먹었지만 또한 해독약도 삼켰다. 그리고 자질과 성품이 평범한 사람과 다를 뿐 아니라 길하고 선한 점괘와 복 있는 관상을 타고났으니, 어찌 간사한 인간의 손에 생을 마치겠는가? 물론 독약을 순순히 먹고도 목숨을 보전하긴 했지만 피와 살이 온전할 리는 없었다. 피를 토한 것 또한 독약 때문이었다. 옥같이 고운 피부와 난초같이 연약한 몸에다 밤낮으로 걱정하고 두려워하니, 800년을 살았다는 팽조의 명을 타고났다 하더라도 이 지경이 되면 어찌 수명이 온전할 수 있겠는가? 소교완 모자와 계월 등이 어찌 이토록 간악하여 이자염이 당하는 혹독함이 긴 시간 동안 그칠 줄을 모르는 것인가!

이자염이 피를 토해 기운이 끊어질 듯하니, 소교완이 매우 다행스럽고 기쁘게 여겼다. 하지만 혹시 독을 다 토해내어 죽지 않는 게 아닐까 하는 생각이 스치자 갑자기 마음이 다급해졌다. 그러나 이런 속마음을 숨긴 채 도리어 이자염이 위태로운 것이 애가 타고 걱정되는 듯 경황없는 듯 행동하며 큰 소리로 아들 정인중을 불러 말했다.

"며느리가 약물과 엊저녁 먹었던 미음을 같이 게워내고 피를 토했구나. 너는 얼른 설침에게 가서 약을 구해 오너라."

정인중이 대답하고 나는 듯 나가더니 잠시 뒤 설침을 데려왔다.

이때 사방이 밝아지고 상서로운 기운이 일어나면서 향기로운 바람이 산들산들 불어 기이한 향내가 진동했다.

정인중이 의아하고 황홀해서 하늘을 우러러보니, 때는 바야흐로 초오일에서 보름이 되어 별들이 빛나기 시작하고 달이 하늘을 밝게 비췄다. 다섯 별이 규성을 에워싸 광채가 찬란하고, 상서로운 구름과 안개는 제운각을 가득히 둘러 높은 건물과 층층으로 조성된 층계 앞 뜰이 환하게 밝았다. 밝은 달빛과 햇빛이 분칠한 벽과 유리 장식에 부서지는 듯 눈이 부셔, 가는 털이나 검불도 선명하고 상서롭게 보일 정도였다. 그처럼 환한 빛이 온 세상을 밝게 비추니, 어찌 깊은 밤 흐릿한 달빛과 같겠는가?

정인중이 의아하고 놀라서 무슨 변고가 난 것인가 싶었다. 해가 떨어진 건가 아니면 달이 하늘에서 떨어졌나 싶어 놀라 그대로 서서 얼른 나오지 못하고 천천히 발을 옮겼는데, 정신이 어질하여 평소처럼 걷지 못하고 층계를 헛디뎌 넘어졌다. 피가 나지는 않았지만 콧대를 다쳐 살갗이 벗겨졌다. 매우 아파 화가 났지만 체면에 소리 내어 울 수도 없어 억지로 떨치고 일어났다. 녹빙 등이 인중 공자가 넘어진 것을 소교완에게 아뢰고는 부축하여 방에 들어왔는데, 이자염이 이미 아기를 낳고는 힘없이 누워 있었다. 아기는 실로 사직의 큰 보배이고 나라의 복스러운 징조이며 가문의 경사이고 정씨 집안의 기린아라 할 만했다. 햇빛도 달빛도 무색해지는 밝은 빛이 가득하여 방 안이 아기에게서 뿜어져 나오는 빛으로 환해진 것 같았다.

계월과 시녀들은 갈팡질팡 저마다 어찌해야 할 줄 몰랐다. 아까 이자염이 위태롭던 거동을 생각해 보니, 아이 낳다가 필시 죽을 것 같았는데 도리어 기운이 씩씩하고 편안하여 지난번 피를 토하고 위태롭던 것과 다르니 어찌 이상하지 않겠는가? 소교완이 연이어 독을 써서 이자염에게 먹이고, 밤에는 소교완 모자가 온갖 독한 방법으로 이자염과 그 복중 태아까지 한꺼번에 죽이려고 했다. 그런 까닭에 이자염이 독을 토하는 것이 기쁘지 않았고 혹시 죽지 않을까 봐 근심했지만, 피를 토하고 숨이 끊어질 듯한 모습을 보고 마음속으로 흔쾌하여 다시 살아나지 못하기를 바라면서 마음 졸였다. 그 때문에 속이 탈 듯하고 가슴에 불이 일어나니, 이자염보다 더 위태로워 보였다.

그런데 갑자기 상서로운 구름과 안개가 제운각을 둘러 환히 빛나고 향기로운 바람이 산들 불었는데, 돼지 사이에서 한 마리 기린이 우뚝 태어나듯 한 아기가 태어났다. 아기의 첫 울음소리는 마치 골짜기 어귀에서 봉황이 처음 울어 그 소리가 큰 종소리처럼 10리 밖까지 울리는 듯했다. 소교완이 본디 훌륭한 자손을 원하던 것이 아니었고 게다가 크게 놀라는 바람에 미워하는 마음이 이전보다 더했다. 그런데 더욱 이상하고 알 수 없는 것은 이자염의 기운이 이전과 비교할 수 없이 좋아진 것이었다. 이 와중에 이자염은 삼가고 예의를 갖추면서 어느새 아기까지 낳았다. 소교완이 굳이 신생아의 생김새를 살펴보려 했던 것은 아니었는데, 아주 잠깐 비친 모습으로도 그 골격과 기상이 비범함을 알 수 있었다.

소교완은 하늘 높이 솟구치는 분노와 만 겹이나 되는 의아함이 서리서리 쌓여 참지 못할 지경이었다. 그래도 함부로 굴지 않은 것은 이미 세워놓은 계교가 여러 가지였기 때문이었다. 녹빙과 계월 등이 한마음으로 힘을 합해 때에 따라 임기응변으로 대처하며 소교완의 뜻을 헤아렸다. 그녀들은 이자염의 득남이 경사라며 혜월 등보다 더 기뻐했다. 정인중은 창밖에서 기쁜 목소리와 온화한 말로, 자기가 넘어져서 다친 것도 잊을 만큼 기쁘다고 하면서도 어떤 태도를 취해야 할지 잘 모르는 듯했다. 소교완도 처음에는 놀라고 당황한 빛이 있더니, 시간이 좀 지나자 가장 경사스러운 날인 듯 우아한 뺨에 웃음을 가득 띠고 붉은 입술 사이로 하얀 이를 살짝 드러내며 기쁘게 말했다.

"적선지가에 필유여경이니, 정씨 문중에 대대로 내려온 충렬과 큰 덕, 큰아이와 며느리의 어질고 효성스러운 성품과 행동 덕분에 자손이 많고 종사가 이어지는 것은 당연하다고 여겼다. 그런데 피를 토하고 목숨이 위태롭게 되었을 때는 내 혼과 마음이 놀라 정신이 아득했으니, 도리어 이 같은 큰 경사가 있을 줄 생각이나 했겠느냐? 갓난아이의 기품과 골격이 바라던 것보다 더 훌륭하니 어찌 기특하지 않겠느냐?"

그러고는 강보를 걷고 혜월 등에게 국과 밥을 내오라고 했다. 또 정인중을 불러 설침에게 가서 다시 약을 물어보라고 하며 기뻐하는 척했다.

이자염은 시어머니가 은혜롭고 인자하게 대하는 것을 의심하는 것은 아니었다. 태어난 아기는 정말 비상하고도 빼어난 인물이었는데, 소교완이 이처럼 칭찬하며 문득 아기를 친히 거두어 누이고 자기 앞에는 두지 않으니, 이자염이 그 뜻을 어찌 깨닫지 못하겠는가? 하지만 이미 홍소와 월난에게 명한 것이 있고 또 근심해도 어쩔 도리가 없다는 것을 알았다. 이에 잡스러운 근심에 흔들려 편안한 마음과 생각을 어지럽게 하는 건 부질없다고 여겼다. 게다가 이자염은 원래 길흉화복이나 슬픔과 기쁨에 마음이 동요하지도 않는 성품이었다. 소교완은 며느리가 이렇게 침착하고 미쁜 것도 더욱 미울 뿐이었다.

소교완이 사람 보는 식견이 없었다면 자기 친생 손자가 아닌 것이 분하고 미울지언정 이처럼 급히 없애려 하지 않았을 것이다. 그러나 소교완은 정인성과 이자염의 바르고도 뛰어난 기질과 품격을 알았기에 이를 시기하고 미워하여 죽이려는 것이었다. 소교완은 어진 이를 해하는 것이 하늘의 이치에 어긋나는 것임을 모르지 않았지만, 간절히 바라는 사람이 많으면 하늘의 이치도 거스를 수 있다고 믿었다.

정인중이 소교완에게 약을 드리면서 말했다.

"설침이 형수님이 피를 토했다는 말을 듣고 이 약을 주며 '식사 전에 이 약을 먹으면 토혈이 그칠 뿐 아니라 산후 다른 질환이 없습니다.'라고 말했습니다."

소교완이 기쁘게 받아 친히 향기로운 차에 풀어 이자염에게 주며 말했다.

"이 약이 토혈을 그치게 할 뿐 아니라 다른 병증도 없앨 것이라 하니, 너는 모름지기 야단스럽게 굴지 말고 먹도록 해라."

이자염이 아기를 낳은 뒤 밥도 먹지 못했을 뿐 아니라, 허약한 기운에 지극히 흉하고 독한 약을 먹고 나서 미처 해독약을 삼키지 못해 위태로운 상태였다. 그녀는 순임금이 우물에 구멍을 만들어 살아나고 또 지붕 위에서 불을 피했던 것처럼, 온화하고 공손하게 받아서 마시는 시늉을 하다가 비위에 거슬려 토하는 척 무심히 약 그릇을 떨어뜨려 다 쏟아뜨렸다.

소교완은 이자염에게 약을 먹이지 못한 것을 원통히 여겨 모진 생각이 더욱 솟아났다. 그러자 순간 온화한 얼굴빛이 변해서 붉은 입술과 옥 같은 뺨은 차갑게 식었고 따뜻한 기운이 싹 가시면서 노기를 띠었다. 이 모습을 본 주변 시녀들은 눈이 휘둥그레지고 놀라 숨이 쉬어지지 않았다.

갓난아이를 빼돌리는 녹빙

녹빙이 이자염의 득남을 기뻐하며 밖으로 내달아 집안에 알리는 척하고 품속에 갓 태어난 아이를 감추었는데, 이는 소교완이 시킨 일이었다. 소교완은 차갑던 마음이 다시 온화해져, 고운 웃음을 머금고는 두 손을 바삐 놀려 엎어진 약을 닦으며 국과 밥을 빨리 내오라고 했다. 그러는 한편 정인중에게 다시 약을 구해 오라고 했다. 뒤이어 비단 병풍을 치는가 하면 비단 요를 가지런히 하기도 하고, 책상과 물건을 정리하는 척하면서 짐짓 촛불을 꺼버렸다. 녹빙과 계월 등이 덤벙거리며 촛불을 다시 켜려고 뭔가를 찾는 척 어두운 데서 어지럽게 구는 사이에, 녹빙이 품에서 아이를 꺼내 방에 두고 이자염이 낳은 아이는 계월이 품에 안고 급히 내달렸다. 정인중도 설침에게 약을 물으러 나가는 척하며 함께 나갔다.

시녀들이 비로소 촛불을 밝히고 혜월이 국과 밥을 내왔다. 소교완은 음식에 독을 풀어 이자염의 속이 비었을 때 먹이려 했는데, 그러지 못하게 되자 이를 또한 한스럽게 여겼다. 하지만 이미 아기를 바꿔치기하여 한낱 도마뱀붙이 같은 아기를 뉘어두고 귀한 자손은 빼돌린 터였다. 소교완은 정인성과 이자염의 종가 후손을 멸절하고 다시 생산하는 길도 끊어버려, 그 부부가 후사를 두지 못한 채 속절없이 요절하여 두 넋이 동쪽 거친 둔덕에 임자 없이 버려져 자취도 없이 사라지기를 바랐다.

소교완은 촛불을 이자염 앞으로 하며 일부러 강보에 싸인 아기를 안고는 기분 좋게 웃으며 말했다.

"네가 이처럼 기이한 보배를 낳았으니 먹지 않아도 배고픈지 모를 뿐 아니라 진기한 보물을 얻은 것 같겠지. 그래도 피를 토하고 나서 기운 낼 만한 것을 먹지 못했으니 얼른 국과 밥을 배불리 먹도록 해라."

이자염의 아이를 해치는 정인중

이자염이 국과 밥을 먹으며 갓난아기를 잠깐 보니, 자기가 낳은 아이가 아니었다. 용과 봉의 새끼같이 당당한 아이를 시정의 평범한 아이로 바꿔놓은 것이었다. 흰 얼굴에 붉은 입술과 가는 눈매, 밭은 기질을 지닌 어린아이는 예쁘장하기는 했지만 자기가 낳은 아이에 비하면 용이나 호랑이같이 호탕하던 것이 갑자기 물에 빠진 쥐새끼가 된 형국이고 봉처럼 우뚝하던 것이 문득 누추한 도마뱀붙이가 된 것 같았다. 이는 진정 언덕과 태산, 도랑과 하해, 뭇짐승과 기린, 뭇새와 봉황 같은 차이니, 천부당만부당 비슷하지도 않고 맞먹을 만하지도 않았다. 예쁘장하게 생기긴 했으나 정씨 가문이 대대로 이어온 맑은 행실과 큰 덕, 규법과 가훈의 종통을 받들 아이라고 하기에는 격이 낮고 전혀 어울리지도 않으니, 욕되고 추함이 이보다 더할 수가 없었다. 이자염은 소교완이 요사한 잡술을 부릴 거라는 낌새를 훤히 알아차렸으니, 이런 상황을 생각하지 못한 것은 아니었다. 그럼에도 눈 깜빡할 사이에 갓 태어난 아기가 바뀌어 생김새와 골상이 현격하게 다른 것을 보니 놀랍고 몹시 망측했다. 귀하든 천하든 천륜은 중요한 것인데, 이같이 인륜을 함부로 짓밟은 것을 생각하며 마음속이 서늘하고 심장이 떨렸다.

　이자염이 음식을 앞에 놓고 이런 생각을 하다 보니 정인성 부자의 천성을 어지럽히거나 허물어지지 않게 하고자 하던 바와 화부인이 염려하던 것이 이런 것이었나 보다 싶어 자기도 모르게 자연 씁쓸해졌다. 하지만 시어머니를 의심한다는 말은 차마 입 밖에 낼 수 없어 다만 담담하게 세상일에 관심이 없는 듯이 했다. 국과 밥을 먹고 나서는, 시어머니 앞이라 감히 눕지 못하고 단정하게 손을 모은 채 온화한 기운으로 평상시처럼 편안하게 있었다.

　소교완은 이러한 이자염의 태도가 더 미워 칼을 들어 찌르고 싶었지만, 다른 사람들의 이목이 신경 쓰여 악한 행동을 마음대로 하지 못했다. 도리어 이자염에게 이부자리에 누워 몸조리하라고 흔쾌하게 권하며 손수 이불을 당겨 덮어주면서 말했다.

　"인중이가 설침에게서 약을 가져오거든 네가 먹는 걸 본 뒤에 나도 돌아가 쉬려고 한다. 너는 모름지기 몸조리를 예사롭게 생각하지 마라."

　이자염이 황공해하니 소교완이 거듭 편히 쉬라고 했다.

　정인중은 뛰어난 재주와 재능을 타고났는데, 반악 같은 용모에 하안 같은 풍채를 지녔고 두예의 문장을 겸했다. 더구나 덕스러운 가문에서 자라 아버지와 형과 숙부들의 숭고한 덕행과 명예를 눈으로 보고 온몸에 스며들게 익혔다. 하지만 어머니의 악한 면을 좇아, 점잖고 바른 품행을 기준으로 보자면 박절한 성품을 지닌 왕안석보다도 죄인이고, 교묘한 말과 수단으로 잘못을 얼버무리는 것으로 보면 왕망보다도 하등의 인간이었다. 한번 생각을 잘못해서 온갖 악을 행하니, 그 사람됨을 어찌할 수가 없었다. 어진 아우(정인웅)가 슬퍼하고 착한 형(정인성)이 진심 어린 마음으로 사랑하고 권면하여 돌이켜 바른길로 나아가자고 권하고 격려할지언정 극한 방법은 사용하지 않았다. 하지만 정인중은 털끝만큼도 감동하지 않아 하루라도 빨리 형을 죽여 없애버리고 당당한 종통을 자기에게 옮긴 뒤에 착한 아우마저 없애려 했다. 비록 책을 보고 있어도 마음이 다른 데 가 있으니, 손톱을 만지작거리며 형을 해치우고 아우의 목숨을 끝낼 계획을 세우는 데 골몰했다. 태부 정잠의 훌륭한 덕과 큰 도로 이런 아들을 둔 것이 또한 하늘의 뜻이고, 정인성에게 이런 형제가 있는 것이 또한 야속한 운명이었다. 이는 집안의 화근일 뿐 아니라 군자와 숙녀에게 상서롭지 않은 인간이었다.

이때 이자염의 해산을 위해 모자가 제운각에 다 모였으니, 이곳이 초나라와 한나라의 진영은 아니었지만 그 형세는 마치 적국끼리 대립하는 것과 같았다. 소교완과 정인중은 이자염의 목숨을 도모하는 것이 황급하여, 행여 지체될까 서둘러서 천하제일 독초를 달인 약을 초저녁부터 밤이 새도록 연이어 들여보냈다. 그러나 이자염은 온갖 신들이 호위하고 신명이 보호하는 사람이라 그들이 제아무리 해하려 해도 털끝만큼도 해가 없었으니 그들은 이상하게 생각하며 의아해했다. 그러던 중 오늘 문창성이 세상에 내려와 천제의 명으로 군자와 숙녀의 덕스러운 성품과 행실을 보우하니, 이 어찌 요술과 간계에 함몰되겠는가?

이때 정인중은 대청에서 간절하게 기다리고 있었는데, 계월이 총총히 바깥문을 나가 밖으로 향했다. 정인중이 잔뜩 기쁜 마음으로 계

월을 따라갔는데, 계월이 뒷산 절학봉에 올라가더니 품속에서 한 옥
동자를 꺼내 땅에 내려놓았다. 아직 날이 새지 않은 어두운 밤이라
컴컴하여 사방을 분별할 수 없었다. 그런데 아이를 포대기에 싸지 않
고 땅에 내려놓자 사방이 밝아지고 상서로운 기운이 빛났다. 이 광경
을 보며 정인중이 마음속으로 이상하게 생각하고 또 시기하는 마음
이 생겨 계월에게 물었다.

"이를 장차 어찌 처치하라 하셨느냐?"

계월이 대답했다.

"아이의 목숨을 끊어 쌓인 원한을 털끝만큼이라도 풀겠다 하셨습
니다."

정인중이 좋아하며 아이를 죽이려 하는데, 절학산 봉우리에 있는 큰
못의 물을 보니 그 기세가 세찼다. 정인중이 검은 물빛에 푸른 물결이
일렁이는 못 가운데 아이를 던지니, 천둥과 벼락이 요란하고 물결이
더욱 세차게 일었다. 그러더니 잠깐 사이에 물이 다 마르고 아이는 온
전하게 마른 못 속에 누워 있었다. 정인중이 크게 놀라며 말했다.

"이는 하늘의 뜻이다. 어찌 이럴 수 있단 말인가? 하지만 많은 사람
의 뜻은 하늘도 이기는 법이니, 강보에 싸인 아이를 내가 설마 이기
지 못할까?"

그러고는 칼을 빼 포대기를 찌르려 했다. 이때 갓난아이가 갑자기
말을 했다.

"잔인하기 이를 데 없는 인간이구나! 상제께서 나로 하여금 군자
와 숙녀의 덕을 도우라고 하셨는데, 네 어찌 나를 그리 잔인하고 포
악하게 대하느냐? 하늘이 아시고 신이 아시니, 네 몸에 미칠 재앙이

두렵지 않느냐?"

그러고는 다시 말을 하지 않았다. 계월이 이 광경을 보고는 놀라 엎어졌고, 정인중 또한 혼백이 다 날아가고 머리털이 쭈뼛 섰다. 그가 비록 천지간에 특별히 악한 종자였지만, 드높던 기세가 어지간히 줄어들어 칼을 쓸 뜻이 없어졌다. 마음속으로 생각하기를 '이 아이를 이 높은 절학산 봉우리에서 떨어뜨리면 만 길 강바닥으로 빠질 것이니, 제 어찌 뼈가 부서져 죽지 않겠는가? 방금 갓난것이 갑자기 말을 해서 사람을 놀라게 하던 요악함을 다 씻어주겠다.' 하고는 발로 차 버렸다. 갓난아이는 추풍낙엽같이 날려 봉우리 아래로 떨어졌으니, 뼈가 다 부서졌을 것은 묻지 않아도 알 만했다. 정인중은 계월과 함께 바삐 산을 내려왔는데 마음이 상쾌했다. 이어 정인중은 제운각 난간에서 천연스레 소교완의 분부를 기다렸고, 계월은 방 안에서 대기하고 있었다.

도사를 만나게 된 정인웅

이보다 앞서 정인웅이 대화부인을 모시고 외가 제사에 갔다. 정인웅은 제사를 마치고 서씨 부중으로 바로 가서 서태부인에게 인사를 드리고 태운산으로 돌아가려 했다. 집안이 빈 데다가 이자염의 산달이라서, 집을 떠나 지체할 마음이 나지 않았기 때문이다. 자연히 걱정이 앞서 이야기를 나누는 일에 뜻이 없었지만, 억지로 외가 여러 공자들과 함께 이야기를 나눴다.

제사를 마치고 서재로 돌아와서도 잠이 오지 않아 말을 탔는데, 갑자기 정신과 몸이 가벼워지며 한 곳에 이르렀다. 멀리 있는 절의 경쇠 소리가 황혼 녘에 들려오고, 구름 낀 언덕에서 원숭이가 내는 휘파람 소리는 푸른 산속으로 저물어 갔다. 층층이 쌓인 바위산을 지팡이를 짚으며 가는데, 눈 아래로 달빛 비친 강산의 멋진 풍광이 펼쳐졌다. 수풀을 뚫고 구름을 밟는 기분으로 느릿느릿 걷는데, 문득 어디선가 소리가 들렸다. 눈을 돌려 보니, 동남쪽에서부터 한 줄기 맑은 바람이 일어나고 희미한 발자국 소리가 공중에서부터 들려왔다. 정인웅이 놀라고 의아하여 걸음을 멈추고 머리를 들어 한참 동안 살폈는데, 기이한 향내가 가까이 느껴졌다. 정인웅이 마음속으로 생각했다.

'온 산에 새도 날아다니기를 그쳤고 골짜기에는 사람 그림자가 드문데 어느 곳에서 한가한 은자가 달빛 아래 고요하게 옥피리를 불어 지나가는 나그네 마음을 이끌고 속세의 고락을 깨닫게 하는 걸까?'

이때 동자 한 명이 정인웅 앞으로 나아왔다. 이목구비가 깨끗하고 정신이 맑아 보이는 것이 속세 사람과는 달랐다. 동자가 공손히 예를 갖추고 말했다.

"우리 사부께서 기다리신 지 오래되었습니다. 청하건대 빨리 함께 가시지요."

정인웅이 의아하여 물었다.

"동자는 어디에서 왔으며 사부는 어떤 사람인가? 원래 서로 알던 사이가 아닌데, 오래 기다렸다는 것은 또 어찌 된 일인가?"

동자가 웃으며 말했다.

"괴이하게 여기지 마십시오. 사부를 만나시면 자연히 알게 되실 겁니다."

정인웅이 다시 묻지 않고 동자를 따라 한 곳에 이르니, 물이 맑고 산이 빼어나 옥으로 깎은 듯한 바위와 구슬을 흩은 듯한 모래들이 보였고, 한 언덕에 이르자 안개가 흩어지며 그 가운데 꽃과 대나무에 둘린 초가삼간이 보였다. 마치 신선이 사는 곳 같았다.

동자가 정인웅을 인도하여 계단 아래에 이르니, 신선의 풍모를 한 백발노인이 있었다. 그는 노자의 깊고 오묘한 덕과 장자의 맑고 깨끗한 기상을 겸비한 듯했다. 그가 정인웅을 맞이하여 돌로 된 단 위에 앉히고 손님과 주인의 격식을 떠나 환하게 한번 웃고는 꽃을 동풍에 날리더니 말했다.

"나는 바위굴에 깃들어 떠가는 구름이나 물처럼 사는 사람이오. 그런데 오늘 인간 세상의 아름다운 손님을 만났으니, 산에 사는 사람의 적막한 회포에 위로가 될까 하오."

정인웅이 겸양하며 말했다.

"저는 이 깨끗한 극락세계에서는 미천한 선비일 따름입니다. 오늘 신선의 땅을 밟아 존귀한 얼굴을 우러러보니, 제 평생이 헛되지 않았다는 걸 알겠습니다. 스승의 높은 이름을 알려주시어 속세 인간의 취한 꿈을 깨닫게 해주십시오."

노인이 희미하게 웃으며 말했다.

"아! 인간 세상에 골몰하여 두 눈이 옛 친구를 잊었구려. 예전에 옥황상제의 대궐에 있었던 신선 노인을 기억하지 못하시오?"

그리고는 동자에게 다과를 내오라고 하니, 수정 쟁반에 천도복숭아와 선약을 담아 가져왔다. 정인웅이 선약을 한번 마시니, 정신이 맑아지고 기운이 경쾌하여 날개가 돋아 신선이 될 것만 같았다.

　노인이 말했다.

　"오늘 그대를 특별히 청한 것은 다름이 아니라 그대 집안에 난리가 거듭 일어나는데 그것을 막기 위해서라오. 오늘 문창성이 옥황상제 명을 받들어 군자와 숙녀에게 복덕을 펼치고자 하셨는데, 전생의 업보로 요악한 인간이 잔인하고 포악하게 갓난아이를 절학봉에서 던져 물에 빠뜨려 죽이려 했소. 하지만 상제께서 명하신 일인데 어찌 부질없이 간사한 인간에게 독한 해를 입을 수 있겠소? 온갖 신령이 호위하여 아이는 무사하고, 귀한 몸이 바다 가운데서 물에 잠기지 않은 채 있으니, 인륜을 흩어 용이 쥐로 바뀐 상황을 빨리 가서 바로잡아야 하오. 갓 태어난 조카는 상제께서 명하신 명나라의 상서로움이고 정씨 가문의 큰 보배라오. 요악한 무리가 함부로 천륜을 거꾸러뜨리는 변을 일으켰으니 어찌 천벌이 없겠소? 부인(이자염)은 복덕이 천지에 가득하지만, 때가 늦어지면 부인의 혼백이 천상 옥청궁에 가서 원한을 하소연할 것이오. 그대 어머니와 형이 아무리 신통하다 하더라도 두우궁 원한의 기운이 천년만년 이를 것이니, 지옥 고초를 어찌 면하겠소? 나는 그대와 함께 백옥경 궁궐 안에서 조회하던 그 정을 잊지 못해 곤륜산으로 돌아가던 길에 수레를 잠깐 늦춰 일러주는 것이니, 얼른 돌아가 정인성 부부에게 지극한 아픔을 끼치지 말고, 문창성을 잃었다는 탄식이 나오는 일이 없도록 하시오. 문창성을 대신한 아이는 바로 주씨가 낳은 아이라오. 그대는 감식안이 매우 밝아 말하지 않아도 밝히 알아볼 수 있을 것이니, 귀천을 가리지 말고 인륜을 어지럽히지 마시오."

말을 마친 뒤 노인은 정인웅과 이별하고 동자에게 명해 계단 위 큰 종을 나무망치로 한 번 치라고 했다. 맑게 울리는 종소리에 정인웅이 놀라 잠에서 깼다. 정인중은 궤에 비스듬히 기대 얼핏 잠이 들었던 것으로, 꿈 같기도 하고 아닌 것 같기도 했다.

홍소가 건넨 이자염의 편지

정인웅이 놀라고 걱정이 되어 생각했다.

'본가에서는 형수가 분명 해산했을 것이고, 어머니와 형이 극악하고 잔인하게 인륜을 어지럽혔구나. 갓난아기의 천륜을 끊고 형수를 죽일 것이 불 보듯 뻔하다.'

이렇게 생각하니 정신이 흩어지고 혼이 날아가는 듯했다. 이에 바삐 대화부인에게 뵙기를 청하고 아뢰었다.

"어머니를 모시고 함께 돌아가고자 했는데, 급한 일이 있어서 저는 이제 돌아가야 합니다. 어머니께서 태운산으로 오실 때 모시러 오겠습니다."

그러고는 튼튼한 나귀를 채찍질하여 급히 태운산을 향해 가는데, 절학봉 아래를 지나가게 되었다. 마음이 아득하여 살필 겨를도 없이 가는데, 갑자기 눈앞에 홍소가 바위 사이에 앉아 있다가 급히 협곡 사이로 몸을 감추는 것이 보였다. 정인웅이 매우 의심스러워 홍소를 부르니, 홍소가 마지못해 앞에 나와 머리를 땅에 조아리고 엎드렸다.

정인웅이 물었다.

"부인에게 산기가 있으신가? 너는 어찌 사람 없는 황량한 산에서 바위에 몸을 숨겼느냐? 집에 무슨 일이 있는 듯하니, 숨기지 말고 다 말해서 내 의심을 풀게 하라."

이에 홍소가 품속에서 글씨 적힌 종이를 내어 드리니, 그 내용은 다음 회를 보시라.

어제 월난과 홍소 두 여종이 이자염의 부탁을 받아 봉한 편지를 보니, 오늘 초저녁에 떼어보라고 되어 있었다. 두 여종이 함께 봉한 편지를 떼어보니 '15일 자시에 강보에 싸인 갓난아이의 목숨이 위태하게 될 것이다. 월난이가 절학봉 아래에서 기다리고 있으면 아이가 봉우리 아래로 떨어질 것이니, 네가 마땅히 갓난아이를 찾아 아이의 목숨을 보전하게 되거든 오전 8시 정도에 아이를 감춰 돌아오되 비밀스럽게 하여 다른 사람들이 모르게 하라.' 이렇게 적혀 있었다. 홍소에게 맡긴 편지는 '오늘 밤에 갓난아이의 목숨이 위태하니, 네가 제운각 밖에 있다가 아이를 구해 인류를 완전하게 하고 주씨의 아이는 돌려보내 윤리와 기강을 어지럽히지 말라.'라는 내용이었다.

이자염의 아기를 빼돌리는 계월

홍소가 가만히 몸을 감춰 집안 동정을 살펴보며 제운각 창밖에 있었다. 과연 계월이 갓난아이를 안고 바삐 나가는데 정인중이 따라 나가는 것이었다. 홍소가 이 장면을 보고 가만히 가슴을 두드리고 울며 몸을 숨겨 멀리까지 따라갔는데, 과연 정인중이 절학봉에 올라가 아이를 물에 빠뜨리는 것이었다. 그러나 아이는 죽지 않았고, 솟구치던 물이 잠깐 사이에 마르더니 아이가 마른 땅에 누워 있었다. 이 못은 천지가 처음 나뉠 때 생긴 물이었다. 대군을 동원하여 물을 없애려 해도 워낙 큰 못이라 어찌할 도리가 없었고, 늘 우레가 진동하여 감히 사람이 다가가지 못하는 곳이었다. 갓난아이를 이곳에 빠뜨렸으니 살아날 리가 없는데 이렇게 온전하니, 정인중이 분이 나서 칼로 죽이려 했다. 그런데 그때 아이가 갑자기 말을 하는 것이었다. 정인중이 이를 이상하게 여겼지만 가만히 호흡을 가다듬더니 발로 차 절벽에서 떨어뜨렸다. 그때 마침 월난이 두 손으로 아이를 받아 아이의 목숨을 보전할 수 있었다. 월난이 바위 사이에 몸을 감춘 채 아이는 가슴에 품어 보호하고 오전 8시쯤 돌아가기 위해 때를 기다리고 있었다.

이때 갑자기 공중에서 홍소를 불러 종이에 글 쓰인 것을 주며 말했다.

"이 앞으로 너를 아는 사람이 지나갈 것이니, 잠깐 바위 밖으로 나가거라."

홍소가 의아하고 당황스러워하며 우왕좌왕하던 중 정인웅을 만나게 되었고, 정인웅이 물어보자 홍소는 글이 쓰인 종이를 건넨 것이다. 정인웅이 보니, 오늘 정씨의 기린아가 목숨이 위태로웠던 지경을 벗어나 천륜을 온전히 하여 돌아갈 것이지만, 이자염이 고통스러운 학대를 받아 목숨을 보전하기 어렵다고 되어 있었다.

정인웅이 종이를 홍소에게 도로 주고 총총히 집으로 돌아가 바로 제운각으로 갔다. 이때 제운각은 마치 초나라와 한나라의 전쟁터 같왔다. 정인웅은 미처 집안에 들어가기도 전에 혼이 놀라 날아가 버리는 듯했다.

소교완은 정인중이 약 가져오기만을 기다렸는데, 잠시 후 정인중이 급히 환약 두 알을 건네며 말했다.

"이 약은 허약한 기운의 산모가 먹으면 기운이 녹아 쇠하게 된다고 합니다."

소교완이 기쁜 얼굴로 받아 따뜻한 물에 풀어 이자염에게 주며 말했다.

"이 약을 토하지 말고 잘 먹거라. 산모의 허약한 기운에 유익하다고 하는구나."

이리 말하며 친히 이자염의 입에 대어주면서 먹으라고 했다. 이자염이 산후라서 기운이 허약한데, 밤새도록 독약을 연이어 마셔 기운이 끊어질 듯하고 정신이 가물거렸다. 이번 약은 더욱 흉하고 독해 목구멍으로 넘기면 명맥을 보전할 길이 없을 것 같았다. 한 모금도 삼키지 못할 만큼 비위에 거슬려 토하고 말았는데, 약이 바닥에 쏟아지며 푸른 불꽃이 확 일어나더니 방 안을 덮쳤다. 소교완은 밤새도록 노심초사하며 아무쪼록 약을 먹여 이자염이 죽기를 바랐는데, 만약 죽게 되면 그 죄는 설침에게 미루려 했다. 날이 밝기 전에 이자염의 죽음을 보고자 했지만, 이자염이 약을 토하고 안 먹을 뿐 아니라 방 안에 산 같은 화염이 일어나니 그간 쌓였던 노기가 크게 일어나 매우 꾸짖었다.

"요악한 년 같으니라고! 제 몸을 위해 내가 밤새도록 수고했는데, 약을 토하는 척하며 먹지 않으니 이는 나를 의심하는 까닭이다. 내가 너를 죽이려는 줄 아느냐? 그리 생각한다면 오늘 당당히 너를 죽여 한을 풀겠다."

말을 마치고는 이자염의 머리채를 붙들고 철여의를 들어 들입다 수없이 때렸다. 머리부터 내리 짓두드려 온몸을 다 내리쳤으니, 머리뼈가 부서지고 얼굴은 남은 데 없이 으깨져 흐르는 피가 방 안에 가득했다. 정인중은 밖에서 팔짱을 끼고 선 채 방 안 광경을 엿보며 살필 뿐이고 한마디도 하지 않았다. 이자염의 매끄러운 피부와 옥 같은 뼈가 철여의에 다 바스러져 철여의가 닿은 곳은 피가 줄줄 흘렀다. 하지만 소교완은 조금도 측은해하는 마음이 없이, 오늘은 이자염의 목숨을 끊어 오랫동안 쌓인 분노와 원한을 씻으려 했다. 뱀같이 포악한 성품으로 이자염을 한없이 때렸지만 도저히 시원하지 않았고 오히려 살아날까 싶어 분해하고 이를 갈며 말했다.

"요상하고 괴이한 년아! 너와 내가 전생에 무슨 원한이 있어 이렇게 만났느냐? 내 눈앞에서 너의 명을 끊어 죽는 걸 보지 못한다면 차라리 내가 죽어 너를 보지 않는 게 나을 것이다."

그러면서 이자염을 또 죽도록 쳤지만 그것으로도 부족하여 발로 차며 괴롭히니, 사람이 차마 못 할 짓이었다. 아, 슬프구나! 이자염이 액운을 만나 이런 변을 당하다니!

이자염이 혼절한 지 한참 지나, 소교완이 한편으로는 두들기고 한편으로는 꾸짖으며 말했다.

"요악한 별종이 거짓으로 죽은 체하는구나. 가만두면 도로 깨어나 멀쩡할 것이니, 약을 먹여 마침내 죽이고야 말겠다."

그러고는 정인중에게 명해서 약을 들이라고 했다. 정인중도 분이 나서 가장 독한 독약을 갈아 들여보내려 하던 차에 정인웅이 급히 들어왔다. 약을 들이는 형과 방 안에서 이자염을 두들기고 있는 어머니를 본 정인웅은 어머니가 덕을 잃은 것이 망극하여 인사도 제대로 하지 못한 채 바삐 문을 열고 방으로 들어갔다. 소교완은 눈썹이 거꾸로 선 표정으로 이를 갈며 이자염의 머리채를 손에 감아 붙들고 치는데, 이자염은 숨이 끊어진 것 같았고 붉은 피가 방 안에 가득했다. 정인중이 독약을 들여오니, 소교완이 이자염의 가슴 위에 올라앉아 입술을 억지로 벌리고는 약을 부으려 했다.

소교완의 악행을 만류하는 정인웅

정인웅이 소교완의 손을 붙들고 허리를 안은 채 슬피 울며 말했다. "어머니, 이 어찌 된 행동이시며 이 어찌 된 실덕이십니까? 형수가 허물이 있으면 가르치시고 따끔하게 꾸짖으실 일이지요. 하물며 형수는 훌륭한 분이니 죄가 될 만한 일이 없을 터인데 무슨 연고로 이 지경이 되었는지요? 이는 아무래도 저희 죄입니다. 그 약은 무슨 약이기에, 형수가 해산 후 모진 학대를 받아 기운이 막힌 와중에 약을 쓰려 하십니까?"

한편으로 슬프게 아뢰며 약 그릇을 놓지 않았다. 소교완은 오늘 마침내 이자염을 죽여버리려 했다. 그런데 천만뜻밖에 아들이 와서 고운 얼굴에 옥 같은 눈물을 마구 흘리며 놀라고 급박한 가운데도 효성스럽고 순하게 어머니의 뜻을 살피는 한편 어머니를 안아 움직이지 못하게 하고 약 그릇을 앗으려 했다. 이에 크게 노한 소교완은 약 그릇을 내어주지 않았을 뿐 아니라 그릇을 잡은 정인웅의 손을 물어뜯어 살점이 떨어지고 피가 났다. 그래도 정인웅은 그릇 잡은 손을 놓지 않고 어머니의 얼굴을 우러르며 빌었다.

"어찌 이러십니까? 어머니의 실덕을 생각하세요. 모두 저희의 죄입니다. 어머니를 이에 이르시게 한 건 못난 저의 죄악이니, 저는 이 세상에서 살 마음이 없습니다."

드디어 정인웅은 약 그릇을 달라고 하며 단단히 붙들었고 소교완은 이자염의 가슴에 올라앉아 약을 입에 부으려 씨름하다가 그릇이 엎어졌다. 그러자 코를 찌르는 냄새와 함께 푸른 불꽃이 방 안에 가득하니, 요악한 소교완도 마지못해 물러나 앉았고 정인웅은 크게 놀라 자기 옷자락을 떼어 약을 닦고 불꽃을 가라앉혔다. 그리고 나서 이자염을 보니, 온몸에 피를 흘린 채 구름 같은 검은 머리가 산발이 되어 있었다. 입술은 이미 핏기가 사라졌고 초롱하던 눈은 감겼으니, 얼굴과 피부와 뼈가 어느 한 곳도 성한 데가 없었다. 입은 옷도 철여의를 맞아 다 찢어지고 그 목숨이 끊어진 지 오래이니 어찌 회생하기를 바라겠는가? 정인웅은 망극하고 원통하여 한없이 눈물이 날 뿐이었다. 이제 형수가 살지 못한다면 그 원혼이 천지에 사무칠 것이었다.

정인웅이 소교완에게 아뢰었다.

"형수가 오늘 해산하시고 병세가 이러하여 회생하실 가망이 없으니, 할머니와 여러 형들에게 아뢰고 의사를 불러 한번 보이도록 하겠습니다. 어머니는 정당으로 들어가셔서 편히 쉬십시오."

소교완은 그 약을 이자염의 입에 붓지 못해 분해했다. 이자염이 행여 다시 깨어날까 봐 마음이 놓이지 않았는데, 정인웅이 정인중을 바로잡으려 아뢰는 말과 자기를 붙들어 움직이지 못하게 한 것에 더욱 대로하여 크게 꾸짖었다.

"네 형수는 나와 전생 원수이고 이번 생의 원업이다. 오늘 죽이려 했는데 네가 나의 화를 돋우는 것이냐? 너 같은 자식은 죽어도 내 마음에 두지 않을 것이니, 살 뜻 없다는 말로 나를 위협하지만 네가 죽고 사는 것은 네 마음대로 할 일이다. 나같이 어질지 않은 사람은 어미로 알지 마라. 나는 잔학하고 어질지 않아 오늘 요악한 종자를 죽여버리려 했는데, 특별히 악한 종자라 죽은 척해도 다시 살아날 것이니 내 심력만 허비하고 오명만 남게 될 것이다. 요악한 종자를 완전히 없애지 못했으니 어찌 통한하지 않겠느냐?"

말을 마치고 소교완이 독한 성질을 이기지 못해 이를 가는 소리가 방 밖에까지 들렸다. 정인웅이 들을수록 원망스러워하며 눈물을 흘렸고, 소교완에게 침소로 돌아가시라고 빌었다. 소교완은 정인웅이 밉고 한스러워 이자염을 마구 발로 차서 벽에 부딪히게 했다. 그러자 정인웅은 망극하여 소교완의 허리를 안고 손을 잡으며 부드러운 목소리로 빌었다.

"그러지 마세요. 평범한 여자도 해산 후에는 몸조리를 각별히 해야 합니다. 그런데 형수는 저렇듯 고문과 구타를 당하고 명이 끊어졌으니, 제 심장이 부서지는 듯합니다."

정인웅 덕분에 회생하는 이자염

소교완은 뱀 같은 성품으로 오늘 이자염을 쳐 죽이려 했다. 그런데 정인웅이 효자의 도리를 잃지 않은 채 바른말로 극진히 간하자, 소교완도 감동하는 바가 없지 않았다. 이에 한동안 말이 없다가 혜월에게 '침구로 소저의 몸을 덮어주라'고 명하고는 이어 '소저를 간호하라' 하니, 정인웅이 주머니에서 회생단을 내어 손수 따뜻한 물에 타서 혜월로 하여금 이자염의 입에 떠 넣게 했다. 처음에는 약물이 들어가지 않다가 여러 번 시도하자 목구멍으로 넘어갔다. 정인웅은 마음 졸이며 이자염이 회생하기를 간절히 바랐다.

얼마 지나 이자염의 얼굴에 혈색이 도는 듯하더니 잠시 후 회생했다. 정인웅이 더할 수 없는 천만다행으로 여겨 이자염에게 "무사하게 해산하신 것이 천행입니다. 하지만 병세가 이러하시니 모두 저의 죄입니다."라고 하고는 대답을 기다리지 않고 휘장 밖으로 나갔다. 이전에는 황망하여 어찌할 바를 몰라 미처 예를 차리지 못했지만, 이제 이자염의 기운이 돌아왔으며 소교완의 사악한 기운도 잠깐 누그러진 듯하자 예를 차린 것이었다.

소교완이 아들의 기특한 예모와 행동을 보니 효성스럽고 순하고 착했다. 그런 아들이 마음 한구석으로 기특하고 귀중하여, 한을 품은 노기가 자연스레 조금 풀렸다. 소교완이 갓난아이를 친히 안아 휘장 밖으로 나와 아기를 보이면서 말을 꾸며 선포하듯 말했다.

"이 아이는 국가의 상서로움이고 정씨 가문의 동량지재이다. 인성이의 아들이고 며느리가 태교한 결과이니 어찌 평범하겠느냐?"

정인웅이 사정을 이미 다 알고 있어서 아기 보기가 슬펐지만, 어머니가 이렇듯 과장하니 데면데면할 수는 없었다. 눈길을 옮겨 아이를 봤는데, 전형적인 주씨 집안의 생김새였다.

정인웅이 소교완에게 아뢰었다.

"추운데 밤새도록 수고하시며 잠도 못 주무셨고 이제 형수도 회생하셨으니 어머니는 정당에 돌아가셔서 편히 쉬십시오."

소교완이 마음과 힘을 다했지만 겨우 갓난아이를 없앴을 뿐이고 이자염은 죽이지 못한 것에 이를 갈며 분하게 여겼다. 하지만 아들이 간절하게 원하고 아들의 뜻대로 하지 않았다가는 어질고 효성스러운 아들이 죽게 생겼으니, 남의 자식을 죽이려 하다가 자기 아들을 잃을 수는 없어 사악한 기운을 다스려 아들의 뜻을 따라야겠다고 생각했다. 소교완은 마실 약을 내어와 이자염을 간호하라고 이르고 정당으로 돌아왔다. 정인웅이 소교완을 모시고 돌아와 털로 만든 침구를 깔고 쇠화로에 불을 붙여 자리를 따뜻하게 하고는 편히 쉬시기를 청했다. 시간이 어느 정도 지난 뒤 정인웅이 소교완을 뵙고는 슬픈 얼굴로 말했다.

"어머니와 아들은 가까운 관계라 서로 꺼리고 숨기는 것이 없어야 하지요. 이 아이는 주씨 소생이니 천륜을 어지럽혀야 되겠습니까? 이리하시면 하늘이 반드시 싫어하실 것이니 부디 잘 생각해 주세요. 지금 제가 마음속에 품은 것을 다 말씀드렸으니, 이 죄는 만 번 죽어 마땅합니다."

소교완이 아들의 밝은 지혜와 식견을 모르지 않았지만, 이 말을 듣고는 도리어 화가 났다. 이자염의 갓난아이는 죽였지만 지금 이 아이의 근본을 인웅이 다 눈치를 챘으니, 자기 온 힘과 마음을 다한 계략이 그림의 떡이 되고 말자 소교완이 정색하고 말했다.

"네가 미친 것이냐? 그렇지 않다면 어찌 이같이 허무맹랑하고 괴이한 말을 하느냐? 내 비록 어질지는 않으나 자식이 어찌 어미를 이토록 심히 의심하느냐? 이 아이가 며느리가 낳은 아이가 아니고 인성이의 자식이 아니라 함은 무슨 뜻이냐? 누가 너에게 이 아이가 주씨가 낳은 것이라고 말하더냐? 네가 사광처럼 밝은 귀와 이루처럼 밝은 눈을 가졌다고 해도 스스로 깨달아 안 것은 아닐 게다. 부추긴 자가 누구냐? 과연 모자는 가까운 사이다. 서로 가리거나 거리를 두지 말아야 하니, 이 일을 밝혀 나로 하여금 극악한 큰 죄를 면하게 해라."

말을 마치고 난 뒤 눈에 가득 노기를 띠었다. 정인웅이 책상에 머리를 박으며 말했다.

"갓난아이를 물에 빠뜨리고 깎아지른 절벽에서 떨어뜨린 것을 제가 모르겠습니까? 어머니는 어찌 저에게 속 시원히 말씀하지 않으십니까? 어머니께서 이런 일을 하시고 장차 어찌하려 하십니까? 주씨가 낳은 아이는 돌려보내셔야 하는데 진짜 갓난아이는 간 곳 없으니, 곧 집 안사람들 모두 이를 알게 될 것입니다. 맏형과 형수는 성인의 풍모를 지녔고 큰 효성이 있는 분들이니 어머니를 원망하지는 않을 것입니다. 다만 아버지께서 돌아오시면 마땅한 처분을 할 것이니, 그때 어머니와 인중 형은 어떻겠습니까? 이를 생각하면 제가 차마 세상에서 살 뜻이 없으니, 이 지극한 원통함을 어떻게 해야 없앨 수 있겠습니까?"

말을 마치고 머리를 땅에 두드리니 유혈이 낭자했다. 소교완이 이 아들을 진실로 미더워했는데, 이제 이 아들 때문에 자기의 일이 허무맹랑한 짓이 될 것 같았다. 그런데 다시 생각해 보니, 자기의 지위가 높아 온 가족과 사람들이 우러르고 존경하며 큰아들 부부의 정성스러운 효는 세상에 다시없을 정도였다. 뭐 하나 부족한 것도 없는데, 불인하고 잔학한 마음을 먹어 금옥 같은 아들이 죽게 생겼으니 자신에게 이로울 게 하나도 없었다. 아들의 말이 그른 것이 아니었지만 그럼에도 악한 속내를 돌이키기는 어려웠다. 그 마음이 뼛속부터 좁은 까닭에 정인성 부부가 눈앞에서 도끼를 맞아 엎어지는 것을 보고자 하는 마음이 간절했다. 하지만 아들의 거동은 과연 기특하고 아름다우니, 소교완은 그 거동에 크게 감동하여 자긍심을 느끼며 속으로 생각했다.

'효성과 우애가 내 아이와 같은 이가 또 어디 있겠는가? 인성 부부가 어질고 효성스러운 것을 모르지 않지만, 내가 편협하여 그들을 미워하고 싫어하고 눈앞에서 죽여 없애고 싶어 했다. 내 아들도 타고난 바탕이 인성이보다 못하지 않고, 그 효성과 우애와 점잖고 바른 행동을 볼 때는 기쁘고 기특하여 절로 마음이 풀려 포악함이 누그러지니, 이 어찌 나의 좁은 병통 때문이 아니겠는가? 인성이 저 아이도 지극히 효순하고 착하지만 나는 날이 갈수록 그 아이가 죽기를 바라니, 인웅이가 어찌 서러워하지 않겠는가? 하지만 조금도 서러워하는 빛과 원망하는 기미가 나타나지 않으니, 이 과연 타고난 성품이 성자와 현인 같아서이다. 내가 생각을 잘못해서 부모 동기 사이에 시름과 걱정을 끼치고, 아래로 효자와 어진 며느리에게 지극한 아픔을 품게 했으니, 내게 어찌 하늘의 재앙이 없겠는가?'

소교완이 이처럼 생각하며 한동안 말이 없으니, 정인웅이 형수가 안심하고 조리할 수 있도록 용서하는 명을 내리시라고 간절하게 빌었다.

소교완이 드디어 초아에게 명하여 이자염에게 말을 전하라고 했다.

"몸에 병이 있는 데다 날이 추우니, 산후의 허약한 기운으로 몸조리를 잘못하기 쉬울 것이다. 안심하고 조리하여 낫도록 하라고 전해라."

뒤바뀐 아이를 제자리로 돌려놓는 월난과 홍소

초아가 명을 받들어 제운각으로 향했다. 이때가 오전 7시 정도였다. 월난이 갓난아이를 품고 제운각으로 돌아오니, 소교완이 돌아간 뒤라 제운각이 조용했다. 월난이 마루로 들어와 갓난아이를 포대기에 싸서 누이니, 홍소가 주씨의 자식을 가슴에 품고 주씨의 집으로 가서 문을 열고 들어갔다. 날이 새려 할 즈음이었다. 주씨는 잠에서 덜 깬 상태라 눈이 침침하여 사람이 와도 전혀 몰랐다. 홍소가 어린아이를 주씨 곁에 누이고 얼른 돌아오니, 아무도 아는 사람이 없었다.

이전에 이자염이 저녁부터 시작해 밤새도록 독약에 시달리고 고문을 받아 이미 맥이 끊어졌을 때이다. 혼백이 떠돌다 한 곳에 이르니 선녀 한 명이 있었다. 그 선녀는 구름 같은 관을 쓰고 하늘하늘한 옷을 입고 검은 치마에 예대를 띠었으며 움직일 때마다 구슬 장식과 옥노리개 부딪히는 소리가 났다. 밝은 달이 선녀의 눈썹을 비추니 아름다운 이마가 두렷하고, 차가운 눈이 연지 바른 봉긋한 입술에 내려앉으니 빛나는 얼굴은 차갑게 아름다웠다. 마치 매화 정령이 나부산에 돌아온 듯, 달이 광한전에 떠오른 듯했으며, 늠름한 정신과 열렬한 기운이 느껴졌다. 이는 북악 현모낭낭이었는데, 구름 같은 소매를 들어 예를 차리며 말했다.

"옛 친구를 잊었는가? 옛정으로 말하는데, 그대 명운이 험악하고 전생의 업원이 무거워 고문을 받으며 독약이 미치지 않은 곳이 없으나 이는 모두 그대의 운명이다. 그러니 어쩌겠는가? 이는 떠가는 구름과 흐르는 물 같아서 오래지 않아 운이 형통하여 신세가 쾌활하고 영원한 복락이 아름답게 이루어져 온갖 일에 모자람이 없을 것이다. 그러니 한스럽게 여기지 말고 원망하지도 마라. 다만 효자가 덕을 행하여 모든 일이 서로 어그러지지 않도록 해라."

이 말을 하고 장생불사의 단약 한 알을 소매에서 내어 이자염에게 주며 말했다.

"이는 금선단이라는 것이다. 한번 삼키면 만수무강할 뿐 아니라 독약이 몸에 스며들어 오장육부에 들어가도 이 약이 목구멍으로 들어간 뒤에는 독기가 사라질 것이다. 이후로 독약의 해를 당하게 된다면 이것을 먹도록 해라. 그래도 그대 몸에는 조금도 손상이 없을 것이다."

이자염이 신기해서 약을 받아 삼키니, 금세 맑고 상쾌한 향기가 가득해지며 심신이 명랑해졌다. 이자염이 감사해하며 말했다.

"저는 더러운 자취를 지닌 속세의 인간입니다. 선녀께서 낮은 데 임하셔서 위로하고 권면하며 이처럼 사랑하시니, 이 은혜를 어찌 다 말씀드리겠습니까? 더욱이 신선의 약을 주시니, 이 감사한 은혜를 다 어떻게 해야 할지 모르겠군요. 죽어서라도 마땅히 결초보은하겠습니다."

선녀가 이자염의 온몸과 얼굴의 상처를 어루만지며 "곧 회복할 수 있을 것이다."라고 말하고는 사라졌는데, 이는 이자염의 꿈이었다.

그런데 금선단의 기이한 향취가 입안에 어리고 청량한 기운이 솟아 몸이 아픈 것이 가볍고 말끔해지자 마음속으로 이상하게 여겼다. 다만 이전에 소교완에게 자신의 죄를 말하고 나서 아직 용서를 구하지 못했으니 죽을죄를 지은 듯 경황이 없었는데, 뜻밖에 초아를 통해 은혜로운 말을 듣고는 황공하여 어쩔 줄 몰랐다. 하지만 갓난아이의 생사를 아직 몰라 애가 타니, 영혼이 흔들리고 무너져 마음이 진정되지 않았다.

그러던 차에 월난이 갓난아이를 죽음에서 구해 돌아오니, 천만뜻밖의 요행이라 고마워하며 근심을 떨쳐내고 월난의 공로를 치하했다. 월난이 황공하고 감격하여 아기를 다시금 보며 그 즐거움을 말로 다 표현하지 못했다. 이자염이 아기를 어루만지니 과연 자기가 태교하여 낳은 아이였다. 천륜은 매우 소중한 것이라 자애와 그윽한 정이 비길 데 없다가도, 문득 자기 신세를 생각하니 슬픔이 차올라 자기도 모르게 눈물이 뺨을 타고 흘러내렸다.

주씨가 잠을 깨어보니, 태부 정한의 귀한 종손이고 정인성의 소중한 아이는 보이지 않고 자기가 낳았던 아이가 옆에 있으니 너무나도 이상하고 괴이했다. 그래서 사람들에게 누가 왔다 갔는지 물었는데, 아무도 안 왔다고 했다. 더할 나위 없이 의아한 일이었다. 주씨는 결국 계월에게 얼른 오라고 하여 물었다.

"이 어찌 된 일이냐? 수상하고 괴이하니 요술인가 환술인가? 내가 방을 떠난 적 없고 오직 갓 태어난 아기 한 명만 있었는데, 다음 날 새벽에 아이가 바뀌었으니, 천하에 이런 요상한 변이 어디 있느냐?"

계월이 크게 놀라 어린 아기를 보니, 분명 어젯밤에 제가 품에 품고 제운각에 데려갔던 아이가 완연하게 누워 자고 있는 것이었다. 얼굴과 생김새가 조금도 다르지 않았다. 계월은 어찌 된 일인지 헤아리지 못한 채 소교완에게 급히 달려갔다. 그런데 정인웅이 소교완의 잘못을 간하느라 방 안에서 조용히 이야기하고 있으니, 계월이 말을 못하고 뒷난간으로 갔다가 정인웅이 물러난 뒤 소교완에게 이 일을 아뢰면서 영 이상하고 괴이하다고 했다.

소교완이 또한 놀라 낯빛이 변하며 계월에게 제운각에 가서 동정을 살피라고 하니 계월이 급히 가서 살폈다. 제운각에서 아기 울음소리가 우렁차게 들렸는데, 마치 높고 맑은 학의 울음소리가 하늘까지 닿는 듯했다. 비록 방 안을 보지는 못했지만, 그렇게 맑고 부드러운 울음소리는 들어본 적이 없으니 보지 않아도 그 성품의 비범함을 알 것 같았다.

계월이 안으로 들어가 이자염의 기운이 어떤지 안부를 묻고 아기를 구경했는데, 과연 용과 호랑이의 기상을 지니고 있었다. 아기가 벌써 세 살쯤은 되어 보이니, 계월이 정신없이 칭찬하며 이자염에게 말했다.

"아기가 어느새 이토록 기이하게 자랐으니, 저희는 하늘에 복을 빌겠습니다."

그러고는 마음에서 우러나서 그러는 듯 한동안 아기를 귀히 어루만지다가 돌아갔다. 요악한 여종 계월이 제 손으로 갓난아이를 빼내와 정인중이 온갖 방법으로 해치게 했는데, 아이가 온전하게 살아 돌아왔으니 이는 하늘의 도운 일이었다. 요악한 여종의 교언영색은 반드시 하늘이 벌주실 것이고, 요사스러운 말을 지껄이는 그 혀를 어찌 베지 않을 수 있겠는가!

계월이 돌아가 소교완에게 갓난아이가 매우 평안하더라고 전하니, 소교완이 다 듣기도 전에 의아하고 당황하여 곰곰 생각했다.

'절벽에서 떨어진 갓난아이가 어찌 목숨을 보전할 수 있으며 어찌 다시 돌아와 제운각에 있단 말인가? 또 주씨가 낳은 아이는 또 어찌 제집으로 돌아갔단 말인가? 누가 은밀한 일과 비밀스러운 말을 미리 알아 이렇듯 일을 흩뜨리는 것인가?'

소교완이 정인중을 불러 이 일을 말했다.

"일을 주도면밀하게 못 해서 절벽에 떨어뜨린 아이가 살아났다. 칼로 죽였으면 제가 어찌 살아 돌아올 수 있었겠느냐?"

정인중이 분이 가득한 채 화나고 원통하여 말했다.

"어머니와 제가 마음과 힘을 다해 행한 일이 속절없이 허사가 되게 생겼으니, 이는 하늘과 귀신이 장난을 친 것입니다. 아이를 깊은 물에 빠뜨렸을 때 물이 다 말라버려 아이가 죽지 않은 것은 신명이 도왔기 때문입니다. 비록 칼로 죽이려 했어도 마음대로 죽이지 못했을 것입니다. 만 길 절벽에서 발로 찼으니 층암절벽의 험한 바위에 갓난아이가 어찌 살아날 수 있으며, 그 아래는 만경창파라 파도가 날뛰어 건장한 사내라도 넋인들 남았을 리 있겠습니까? 살아 돌아왔다는 말은 아무래도 이치에 닿지 않습니다. 주씨 아이는 또 어찌 돌아왔는지요? 어쨌든 이상하고 괴이하여 헤아리지 못하겠습니다."

어머니와 아들 그리고 주인과 종이 서로 쳐다보면서 괴이한 일이라고 하며 걱정하는 기색이었다.

이때 정인웅이 제운각 난간에서 온갖 정성을 다해 친히 약을 달이다가 갓난아이의 자취를 생각하니 오장이 마디마디 끊어지며 분함과 애달픔이 섞여 가슴이 마구 뛰었다. 또 온갖 슬픔과 원망이 더해지니 피눈물이 흘렀다. 그런데 방 안에서 아기의 울음소리가 났는데, 그 소리가 맑고 비범하고 기이했다. 정인웅이 이 소리를 듣고는 분명 주씨의 자식은 아니라고 생각하여 심장이 마구 뛰었다. 귀를 기울여 그 소리를 듣는데, 계월이 교언영색으로 아첨하는 말, 갓난아이를 추켜 과장하는 말 등이 귓가에 들려왔다. 얼마쯤 있다가 계월이 문을 열고 나가는데, 행동거지와 낯빛이 매우 당황하고 놀란 것 같았다. 정인웅은 봉황 같은 눈으로 사태를 파악하고는 요사한 종의 진상에 매우 놀라고 안타까웠는데, 갑자기 의심이 크게 일어 혜월을 불렀다. 정인웅은 이자염의 기운을 묻고 아기를 잠깐 바깥으로 데려오라 했는데, 이에 혜월이 말했다.

"소저(이자염)의 기운이 더 나빠지신 줄은 모르겠는데, 온몸을 맞은 상처가 쑤시고 아려 아까보다 더하다고 하십니다. 또 국과 밥을 드시지 못해 겨우 미음을 드신다고 합니다."

그러고는 혜월이 아기를 바깥으로 데리고 나왔다. 정인웅이 아기를 보니 소교완이 보여주던 아기가 아니었다. 남다른 골격은 강산의 정기를 받은 것 같고 천지의 조화와 사해의 무궁한 격조를 지녔으니, 과연 정인성의 아들이요 이자염의 아이였다. 정인웅의 슬픔은 어느새 기쁨으로 바뀌었으며, 아기를 받아 무릎 위에 앉히고 이마를 어루만지며 말했다.

"이 아이야말로 진정 우리 집안의 뛰어난 자손이구나. 이로 말미암아 문호가 창대해지고 집안의 재앙이 진정되어 온갖 복이 모두 갖춰지며 영화와 복록이 이어질 것이다. 이 아기는 어디에 있다가 돌아온 것일까? 절벽에서 뼈가 부서진 것이 분명할 텐데, 어찌하여 이런 신기한 일이 있단 말인가? 세상일은 참 알 수가 없구나. 형수가 명철하시니 이런 신기한 일도 있구나. 근래 세상만사에 흥미가 없어져 사는 것이 죽는 것만 못하다 여겼다. 그런데 이 아이를 보니 과연 살아 있는 게 다행이고 죽는 건 불효막심할 뿐임을 알겠구나. 하늘이 도우시며 신비로운 기운이 보호하여 이 아이가 돌아온 것이로다."

정인웅은 절로 흥이 나고 기쁨이 넘치는 목소리로 혜월에게 물었다.

"아기가 언제 돌아왔느냐?"

혜월이 대답했다.

"아침에 돌아왔습니다."

정인웅은 들을수록 뛸 듯이 기뻐 더할 나위 없이 화사하게 웃었다. 근심이 말끔히 사라지고 즐거움이 넘쳤으나 한편으로 어머니와 형의 과한 악행에 생각이 미쳤다. 저 갓난아이를 온갖 방법으로 죽이려 했으니 심히 잔인하고 참혹한 일이었다. 정인웅이 아이를 한참이나 어루만지며 정과 사랑을 나누었는데, 하늘의 이치를 생각하니 부끄럽고도 슬퍼 고개를 떨구고 매우 마음 아파했다. 정인웅은 아이를 안으로 들여보낸 뒤 난간으로 나와 하늘을 우러러 소리 없이 기도하며 감사했다.

며느리의 출산을 앞둔 소교완의 계략

이전에 소교완은 이자염이 임신한 것을 알고 남몰래 간악한 계획을 세워 며느리를 해칠 마음을 가지고 있었다. 그러던 차에 서태부인이 서씨 부중에 머무시고 정삼 부부가 집안에 없으니 계획을 실행할 기회였다. 또 정인웅까지 없으니, 이자염이 해산할 기미가 보이자 연섭과 주씨를 끌어들여 계교를 펴려 했다. 주씨 소생을 이자염이 낳은 아이로 바꾸는 건 보잘것없는 아이와 훌륭한 자손을 바꾸려는 것으로, 개나 돼지를 범의 새끼라 하는 것과 마찬가지였다. 정삼과 여러 조카들이 신생아를 보고 의심할 수도 있지만 딱히 무엇을 지목하여 정인성과 이자염의 자식이 아니라 하겠는가? 비록 미천해 보이더라도 정씨의 자식이 아니라 할 수 없을 것이다. 연섭이 낳은 아이가 주씨 소생으로 바뀌었고, 또 주씨는 어리석어 자기가 낳은 아이가 정인성 부부의 소생이 되어 존귀하고 영화롭게 자라기를 바랐으니 어찌 우습지 않겠는가?

소교완은 주씨의 아이를 준비해 두었다가 이자염이 아이를 낳으면 그 아이를 죽이고 주씨의 아이로 대신하려고 했다. 정삼 부부가 이자염의 사람됨을 모르지는 않겠으나, 이자염 모자를 하룻밤에 처치한 뒤 간악한 여종을 이자염의 얼굴로 만들어 며느리가 강상의 죄인이 되게 하고 인륜에 허물을 짓게 만들고자 했다. 정삼 부부에게는 원통한 일이겠지만 능히 인력으로는 그 억울함을 씻을 길이 없을 것이었다. 또 집안사람들이 이자염을 아껴 슬퍼하겠지만 그 진실을 알지 못할 것이니, 다만 의아하고 탄식할 따름일 것이다. 소교완은 비록 사광의 밝은 귀와 이루의 밝은 눈을 가진 자라도 자신을 의심하지 못하게 처신했다. 그러면 훗날 정잠이 돌아오더라도 자기 모자의 흉악함과 극악함이 드러나지 않을 터였다. 정잠이 비록 자기를 족하다고 여기지는 않았지만, 윤리와 기강을 상하게 하지도 않을뿐더러 자기를 사납다고 할 수도 없을 것이다. 그래서 음식 주관하는 책임을 맡기고 한결같이 부인으로 대하는 동안 이자염을 없애고 정인성을 이어 죽이면 한 점 혈육도 남기지 않게 될 것이었다. 정잠이 정인성을 귀중하게 여기고 사랑했지만 아들 부부가 젊은 나이에 요절하고 게다가 죄명을 더하게 된다면 결국 정인성의 계후를 구해 종가 후사를 잇게 하지는 못할 형세가 될 것이었다. 그리되면 정잠은 마지못해 정인중으로 종통을 잇게 할 수밖에 없다. 소교완이 이 대목을 생각하니 흥이 솟아나고 몹시 즐거워 스스로 잔악하고 독한 짓을 하는 데 대한 두려움이 사라졌다.

그런데 뜻하지 않게 어진 아들 정인웅이 밝은 식견으로 어머니와 형의 지나친 악을 깊이 근심하여, 급히 달려와 형수가 당하는 처참한 재앙과 액을 보고 놀라며 슬퍼할 뿐 아니라 집안의 난리를 망극해하며 어머니와 형의 악행을 매우 탄식했다. 그러면서 스스로 목숨을 끊어 아무것도 모르고자 했으며 어찌할 바를 몰라 금방이라도 가슴이 콱 막힐 지경이었다. 또한 근심 어린 생각이 만단으로 일어나니 애가 타고 마음 졸여 잠시도 견디기 어려워했다.

소교완이 처음에는 이런 상황을 한스럽게 여기고 노하여 이자염의 죽은 몸을 발로 차며 정인웅이 간하는 말을 입 밖에 내지 못하도록 했다. 하지만 정인웅이 쉬지 않고 간절하게 아뢰는 것을 보고는 별수 없이 원래 뜻을 잠깐 멈추고 아들을 안심시키려고 약을 쓰라고 한 것이었다. 소교완이 침소로 돌아와 정인중이 갓난아이를 절벽에서 떨어뜨려 깊은 물에 던진 것을 계획이 어그러진 것으로 여기며 매우 걱정스러워했다. 하지만 이미 일이 뜻대로 안 되어 계교가 글렀으니, 심려하는 것이 무익하다 생각되어 도리어 쾌활한 말로 정인웅을 위로했다. 그러나 정인웅이 이미 갓난아이가 이자염이 낳은 아이가 아닌 것을 눈치챘으니, 정삼 부부와 가족들의 밝고 통달한 식견이 또 이와 같을까 걱정되어 매우 통한해했다.

이때 정인웅이 이자염이 살아났다고 아뢰고 위로하라고 권하니, 소교완은 마지못해 초아를 보내 용서하는 명을 전했다. 초아가 돌아와 이자염이 몹시 두려워한다고 전하고 애통하게 눈물을 흘리니, 분명히 이자염을 위하여 슬퍼하는 것이었다. 소교완이 이를 보고는 매우 한스러워 꾸짖고 물러가라고 한 뒤 내내 단정하게 앉아 있었는데 전혀 즐겁지 않았다. 그러다가 소교완이 소화부인에게 가서 이자염이 아들을 낳았다고 전했다. 소화부인이 기쁘게 회답했고, 이어 정겸이 돌아와 중청에서 소교완과 서로 예를 갖춰 인사를 마쳤다. 정겸의 얼굴에 기쁜 빛이 넘쳤고 종사를 잇게 된 것은 집안의 큰 경사라며 좋아했는데, 자신의 아들인 정인명이 자식을 낳은 것만큼이나 기뻐했다. 이에 소교완이 더욱 시기하는 마음이 일었고 분이 났다. 사람들이 다 이렇게 정인성 부부를 위하는 것이 기쁘지 않았지만, 소교완은 본래 속마음을 잘 감추는 터라 아름다운 얼굴에 웃음을 띠며, 며느리가 아들 낳은 것이 종사의 경사이고 가문의 영광이나 산후 병세가 가볍지 않아 걱정이 된다고 했다. 말하는 것이 도리에 합당하고 인정 있어 보이니, 입으로는 꿀 같은 말을 하지만 속에는 칼을 숨기고 있는 것을 알 길이 없었다.

정겸은 이자염이 병이 있는 것을 근심하여 증세를 물었다. 소교완이 가히 대답하기 부끄러울 일이지만, 조금도 막힘이 없이 침착하게 대답하기를 '분만할 때가 되어 통증을 참지 못해 몸이 상했는데 온갖 증상이 다 가볍지 않다'고 했다. 그 말하는 모습을 보면 며느리를 걱정할 뿐 다른 뜻은 없어 보였다. 그러니 소교완이 잔학하고 포악한 것을 정겸이 어찌 알겠는가? 다만 정겸은 집안에 우환이 겹친다고 걱정하며 정인흥 형제의 병도 석연치 않아 했다. 정겸은 그 두 조카를 보고 나서 뒤이어 제운각으로 가서는 정인웅을 서재로 보내 쉬게 했다. 이 말을 듣고 소교완이 기뻐 미숫가루 한 그릇을 타서 나이 든 유모 육단에게 주며 말했다.

"인웅이가 화씨 집에 가서 무슨 요기를 하고 왔는지 모르겠지만, 여기 와서 벌써 날이 기울어 저녁때가 되었는데 물도 마신 일이 없으니 분명 허기질 것이다. 괴이한 자식이 당치 않은 염려를 지나치게 해서 허기지는 것도 모르고 목구멍이 고초를 당하는 것 같구나. 조반을 권해 먹여야겠지만, 제 뜻이 형수(이자염)를 구하는 일에만 마음을 두고 밥 먹기를 원하지 않더구나. 그래서 불러오게 했는데, 권하는 말이 내키지 않아 그냥 두었던 것이다. 그런데 숙부(정겸)께서 서헌으로 보내셨다 하니, 몸을 추스르기 힘들어 누워 쉬어야 할 것이다. 자네는 모름지기 이 미숫가루를 주어 갈증 나는 목을 적시게 하라."

괴로운 현실에 자해하는 정인웅

육단이 즉시 받들어 명광헌에 이르렀는데, 문을 굳게 닫은 채 방

안에서 사람을 매우 치는 듯한 소리가 났다. 무슨 일인지 궁금하여 뒤쪽 난간을 비스듬히 돌아 창틈으로 엿보았다. 정인웅이 옷을 끄르고 손에는 매를 들고 있었는데, 몸에 피가 흘러도 그치지 않고 자신을 때리는 것이었다. 얼굴에서는 눈물이 흘러내리고 한없이 오열하는데, 어머니와 형의 지나친 악행을 부끄럽게 여겨 스스로 죗값을 치르는 것 같았다. 만일 어머니와 형이 개과천선하지 않는다면 슬프고 애가 타서 누워도 잠 못 이루고 먹어도 맛이 없을 뿐 아니라 살고 싶은 마음마저 없을 듯했다.

육난이 크게 놀라 감히 정인웅에게 미숫가루를 드리지 못하고 도로 소교완에게 가서 이 상황을 아뢰었다. 정인웅의 옥같이 고운 피부에 피가 철철 흐르던 것, 스스로 자신을 책망하여 목놓아 울던 것, 그리고 기운이 그칠 듯하던 정황을 전하면서 유모 또한 흐르는 눈물을 멈출 수가 없었다. 소교완이 비록 잔학하나 자식을 사랑하는 마음은 다른 사람들보다 더 컸다. 게다가 아버지 명성에 미칠 만한 자식으로 여겨 정인웅을 만리장성 같은 존재로 여겨왔다. 그런데 효우가 남들보다 빼어나 도리어 몸을 상하게 하고 수명마저 재촉할 듯하니, 육난이 그 거동을 전하면서 목이 메는데 하물며 소교완의 마음이야 오죽하겠는가? 소교완은 몹시 슬퍼하면서 한편으로는 아름답게 여겨 자긍심을 느끼며 속으로 생각했다.

'세상에 효우의 행실이 독실한 자가 없지 않으나, 나이 적고 세상 경험이 많지 않은 이들 가운데 내 아들같이 기특한 사람이 또 어찌 있겠는가? 그렇다면 내가 낳은 아이도 화씨의 자식에게 미치지 못할 바가 아니다. 내가 도량이 좁아 인성이의 기특함을 시기한 것인가?'

소교완이 유모에게 정인웅을 불러오라 했고, 정인웅이 오자 안타까워하며 말했다.

"인성이는 재앙과 고초를 당하더라도 때 되면 먹고 밤 되면 자거늘, 지금 너는 왜 자지 않고 먹지 않으며 또 몸에 형벌을 가해 피가 나는데도 그치지 않는 것이냐? 스스로 사는 것을 뜬구름같이 여기고 죽을 마음을 먹으니, 네가 말하지 않아도 내가 어찌 모르겠느냐? 이는 네가 '어미와 형이 잔악한 행실을 고치지 못할 바에야 내 살아 무엇 하리오?'라고 생각해서겠지. 어린 자식이 어미의 허물 때문에 제 몸을 스스로 벌주며 상하게 하니, 내 어찌 부끄러워하고 뉘우치지 않으며 슬프고 안타깝지 않겠느냐? 내가 너를 부른 이유는 내 뜻을 말하고 네가 과도하게 애태우는 것을 덜고자 함이다.

그런데 네가 내 말을 믿지 않고 오직 형과 형수를 위해 근심하다 죽어 이런저런 세상일을 다 모르고자 하는구나. 나는 그런 꽉 막힌 의리는 더더욱 바라지 않는다. 네 어미가 불인하고 포악한 것이 진실로 잔악한 무리와 같을지라도, 너의 도리인즉 간곡히 권면해 보고 그래도 듣지 않는다면 차라리 글을 남기고 하직하여 형과 형수와 함께 화를 면하는 것이다. 당당한 군자가 어찌 이치를 거스르는 불효를 저지르고 또 동기의 우환도 덜지 못한 채 맥없이 요절하여 박복한 귀신이 되려 하느냐?

네 어미는 삼강을 가장 중하게 여기고 윤리와 의리를 크게 여기니, 은나라 주왕의 잔학함과 무을과 같이 하늘을 업신여기는 일은 행하지 않을 것이다. 너의 걱정과 슬픔은 어미를 잘 몰라서 그런 것이다. 네가 스스로 죄주었다는 말을 들으니 나 같은 어미가 너를 낳았나 싶지만 너의 조급함에는 동의하지 못하겠다."

소교완은 말을 마친 뒤 단단히 여민 정인웅의 옷 앞섶을 헤쳐 그 상한 몸을 두루 어루만지다 울며 말했다.

"너의 죄가 아니라 오로지 내 죄이고 오로지 내 죄악이거늘 어찌 죄지은 어미는 아무 일 없이 편안하고 죄 없는 자식은 몸도 피부도 이렇듯 상해가며 어미 죄를 대신하였느냐?"

정인웅이 어머니가 마음 아파하는 것을 보니 더 고통스럽고 가슴이 막혀왔다. 그 지극한 자애에 감격하여 무릎 아래 엎드려 역시 슬피 눈물을 흘릴 뿐이었다. 그렇게 한참 지난 뒤 일어나 절하고 다시 엎드려 탄식하며 말했다.

"제가 오늘의 난리를 목도하고 정신과 넋이 놀라 마음이 온전하지 않습니다. 놀라움을 진정하지 못해 어머니께서 슬퍼하시는 뜻을 헤아리지 못하고 스스로 어찌할 줄 몰라 작은 벌로 죄를 갚고자 했습니다. 이런 별것 아닌 일에 어머니께서 근심하셔서 이렇게 슬퍼하시니, 저의 본데없는 불효가 막심합니다."

피를 토하는 듯한 정인웅의 말

정인웅이 말을 이어갔다.

"어머니는 뛰어난 통찰과 학문과 지식을 지니셨으나 한쪽으로만 현혹되신 듯합니다. 제가 이를 생각하면 더욱 서럽고 애달픕니다. 말씀하시기를 '삼강을 가장 중하게 여기고 윤리와 의리를 크게 여겨 하늘을 범하지 않고 잔학함에 미치지 않았다'고 하시니, 지극히 맞는 말씀이시지만 생각하지 못하신 게 있습니다. 성인이 가르치신 법도가 셋이고 인륜이 다섯입니다. 법도는 무엇이며 인륜은 무엇을 으뜸으로 여깁니까? 자식이 되어 아버지를 법도로 삼고, 여자가 되어 남편을 법도로 삼고, 아버지와 아들의 친함과 부부의 유별함이 그것입니다. 그런데 자식이 되어 아버지를 법도로 삼지 않고, 아내가 되어 남편을 법도로 삼지 않으며, 아비가 자식과 친하지 않고 남편이 아내와 유별하지 않으면 강상의 도리가 모두 무너지는 것이니, 장차 두렵지 않겠습니까? 또 고사를 두루 잘 알아 어리석고 둔한 평범한 사람들과는 다르다고 말씀하시니, 어머니는 과연 문식 있고 총명하십니다. 제가 어찌 그것을 모르겠습니까? 하지만 무릇 예학은 행실을 가다듬는 것뿐 아니라 인의를 두루 갖추는 것입니다. 어머니께서 그걸 모르지 않으실 텐데 구태여 인의를 실천하려 하지 않으시니, 이는 대인의 아내가 되셔서 남편을 법도로 삼지 않으시며 인륜을 중요하게 여기지 않으시는 것입니다.

예부터 열녀와 어진 부인이라도 사랑을 잃고 의리를 잃으면 슬퍼했습니다. 위장공의 부인 장강도 남편의 사랑을 잃은 자기 신세를 빗댄 〈백주〉라는 시를 짓고 〈일월〉이라는 시를 읊조리며 잠 못 이뤘고 시름겨워 했습니다. 아내가 의지하고 우러를 바는 오직 남편이고, 그래서 아내는 남편을 가리켜 하늘처럼 받드는 존재, 즉 소천(所天)이라 하는 것입니다. 그러니 아내가 남편에게 받아들여지지 않는다면 어디로 가겠습니까? 돌아갈 곳이 없으면 근심하게 되고, 그 인연을 다시 이을 날을 손꼽아 기다리는 것입니다.

어머니는 아버지를 본받지 않으십니다. 겉으로는 예를 잃지 않은 것처럼 하시나 속으로는 덕화를 마음으로 받아들이지 않으시고 도리어 비웃으시지요. 이는 하늘을 거스르면서 땅의 재앙을 생각하지 못하는 것입니다. 천지가 조화롭지 않으면 비와 이슬이 다 일정한 수준에 미치지 못해 만물이 조화를 잃고 기근에 이르게 됩니다. 이는 하늘이 용납하지 않으시고 상제께서 상서롭게 여기지 않는 것이니, 이러고서 나라가 평안하고 집을 보전한다는 말은 일찍이 들어보지 못했습니다. 제 말이 불경하고 어지럽지만 어찌 어머니와 아들 사이에 속마음을 가리겠습니까? 어머니께서 아버지를 밖으로는 공경하시나 안으로는 존중하지 않으시고 본받지 않으시니, 이는 곧 하늘을 범하시는 것입니다. 또 어진 며느리를 때리시고 참혹한 벌과 재앙을 더하면서 그게 병이 되기를 바라시니, 이는 은나라 주왕의 잔혹함에 못지않습니다. 제가 어찌 형과 형수를 위해서만 근심하고 슬퍼할 따름이겠습니까? 어머니와 인중 형의 실덕과 패도를 뼈아프게 여기는 것입니다.

어린아이가 물에 빠지면 원수라도 손수 건지기 마련인데, 하물며 갓 태어난 아이가 무슨 죄악을 쌓았다고 뼈가 부서지는 끔찍한 일을 당하겠습니까? 맏형과 형수의 정성스러운 효와 덕행에 하늘과 신명이 감동하셔서 보이지 않게 주시는 도움이 없지 않습니다. 그러하기에 갓난아이가 위태로운 지경을 당했지만 기특하게도 다치지 않고 살아 돌아와 형수 곁에 온전하게 누워 있는 것이지요. 저 주씨의 자식은 천한 얼자이고 사람 됨됨이가 순수하지 못한 것 같습니다. 그런데 어머니께서 녹빙과 계월 등 간악한 여종들을 주씨와 사귀게 하여 깊은 정을 나누는 사이가 되게 했고, 무식하고 천한 여자에게 훗날 부귀하게 되리라는 말로 꾀셨지요. 아버지와 자식의 천륜을 어지럽히는 변고는 말할 것도 없고, 얼자를 형과 형수가 낳은 자식이라 하여 사람들의 이목을 가리고자 하셨지만, 저같이 허술하고 사리에 어두운 사람조차도 단박에 알아보았습니다. 그런데 할머니와 작은아버지(정삼)처럼 사람을 알아보는 밝은 감식안을 가진 분들이야 어떻겠습니까?

더욱 욕되고 놀라운 것은 천한 인물로 바꿔치기 해놓고 종사의 대를 잇는 경사라고 일컬은 일입니다. 집안사람들이 시비할 것은 생각하지 않으시고 스스로 아버지와 조상에게 죄를 지으셨으나 조금도 거리끼지 않으시고 잘못을 깨닫지 못하시니, 이는 마치 뜬구름이 해와 달의 밝음을 가린 것과 같습니다. 이 때문에 제가 더욱 뼈에 새길 정도로 애달프고 슬픕니다.

원래 고금의 일을 다 생각해 보아도, 굳센 마음을 지닌 성스럽고 밝은 왕이나 웅대하고 열렬한 선비라도 낯빛을 꾸며 아첨하는 간사하고 사특한 이에게 속지 않은 사람이 없었습니다. 어머니께서 안목이 밝다고 하시지만, 녹빙과 계월 같은 이들의 흉악함과 교활함을 깨닫지 못하시고 도리어 심복으로 삼아 크게 부리고 계십니다. 저 여종들이 근신하여 어머니의 덕을 돕지는 못한다 해도 그저 분수를 지켜 저희 소임이나 다하는 것이 옳거늘, 사특하고 교활하고 능청스러워 몰래 어머니의 뜻을 알아채고 가만히 꾀를 내어 패악한 일과 그릇된 행동을 더하고 있습니다. 그뿐 아니라 지극히 가까운 모자 사이와 시어머니와 며느리라는 중요한 관계에 틈을 내고자 하며, 몹시 위태로운 변고를 행하고 도모합니다. 마음을 다해 충성하는 듯 보이지만 진실로 이는 의롭지 않은 흉악한 짓입니다. 저 여종들이 흉악함을 쉽사리 발휘하지는 못하겠지만, 어머니의 신임과 사랑을 힘입어 어머니의 뜻을 엿봐가며 공교롭게 주둥아리를 나불대고 혀를 놀리니 거기에 점점 현혹되어서 엄히 물리치지 않으셨던 것이지요. 게다가 이런 간사한 여종들은 인중 형에게도 충성을 다한다고 하지만 결국 형이 함정에 빠져 이로 인해 앞길을 마치게 될 것입니다. 인중 형이 한 번 허물을 짓고 두 번 그릇된 길에 발을 들여 잔인하고 흉한 일을 해도 어머니의 전폭적인 자애를 믿고는 하늘을 저버리는 마음으로 간악한 일을 하고 선한 행동은 하지 않아 본성을 잃고 가풍과 대대로 내려오던 덕을 버렸습니다. 그러고는 스스로 '제환공이 아우 규를 죽여 왕이 되고, 당 태종이 형인 세자 건성을 베어 천자가 되었지만 결국 왕과 황제가 되었지. 또 조조가 하늘을 속이고 임금 자리를 빼앗았지만 사마온공이 《자치통감》을 쓸 때 그 왕위의 정통성을 인정한 일이 있었고. 그러니 재주와 지혜를 타고난 사람이 어찌 황제가 되지 못할 것이며, 황제가 되려 하면 어찌 번다한 뜻을 두겠는가?'라고 생각한 것입니다.

골육을 해치는 것을 아무렇지 않게 여기니 슬픕니다. 이 어찌 된 까닭입니까? 녹빙과 계월이 있지 않았다면 주씨가 낳은 신생아를 제 운각으로 들여올 일이 없었을 것이고, 형수가 낳은 갓난아이를 밖으로 내가는 일도 없었을 것입니다. 그랬다면 형이 직접 갓난아이를 바꾸지는 못했을 것이니, 어찌 조카를 직접 죽이는 참혹한 일을 했겠습니까?"

(책임번역 조혜란)

완월회맹연 권 54

중태에 빠진 이자염과
의심받는 소교완

정씨 부중 사람들은 이자염을 걱정하고
집안의 변고에 대해 소교완을 의심하다

간언하는 정인웅과 뜻을 꺾지 않는 소교완

정인웅이 말했다.

"형이 직접 갓난아이를 바꾸지는 못했을 겁니다. 어찌 조카를 직접 죽이는 참혹한 일을 했겠습니까? 이는 다 사소한 일이 점점 커져서 여종들의 음흉한 흉계가 도리어 주인을 궁지에 빠뜨리는 해로움이 되고, 한때의 시기심으로 인해 집안의 혼란스러움이 이루 말할 수 없는 지경까지 이르게 된 것입니다. 엎드려 비오니, 어짊을 행하시고 사람이 마땅히 행해야 할 도리를 따르시며 자애를 생각하십시오. 또한 인중 형의 앞날을 가엾게 여겨 함정에 빠지는 일이 없게 하십시오. 비록 자기 형을 없애고 왕의 자리와 황제의 자리를 차지했던 제 환공과 당 태종이라 하더라도, 만일 그들의 형인 규와 건성이 우리 큰형처럼 어질고 성스러운 성품을 갖췄더라면 감히 해칠 생각을 하지는 못했을 것입니다. 또한 누구라도 우리 큰형을 한번 우러러보면 두려워 복종하며 그 크고 훌륭한 덕을 마음속 깊이 느껴 변화되지 않을 사람이 없을 것입니다.

못난 제가 비록 몸가짐을 잘 배우지는 못했으나 부모님을 곁에서 모시며 스스로 멋대로 행동한 일은 없으니, 아버지께서 꾸짖는 말씀이 제게는 미치지 않았습니다. 성현께서 행하신 바를 우러러 배우지는 못했으나 거의 따라 받들어 가정에서의 가르침을 잊지 않으려고 합니다. 어머니께서 계월 등을 총애하고 의지하시니, 어찌 굳이 어머니의 뜻을 거스르며 그들을 집안에서 쫓아내야 한다고 청하겠습니까? 다만 요망한 것들이 위로는 어머니와 둘째 형에게 부끄러운 과실을 더하고 아래로는 몹쓸 사람을 길러 흉악한 도를 가르치니, 어질지 못한 이들이 어머니를 모셔 그 재앙이 끝이 없으나 어머니께서는 전혀 깨닫지 못하고 계십니다. 이는 곧 역대 군주들이 나라가 어지러울 때 간신들이 조정에 가득하여 충신과 어진 신하를 멀리하고 소인을 가까이 두고 의지하여 하늘의 노하심을 깨닫지 못하는 것과 비슷합니다. 간절히 바라오니, 계월 등 간악한 여종들을 멀리 보내어 다시는 집안에 들이지 마십시오. 어머니께서 선한 덕을 되찾아 일단 현혹된 바를 돌이키신다면 훗날 아버지께서 조정에 돌아오실 때 즐거움이 더욱 무르녹을 것입니다. 아울러 못난 우리 형제가 각자 깊은 근심을 품을 일이 없을 뿐 아니라 어머니의 신세가 위태로운 상황을 벗어나 오히려 편안하실 텐데, 그것을 어찌 생각하지 못하십니까?

아버지께서 지극한 예로써 다시 할머니를 받들어 모실 때, 공손히 섬기며 순종하기를 으뜸으로 여겨 집안이 불화하지 않게 하시고 윤리와 기강을 중하게 여기셔서 차마 가벼이 내치겠다는 말씀을 꺼내지 않으실 것입니다. 하지만 아버지의 뜻을 헤아려 보건대, 더욱 비통하여 애달프기 그지없으나 누구에게 이런 생각을 털어놓겠습니까? 아버지께서 크고 훌륭한 덕을 지니시고 너그러우며 인정이 지극하시니, 어머니께서 만일 자애롭고 어질며 정숙하고 단아한 미덕이 한결같고 은혜와 위엄을 아우르며 속마음과 겉으로 드러난 행동이 깨끗하시다면 아버지께서 어찌 의심하시겠습니까? 그러나 군자는 활 그림자만 보고 화살을 먼저 쏴 상대를 죽이는 일이 옳지 않다는 걸 알기 때문에 오직 윤리와 기강을 위해 어머니께 살림을 맡기시고 실가로 대우하신 것입니다.

아버지께서는 평생 하시던 말씀과 속마음이 다르지 않고 순수하시며 속이는 저속함을 멀리하시는데, 어머니는 속마음과 하시는 말씀이 일치되지 않습니다. 지난번에 제가 갓난아이를 의심하자 아니라고 말씀하시더니, 결국에는 제가 의심했던 대로 그 아이는 주씨가 낳은 아이였습니다. 이는 어머니께서 모자간 신의를 깨고 먼저 제게 거짓말을 하신 것입니다. 그래 놓고 도리어 저한테 부자와 형제 사이를 가리고 속인다고 말씀하시니, 이는 옳지 않으며 마땅하지 않습니다. 천만번 빌고 또 원하니, 어머니께서는 깊이 생각하시고 멀리 헤아리셔서 제 말을 너그럽게 받아들이시어 부녀자의 덕행을 지키시고 어진 인품을 갖추기에 힘쓰셔서 벼리가 되기에 부끄러움이 없도록 하십시오. 그러면 잘못을 재차 저지르지 않고 덕과 어짊을 지니실 수 있을 것입니다. 너그럽고 훌륭한 덕을 지니신 아버지께서 어찌 감화하지 않으시며, 집안사람들이 또 어찌 진심으로 공경하고 따르지 않겠습니까? 어머니께서 선을 회복하시고 덕행을 갖추신다면 반드시 복을 이룰 것이니, 어찌 기꺼이 취하지 않으시겠습니까?"

정인웅은 말을 마치고 슬프고도 애달픈 마음에 몸 둘 바를 몰랐다. 그리고 근심스러운 마음에, 그저 구렁텅이에 떨어져 스스로 죽어 이 모든 상황을 조용히 잊고만 싶었다. 그 간절한 효성과 지극한 우애는 승냥이와 이리 같은 무지한 짐승이라 할지라도 감동할 만했다. 소교완이 비록 잔악하고 포악하나 어찌 아들의 어질고 사리에 맞는 구구절절한 말을 듣고 깨닫는 바가 없겠으며 자기의 행동을 부끄럽게 여기지 않겠는가? 아들이 심려하며 몸을 상하게 하는 것을 보니, 자신이 선한 마음을 회복하지 않는다면 아들이 살기 어려울 것 같았다. 전실 자식을 없애려는 독한 흉계가 자기 아들에게 미쳐, 열한 살 어린 나이에 끝없는 근심과 걱정 때문에 뛰어나고 아름다운 자질을 헛되이 버리게 되는 것이니, 소교완의 애욕과 집착으로 인한 고통이 어찌 자식이 먼저 죽는 슬픔만 하겠는가? 뼈를 갈고 살을 찧을러도 능히 대속하지 못할 한스러움이었다. 소교완은 생각이 이에 미치자 잔악하고 포악한 마음을 버리고 순박하고 어진 이가 되고 싶었다.

그러나 정인성 부부를 해칠 뜻이 이미 가슴속에 박혔고 마음에 골몰한 병이 되었기에, 수많은 사람들이 꾸짖으며 만류한다 해도 그치기 어려웠다. 자기 머리에 도끼를 들이대고 죄인을 삶는 솥이 눈앞에 들이닥친다 해도 정인성과 이자염을 삼켜버리려는 흉측한 마음은 떨칠 길이 없었다. 그러는 와중에 놀랍고도 이상한 것은 저 높은 봉우리 골짜기에서 뼈가 으스러질 정도로 화를 당한 갓난아이가 멀쩡히 살아 있고, 주씨가 낳은 아이는 어느새 그 어미에게 되돌아가 자신이 어지럽힌 천륜이 완전히 회복된 일이었다. 매우 위태롭던 상황이 평안하게 바뀌었으며, 정인성 부부에게는 경사가 돌아가고 자기 모자는 도리어 인의를 권면하는 말을 듣는 상황이 된 것이다. 스스로 잔인하고 독한 행실을 본받아 되돌리지 못할 지경에 이르니, 분한 가슴은 마치 만 마리의 원숭이가 오장을 짓밟는 듯했다. 속이 이러한데 겉으로 어찌 편안한 척하겠는가? 정인웅의 긴말을 들으니 놀라 어안이 벙벙할 뿐 아니라 부끄럽기 그지없었다. 소교완은 아들의 말을 들으면서 막막한 마음에 머리를 숙이고 한참 동안 말이 없다가 억지로 웃으며 말했다.

"너의 허다한 말을 듣고 있자니 인중이와 나의 간사하고 포악함은 천지간에 용납하기 어렵겠구나. 다만 갓난아이를 데려다 뼈가 으스러지는 악착한 짓을 했으나 죽지 않고 상하지 않아 완연히 평안하다는 소리는 분명 헛소리가 아니면 속이려고 하는 말 같으니 다시 말하지 않는 게 나을 듯하구나. 네가 늘 말했듯 세상 모든 일은 이치에 벗어나는 것이 없다. 그런즉 신기하고 이상하다고 여기는 일은 모두 망령되고 헛되어 일찍이 듣지 않겠다고 했었다. 그런데 인성이 부부의 일에 이르러서는 이 어미와 둘째 형을 의심하는 것이 병이 되었구나. 갓난아이를 그렇듯 비참하고 끔찍하게 해치려던 것이 이 어미와 너의 형이 꾀한 일이었으나, 저 강보의 아이가 참으로 신기하고 이상하게도 죽지 않았다는 것을 알았으니, 모자와 형제의 정보다 형수와 시숙의 정이 더한 마당에 더는 쓸데없는 말을 하는 것이 무익하다. 그러나 네가 장황한 말로 나의 잘못을 바로잡으려고 하니, 내 잠시 마음에 품은 바를 열어 너의 애태우는 뜻을 위로하겠다.

네 어미는 오래전 정묘년에 정씨 가문으로 시집을 왔단다. 비록 뛰어난 덕성을 지니진 못했으나 부모님의 올바른 교훈을 받들어 부녀자의 행실에 허물이 될 만한 일을 하지 않았다. 스스로 명철하고 정숙한 부인이라고 자랑스럽게 일컫지는 못해도 겉으로 드러난 과악은 없었단다. 만일 네 부친이 당당하고 헌걸찬 장부이고 또 마음이 탁 트인 성품을 지녔다면 군이 사람에게 없는 허물과 일어나지 않은 불인을 의심하겠느냐? 그러나 너의 부친이 나를 만난 날부터 은근히 불행스럽게 여겼고 나를 깊이 의심하며 행여 인성이 남매에게 무슨 불편한 사건이라도 일어날까 봐 끊임없이 걱정했다. 그러니 내가 어찌 그 기색을 눈치채지 못했겠느냐? 억울하고 한스러운 마음도 없지 않았으나, 백 가지 덕과 천 가지 어짊을 베풀어도 네 부친이 좋게 여기지 않을 것을 알았기에 그럴 바에야 차라리 의심하는 대로 그가 사랑하는 인성이를 괴롭히고야 말리라 뜻을 굳게 정했단다. 정말로 아닌 게 아니라 이후에는 잘못을 후회하면서도 그만두지 못했다. 참으로 인성이의 기특함은 인중이와 비교할 수 없을 정도로 훌륭하지. 그렇다 하더라도 인중이 또한 자식인데 부자간의 사랑이 박절하여 태어날 때부터 지금까지 그 아이의 존재를 없는 것같이 여기더구나. 부친의 사랑이 인성이 부부에게만 돌아가는 것을 보니 한스럽고 애달파 인성이와 이씨가 편안하게 지내게 하고 싶지 않은 것이 솔직한 심정이었단다. 그러나 역정을 부린 것은 잠깐이었으며 내 선한 성품과 본색이 인성이 부부의 어진 효성을 깊이 아름답게 여기고 있었단다. 그런데 어찌 사람을 잔인하게 해쳐 악독한 여자라는 오명을 취하겠느냐? 공자는 '사람은 옳은 일을 할 것이다.'라고 했고 맹자도 '사람은 어질다.'라고 말씀하셨다. 네가 나에게 덕을 닦고 선한 데로 나아가기를 힘주어 말하지 않아도 내가 본디 어질고 선함을 옳게 여기고 잔악하고 포악함을 즐기지 않으니, 인중이에게 어찌 윤리를 함부로 짓밟고 도리에 어긋나는 데에 나아가게끔 했겠느냐? 다만 너와 품격이 다르고 나의 바람과 같지 않아 그윽이 탄식하고 슬퍼했으나, 차마 자식의 허물을 함부로 말하지 못해 입에 풀칠한 듯 아무 말도 하지 않았단다. 그러나 갈수록 외입하는 일이 자주 발생한다면 내 어찌 자식 사랑을 끊어내지 못해 그 행실 단속하기를 소홀히 하겠느냐? 그러니 너는 지나치게 근심하지 마라. 또 인중이의 본성이 속되지 않고 탁월하니 끝내 도척 같은 무리는 되지 않을 것이다. 네가 이제 녹빙과 계월 등을 멀리 떨어뜨려 내 눈앞에서 없애라고 하나, 감히 하늘이라 할지라도 나를 어기지 못하고 임금과 아버지라도 내 뜻을 빼앗지는 못할 것이다. 이는 녹빙과 계월 등이 있고 없음에 달린 문제가 아니니, 모름지기 어지럽고 잡다한 말을 더는 하지 마라. 만일 내 뜻을 거슬러 내 좌우 측근을 없애버린다면 내 맹세코 인성이 부부와 갓난아이를 한꺼번에 죽이고 나 또한 자결할 것이다. 어찌 분노를 마음속에 담아두고 말하지 못하겠느냐?"

말을 마치고 속으로 깊은 생각에 잠긴 듯 몸을 바르게 하고 앉았는데, 그 얼굴빛이 매우 사나웠다. 정인웅은 어머니의 타고난 성품이 명예만 바라는 데다 본성을 속여 행동하니 의혹을 풀 방법이 없었다. 게다가 녹빙과 계월 등을 없애고 싶었으나, 만일 그런다면 교묘한 계책을 그치지 않고 점점 더 불인한 짓을 저지르겠다는 말을 들으니 근심이 끝이 없어서 길게 세 번 탄식하고는 다시 잘못을 고치시도록 말씀드렸다.

"보통 사람은 우매해서 모른다면야 어쩔 수 없다지만, 총명하여 잘 못임을 알고도 돌이키지 않는 분은 어머니가 처음이신 것 같습니다. 적대 관계인 두 나라 사이에서도 서로를 인정하면 당당한 군자로 대하는 것이 오랜 세월 동안 전해온 아름다운 일입니다. 어머니께서 큰 형과 형수를 미워하고는 있지만 그 효성스러운 덕행을 훤히 아시면서도 감동하지 않으시니 그것은 어째서입니까? 둘째 형이 윤리를 함부로 짓밟고 도리에 어긋나는 행동을 하는 것은 고작 외입하는 행실만이 아닙니다. 그런데도 어머니께서는 오히려 대수롭지 않게 여기셔서 통제하지 않으시니 둘째 형이 어질지 못하고 도리에 어긋난 행동을 저지르게 되는 것입니다. 제 어리석은 소견으로는 그 싹이 크지 않았을 때 움을 베어버려야 할 것으로 생각됩니다.

범과 표범을 우리에 넣어 난폭함을 제어하면 기운이 오그라들고 성질이 순박해집니다. 이것이 하나의 방법입니다. 도깨비는 숲이 없으면 의지할 곳이 없어 살지 못하고, 물고기는 물이 없으면 혈기를 잃어 살지 못하지요. 비슷한 이치로 심복으로 삼는 자와 요긴한 사람을 곁에 두지 못하게 한다면 걸왕 같은 폭군을 도와 백성을 못살게 굴 아랫사람이 없으니, 이것이 또 하나의 방법입니다. 아울러 그 바라는 것을 끊고 믿는 바를 없앤다면 유순하게 될 것이니, 이것이 또 한 가지 방법입니다. 이 세 가지로 시험하신다면 둘째 형이 본디 타고난 품성이 어리석지 않으니 어찌 끝내 어질지 못한 사람이 되겠습니까? 하지만 한쪽으로 치우친 고집을 버리지 못하고 깨닫지 못하니, 둘째 형의 행실을 닦아 개과천선하는 일은 더욱 멀게만 느껴집니다. 그러니 제가 어찌 근심이 적겠습니까?"

말을 마친 정인웅이 맑은 눈물을 연이어 떨구었다. 소교완은 정인웅이 슬퍼하는 이유를 모르지 않았으나, 착한 성품을 회복하여 덕을 닦을 마음은 전혀 없었다. 오로지 아들을 달래어 그 애태우고 근심하는 마음을 잠깐 위로하려 할 뿐이었다. 그러나 정인웅이 하는 말마다 정당하며 엄숙하고 강직할 뿐 아니라 사람의 마음속을 꿰뚫어 보는 신령스러움이 있고 이치에도 들어맞았다. 그러니 겉으로 달래는 것을 들을 리 없다는 것에 몹시 한탄하며 돌연 노기를 띠고 말했다.

"내가 이미 깨닫는 바가 있어 다시는 자애롭지 않은 행동을 하지 않겠다고 말했는데, 네가 온갖 근심으로 목메어 울면서 애태우며 걱정하니 어찌 된 것이냐? 너를 대하는 내 마음이 심히 슬프구나. 부드러운 말과 온화한 얼굴빛으로 부모를 대하지 못할지언정 이 같은 행동을 하는 것이 옳겠느냐?"

정인웅이 머리를 숙이고 가르침을 들은 뒤 앉은 자리에서 일어나 죄를 청했다. 이어 자신이 불초함을 일컫고는 또다시 어짊을 베풀어 덕을 쌓으시길 바랐다. 소교완이 아들의 충직한 말을 끊임없이 들으니 이젠 귓가에 못이 박힐 정도였다. 고운 손으로 그만하라고 내저으며 말했다.

"네가 나를 살리려거든 그만하거라."

그러고는 미숫가루를 주며 먹으라 했으나 정인웅은 슬픈 마음이 가득하여 음식을 먹을 생각이 조금도 없었다. 그러나 이로 인해 스스로 애태우며 근심하다 죽으면 효가 아닐뿐더러 우애도 아니기에, 정성을 다해 어머니와 형의 어질지 못함을 깨우쳐 돌이키고자 했다. 아울러 괴로운 세상이지만 모자와 형제간에 정겹고 화목하여 근심 없이 기쁘고 즐겁게 지내기를 원했기에 조용히 그릇을 받들어 즉시 다 먹고는 어머니를 곁에서 모셨다.

변고를 짐작하는 정인광과 소교완의 거짓말

그러던 중 문득 바깥에서 정인광이 밝은 목소리로 정인웅을 불렀다. 정인웅이 바삐 문을 나서 대청 아래로 내려와 응대하며 인사하니, 정인광이 양미간에 기쁨이 가득한 온화한 얼굴빛으로 말했다.

"오늘은 할머니의 병환이 많이 나아지셨지만, 곁에서 모시는 일을 거르지 못해 인명이와 함께 머물러 있었다. 그러다가 아우가 전해준 희소식 덕분에 할머니와 어머니께서 매우 기뻐하셨지. 다만 그사이 형수께서 해산 후 편치 않으신 것을 염려하여 나를 여기로 보내 너와 함께 약을 의논하여 쓰라 하셨다."

그러고는 안으로 들어와 소교완을 보며 말했다.

"큰어머니께서 여기 계셨습니까?"

소교완이 마음속으로 괴로움이 더해 조금도 반갑지 않았으나 겉으로는 별처럼 초롱초롱한 눈동자에 우아한 표정을 짓고서 밝은 미소로 정인광을 보며 말했다.

"오래도록 번을 서느라 네가 여러 날이 지나도록 돌아오지 않아 울적하던 차였다. 네가 겨우 당직 근무를 마치고 나왔으나 할머니의 병환으로 인해 서씨 부중에 머물게 되니 마음이 더 괴로웠단다. 다행히 오늘 시어머니의 환후가 회복되고 또 어진 며느리가 아들 낳는 경사스러운 때에 네가 돌아오니, 적적하고 쓸쓸했던 집안에 생기가 도는 것 같아 그간 그리워했던 마음에 적잖이 위로가 되는구나. 며느리가 해산한 후 병세가 가볍지 않으나 갓 태어난 아이의 모습이 남달리 뛰어나고도 기특하여 오히려 걱정이 되기도 하는구나."

정인광이 예를 갖춰 인사드리고 기쁜 빛을 띠며 그간 평안하셨는지 여쭙고는 형수가 아들 낳은 경사를 축하하며 기뻐했다. 그러고는 형수의 병증을 염려하여 상태를 물었더니, 소교완이 태연하게 증세를 말하는데 조금도 부끄러운 기색이 없었다. 하물며 자기 손으로 며느리를 죽이려던 일은 행여라도 드러내지 않았다. 그사이 수없이 벌인 잔악한 일들을 입 밖으로 내뱉어 남들이 알게 하겠는가마는, 눈치 빠른 정인광은 꿰뚫어 파악하고도 남음이 있었다. 형수는 온갖 행실이 참되고 아름다워 마치 요순의 참된 선함과 공자의 온화한 어짊을 닮았으므로, 해산할 때의 고통 때문에 몸을 상하게 하지는 않았을 거란 점을 정인광은 훤히 알고 있었다. 분명 집안에 한바탕 변고가 있었을 것이라는 낌새를 알아채고는 마음속으로 매우 놀랐으나 이를 겉으로 드러내지는 않았다. 곧 정인웅을 돌아보며 약을 어떻게 썼는지를 물어 처방한 약명을 듣고는 잠자코 있다가 말했다.

"의견이 다르겠지만 내 생각에 이는 해산한 뒤에 쓰는 적합한 약재가 아니라 부상이 심해 기운이 막혀 생사를 오고 갈 정도의 증상에나 써야 마땅한 약이다. 이상하구나, 해산 후에 이 정도로 특별한 증세를 보이시니 그토록 위중한 상태이신 것이냐?"

정인웅이 미처 대답하지 못하자 소교완이 지난밤에 일어난 일을 일일이 거짓말로 꾸며 답했다.

소교완은 본가에서 서씨 부중으로 가다가 이상하게도 어지러운 증세가 있어 도로 돌아왔던 일을 말하고는, 정인흥 형제가 갑작스레 병이 나서 위태로운 상태에 이르러 온 가족이 몹시 당황하여 다른 일은 생각할 겨를도 없었다고 말했다. 며느리의 산통이 시작되었으나 즉시 알아채지 못해 물러가라고 말하지 못했는데, 어지럽던 증상이 어느 정도 진정되고 정신을 차려보니 며느리가 곧 해산할 기미가 보여 처소로 물러가라 명했다고 했다. 자신이 또한 며느리를 따라가 보니 몇 걸음 걷지 못하고 난간에서 그만 발을 헛디뎌 크게 다쳐 시중드는 아이와 자신이 며느리를 부축해 방에 들어가서 분만을 도왔다고 했다. 소교완의 붉은 입술 사이로 물 흐르는 듯 자연스럽게 거짓말이 흘러나왔는데, 간신 이임보도 혀를 내두를 정도였다.

정인웅은 멍하니 어머니의 얼굴을 바라보며 입을 열지 못했으나, 그 악함을 숨기고 선한 척하는 모습과 말재주로써 자기 잘못을 감추는 것을 보면서 마음속 깊이 가엾고 딱하게 여겼다. 정인광은 다만 공손히 듣고 있었으나 은근히 속으로 의심스러운 생각이 들었다. 이에 정인웅에게 물었다.

"너는 형수가 낳은 아기를 보았느냐?"

정인웅이 대답했다.

"태어난 지 사흘이 채 되지 않은 갓난아이를 바로 가서 보는 것이 좋지 않고 제가 산실에 들어가는 일이 또한 마땅하지 않았으나 마음이 급해 참지 못하고 잠깐 지게문 앞에 서서 시중드는 아이에게 포대기를 받들라고 하여 한번 보았습니다. 아이의 얼굴을 보니, 조상의 은덕이 자손에게까지 이어진 것이 분명했고, 크고 훌륭한 덕을 지닌 형과 형수의 아이임을 밝히 알 수 있었습니다. 이는 분명 가문의 경사일 뿐 아니라 이 아이가 성장하면 훗날 나라의 큰 보물이 될 것이니, 정말 큰형의 핏줄이며 형수님이 태교한 결과라 하겠습니다."

정인광이 다 듣고 나서 근심 어린 얼굴이 이내 기쁜 빛으로 바뀌며 말했다.

"그렇듯 귀하신 몸이 넘어져 다치셨는데 신기하게도 뱃속의 태아를 무사히 출산하셨으니 이 어찌 작은 경사이겠느냐? 갓난아이의 품성과 기질이 그 같으니, 이는 우리 형과 형수의 아들이라 가능한 일이었을 것이다. 그 비범함은 너무도 당연하여 족히 칭찬할 바가 아니다."

소교완이 유쾌하게 웃으면서 말했다.

"큰아이와 며느리는 참으로 하늘로부터 받은 성인의 마음 바탕을 갖추었다. 요순의 아들들인 단주와 상균도 능히 부친의 어진 성품을 잇지 못했는데, 가문의 큰 복이 아니면 큰아이와 며느리가 낳은 아들이라 해도 평범할 수 있는 것이다. 그런데 어찌 그 비상함을 족히 칭찬할 바가 아니라고 하느냐?"

정인광이 대답했다.

"형과 형수는 자연스러운 부덕으로 자손이 번성하고 종가의 후손들이 이어질 것인데, 갓난아이가 어찌 평범하고 속되고 미약하지 않고 기이하다 하여 놀라겠습니까?"

소교완이 미소를 짓고 다시 말을 하지 않았으나 정인광이 이처럼 말하는 것을 못내 기뻐하지 않았다. 정인광이 즉시 일어나 제운각 마루로 향하니, 정인웅이 뒤따라가서 월난을 불러 그사이 형수의 기운이 어떠한지를 물었다. 그리고 정인광은 정인홍, 정인웅과 함께 약을 조제했다.

집안의 안위를 걱정하는 정염과 정인광

황혼 무렵 정삼과 정염이 태주에서 돌아온다는 소식이 채 이르기도 전에 수레가 벌써 문 앞에 당도했다. 이에 정인광 형제가 서둘러 문밖에 나가 맞이했다. 떠났던 날이 비록 오래되지는 않았으나 그래도 석 달쯤 지났으니, 아버지가 자식을 사랑하는 깊은 정은 그리움을 더했고, 어질고 효심 깊은 아들들과 조카들은 부모를 그리워하며 내내 걱정했다. 그러던 차에 오늘 이렇듯 한자리에 식구들이 모이게 되었으니, 윗사람과 아랫사람의 마음이 너무나 기쁘고 흡족스러운 것은 말하지 않아도 알 정도였다.

정인광이 여러 아우들과 함께 이마가 땅에 닿도록 몸을 굽혀 예를 차리며 먼 여정에 편히 다녀오셨는지를 여쭸다. 정삼은 어머니 서태 부인의 안부를 물어보아 이미 서씨 부중에 머무시며 건강 상태가 좋지 않으시던 소식을 들었으나 곧 회복하고 차도를 보이셨고 원래 심각한 상태가 아니었음을 밝히 알고 있었다. 그러나 이곳에 계시지 않아서 즉시 뵙지 못하는 것을 안타깝게 여기고, 편치 않으신 때에 곁에서 모시며 보살펴 드리지 못하는 것을 자기의 죄라고 생각했다. 정삼은 다시 한번 어머니 안부를 물어 주무시고 음식 드시는 것이 평소와 다름없다는 것을 알고는 며느리에 대해 물었다.

"며느리는 무사히 출산했느냐?"

정인광 등이 일시에 종가 후손의 큰 경사요 집안을 창성하게 할 아이를 얻었으니 이는 가문의 더할 수 없는 행운이라고 답했다. 이어 정인광은 형수가 오늘 새벽에 무사히 아이를 낳았고, 갓난아이의 비상함이 참으로 인성 형을 닮았으며, 이는 형수의 태교 덕분이라고 아뢰었다.

정삼은 이미 알고 있던 터라 문묘로 향했는데, 이때 정겸이 와서 정삼과 정염을 뵙고 먼 길에 말을 달려 무사히 온 수고로움을 위로하며 이자염이 아들 낳은 일을 축하해 마지않았다. 정삼이 축하의 말을 사양하지 않고 발걸음을 돌려 운각으로 향하자 정염이 뒤따르며 그제야 물었다.

"인흥이와 인영이 등은 왜 보이지 않느냐?"

정인중이 대답했다.

"인흥 형과 인영 아우는 엊저녁에 이러이러하게 혼절하여 쓰러져 온 집안이 어찌할 바를 모를 정도로 허둥지둥 다급했습니다. 겨우 다시 회복하여 위태로운 상황을 벗어나긴 했으나 남아 있는 증세가 가볍지 않아 아직은 움직이지 못하고 있습니다."

정염이 속으로 골똘히 생각에 잠겼다가 언짢아했으나 다시 묻지 않았다.

정삼이 운각에 이르러 홍소 등을 불러 며느리가 출산 후 밥과 국이 나온 횟수와 특별히 아픈 곳은 없는지 묻자, 이자염이 다친 일과 죽을 지경에 이르렀던 바를 감히 바로 말씀드리지 못했다. 그러나 병세가 위중한 상태라 아무 탈 없이 편안하다고는 대답하지 못했고, 기력이 없어 밥과 국을 먹지 못하는 상태인 까닭에 드신 것이 불과 두어 종지 미음뿐이었다고 전했다. 이어 소교완이 했던 말과 다르지 않게끔, 소저가 해산하는 중 넘어져 크게 다쳐 고통스러운 가운데 분만했기에 현재 병세가 가볍지 않고 기운이 위태롭다고 아뢰었다. 정삼이 너른 눈썹을 찡그리면서 정인광을 돌아보며 말했다.

"지초와 난초같이 약골인 내 며느리가 해산할 때 위태로운 상태를 겪었으나 우리 부자도 없고 인웅이 또한 출타했던 때라 필시 약을 제대로 처방하여 쓰지 못했을 것이다. 그 상한 정도와 병세가 가볍지 않은 것은 보지 않아도 알 만하구나. 내가 지금 들어가서 살펴보고 싶으나 며느리의 마음이 심히 불안할 것이니, 그러면 도리어 며늘아기를 해롭게 만드는 일일 것이다. 나 또한 어머니께 인사드릴 일이 급해 속히 출발하여 성문이 닫히기 전에 들어가야 하니, 너희들이 모름지기 약을 잘 마련하여 쓰도록 해라. 인웅이는 그사이에 수척해지고 여윈 것을 보니 근심하느라 애를 태운 것 같구나. 혹여라도 병이 나지는 않았느냐? 먹고 자는 일을 편히 하고 몸을 무리하게 하지 말거라. 인중이에게는 소부인께 '날이 저물어 성문에 들어가기 바쁜 까닭에 인사드리지 못했으니 내일 돌아와 뵙겠다'고 전하게 하거라."

말을 마치고 나귀를 몰아 성안으로 향했다. 정인광이 매우 답답했으나 형수의 약을 마련해야 했기에 모시고 함께 가지 못하고 대신 정인경이 따라나섰다.

정염은 날이 밝자 서씨 부중에 나아가 서태부인께 인사드릴 것이라고 말하고 해일루로 가서 아내 소화부인과 서로 인사를 나누었다. 그런 뒤에 딸 정성염과 둘째 며느리 소씨의 인사를 받고 방에 들어가 두 아들을 보았다. 이때 어느 정도 회복된 정인홍과 정인영이 부친이 무사히 집에 돌아오신 것을 매우 기쁘고 다행스럽게 생각했다. 그러나 일어나 인사드리고 맞이할 기력이 없었으므로 다만 몸을 움직여 머리를 굽힐 뿐이었다. 정염이 말없이 앉아 두 아들의 양손을 잡아 진맥하고 가만히 정인광을 불렀다. 정인광이 즉시 명을 받들어 나아가 인사드리고, 몸을 돌려 이모(소화부인)에게 두 번 절하며 말했다.

"형수가 아들을 낳았다는 기쁜 소식을 듣고 돌아왔는데, 형수의 산후 병세가 예사롭지 않아 치료하고 약을 살피느라, 또 아버지와 숙부께서 돌아오신 일로 틈을 내지 못해 인사가 늦어져 죄송합니다."

소화부인은 아들을 낳은 이자염의 경사를 축하하면서, 갑작스레 두 아들에게 병이 나서 위중한 상태였기에 간호하는 데만 온 정신을 쏟느라 산실에 갈 겨를도 없었고, 그래서 조카며느리의 병세를 물어보지도 못하고 갓난아이도 보지 못해 궁금했다고 말했다. 또한 서태부인의 환후가 다행스럽게도 회복되고 정삼이 무사히 집으로 돌아온 일을 말하며 기뻐하자 정인광도 함께 즐거워했다. 다만 소화부인이 정삼이 무사히 돌아온 일만 언급하자 정인광은 밝은 얼굴에 웃음을 머금으며 말했다.

"숙부(정염)께서 무사히 집에 돌아오신 일은 기쁘고 반갑지 않으십니까?"

소화부인이 온화하게 웃으며 말했다.

"친조카나 언니의 아들들이 한둘이 아니지만 다들 내가 늙었다고 가볍게 여기지 않고 성가시게 한 적이 없었는데, 유독 너만 나를 만나면 실없는 말로 놀려대니 어찌 된 일이냐? 나를 성가시게 하지 말고 가서 언니(화부인)한테 그러거라."

정인광이 두 볼에 싱긋 웃음을 띠며 무릎을 꿇고 넙죽 엎드려 용서를 빌었다.

"제가 무례하여 이모님을 자주 성가시게 했으니 그 죄는 죽음으로도 용납될 수 없습니다. 그러나 제 본성이 본래 우직하니, 이모님이 숙부께서 무사히 돌아오신 것은 기뻐하지 않으시고 제 아버지께서 돌아오신 것만 기뻐하신다면 이는 곧 인정에 어긋나는 것입니다. 참으로 기쁘시고 진실로 반기시면서도 첫마디에 표현하지 않으시니, 이는 감정에 거짓된 행동이며 솔직하지 않으신 것입니다. 그것이 이상하여 감히 여쭙는 것이지 실없는 말로 이모님을 놀리고자 함이 아닙니다."

소화부인이 웃으며 말했다.

"내가 본디 혼미하고 어리석고 변변치 못해 내 자식의 허물도 단속하지 못하는데, 하물며 조카들이야 말해 무엇 하겠느냐? 네가 일부러 나를 놀려 웃고자 이렇듯 하니, 늙고 어두운 내가 어찌 조카의 기백을 당하겠느냐?"

정염이 또한 웃으면서 말했다.

"이모와 조카 사이에 말싸움은 그만두고 인흥이와 인영이의 병이 괴상하고 이상하니 인광이는 맥을 짚어보고 의견을 말해보거라. 네가 내 뜻과 같은가 봐서 약을 의논하려 한다."

정인광이 정염의 말대로 두 공자의 맥을 짚어보고는 자리에서 물러나며 뒤숭숭한 듯 속히 말을 하지 못했다. 그러다가 정염이 재촉하며 의견을 물으니 어쩔 수 없이 대답했다.

"제가 진맥하는 방법에 통달하지 못하니 어찌 밝게 알겠습니까. 병세로 보아 깊은 염려는 없습니다. 다만 한때 소스라치게 놀란 증세가 꽤 심했으니, 애초에 한 알의 해독제만 잘 썼다면 즉시 나았을 것입니다. 그런데 병에 알맞은 약을 쓰지 못해서 오랫동안 낫지 않을 듯합니다."

정염이 미간을 잔뜩 찡그리고 탄식하며 말했다.

"내가 비록 덕이 없으나 두 아이를 한꺼번에 독살하고자 할 사람이 없을 테니, 이는 아무 상관도 없는 일로 인해 뜻하지 않은 변고를 당한 것 같다. 온 집안이 비어 있었다 하더라도 네 이모의 눈을 의식했을 것이기에 인흥이와 인영이 두 아이를 죽이려고 하지는 않았을 것이다. 풀을 쳐서 뱀을 놀라게 하는 방도로 인흥이와 인영이를 위태롭게 하는 큰일을 일으켜 주변 사람들을 허둥지둥 생각할 틈이 없게끔 만든 상황에서 어질지 못한 일을 벌인 것이 아닌가 싶다. 내가 실로 인흥이와 인영이 두 아이가 한꺼번에 위태로웠던 것에 놀란 것이 아니라, 이로 인해 간악한 무리가 어질지 못한 일을 벌여 한 집안의 화목한 기운을 없애려고 한 것이 아닐까 싶어 근심이 깊고 마음이 슬프구나. 조상님으로부터 전해 내려온 엄숙하고 화목한 가풍으로 인해 집안사람들이 나쁜 마음을 먹은 적이 없을 뿐 아니라 윗사람은 온화하고 겸손하여 늙은이든 젊은이든 어린이든 간에 노하는 얼굴빛을 보이거나 화내는 소리를 낸 적이 없었다. 그런데 지금 우리에게 이르러서는 가문의 풍속과 대대로 쌓아 내려온 미덕을 추락시키는 일이 많고 또 흉한 일의 조짐들이 보이니, 이 어찌 불행하고 통탄스럽지 않겠느냐?"

정인광은 가만히 듣고 있을 뿐 아무 말도 하지 않았으나, 한 집안의 변고가 연이어 발생하는 것을 가문의 불행으로 여기는 숙부의 생각과 다르지 않았다. 정인광은 종이와 붓을 내와 약제의 목록을 써서 숙부께 드리며 말했다.

"설침에게 이대로 약을 지으라 명하여 각각 두어 첩을 시험 삼아 쓰시면 조금이나마 효과를 보실 것입니다."

그러고는 형수가 먹을 약을 담당하고 있기에 오래 머물지 못함을 아뢰고 물러났다. 정인광은 운각 마루로 나와 정인웅에게 서재에 가서 편히 쉬기를 여러 차례 권하여 내보낸 뒤 스스로 약을 맡아 밤새 잠깐도 쉬지 않고 미음과 약물을 번갈아 형수에게 먹였다. 그 지극한 정성과 공손히 돌보는 모습은 어머니를 모시는 것 못지않았다. 정인중이 곁에서 자지 않고 쉬지도 않으면서 정인광의 수고를 함께 나누고 형수의 질병이 빨리 낫기를 축원했는데, 우애롭고 공경하는 정성이 겉으로 보면 정인웅이나 정인광보다 더한 듯했다. 곁에서 시중드는 여종들도 감히 정인중에 대해 이렇다 저렇다 말하지 못했으나 그 흉악하고 교활한 면을 불측하게 여겼다. 정인광 또한 정인중의 겉과 속이 같지 않음을 안타깝게 여겼으나, 갓난아이에게 참혹하고 독하게 해로움을 끼친 일과 형수를 죽을 지경에 이르게 한 일은 미처 알지 못했다. 대략적인 상황을 보아 형수가 넘어져 다쳤다는 말은 거짓말이며, 또한 정인흥 형제가 동시에 이상한 약을 먹고 정신을 잃은 사건은 이미 간사한 사람의 소행임을 깨달아, 지난밤에 평소와는 달리 기이한 사건이 일어났다는 낌새는 알아챈 상태였다.

하지만 정인웅이 갓난아이를 보고 그 기특함을 칭찬하니, 이자염이 비록 뒤에 닥칠 재앙을 한꺼번에 막아내지는 못했으나 하찮은 천한 참새가 난새와 봉황으로 둔갑했던 것을 스스로 해결하여 눈앞의 참혹함과 천륜을 어지럽힌 일을 겉으로 드러내지 않는 가운데 바로 잡았던 일과 정인웅이 죽음의 재앙에서 형수를 구해 겨우 다시 살린 일까지는 훤히 알지 못했다.

서씨 부중에서 교숙란을 변호하게 된 정삼

이때 정삼이 말을 바삐 몰아 성안으로 향했는데, 정인경이 채찍질하며 말을 몰아 서씨 부중에 도착할 때쯤 이미 밤이 되어 대문은 잠겨 있었다. 사내종을 시켜 문지기를 불러 문을 열라 하고는 즉시 들어가니, 정인명이 외사촌들과 함께 황급히 대청에서 내려와 맞이했고, 서후 등이 반가운 기색으로 반겼다. 처사 범경협이 또한 여기에 와 있었는데, 서로 얼굴을 대하고는 매우 반가워했다. 정삼이 바삐 서공 등을 향해 어머니의 안부를 물으니, 잠시 병환으로 몸이 편치 못하셨다가 점차 나아져 회복하시고 지금은 평안한 상태라고 했다. 정삼은 정인명을 돌아보며 말했다.

"이모님과 어머님이 주무시지 않고 계시느냐? 행여 주무신다면 감히 시끄럽게 떠들지 못할 것이니, 너와 함께 어머니께서 머무시는 처소에 가서 일단 주무시는지 아닌지 알고 싶구나."

정인명이 대답했다.

"제가 할머니를 모시고 있다가 방금 나오는 길입니다. 아직 주무시지 않고 범태부인과 말씀 중이셨습니다."

정삼이 말했다.

"그러면 바로 들어가 뵐 것이니, 네가 먼저 들어가 내가 왔음을 아뢰거라."

정인명이 명을 받들고 내루에 들어가 숙부 정삼이 돌아왔음을 아뢰었다. 서태부인은 손자며느리 이자염이 아들을 낳은 경사스러운 소식을 듣고 매우 기뻐하면서 자기가 장수하여 증손을 보는 것에 감격스러워하는 한편, 옛일을 떠올리며 양부인이 손자를 보지 못하는 것을 탄식했다. 그러면서 집안에 사람이 많지 않음을 걱정하여 내일 바로 돌아가고자 했다. 차후에 서로 자주 만나면 되겠지만, 40년 멀리 떨어져 있던 회포를 다 펴지 못하는 것이 아쉬워 두 부인이 침상에 요를 깔고 이불에 비스듬히 누워 대화하며 잠자는 것도 잊어버렸다. 범희경 부인과 서공 등의 부인이 화부인과 함께 모시고 있었는데, 정인명이 와서 정삼이 왔음을 아뢰었다. 뒤이어 서공 등과 범경협이 들어오니, 정겸의 부인만 두 숙모를 모시느라 남아 있고 화부인과 서공 등의 부인은 협실로 들어갔다.

서태부인은 아들 정삼이 돌아와서 반갑고도 기뻐 속히 들어오라고 했다. 이에 정삼이 어머니의 말씀을 따라 종종걸음으로 대청마루에 올라 문을 열고 방에 들어가 어머니와 이모님께 인사드리고 몸을 돌려 서공 등의 부인들과도 인사를 나누었다.

정삼은 어머니의 얼굴을 바라보며 온화한 기색과 기쁜 목소리로 두 손을 맞잡아 공경하는 태도로 안부를 여쭈었다. 이에 서태부인은 기뻐하며 자리에 앉기를 권하고는, 지난번 잠깐 평안치 못했다가 지금은 쾌차하여 건강을 회복했고 지금 자매가 한자리에 마주 앉아 그 동안 그리워했던 정을 나누며 슬퍼서 목이 메었다고 했다. 또한 손자 며느리 이자염이 아들을 낳은 일은 종가의 후손으로는 큰 복이며 가문의 큰 경사지만 박덕한 늙은 어미가 홀로 오래 살아 증손이 태어나는 것을 보는 것이 이치에 어긋나는 일 같다며 슬퍼했다. 그러자 정삼은 낯빛을 밝게 하여 슬퍼하는 서태부인을 위로하고 지난번 병으로 인해 편치 못했던 때에 자신이 돌봐드리지 못한 일을 사죄했다. 그리고 그간 이모님께 인사드리지 못하고 오늘 처음으로 찾아뵙는 것에 대해, 자신이 어른을 섬기는 일에 등한시했다며 사죄했다.

정삼의 어질고 효성스러우며 어른을 공경하는 태도가 뭇사람 가운데 독보적일 뿐만 아니라 높고 맑고 쾌활하고 거리낌 없는 인품은 염제의 높은 덕에 비할 만했다. 범경협의 성질과 품행과 식견과 사리 밝음이 일반인보다 훨씬 뛰어나다고 해도, 높은 하늘을 쓸어버릴 만한 정삼의 기개를 대하니 스스로가 백에 하나가 될까 말까 하다는 것을 깨달았다. 서공 등이 옥당의 훌륭한 자손이요 조정의 빼어난 학사로 미남자의 모습과 풍채가 있으나, 어찌 처사로 지내면서 학문에만 힘써 음양의 조화에 통달하고 자연의 빼어난 기운을 지닌 정삼만 하겠는가? 범태부인이 넋이 나간 듯한 표정으로 매우 부러워하고 감탄하면서, 정씨 가문의 자손이 대가 끊어지지 않고 이어지는 것은 주나라 종실이 창성한 것과 비교해서도 모자라지 않다며 기뻐했다.

서태부인 자매는 이런저런 얘기를 나누며 잠잘 생각이 없었고 밤이 깊은 줄도 알지 못했다. 범경협과 정삼은 야심한 시각이니 편히 쉬시기를 청했고, 서공 등이 또한 주무시지 않으면 건강에 해롭다며 잠자리에 드시기를 권했다. 이에 두 태부인이 다음과 같이 말했다.

"우리 자매가 멀리 떨어져 40년을 서로 그리워할 때는 꿈에서나마 잠깐이라도 만나기를 원했는데, 이제 이렇게 만나 10여 일을 한집에서 지내고 뒤에 다시 만나는 것이 어렵지 않은 데도 내일 아침에 서로 헤어질 일을 생각하니 가슴이 꽉 막힌 것 같아 견딜 수 없구나. 사람 사이의 정이란 끝이 없음을 알 만하다. 더 머물지 못하는 것은 집안 걱정이 간절하기 때문이니, 마음속에 품은 바가 많아 잠이 오지 않는구나. 여자가 생각이 많다는 옛말이 틀리지 않은 듯하다."

범경협과 정삼과 서공 등이 온화한 낯빛과 부드러운 목소리로 근심하지 마시기를 권했다. 이때 범태부인이 정인경을 가리키며 정삼을 돌아보고 말했다.

"조카가 저처럼 훌륭한 아들을 두고 어찌 정숙하고 현명한 며느리를 얻지 못할 것이라 여겨, 교씨 같은 여자와 혼인시켜 사람들이 이상하게 생각하도록 만들었는가? 교씨의 음란하고 천한 행실이 만백성 가운데 회자될 뿐 아니라 그 흉악하고 음란함은 헤아리기 어려울 정도이며 옛적에도 들어보지 못한 일이다. 인경이가 다시 숙녀를 구하는 것이 어렵지 않으나, 그 불행함과 통한함은 쉽게 사라지지 않을 것 같구나."

이전에 정삼이 강 밖에서 상안국 등 세 사람이 선조의 산소에서 제사를 올리고 돌아오는 행차를 만나 교씨에 대한 말을 듣게 되었다. 교씨의 참혹하고도 비루한 사연은 듣는 자마다 귀를 막지 않을 수 없을 정도로 끔찍했다. 정염은 분하여 침을 뱉으며 욕하기에 이르렀으나, 정삼은 이미 알고 있던 터라 새로이 놀라거나 하지 않았다. 다만 헛소문에 불과하나 매우 흉악하고 참혹하여 대궐에까지 퍼진 것을 불행하게 생각하고, 이럴수록 교씨의 앞날을 슬프게 여겨 끝내 한마디도 나무라는 말을 하지 않았다. 그러고는 다음과 같이 길게 탄식하며 말했다.

"세상에 헤아릴 수 없는 요얼이 성행하니, 정화가 폐하고 뜬구름이 광채를 가려 일월이 빛을 잃었다. 선과 악을 가려내지 못하고 바름과 사악함을 분별하지 못해 도리어 오명의 참혹한 재앙으로 인해 억울한 상황에 있도다."

상안국 등이 의아해하고 정염은 정삼이 교씨의 누명을 벗기려는 마음을 못마땅하게 여겼다. 그러나 정삼은 조금도 교씨를 의심하지 않았으니, 범태부인의 말씀을 듣고선 몸을 굽혀 말했다.

"제가 나이 어리고 어리석어 본디 자세히 알지 못하오나 일단 자식을 위한 정은 다른 사람보다 지나친 면이 있습니다. 아들의 배우자를 구할 때 깨끗한 가문의 어진 숙녀를 구했는데, 다만 하늘이 내려준 인연을 어쩌지 못해 인경이가 교씨를 취한 것입니다. 인경이의 만남이 참혹하고 저의 며느리 고르는 안목이 이상하다 여기시겠지만, 열 살 남짓한 소녀가 그와 같은 죄를 범하지는 않았을 것입니다. 요사하고 사악한 무리가 일을 꾸며 뜻하지 않은 사건이 우연히 일어난 것입니다. 그래서 판가름하기 어렵고 헛된 소문이 퍼졌는가 싶습니다."

범태부인이 웃으며 말했다.

"조카가 며느리의 억울함을 풀어주려는 노력이 지극하구나. 다만 세상에 조카처럼 생각하는 사람이 없고 저마다 그 행실을 꾸짖으며 욕하니, 교씨가 곧은 절개를 지닌 여자라면 이토록 큰일을 당하고서 어찌 살겠느냐? 그런데 죽었다는 소문이 없는 걸 보니, 추잡한 소문을 들어도 굳이 억울하지는 않은가 보구나.”

정삼이 다시금 몸을 굽히며 말했다.

“이모님은 교씨가 추잡한 소문에 휩싸이고도 죽지 않았으니 곧은 절개가 있지 않은 여자인가 의심하시며 말씀하시는데, 그 말씀도 수긍이 갑니다. 하지만 달리 생각해 보면, 사람은 마땅히 죽을 때가 있는 것이고 그 죽음은 이치에 합당해야 할 것입니다. 자신이 당한 억울한 일 때문에 비겁하게 죽는 것은 미천한 아랫사람들이나 벌이는 일입니다. 교씨가 진정 억울하다면 목숨을 귀히 여겨 함부로 버리지 않는 것이 결국에는 원통한 일을 풀 수 있는 길입니다. 한때 부끄럽고 괴로운 고통을 견디지 못해 지레 애태우다 죽는다면 원망스럽고 억울한 누명을 벗을 방법이 없으니, 철부(哲婦)라면 마땅히 그러지 않을 것입니다.”

범태부인이 시원스레 웃으며 말했다.

“사람들이 음란하고 도리에 어긋난 여인이라고 손가락질하는 교씨를 이렇듯 철부라고 하니, 과연 네 말대로 교씨의 억울함이 드러난다면 욕되지 않겠지. 하지만 만일 그렇지 않다면 네가 세상 사람들에게 욕을 먹게 될 것 같구나.”

서공 등이 크게 웃으며 평소 현명하고 사리에 밝은 정삼이 어찌 교씨와 관련된 말을 할 때는 이렇듯 사리에 어둡고 어리석은 말만 하는지 모르겠다고 하자 정삼이 웃음을 머금으며 답했다.

“형들이 이렇듯 말씀하시나 저는 제가 사리에 어둡거나 어리석다고 생각하지 않습니다. 훗날 교씨가 원통함을 풀게 되면 제 말을 깨달으실 것입니다."

서공 등이 계속해서 웃으며 정삼의 말이 그르다고 놀리긴 했으나, 정삼이 본디 어질고 밝으며 도통한 것이 평범한 사람들과 다르다는 것을 알고 있었다. 그리고 꿋꿋하게 교씨가 억울한 일을 당했다고 말하니, 교씨의 비루한 행실이 진짜 교씨가 벌인 일이 아니라 모함을 입어 재앙을 겪게 된 것인가 하고 의심하게 되었다.

범경협과 정삼은 다시 어머니께 편히 쉬시라고 말씀드렸다. 두 부인은 정삼이 먼 길을 달려온 까닭에 편히 쉬지 못하고 있는 것을 민망하게 여겨 곧 잠자리에 들 것이니 물러가라고 했다. 정삼은 자기 때문에 서공 등의 부인들이 곁방에 있으므로 오래 앉아 있기가 민망하여 어머니를 모셔 잠자리에 편히 누워 쉬시게 하고 서부인(정겸의 아내, 정삼의 외사촌 누이동생)을 돌아보며 말했다.

"너는 어머니를 모시고 자면서 평안하신지 자주 살피거라."

서부인이 웃으면서 대답했다.

"제가 여기 있는 것은 당연히 곁에서 모시기 위함입니다. 그뿐만 아니라 화씨 동서도 곁에서 모시고 있으니 어련히 알아서 살필 터인데 제게 당부까지 하십니까?"

정삼이 웃으며 말했다.

"열 사람이 모셔도 다 각자의 정성이 있는 것이니, 편하기를 바라지 말고 각별히 잘 모시거라."

서부인이 웃음을 머금고 말했다.

"제가 두 고모 앞에서 늙었다고 말하는 것이 옳지 않다고 하겠지만, 저도 이제 나이가 서른을 지나 마흔에 가깝습니다. 알아서 할 터이니 걱정하지 마시지요."

정삼이 웃으며 말했다.

"나이가 마흔에 가깝다 해도 어른 모시기에 게으른 것은 여자의 행실에 어긋나는 일이니라."

정삼은 이렇게 말하고는 범경협, 서공 등과 함께 어머니께 다시금 편안히 주무시라고 인사드린 뒤 걸음을 돌려 나왔다. 이에 서공 등의 부인들과 화부인, 범희경 부인이 함께 곁방에서 나왔고, 서공 등의 부인들은 두 태부인께서 주무시는 걸 확인하고는 각자의 처소로 돌아갔다. 화부인은 서부인, 범희경 부인과 함께 두 태부인을 모시고 잤다.

이른 아침에 범경협과 정삼이 서공 등과 함께 들어와 문후를 여쭙고 인사를 드렸다. 두 태부인이 아침 식사를 마치고는 각자의 집으로 돌아가려 했다. 서로 슬퍼하면서 나중에 만나기를 기약하며 인사를 나눴고, 조카며느리들을 하나하나 돌아보면서 다시 만나자고 말하고는 수레에 올랐다. 자손들이 모시고 돌아가는데, 범태부인 가마 뒤에 범희경 부인 가마와 범경협 부인 가마가 따랐고, 서태부인 가마 뒤에는 화부인과 서부인 가마가 뒤따랐으며 정삼 부자가 따르며 모셨다. 자식들과 며느리들이 저마다 정성이 지극하여, 두 태부인의 복되고 영화로운 삶을 사람들마다 부러워할 정도였다. 다만 범태부인의 남편과 그 아들이 너무 고결하여 공명과 부귀를 헌신같이 여기는 것이 도리어 흠이 될 만했다. 서태부인은 남편을 잃고도 죽지 못해 홀로 살아 있는 슬픔을 금치 못했으니, 영화로운 복록이 가득한 중에도 그 복이 완전한 사람은 드문 법이었다.

의문을 품는 정씨 집안 사람들

정삼은 서태부인 행차를 따르며 남문을 지났다. 그때 정염이 서태부인을 뵙기 위해 성안으로 향하다가 서태부인이 돌아오시는 수레를 보고 즉시 나아가 예를 갖추어 인사드렸다. 그사이 평안하셨는지를 여쭈었는데, 윗사람과 아랫사람 간에 샘솟는 정과 반가움이 지극했다.

드디어 서태부인 행차가 정씨 부중에 도착했다. 정인광과 정인명 등이 숙부 정겸을 모시고 마을 입구에 나가서 맞이했고, 소교완과 화부인이 중문에서 서태부인을 맞이하며 반갑고 기쁜 기색이 얼굴에 넘쳐흘렀다. 이어 서태부인을 모시고 들어가 서태부인이 자리에 앉자 비로소 손아랫동서와 손윗동서 등이 모두 인사를 드렸다. 그러고는 서태부인을 중심으로 남자는 왼편에 여자는 오른편에 앉았다. 정삼이 소교완과 소화부인에게 떨어져 지내는 동안 별일이 없었는지 안부를 물었고, 정염 또한 소교완과 서부인과 화부인에게 그사이 안부를 물었다. 또 이자염이 아들 낳은 일은 가문의 큰 경사요 종가의 큰 복이라면서 기뻐했다. 이때 상연과 조세창이 왔음을 아뢰니, 서태부인이 들어오라고 하여 내루에서 만났다. 모두들 종가 후손의 큰 복을 축하하고 아들 낳은 경사를 즐거워했다. 서태부인이 옛일을 생각하며 매우 흐뭇해하니, 좌우에서도 서로 묻고 대답하면서 기뻐했다. 그러니 정삼 부부의 즐거움이 또한 얼마나 크겠는가?

서태부인은 모든 사람들에게 축하 인사를 들었는데, 이자염이 해산 후 병을 얻은 일에 대해서는 자세히 묻지 못했다. 그래서 소교완을 돌아보며 그 병의 증세가 가벼운지 심각한지를 물었다. 이에 소교완이 어제 있었던 사건을 아뢰었는데, 조금도 어려워하거나 난처해하는 기색이 없었다. 자연스럽게 꾸며내는 말이 공교롭고 이치에 합당하여 누구라도 곧이들을 만했지만, 서태부인은 이자염이 떨어져 다쳤다는 말이 의심스러워 눈썹을 찡그리며 말했다.

"지난번 인웅이가 낙상했다는 말을 이상하게 여겼는데, 이씨가 또한 발걸음을 조심하지 못해 난간에서 떨어져 다쳤다고 하니 예상치 못한 일이로구나. 요사이 떨어져 다치는 일이 왜 이리 흔하게 일어나느냐?"

말을 마치고는 정색하며 위엄 있는 태도로 아무 말도 하지 않았다. 소교완 모자는 간사하고 악한 마음을 갖고 있으며 간간이 악행을 저지르는 일이 있었기에 우선 조심하는 뜻으로 숨소리를 낮추었다. 그런데 다른 사람들이 보기에는 오로지 공경하는 예를 갖추는 것처럼 보였다. 정인웅이 서태부인 곁에 앉아 있었는데, 할머니가 갑자기 언짢아하시는 것을 가만히 바라보다가 불안하여 등에서 식은땀이 났다. 정삼이 비록 그 기색을 살피려 하지는 않았으나 어찌 모르겠는가? 그래서 이렇게 말했다.

"인웅이와 큰며느리가 한때 발을 헛디뎌 다친 것은 이미 지나간 일이니 마음 쓰실 필요가 없습니다. 다만 약을 잘 써서 회복하면 다행이지만 며느리의 상처가 꽤 심한 것 같고 이에 더해 아이를 낳느라 산통을 겪어 병이 심해졌으니 어찌 걱정스럽지 않겠습니까? 친히 들어가 보고 싶으나 며느리의 불안한 마음을 부추길까 봐 새로 태어난 손자도 아직 못 보았으니 더욱 우울할 뿐입니다."

정염이 참지 못하고 다음과 같이 말했다.

"이씨가 몸가짐을 잘못하여 떨어져 다쳤다고 하면 사람들이 결코 곧이곧대로 듣지 않을 것이지만, 형수님께서 직접 목격하셨다고 하니 의심스럽지는 않습니다. 이 또한 이씨의 재앙이 가볍지 않은 까닭일 것입니다."

말이 채 끝나기도 전에 이 상서 형제가 도착했다. 이어 부중에 종갓집 후손이 태어난 큰 경사를 축하하러 오는 손님들이 구름 모이듯 몰려들었다. 정삼은 정겸, 정염과 함께 손님들을 맞으러 나갔고, 화부인이 비로소 운각에 이르러 며느리와 갓 태어난 손자를 보았다. 이자염은 숙부들의 도움에 힘입어 신기한 약의 효험을 보아 겨우 몸을 추슬렀고, 미음을 자주 들고 약물을 복용하여 곧 기운을 차리게 되었다.

이자염은 소교완이 용서하는 말을 전해 듣고는 애태우며 두려워하던 마음을 덜었으나, 시아버지(정삼)와 서태부인이 돌아오셨다는 말을 듣고는 차마 자신의 상처를 드러낼 수 없어 얼굴을 들고 뵐 마음이 나지 않았다. 이에 옷으로 다친 부위를 가리고 먹기 싫은 음식을 맛있는 듯 먹으며 괴로운 표정을 보이지 않았다. 아울러 몸을 자연스럽게 움직이는 모습을 보이려 했으나 기력이 딸려 힘겨워했다. 또 서태부인과 시아버지가 명철하시기에 한번 보면 낌새를 알아챌까 근심스럽고 두려워 월난과 홍소에게 말했다.

"너희가 갓 태어난 아기를 구하고 주씨의 아들을 돌려보낸 일을 누설하게 된다면 이는 나를 구덩이에 빠지게 하는 일이며 세상에 다시없는 불효한 죄인을 만드는 일이다. 나를 위한다면 부디 입을 다물어

분란을 일으키지 않는 것이 옳다."

홍소와 월난이 엎드려 가르침을 듣고는 주인의 지극한 효심을 실추시키지 않겠다고 다짐했다. 혜월은 이자염의 유모이고 월난의 어미임에도 그 사실을 알지 못했고, 운섬 또한 정인성의 유모이고 홍소와는 자매 사이였지만 그 당시 밖에 있었기에 이 사실을 전혀 알지 못했다.

시중드는 아이들이 화부인께서 친히 오셨음을 아뢰니, 이자염이 기력을 다해 베개를 밀고 몸을 움직여 시어머니를 맞았다. 그러나 일어나 예를 차리지는 못했다. 화부인은 며느리를 붙들어 다시 베개에 눕히려 했다. 이자염이 차마 눕지 못하니, 화부인은 거듭 편히 누우라 명했다. 화부인이 이자염을 보살피고 사랑하는 태도가 마치 친자식을 대하는 듯했다. 한번 눈을 들어 며느리를 보았는데, 그 모습에 매우 놀라 얼굴색이 변했고 가슴이 아파 뼈마디가 저렸다. 문득 근심스럽고 안타까워 두 눈에서는 구슬 같은 눈물이 흘렀다. 화부인은 애처로운 마음으로 슬퍼하며 말했다.

"네가 해산할 때 집안에 사람이 없었으니 분명 위태한 상황일 것이라 짐작했으나 설마 이 정도일 줄은 생각지도 못했구나. 내 며느리가 죽을 지경에 이르렀으나, 하늘의 뜻이 내 며느리에게 박하지는 않았던 듯하다. 기특하게도 다시 회생하기는 했지만 상처와 병세의 위태함을 알 만하구나."

말을 마치고는 이자염이 옷깃으로 싸맨 것을 들추고 상처를 보았다. 얼굴과 머리에 흘렸던 피의 흔적은 지웠지만 다친 상처들을 어찌 한꺼번에 모두 없앨 수 있었겠는가? 화부인은 안타까움과 슬픔과 참혹한 분노가 아울러 일어나 옷깃을 추슬러 상처를 가렸는데, 원망의 눈물이 떨어져 비단 소매가 다 젖을 정도였다. 이자염은 시어머니가 슬퍼하시는 모습을 보며 불효를 저지른 것 같아 마음이 아팠고, 소교완이 벌인 악행을 헤아려 이렇듯 슬퍼하며 울분을 터뜨리는 화부인의 모습을 보며, 더욱 두렵고 부끄러워 몸 둘 바를 몰랐다.

　이자염은 자신의 허물이 산같이 무겁고 바다같이 깊은 듯 한동안 말을 하지 못했다. 그러다가 시아버지께서 돌아오신 것과 할머니께서 편찮으시다가 회복하신 소식을 듣고 기뻐하며, 몸이 상해 맞이하는 예를 차리지 못한 것과 집안에 걱정을 끼친 일에 대한 죄를 청했다. 이자염의 깨끗하고 아름다운 목소리는 마치 옥피리 소리처럼 청아했다. 맺힌 시름이 없는 것은 아니었으나 가슴 아파하거나 슬퍼하지 않았다. 또한 몹시 기뻐하며 즐거워하지는 않았으나 온화한 기운을 내뿜었는데, 온갖 근심을 살라버리고 온갖 영화로움을 인도하는 듯했다. 이에 화부인이 비로소 눈물을 거두고 길게 탄식하며 말했다.

　"너의 지극한 효성은 참으로 감동할 만하구나. 그러니 어찌 내가 쓸데없는 말을 하여 너의 마음을 불편하게 하겠느냐? 원래 약골이었는데 이렇듯 크게 다치고도 금세 회복한 것이 신기할 정도구나."

　그러고는 고개를 돌려 포대기를 열어 손자를 보았다. 아들과 이씨 사이에서 낳은 자식이므로 보지 않아도 평범한 인물과 달리 훌륭할 것이라 짐작은 했으나, 갓난아이의 기골이 이렇듯 뛰어나고 왕성하리라고는 생각지도 못했다. 그 깨끗하고 준수한 모습은 그 아비(정인성)가 태어났을 때보다 더욱 뛰어났다. 부모를 골고루 닮은 모습이 빼어날 뿐만 아니라 기상이 넓고도 깊어 흔들어도 흐려지지 않고 바람이 불어도 변하지 않을 것 같았다. 이 같은 아들을 낳았으니 영화로운 복록이 대를 이어 전해질 것임이 분명했다.

화부인은 평소 고상하고 침착하며 엄숙할 뿐만 아니라 편안하고 여유로워 흔들리지 않는 성품을 지녔으니, 기쁨과 근심과 슬픔과 즐거움에 가볍게 얼굴빛을 바꾸는 일이 없었다. 그러나 며느리가 겪은 험난한 고생에 대해서는 매우 고통스러워했으며, 며느리에게 걱정하는 말과 슬퍼하는 빛을 보이며 안타까워했다. 그러다가 아이를 보고는 기뻐하며 즐거워했고 매우 다행스러워했다. 화부인은 조금 전의 근심이 모두 사라진 듯 두 뺨을 실룩이고 옥같이 하얀 이를 빛내며 말했다.

"내 아들과 며느리가 낳은 아이가 평범하지 않을 거라고 생각은 했지만, 이렇듯 특별히 비상한 것을 보니 정말 기대 이상이구나. 이는 집안의 영화이고 정씨 가문의 영광이다. 내 아들과 며느리가 크게 기뻐할 만한 복임을 알겠구나."

화부인은 갓난아이를 재삼 어루만지며 매우 기뻐했다. 그러다 문득 근심스러운 표정을 지으며 말했다.

"돌아가신 양부인이 인성이를 포대기에 싸인 갓난아이 때부터 어루만져 사랑하셨는데, 참으로 친자식보다 더 귀중하게 여기셨다. 스스로 자기 소생의 아들을 군이 원하지 않으시고 인성이가 여섯 살이 되던 해에 양자로 정하셨는데, 인성이를 특별히 사랑하시어 오히려 조카딸들보다 더 아끼셨단다. 그런데 인성이를 양자로 들인 지 반년이 못 되어 세상을 떠나셨지. 이제 인성이가 과거에 급제하여 온 세상이 그 이름을 알게 되었고, 또 가정을 이루어 현명한 며느리를 맞아 이렇듯 기특한 아이까지 얻었구나. 하지만 돌아가신 양부인께서는 이를 알지 못하시니 참으로 안타깝구나. 인성이가 멀리 변방 밖에서 아들 낳은 기쁜 소식을 들으면 반드시 저승에 계신 돌아가신 어머니께서 보지 못하시는 것을 마음 아파하며 더욱 후회하겠구나.”

말을 마치자 기쁨과 슬픔이 교차하여 스스로 그 마음을 추스르지 못했다. 이어 소화부인과 서부인과 정명염이 들어왔다. 정명염은 이자염이 아들을 낳은 경사를 기뻐하여 시아버지(조정)와 상서(조세창)께 친정에 다녀온다고 청하여 본가로 돌아온 것이다. 세 부인은 할머니와 소부인(소교완)에게 바삐 인사를 드린 뒤 걸음을 돌이켜 산실에 이르러서는 포대기에 싸인 신생아를 보고 이렇게 말했다.

“갓난아이의 타고난 기질이 부모를 그대로 닮아 진실로 빼어나구나. 풍모가 바야흐로 세 살 된 아이 같으니, 어제 태어났다는 게 말이 되느냐?”

세 부인이 기뻐하며 즐거워하면서도 이자염의 병이 가볍지 않음을 걱정했는데, 정명염은 자기의 어린 아들과 새로 태어난 조카를 어루만지며 눈물을 흘렸다. 정명염의 아들은 성숙하고 탁월하여 세상의 평범한 아이보다 백 배는 뛰어났는데, 자기 어머니가 슬퍼하며 우는 모습을 보고는 침울한 표정으로 소매를 들어 눈물을 닦아주었다. 이어 자기 얼굴을 어머니의 뺨에 대며 소리 내어 울 듯했다. 정명염은 아들의 모습을 보며 더욱 흐느꼈고, 이어 화부인을 우러러보며 눈물을 떨구면서 말했다.

“천륜의 정과 모자의 친함은 이 같은 갓난아기도 아는데, 저희 자매는 천지간에 죄가 무거워 어머니를 일찍 여의어 섬기지 못하는 서러움이 뼈에 사무칩니다. 오늘날 종실을 이을 큰 경사와 문호의 큰 복을 대하여 근심하고 슬퍼하는 것이 옳지 않으나, 어머니께서 이 같은 경사를 알지 못하는 것을 생각하니 마음이 무너지고 부서질 것만 같습니다."

화부인은 두 눈에서 눈물을 자꾸만 흘리며 길게 탄식할 뿐이고 소화부인과 서부인은 슬퍼하면서 위로의 말을 건넸다.

"풍성한 은혜와 덕성을 지닌 양부인께서 서른 초반에 하늘로 돌아가셨을 때 온 집안이 마음 아파하며 슬퍼할 뿐이었지. 조카 남매의 지극한 고통을 어찌 말로 다 할 수 있을까마는, 공자님도 백 세를 누리지 못하시고 안회도 젊은 나이에 죽었으니 예로부터 성현 군자라도 유구한 복을 누리지 못했지. 또 운명이 기박하여 일찍 세상을 떠난 이가 어찌 한둘이겠는가? 너와 월염이 같은 귀한 딸을 두시고 인성이 같은 양자를 두어 이씨 같은 현명한 며느리도 얻지 않았느냐? 또 종실을 이을 후손까지 태어났으니, 저승에서나마 즐거워하실 것이다."

정명염이 눈물을 흘리며 잠자코 있다가 꽤 한참 뒤에 마음을 추스르고는 이자염의 상처를 가만히 살펴보며 몹시 놀랐다. 낙상한 상처 같지 않다고 하면 괜히 참견하는 게 될 것 같아 다만 근심과 염려가 깊었어도 뭐라고 말하지 않았다. 그런데 소화부인이 이자염이 한때 정신을 잃고 쓰러져 그 위태로움이 심했었다며 이어 혀를 차면서 말을 이었다.

"제가 사리에 어두워 미리 대비하지 못한 탓에 인흥이와 인영이 두 아이를 요사한 독약에 죽일 뻔했으니 어찌 놀라지 않았겠습니까? 기이한 광경을 보고 스스로 생각해 보니 누군가가 꾸며놓은 일인 듯했습니다. 엇그제 갑자기 향년이 와서 언니가 이씨 조카를 보호하라고 당부하는 말을 전했는데, 저는 당연히 언니가 보낸 줄로만 알고 전혀 의심하지 않았지요. 다만 언니가 며느리를 연연해하는 마음이 너무 심하다고 비웃었습니다. 그러고는 향년이 들어와서 제 시중드는 아이와 함께 저녁 식사를 챙겼는데, 언제 돌아갈 건지 물으니 날이 벌써 저물었기에 새벽에 가겠다고 했습니다. 곧이어 두 아이가 이유도 없이 혼절하여 쓰러지니 집안의 어린 종들도 모르는 이가 없었지요. 그런데 향년이는 간다는 인사도 없고 전하는 말씀을 듣겠다는 말도 없이 자취가 사라졌습니다. 그날 밤에 홍소와 월난이 잇달아 이씨 조카의 말을 전하며 두 아이의 병세를 물어보았지요. 그때는 의심하지 않았었는데, 이씨 조카의 해산 소식과 낙상했다는 말을 들으며 생각해 보니 이씨 조카가 그렇듯 몸이 상한 상황에서 두 아이의 병증을 자주 물은 것이 이상하더군요. 또 홍소와 월난만 해도 자기 주인이 심하게 다친 상황에서 주인을 구호하지 않고 두 아이의 병세만 궁금해한 것도 이상했습니다. 그 와중에 제가 조카의 해산 징후를 물었더니, 아직 산기가 없고 평안하되 정당 부인(소교완)이 어지럼증으로 몹시 애태우며 근심하고 있다고만 했습니다. 그 말 또한 의심스러운 구석이 없지 않습니다. 그런데 혹시 언니가 향년이를 제게 보내신 적이 있습니까?"

화부인이 침묵하다가 말했다.

"네가 의심하는 것이 이상하지 않다. 사리에 어둡고 살피지 못해서 빚어진 일인 것 같구나. 내가 외가로 가던 날 향년이가 쫓아왔고 지금껏 나를 따라다녔는데, 그 사이에 어찌 여기에 보낼 수 있었겠느냐? 하지만 확실하지 않은 일이니 당분간은 말하지 말거라."

이에 소화부인이 말했다.

"요사스럽고 황당한 일이라 다시 입에 올리기도 싫습니다. 독한 술수가 두 아이에게 미쳤으나 이제 위태로운 상황은 면했고, 인광이가 조제한 약이 약효가 신기하여 차츰 회복하고 있으니 이제 마음이 많이 진정되었습니다. 간악한 무리가 꾸민 흉계가 비록 교묘하고 사특하나 의심되는 바가 없지 않습니다."

화부인은 다시 말이 없었고, 서부인은 일의 자초지종을 듣고 놀랐으며 역시 의심되는 바가 있었다.

이씨 부중에서 이 상서가 아들과 조카 등과 함께 정삼을 대하여 조카딸이 무사히 해산한 것과 아들을 낳은 경사를 축하했다. 그러나 산실에 있는 이자염과 갓 태어난 아이는 보지 않고 그냥 돌아갔다. 하지만 주태부인부터 온 집안의 기쁨이 어찌 이창현이 아들 낳은 일에 비해 덜함이 있겠는가? 조부인(이자염의 어머니)이 몸에 병이 있었는데, 딸아이가 아들을 낳은 기쁜 소식으로 인해 병을 잊을 정도였다.

이창현의 아내 정자염은 시어머니의 병세가 회복하고 있었으므로 갓난 조카를 보기 위해 귀녕을 청하여 태운산으로 왔고, 상부인(정태요) 또한 며느리와 딸을 데리고 와서 종가 후손이 태어난 큰 경사를 축하했다. 정인웅은 대화부인을 모시고 돌아왔고, 정기염과 정숙염, 정인명의 아내 화씨와 정인홍의 아내 상씨 등이 정씨 부중에 이르렀다. 정인유는 아버지(정염)가 태주로 돌아오신다는 소식을 듣고, 당직 근무하는 날을 며칠 채우지 못했으나 관아에서 같이 일하는 동급 관리에게 당번을 부탁하고 속히 와서 아버지를 모셨다. 일부러 손님을 초청하지 않았음에도 정씨 부중은 갈수록 사람들로 북적였다. 정삼은 이렇듯 사람들이 넘치도록 가득 차는 것을 내켜하지 않았다.

이날 서태부인이 아들과 딸을 비롯해 조카들, 손자들과 함께 제운각에 이르렀다. 서태부인이 이자염을 어루만지고 나서 갓난아이를 살펴보니, 과연 장래가 촉망되는 모습을 지니고 있었다. 이에 서태부인이 흐느끼듯 길게 탄식하며 말했다.

"우리 큰며느리 생전에 인성이를 애지중지하며 친자식보다 더 아끼던 때가 엊그제같이 눈에 선하구나. 그사이 세월이 많이 지나고 세상도 많이 변해, 인성이가 낳은 아들을 선군께서도 볼 수가 없고 큰며느리도 또한 보지 못하는구나. 덕 없는 이 늙은이가 오래 살면서 온갖 근심과 즐거움을 맞이하니 어찌 슬프지 않겠느냐? 손자며느리가 낳은 아이가 평범하지 않다는 것은 이미 알고 있었으나, 어쩜 이렇듯 기이하여 제 부모보다 조금도 뒤떨어지지 않고 오히려 뛰어난 듯할까? 돌아가신 선군과 큰아이(정잠)의 충성심과 절의에 따른 복이며, 너희 부부가 남에게 착한 일을 많이 한 보답으로 이렇듯 자손 복이 있는 것이다. 또 인성이와 자염이의 효성과 덕행에 감복한 하늘이 복을 주셔서 이처럼 뛰어난 아들을 두게 된 것이로구나."

정삼이 갓난아이를 보고 감회에 젖었으나 밝은 목소리와 온화한 기색으로 서태부인을 위로했다. 정염과 정겸은 아이가 오히려 정인성보다 더 뛰어나다며 집안의 경사를 기뻐하며 축하했고, 그 자리에 모인 사람들 또한 끊임없이 갓난아이의 기이함과 아름다움을 칭찬했다. '정인성과 이자염인들 어찌 신생아 때 이토록 뛰어났으리오.' 하며 칭찬하는 소리가 가득하니, 이에 정태요가 웃으며 말했다.

"맏아들이 아들을 낳은 것은 종가의 후손으로서는 다행스러운 일이라 마땅히 축하할 일입니다. 하지만 결혼한 남녀 가운데 자식을 낳은 이들이 한둘이 아닐 텐데, 이토록 신기해하며 비상한 일로 여겨 축하객이 구름처럼 몰려들고 칭찬 소리가 떠들썩한 일은 흔치 않을 겁니다. 나처럼 기운이 부족한 사람은 어지러워 정신을 차리지 못하겠네요."

정염과 정겸이 웃으며 말했다.

"누님은 원래 매사에 배앓이를 심하게 하시더니, 오늘 조카며느리의 갓 태어난 훌륭한 아들을 구경하시고는 복통을 넘어 두통까지 앓으시는구려. 원래 영지와 난초는 평범한 물건처럼 흔하지 않기에 길한 징조가 되는 것입니다. 하물며 황하강은 천 년에 한 번 맑아질까 말까 하고 성인은 500년에 한 번 태어날까 말까 하니, 평범한 사람의 자손들이야 열 명을 포개어 놓은들 무엇이 귀하며 칭찬할 만하겠습니까? 다만 인성이와 이씨처럼 매우 어질고 훌륭해야 이처럼 기이한 아들을 낳을 수 있기에 칭찬하는 것입니다."

정삼 역시 웃으며 새로 태어난 손자가 기이하여 누님의 복통이 더 심해졌다고 말하며, 남매와 조카들이 기쁘게 웃고 실없는 농담을 두루 나누었다. 서태부인 또한 슬픔을 덜고 근심 가득했던 눈썹을 씰룩이며 기뻐했다. 정삼이 어머니의 얼굴에 기쁜 빛이 돌자 더욱 다행스러워하며 즐거워했다.

홀아비 신세가 된 정인광을 놀리는 식구들

정씨 부중의 공자들이 어머니를 모시고 갓 태어난 아이의 기이함을 함께 즐기며 홀린 듯이 마음을 쏟는 와중에, 자기 부인이 임신한 사람들은 이렇듯 훌륭한 아들 낳기를 바라지는 못했고, 오직 조상의 기풍을 닮아 속되거나 미천하지 않기를 바랄 뿐이었다. 이때 정인홍의 부인 상씨는 임신한 지 9개월째였고, 정인명의 부인 화씨는 임신 5개월째였으며, 엄희류의 부인 정숙염은 잉태한 지 6개월째였고, 양필광의 부인 정기염은 임신 8개월째였다. 이창현의 부인 정자염은 또한 달이 차긴 했으나 산기가 없을 뿐 아니라 시댁과 친아버지를 비롯한 여러 사람들이 임신한 바를 몰랐고 오직 정삼 부부만 낌새를 알아채고 있었다. 이공(이빈)은 나랏일을 맡아 여러 고을을 진정시키기 위해 돌아다녔음에도 며느리가 임신한 것을 알고 있었으며, 조부인(이빈의 부인)도 얼핏 보고 알았으나 오히려 해산달이 다 찬지는 몰라서 정씨 부중으로 보냈다. 정태요가 정삼과 정염을 비롯해 정겸과 더불어 실없는 농담을 두루 하더니, 뒤이어 정인광을 보고는 혀를 차며 말했다.

"조카 부부들이 다 임신하여 아들 낳기를 꿈꾸고 있는데, 너는 두 아내를 얻었으면서 하나는 죄없이 내쫓고 하나는 하염없이 스스로 물러나 있게 만들었구나. 그러니 자식을 기대하기는커녕 근심 가득한 홀아비의 모습으로 빈방에서 외롭게 지내며 잠을 이루지 못하는 것이지. 오동나무에 떨어지는 가을비 소리에 우울해하며 지극한 궁상을 달게 여기는 것은 도대체 어찌 된 일이냐?"

정인광은 새로 태어난 조카를 보고 기뻐하고 즐거워할 뿐 별다른 생각이 없는 듯했다. 정염이 뒤이어 웃으며 말했다.

"가뜩이나 시름이 많은데, 누님은 위로의 말은 건네지 못할지언정 어찌 근심을 더하게 하십니까?"

정명염이 또한 웃음을 띠며 정인광에게 말했다.

"하늘이 내린 재앙은 오히려 피할 수 있으나 스스로 초래한 재앙은 피할 수 없는 법이다. 현명하고 정숙한 아내를 과분한 줄도 모르고 심하게 구박하고 죄 아닌 일로 처벌을 각박하게 했으니, 이는 어진 이를 존경하고 예로써 대우하는 것은 고사하고 아무런 까닭 없이 숙녀를 죄에 빠뜨린 것과 같다. 그러니 어찌 장헌 같은 무도함과 다르겠느냐?

소씨(소채강)는 자신의 처지가 무안하고 부끄러워 스스로 친정으로 물러가서 다시 만나기 어려워졌으니, 홀아비의 시름 섞인 회포가 오동나무에 떨어지는 가을비보다 더 쓸쓸한 것이지. 게다가 장씨(장성완)가 돌아올 날도 기약할 수 없으니, 어느 날에나 그 마음에 활기를 얻을 수 있겠느냐? 하물며 흐르는 세월은 마치 달리는 말이 지나가는 것을 문틈으로 보는 것처럼 획 하고 빠르게 지나간단다. 사람이 태어나 백 살까지 산다고 해도 그 느끼는 바는 일장춘몽과 같거늘, 또 어찌 백 년을 누리며 사는 일이 쉽겠느냐? 이러한 때에 가정을 이루지 못하고 아래로는 자녀를 잇지 못하니, 남편을 정성으로 받들어 섬기는 공경과 어버이를 섬기는 효도는 이번 생애에서는 얻기 어려운 일일 것이다. 부모님에게 효도를 다하지만 어머니 곁을 물러나면 상실감을 느끼고 문득 쓸쓸한 기분이 들어 의지할 곳이 없으니, 모름지기 고집을 피우지 말고 현명한 아내의 절개 있는 행실을 마음 깊이 고맙게 느끼며 위세를 부리지 말도록 해라."

말을 마치자 같은 자리에 앉은 사람들이 모두 웃으며 정인광의 신세를 그려내듯이 잘도 말한다며 칭찬했다.

정명염은 조용하고 단정하며 말수가 적어 일찍이 어머니를 위로하고자 할 때도 말을 많이 한 적이 없었다. 그런데 오늘 뜻밖에도 정인광을 넌지시 희롱하는 말은 평소와 사뭇 달랐다. 서태부인은 매우 드물고 귀한 광경이라 정명염의 팔과 가냘픈 손을 어루만지며 말했다.

"사람이 오래 살면 진정 이렇듯 귀한 일을 보는구나. 평소 조용하고 과묵했던 네가 어찌 오늘 동생에게는 이렇듯 말을 잘하는 게냐? 그러나 인광이의 신세에 대해 악담을 많이 했으니 인광이가 꺼림칙하게 여기지 않겠느냐?"

정명염이 곱고 아름다운 얼굴에 환한 웃음을 띠며 자리에서 일어나 공손히 말했다.

"못난 저는 장씨의 효성과 재능에 미치지 못하고 또한 자염·기염·숙염 등 사촌들의 어짊과 효성을 따르지도 못하는 까닭에 일찍이 할머니의 쓸쓸한 마음을 기쁘게 위로해 드리지 못했습니다. 그런데 오늘 이 자리에서 인광이를 보니 이런저런 근심이 드는 까닭에 한번 말로써 주의를 준 것입니다. 할머께서 이를 희귀하게 여기시니 몸 둘 바를 모르겠습니다. 또한 악담이라 하시나 제가 사람의 재앙과 복록을 관장하는 신이 아니기에 굳이 한번 내뱉은 말에 인광이의 신세가 그렇게 될 것은 아닐 것입니다. 그러니 장씨와 소씨를 다시 집으로 돌아오게 해주세요. 장씨를 친정으로 돌려보낸 일은 쉬웠으나 다시 맞아 오는 것은 아이의 울음을 달래는 것처럼 어려울 것입니다. 할머니께서 그 마음속 품은 생각을 살피지 않으시면 장씨와 소씨가 한데 모이기 어려울까 싶습니다."

서태부인이 웃으면서 고개를 끄덕이고는 말했다.

"늙은이가 비록 자식을 잘 알지 못하나, 어찌 자손의 부부가 화목하게 모이는 일을 기뻐하지 않겠느냐? 네가 말한 대로 장씨를 얼른 데려오게는 하겠지만 인광이의 뜻이 네 말과 같지 않을까 봐 걱정되는구나."

정염과 정겸이 웃으며 '인광이의 속마음은 명염 조카의 말과 다름이 없을 것'이라고 아뢰었다. 정태요도 정인광을 놀리며 웃었으나 정인광은 그 자리가 아버지 앞이었을 뿐만 아니라 구태여 장성완에 대한 얘기가 언급되는 것을 원치 않았던 까닭에, 온화한 얼굴빛을 유지한 채 농담은 하지 않았다. 또한 소채강이 친정으로 돌아간 일에 대해서는 마음속으로 조금 화가 난 상태였으나 겉으로 내색하지 않았다. 정삼 또한 밝게 웃고 어머니가 기뻐하시는 것을 매우 다행스럽게 여겼다. 그리고 어머니의 얼굴을 우러르며 갓난아이의 이름을 지어주시기를 청했다.

(책임번역 한정미)

완월회맹연 권 55

이자염의 출산과 정인광의 뉘우침

이자염은 정씨 가문을 빛낼 비범한 종손을 낳고
정인광은 두 부인에 대한 잘못을 뉘우치다

이자염을 핍박하는 소교완

정삼은 아주 경사스럽고 기쁜 일로 여기면서 어머니의 얼굴을 우러르며 갓난아이의 이름을 지어주시기를 청했다. 이에 서태부인이 웃으며 말했다.

"큰아이(정잠)와 인성이가 먼 곳에 있어서 갓 태어나 포대기에 싸인 아이를 볼 수 없으니, 네가 마땅히 아이의 이름을 지어야지 어째서 나이 들어 정신이 흐린 나에게 청하느냐?"

정삼이 두 손을 모으고 공손히 말했다.

"그렇다면 이 아이가 관례할 때 이름을 주고 자를 짓는 것은 형님이 하실 것이니, 저는 형님을 대신하여 그 아명을 주겠습니다."

그리고는 아명을 '몽룡'이라 하니, 집안사람들이 다들 몽룡이라 불렀다. 관명과 자는 정잠이 돌아온 후에 지어주었다. 정염이 갓 태어난 아이의 이름을 듣고 물었다.

"형님이 무슨 기이한 꿈을 꾸셨기에 아이 이름을 몽룡이라 하십니까?"

정삼이 웃으며 말했다.

"우연히 지은 것이고 특별히 꾼 꿈이 있는 것은 아니네. 그런데 제 부모는 분명 곰 꿈[4]을 꾸었을 것 같네."

정태요가 웃으며 말했다.

"곰 꿈을 꾸었는지 뱀 꿈을 꾸었는지 도마뱀 꿈을 꾸었는지 어떻게 알고 꿈을 가지고서 아이 이름을 짓느냐?"

정삼이 또한 웃으며 답했다.

"갓 태어난 아이가 딸이 아니니 뱀 꿈을 꾸지는 않았을 것이고, 도마뱀 꿈을 꾸었어도 가장 뛰어난 도마뱀을 보았을 것이니 이처럼 아들을 낳은 것입니다. 그러니 어찌 곰 꿈을 꾼 것이 아니겠습니까?"

이렇듯 즐겁고 기쁜 말을 하고 있는데, 바깥뜰에 손님들이 구름처럼 모여들었다. 정삼이 정염, 정겸, 아들·조카 등과 함께 손님들을 맞으러 나갔다. 서태부인은 새로 태어난 자손을 어루만지며 매우 기이하게 여겼지만 이자염의 병이 깊은 것을 염려했고, 화부인은 때때로 와서 마치 친어머니처럼 간호했다. 조세창의 부인 정명염과 이창현의 부인 정자염은 이자염을 생각하는 정이 친형제보다 더했는데, 그 상처를 보지 않았으나 이미 변고를 알아챘다. 그런 까닭에 눈앞에 닥친 상황에 몹시 놀라며 훗날을 우려하여 그 괴로움과 슬픔을 나누지 못

---

4 곰 꿈: 웅비지조(熊羆之兆). 아들을 낳을 징조.

하는 것을 가만히 탄식했지만 안색과 말에는 그런 기색을 드러내지 않았다.

이자염 입장에서는 정자염이 겹으로 시누이와 올케 사이가 되는 특별함은 말할 것도 없고 한 몸같이 사랑하고 거울처럼 마음이 잘 통하는 사이였다. 자신의 괴로움과 위태로움에 대해서는 부모에게도 말하지 않는데, 시누이들이 총명하여 말하지는 않으나 사뭇 아는 바를 조용히 부끄러워하여 스스로 허물이 무거운 것 같았다. 그래서 행여나 저 사람들이 안색과 말로 형체를 드러낼까 두려워했다. 정자염의 밝고 환한 지혜와 식견으로 어찌 이자염의 그런 뜻을 모르겠는가? 그러니 이자염을 위해 근심하고 슬퍼하긴 했지만 염려하는 바를 애써 모르는 척했다. 게다가 정명염은 이것이 어머니(소교완)의 잘못이니, 계모와 의붓자식의 사이가 멀다고 해도 그 허물을 말함으로써 효를 무너뜨릴 수는 없었다.

정명염은 어질고 효성스러운 성품을 타고났으며 부모로부터 예의와 법규를 보고 배웠다. 자신이 자라 결혼한 뒤에 새어머니가 들어왔는데, 나이 차가 크지 않고 또 두터운 사랑을 받지는 않았으나 모녀간의 의례를 당당히 따랐다. 그러니 어찌 하늘이 내린 부모와 자식 사이와 다름이 있겠는가? 이에 정명염은 어머니가 덕을 잃을까 근심하여 비록 자신이 한 말이 효과가 없을 것임을 알면서도 의리로 간언하여 모녀 관계라고 해서 마음을 피하거나 마음에 품은 생각을 감추지 않으려고 했다. 그러나 자기가 볼 때 소교완은 매우 자애롭고 어질어, 보지 않은 것과 듣지 않은 것을 감히 말할 수 없었다. 소교완이 이자염의 병을 근심하는 것과 아들 낳은 것을 한껏 기뻐하는 것이 지극하니, 자신이 낳은 자식이라도 이보다 더하지는 못할 것 같았다. 그러니 무엇이 자애롭지 않다고 일컬어 덕을 이루라고 간언하겠는 가? 이에 정명염은 품은 생각을 말하지 못했다. 그리고 시집의 조부 모와 시부모를 챙길 사람이 없어 오래 머물지 못하니, 아쉬워하면서 할머니와 여러 친척 동생들과 이별하고 돌아가려 했다. 정명염은 이 자염의 병세가 좋아지는 것을 보지 못하고 헤어지는 것을 슬퍼하여, 이자염의 손을 잡고 강보에 싸인 아이를 어루만지며 걱정스럽게 눈 물을 머금고 말했다.

"가까운 곳에 있어 서로 만나는 것이 어렵지 않지만, 매번 바쁘게 떠나고 또 모이는 것이 쉬운 일은 아니군. 그동안 답답한 마음이 없 지 않았는데, 이번에는 아들을 낳는 경사스러운 일이 있어 기쁘고 다 행스럽네. 하지만 자네의 병이 가볍지 않은데, 낫는 것을 보지 못하 고 가게 되어 마음이 편치 않군. 바라건대 힘써 몸을 잘 보호하여 양 가 부모님의 근심을 덜고, 숙모께서 친정에 가 부모님을 뵙는 틈을 타 자네 또한 갓난아이를 데리고 우리 집으로 와 어르신들이 기뻐하 시도록 하는 것이 또한 효도가 아니겠는가?"

이에 이자염이 나직하게 대답했다.

"제가 비록 병이 오래 낫지 않고 있으나 죽을 정도는 아니니 마음 쓰지 않으셔도 됩니다. 어머니께서 친정에 가실 때 시부모님의 허락 을 받아 외갓집에 가 뵙도록 하겠습니다.'"

정명염은 다시금 몸을 잘 보호하라고 말하고 돌아갔는데, 총명한 소교완이 어찌 정명염의 뜻을 모르겠는가? 그러나 짐짓 말과 얼굴빛 을 위엄 있고 정중하게 하며 일을 법도에 맞게 하고 은애와 덕과 도를 다 갖추어 행하니 다른 사람들이 허물을 말할 부족한 점이 없게 하여, 이른바 지혜가 넘쳐 신하의 간언을 반박했고 말솜씨가 좋아 잘못을 꾸며댈 수 있었던 은나라 주왕과 같았다.

정인웅은 집안사람들이 모인 뒤로 형수에 대한 근심을 잠깐 놓았지만, 어머니가 본성을 회복하기 어려울 것이라 생각했다. 또한 기발한 말솜씨로 허물을 가리고 도덕과 의리에 어긋나는 행동을 감추어 쉽게 어진 체했으나, 어머니의 행동이 진심에서 우러난 것이 아님을 서태부인과 정삼 부부가 밝게 알아차려 집안사람들이 점점 의심하게 될 것을 어찌 모르겠는가? 이에 정인웅은 안타까움과 슬픔이 뼈에 사무쳤으며 근심과 염려로 얼굴빛이 어두웠다. 또한 참혹하고 부끄러워 사람들을 대하기가 민망했다. 비록 호쾌하고 온화한 성품으로 편벽되고 좁은 성미가 아니었지만, 밥을 먹어도 목이 메고 속에 얹혀 순순히 내려가지 않고, 잠을 자도 수많은 근심과 걱정을 물리치지 못했다. 마음속이 근심 걱정으로 우울하여 폐와 간에 병이 들었는데, 겉으로는 당당하고 호탕한 성인의 모습을 하고 있으니 속으로 병이 있는지는 다른 사람들이 알지 못했다.

하지만 정삼은 그 낌새를 알아차리고는 가엾게 여기고 사랑해 마지않았다. 아침저녁으로 밥을 먹을 때는 반드시 불러서 먹였고 잠자리에서는 품속에 조심스럽게 안아 편히 자게 하려고 하니, 마치 두세 살 된 아이를 어머니가 아끼고 사랑하는 것같이 했다. 소교완은 정삼이 인웅을 각별히 가엾게 여기는 깊은 뜻을 꿰뚫지 못했으나, 그 애정이 특별한 것을 어찌 모르겠는가? 어질지 못하고 악한 자신 때문에 아들이 근심하고 애태우고 걱정하느라 편히 자고 먹지 못해 병이

나게 되었으니, 정삼이 비록 내색은 하지 않으나 염려하고 안타까워하여 삼촌과 조카의 정이 아버지나 어머니처럼 극진하고 간절한 것에 어질지 않은 마음과 간사하고 사나운 성격으로도 일단 부끄럽고 두려워 가만히 탄식하며 생각했다.

'나는 자기(정삼)의 아들과 며느리를 온갖 수단으로 모해하며 몹시 미워하여 없애려고만 하는데, 저는 나의 사랑하는 아이가 병이 있음을 근심하여 사랑하고 타이르는 것과 보호하는 것이 어린아이를 대하는 것 같구나. 저와 나의 선악을 논한다면 마치 성인인 공자와 도적인 도척 같지 않겠는가?'

소교완은 두려워하며 마음 깊이 느낀 바가 있어 진심으로 감탄하다가 갑자기 돌이켜 생각했다.

'사람의 타고난 성품이 본래 두 가지가 아니니, 내가 어찌 나의 행동이 선한 마음과 어진 덕에서 먼 것을 모를까? 그러나 정씨 집안의 후처가 되어 인성이를 보던 날 이미 뜻을 정해서 없애겠다고 맹세하고 월염 등도 아울러 죽이고자 했는데, 별 요사스러운 종자가 위험한 화와 죽을 재난에도 목숨을 보존하여 오히려 영광과 행복과 편안함을 누리는구나. 처음 먹은 뜻과 이렇게도 다르니 어찌 분하지 않겠는가? 월염은 장씨 집안 사람이 되어 있으나 없으나 정씨 집안에 절박하고 중요하지 않으니, 애초에 인성이 부부를 없애고 나서 여력이 조씨 집안과 장씨 집안으로 시집간 두 딸(정명염, 정월염)을 해칠 만하면 계교를 쓰려 했거늘, 아직 인성이 부부를 해치지 못했는데 조씨와 장씨 집안의 두 여자를 먼저 없애는 것은 지혜가 짧고 얕은 것이다. 내가 이미 어질다는 평판은 얻기 어려울 것이다. 환온(서진 때 사람)이 이른

바 '대장부가 백세(百世) 뒤까지 훌륭한 이름을 남길 수 없다면 마땅히 만년(萬年) 뒤까지 더러운 이름이라도 남겨야 한다.'라고 한 것은 지극한 선을 이루지 못하거든 큰 악을 저질러 이름을 후세에 남기라는 말이다. 내가 운계공(정삼)의 어짊을 보고 부질없이 큰 계책을 멈춰서 정씨의 종가 맏아들 혈통을 인성이가 온전히 받게 한다면 얼마나 우스운 일인가?'

그러고는 일마다 이자염을 괴롭혀 잠시라도 안심하거나 마음이 화평하거나 기쁘지 못하게 했다. 그러나 이자염은 갈수록 공손하고 온순하며 어질고 효성스러워, 시어머니의 죄와 허물에 대해 원망하거나 근심하는 마음을 머금지 않았다. 오직 조심하며 삼가고 두려워하면서 스스로 허물을 지었는지 염려하고 일하는 것을 점검하여 불효를 저지를까 슬퍼할지언정 마음속에 품은 생각을 입 밖으로 내지 않았다. 또 얼굴에 구차한 빛이 없고 성격이 차분했으며 행동거지도 편안하고 여유로워서 마치 하늘이 말이 없는 것과 같았다.

이자염은 타고난 성품이 여자 중의 요순 같은 성인이니 어찌 그 효를 배우지 않겠는가? 갈수록 두려워하면서도 효를 다하여 목숨을 태산같이 여겨 조급한 마음으로 애를 태워 자신의 수명이 단축되게 하지 않았다. 소교완은 며느리의 넓은 도량과 마음 때문에 일을 도모하는 것이 어려워지자 더욱 분하게 여겨 때때로 미움이 더해졌다. 이러한 이자염의 위태로운 형세와 말 못 할 심정을 어디에 비할 수 있겠는가? 그러나 한결같이 슬픔과 괴로움을 얼굴빛과 말에 두지 않으니 이자염을 받들어 모시는 어린 계집종들마저 주인의 기구한 운명을 가만히 슬퍼했다. 하지만 감히 소부인을 원망하지 못했고, 또한 이씨 집안의 주태부인과 조부인께 소저의 위태로운 사정과 형세를 말하지도 못했다. 그러니 이씨 집안에서도 이자염의 슬픔과 괴로움을 세세히 알지 못했다.

작년에 연회 때 소교완이 이씨 집안에 갔었고, 조부인이 또한 정씨 집안의 잔치에 참여했었다. 조부인은 여러 번 직접 소교완을 보고는 그 기질과 성품이 빼어난 것과 재주와 외모가 탁월한 것을 부러워하며 감탄했다. 그러나 천성을 교묘히 가리고 바르지 않은 것을 갈구하는 소교완의 마음을 헤아리고는 듣지 않아도 딸아이가 편안하지 않을 것을 알고, 딸아이에 대한 걱정이 날로 더했다. 밤낮으로 딸을 염려하며 조용히 남모르게 근심했지만, 괜히 아는 척해서 이득 될 것이 없고 오히려 사돈의 관계를 상하게 하고 딸아이의 효와 의를 상하게 할까 봐 오래도록 입을 다물어 묻지 않고 알려고 하지도 않았다.

소채강의 복귀

10월 보름은 선태부 정한의 기제사 날이었다. 자손과 문인, 일가친척이 모두 모여 제사를 지내는데, 세월이 지났으나 슬픔과 사모하는 마음은 변함 없었다. 집안사람들뿐 아니라 문하생들과 친분이 있던 관리들도 저마다 애통해 마지않았다. 제사를 지내는 사이, 서태부인의 소리가 그치며 기운이 다하여 숨이 곧 끊어질 듯했다. 소·상·화 세 부인이 놀라 어찌할 바를 모르다가 붙들어 약을 드렸다. 정삼은 당황하여 허둥지둥하며 들어왔다가 어머니의 정신이 다시 돌아온 것을 보고는 마음을 놓고 제사를 마저 지냈는데, 슬피 애도하며 부르짖고 애통해했다. 그러나 제사를 마치는 데도 일정한 규칙이 있어, 한없는 슬픔을 다 쏟아내지는 못하고 제사를 마쳤다.

제사 음식을 물리고 나서 가문의 사당에 절하는 예까지 마친 뒤 정염은 상연과 일가친척들, 문인들과 함께 서헌으로 돌아왔다. 정삼은 정겸과 아들·손자를 거느려 서태부인 처소인 태전에 가서 어머니의 상태를 살폈다. 이때 정삼은 온화한 표정과 부드러운 목소리로 서태부인께 지나치게 슬퍼하고 애석해하지 마시라 위로했다. 이어 맥박을 짚어본 뒤 평안치 못한 것을 근심하며 약을 드시라고 했다. 서태부인이 따뜻한 미음을 두어 번 드시는 것을 본 뒤 정겸과 여러 공자들은 밖으로 나갔지만, 정삼과 정인광 등은 남아서 서태부인을 받들어 모셨다. 다시 마실 약을 내오고 나서 시간이 얼마 정도 지난 뒤 서태부인이 침상에서 편히 쉬었는데, 정삼은 침상 아래 꿇어앉아 편안히 잠드신 것을 보고 나서야 비로소 정태요에게 말했다.

"서재에 문인들과 일가친척들이 있으니 제가 잠깐 나가 대접하여 돌려보낸 뒤에 다시 오겠습니다. 누님은 형수님과 제 처와 함께 여기서 시중들고 간호해 주십시오."

정태요가 고개를 끄덕이고는 말했다.

"조카며느리 소씨(소채강)가 어제저녁에 돌아왔는데 어수선하고 소란스러워서 네가 몰랐을 것이다. 이제 여기에 부르는 것이 좋겠구나."

정삼이 말했다.

"그렇게 하겠습니다. 그건 그렇고 소씨 며느리가 병이 있다고 하던데, 지금은 다 나았습니까?"

소채강이 자기 집안으로 돌아간 뒤 날이 오래 지났다. 그사이 정씨 집안에서는 정잠이 먼 길을 떠났고, 서태부인의 병세가 회복되었고, 이자염이 아들을 낳은 경사가 있었다. 하지만 장성완보다 자신이 먼저 시집에 돌아가는 것은 불가능하여, 일찍이 글을 올려 자신이 병이 있어 일어나지 못한다고 핑계를 대며 사죄한 일이 있었다.

정태요가 말했다.

"차도가 있어 나아졌기에 여기에 와 함께 제사에 참여한 것이다."

정삼이 기쁜 빛을 띠며 청사에 나와 소채강을 불렀다. 소채강이 명을 받들어 나아가 뜰 앞 계단에서 뵙고 인사할 때, 변변치 않은 병으로 인해 오랫동안 문안 인사를 드리지 못한 것을 사죄했다. 정삼이 흔쾌히 당에 오르라고 하여 가까운 자리를 내어주고 각별히 반겼다. 그러고는 오직 병이 나아 돌아온 것을 기뻐했고, 날이 차가우니 몸조리를 잘하라고 했다.

소채강은 원래 어제저녁에 돌아오려고 한 것이 아니었다. 화부인이 아들 정인광의 숨은 근심을 헤아리고는, 소채강이 오래 돌아오지 않는 것이 사리에 맞지 않으므로 병에 차도가 있으면 돌아와서 제사 지내는 것에 참여하라고 글을 써 전한 내용이 있었기 때문에, 시어머니의 명을 거역하지 못해 부득이 돌아온 것이다. 하지만 정실인 장성완이 언제 돌아올지 모르므로 심하게 답답하고 민망하고 불안하여 나아가고 물러나는 것이 기쁘지 않았다. 그런데 시아버지는 병이 있다고 한 말을 믿어서 핑계인 줄 모르는 듯 몸조리를 잘하라고 당부하니 어찌 불안하고 두렵지 않겠는가? 단지 공손히 은혜에 감사할 따름이었다. 그 깨끗하고 고운 모습과 영롱하고 아름다운 태도는 계수

나무에 걸린 밝은 달이나 맑은 물에서 피어난 연꽃과 같아서, 기이한 됨됨이나 생김새가 장성완을 제외하면 따라올 이가 없었다. 정삼이 위로하고 타이르며 봄바람 같은 온화한 기운과 햇빛 같은 은혜로운 사랑을 더했는데, 그로 인한 감격이 뼈에 사무칠 만했다.

병이 든 정인광

정인광은 아버지를 모시며 온화한 기운을 잃지 않았다. 그는 속으로는 소채강을 마음에 들지 않아 해서 겉으로 더욱 엄숙한 표정을 지었다. 숙모들이 가만히 정인광의 표정과 말투를 관찰하며 마음속으로 몰래 웃었다. 정삼은 즉시 외헌으로 나와 문인들, 일가친척들과 더불어 이야기했는데, 간간이 옛일을 떠올리며 슬퍼하기도 했다.

이윽고 손님들이 돌아가니, 정삼은 다시 내루로 들어와 서태부인 잠자리를 살피고 숨소리를 낮추어 침상 아래에서 모셨다. 서태부인이 잠자리에서 일어나 정삼 부부에게 물러가 쉬라고 명했다. 정삼이 불편한 것이 없으므로 물러가 쉴 일이 없다고 대답하며 다시 고쳐 앉아 모셨다. 그러다 정인광을 그윽하게 쳐다보더니 정인경을 돌아보며 말했다.

"너의 형이 어디가 아픈 것이냐? 왜 기색이 편치 않아 보이는 것이냐?"

정인경이 두 손을 모으고 공손한 자세를 취하며 말했다.

"둘째 형이 원래 고생하며 몸이 상한 것이 가볍지 않아서 날이 차면 자연스레 그 증상이 다시 일어나 때때로 몸이 편치 않았습니다. 지난밤 추위에 제사 지내는 것에 참여하고 따뜻한 곳에서 쉬지 못해 그러한가 싶습니다."

정삼이 말을 듣고 나서 정인광에게 물러나 몸조리를 하라고 이르고 다시 말했다.

"추운 날씨에 몸조리를 잘못하여 큰 병이 되지는 않겠지만, 너는 전에 몸이 상한 적이 있는데 왜 조심하지 않았느냐?"

정인광이 두 손을 모아 절하면서 '아픈 곳이 없지만 잠깐 추워서 몸을 움츠렸을 뿐이고 특별히 병이 되지는 않을 것이니 염려하지 마시라' 하고 물러 나왔다. 정인웅이 뒤를 쫓아 이르렀는데, 정인광이 명광헌[5] 난간머리에 다다라서는 너무 아파서 정인웅이 부축해서 겨우 방에 들어갈 수 있었다. 정인웅이 급히 이불과 요를 준비하니, 정인광은 띠를 풀어 웃옷을 벗어 던지고는 그대로 쓰러져 몹시 떨었다. 정인웅이 어쩔 줄 몰라 하고 근심하여 비단 이불을 덮어주고 또 몸으로 눌러서 떨리는 것을 진정시키려 했으나, 정인광이 온몸을 계속 떨어 병세가 가볍지 않아 보였다. 정인웅이 몹시 걱정되어 두 손을 잡고는 맥이 뛰는 정도를 살피고는 눈썹을 찡그리며 말했다.

"원래 형님께서 약 쓰는 것을 중요하게 생각하지 않아 고질병을 일찍 다스리지 않으시고 불편한 것을 억지로 견디며 병을 살피지 않으셔서, 맥이 매우 약하게 뛰고 쌓인 것이 가볍지 않아 쉽게 고치기 어

---

5 명광헌: 정인광이 머무는 공간.

렵겠습니다. 해마다 눈 내리고 바람 부는 차가운 날씨를 만나면 이렇듯 심하게 앓으시니, 만성이 된 듯합니다."

정인광이 미소를 지으며 말했다.

"나는 그동안 없는 병을 미리 막으려고 괴롭게 약을 먹는 사람들을 이상하게 여겼지. 내 목숨이 이미 정해져 있는데, 약재로 어찌 사람이 죽고 사는 것을 관장하겠느냐? 하지만 부모님과 할머님을 모시면서 병이 있으니 걱정을 끼친 것이지. 속으로는 민망하고 나도 내 병을 모르지 않아 약으로 다스리려 해보았지만 병을 뿌리 뽑지 못했다. 눈 내리고 바람 부는 차가운 날씨를 만나면 몸이 편치 않았으나 큰일이라 여기지는 않았다. 다만 할머님과 부모님께 근심을 더할까 봐 두렵구나."

정인광을 간호하는 형제들

이때 정씨 집안의 공자들이 정인광의 몸이 불편한 것을 걱정하여 명광헌에 모였다. 그들은 정인광이 오한으로 떨며 아파하는 것을 보고 근심스러운 얼굴로 간호했다. 이때 정인홍이 옥으로 만든 작은 병을 기울여 두어 잔 향기로운 술을 따뜻한 미음에 섞어 주며 말했다.

"형님이 어제부터 몸이 불편하여 식사도 안 하셨는데 제사에 참여하시느라 주무시지도 못했으니 어찌 오한이 더하지 않겠습니까? 아프신데 술을 너무 많이 마시면 해롭겠지만 몇 잔을 따뜻한 미음에 더한 것이니, 다 드시면 술기운이 두루 돌아 추워 떠는 것이 좀 나으실까 합니다."

정인광이 받아서 들이켠 뒤 웃으며 말했다.

"증세가 가볍건 무겁건 간에 병을 앓는 중에 술이 좋을 리가 있겠느냐? 다만 원보(정인홍)는 여자를 좋아하고 술을 많이 좋아해서 술을 잠시라도 못 먹으면 병이 나지 않느냐? 사람마다 너 같을까 해서 술을 권하는 것이냐?"

정인홍이 크게 웃고 말했다.

"그러면 안 드시면 될 것 아닙니까? 제가 여자를 좋아하고 술을 많이 마신다고 하셨지만 '오직 술만은 양을 한정하지 않는다'는 말은 형님에게 해당하는 것일 텐데요. 술을 덜 마시기 위해 노력하셔서 즐기지 않으시는 듯 보이는 것이지, 그것이 어찌 본래 성정이겠습니까?"

정인광이 웃으며 답했다.

"진실로 그렇긴 하다. 내가 원래 술을 괴롭게 여기는 것이 아니고 술을 많이 마시는 것을 엄격하게 절제한 것이다."

이에 정인명이 웃으며 말했다.

"단지 술을 좋아하는 정도이겠습니까? 우리 사촌 형제들 중에서 술로는 형님이 으뜸이십니다. 또한 여자를 좋아하시지만 스스로 많이 경계하고 조심하여 방탕하고 무절제하지 않으시나, 원래 성정은 주나라 고공단보가 아내 좋아하는 것과 다름이 없습니다."

정인광이 온화하게 웃으며 다시 말이 없었는데, 이에 여러 공자들이 정인광의 병세가 가볍지 않음을 근심하여 의논하고 약을 지었다. 이윽고 정인광이 오한으로 몹시 떠는 것이 약간 좋아졌으나, 여전히 머리가 무겁고 온몸이 아팠다.

정인홍이 미소를 머금고 말했다.

"형님이 제가 술을 많이 마시고 여자를 좋아한다고 하시더니, 성보(정인명)의 바른 소리로 인해 과연 술과 여자를 좋아하시는 것을 깨달으셨군요. 병의 증세가 이와 같은 것은 빈방에 홀아비로 오래 계셔서 여인을 생각하고 그리워하는 마음이 깊으신 까닭입니다."

정인광이 손사래를 치며 말했다.

"성보(정인명)가 한 말은 내 귀를 씻고자 한다. 당당한 장부가 어찌 여인을 그리워하는 마음 때문에 병이 들기에 이르겠느냐? 10년을 빈방에 홀로 있어도 내가 여자를 생각하는 마음 때문에 병이 나지는 않을 것이니, 음란하고 더러운 말을 그치거라."

이에 정인홍이 웃으며 사죄했다.

"제가 형님이 맑고 고결하고 씩씩하고 깨끗한 것을 모르지 않는데, 음란하고 더러운 이야기를 했으니 무례함을 용서하시지요. 그러나 최근 여인을 생각하는 마음이 깊어 병든 이가 있으니 이상합니다. 지난번 중양절에 일족이 완월대에서 술을 마시며 가을 경치를 담은 절구 시를 읊을 때 계승(장희린) 형제를 불러 함께 즐겼는데, 문승(장세린)의 시가 이러이러하며 또 어디를 맥없이 바라보다가 갑자기 쓰러져 거의 죽을 것 같았습니다. 저희가 매우 놀라서 약을 먹여 간호하고 맥이 뛰는 것을 살피니, 요사하고 괴상한 독한 약 때문에 몸이 상한 것이었습니다. 그의 성품과 재주를 아껴 각자 계승에게 약 쓰는 것을 말했더니 다행히 차도가 있었으나, 얼마 지나지 않아 또 그러해서 위태로운 지경이 되었습니다. 맥을 짚어보니 누군가를 사모하는 마음이 깊다는 것을 알았지만 형제간에도 입을 다물고 있다고 하더군요. 그러니 누구로 인한 것인지는 모르겠습니다."

정인광이 눈살을 찌푸리며 말했다.

"백승(장창린)이 집을 비운 지 오래되어 그 동생이 함부로 행동하는 것이니 어찌 놀랍지 않겠느냐? 세린이가 행여 성품이 천박하고 비루하지 않다고 해도 그 부모(장헌과 박부인)한테서 무엇을 보고 배웠겠느냐? 그러니 어찌 선비의 밝은 식견이 있겠으며, 성인의 학문을 배우고 행하는 것을 익히고 닦는 제자가 될 수 있겠느냐? 제대로 배우고 익혔다면 혹 모르겠으나, 맏형(장창린)이 나가고 부모에게서 짐승처럼 사나운 마음과 개 같은 행동을 보고 들었으니 그 행실에 잘못된 것이 심할 것이다."

정인유가 정인광의 말에 이어 웃으며 말했다.

"형님이 장공(장헌)과 장인과 사위 사이인데, 극진하지는 못해도 말마다 어찌 욕하고 꾸짖는 것을 그치지 않으십니까? 장공의 행동이 과연 감탄할 만하지는 않지만, 할아버지의 문인이며 아버지와 숙부들과도 오래 사귄 사이시니, 우리 입장에서는 함부로 깔보고 업신여기지 못할 것입니다. 큰아드님(장창린)은 큰아버지(정잠)의 사위이고 따님(장성완)은 형님의 부인이시니, 그 자녀를 보면 그 부모를 공경하지 않을 수 없을 것입니다. 형님이 욕하고 꾸짖으시는 것이 사리에 맞지 않습니다."

정인홍도 길게 탄식하며 말했다.

"형수님을 보고 장형을 대하면 장공이 몹시 인색하고 신의가 없고 불의한 것을 잊게 될 뿐만 아니라, 지덕이 뛰어난 딸과 어진 아들을 둔 것을 거듭 흠모하고 존경하게 됩니다. 그러다가도 형님이 추운 날씨를 만나면 병이 일어나는 것을 보면, 이는 장공이 형님을 해한 탓이지요. 밉고 한스러운 마음이 앞서 그렇게 말씀하시는 것이 이상하지 않지만, 이리 심하게 욕하고 꾸짖을 수 있습니까?"

정인광이 웃으며 말했다.

"익보(정인유)가 그를 공경해야 한다는 말이 마땅히 옳은 듯하지만, 그 실제를 생각하면 공경할 만하지 않으니 왜 욕하고 꾸짖지 못하겠느냐? 내가 병 때문에 그를 한스럽게 여긴다는 원보(정인홍)의 말 또한 보잘것없다. 내 이미 장씨 짐승을 사람으로 여기지 않기 때문이다. 나는 평생 작은 일도 운명으로 받아들여 피하지 않았다. 여덟 살에 재앙과 난을 거듭 만나 흩어져 도망치고 따로 떨어져 동서로 떠다닐 때, 무수한 어려움과 고난으로 죽을 목숨이었지만 조상의 은택과 부모가 쌓은 어진 덕 덕분에 한 가닥 목숨을 이어갔다. 장씨 짐승이 아니었다고 해도 나의 운명이 기구하지 않았겠으며, 요사스러운 무리의 감옥에 갇혀 몸이 상하지 않았겠느냐? 초상화를 그렸던 일과 망령된 여자의 흉악하고 사리에 어긋난 말이 부모님께 미치지 않았다면, 그가 나를 온갖 방법으로 죽이고자 했어도 내가 죽지 않았으니 사위의 도를 저버리지는 않았을 것이다. 그런데 그가 아버지와 삼촌의 초상화를 그려 해하려고 했으니, 비록 교씨(장헌의 유모)가 간언한 것을 따라서 즉시 불태우고 마음을 고쳐먹었다는 것을 알지만, 내 마음이 차갑고 분노가 뼈에 사무쳐서 맹세코 사람 같지 않은 자의 씨를 취하지 않으려고 했다. 그런데 인연이 기구해서 원치 않는 혼인이 모르는 사이에 이루어져 다시 참혹한 욕과 마구 지껄이는 말이 부모님께 미쳤다. 생각하면 그는 원수나 다름없고, 그 딸을 형벌로 죽여서 복수하지 못하는 것이 나의 불효일 것이다. 그런데 정성된 엄명과 너그러운 덕을 저버리지 못해서 좋게 돌려보냈으니, 모르는 사람은 나에게 여자를 좋아하여 부모님을 가볍게 여긴다고 욕하고 나무랄 수도 있을 것이다. 내 운명이 기구하여 저 오랑캐의 자식과 결혼하게되었으니 탄식할 만하지 않겠느냐? 내가 다만 두 가지 일로 사람 같지 않은 장씨 부부를 원수로 알지언정, 내 몸을 해롭게 하려는 뜻은두지 않았다."

공자들이 웃으며 말했다.

"그렇다면 최언선, 손최인, 위정 등을 은인이라 하시고 소위공에게감격하신다는 것이 거짓말이십니다."

정인광이 웃으며 답했다.

"어떻게 그럴 리가 있겠느냐? 나는 작은 원망은 갚지 않으나 작은은혜는 갚으려고 하는 사람이다. 먼저 엄 처사의 은혜를 입었고, 뒤에 최언선의 큰 공과 큰 덕으로 살았고, 다시 위정의 공이 있으며,손최인의 어짊과 소위공의 큰 의기 덕분에 지나는 곳곳마다 살 수 있었다. 그러니 살아서 뼈에 사무치도록 감사하는 것은 말할 것도 없고죽어서도 마땅히 결초보은해야 할 것이다."

정인유가 웃으며 말했다.

"형님께서 위정이 공이 있다고 하신다면 지난번 경운당의 여러 시녀들을 태장으로 벌하실 때 어찌 죄가 아닌 것으로 무겁게 다스리셨습니까? 춘홍 등이 마침 명이 길어 살아났지만, 그 엄한 형벌을 받고사람이 어찌 목숨을 보전하길 바라겠습니까? 만일 춘홍이 죽었다면위정의 은혜를 원수로 갚는 것이 아니겠습니까?"

정인광이 정색하며 말했다.

"그때 일은 다시 말하지 마라. 흉악한 여자의 패악스러운 말을 생각하면 마음이 얼떨떨하고 정신이 놀라워서 분노가 뼈에 사무친다. 그 딸을 좋게 돌려보낸 것은 내가 어질고 마음이 약하기 때문이니 그 외의 시녀들은 말해 무엇 하겠느냐? 위정이 있었어도 용서하지 못할 것인데, 춘홍 등을 말해 무엇 하겠느냐?"

정인홍이 웃으며 말했다.

"그렇다면 형님이 형수님을 맞이해 올 마음이 없으십니까?"

정인광이 미간을 찡그리며 말했다.

"내 진실로 저에게 죄가 없는 것을 모르지 않지만, 원수의 씨와 오랑캐의 자식임을 생각한다면 어떻게 생전에 함께할 뜻이 있겠느냐? 그러나 부모님께서 할머니를 본받아 슬하에서 내치지 않으려 하시니, 이러한 상황에서 어찌 내 뜻을 고집할 수 있을까? 조만간 돌아오겠지만, 무엇이 유쾌하고 기쁘겠느냐? 그렇기에 내가 애초에 그 사람을 만난 것이 타고난 운명이 기구해서라고 스스로 탄식하는 것이다."

여러 공자들이 정인광의 진심을 듣고는 지극한 효성에 감탄했지만, 장성완의 앞길을 탄식하고 가엾게 여겨 좋은 말로 위로했다.

"형님은 늘 삼강오륜을 중요하게 여기시고 효성과 우애가 매우 뛰어나서서 형수님의 정성스러운 마음과 덕행을 모르지 않으실 겁니다. 그럼에도 형수님을 박정하게 돌려보내시고 다시 맞아 오셔도 화목하게 잘 지내실 것 같지 않으니, 이는 형수님의 크고 훌륭한 덕과 절개와 지조를 저버리는 일이 될 것입니다. 아우들은 형수님의 평생이 기쁘고 즐겁지 못하실까 봐 걱정입니다. 장공과 박부인의 딸로 태어난 것이 무슨 죄이겠습니까? 생각건대, 형님이 배필에 대한 도리를 박하게 하실까 걱정입니다."

정인광이 탄식하며 말했다.

"부부는 오륜의 중함이 있고 모든 복의 근원이다. 내가 비록 그 사람과 결혼한 지 오래되지 않았으나 행실에 사사로이 치우침이 없는 것을 왜 모르겠느냐? 그러나 불행히도 그의 부모가 나와 원수를 진 것이 여러 겹이라 이미 의를 끊어 돌려보냈으니, 인간의 도리를 생각한다면 너희들이라도 내게 그런 말을 하지는 않을 테지. 그런데 어찌 그 사람의 앞길이 즐거울지 아닐지를 걱정하느냐? 그러나 부모님께서 그 사람을 오게 하신다면 내가 또 부인을 버리는 신의 없는 짓은 하지 않을 것이니, 그 사람이 왜 기쁘고 즐겁지 못하겠느냐? 하지만 그를 형벌로 죽여 부모님께서 욕을 당하신 한을 씻지 못하니, 그 원통함과 분노와 원망이 평생 풀리지 않을 것이다. 사납고 망령된 박부인은 이로 인해 의기양양하게 기뻐하여 자기 딸의 앞날도 근심하지 않겠지. 내가 오직 참혹한 욕과 사리에 어긋나는 말을 달게 여기고 원수에게 은혜로 대하는 것을 스스로 깨달았으니, 그것이 더욱 원통하고 한스럽다. 부모님께서 내 마음을 살피셔서 10여 년간 그 사람을 부르지 않으시면 좋을 텐데, 오랑캐의 자식을 사랑하고 어루만지시니 어찌 못난 자식의 구차한 마음을 용납하시겠느냐? 오래지 않아 그 사람이 돌아와서 부모님께 사랑을 받으면 나의 분함과 원통함을 풀지 못할 것이니 어찌 한스럽지 않겠느냐?"

정인홍이 듣고 나서 웃으며 말했다.

"형님은 장씨 집안에 대한 분을 풀지 못한 것을 늘 원통하고 한스럽게 여기시니, 형수님께서 형님의 참혹한 대우를 받고 길이 한을 품으실까 두렵습니다."

정인광이 또한 웃으면서 말했다.

"저 또한 사람의 자식이니 어찌 나를 감격스럽게 여기겠느냐? 그러나 그 근본 원인은 저의 아버지와 어머니에게 있으니 나를 감히 원망하지 못할 것이다. 그 부모의 딸이라서 오히려 나를 원망한다면 그 까닭을 어찌 알까? 내가 평생 형제간에 소원하게 지내며 감추는 것을 싫어하니 내가 왜 숨기고 말하지 않겠느냐? 너희들이 나에게 매몰차다고 하지만 내 이미 그 사람의 절개 있는 행실을 많이 느꼈고 그 인물됨이 선하다고 할 만하니, 내가 군이 매몰차게 할 일도 박정하게 대할 일도 없다. 장씨의 딸인 것은 불쾌하지만 아버지의 가르침을 받들어 내가 그를 아내로 맞아들였으니 우리 부부 관계는 다른 사람의 윤리나 기강과는 다르다. 이것이 성보(정인명)의 말처럼 여색을 사랑하고 처자식을 좋아하는 것이라면 내가 어찌 그 사람을 박대할 리가 있겠느냐? 미치고 사나운 여자(박부인)의 흉하고 어지러운 말이 없다면 내가 군이 마음이 변할 리는 없을 것이다."

정인홍이 또 웃으며 말했다.

"말씀하시는 것이 진심인 듯하나, 이는 형수님의 절개와 효성과 덕행을 저버리시는 것에 가까우니 박정한 것과 다르지 않습니다. 소씨 형수(소채강)는 그 아버지와 오빠가 형님의 은인이시니 더욱 허물없이 기뻐하실 수 있겠습니다."

정인광이 웃고 말했다.

"그 부모 형제로 말한다면 소채강은 과연 덕 있는 집안 출신이요 어진 사람의 딸이다. 그 허물이 칠거지악에 해당하는 것이 없으면 내가 또 박대할 뜻이 없다. 또 지위가 첩이니 있으나 없으나 무슨 중대한 관계가 있으며, 설령 그와 허물없이 기뻐하고 즐거워한들 또 무슨 유쾌함이 있겠느냐?"

말을 마치고 빙그레 미소를 머금으며 손으로 이마를 짚고는 아픈 곳이 많다고 하며 다시 말하고 싶어 하지 않아 하니 공자들이 또한 말을 그쳤다. 정인경이 약을 달여 내오자 정인광이 눈살을 찌푸리며 말했다.

"이 약을 안 먹어도 사오일 뒤에는 자연스럽게 나을 것이다. 이것을 먹는다고 즉시 효과가 있지는 않겠지만 이미 달인 것을 버릴 수 없으니 일단 먹으마. 하지만 다시 약을 달이지 말거라."

정인웅이 나아가 말했다.

"약이 효과가 전혀 없지는 않을 것입니다. 비록 신통한 효험은 없지만 증세가 더 나빠지지는 않을 것이니, 약을 드시는 것이 해롭지 않습니다. 내일 또 드시는 것을 괴롭고 싫게 여기지 마십시오."

정인광이 마지못해 받아 마시고 말했다.

"내 일찍이 약을 먹은 적이 드물다. 병에 조금 이롭다고는 하지만 입의 괴로움이 병을 더하는 것 같다."

정인웅이 쓴맛을 없앨 단것을 가져다가 정인광에게 주었다. 여러 친척 형제들이 한가롭게 이야기를 나누다가 해가 저물 때쯤 정인광이 말했다.

"내가 병을 무릅쓰고 일어난다고 해도 움직이지 못할 정도까지 억지로 하지는 않겠지만, 몸조리를 잘못해서 병이 심해지면 부모님께 더 큰 근심을 끼치겠지. 병이 대단치는 않지만 몸조리를 위해서 저녁 문안 인사에 참여하지 못한다고 말씀드리고 부모님 잠자리를 살펴드린 후 여기에 와서 밤을 지내거라."

정인광을 간호하는 소채강

정인홍 등이 즉시 태일전에 들어가니, 정삼과 정염과 정겸이 서태부인을 모시고 있었다. 서태부인이 정인경을 돌아보며 정인광의 아픈 정도를 물으니, 정인홍 등이 대단치 않지만 몸조리를 위해서 누워 있다고 말씀드렸다. 서태부인이 화부인에게 말했다.

"인광이가 어릴 때 심한 재앙을 만난 것이 몸에 쌓여 병이 되기에 이르렀구나. 날씨가 추운 겨울이면 앓으니 왜 근심이 안 되겠느냐? 반드시 식사를 평소처럼 못 할 테니 미음을 끓여다가 먹게 해라."

화부인이 손을 가지런히 하고 공손한 자세로 명을 받들었고, 정삼이 어머니께 말했다.

"인광이는 원래 몸이 건강하고 혈기가 왕성합니다. 대단치 않은 병에 군이 염려할 것이 없으니 너무 걱정하지 마십시오."

서태부인이 고개를 끄덕이고 말했다.

"늙은 어미 또한 인광이가 굳세고 건강하다는 것을 알지만, 저 아이의 병세가 범상치 않으니 몸에 쌓인 병이 깊을까 봐 두렵구나."

정삼이 아들의 병을 걱정하지 않는 것이 아니었지만, 어머니가 걱정하실까 봐 대단한 것이 아니라고 말했다. 그럼에도 서태부인은 정인광의 병이 심히 걱정되었다.

정잠과 정인성이 만 리 먼 곳에 출정했지만 정인광은 집에 남아 있어 할머니 서태부인을 기쁘게 해드리려고 여러 친척 아우들과 함께 장난스러운 농담을 자주 했다. 정인광은 언변이 좋고 말에 활기가 있어 근심하고 슬퍼하던 사람이라도 즐겁고 기쁘게 하는 재주가 있었다. 천지의 온화한 기운을 품어 기이한 풍모와 시원한 담소는 상쾌할 뿐만 아니라 속세의 온갖 욕심을 떨쳐내는 듯했다. 서태부인은 정인광의 얼굴을 보고 그의 말을 들으면서 온갖 근심을 잊고 기뻐했었다. 그래서 당번이 되어 근무하러 가게 되면 못내 섭섭하고 의지할 데가 없는 것 같았다.

이날도 손자들이 좌우에 가득했지만, 서태부인은 정인광이 없으니 마음이 좋지 않았다. 정삼이 어머니의 뜻을 눈치채고 자기 아들에게 병이 있는 것을 민망하게 여겼다. 하지만 억지로 일어나서 다니면 증세가 심해져 병을 앓는 날이 길어질까 염려해서 아직은 몸조리에 전념하라고 하고는 빨리 낫기를 기다렸다. 그리고 정태요, 정염, 정겸과 함께 밤낮으로 어머니를 모시고 즐겁게 해드렸다.

그사이 정인광이 할머니와 부모님이 근심하시는 것을 매우 민망하게 여겨 약과 음식을 꼭꼭 챙겨 먹었다. 하지만 쉽게 낫지 않아 침상에 누운 지 삼사일이 되었을 때는 아침저녁으로 문안드리는 것을 안 하게 되었다. 서태부인이 몹시 걱정했고, 고모인 정태요가 이모인 소화부인과 함께 직접 와서 그 병세가 가볍지 않음을 염려하며 다시금 조심하여 몸조리하라고 당부하고 돌아갔다.

정태요가 정삼에게 말했다.

"인광이의 병이 그리 위중한 것은 아니지만 쌓인 병이 가볍지 않은 듯하니 어찌 염려가 없겠느냐? 저 또한 부모에게 근심 끼치는 것이 매우 민망해서 빨리 나으려고 약으로 치료하는 것과 음식으로 보충하기를 힘쓰고 있더구나. 시녀들이 미음과 맛있는 반찬을 갖추어 내어 가지만, 서재의 시종 아이들에게 맡겨두고 또 인웅 등 조카들이 온도를 맞추니 어찌 입에 맞겠느냐? 내가 생각해 보니 명광헌이 바로 외당이 아니고 최근에 조카들이 머물지만, 손님이 오가지 않는 곳이며 매우 한적하고 구석진 곳에 있다. 거기에다 희운당[6]과 거리가 멀지 않으니 조카들과 시종 아이들을 물리친 뒤에 소씨 조카며느리(소채강)와 그 종들을 그곳에 두어 병을 간호하도록 하는 것이 좋을까 싶다."

서태부인 또한 이를 마땅하다고 말하니, 정삼이 그러겠다고 하고 이날 저녁 밥상을 물린 뒤 공자들에게 명해 죽서루로 물러가라 했다. 서태부인이 소채강을 불러서 정인광의 병세가 가볍지 않음을 말하고, 명광헌이 원래 서당이 아니라서 시종 아이들과 공자들을 다 물러가게 했으므로 잠깐 머물러도 거리낄 것이 없다고 했다. 그리고 시녀들을 지휘하여 죽 먹는 것과 반찬 차리는 것을 병든 입맛에 맞도록 하여 보호하도록 명했다. 소채강은 은근히 불쾌했으나 말을 해도 피하지 못할 것이라면 여러 말을 하는 것이 무익하다고 생각하여 절하

---

6 희운당: 소채강의 처소.

고 명을 받들었다.

정태요가 소채강을 데리고 시녀 아이에게 등불을 들게 하여 명광헌에 다다랐다. 이때 정인광은 아우들이 한꺼번에 침구를 옮겨 죽서루로 가고 시녀 아이가 와서 서동을 내보내고 방 안에 새 자리를 펴서 넓게 까는 것을 보고는 반드시 소채강이 올 것임을 눈치챘지만 구태여 묻지 않고 다만 정인경을 불러 말했다.

"내가 지금 잠시 아프지만 대단한 것은 아니다. 또 너희가 밤에 잠을 편하게 못 자는 것도 아닌데 어째서 다들 피하여 나가느냐?"

여러 공자들이 대답했다.

"저희가 왜 형님을 피해서 침구를 옮기겠습니까? 다만 소씨 형수님께서 나온신다 하여 명을 하시니 부득이하게 죽서루로 옮깁니다."

정인광이 내켜하지 않으며 말했다.

"친척 형제들이 함께 있어서 쓸쓸하지 않았는데, 그 사람을 뭐 하러 내보내시는 것이냐? 정말로 알 수가 없구나. 내 병이 침상에 누워 죽 먹고 약 마시는 것을 계속해야 하는 것도 아니고, 밤에 잠을 못 자거나 낮에 먹지 못하는 것도 아니다. 그러니 굳이 대단하게 간호할 일이 아니며 진짜로 위중하다 하더라도 소씨 혼자서 간호하는 것이 친척 형제들이 간호하는 것만 못할 것인데, 어째서 그렇게 말씀드리지 않았느냐?"

정인경이 웃으며 말했다.

"제가 왜 그렇게 말씀드리지 않았겠습니까? 하지만 엄하신 뜻을 어찌 거스르겠습니까?"

그때 창밖에서 시녀 아이가 상부인(정태요)이 나오신다고 말했는데, 곧이어 정태요가 들어왔다. 정인광이 일어나서 맞이하며 신경 쓰실 일이 아니라고 말씀드리니 정태요가 눈썹을 찡그리며 말했다.

"네가 어떻게 이렇게 순순히 움직이느냐? 모름지기 편하게 누워 몸조리하고, 조리를 소홀히 하여 오랫동안 아프지 말거라."

이에 정인광이 대답했다.

"대단하지 않은 병이라 대단하게 몸조리할 필요가 없습니다. 쌓인 병이 있다고 하시며 몸조리하라고 엄하게 말씀하시니, 만일 몸조리를 잘못한다면 걱정을 더하게 되겠지요. 스스로 조심하여 몸조리하지만 괴로울 만큼 아픈 것은 아닙니다. 또 정신을 못 차리는 것도 아니고요. 고모님이 직접 오시는데 어디 누워서 뵐 예의와 법도가 있겠습니까? 낭자(소채강)가 나오시는 것도 생각지 못했는데, 직접 오셔서 귀하신 몸을 힘들게 하시니 죄송할 따름입니다."

정태요가 웃으며 말했다.

"고모가 비록 늙었지만 여기 나오는 것이 뭐가 힘들다고 부질없는 인사를 하느냐? 네 병이 비록 극도로 위태롭지는 않지만 쌓인 병의 뿌리가 깊으니 어찌 염려가 없겠느냐? 할머니께서 병간호하는 데 아내만 한 사람이 없다고 하시며 조카들을 죽서루로 보내시고 소씨(소채강)를 여기에 보내셔서 간호하라 하셨다. 소씨가 이곳에 머무는 것이 너에게 불편하지 않을 것이니, 모름지기 꺼리고 싫어하지 말거라."

정인광이 대답했다.

"제가 몸조리하는 것 외에는 감기가 더해져서 묵은 병이 일어날까 염려했으면 했지 잠자고 밥 먹는 것은 평소보다 못할 것이 없습니다. 하루 한 번 약을 먹을 뿐이고 각별히 간호할 것이 없는데, 할머니께서 잘못 아서서 친척 형제들을 다 물리치고 소씨를 보내셨으니 이는 잘못하신 것입니다. 이곳이 서재라고 해도 소씨가 편치 않아 싫어한다면 모를까, 제가 꺼리고 싫어할 것이 어디 있겠습니까?"

정태요가 웃고 잠깐 앉아서 한가롭게 이야기하다가 돌아가려 하자, 정인광이 모셔서 마루와 방 사이의 문 앞에 다다랐다. 정태요는 눈보라가 매우 차갑다며 정인광의 등을 밀며 들어가라고 했다. 정인광이 들어가고 소채강은 층계 앞의 뜰에 내려 정태요를 전송한 뒤 다시 마루에 올랐다. 이때 하늘빛이 어둑어둑하며 북풍이 갑자기 일어나 궂은비가 자욱하고 진눈깨비가 흩날렸다. 이러니 잠깐만 밖에 나가도 숨이 차갑고 뼈까지 시려서 이가 딱딱 부딪칠 정도였다. 시종 아이들이 빨리 방에 들어가 언 몸을 녹이라고 했는데, 소채강은 깊이 생각하고 망설이다가 천천히 걸음을 돌려서 뒷마루에 자리를 정하고 따뜻한 죽과 인삼차를 준비했다. 소채강은 차가운 밤기운에도 방안에 들어갈 뜻이 없었다. 시종들은 다시 청하지 못하고 따라서 모실 뿐이었다.

소채강을 핍박하는 정인광

이때 정인광은 고모가 들어가시는 것을 본 뒤 다시 침상으로 와 누웠다. 그리고 소채강을 편치 않게 여기는 마음이 풀리지 않은 채 생각했다.

'나는 평소에 여자가 건방지게 자기 멋대로 구는 것에 치를 떨었다. 그런데 이 여자는 그 부모가 늘그막에 얻어 매우 사랑하고 소중하게 키웠다. 그뿐만 아니라 강직하고 곧은 성품을 타고나서 부인의 덕이 '잘못하는 일도 없고 잘한다고 나서는 일도 없게 하는 것'임을 모르는구나. 이즈음에 돌아온 것도 아버지의 명이 있었기 때문이겠지. 저를 족히 책망할 것도 아니고 시간이 좀 지난 뒤에 즉시 돌아오는 것이 옳은데, 일부러 시간을 끌며 물러나 있었어. 아버지께서 태주에서 돌아오실 때도 나와서 맞이하지 않고 유유히 세월을 보내다가 할아버지의 제사에 이르러서야 비로소 돌아왔으니, 이 또한 자신의 뜻이 아니겠지. 내가 모르는 사이에 어머니께서 부르셨거나 할머니께서 불러들이셨거나 이유가 있어서이지 그냥 온 것이 아니다. 그진짜 마음은 장씨(장성완)가 친정으로 간 것을 슬퍼하고, 박씨가 어지럽고 혼란스러운 일을 일으킨 근본 원인이 자기 때문임을 불안하게 여기는 것이다. 또한 여자의 화복과 안위가 남편에게 있는 것을 몰라서 의를 잃고 은혜를 잃는 것을 근심하지 않으니, 이는 나를 가볍게 여기는 것이다. 당연히 징계해야겠지만 고모께서 직접 함께 와서 여기 머물게 하시고 할머니께서 명하여 보내셨으니, 조급하게 죄목을 따져 물리친다면 어머니께서 기뻐하지 않으실 것이다. 내가 비록 부모님의 뜻을 위로하여 기쁘게 해드리지는 못하지만, 어찌 무관한 일로 마음을 안 좋으시게 하겠는가? 다만 그의 시비들을 벌을 주고 그의 죄를 따져서 내 뜻을 알게 한 뒤에 여기에 머물게 해서 어머니의 명을 따르는 것이 마땅하다.'

이렇게 생각을 정하고 말없이 드러누워 또 생각했다.

'저 사람이 벌써 나의 숨은 뜻을 눈치채고 스스럼없이 방에 들어오지는 못하고 마루에서 내 명을 기다리며 일부러 책망을 받으려고 하는구나. 끝내 나에게 대들려고 하니 내가 어찌 그 뜻을 꺾지 못하겠는가?'

이에 인삼차를 내어 오라고 했다. 소채강의 유모 취영이 그 말에 따라 차를 가지고 나아가니 정인광이 받아서 마시며 물었다.

"너의 주인이 어른들의 명을 받아서 이곳에 왔다고 하는데 왜 보이지 않느냐?"

취영이 두려워 몸을 웅크리며 대답했다.

"제 주인이 마님의 명을 받으셨지만 주군의 명이 아직 없기에 뒷마루에 머물고 감히 들어오지 못하고 계십니다."

정인광이 벌컥 화를 내며 꾸짖어 말했다.

"너의 주인이 이미 명을 받아서 간호하러 여기에 왔다면 감히 제멋대로 차를 천한 노비에게 대신 가져오게 하느냐?"

말을 마치고 시녀들에게 호령하여 소채강을 섬돌 아래로 내려가게 했다. 그리고 건방지게 멋대로 구는 죄를 따진 뒤 서동을 불러 취영과 시녀들을 잡아 내려서 주인 대신 십여 대씩 곤장을 매우 쳤다. 소채강이 어이없어하며 섬돌 아래로 내려가 죄 따지는 것을 들었고, 정인광은 유모와 시녀들을 매우 치고는 물리쳤다. 소채강이 뒷마루에 올라 자기 때문에 유모가 심한 매질을 당한 것을 몹시 마음 아파하고 슬퍼하며 몸조리하라고 하니, 유모가 가만히 울며 말했다.

"소저의 지초와 난초 같은 약한 체질과 천금같이 귀하신 몸이 계단 아래에서 욕을 당하시면서 비와 눈을 무릅쓰고 차가운 밤바람을 맞았으니 분명 몸이 많이 상했을 겁니다. 얼고 젖은 옷을 갈아입지 않으시고 오히려 뒷마루에 계속 계시면서, 저 같은 쓸모없고 천한 몸이 매 맞아 죽거나 눈 내리는 추위에 몸이 상한들 무엇이 아까워서 염려하십니까?"

소채강이 말했다.

"유모가 여기 있는 것이 도움이 안 될 뿐 아니라 몸조리하지 않아서 죽고 사는 것이 근심이 될 정도라면 내게 시름이 될 것이니, 운당으로 가서 몸조리하라."

시녀들이 곁에서 화로를 들쑤시며 소채강의 옷이 마르도록 했다. 문득 정인광이 따뜻한 죽을 찾았다. 소채강은 받들 뜻이 없었지만, 자신의 올곧은 뜻을 꺾어 곁에서 모시는 계집종으로 삼고자 하는 기미임을 알아차렸다. 이에 더욱 신세를 한탄하며 그 뜻을 피하고자 했으나, 정인광이 조금 전보다 더 심하게 꾸짖을 것이 분명했다. 치욕스러운 것이 점점 더할 것이므로 소채강은 부득이하게 따뜻한 죽을 가지고 방에 들어갔다.

정인광은 거침없이 소채강의 죄를 따지며 시녀들을 매로 벌할 때 뒤쪽 창문을 다 열어놓았는데, 차가운 눈바람을 맞아 다시 몸을 크게 떨기 시작했다. 그래서 스스로 민망하여 따뜻한 죽을 마시고 진정하려고 갑자기 죽을 찾은 것이었다. 소채강이 받들어서 앞에 다다랐는데, 정정한 태도가 갈수록 세상에 비할 데 없이 뛰어났다. 정인광이 따뜻한 죽을 다 먹고 그릇이 비었지만 오한이 멈추지 않았고 아픔이 더했다. 이에 스스로 조심하지 못한 것을 후회했지만 어쩔 수 없었다. 책상에 약 한 첩을 던지며 빨리 달여 오라 하니, 소채강이 비록 한과 분노가 가득했으나 그 아픔이 가볍지 않은 것을 보고 어찌 걱정하지 않겠는가?

약을 가지고 나와서 직접 달이면서 유모에게 다시금 권해서 희운당으로 보내고, 시녀와 함께 약을 짜며 온도를 맞추어 정인광에게 내왔다. 정인광이 즉시 다 마시고 가만히 앉았다가 약이 내려가자 다시 누웠다. 하지만 온몸이 아파서 밤이 다 지나도록 눈을 붙이지 못했다. 소채강이 또한 앉은 자세를 바꾸지 않다가 닭이 우는 소리를 듣고 조심스럽게 일어나 희운당에 가서 옷을 갈아입고 새벽 문안을 드리려고 했다. 그런데 정당의 시종 아이가 와서 서태부인 말씀이라며 정인광의 병을 묻고는 날이 차니 문안하러 오지 말라고 했다. 소채강은 감히 명을 거스르지 못하고 정인광의 병세가 대단하지 않다고 하며 증세가 더 나빠진 것을 내색하지 않았다.

진상이 드러난 정인광의 행동

정인광은 병세가 오래 지속되자 할머니와 부모님이 더욱 걱정할까 봐 민망했다. 평생 약과 병 치료는 관계가 없다고 여겼지만 충분히 조심하며 약을 부지런히 쓰는 데도 빨리 낫지 않자, 정삼이 직접 와서 진맥하고 그 고질병이 해가 갈수록 심해지는 것에 마음 아파했다. 그러고는 그동안 약을 어떻게 썼는지 묻고 직접 약 두 첩을 지어서 소채강에게 주며 하루에 두 번 쓰라고 한 뒤 정인광에게 말했다.

"소씨 며느리가 있어서 친척 형제들이 마음대로 오가지 못해 울적하겠지만, 병은 고요한 가운데서 몸조리해야 한다. 마음을 편안하고 여유롭게 하고, 모든 일에 마음을 써서 서두르며 정신없이 굴지 말거라."

정인광이 무릎을 꿇고 엎드려 아버지의 말씀을 듣는데, 자기가 소채강을 꾸짖고 경계하여 그 시녀들을 벌한 것은 모르셨지만 맥 뛰는 것을 보고서 기운을 쓰고 마음 답답해하는 것이 있음을 아시고 이처럼 하시는 것에 놀랍고 두려웠다. 그리고 자기를 매번 경솔하게 분주하다며 미친 아이로 아시면서도 자애로운 마음으로 남편이라면 집안일을 조용히 다스리는 것이 최고라고 하시는 것을 듣고는 부끄러워 얼굴이 붉어졌다.

정삼은 남다른 사랑으로 정인광을 가엾게 여기며 그 기색을 살피고는 마음속으로 웃었으나 다시 말하지 않았다. 그러고는 나올 때 정인광이 따라 나가 배웅하려 했으나 정삼이 몸조리하라며 들여보냈다. 정삼은 태일전에 가서 서태부인을 뵌 뒤 정인광의 병이 그다지 염려할 것이 아니라며 한 차례 죽을 고비가 있을 것을 내색하지 않았다. 이에 서태부인이 웃으며 말했다.

"소씨 며늘아기에게 병을 간호하게 한 것을 어떻게 여기더냐? 기색과 낌새를 알 길이 없구나."

정태요가 웃고 답했다.

"인광이가 소씨를 편하지 않게 여기는 기색이 있으니 그 성정이 아랫사람에게는 자기의 뜻과 맞지 않은 것을 마음대로 풀어버리고 신중하게 다스리지 않을까 하여 소씨를 보냈지만 염려가 없지 않습니다. 만일 인광이가 과한 행동을 한다면 제가 소씨를 괴롭게 만든 것입니다. 소씨가 비록 원망하지 않는다고 해도 제 마음에 조금 거리낌이 있었는데, 소씨가 저곳에 간 지 며칠이 지났지만 각별히 싫어하는 기색도 없고 요란한 일도 없으니 그것이 오히려 더 의심스럽습니다."

정숙염이 미소를 머금고 말했다.

"그렇게 밝으신 숙모께서도 소씨 형님의 시녀들을 살피지 못하셨습니까? 제가 어제 얼핏 보니, 소씨 형님의 시녀들이 몰라보게 수척해지고 제대로 걷지도 못했습니다. 의아해서 유모에게 물어보라고 했더니, 자기들이 다 온몸에 옻이 올라 고름이 생겨서 걷는 것이 편치 못하다고 하더군요. 이는 묻지 않아도 알 일입니다. 옻이 어떻게 몸에서만 곪아 고름이 나며, 설령 한 사람이 옻이 올랐다고 해도 시녀들이 모두 한결같을 리가 있겠습니까? 인광 오라버니가 굳세고 사나우셔서 소씨 형님이 오래 물러나 있던 것을 편치 않게 여기고는 그 시녀들에게 벌을 준 게 아닌가 합니다."

정태요가 미심쩍었던 것이 풀린 듯이 말했다.

"전혀 생각하지 못했는데 반드시 그렇구나. 다만 오늘 아침에 가보니, 소씨는 병풍 밖에서 음식을 챙길 뿐 다른 기색이 없고 인광이는 약을 마신 뒤 입가심할 과일을 달라고 하더구나. 두 사람이 화평해 보이기에 기쁘게 여겼는데, 인광이가 언제 시녀들을 벌주었느냐? 알아도 쓸데없겠지만 어떻게 했는지 알고 싶구나."

서부인(서소랑)이 답했다.

"미협은 소씨가 명광헌으로 가던 날 희운당을 지켰으니 소씨의 일거수일투족을 자세히 알 것입니다. 불러서 물어보십시오."

정태요가 미협을 불러서 지난 밤의 일을 물었는데, 미협은 정인광이 죄목을 나열하며 꾸짖어 나무라던 것과 소채강이 동요하지 않고 섬돌 아래로 내려가 태연하게 사죄하고 잘못을 말하며 친정으로 돌려보내 달라고 빌던 것을 눈에 보이는 것처럼 말했다. 서태부인이 듣고는 소채강을 위해 안타까워하며 말했다.

"이는 행실이 천한 첩에게 벌을 주는 방식인데, 어찌 소씨에게 할 짓이겠느냐? 과연 무서운 인물이로구나. 인광이가 소씨 아이를 편하게 여기지는 않을 것이라고 짐작했으나 그토록 심할 줄은 모르고 보냈구나. 지초와 난초같이 약한 아이를 눈비 오는 밤에 그렇게 오래 세워두며 눈비에 몸이 상하는 것도 생각하지 않고, 자기도 찬 바람을 맞아 아픈 것이 더하여 병에 해로운 것을 깨닫지 못하니, 어디서 난 자식이 누구를 닮아 그토록 고집이 세고 심술을 부릴까? 소씨를 보낸 것이 후회되는구나."

정엄이 미소를 머금고 말했다.

"비록 사납게 굴었으나 미워하는 것이 아니니 차마 어쩌겠습니까? 원래 소씨의 시원하고 곧은 성품은 인광이와 짝이 될 만합니다. 제가 여자라도 남편이 재보(정인광) 같다면 상대하여 말하기 싫을 듯한데, 소씨는 별로 두려워하거나 겁내지는 않으니 그 기백과 풍력은 여자의 풍모가 없습니다."

정태요가 말했다.

"기백과 풍력이 없고 아무리 힘없는 사람이라도 공연히 섬돌 아래로 내쳐지는 욕을 당하며 죄목 따지는 것을 들을 때 그 말도 안 하겠느냐? 그리고 예를 따르며 삼가면서 화나고 분한 것을 나타내지 않았으니, 보통 사람에게는 바라지 못할 도량이라 할 만하다. 여자로 태어난 것이 아깝지 않느냐? 하물며 높은 문벌의 귀족이며 뛰어난 자질을 갖추었음에도 정실부인이 되지 못하고 원통하게 낮은 지위에 머물러 있지. 여자의 화복이 남편 한 사람에게 달려 있는데 남편이 사납고 모질게 대하는 것이 저와 같아서 신세가 평안하지 못하니 어찌 측은하지 않겠느냐?"

정염이 웃고 답했다.

"미치고 경박한 자는 정실부인이라도 성내고 꾸짖지요. 누님은 두 사람이【정태요의 두 사위를 말하는 것이다】딸을 괴롭게 한다면 박씨처럼 참혹하고 욕된 행동을 하시겠군요."

정태요가 웃으며 말했다.

"내 사위 두 사람은 성인의 학문을 배우는 제자이며 예를 행하는 군자이다. 아내의 실수가 있으면 법대로 훈계하고 책망하는 일은 있겠지만 무슨 일로 성내어 꾸짖고 욕하겠느냐? 설령 그렇다고 해도 내가 미치지 않았으니 왜 박씨와 같은 행동을 하겠느냐? 사위가 인광이같이 거만하고 고집스러워서 딸을 괴롭게 한다면 매우 분해서 사랑하는 일은 없을까 싶다."

정겸이 웃으며 말했다.

"누님의 두 딸이 장씨와 소씨만 못한 것을 분하고 원통하게 여기지 않으시고, 굳이 듣고자 하셔도 재보(정인광) 같은 사위를 어떻게 바라겠습니까?"

정태요가 탄식하며 말했다.

"두 딸이 장씨와 소씨에게는 미치지 못하겠지만 막내(상연교)는 거의 장씨를 열에 예닐곱은 따라갈 듯하며 소씨보다 나은 면도 있을 것이다. 하지만 앞길이 순탄하기를 바라지 못하니 여자로 태어난 것이 가히 두렵지 않겠느냐?"

정삼이 모든 말에 끼어들지 않더니 비로소 미소를 머금고 말했다.

"누님이 이창현 같은 빼어난 군자를 오히려 좋지 않게 여기시고 연교의 지위를 내려 첩이 되는 것을 싫어하셔서 인륜대사를 지체하시니 이는 옳지 않은 일입니다. 내년에는 뜻을 정해서 이창현이 돌아오기를 기다렸다가 혼례를 이루도록 하십시오."

정태요가 심히 내켜 하지 않으며 말했다.

"이씨 아이는 인광이처럼 고집이 심하지 않은지 모르겠지만 소씨가 첩이 된 것을 보니 차라리 혼인을 안 시키는 것이 낫지 않겠느냐?"

정삼이 상연교의 혼사에서 일관되게 정태요가 고집부리는 것을 일컬어 지위가 낮아져 첩이 되는 것을 꺼리지 말고 빨리 혼례 치르기를 권했다. 그러나 정인광과 소채강의 일에 대해서는 이렇다 저렇다 말이 없었다.

정인광의 우침을 기뻐하는 정삼 부부

정삼은 밤이 되어 서태부인이 편안히 잠드신 것을 본 뒤 물러 나와 봉일루에 이르렀다. 화부인이 정인경을 앞에 눕히고 이야기하고 있었는데, 정인경이 빨리 당 아래로 내려가 맞았고 화부인은 삼가 공손히 맞이했다. 방에 자리를 정하고 앉자 정인경이 밤이 늦었다고 말씀드리며 이부자리를 펴니, 정삼이 또한 아들에게 물러가 쉬라 하고 이어서 이부자리에 나아가며 화부인에게 물었다.

"내가 태주에서 돌아온 뒤 빙설과 홍매와 채월 세 시녀를 못 보았는데, 어디로 보내셨습니까?"

화부인은 교숙란에게 보냈다고 할 수가 없었다. 바른대로 답을 하려니, 정삼은 여자가 다 알아서 일을 처리하는 것을 너그럽게 보지 않으므로 혹시라도 부인의 본분을 넘어간다고 여길까 싶어 이렇게 답했다.

"빙설이 셋째를 젖 먹여 기른 까닭에 그 마음이 남다릅니다. 또 홍매와 채월이 교씨의 불미스러운 소문에 깜짝 놀라고 참혹하게 여겨, 빙설이 홍매와 채월을 데리고 떠났습니다. 그리고 교씨에 대한 추악한 소문의 허실과 진위를 알아 정말로 억울한 것이 있다면 곁에서 보호하며 쉽게 돌아오지 않겠다고 하고는 간 뒤에 소식이 없습니다."

정삼은 화부인이 보낸 뜻을 눈치채고 기분 좋게 말했다.

"시녀들의 충성이 우연이 아닌 듯합니다."

이어서 가만히 웃으며 말했다.

"타고난 기질이 인광이처럼 기특한 것이 오히려 이득 될 것이 없더군요."

그러고는 조금 전 진맥하고 몸조리하라라고 하니 괜히 부끄러워 얼굴색이 변하며 대답하지 못하던 것을 전하며 다시 웃음을 짓자 화부인이 말했다.

"아이가 도를 넘게 조급하여 허물이 있으면 매번 삼가고 두려운 뜻이 있는 까닭입니다."

이어서 죄 없는 장성완을 지난번 핍박하여 죽이고자 했던 것을 스스로 한심하게 여기며 뉘우치던 말을 대강 전하니, 정삼이 듣고 나서 기분 좋게 웃고 축하하며 말했다.

"둘째가 비로소 바른 도리로 돌아왔습니다."

화부인이 나직하게 답했다.

"인광이의 허물만 아시고 장점은 모르시더니, 최근에는 그렇게 못나지는 않은 것을 두고 만족스럽다고 하시는군요. 자식이 어질든 못났든 그것만 가지고 즐거워하거나 안타까워할 일이 아닙니다. 그러니 어찌 이 일을 가지고 제가 마음을 놓겠습니까?

정삼이 웃고 말했다.

"자식을 혼자 낳은 것이 아닌데, 못나면 혼자 잘못 낳은 죄이고 어질면 속으로 다행스럽게 여기는 듯합니다. 이것이 '타인이 품고 있는 마음을 내가 헤아려 보아서 안다'는 것이지요. 부인은 인광이가 미련하지 않다고 하지만 그 아이가 비록 10년을 덕을 닦아도 제 형보다 못할 것입니다. 그래도 부인은 큰아이를 으뜸으로 태교하시고 딸을 잘 가르치셨습니다."

부인이 겸손하게 사양하는 말을 하니 정삼이 미소를 머금고 말했다.

"인광이가 때때로 몹쓸 심술이 일어나는 것인지, 또 소씨 며느리를 한바탕 괴롭게 했습니다. 깨닫는다면 미련하지 않다고 하겠지만 끝내 부인 대접을 순순히 할 위인이 아닙니다."

정삼 부부는 정인광이 뉘우치고 스스로 책망하는 것을 기뻐하여, 소채강의 시녀들을 태형으로 벌한 것을 굳이 말하지 않았다.

소채강의 간호와 정인광의 회복

정인광이 병이 나서 자리에 누운 지 열흘이 지났다. 통증이 괴로울 뿐만 아니라 할머니와 부모님께 걱정을 끼치는 것을 민망하게 여겨 죽과 약을 힘써 먹었더니 비로소 병세가 전보다 좋아지게 되었다. 소채강이 정인광의 병을 간호했는데, 팔구일 동안 밤낮으로 게을리하지 않았고 한결같이 예의에 맞아서 잠시도 게으르지 않고 잠깐도 조는 일이 없었다. 온갖 일을 처리하고 입맛에 맞게 약을 챙기는 것이 영리하고 총명하여 보통 사람보다 훨씬 뛰어났다. 또 영리하고 눈치가 빠르며 의리가 너그럽고 크며 예절을 정중하고 참되게 지켜 총명하므로 선하고 자애로움에 부족함이 없었다. 그뿐만 아니라 시집 풍속이 부인이나 여자는 순종하는 것을 바른 도리로 여기고, 잘못을 저지르지 않고 잘한다고 나서지도 않으며 행동이 특출나고 성격이 강직한 것을 너그럽게 보지 않았다. 또 정인광의 성품이 매우 강하고 날카로워 남을 책망할 때 작은 실수도 용서치 않고 재주가 뛰어나 남과 아예 겨루지 않을지언정 겨룰 때에는 사나운 것이 고금에 짝이 없으니 심하게 다투어 꺾어 이기고야 말았다.

그래서 소채강 자신은 장성완이 친정으로 간 것을 슬퍼하고 불행하게 여기며 걱정하고 우울해했지만 장성완의 앞길이 영화로울 방법을 쉽게 꾀하지 못했다. 그리고 자신이 자주 친정에 가는 것이 허물이 된다고 말하지는 않았지만 정인광이 질책하고 욕하는 것은 구구절절 신상에 욕을 더할 뿐이고 자기가 원하는 대로 친정에 돌려보낼 의사가 없었다. 그래서 소채강은 자신의 뜻과 상관없이 처신해야

함을 깨달아 노중련 같은 강직한 성격이 안연과 같이 온화하게 변하여, 많은 일을 주관하는 데 하자가 없었지만 경강이 예를 중시한 것과 백희의 고집스러움과 반첩여의 청정함을 본받았다. 남편이 한나라 성제처럼 다른 여자를 얻은 것이 아니기에 반첩여가 장신궁에서 홀로 지내는 것처럼 하고 싶지는 않았지만 정실인 장성완이 돌아오지 않는다면 결단코 정인광과 금슬 좋게 지내며 남녀 간 정을 흡족히 맺기를 원하지 않았다. 소채강은 모든 일에 순응하고 한마디 한마디 할 때마다 남을 높이고 자신을 낮추었지만, 마음먹은 바가 있으면 하늘과 같은 위엄으로 화내며 형벌로 위협해도 굽히지 않을뿐더러 한탄하고 노하는 빛이 없었다. 하지만 정인광의 성격이 무척 강하고 곧고 거만해서 죄를 따지며 옛일을 책망할 때는 단지 비천한 첩과 다르게 여기지 않으니, 소채강은 자기 한 몸으로 인해 가문에 욕을 더하게 된 것을 더욱 탄식하여 운수를 한탄했다. 그렇다고 어찌 남편의 너그럽고 넉넉한 은혜를 요구하거나 바랄 수 있겠는가? 오직 대의를 따르고 삼강오륜을 좇을 뿐이었으며, 불화하는 마음이나 불통한 뜻을 두지 않았다. 또 '부인은 남편에게 복종하는 사람'이라 이미 어쩔수 없으니 자존심과 당돌함을 없애겠다는 생각으로 공경하고 순순히 따르며 다시 어긋나는 것이 없었다. 그러나 그 마음과 뜻이 담담하게 깨끗하여 사사로운 욕심을 그쳤으며 그 넓고 깊음을 측량할 수 없어 넉넉히 세상을 덮을 군자의 풍모가 있었다.

　정인광이 지난번에 성난 마음에 소채강의 시녀들을 징벌하고 난 뒤로 다시 성내는 기색과 책망하는 말이 없었으나, 또 흔쾌히 용서하여 온화하게 말하지도 않았고 엄하고 묵묵하지도 않았다. 죽과 음식을 대령하면 이에 나오라 하여 먹으며 간간이 술을 찾아 몇 잔씩 기울이는 일이 있었는데, 그의 주량에는 미치지 못했기에 취하지는 않았다. 술기운으로 인해 남아의 호탕함이 더욱 일어날 법도 하지만 한결같이 차분하여 혹시라도 들뜨고 경박한 말이나 방탕하고 무절제한 행동은 일절 없었다. 도리어 은혜로운 정이 박하고 금슬이 먼 것 같아서 보통 사람들에게는 의아할 것이었다. 소채강이 병풍 너머에 있었지만 굳이 들어오라고 하지 않았으며, 약과 죽을 가지고 들어오더라도 굳이 물러가라고 하지 않았다. 나아가고 물러나는 것에 무심하고 생활하는 것을 전혀 살피지 않아서, 겉으로 보면 소채강이 있으나 없으나 상관하지 않고 안위를 염려하지 않는 듯했다.

소채강이 지초와 난초같이 약해서, 귀한 몸이 계단 앞으로 걸음을 옮길 때는 미풍을 염려하고 옥계에서 움직일 때는 티끌도 꺼렸는데, 지난번 차가운 날씨에 눈비를 맞아서 몸이 분명 상했을 것이었다. 그리고 이어서 팔구일을 한때도 쉬지 못하고 잠깐도 눈을 붙이지 못한 것을 묻지 않아도 알 텐데, 정인광은 소채강이 추위에 병이 나겠다며 근심하지도 않고 우연히라도 누워 쉬라고 권하지도 않았다. 앉았는지 누웠는지 아는 체하지 않고 먹는지 안 먹는지를 살피지 않아 무심하고 박정한 것이 서로 소문을 알 수 없는 다른 가문의 여자와 같았으며, 오직 궁녀나 첩이 할 만한 일을 시킬 뿐이었다. 이는 곧 소채강의 뜻을 꺾으려고 한 것이었다.

정인광은 성품이 차분하고 재능이 뛰어났으나 너무 매몰차고 소채강과 사이가 소원할지언정 말이나 행동을 친밀하게 하지 않은 것은 이곳이 내당이 아니기 때문이기도 하고 소채강의 높은 사람됨을 낮잡아 볼 수 없기 때문이기도 했다. 그 광명정대함이 이와 같아서 암실에 해가 든 것과 같으니, 이는 군자다운 행동이었지만 이기고 싶어 하는 마음도 아울렀으므로 정인성의 넓은 마음에는 미치지 못했다.

정인광이 이제 병세가 얼추 회복되어 소채강을 들여보내고 의관을 정비한 뒤 존당에 들어가 할머니와 부모님, 숙부들께 절하고 안부를 여쭈었다. 그리고는 여러 날 병을 앓아 근심을 끼친 것과 한동안 새벽과 저녁에 문안드리지 못한 것을 사죄드릴 때 온화하고 몹시 조심스러워서 너무 어질고 약해보였지만 그 당당한 위엄과 기상은 여러 날 아픈 사람 같지 않았다. 빼어난 풍채와 빼어난 얼굴은 가을 하늘의 달 같고, 바다에서 떠오르는 태양 같고, 강산의 정기를 담아 무척 아름다웠다. 서태부인과 정염 등이 정인광의 옥 같은 얼굴과 아름다운 풍모를 보니 흐뭇하기 이를 데 없었고, 정삼 부부 또한 병을 앓은 뒤에 다시 회복한 것을 다행스럽게 여겼다. 서태부인이 저도 모르게 기쁘고 좋아 미소 지으며 정인광의 손을 잡고 귀밑을 어루만지며 말했다.

"네가 병을 앓은 지가 십여 일이나 되었구나. 병세가 비록 위중하지 않다고 들었지만 누적된 것이 심하고 증세가 괴상하므로 근심과 걱정이 심했다. 오늘 개운하게 증세가 사라져 일어난 것을 보니 아주 기쁘구나."

정인광이 사례하고는 곁에서 모셨다.

정인광과 정염의 말다툼

정삼이 장세린의 병을 물어보려고 장씨 가문으로 나아갈 때 정인경이 곁에서 모셨는데, 정인광은 당 아래로 내려가 아버지께서 가시는 것을 본 뒤 다시 태일전에 들었다. 이때 정인홍의 부인 상씨가 친정에 돌아가 무사히 출산하고 빼어난 아들을 낳으니 그 기쁜 소식을 빨리 정씨 가문에 알렸다. 정염 부부가 기뻐하는 것은 말할 것도 없고 집안사람들이 모두 기뻐하며 칭찬하고 축하하는 소리가 떠들썩했다. 정염이 매우 기뻐하며 정인홍 또한 얼굴에 기쁜 빛을 띠었고, 정염은 정인홍에게 명해 빨리 달려가 출산하고 나서 아이와 며느리가 병이 없는지 살피고 오라 했다. 정인홍이 명을 받고 상씨 가문으로 향하고자 할 때 정인광이 온화하게 웃으며 말했다.

"숙부(정염)께서 엄하셔서 아들과 조카의 사사로운 마음은 살피지 않으시는 줄 알았는데, 원보(정인홍)의 몹시도 급한 뜻을 살피셔서 계수씨(상현교)에게 가서 보고 오라고 하시니 하늘이 정한 사랑 외에 또 좋은 일을 하시는군요."

정인홍이 웃고 말했다.

"그러지 마십시오. 저는 본래 진중하지 못하고 겉과 속이 다르지 않아 근심과 기쁨과 슬픔을 숨기지 못합니다. 저의 무엇이 급하다고 말씀하시는 것인지 모르겠습니다."

정인광이 웃으며 대답하려고 하자 정염이 정인홍을 재촉하여 보내고 웃으며 말했다.

"재보(정인광)는 나보고 인자하지 못하다고 별명을 지었지만, 나처럼 자상하고 지혜롭고 사리에 밝아서 남 좋은 일을 하는 사람이 어디 있겠느냐? 은혜를 입은 무리가 나의 덕을 모르니 진실로 애달프구나."

정인광이 그 말뜻을 빨리 알아듣고 웃으며 사죄하여 말했다.

"제가 비록 무식하고 예의가 없다고 해도 숙부께서 인자하시지 못하다고 별명을 짓는 버릇없고 해괴한 행동을 하겠습니까? 원래 해가 밝은 것은 노예라도 아는 사실이고, 칠흑같이 어두운 밤은 짐승이라도 그 어두운 것을 압니다. 제가 비록 영리하지 못하며 논리가 통하지 못했지만 숙부께서 널리 선을 쌓으셨다면, 은혜를 받은 자가 버릇이 없어 은혜를 알지 못한다고 해도 제가 숙부께서 인을 행하시고 덕을 쌓으시는 것을 어찌 모르겠습니까? 그런데 어떤 적선을 하셨는지, 한집에 살면서 소문도 듣지 못했습니다. 이는 이른바 낭중지추가 나오지 못하고 그 끝을 또한 감추어 임금의 신하가 되지 못하는 것입니다."

정염이 크게 웃고는 또 문득 한숨 쉬고 탄식하다가 정태요를 돌아보며 말했다.

"성세(盛世)가 멀어지고 성인이 돌아가시어 사람들이 어리석어 은혜를 잊고 덕을 배신하는 것이 또한 풍속이 되었습니다. 어찌 한심하지 않겠습니까?"

정염이 정인광의 얼굴을 쳐다보다가 또 짐짓 탄식하며 말했다.

"너는 이미 장헌의 사위이고, 장헌은 좋은 사위를 얻었다고 생각하겠지. 만남도 기이했는데, 너는 왜 장씨를 배척하느냐? 은혜를 모르며 덕을 깨닫지 못하니, 말로 해서 쓸데없지만 어찌 너에게 한번

이 말을 못 하겠느냐? 부부 관계를 음란하다고 하는 것은 와전된 것이고 부부는 하늘과 땅 같은 것이다. 하늘과 땅이 친하지 않고 음양이 화합하지 못하니, 만물이 처음 태어나서 사계절의 순리에 순응하지 못하는 폐단을 어디에 비하겠느냐? 그러나 내가 천지를 움직여 비바람을 고르게 하는 수단으로 그 어려운 너와 소씨의 화합을 힘써 구하려 했다. 그래서 숙모와 형님께 말씀드렸고 누님(정태요)과 의논해서 소씨에게 너의 병을 간호하게 했지. 네가 속으로 기뻐했을 것은 말할 필요도 없는데, 누님과 나의 은덕인 것을 모르니 가히 배은망덕한 것이 아니겠느냐? 하물며 네가 오랫동안 홀로 지내며 그 젊은 혈기를 이기지 못해 사모하는 정이 울분이 되어 소씨가 명광헌으로 가던 날에 네가 거의 미쳐 내달릴듯 했다지. 이 또한 반갑고 흐뭇한 것이 병든 마음을 요동치게 한 까닭이다. 지금은 편작이나 화타의 신령한 의술이 없으니 너의 그런 마음을 쉽게 고치기 어려운 것이다. 그런데 소씨가 헌원씨 같은 신기한 기술과 기백 같은 조화를 배우지 않았지만 오장육부를 관통하는 역량이 있어서 너의 마음의 병을 고친 것이다. 오장과 육부가 가지런하여 마음이 바르게 다스려지니 속마음을 뚜렷하게 세워 사방이 한번에 다 맑아지고 빛나는 해와 달이 온 세상을 밝히는 듯하니, 다시 어디로 미친 기운이 들어올 것이며 마음이 어지러워지겠느냐? 단지 부인이나 첩이 아니라 은인이라 할 만하지. 은인이 와서 네 병의 뿌리를 뽑아 쉽게 낫게 한 것은 누님(정태요)과 내 덕인데, 네가 그 은덕을 모르는구나. 그런데 소씨가 너의 병을 다스릴 때 선단과 영약을 쓴 것이냐? 네가 너무 담담하고 맑고 깨끗해져서 부들방석 위에서 도를 닦으며 부부의 정을 끊으려 한다지?

어떻게 사람이 앞뒤가 그렇게 다르냐?"

정인광이 관을 숙이며 은은한 웃음을 띠었다. 다 듣고 나서는 자리를 고쳐 앉으며 몸을 굽혀 답했다.

"제가 어리석고 슬기롭지 못해서, 숙부께서 은덕을 말씀하시는 것을 들었지만 딱히 은덕인지 모르겠어서 저도 모르게 잠깐 웃음이 났습니다. 숙부와 고모께서 나이 어린 무리에게 장난쳐서 농이 심하시니 이것이 무슨 즐거운 일이겠습니까? 농이 심하시니 저도 역시 농으로 답하겠습니다. 공자는 '학문 좋아하기를 여자 좋아하는 것처럼 하는 사람을 보지 못했다.'라고 하셨으니, 성현도 이와 같으셔서 여색을 피하지 못하셨는데 제가 왜 그런 마음이 없겠습니까? 하지만 옛글을 본 까닭에 술과 여자에 미쳐서 정신 차리지 못하는 것을 피하는 것입니다. 어떻게 옛사람이 결혼할 나이에 이르지 못했는데 먼저 마음껏 음탕하게 노는 사사로운 마음을 두어 대여섯 달 홀로 지내는 것을 절박하게 여기겠습니까? 숙부께서 제가 그럴 것이라 하시면서 스스로 밝다고 하시지만 실은 그렇지 않습니다. 소씨를 명광헌으로 내보내신 것이 또 자상하다고 하셨지만 사실은 성급한 처사였습니다. 숙부께서는 소씨가 간호하여 저의 병이 쉽게 나았다고 하셨지만, 소씨가 아니었다면 십여 일을 고생하거나 괴로워할 일이 없었을 것입니다. 필요 없는 사람이 눈앞에 어른거리니 화가 일어나 여러 날 병세가 나아지지 못했습니다. 왜 즉시 쫓아 들여보낼 생각을 안 했겠습니까? 하지만 말씀을 공경하여 받들며 숙부의 뜻을 받들어 좋은 것처럼 머물게 두었던 것입니다."

정염이 크게 웃고 다시 책망하여 말했다.

"네가 비록 은혜와 덕을 알지 못한다고 해도 나에게 대고 사리에 어둡고 성급했다고 하는 것이 어른을 받드는 도리냐? 가히 불경죄를 피하지 못할 것이다. 네가 반년을 혼자 지내면서 여인을 그리워하는 마음이 없다고 해놓고 소씨를 보니 화가 심하게 일어나 병이 더했다고 하는 것은 무슨 까닭이냐? 스스로 그런 마음이 말에 드러나는 것을 깨닫지 못하느냐?"

정인광이 웃고 말했다.

"제가 예의를 몰라서 숙부를 공경하지 않는다고 책망하시니 사죄드립니다. 비록 그렇지만 속담에 '곧은 자는 옳은 말을 할 때 임금이나 아버지 앞이라도 가리지 않는다.'라고 했습니다. 숙부께서 잘못 아시는 것과 잘못 살피신 것을 제가 단지 윗항렬이시라고 해서 삼가 공손히 섬겨야 한다는 이유로 모른 척하며 간언하지 않는 것은 저를 귀여워하며 사랑하시는 숙부의 은혜와 숙부를 위하는 저의 마음을 소홀히 하는 것입니다. 제가 소씨를 보고 분노가 더한 것은 여자의 행동에 합당하지 못해서입니다. 머물고 나가는 것을 자기 마음대로 하고, 위로 부모님이 계시고 남편이 있는 것을 모르니 원통해서 잠시 꾸짖고자 한 것입니다. 그런데 어리석고 분수를 모르는 여자에게는 해가 없고 제게는 유해하여 찬 바람을 맞아 여러 날 신음하게 되었으니, 이는 곧 소씨를 보내신 해로움입니다. 제가 감히 원망하지 못하지만 감격하지도 않았는데, 도리어 이를 은혜라고 하시니 이 또한 저의 심정을 살피지 못하신 것입니다.

석가의 여자를 멀리하는 괴이한 도를 병적으로 싫어하며 여동빈 같은 신선들의 맑고 깨끗한 마음도 취하지 않습니다. 비록 이태백과 두보 같은 풍채는 없지만, 한번 기생집을 지나가면 구름 같은 머리와 가는 눈썹을 가진 미녀들이 아름다운 눈매로 정을 보내고 가느다란 손가락으로 뜻을 전하여 잠깐 돌아보게 함으로써 만고의 풍류를 삼았습니다. 저를 사랑하는 마음은 기생들뿐만이 아닙니다. 저를 보는 여자라면 그리운 마음에 넋이 무산에서 그쳐지고 한이 장문궁에 맺히니, 비녀를 품어 초나라 여자를 빙자하며 지조를 버리고 저를 따를 여인도 없지 않을 것입니다. 그러니 어디 가서 그윽한 인품의 부인 하나와 예쁘고 고운 첩 하나를 못 얻겠습니까? 왜 구차하게 내쫓은 여자와 무례하고 건방진 첩을 염려하며 가엾게 여겨 음란하고 더러운 생각을 하겠습니까? 제가 스스로 아버지의 가르침을 받들어 여자가 너무 많은 것을 삼가서 그렇지, 방탕하기에 이르지는 않을지언정 양귀비나 조비연 같은 미인을 한둘이 아니라 열 이상도 얻을 수 있을 것입니다. 그런데 무슨 이유로 부들방석 위에서 도 닦는 궁상을 떨고 여자를 멀리하겠습니까?"

정인광이 말을 마치고 기분 좋은 미소를 지었다. 그 빼어난 눈썹은 가지런하고 맑은 두 눈빛은 은은히 빛났다. 하얀 얼굴에 골격은 맑디맑아 티끌에 조금도 물들지 않은 모습이었다.

(책임번역 박혜성)

완월회맹연 권 56

정잠 부자의 승전과 정인중의 모략

정잠 부자의 승전 소식이 전해지고
정인중은 숙부 정염을 향한 흉계를 꾸미다

정인광을 훈계하는 서태부인

정인광이 말을 마치고 기분 좋은 미소를 지었다. 그 빼어난 눈썹은 가지런하고 맑은 두 눈빛은 은은히 빛났다. 하얀 얼굴에 골격은 맑디맑아 티끌에 조금도 물들지 않은 모습이었다. 꽃다운 나이로 한창 혈기가 왕성할 때라 찬란한 빛이 더욱 넓게 퍼져 윤택함이 점점 더했다. 흰 연꽃처럼 풍성하고 화씨의 옥처럼 온화하고 부드러운데, 구슬을 머금은 것 같은 입에 박속의 씨와 같이 희고 고른 이가 가지런했다. 또 풍류가 뛰어난 데다 진평의 부귀와 송홍의 덕을 아울렀으니, 이 풍채와 기질을 가지고 여색을 거느린다면 깊은 규방의 여자들은 말할 것도 없고, 기생들이 모여 있는 술집에서 수청 들기를 희망하는 여자의 수를 어찌 헤아릴 수 있겠는가? 그러나 문풍을 이을 본바탕과 예의 바른 행실을 갖추었으며 결코 허랑방탕하지 않았다. 또 부모님이 기뻐하시는 모습을 보기 위해서라면 아이처럼 색동옷을 입고 춤출 수도 있었지만, 자기 아랫사람에게는 타고난 성품대로 대했다.

정인광이 조회에 들어가면 조정의 모든 벼슬아치가 피곤해했다. 윗자리의 관원들은 불안에 떨며 두려워했고, 아랫자리의 관원들은 심히 당황하여 감히 우러러보지도 못했다. 정인광이 황제 앞에서 허물을 기탄없이 직간하고 쟁론할 때는 그 기개와 도량이 된서리와 같았기 때문이다. 이는 급장유의 풍채와 위징의 굽힘 없는 기개에 비교해도 손색이 없었으니, 황제 또한 정인광을 공경하며 우대하여 가볍게 여기지 못하셨다. 이렇듯 매우 엄격하고 올바른 태도로 이름났으니, 그의 행차가 기생집을 지날 때 모든 기생들이 그 모습을 우러러보려고 나오다가도, 다시 엄숙하고도 과묵한 모습을 보고는 다만 넋을 잃고 슬프게 눈물을 흘리다가 그 기특함과 비상함을 칭찬할 뿐이었다.

정염이 정인광의 말을 듣고는 큰 소리로 웃으며 말했다.

"내가 태주에서 돌아와 여러 아이들이 너를 조롱하며 비웃는 소리를 들었는데, 인경이가 너를 가리켜 아내를 내쫓고 첩에게 소박을 맞아 마음이 답답하고 잠자리가 심심하고 지루했을 것이라 하여, 내가 설마 하며 웃었다. 그런데 오늘 네가 답답하고 분한 마음으로 인해 풍채를 심히 자랑하고 호화를 널리 구하고자 한다는 말을 들으니, 과연 소채강에게서 그 어렵다던 내쫓김을 당한 게로구나. 너의 이 말은 내가 듣게 할 것이 아니라 조카며느리를 불러 너를 용서하고 박대하지 말라고 진정으로 사정을 상세히 알려주어야 할 것이다. 내가 이왕에 좋은 일을 생업으로 삼았으니, 마저 적선이나 해야겠구나."

정겸과 정태요가 한바탕 시원스레 웃으며, 소채강을 불러서 알아

듣도록 타일러 정인광과 서로 화합할 수 있도록 방법을 마련해 보겠다고 했다. 서태부인이 느긋하게 웃음을 머금고 말했다.

"인광이는 숙부나 고모가 놀리는 것을 부끄러워하지 않겠지만 손주며느리(소채강)는 이러한 상황을 어찌 불편하게 여기지 않겠느냐? 너희는 모름지기 쓸데없는 말을 그쳐라."

그러고는 정인광을 돌아보며 말했다.

"타고난 기질이 조금도 사납지 않던 네가 어찌 아내에게는 그렇게 음험하고 사특하게 굴었느냐? 그렇기에 네 아비가 늘 입버릇처럼 '장씨와 소씨 두 며느리는 남편을 잘못 만났으니 유달리 안쓰럽구나.'라고 하여 남모르는 근심을 두었던 것이란다. 우리 가문의 여러 아이들이 모두 가정을 이루어 부부간에 별다른 문제가 없었고, 부부간의 은밀함을 부모와 친족이 다 알지는 못하기에 구태여 옳고 그름을 따지는 일도 없었다. 그러나 너는 강직한 성품과 완고한 고집으로 남편과 아내의 화합하는 도를 끊고 부부 사이에 바람 잘 날 없는 행동을 보이며, 장씨(장성완)처럼 교양과 품격을 갖춘 현숙한 여자를 아무런 까닭 없이 쫓아내었으니 어찌 안타깝고 안쓰럽지 않겠느냐?

무릇 부인과 소인은 가까워지기 어렵다고 하나, 몸가짐이 바르고 덕이 두터우면 감격하고 두려워하며 공경하여 어긋나지 않으려 할 것이다. 또 그로 인해 서로 배워서 닮아가면 비록 언행이나 성질이 사납고 무례할지라도 저절로 감동하고 탄복할 것이다. 하물며 덕성을 갖춘 장씨와 탈속한 성품의 소씨로 말하면, 비록 장헌 같은 아버지를 만나도 예를 지켜 그 몸을 엄숙히 삼갈 것이니 어찌 위세와 무력을 부인들에게 함부로 휘둘러 꾸짖고 감찰한 연후에야 비로소 일상의 법도와 예의가 선다고 할 수 있겠느냐? 오히려 네 체면만 잃게 되어 여자가 뜻을 굽히지 않는 법이니, 너는 《시경》의 〈주남〉을 읽지 못했느냐? 의를 갖춘다고 함이 어찌 그런 것이겠느냐? 소씨 아이가 친정에 돌아갔던 것은 병이 있었기에 그랬던 것인데, 이는 죄가 아닌 데도 꾸짖고 혼내기를 요란하게 하며 사납고 모질게 몰아쳐 몸의 병을 도지게 했으니, 소씨 아이가 비록 원망하지는 않을 것이나 한편으로는 한스러움을 갖게 만든 것이다. 소씨 아이를 너그럽게 가르쳐 환히 깨닫게 하여 굴복시키며, 위엄 있고 당당한 모습을 갖춰 남편의 그러한 모습에 삼가 조심하게 하는 것은 너의 넓디넓은 도량으로 보아 어렵지 않을 듯하구나. 그런데 너는 날카로운 기백이 너무 승하여 상대방에게 너그럽지 못하고 사람을 가르침에 있어 온화함이 부족한 것이 탈이다. 어찌 관대하고 넓은 아량을 갖추는 데 힘쓰지 않는 것이냐?"

정인광이 공손히 가르침을 듣고 깨닫는 바가 있어 일어나 두 손을 모으고 엎드려 절했다. 뒤이어 그동안 사리를 분별하지 못하고 경솔했던 자신의 죄를 청하며 꿇어앉아 아뢰었다.

"할머니의 가르침이 지극히 마땅하십니다. 제가 불초하여 패망한 행동을 저질렀음을 깨달았습니다. 그러나 소씨는 매우 약삭빠르고 제멋대로입니다. 할머니께서는 그 여자가 온순하고 착하다고만 생각하지 마십시오."

서태부인이 웃으며 말했다.

"소씨 아이는 타고난 성품이 강하고 세차지만 예의를 중히 여길 줄 알고 도리에 어긋나지 않으며 부녀자의 덕성을 높이 받드니 어찌 교만하고 방자하겠느냐? 근거 없는 괴이한 추측으로 사람을 기만하여 책망하지 말거라."

정인광이 삼가고 다시 말을 하지 않았다.

희운당에서 소채강을 돌보는 정인광

정삼이 장씨 부중에서 돌아오자 정인광이 급히 계단에 내려와 맞이했다. 정겸, 정염과 여러 부인 또한 공경히 인사한 뒤 자리를 정해 앉았다. 정삼이 서태부인을 바라보며 기운을 여쭈었고, 다시 정염을 돌아보며 며느리 상씨가 아들 낳은 일을 축하했다. 이에 정염은 모두 성덕을 힘입은 결과라고 일컬으며 매우 즐거워했다. 온 집안사람들이 다행으로 여기며 이자염이 아들 낳은 경사 다음으로 기뻐했다. 정인광은 병세가 조금 나아진 뒤부터 부친과 두 숙부를 모시고 문윤각 계취정에서 연일 밤을 지내느라 자기 처소에 가지 못했다.

정삼은 아들 정인광이 오랫동안 상한 병을 뿌리째 없애지 못한 상태에서 밤낮 어른들의 잠자리를 모시느라 몸을 너무 고단하게 하는 것이 아닌가 걱정되어 명광헌에 보내려 했다. 그런데 이때 마침 서태부인이 정태요와 정염의 말을 듣고 정인광을 희운당(소채강의 처소)으로 보내라고 명했다. 정삼은 서태부인의 뜻을 받들어 정인광에게 '오늘 밤은 희운당에 가서 쉬라'고 했다. 정인광이 아버지의 명을 받들고 물러나 희운당에 이르렀을 때는 이미 밤이 깊었다.

소채강은 지난번에 눈과 함께 휘몰아치는 매서운 비바람을 맞고 병이 든 채로 팔구일을 쉬지 못했다. 허약한 체질에다 다친 상태로 병에 걸렸는데, 자기 침실에 돌아온 뒤에도 몸조리를 제대로 하지 못하고 새벽닭이 울면 웃어른께 아침 문안 인사를 올려야 했다. 또 시어머니와 만동서 이자염을 모시고 존당에 올릴 맛 좋은 음식을 준비했으며, 이따금 웃어른을 곁에서 받들어 모시면서 서 있어야 했다. 소채강은 연일 저녁 문안 인사를 끝마치고 돌아오자마자 잠자리에 쓰러져 가물가물한 상태로 있다가 새벽닭이 우는 소리에 맞춰 속히 일어나 아픈 것을 억지로 참으며 문안 인사를 드리곤 했다.

이날도 태일전에 가서 서태부인의 잠자리를 살펴드리고 난 뒤 봉일루에 계신 시어머니를 받들기 위해 갔는데, 때마침 남편 정인광과 셋째 도련님 정인경이 잠자리를 살펴드리고 있었다. 이에 물러나 자기 방으로 돌아오니, 시중드는 아이들이 잠자리를 깔아놨기에 비녀를 빼고 의복을 벗은 후 봉황을 수놓은 베개에 쓰러지듯 누워 잠들었다. 유모 취영은 매 맞은 부위의 상처가 심해 지금까지 움직이지 못했기에 아랫방에 두고 간호하도록 했다. 네 명의 시중드는 아이들은 소채강이 윗자리에 눕는 것을 보고 물러나 바깥에서 시중들며 잠을 청했는데, 바로 곯아떨어져 이따금 앓는 소리를 약하게 낼 뿐이었다.

정인광이 희운당에 와서 보니 창밖에 촛불 그림자가 어른거렸다. 방 안에는 시중드는 아이들이 깊은 잠에 빠졌는데, 숨소리가 마치 실낱같았다. 소채강도 숨결이 불편한 듯 잠자는 가운데 가느다랗게 앓는 소리를 더했다. 밤 깊어 적막한 시각이라 이때까지 잠들지 않을 리 없겠지만, '시어머니 처소에서 나온 지 얼마 되지 않았는데 어느새 이처럼 깊이 잠들었는가' 싶었다. 그 숨소리와 앓는 소리를 들어

보니, 추운 날씨에 찬 기운이 몸에 닿아서 병이 난 것임을 알 수 있었다. 그 깊은 잠을 깨우고 싶지는 않았으나 군자가 함부로 부인의 방에 들어갈 수는 없었기에, 한 번 기침하고 난간머리에 기대서 하늘의 별자리를 살펴보다가 천천히 방으로 들어갔다.

소채강과 시중드는 아이들이 정인광의 소리를 듣고 놀라 즉시 일어났는데, 소채강은 이부자리를 걷고 일어나 비녀를 다시 꽂으며 맞았다. 정인광은 말없이 소매에서 책을 꺼내 책상에 펴고《상서》〈홍범〉을 읽었는데, 얼굴빛이 유연하고 행동거지가 정정했다. 정인광이 천천히 눈을 들어보니, 소채강이 두 손을 맞잡고 공경하는 모습으로 서 있는데 그 모습이 아름답고 뛰어나 바다 학이 모래 언덕에 내려온 듯했다. 이에 정인광이 말했다.

"밤이 깊었는데 어찌 잠자리를 펴지 않소?"

소채강이 얼굴을 숙이며 공손히 대답하고는 발길을 돌려 협실에서 이불 한 채를 꺼내어 깔고 물러나 앉았다. 정인광이 침상에 올라 웃옷을 벗고 허리띠를 푼 뒤에 앉아 있는 소채강을 보고 말했다.

"그대는 어찌 괴로이 앉아서 밤을 새우려고 하는가? 그냥 편히 쉬도록 하시오."

하지만 소채강은 정인광이 잠들기를 기다려 자기 이부자리를 다시 깐 뒤 비녀를 빼고 침상에 가서 조용히 잠을 청했다. 하지만 전처럼 잠을 이루지 못했고, 정신과 기운이 불안해지며 몸에 한기와 열기가 번갈아들었다. 추워서 몸을 움츠리다가 또 갑자기 뜨겁게 열이 나면서 구슬 같은 땀이 방울방울 떨어져 귀밑머리 뺨을 적셨다. 이 모습은 마치 밝은 구슬이 상서로운 빛을 토해내고 찬란한 보옥이 복된 기운을 뿜는 듯했다. 보잘것없는 장부였다면 옷을 풀어 헤치고 소채강을 탐했겠지만, 정인광은 부친과 형을 본받아 평소 허랑방탕하고 난잡한 마음을 갖거나 이치에 어긋난 행동은 전혀 하지 않았다.

정인광은 규방에 있는 부인에게 지나치게 빠져 남자의 위풍을 잃거나 부인이 외람되게 남편의 행동에 간섭하는 것을 병적으로 배척했다. 그러나 본심은 아내와 화합해서 부모님을 받들고 두터운 부부 금슬에 흠이 없는 사이가 되고 싶었다. 그러나 불행히도 말과 행동이 주책없고 막된 장모의 해괴하고 남부끄러운 막말이 부모님께 미치는 데 이르러서는 분통이 터져 심히 놀라고, 그때 당한 모욕을 깨끗이 씻어버리려고 아예 부부간의 의리를 끊게 되었다. 하지만 장성완이 돌아가 죄인임을 자처하며 하늘의 해를 보지 않고 스스로 죄인과 다름없이 지낸다는 소식을 듣게 되자 정인광은 장성완의 험난한 운명을 안쓰러워했으며, 장성완을 다시 데려오지 않는 한 다른 이와 부부 금슬을 잇지 않으려 결심했다. 그러니 아름다운 소채강과 함께 있다고 한들 그 뜻이 달라지겠는가?

그러나 정인광은 소채강의 편찮은 기색을 모른 체할 수 없었다. 정인광은 한참 동안 소채강을 쳐다보다가 그녀의 팔을 잡아당겨 이부자리를 서로 잇닿게 했다. 소채강이 매우 놀라며 황망히 일어나 옷깃을 여미고 자리 아래로 내려가려고 했다. 이에 정인광이 손으로 소채강의 가볍고도 약한 몸을 일으켜 베개에 다시 눕히며 말했다.

"그대는 마땅히 맘 놓고 편히 쉬도록 하시오. 내 비록 어리석으나 한낱 아녀자의 뜻을 꺾지 못해 감히 범하지 못하는 것이 아니라오. 나는 본디 의를 중히 여기고 허랑방탕함을 괴이하게 여긴다오. 나는 모름지기 예에 따라 맑고 바르게 행할 뿐이니, 잡다한 걱정은 하지 마시오."

말을 마친 뒤 소채강의 소매를 걷고 팔을 끌어당겨 손목을 잡아 진맥했다. 이어 머리를 짚은 뒤 기쁘게 웃으며 말했다.

"세상 모든 일에는 반드시 갚음이 있는 것이오. 지난번 그대가 내 병간호를 해준 적이 있어 내가 회복할 수 있었소. 그러니 지금 그대에게 이렇듯 병이 생겼는데 어찌 돌보지 않을 수 있겠소? 맥이 평온하지 않으나 나처럼 오래 쌓인 병이 아니라 그리 심하지는 않소. 편안히 쉬지 못한 채 찬 바람을 쐰 뒤 몸조리를 하지 못한 것이 큰 원인이니, 며칠 조리하면 차도가 있을 것이오."

소채강은 남편 정인광이 처음 말할 때 부끄럽고 두려웠다. 비록 부부가 옷을 벗고 서로를 대하는 관계이나, 그래도 여자인지라 몸 둘 바를 몰라 기운이 쭉 빠지면서도 얼굴이 달아올랐다. 또한 남편이 나중에 한 말을 듣고는 자신을 가볍게 보는 것 같아 한스러웠다. 그러나 소채강은 평범한 아녀자의 편벽된 바와 달리, 한결같이 입을 다물고 있었으며, 갑자기 얼굴빛을 바꾸며 건방진 모습을 보이지도 않았다. 다만 정실인 장성완의 훌륭한 모습을 보면 자기 마음이 편할 뿐이어서 내심 원하는 바는 장성완이 속히 돌아오는 것이었으나 감히 부인의 거취에 대해 함부로 간섭할 수는 없었다. 정인광이 어찌 그런 소채강의 마음을 알아채지 못했겠는가? 정인광은 그 마음을 선하게 여기고 또 그 한스러워하는 뜻을 이미 알아채고는 가만히 웃었다. 이 윽고 소채강의 머리를 짚고 손을 잡았다가 천천히 벽을 향해 누워 잠들었다. 새벽에 자리에서 일어나 눈을 들어 살펴보니 소채강이 벌써 일어나 정당으로 가려고 했다. 정인광도 일어나 세수하고 의복을 차려입은 뒤 존당에 문후를 여쭙고 곁에서 모셨다.

즐거운 한때를 보내는 정씨 부중 사람들

정염이 정인광을 보고 환하게 웃으며 말했다.

"인광이는 지난밤 운당에 들어가 그간 잘못한 일에 대해 얼마나 용서를 구했느냐? 훗날 다시는 잘못을 범하지 않을 것이라고 머리 조아려 애걸했느냐?"

정인광은 아버지 앞이라 숙부 정염의 말을 되받아치지 못하고 웃음을 머금고는 잠자코 꿇어앉아 있었다. 이때 정태요가 웃으며 말했다.

"인광이가 자신의 죄를 인정하고 용서를 구하기는 했겠지. 그렇지만 소씨는 사리를 아는 여자인데, 어찌 지아비가 슬프게 빌며 머리를 조아리게 했겠는가?"

정겸이 웃으며 말했다.

"비록 사리를 안다고 한들, 갚아야 할 은혜와 의리가 가득한데 그 정도의 애걸을 뭘 그렇게 대단하게 여길까?"

정삼이 가만히 웃으며 말했다.

"은백(정염)은 송절당에서 구차하게 굴던 일을 잊었느냐? 사람들이 다 너와 같다고 여기겠으나, 그때와 지금은 상황이 전혀 다르고 까마득한 옛일 같구나. 그리고 매형(상연)이 누님을 믿고 의지할 때 공경함이 넘치고 감복함이 지나쳐 도리어 대장부의 위엄 있는 모습을 잃었지요. 누님은 인광이가 설마 매형과 같을 거라고 여기십니까?"

그 자리에 있던 사람들이 크게 웃었고 정태요 또한 웃으며 말했다.

"여백(정삼)이 아들을 편들어 쓸데없이 옛일을 들추지만, 인광이가 지난밤에 소씨에게 구차하게 행동한 일은 송절당에서 보인 은백의 행동거지보다 더 심하지 싶다."

정삼이 크게 웃으며 말했다.

"미치지 않았고 병들지 않았는데 어찌 매형과 은백보다 더하겠습니까? 그러나 그쯤 해두시죠. 부부 사이의 은밀한 일을 너무 자세하고 꼼꼼하게 알려고 하십니다. 제 아이는 사내아이라 부끄러워하지 않겠으나 며느리는 이를 어렵게 여기지 않겠습니까?"

정염이 크게 웃으며 말했다.

"사람이 끊지 못할 것은 타고난 자질이요, 베어내지 못할 것은 아버지와 아들 간의 친함입니다. 형이 인광이를 편들어 다른 사람의 말 끝을 뚝 잘라버리고 도리어 며느리를 위한 듯이 뭉뚱그려서 농담처럼 말씀하시나 제가 어찌 형의 뜻을 헤아리지 못하겠습니까? 행여 조카들이 아내를 대할 때 예법을 잃고 며느리가 겸손하지 못해 부부가 서로를 공경하지 않고 업신여길까 봐 염려하여 아예 엄하게 법으로 세우고자 하시는 것이니, 이는 곧 아들만 위하는 불공평한 일이지 며느리를 위한 뜻은 아닙니다."

정삼이 밝게 웃으며 말했다.

"은백의 권모술수와 궤변으로 피곤하게 염려하는 것을 보니 진정 인광이의 숙부가 될 만하구나. 내 며느리는 외람되이 성인에 비겨도 부족하지 않은데 어찌 지아비를 공경하지 못하고 업신여길 거라는 쓸데없는 염려를 하겠는가? 아우는 송절당에서의 미친 마음이 아직도 있어 며느리를 그와 같이 아는 것인가? 내가 아들을 편든다고 하나, 아들과 며느리 사이가 얼마나 다르겠는가? 한번 경계하여 땅이 하늘을 거스르면 재앙이 닥치고 양이 음을 이기지 못하면 밝히 일러 고치게 하면 되는데, 무슨 일로 우물쭈물하며 변변찮게 말머리를 중간에서 끊겠는가?"

정염이 말했다.

"사람들은 저를 너그럽고 후덕한 어른이라 하며 곧고 올바른 군자라 하니, 일찍이 미치고 병들었다는 소리는 들은 적이 없습니다. 형님이 어려서부터 줄곧 저를 광망하다고 비웃으시며 지금까지 송절당에서 부끄럽게 굴던 것을 약점 삼아 말하시니 정말 듣기에 짜증이 납니다. 저의 네 아들이 형의 세 아들에는 미치지 못하겠으나, 며느리들은 형의 성인 같은 며느리들 못지않습니다. 그러니 어찌 남자가 유하고 여자가 강하며 음이 왕성하여 양이 미약해지는 괴이한 일이 있겠습니까?"

정삼이 웃으며 말했다.

"은백처럼 유별나게 자기를 칭찬하는 자가 또 있겠느냐? 마침 제수씨 같은 숙녀를 만나고 상씨와 소씨 같은 현명한 며느리를 얻어 만사가 흡족하나, 불행하여 불미한 부인과 어리석은 며느리를 얻었다면 그럴 수 있었겠느냐? 온전히 제수씨의 넓고 큰 내조와 온순한 덕행 덕분에 팔복이 완전하며 육행에 흠이 없는 것이다. 송절당에서의 미친 마음이 두 번 발하지 않은 일이 네 덕분인 것으로 여기는 것이냐?"

정염이 껄껄 웃으며 말했다.

"제 아내의 타고난 성품이 고집스러우니 어찌 내조하는 덕이 있겠습니까? 외람되오나 제가 다른 사람의 마음을 좀 헤아릴 수 있습니다. 내조에 힘입어 팔복이 온전히 갖춰지고 육행이 빛나게 되었다는 말은 옳지 않습니다."

정삼이 웃으며 말했다.

"타인의 마음을 자신이 헤아려 안다는 말이 있으나 나는 잘 모르겠다. 아우가 인홍이를 낳은 뒤 매우 기뻐하며 옥난각 위에서 혼잣말로 '내 비록 큰 덕은 없으나 아내의 풍모가 빼어나니, 부인은 과연 복을 받으며 집안을 창성하게 할 사람이로다. 이로써 드디어 복록은 걱정이 없을 듯하니, 다만 육행에 흠이 없기를 바랄 뿐이도다.' 하지 않았나? 은백이 이 일을 벌써 잊고는 부인을 도리어 고집스럽다고 말하는 게 어찌 우습지 않겠느냐?"

정염이 다 듣고 나서 크게 웃으며 말했다.

"제가 미치지 않았고 병들지 않았는데 무슨 까닭으로 그런 말을 했겠습니까? 형이 말로써 저를 놀리시려고 일부러 얽어매는 것입니다. 제가 이제 손자 볼 나이에 이르렀는데도 이렇듯 옛일을 들추어 말씀하시니, 다만 한바탕 웃을 뿐이고 새삼스레 옳고 그름을 따지는 것이 무익할 듯합니다."

정삼이 미소를 지으며 말했다.

"사람이 옳은 말만 해도 이루 다 말하기 어려운데 어찌 중언부언 더함이 있겠는가? 은백이 아무리 따진다고 해도 내가 들었던 바가 희미하지 않으니, 이제 어찌 아니라고 말할 수 있겠는가? 다만 인홍이가 상씨 부중에 나아가 갓 태어난 아들을 보며 예전 아버지의 모습을 이어 그런 말을 한다면 상씨 가문에서 한바탕 웃기는 사건이 빚어지겠구나."

정태요가 웃으며 말했다.

"인흥이가 자기 아버지보다 낫지. 부인을 매몰차거나 박정하게 대하지 않고 구차하게 구는 일이 없이 위엄 있는 태도를 지키니, 갓난아이를 보며 자기 아버지처럼 하지는 않을 것이다."

정인홍의 아들 탄생을 축하하는 식구들

정인홍이 들어오자 정염 부부가 며느리의 안부를 물었고, 다른 사람들은 갓난아이의 인물됨에 관해 물었다. 정인홍은 아이의 생김새가 비범하고 뛰어나 속으로 기뻤으나, 스스로 칭찬하는 것이 민망하여 이렇게 대답했다.

"아직 한 자도 되지 않은 몸인데, 이목구비가 있다 해도 어떤지 알 수 있겠습니까?"

말하는 사이에 상안국이 와서 어머니(정태요)께 인사드리고 어른들에게 예로써 문안하니 정염이 물었다.

"인흥이가 갓난아이를 보고 왔으나 그 인물됨이 어떤지 말하지 못하는구나. 너도 직접 보지는 못했겠지만 소식은 들었을 것이다. 그 아이가 어떻게 생겼다고 하더냐?"

상안국이 웃으며 말했다.

"사촌누이(상현교, 정인홍의 아내)가 낳은 아들의 생김새가 기이하고 체형과 골격이 비범하여 자기 아비보다 낫다고 하면서 숙부와 숙모가 매우 기뻐하셨습니다. 숙부의 높으신 복으로 인해 비상한 종손이 태어난 것임을 알겠더군요."

정염이 기뻐하며 말했다.

"내가 비록 복이 없으나 며느리의 아름다운 태교로 인해 새로 태어난 손자가 비범하다면 이 또한 가문의 다행이로구나. 어찌 기쁘고 즐겁지 않겠느냐?"

상안국의 말을 듣고 모두 기뻐했다.

정삼이 웃으며 말했다.

"인흥이가 그 아버지보다 낫고 갓난아이가 인흥이보다 뛰어나다면, 이는 곧 삼대를 거쳐 가장 뛰어난 인물이 되는 것이구나. 그러니 인흥이가 아이의 인물됨이 어떠하다고 대놓고 말하지 못했던 게다. 무릇 자기 부친보다 훨씬 뛰어나다고 말하는 것이 편치 못하기 때문에 그런 것이지. 옥난각에서 은백이 하던 말이 과연 덕담이 되어 종가 후손이 대대로 이어져 주나라 종실이 창성한 것과 같으니, 어찌 기특하지 않겠는가?"

정겸이 상안국을 돌아보고 웃으며 말했다.

"지난번에 인흥이가 갓난아이를 보고 무엇이라 했느냐? 기쁨이 지극하면 혼잣말하는 습관이 있는 듯한데, 너는 들었느냐?"

상안국이 웃으며 대답했다.

"혼잣말을 한다 해도 남이 듣게 하지는 않을 테니, 저는 잘 모르겠습니다. 그러나 숙부가 형님(정인흥)을 이끌고 들어가 갓난아이를 보라고 했지요. 아직 사람 축에도 끼지 못하는 아이를 보는 일이 급하지 않다고는 하셨으나, 매우 기뻐하고 좋아한 것은 틀림없습니다."

정겸이 크게 웃으며 말했다.

"사람이 저마다 자식을 낳으면 기뻐하는 것이 자연스러운 일이다. 소리 내어 웃을 바는 아니지만, 기쁜 마음을 남에게 보이지 않으려고 그렇게 애쓸 것까지야……."

정염이 또한 웃으며 말했다.

"너마저 나를 놀리는 게냐? 군자가 즐거운 일을 만나면 즐거워하고 근심스러운 일을 만나면 근심하는 것이 떳떳한 도리이며 사람이 지닌 본디의 감정인데 어찌 나를 비웃으려 하느냐? 나는 기쁜 일에는 기뻐했으나 근심으로 인해 상심하는 일에는 너처럼 하지 않았다. 여러 해 전에 제수씨가 인명이를 낳은 뒤 몇 달 동안 병환 때문에 위중했었지. 제수씨가 큰 복과 장수할 기운을 타고나셨기에 크게 걱정하지 않아도 되었으나, 하루에 두 번이나 혼절하신 까닭에 네가 문윤각 후함에서 넓은 소매로 얼굴을 가리고는 반나절을 누워서 흘린 눈물이 시내를 이루어 바다까지 흘러갈 듯했고 은근한 탄식과 슬퍼하는 말을 하염없이 내뱉었지. '부인의 운명이 어찌 이처럼 기구하고 험할까? 장수할 기운과 큰 복을 타고나 자식으로 인한 경사를 길이 누릴 만한데, 태어난 지 얼마 안 된 어린 여아를 버려두고 세상을 하직하려 하는가? 내가 쌓은 죄악이 많아 현명한 배필마저 잃고 포대기의 자녀를 보전하지 못할 처지가 되었구나.'라고 눈물을 흘리며 슬퍼하는 일이 갈수록 심해졌지. 그러다 우리가 조정에서 돌아오면 바삐 눈물을 훔치며 아무렇지 않은 듯했으나, 마음은 이미 재가 되어

제수씨의 병이 낫지 않으면 네가 죽을 듯이 했었지. 이에 모두가 놀라서 제수씨의 환후에 쓸 약을 의논하고 맥을 살펴 너와 상의했었고. 그때 내가 묻기를 '네가 병으로 인한 걱정 때문에 눈병이 났느냐? 어찌 두 눈이 붉게 되었느냐?' 했더니, '괴로운 병을 구호하느라 밤에 잠을 편히 못 자서 눈병이 났다'고 했었지. 그런 가운데도 웃었는데, 이제 아들과 조카들이 네가 구차하게 죽으려 하던 일을 모를 것이라 여겨 도리어 나를 이렇듯 비웃는 것이냐?"

정겸이 무릎을 만지며 크게 웃고는 말했다.

"원래 형이 허무맹랑한 말씀을 잘 하시지요. 그때는 아닌 게 아니라 부인의 병이 위태로워 살지 못할 듯했습니다. 그래서 아내에 대한 안타까운 마음이 분명 있었지요. 하지만 아내의 목숨이 끊어진 것도 아닌데 눈동자가 붉어지도록 울면서 혼잣말을 미친 듯이 지껄여 다른 사람들의 비웃음을 받았겠습니까?"

정삼이 웃음을 머금고 말했다.

"수백(정겸)은 다투지 말라. 그때 은백(정염)은 조정에 들어갔으니 모르는 게 이상하지 않으나, 나는 나간 적이 없었으니 어찌 모르겠느냐? 문윤각에서 반나절을 울면서 슬퍼하던 일은 변명하지 못할 것이다."

정염과 정겸이 크게 웃고 공자들도 함께 따라 웃었다. 이렇듯 기쁘게 웃고 농담하며 날을 보내면서 서태부인이 품은 근심을 조금이나마 잊게 하고자 했다.

이자염과 상현교가 달을 연하여 아들을 낳았으니, 부중의 아들 낳은 경사가 연이어 일어나 기쁨과 즐거움이 온갖 근심과 우울함을 잊게 했다. 그러나 정잠과 정인성이 집을 떠난 지 한 해가 지났는데, 이때는 날씨가 매섭게 춥고 북풍이 음산하니, 만 리나 떨어진 전쟁터의 상황이 걱정되어 온 집안의 초조함과 절박함이 날마다 더욱 심해졌다.

정잠 부자의 승전 소식과 소교완 모자의 속내

때는 음력 10월 그믐, 원수(정잠)의 승전보가 도착했다. 대략 음력 9월쯤에 남쪽 오랑캐와 다섯 번 접전하여 다섯 번 모두 이기고 남쪽의 요충지를 반 이상 빼앗았음에도 오랑캐들이 끝내 항복하지 않고 있었다. 그러나 적의 세력이 지쳐서 예전처럼 강하게 저항하지는 못했다. 승전 소식에 위로는 황제가 크게 기뻐했으며 아래로는 조정 신하들이 즐거워했다. 나라의 대신들은 국가의 큰 경사를 축하하는 글을 올렸다. 이에 황제가 종묘와 사직의 큰 복이라 답례하고는 정씨 부중의 서태부인과 정삼에게 각별한 은덕과 영광을 더하여 정잠과 정인성의 높은 재덕과 크나큰 공로를 칭찬했다. 또한 천금과 비단을 하사하여 깊은 규방에 은혜와 영광이 미치게 했으니, 온 집안이 황제의 은혜에 감사했다.

정씨 부중 사람들은 정잠과 정인성이 보낸 편지를 보고 만 리 밖 전장에서 평안하게 지내는 것을 다행으로 여겼다. 그러나 집안의 반역자인 정인중은 부친과 형의 평안한 안부와 승전한 소식을 들으면서도 전혀 다행스럽게 여기지 않았다. 오히려 곽재화, 단이수, 화영을 보내서 형 정인성을 죽이려고 했는데, 자기가 계획한 일은 하나같이 잘못되고 마음대로 되지 않아 통탄스러울 뿐이었다. 그러면서도 사람들의 이목이 두렵고 혹시라도 옳고 그름을 따지게 될까 두려워 과장되게 기쁜 표정을 지었으며, 정인성의 편지를 읽으면서는 얼굴을 가리고 울기까지 했다. 그러나 이는 멀리 떨어져 있는 형을 그리워한 나머지 마음속으로부터 일어나는 자연스러운 행동이 아니었다. 오히려 마음속으로는 이렇게 맹세했다.

'이 부부를 없애고 그 뿌리마저 없애 흔적조차 남기지 않게 하려고 온 마음을 쓰고 금은도 헤아릴 수 없이 흩어버렸다. 또한 어린아이를 잔인하고 악착같이 해치려 했으나 이상한 별종이 죽지도 않고 모자가 굳건한 반석처럼 편안히 지내고 있다. 또한 곽재화, 단이수, 화영의 재주가 신통하고 비상하다고 했음에도 어찌 형을 없애지 못했는가? 형은 전쟁터 변방에 있는 사람 같지 않게 평안히 지내는데, 그러한 점은 편지의 글씨체를 보니 더욱 알겠다. 마음에 근심이 있고 기운이 순하지 못하다면 필법이 이렇듯 단정할 수 있겠는가? 형의 서체는 웅장하면서도 맑고도 높아, 아름다운 가운데 길하고 선하며 온화하고 시원스러움이 은은하게 드러나니, 이와 같은 사람을 어찌 가볍게 해칠 수 있겠는가? 그러나 내가 뜻을 이루지 못한다면 내쫓기는 귀신이 될 것이다.'

생각이 여기까지 미치자 분한 눈물이 가득 떨어지면서 탄식을 그치지 못했다. 서태부인과 숙부들이 정인중의 이런 모습을 자연스럽지 못하다고 생각했으나 차마 끝까지 그 이유를 의심하지는 못했다. 다만 정인홍이 웃음을 참지 못한 채 말했다.

"숙부와 사촌 형님이 잘 지내시고 공을 세워 전쟁에서 승리하셨으니 매우 기쁘고 다행스러운 일인데, 어찌 형님의 글을 보고 그렇게 슬퍼하는가?"

정인중이 문득 슬픈 기색을 거두고는 탄식하며 말했다.

"형은 평생 걱정 없이 즐겁고 기쁘게 지내셨기에 지금 제가 슬퍼하는 것을 이상하게 여기는 겁니다. 아버지와 큰형의 안녕과 승전은 우리 집안과 나라의 큰 경사입니다. 제가 비록 불초하나 어찌 기쁘고 즐겁지 않겠습니까? 하지만 아버지와 큰형을 떠나보낸 지 거의 한 해가 지나 날이 차고 바람이 매서우니 어찌 걱정하는 마음이 없겠습니까? 이렇듯 걱정하고 그리워하던 차에 큰형이 보낸 편지를 보니 자연스레 감정이 북받쳐 눈물이 흘렀던 것입니다."

정인흥은 미소 지으며 아무 말도 하지 않았으나 정인명이 탄식하며 말했다.

"원래 기쁨이 극에 달하면 슬픔이 일어나고 반가움이 넘치면 눈물이 떨어지는 법이지. 인성 형은 내년에 돌아올 것이고, 숙부께서도 곧 돌아오실 테니 근심할 일이 아닌 데다 이보(정인중) 등이 점점 장성하고 있으니, 상황을 보아 종군하여 자식의 도리를 다하면 될 것인데 어찌 과하게 슬퍼하는가?"

정인중이 눈물을 그치고 친척 형제들과 이야기를 나누었는데, 말마다 먼 변방에 떨어져 있는 부친을 그리워하니 그 정이 정인웅보다 못하지 않은 듯했다. 공자들이 한결같이 인자하고 우애 있어 사람을 의심하지 않았기에, 정인중을 어질지 못하다고 생각하기는 했으나 그것이 거짓된 행동이라고는 여기지 않았다. 그러나 정인광과 정인흥은 이미 정인중을 밝히 알고 그 마음을 꿰뚫어 보았기에, 꾸며낸 것인 줄 알았으나 차마 그렇다고 말하기는 어려웠다. 다만 묵묵히 좋지 않게 여기는 빛이 있으니, 정인웅이 내심 부끄러워하며 탄식했다.

정인중은 그런 동생(정인웅)을 특별히 미워했다. 어머니 때문에 삼킬 듯 해치려는 마음을 드러내지는 않았으나, 형제가 마주 대하기를 원하지 않아 내심 동생이 있는 자리는 애써 피해 다녔다. 이는 동생의 준엄하고 정직한 간언을 듣고 싶지 않았기 때문이다. 이에 정인웅은 일찍이 둘째 형 정인중을 존당을 모시는 때가 아니면 친척 형제들이 함께 있는 자리에서나 서로 만나게 되었으니, 차마 그 어질지 못한 악행을 지적하지 못했다. 오직 어머니와 형이 개과천선하여 덕을 닦기를 밤낮으로 바라고 바랐으나, 참된 성품을 회복하여 어진 덕을 베풀 날이 언제가 될지 알 수 없었다.

정인웅은 점차 어머니와 형의 악행이 모두 드러나게 될 것을 슬퍼했으니 잠자고 먹는 일이 갈수록 불안했다. 서태부인과 정삼이 그 마음을 알고 안쓰럽게 생각하여 젖먹이처럼 돌보았고, 양어머니 대화부인은 아들이 수척해지는 것을 걱정하여 죽과 반찬을 갖춰 먹였으며 원기를 보할 약재를 권하기도 했다. 정인웅은 순순히 기쁘게 웃으며 병이 없으니 염려하지 마시라고 했으나, 자기의 속마음을 사람들에게 말하지 못하고 억지로 온화한 척했다. 그러나 속으로는 근심과 걱정이 가득해 웃는 얼굴로 평상시와 다름없이 행동하면서도 홀로 있을 때면 흐르는 눈물이 소매를 적셨고 살고 싶은 마음이 없었다.

소교완은 이런 아들을 염려하여 괴로워하다 보니 병이 되었다. 그러나 아들이 남들보다 총명하고 뛰어나 학문이 점점 깊어지는 것을 다행스럽게 여겨, 잠시 음흉한 계획을 감추고 간사함을 숨겨 더는 며느리에게 모질게 굴지 않았다. 그러고는 잡된 마음이 없는 듯이 세월을 보내면서 아들이 간언할 이유가 없도록 했다. 그러나 아들이 보지 않는 곳에서는 여전히 이자염을 갖가지로 괴롭혔다. 이에 이자염의 괴로움과 슬픔이 날로 더했다. 이자염의 고달픈 신세와 소교완의 악행을 차차 살펴보라.

자제들의 우열을 가리는 희담과 사윗감 논쟁

소교완이 저지르는 악행이 말할 수 없이 심했으나, 이자염은 오직 지극한 효성으로 공경하고 순종하며 시어머니를 원망하지 않았다. 화부인은 이자염의 지극한 효심에 감동하여 소교완이 자애롭지 못한 것을 굳이 들추지 않았다. 또 화부인은 세 명의 아들을 두어 네 며느리를 얻었으나 그 부부들이 근심 없이 화평하게 잘 지내지 못하니, 스스로 운명을 탄식했다. 그러던 중 2월 10일경 정자염이 임신한 지 열두 달 만에 무사히 출산하고 기린 같은 아들을 낳았는데, 그 비상함이 부모의 모습을 닮아 과연 기린이요 봉황의 새끼였다. 이씨 부중이 즐거워할 뿐 아니라 정삼 내외와 서태부인이 성손과 다름이 없음을 기뻐했다. 아울러 비록 기이하다고 하나 몽롱에게 미치지 못할까 염려했는데, 정삼이 직접 가서 보고 돌아와 몽롱에 비해 못하지 않음을 아뢰며 매우 기뻐했다. 서태부인이 더욱 기뻐하고 정염과 정겸이 함께 즐거워하며 말했다.

"형님이 늘 창현이가 인성이보다 뛰어나다고 하셨으니, 그 아들이 각각 아비를 닮았다면 이 아이는 몽룡이보다 더 기특할 것입니다."

정삼이 웃으며 말했다.

"내 본래 석보(이빈)에게는 미치지 못하니, 자손 또한 어찌 석보에 미치겠는가? 몽룡은 석보의 외손이요 어진 며느리의 태교로 외가의 아름다움을 닮았기에 그 아비보다는 나음이 있으니, 창현이의 아들이 비록 기특하나 몽룡이보다 낫다고 말하지는 못할 것이다. 훗날 자라서 둘 다 훌륭한 벼슬아치가 되겠지."

정겸과 정염이 웃으며 말했다.

"형님의 말씀이 무릇 겸손하십니다. 창현이의 어진 바탕이 과연 공자 문하의 자제로 학식이 높은 선비의 자취를 이을 것이지만 인성이의 학문을 숭상하는 큰 도가 요순의 참됨과 공자와 맹자의 온량함을 본받아 온갖 행실이 밝게 빛나고 덕을 갖춘 것이 풍성한데도 늘 창현이에게 미치지 못할 것이라 말씀하시니, 이 어찌 속마음과 겉으로 하시는 말씀이 다르지 않다고 하겠습니까?"

정삼이 대답했다.

"인성이의 타고난 자질과 덕이 창현이보다 많이 떨어지지는 않으나 창현이는 장수할 기상과 큰 복을 타고 태어났다. 내 생각에는 아무리 보아도 인성이가 창현이의 아래를 면치 못할 것이다. 그런데 그 자식은 창현이보다 못하게 낳지 않았으니, 이는 오직 어진 며느리의 태교 덕분이다."

정겸과 정염이 웃으며 말했다.

"형님이 창현이 남매를 인성이보다 뛰어나다고 여기시는 것은 결국 겸손한 말씀이십니다. 무릇 우리가 과한 복은 없으나 자식을 혼인시키면서 모두 어진 짝을 얻었습니다. 며느리는 오히려 아들보다 뛰어나고 사위들도 딸보다 못하지 않으니, 이 어찌 다행스럽지 않겠습니까?"

정삼이 고개를 끄덕이며 말했다.

"이것은 모두 조상님의 덕택이다. 내가 며느리와 조카며느리 등을 볼 때마다 다행스러워했고, 조세창, 장창린과 양필광, 이창현, 엄희륜 등의 사위를 대할 때마다 딸들의 영화로운 복록을 쾌히 기뻐하고 있단다."

정염이 문득 걱정하며 말했다.

"저는 아직 딸아이 혼사가 급하지는 않으나 마음에 드는 사윗감을 찾을 수 없으니 큰일입니다."

정겸이 웃음을 머금고 말했다.

"저는 산림의 가난한 선비인 엄희륜을 사위로 삼았으나 형이 사위를 선택하실 때는 어찌 그러시겠습니까? 반드시 재상가 집안에다 화려한 문벌을 갖춘 천고에 독보적인 옥인군자를 맞이하여 광채를 빛내실 것이니, 어디 한번 구경해 보고자 합니다."

정염이 웃으며 말했다.

"내 꼭 그럴 것이다. 설마 네 사위만도 못한 이를 고르겠느냐? 두고 보면 알겠지만, 이창현처럼 모든 게 완벽한 현자를 만나지는 못해도 조세창의 풍채에 기개와 절개, 장창린의 탁 트인 넓은 관대함, 엄희륜의 아름답고도 맑은 성품을 골고루 갖춘 뛰어난 군자를 찾아 사위로 삼을 것이다. 어찌 세속의 비루하고 별 볼 일 없는 재주꾼과 잘생긴 사내들에게 마음을 두겠느냐. 사돈댁 또한 당대에 이름난 재상으로 구해 부귀와 복록이 대대로 이어지는 것을 볼 것이니, 어찌 궁벽한 시골에 은거하는 가난한 선비를 부러워하랴?"

정겸이 웃으며 말했다.

"그렇기도 하겠지요. 제가 눈을 씻고 형의 사위 고르는 능력을 한번 두고 보지요."

정염이 먼 데를 바라보다 구레나룻을 어루만지며 말했다.

"내 맹세코 평범하고 속된 데에는 뜻을 두지 않을 것이니, 사위를 정하는 날 구경하거라. 가히 소홀하지 않을 것이다."

정겸이 웃고 나서 말했다.

"앞서 드린 말씀은 농담이었습니다. 제가 최근에 예사롭지 않은 신랑감들을 꽤 살폈는데, 석보의 셋째 아들인 창웅이만 한 이를 보지 못했습니다."

정염이 고개를 끄덕이며 말했다.

"네 말이 맞긴 하나 그 아이는 벌써 정혼을 했다. 이는 내가 발이 빠르지 못한 탓이니, 이제 어찌 다시 입 밖에 꺼내겠느냐?"

정겸이 놀라며 말했다.

"저는 그 아이가 정혼한 일을 몰랐는데, 원래 혼인하기로 정한 인연이 있었답니까? 그런 줄도 모르고 저는 석보께서 돌아오기를 기다려 형이 사위를 정하시면 기쁠 것이고 그렇지 않으면 혼사의 뜻이라도 먼저 전하려고 했더니 헛일이 되었군요."

정염이 말했다.

"우리가 소홀하여 눈앞에서 기특한 군자를 남에게 빼앗겼으니 그 애달픔을 어찌 말로 다 할 수 있겠느냐? 창웅이는 창현이에 비하면 한참 아래에 있으나, 그럼에도 그처럼 걸출한 인물이 또 있을까 싶다."

정겸이 말했다.

"이씨 부중의 창현이는 우리 가문의 인성이와 같고 창웅이는 인광이와 같습니다."

정염이 고개를 끄덕여 인정했다.

정염을 향한 정인중의 계략과 여원홍의 묘책

정염은 늘 좋은 사위를 고르려는 뜻을 품고 있었으나 적합한 자를 찾지 못하자 매우 우울해했다. 정인중은 이를 밉게 여겨, 불미스러운 말을 지어내어 여원홍의 귀에 들어가게 했다. 사이로 다니며 말을 전한 사람은 다름이 아니라 얼굴 바꾸는 약을 먹고 장씨 부중의 노양랑으로 행세하는 녹빙이었다. 녹빙은 여씨 부중으로 왕래하며 맹파에게 거짓말로 장헌의 셋째 아들 장세린의 오입하는 행실을 들먹이며, 장세린이 정염의 딸(정성염)과 정을 통해 서로 화상을 나눠 갖고 믿음의 징표로 삼았다고 넌지시 전했다. 그러면서 탄식하며 당부하기를 '이러한 일을 입 밖에 내어 말 전한 내가 죄를 얻게 하지 말라'고 했다. 이에 맹파가 고개를 끄덕였다. 맹파는 여씨가 이 사실을 알게 될까 봐 두려워 여원홍과 만씨만 있는 때를 틈타 조용히 말씀드렸다. 만씨는 이 말을 듣고 심히 분노하며 말했다.

"우리 딸이 비록 생김새가 험하고 괴이하나, 드러난 죄과가 없음에도 장세린이 신혼 첫날부터 지금까지 심하게 박대했지요. 게다가 이제 정염의 딸과 음탕한 행위를 저지르니, 그 여종이 참지 못하고 맹파에게 전한 것입니다. 우리가 비록 딸을 잘못 낳은 허물은 있으나 이처럼 분하고 억울한 일에 입을 꾹 다물어 사위가 음탕한 여자와 좋은 인연을 이루게 하는 것은 못나고 어리석은 짓입니다. 상공이 마땅히 이러한 사정을 천자께 아뢰어 정성염의 음탕하고 교활한 죄악을 밝히 드러내고, 단 하루도 재상가의 딸로 처하지 못하게 해야 할 것입니다. 풍습을 잘 교화하여 그 죄를 밝히게 해주세요."

여원홍은 잠자코 말이 없다가 뒤이어 눈썹을 찡그리며 분하고 원통해하는 만씨를 만류하며 말했다.

"부인은 직접 보지 않았으면서 믿을 수 없는 시비가 전하는 말만 곧이듣고 호들갑스럽게 말하지 마시오. 정염은 당대 명현(名賢)으로 인물됨이 엄숙하고 바르며 조정에서도 겉과 속이 한결같이 맑아 겨울철 푸른 소나무 같다오. 그러니 간사하고 사리에 어두운 일은 원수처럼 피하지요. 그 아들 두 명은 과거 시험에 합격하여 조정에 속한 명필 학사입니다. 문장 재주가 뛰어날뿐더러 청렴하여 조정 신료들과 백성들이 모두 우러러보지요. 정염에게서 태어나 가르침을 받았으며 정인흥의 누이동생인 여자가 어찌 홀로 음탕하며 교활하겠습니까? 하물며 딸아이가 못생긴 얼굴에다 비천한 성질로 타고난 성품마저 온순하지 못하니, 시댁에 머무는 동안 과악이 드러나 상하 인심이 딸아이에게 돌아오지는 않을 것이오. 장씨 부중 양랑이 와서 맹파에게 그런 말을 해주고 간 것이 진정 딸아이를 위한 뜻인 줄 어찌 알겠소? 자세히 알지 못하는 일로 부질없이 원수지간이 되면 어찌하려고? 패악한 딸아이가 이 말을 들으면 행실이 더욱 해괴망측할 것이니, 부인은 모름지기 아는 척하지 마시오."

만씨가 발끈하여 얼굴색이 변하며 말했다.

"그러면 음탕하고 난잡한 남자와 교활하고 요사스러운 여자의 죄는 밝히지도 못하고 딸아이의 앞날도 보장할 수 없습니다. 오직 분함을 간직하고 애달픔을 머금으며 알은체를 하지 말라니요?"

여원홍이 낯빛을 엄히 하며 말했다.

"나라고 어찌 딸아이의 앞날에 광명이 없기를 바라겠소? 하지만 일의 앞뒤를 살피지 않고 조급하게 서두르면 반드시 낭패를 볼 것이고 뒤에 후회막급일 것이오. 친히 본 일이라도 입 밖으로 내뱉는 것이 이롭지 않거늘, 무식한 여종이 전하는 상스러운 말을 듣고 일을 그르칠 수는 없지요. 내 다만 그 혼담을 방해하여 장 서방이 딸아이를 모질게 대한 한스러움을 풀 것이오."

만씨가 비로소 안색을 고치며 그 방해할 계획을 물어보니, 여원홍이 웃으며 말했다.

"장 서방과 정씨 여자의 사정이 과연 전하는 말과 같을지라도, 저줏대도 없는 장가(장헌)는 정씨 부중이 지위가 높고 권력이 막중한 것을 흠모하여 오히려 혼사를 이루어지기를 바랄 것이오. 그러나 정염은 깨끗하고 곧은 성품에다 예를 중시하니, 딸이 바깥사람과 관계를 맺는 지경에 있다는 말을 듣는다면 틀림없이 빨리 죽여 가문의 수치를 씻으려 할 것이오. 비록 지극히 원통한 억울함이 있어도 장 서방과 연루되었음을 통탄하며 혼인시키지 않고 특별한 조치가 있을 것이니, 이 마당에 정씨 여자가 살지 못할 것은 십중팔구일 것이오.

그러면 내가 간섭하지 않고도 딸아이의 적이 자연스레 제거될 것이니 어찌 묘하지 않겠소?"

만씨가 다 듣고 난 뒤 그 계획이 마땅하다며 기뻐하고 좋아했으나 이러한 상황을 딸아이에게는 전하지 않았다. 그러고는 장헌이 왔을 때 시녀 가운데 망측하고 괴이한 아이를 택해 개용단을 먹여 험상궂은 딸아이의 모습으로 변장시킨 후, 장헌에게 이러이러한 말을 일러 주면서 여원홍이 거짓으로 딸아이를 꾸짖어 들여보내는 척했다. 그러고 나서 장헌에게 장세린과 정성염의 혼담을 권했다. 장헌이 사리에 어두우니 저 간교하고 교활한 여원홍의 속마음을 어찌 꿰뚫어 보겠는가?

장헌은 그저 어진 뜻에 감사하고 아들이 정염의 귀한 딸을 재취로 받아들일 일을 기뻐하고 바랐으니, 어찌 아들의 방탕함과 정성염의 재앙을 생각하겠는가? 마음 가득 즐거워하며 속히 수레를 타고 정씨 부중에 이르렀다.

거들먹거리다 봉변당하는 장헌과 분노하는 정염

이날 정삼은 이모 범태부인을 뵙기 위해 범씨 부중으로 향했고, 정겸과 정염이 계취정에서 한담을 나누고 있다가 그곳으로 장헌을 청했다. 이때 어린 자제들은 서태부인과 각자의 어머니를 모셨고, 정인명은 정인유·정인경과 더불어 아버지와 숙부를 모시고 있었다. 셋은 장헌을 맞아 앞에 나아가 인사한 뒤 다시 끝자리에 서서 모셨는데,

모두 옥 같은 얼굴에다 빛나는 모습을 갖추고 있었다. 그 엄숙하고 예의 바른 몸가짐과 도에 맞는 행실이 얼핏 공자의 칠십 제자의 뒷자리를 이을 만했다.

장헌이 예를 마치고 구혼하는 말을 하려다가 돌아서서 정인유 등의 빛나는 모습과 엄숙한 태도를 보니, 아들의 방탕한 행실이 부끄러웠지만 정성염의 음란함도 이에 못지않다고 여겼다. 그러나 이같이 예법을 굳게 지키는 정염에게 딸의 음탕함을 차마 말하기 어려워 한참 동안 가만히 생각했다.

'내 아이의 방탕함도 군자의 행실이라 할 수 없지만, 남아가 새로운 걸 좋아하는 것은 족히 흉이 되지 않으니 가히 부끄러워할 바가 아니다. 그러나 깊은 규방의 아리따운 여자가 집 밖에서 남자와 관계를 맺고 달빛 아래에서 약속을 정하는 것은 매우 부끄러운 일이다. 정염이 나를 편벽되이 낮게 취급하며 사람을 능멸하고 무시하니, 그 인물됨이 과격하고 거만하며 성질이 실로 아름답지 않다. 내가 혼인을 청하는 때에 말을 구차하게 하거나 뜻을 낮춰 간절히 청하면 반드시 순순히 허락하지 않을 것이다. 차라리 그 딸의 음탕한 일을 모두 말해서 정염의 뜻을 꺾은 뒤에 도리어 순순히 응하게 하리라.'

생각이 이에 미치자 정염의 엄한 위의는 아랑곳하지 않은 채, 턱을 높이 들고 눈썹을 찡그리면서 정겸과 정염을 향해 말했다.

"형들이 자녀와 조카를 가르칠 때는 반드시 충효로써 경계하여 예에 어긋나거나 죄를 범한다면 용서하지 않을 것입니다. 그러므로 형들의 자제들은 충성과 효도를 다하고 믿음과 의리가 남다르다 할 만하지요. 수백(정겸)의 아들은 뛰어나니 다른 사람의 평범한 열 아들과도 바꾸지 않을 것이고, 은백(정염)은 유복하니 중국 후한 때 순숙의 재주 있는 여덟 아들을 부러워하지 않을 것입니다. 제가 흠모하고 우러르며 정씨 가문의 큰 복을 부러워하나 한 가지 의심스럽고 괴이하여 헤아리기 어려운 일이 있습니다. 진작 말하고자 했으나 유쾌한 말이 아니기에 머뭇거리며 미루었지요. 그런데 오늘은 형들을 대하여 주위가 조용하니 한번 말씀드리고자 합니다. 혹시 딸이 혼인을 노래한 〈도요〉라는 시를 읊고, 또한 봄을 사랑하여 음기를 보하려는 기질에 가까운지요?”

정염과 정겸이 장헌의 거동을 수상하게 여겼으나, 이런 말을 듣게 될 줄은 천만뜻밖이었다. 정염은 다른 누구보다 더 유별나게 딸아이를 사랑했다. 그런데 오늘 갑작스레 장헌이 한 말은 딸아이를 능욕하는 것이니, 놀랍고도 망측하여 바로 대답하지 못했다. 이때 정겸이 얼굴색을 엄히 하며 말했다.

“형이 오늘 취했습니까? 어찌 말씀을 함부로 하십니까? 은백 형의 딸이 갓 열 살을 겨우 넘었으므로 아직 어려서 사위를 염두에 두지도 않고 있는데, 그 아이가 어찌 봄을 사랑하는 더러운 뜻이 있겠습니까?”

장헌이 한참 껄껄 웃다가 자리를 고쳐 앉으며 갓을 바로 쓰고 말했다.

“내가 비록 사리 분별을 못 하고 이치에 밝지 못하나 어찌 하는 말을 살피지 않고 입 밖으로 떠들어대겠습니까? 그렇지만 너무나 의심스럽고 괴이하며 헤아리기 어려운 일이 있어 한번 형들에게 전해 나의 놀란 마음을 덜고자 한 것입니다. 그런데 수백이 나더러 취했다고 하고 은백의 딸을 마치 포대기에 싸인 아기로 여기니, 말해봤자 소용이 없을 것 같습니다. 자식을 아는 것은 그 아버지만 한 자가 없다고 하지요. 은백이 딸에 대해 아는 것이 수백보다 나을 것이니, 비록 나이가 어리나 성품이 음탕하면 자연히 음양의 조화로 인한 즐거움을 먼저 깨달아 남자를 따라 월하에 인연을 맺고 서리 내린 수풀에 옷깃을 적시기도 하지요. 음탕한 마음과 음란한 정이란 것은 나이의 많고 적음에 따른 것이 아니니, 어찌 열 살이나 된 아이를 어리다고만 하겠습니까? 내 아들 세린이가 뜻을 바르게 하고 행실을 닦아 하혜와 미자의 아름다움을 본받고 여자에게 마음을 두지 않는다면 내 어찌 은백의 딸이 절개가 곧은지 그렇지 않은지, 어진지 어질지 못한지를 말머리에 올리겠습니까? 그러나 내 아들이 예의가 없어 새로운 것을 좋아하는 까닭에, 향기로운 규방을 통해 서로 화상을 신물로 나눠 갖고 청산과 녹수를 두고 굳게 맹세하여 남녀의 정을 은밀히 통했습니다. 양가 부모가 아무것도 모르며 형제와 친척이 이를 전혀 알지 못해 부부의 연을 맺을 길이 없으니, 못난 아들놈이 마음속으로 괴로워하며 사모하는 생각으로 속절없이 화상만 보며 못내 슬퍼했습니다. 그러다 병이 고황에 들어 살길이 망연해졌지요. 내가 모르는 사이에 모친과 형이 위로하며 혼담을 이루도록 힘을 써보겠다고 말하니, 그제야 슬픔과 근심을 잊고 밤낮으로 좋은 소식을 기대하며 속히 혼례가 이루어지기를 바란다고 합니다. 내가 부끄럽고도 놀랐으나, 부자 사이의 사랑과 천륜의 지극한 정으로써 죽을병에 걸려 위태로운 아이를 차마 매로 때리지 못하고 도리어 살기를 바라니, 혼인을 온전히 이루는 길밖에 다른 방법이 없습니다. 은백은 다만 딸아이를 잘 가르처 그 음탕함과 교활함을 버리고 지조와 절개를 곧게 하는 데 이르게 한다면, 앞일은 이미 지나갔으니 남녀의 과실을 다시 들먹일 필요는 없겠지요. 부부가 새롭게 행실을 닦아 문란하지 않는다면 이 또한 다행스러운 것이니, 은백은 행여 괴이하게 생각하지 마십시오. 혹시라도 내 말이 믿기지 않거든 딸이 가진 상자 속 물건들을 뒤져보시지요. 내 아들이 그 아이에게 신물을 주었으니, 분명 화상이 있을 것입니다."

장헌의 말끝에 정염이 노발대발하며 얼굴빛을 매우 엄하게 하고는 소리 높여 말했다.

"형이 돌아가신 우리 숙부의 가르침을 받은 제자로 일찍이 성학과 예훈을 익히고 지금은 지위가 재상에 이르러 사리가 밝고 이치가 환할 것인데, 오늘 어찌 이렇듯 더러운 말을 어지러이 내뱉습니까? 선비 가문의 규수를 팔마와 난창 같은 더러운 계집아이로 여기시다니요? 내 본래 사리에 어둡고 무식하여 자식을 잘 가르치지 못했기에 아이들이 모두 예의범절을 배우지는 못했으나, 품행이 밝고 절조가 굳어 저마다 음란하거나 도리에 벗어난 방탕한 태도를 꺼립니다. 형이 하는 말씀은 제 비위에 거슬려 듣지 못하겠군요. 형의 아들 또한 난잡하게 그런 미친 짓을 할 리가 없을 텐데, 근거 없는 맹랑한 말로 선비 가문의 규수를 곤경에 빠뜨리려 하시는군요. 형은 이처럼 더럽고 난잡한 소문을 어디서 누구에게 들으셨습니까?

내 비록 군자의 도에 이르지 못했으나 이같이 음흉하고 예가 아닌 말은 듣는 것조차 더럽게 여깁니다. 우리 집안이 보잘것없으나 당당한 재상 가문으로 내외의 구분이 엄격합니다. 또한 여식이 변변하지 못하나 예를 배우고 백희의 행실을 본받아 가족들도 그 얼굴을 자주 대하지 못하는 상황입니다. 그런데 어찌 외간 남자와 사통했겠습니까? 이는 반드시 요망하고 간사한 사람이 사특한 계교로써 나를 해치려는 수작입니다. 어린 딸을 이렇듯 음란하고 참혹한 곳으로 몰아넣었으니, 이는 내가 어질지 못한 까닭입니다. 누구를 원망하며 누구를 탓하겠습니까?

만일 형의 말이 사실이라면 어찌 보잘것없는 한낱 어린 여자아이 때문에 우리 가문의 깨끗한 덕을 상하게 하겠습니까? 한 그릇 독주로써 딸아이의 목숨을 끊어버려 꺼림칙함을 없애는 것이 마땅하니, 진실로 잠시도 살려두고 싶지가 않습니다. 그러니 형은 전후 사연을 상세히 말씀해 주십시오. 아드님이 어떻게 제 딸의 화상을 얻었으며, 딸아이의 침소에 또 어찌 아드님의 화상이 있을 것이라 말씀하십니까? 오직 내가 형과 이웃하며 지낸 것이 불행이었으니 다시 무슨 말을 하겠습니까?"

말을 다 하고 분노가 치솟으니, 그 엄하고 매서운 기상을 한번 바라보기만 해도 두려움에 온몸을 벌벌 떨 정도여서 장헌은 어찌할 바를 몰랐다. 장헌은 여원홍의 말대로 부인과 아들에게는 의논도 하지 않고 곧장 이곳으로 와 어설픈 꾀와 얕은 지혜로 정염을 윽박질러서 자기를 능멸하고 무시하던 분을 씻으려 했다. 정성염의 음란함을 더럽게 여기는 듯이 말해 정염이 부끄러워하고 창피해하는 모습을 보려 했던 것이다. 그런데 뜻밖에도 정염의 엄하고 매서운 기상이 하늘을 찌를 듯하고 격상한 말투가 조금도 구차함이 없을 뿐만 아니라, 전후 사연을 하나하나 풀어내라고 하는 기세가 심히 당당하며 혼인의 연을 맺을 뜻은 꿈에도 갖고 있지 않았다.

이런 광경을 본 장헌은 조금 전까지 의기양양하던 모습은 사라지고 문득 기운이 꺾였다. 또 얼굴색이 붉으락푸르락하며 정염의 모습과 위의를 우러러 힘없이 몸을 움츠리며 불안하고 당황하여 말을 잇지 못했다. 장헌은 일의 전후 사정을 자세히 알지 못했고, 다만 여원홍이 말하기를 '그대 아들과 정씨 딸이 사사로운 정을 두어 화상을 나눠 갖고 굳게 약속하는 신물로 삼았다네. 그 둘이 서로가 매우 음탕하며 사사로운 정이 깊어 떨어질 수 없으나 부모와 친족이 알지 못하기에 감히 마음대로 할 수 없어 숨기고 억누르고 있다네. 그대 아들이 죽을병을 앓는 것은 정씨 딸을 속히 만나지 못할까 슬퍼하며 염려한 까닭이라네. 한번 다시 살아난 것은 다행스러운데, 상사병이 고황에 드는 질병이 된다면 능히 살지 못할 것이니 신속히 이 사정을 정염에게 알려 혼인의 육례를 행하여 문승(장세린)의 슬픔과 근심을 덜어내는 것이 좋을 것이네. 또한 그대 아들의 뛰어난 재질이 내 딸의 못난 성품과는 하늘과 땅처럼 차이가 크니, 이제 뛰어난 미모의 여인을 구해 짝을 이루어 그대 아들의 풍채를 빛내고 재상가 여자와 슬하에 자식을 많이 둔다면 여간 즐겁지 않겠는가.' 하니, 그 말을 따라 다행스러운 마음으로 쾌히 즐거워하며 그 공변되고 사사로움이 없는 마음을 거듭 칭송했다. 그러고는 그길로 속히 정씨 부중으로 가서 어설픈 꾀로 정염을 꺾으려 하다가 이와 같은 곤경을 당한 상황이기에 전후 사연이랄 것이 없었다. 여원홍에게 들은 말을 옮기려고 했으나, 정염이 더욱 화를 내며 '자세히 알지도 못하면서 여원홍의 한마디 말만 듣고 와서 재상가 여식을 억울한 곤경에 빠뜨렸느냐'고 따질까 봐 두려워 바른대로 말하지도 못하고 잡된 생각과 좀스러운 잔꾀만 떠올렸다.

'여원홍이 근거 없는 허무맹랑한 말은 하지 않을 사람일 뿐 아니라 지난번 세린이의 병이 과연 수상했으니 그것이 어찌 상사병이 아니겠는가? 남녀가 마음이 맞아 서로 얼굴을 그려 신물로 삼은 것을 양가 부모가 비록 몰랐으나, 세린이와 인홍이는 서로 각별하게 친한 사이니 은밀한 일이라고 하더라도 분명 모르지 않을 것이다. 또 정씨 딸의 심복 여종이 더욱 잘 알 것이니, 그들이 답하게 해야겠구나. 은백이 비록 통탄스럽고 화가 나겠지만 그 딸의 소행이 불손하니 끝내 어찌할 도리가 없을 것이다. 그 음행의 단서를 말하게 하여 스스로 부끄러워하는 지경에 처하게 할 것이다.'

장헌은 이렇게 생각하고 웃으며 말했다.

"피차간에 자녀가 분별없이 저지른 행동을 알지 못했군요. 미리 경계하지 못해, 내 아들은 담을 넘어 향기를 훔치려는 마음을 두었고 형의 딸은 남녀의 화간이 허물이 됨을 알지 못했으니 양가 부모의 불행함이 마찬가지입니다. 내 마음과 은백의 마음이 너무나 놀란 것은 어디 비할 데가 없을 정도인데, 어찌 혼자 분하고 원통해하면서 가을 서리와 백옥같이 깨끗한 딸을 내가 음흉하게 해하고자 하는 듯이 말하십니까? 내가 비록 사리에 어둡고 살피지 못했으나 이미 소문이 시끄러워 온 집안에 모르는 사람이 없는데 어찌 보고 듣지 못하겠습니까? 내 아들이 형의 딸아이 화상을 손안의 진귀한 보물로 삼았으며 또 형의 딸 또한 마찬가지입니다. 양가 부모가 비록 아득히 몰랐으나, 그 좌우 시녀와 친구들은 반드시 알았을 것입니다. 그중에 끝어들인 자가 있었기에 일이 그렇듯 되었을 것이니, 원보(정인홍)는 내 아들과 생사를 함께하는 각별한 친구인지라 비록 은밀한 일이라도 서로 숨김이 없을 것입니다. 원보나 형의 딸을 모시는 종들을 찾아서 알아보면 전후 사정을 자세히 알 수 있을 텐데, 어찌 나에게 세밀한 일들을 다 말해보라고 하십니까? 내가 아들에게 전후 사연을 묻지 않았기에 그 끌어들인 자와 마음을 합쳐 도운 이를 알지 못합니다. 생각건대, 형의 아들 등이 아예 모르지 않을 듯합니다."

정염이 다 듣고 나서 발끈 성을 내면서 눈썹을 치켜세우고 소리를 매섭게 하여 정인홍을 당장 부르라고 명하면서 성난 얼굴로 정인유를 보았다. 위엄 있는 태도로 매섭게 바라보니, 정인유가 털끝만큼의 죄를 짓지 않았는데도 부친의 얼굴을 보고는 몸이 움츠러들고 등에 땀이 흘렀으며 두려움에 온몸이 벌벌 떨렸다. 이에 엎드려 명령을 받들면서도 감히 얼굴을 들지 못했다.

분노를 참지 못해 정인홍을 매질하는 정염

이때 정인홍이 부르는 명을 받고 나오니 정인유 등이 일어나 맞았다. 정염이 아들을 보자 더욱 화가 나, 정인홍이 난함에 올라서자마자 큰 소리로 꾸짖었다.

"아비의 가르침이 모자라 비록 학문의 도를 이루지는 못했으나 조금이라도 이치에 어그러진다면 삼가는 것이 마땅하다. 친구를 사귈 때는 현명하고 착한 이를 벗해야 함에도 장세린같이 도리에 어긋난

자와 친하게 지내며 하나밖에 없는 누이를 더러운 소문에 휘말리게
하여 흉악한 재앙을 겪게 하는구나. 이 무슨 도리란 말이냐?"

정인홍이 천만뜻밖에 부친의 성난 꾸짖음을 들었으나 전후 사연을
알지 못하니 그저 놀랍고도 괴이하여 어찌할 바를 몰랐다. 정염이 어
찌 아들이 이 일을 알지 못하는 것이 자기와 다르지 않다는 점을 모
르겠는가? 다만 정인홍이 평상시 장세린의 인물됨을 사랑하여 교우
관계가 두터웠고 그 정의가 혈육과 같았으므로 문득 장헌이 불미스
럽고 음란한 일을 정인홍 등이 끌어들인 듯이 말한 것이 몹시 분했고
그로 인해 충천한 노기를 풀 곳이 없었으니 자연스레 죄책(罪責)이
정인홍에게 돌아간 것이었다. 정염이 분연히 책상을 박차고 다시 소
리를 지르며 크게 꾸짖었다.

"네가 장세린처럼 음란하고 도리를 모르는 자와 마음을 터놓고 사
귀며 그 난잡하고 음탕한 마음을 함께하여 어린 누이를 참혹한 흉얼
에 얽히게 했구나. 비록 헛소문이긴 하나 누이가 무거운 악명과 끝없
는 욕됨을 당하게 되었으니, 그 불행함과 겹겹이 쌓인 부끄러움을 어
찌하려느냐? 우리 가문은 조상이 남긴 풍속과 대대로 내려오는 덕을
이어 남자는 정직하고 의를 행하며 여자는 지조와 절개를 지켜 낮고
천한 더러움은 천 리보다 더 멀게 여겼다. 그런데 네게 이르러서는
친구를 잘못 사귀어 비루한 소문이 내 귀에 들리게 하는구나. 내 일
찍이 글을 읽더라도 음탕하고 음란한 내용에는 분개하지 않은 적이
없었다. 그런데 열두 살도 되지 않은 딸아이가 음란하고 천한 오명을
듣게 되었으니, 나는 이제 천륜의 사랑을 끊어 탕자 세린이의 음탕하
고 망령된 뜻을 끊을 것이다. 그러니 네가 장세린과 각별하게 사귄

죄를 어찌 용서하랴?"

이렇게 말하는데 그 위엄이 산악 같고 호령이 폭풍우 같았다. 이어 정인흥을 잡아 끌어내리라 하고 사내종에게 몽둥이를 내오라고 명했다. 정인흥은 원통한 꾸짖음과 형벌에는 놀라지 않았으나 누이의 신상에 난잡한 누명이 미쳤음을 그제야 깨달아 매우 놀랐다. 지난번 장세린의 병이 분명 누군가를 몹시 그리워하는 마음에서 비롯된 것임을 알고 놀랐으나, 그것이 자기 누이를 사랑한 것인 줄 어찌 꿈에서라도 알았겠는가? 정인흥은 화상 관련 이야기와 장헌의 허다한 이야기를 다 듣지 못했으나, 분하고 원통한 것은 아버지와 다를 바 없었다. 그러나 부친의 분노가 심해 죄책이 자기에게 미치자 관을 벗고 띠를 풀고는 땅에 엎드려 명을 기다렸다.

이때 정인유와 정인명이 일시에 몸을 움츠리며 마치 죄를 지은 듯 얼굴색이 잿빛이 되었다. 그러나 정인흥은 오직 공경하며 조심하면서 한결같이 온화한 얼굴색을 보이니, 아우들이 몹시 놀라고 겁에 질려 얼굴에 핏기가 없는 모습과는 사뭇 달랐다. 정인흥이 매를 맞는데 나아가 대청마루 위를 우러러 거듭 절을 올리며 말했다.

"아버님의 엄한 가르침을 받들었으나, 못난 제가 행실을 함부로 하여 가르침을 제대로 행하지 못했습니다. 일찍이 친구들을 좋아하여 정을 쏟고 마음을 기울여 그 가운데 좋은 점을 취하고 그중의 단점은 버렸어야 했는데, 장세린의 짐승 같은 마음과 개 같은 행실을 알지 못하고 사귐이 지극했습니다. 오늘 아버지의 말씀을 듣고 매우 놀랍고 기가 막혔습니다. 사리에 어둡고 잘 살피지 못해 참된 친구를 사귀지 못한 죄벌을 달게 받겠습니다. 그리고 참혹한 정황을 장세린에게 물어 누이의 억울한 사정을 밝힐 것이오나, 이 불행하고 원통함을 어찌 견딜 수 있겠습니까? 장공(장헌)께서 아시겠지만, 세린이가 비록 큰 병에 걸려 방탕함이 옛날보다 더할지라도 그런 허무맹랑하고 근거 없는 일을 부형 앞에서 말하지는 않을 것입니다. 이는 실성하여 술에 취한 미친 사람이라도 차마 할 수 없는 짓입니다."

말을 다 끝내고는 얼굴색 하나 변하지 않고 조용히 매를 맞았는데, 정염의 호령 소리가 갈수록 열렬하여 이로써 분을 씻으려 했다. 사내종이 매우 초조해하며 두려워했으나 인정을 두지 못해 힘껏 때리니, 매가 수십 장에 미치지 못해서 정인홍의 옥 같은 피부가 이미 헐어서 흐르는 피로 범벅이 되었다. 그러나 정인홍은 호흡을 낮추고 한마디 소리를 내지 않았으며, 아파하는 거동과 원망하는 빛도 없었다. 뜻하지 않은 죄벌을 당해 살이 찢어지고 피가 쏟아졌으니, 이는 집안의 미천한 종이라도 받지 않던 심한 매질이었다.

정겸이 정염의 엄한 성정을 알았지만 정인홍이 억울하게 매를 맞는 상황을 참지 못해 그만 용서하라고 청했다. 정인유 또한 눈물을 흘리고 머리를 조아리며 사람 잘못 사귄 죄를 함께 다스려 달라며 목이 메도록 애걸했다. 정염은 사람들의 어수선한 간언은 들은 체하지 않고 다만 정겸의 말에 대구했다.

"여러 아이들이 장세린을 사귀어 친함이 있지만 그중 인홍이는 친함이 각별하다. 비록 누이를 흉얼에 빠뜨리고자 한 것은 아니겠지만, 유유상종으로 뜻을 합쳐 더러운 욕이 어린 누이에게 미치게 되었으니 그 통한함과 분함을 어찌 견딜 수 있겠느냐? 먼저 못난 자식을 엄히 다스린 뒤에 딸아이를 죽여 내 마음에 꺼림직한 것을 없애고, 이

어 장씨 부중 탕자의 음탕한 바람을 끊어버려 이 분함을 만에 하나라
도 풀 것이다. 나의 가슴에 불이 일어나는 듯한데, 동생은 어찌 이 마
음을 모르고 부질없이 만류하려고 하느냐?"

이어 돌아서서 장헌을 향해 말했다.

"내가 인홍이에게 한 말을 형이 또한 들었을 것입니다. 형의 아들
을 사귄 일이 한스러우나 음탕한 일은 전혀 알지 못하는 듯하군요.
친구를 위해 아비를 속이지는 않을 터이니, 형이 또한 세린이에게 물
어보셔서 정황을 자세하게 밝히십시오."

말을 마쳤으나 정염은 매질을 그칠 뜻이 없었다. 정인홍은 이미 40
대를 맞고 가죽과 살이 문드러졌으며 흐르는 피로 옷이 젖었다. 정염
은 원래 자식들을 가르칠 때 과하게 엄했기에, 우연히 저지른 잘못이
라도 너그럽게 용서하지 않았다. 정인홍 등이 어려서 태형을 당해 혹
피와 살이 상한 적은 있었으나 부친이 오늘처럼 진노한 적은 없었고
장벌의 엄함도 오늘 같은 날은 처음이었다. 정인홍은 열여섯 나이로
평범한 부류와 매우 달라, 인물됨이 굳고도 강해 우주를 받들 기운과
북해를 뛰어넘을 호탕함이 있기에 능히 엄한 매질을 견디며 몸을 움
직이지 않았고 아프다는 소리를 지르지도 않았다.

그러나 점차 얼굴색이 변해 잿빛이 되자 정겸이 매우 다급하게 중
간 계단으로 내려가서는 정인홍에게 죄가 없다면서 그만 용서하라고
했다. 장헌이 이 광경을 마주하자 심히 부끄러울 뿐 아니라 정염이
아들을 이렇듯 심하게 매질하여 생사도 돌아보지 않는 것을 보고는,
매우 모질고 사나운 사람이라 여기며 자신이 바라던 바를 이루기 어
렵겠다고 생각했다. 또 정염이 말끝마다 자신의 딸을 죽여 없애겠다

고 말하니, 애초 장헌이 혼인을 맺어 친인척이 되려는 바람은 오히려 근심으로 바뀌었다. 정인홍 형제가 비록 아버지의 위엄에 몸을 움츠리고 있었으나 본성은 강하고 늠름했다. 이에 장헌은, 그들이 누이를 비루한 소문에서 벗어나게 하고 흉한 소문의 진상을 밝히기 위해 자기 부자를 가만두지 않을 것 같아 겁에 질려 내심 초조해하며 이렇게 생각했다.

'사람이 어찌 저렇게 사나울까? 이 악종이 그 부친을 공경하고 받드는 것은 타인보다 뛰어나나, 다른 이들에게는 제 아비의 사나운 성품을 그대로 이어받아 강하고 악찹스럽게 구는 것이 말로 다 못 할 정도이다. 그런데 내가 잠깐의 그릇된 생각으로 이 유별난 악종과 공연히 원수를 맺게 되었구나.'

(책임번역 한정미)

완월회맹연〉 권 57

천륜을 끊으려는 정염과
그를 만류하는 정씨 부중

정염이 누명을 쓴 딸에게 죽기를 종용하고

정씨 부중 사람들은 정염을 깨우치다

여원홍의 말을 정겸에게 전하는 장헌

　장헌이 이렇게 생각했다.

　'내 그릇된 생각으로 이 유별난 악종과 공연히 원수를 맺게 되었구나. 내가 평생 세상을 살면서 이런저런 일에 두루 걸쳐 있으니, 사람들이 나더러 용렬하여 권세 있는 자를 붙좇는다고 꾸짖었지. 그러나 사람들과 원한 맺는 것을 몸을 망칠 수 있는 재앙의 근원으로 알아 삼가고 또 조심하기를 지극히 해왔다. 그런데 오늘 삽시간에 평생 노력이 그림의 떡이 되었구나. 이 일을 어찌하면 잘 마무리 지을 수 있을까? 은백(정염)과의 정의가 예전과 같기를 바라지 못할 듯하니, 차라리 여원홍이 했던 말을 밝혀 전하고 잘못을 사죄할까? 그렇게 해도 은백의 노기와 분노가 한결같으면 이를 또 어찌할까?'

　이렇듯 속으로 애태우며 겉으로 상심한 듯하니, 무엇에 홀린 듯 술에 취한 듯했다. 천둥 벼락을 만난 누에 혹은 굶주린 범을 만난 개 혹은 개를 만난 여우처럼 두려워하며 달아날 듯 숨을 듯 능히 앉은 자리를 떨치고 일어나지 못했다. 얼굴을 붉히고 부끄러워하며 이러지도 저러지도 못하는 상황이었다. 정겸이 당에서 내려가 정인흥을 구하는 모습을 보며 장헌은 멍하니 몸을 일으켰다. 정겸을 따라서 계단 중간쯤 내려온 것도 깨닫지 못한 채 소리를 낮추어 정염에게 말했다.

"내가 형의 아들이 불초자 세린이의 음란한 패행을 다 안다고 한 것이 아니라 젊은 친구 사이에 혹 마음을 터놓고 은밀한 일을 서로 주고받은 것이 있지 않을까 해서 드린 말씀입니다. 인흥이가 알지 못하는 것이 형과 다르지 않은 듯하군요. 아는 것이 있어도 죄는 아닐 텐데, 하물며 이 사건의 정황을 모르지 않습니까? 죄도 없이 매맞는 것을 보니 내 얼굴이 달아오르고 마음이 아픕니다. 부탁이니 과도함을 그치고 내 말을 들어주십시오. 이 일은 이렇게 처리할 것이 아니라, 내가 다시 세린이에게 물어보고 진실 여부를 확실히 조사하여 소문의 근원지를 찾아서 명백히 해결하겠습니다. 어찌 이렇듯 급작스럽게 행동하십니까?"

정염은 정인유 등이 몹시 애태우며 간절히 빌고 정겸이 뜰에 내려가 정인흥을 용서해 달라고 사정하는 행동을 보면서, 아들 정인흥이 이 사건과 관련해 죄가 없음을 알고 있었다. 그럼에도 하늘을 찌를 듯한 분노를 마땅히 풀 곳이 없었기에 아들에게 죄를 더하여 오히려 용서할 뜻이 없었는데, 장헌의 이 같은 행동을 보니 그 망측함과 비루함을 새삼스레 책망할 바가 아니었다. 그러나 장헌 또한 지위가 높고 나이도 자기보다 많았기에, 함부로 꾸짖거나 내치지는 못할 터였다. 이에 몸을 일으키며 공경히 장헌에게 당에 오르기를 청하고 드디어 정인홍을 용서했다. 정인유 등이 다행스러워하며 감사드린 뒤 빨리 나아가 형을 보았는데, 얼굴색이 잿빛 같고 호흡이 끊어진 듯했다. 놀라서 황급히 맨 것을 풀고 환약을 따뜻한 차에 타서 입에 흘려넣으니, 얼마 지나지 않아 정인홍이 기운을 차리고는 다시 당 위를 우러러 고개 숙이며 절했다. 편안한 행동거지와 온화한 기운으로 한결같이 두려워하고 삼가는 모습이 지극했다. 아무리 엄한 정염이라도 아들이 죄 없이 벌을 받는 것과 이렇듯 부친의 뜻을 기꺼이 따르는 모습이 측은하여 노한 기운을 풀고는 물러가 옷을 고쳐 입으라고 명했다. 정인홍이 매우 황송해하며 머리를 조아리고 두 번 절한 뒤 물러났다. 그러자 정염이 다시 장헌을 향해 말했다.

"내가 이미 못난 자식이 친구를 그릇 사귄 죄를 다스렸으니, 이제 어린 딸을 죽여 꺼림칙함을 없애고 형의 아들이 가진 음탕한 마음을 끊어버리게 할 것입니다. 내가 피붙이를 살해한 극악한 흉인이 될지언정 자식이 평생 욕됨과 천박함을 감당하게 하지 않을 것입니다. 잔인하고 참혹한 일을 저지르려니 내 마음이 온전하지 못해 형과 더불어 긴 이야기를 조용히 나누지 못할 듯합니다. 기나긴 세월 동안 서로 만나는 일이 잦을 것이니, 훗날 다시 말씀하시지요."

말을 마치고는 소매를 떨치며 내루로 향했다. 정겸이 매우 놀라고 당황하여 장헌을 돌아보며 말했다.

"형(정염)의 기색을 보니, 천륜을 끊어 피붙이를 해치려는 변고를 일으킬 듯합니다. 놀랍고도 두려워 애가 타네요. 내가 조카들과 함께 죽기를 각오하고 형의 지나친 행동을 막아볼 것이니, 형(장헌)은 우리가 모두 들어간다고 욕하지 마십시오. 또한 비록 어지럽고 혼란스러운 상황이나 전후의 사연을 자세히 밝혀주십시오. 형이 이 와중에 말씀을 명백히 하셔서 조금이라도 아들의 억울한 누명을 벗긴다면 이 또한 다행스럽지 않겠습니까?"

장헌은 정염이 화를 내며 떨쳐 일어나 성급히 안으로 들어가는 것을 보며, 끝내는 큰 사단이 일어날 것 같아 놀랍고도 두려웠다. 딸을 죽이고 그 원한을 자기 부자에게 갚으려는가 싶어 두렵기 그지없었는데, 정겸이 하는 말을 듣고는 매우 다행스럽게 여기며 그의 소매를 붙잡고 혀를 차며 말했다.

"지금 은백이 화내는 모습을 보니 하늘을 깨칠 듯해 말을 붙이기도 어렵습니다. 애초에 내가 이 불미스러운 일을 입 밖으로 내는 잘못을 저질렀으니, 과연 나의 죄라 몹시 후회하고 있습니다. 어찌 들은 바를 바른대로 말하지 않겠습니까마는, 은백이 너무 급작스럽게 화를 내니 즉시 밝히지 못한 것입니다. 수백(정겸)이 이렇듯 묻는데 어찌 말하지 않겠습니까? 지난번에 아들의 병세가 위독하여 생사를 가늠할 수 없었지요. 나는 그 병이 누군가를 사랑하는 마음 때문에 생긴 것임을 알지 못했고요. 그런데 오늘 여원홍이 나에게 이러이러한 말을 전하며 혼인을 권했는데 진정에서 비롯한 말이었습니다. 내가 속으로 의심 없이 생각하기를 '아들이 상사병에 걸려 황천길을 재촉하는데, 내가 몰랐던 것은 등잔 밑이 어두웠던 까닭이다. 한 집안에서 이 불미스러운 일을 내 귀에 들리게 하지 않은 것은, 만약 내가 알면 정씨 형들에게 말을 옮기게 될 것이기에 꼭꼭 숨긴 것이로구나. 여원홍은 이렇듯 세세한 비밀을 다 알고 있었는데 나 혼자만 몰랐으니, 집안사람을 만나서 새삼스레 물어볼 필요가 없겠구나.' 하고 여씨 부중에서 바로 이곳으로 왔던 것입니다. 은백의 딸이 고귀한 행실을 갖추고 인물됨이 그렇듯 기특한 줄은 몰랐고, 오직 여원홍의 말만 듣고는 음탕하고 비루한 인물로 생각했습니다. 그러나 나는 오로지 두 사람이 아름다운 인연을 맺길 원해서 조금도 나무라며 버릴 뜻이 없습니다. 이는 사돈이 되어 좋은 관계를 겹겹이 맺고, 또 아들이 바라는 배우자를 맞아 저의 재주와 풍채를 저버리지 않으려 함입니다. 그런데 은백이 품은 뜻은 내 마음과 같지 않았군요. 은백의 딸아이가 고결함이 그와 같다면 여원홍이 어디서 근거 없는 허무맹랑한 말에 미혹되어 나에게 혼사를 이루라고 권한 것이니, 이는 다 내가 신중하지 못한 탓입니다. 먼저 집에 있는 아들에게 일의 자초지종을 물어보고 또 여러 사람의 의견을 들은 뒤에 여기 와서 털어놓아도 늦지 않았을 텐데, 가볍게 입을 놀린 탓에 일이 혼란스러운 상황에 이르렀으니 어찌 애달프지 않겠습니까? 형은 모름지기 빨리 들어가 이 말을 은백에게 알려주십시오. 은백의 화가 좀 누그러지면 내가 다시 여원홍을 찾아가 소문의 근원지를 물어 실상을 밝힐 것입니다. 그러면 우리 애와 은백의 딸이 억울한 상황에 놓인 원인을 찾을 수 있겠지요. 죄는 반드시 지은 자에게 돌아가는 법이니, 한때의 누명이 꺼림칙하긴 하나 몸가짐이 바르고 깨끗하며 하늘을 우러러 창피함이 없고 땅을 굽어봐도 거리낌이 없다면 무엇이 부끄럽겠습니까?"

정겸이 조용히 다 듣고는 처음부터 간사한 자가 거짓된 흉한 소문으로 조카를 억울한 누명에 처하게 한 것임을 깨달았다. 그러나 이 말이 여원홍의 입에서 장헌에게까지 들리게 된 정황은 더욱 이해할 수 없어 눈썹을 찡그리며 말했다.

"형이 여 추밀(여원홍)의 말만 곧이곧대로 믿고 아들의 사정도 알아보지 않은 채 여기에 와서 이야기를 꺼낸 것은 정말 경솔한 행동이었습니다. 그런데 정말이지 여 추밀이 어디에서 이러한 흉한 소문을 듣고 와서 형에게 혼사를 재촉했는지 도대체 짐작조차 할 수 없네요."

장헌이 웃으며 말했다.

"사람들은 모두 여원홍을 현명한 재상이 아니라고 하지만, 나는 그가 지극히 공평하고 사사롭지 않다는 것을 알고 있습니다. 아마 여 추밀도 들은 데가 있을 것이니 충분히 의혹을 푸는 것이 옳겠지요."

장헌은 한편으로 정씨 형제들이 자기를 욕할까 두려워하고 한편으로는 겸연쩍어 벌떡 일어나 허둥거리며 돌아갔다. 그 모습 또한 가관이었다.

딸에게 독약을 권하는 정염과 이를 저지하는 정인광

정염은 갑작스레 방문한 장헌이 천만뜻밖에 자기의 소중한 딸을 함정에 빠뜨려 음란하고 천박한 흉얼이 드러나게 하고, 더러운 말과 비열한 모습으로 자기를 위협하며 달래서 사돈을 맺고자 하는 뜻을 비치자 몹시도 분했다. 그래서 스스로 천륜을 저버리는 험악한 사람이 될지언정 딸아이를 이 세상에 머물게 하고 싶지 않았다. 또 아들 정인홍의 억울함을 모르지 않으나 분노를 풀 데가 없어서 일부러 매섭게 몽둥이로 때린 뒤 물러가게 한 것이다. 잠시 뒤 정염은 몸을 일으켜 상운각으로 향했는데, 도중에 대서헌에 들러 약상자에서 독약한 봉지를 찾아 소매에 넣고 다시 걸음을 돌이켜 운각에 다다랐다.

이때 정성염이 시녀들과 함께 어머니의 무료함을 달래드리려다가 아버지께서 들어오신다는 말을 듣고 바삐 주렴을 걷고 당에 내려갔다. 그 자태와 태도가 비할 데 없이 아름다웠고, 모친을 닮아 그 성격이 엄숙하면서도 조용하고 침착했다. 정염은 이 딸에 대한 사랑이 자별하여 네 아들보다 더했다. 정성염이 처음 태어나 포대기에 있을 때부터 하루에 열 번을 보아도 기뻐했으며, 스스로 자랑하기를 '천상 세계와 인간 세상을 다 뒤지더라도 예나 지금이나 이와 같은 아이는 다시없을 것'이라고 했다. 이에 친척들이 딸 사랑이 너무 심한 것을 놀리고 비웃었다. 정염은 정성염의 나이가 열 살이 넘자 사위를 고르는 걱정에 잠시도 마음을 놓지 못했다. 딸에게 꼭 알맞은 귀한 군자를 찾지 못해 우울해하고 근심스러워하다가 마음에 병이 되었으니, 형제들과 집안사람들 모두 그가 딸을 사랑하는 일과 사위 고르는 일이 다 범상치 않아 너무 병적으로 집착한다고 지적할 정도였다.

이렇듯 정성염에 대한 정염의 사랑이 특별했는데, 가문의 광채를 이루어 이름난 군자를 사위로 맞아 슬하에 재미를 더하며 기쁨을 돕고자 하던 뜻이 모두 헛된 일이 되어버렸다. 이제 딸아이의 앞날을 다시 의논할 일이 없게 된 것이다.

'장세린은 빼어난 풍채와 준수한 골격 그리고 세상을 뒤엎을 만한 기개를 지닌 선비라 평범한 사내들보다 백배 천배나 뛰어나다는 것을 어찌 모르겠는가? 그러나 딸아이에 비하면 많이 모자랄 뿐 아니라 본래 장공(장헌)을 비루하고 천하게 여겨 한낱 짐승처럼 취급해왔으니, 그 아들이 아무리 뛰어난들 사위 삼을 생각이나 했겠는가?

하물며 장세린은 글 짓는 능력이 뛰어나고 재주가 기이하나 학문의 이치를 궁구하지 못하고, 영리하고 재주가 남다르나 군자의 통달함에는 미치지 못했다. 거기다 흉얼까지 어린 딸의 신상에 미치게 했으니 더 말할 것도 없겠지.

이제 스스로 천륜을 끊어 자식을 내 손으로 해하려 하니, 나의 잔인함과 혹독함이 과연 이렇단 말인가? 내가 쌓은 죄가 무거워 어린 자식을 뜻밖의 재난에 처하게 하고 또 한스럽게 죽게 하는구나. 내 아이가 하늘로부터 지극히 선한 덕과 아름다운 기질을 받았으나 장수의 복록은 얻지 못한 것이냐? 애통하구나! 아무리 정이 없는 사람이라도 자식이 병들면 어떻게 해서든 회복하기를 바라는데, 나는 어찌하여 아프지도 않고 팽조의 수명을 이어받아 오래 살 수 있는 자식을 스스로 죽이려고 하는가? 내 딸이 외람되이 요순의 명을 우러르고 홀연 누설에 떨어지니, 사람이 어찌 이 같은 지극한 아픔을 알겠는가? 그러나 내 딸이 증삼의 살인지명과 주공의 유언비어로 죽게 된들 행실에 부끄러움이 없으니, 하늘과 신은 이를 밝히 아실 것이다.'

정염은 이렇게 생각하면서 하염없이 흐르는 눈물을 닦았다. 뒤이어 왼손으로 정성염의 등을 어루만지고 오른손으로 약을 들어 건네며 말했다.

"네 아비가 비록 잔인하고 어질지 못하며 포악하나, 승냥이와 호랑이도 새끼를 아끼듯 모든 짐승이 자기 새끼를 사랑하는 법이니 내 어찌 짐승만도 못해 나의 천금같이 귀한 딸을 죽이려고 하겠느냐? 그러나 네 운명이 험난하여 흉한 소문이 이처럼 세상에 자욱하니, 네 아비가 헤아릴 수 없는 지극한 고통을 참으며 약을 내리는 것이다. 이제

저세상에서나 다시 아비와 딸로 태어나 이생에서의 억울한 고통을 씻자꾸나. 아, 내 딸아! 어쩌다 네가 이 지경까지 이르게 되었느냐?"

말을 마치고 딸의 손을 잡으며 눈물을 흘렸다. 정성염이 천만뜻밖에 이처럼 놀라운 말을 들으니 경악스럽기 그지없었다. 하지만 타고난 품성이 밝고 너그러우며 하늘이 낸 효녀였기에, 얼굴빛을 바꾸지 않고 평온하게 일어나 두 번 절하며 아뢰었다.

"오늘 말씀은 모두 불초한 저의 죄 때문입니다. 아버지의 명이 이러하시니 어찌 잠시라도 지체하겠습니까. 하지만 천고의 영원한 이별은 곧 이승과 저승의 이별이기에 삶과 죽음으로 갈라지오니, 이생에서의 지극한 은혜와 천륜의 지극한 정을 다시 베풀지 못할 것입니다. 이에 어머니의 얼굴을 뵙고 하직 인사를 올린 뒤 약을 마셔도 늦지 않을까 합니다. 바라건대 아버지께서는 어머니를 청해 잠깐 뵙게 해주세요. 그리고 이 불효녀를 아예 없던 자식으로 여기시고 마음 상해하지 마십시오. 그것이 곧 소녀의 불초한 죄를 용서하시는 것입니다. 저는 비록 죽사오나 혼백은 평안할 것이니, 아파하고 슬퍼하지 마십시오. 신체의 안위를 상하시면 제가 무덤에서도 죄를 짓는 것이니, 그러하면 저는 불효를 견디지 못해 슬퍼하는 귀신이 될 것입니다."

말을 마치자 슬퍼하는 빛이 하얀 얼굴에 더해졌다. 정염의 심장이 쇠가 아니고 돌이 아니라, 그 거동과 태도를 대하니 천륜을 끊어 죽기를 재촉하는 것이 진실로 사납고 독하며 잔인한 것 같았다. 정염은 약그릇을 잠깐 내려놓고 딸의 얼굴을 마주 보며 한바탕 애통해하며 울면서 말을 못 했다. 그러다 또 문득 마음을 다잡고는 겨우 입을 열었다.

"네가 어미 얼굴을 보고 영원한 이별을 고하고자 하나, 약한 네 어미가 어린 자식을 독약으로 죽이는 모습을 차마 보려고 하겠느냐? 네 모친이 아마도 애끊는 마음으로 네 뒤를 따를 것이니, 차마 허락하지 못하겠구나. 오직 너를 빨리 죽이고 나서 힘써 잊으려 노력할 것이니, 너는 괜한 부모 걱정은 하지 말거라. 네 모친도 이미 죽은 것을 안 뒤에는 어쩔 수 없을 것이니, 원통함이 지극한들 어찌하겠느냐? 너는 모름지기 마음을 편히 먹고 부질없이 원통함을 품지 말거라."

말을 마치고 독약 마시기를 권하니, 정성염이 다시 대꾸하지 않고 약을 마셔 부친의 명령을 순순히 따르고자 했다. 이에 정염이 직접 독약을 들어서 먹이려고 할 때, 갑자기 청사로부터 급히 지게문을 열고 다급히 들어오는 사람이 있었다. 정염이 눈을 들어 보니, 앞에 있는 이는 정인광이고 뒤에 있는 이는 정인흥, 정인유, 정인영 세 아들과 정인명, 정인경, 정인웅 등 조카들이었다. 정인광이 나는 듯이 독약 그릇을 빼앗아 멀리 땅에 던지니, 그릇이 쨍그랑 깨지며 약이 쏟아져 푸른 불꽃이 일어났다. 정인광이 정색하고는 숙부 정염 앞에 나아가 두 번 절하고 말했다.

"제가 다급하게 존당에서 이곳으로 왔으나, 그 까닭과 원인을 모르겠습니다. 골육을 잔인하게 죽이는 일은 천고에도 없는 큰 변고이며 가문이 망할 징조입니다. 자식이 설령 국가나 사회를 어지럽히는 큰 죄를 지어 사람의 도리에 몹시 어그러지거나 혹여 음란한 짓을 일삼았다 할지라도, 사람의 죽음은 때가 있기에 임의로 목숨을 앗을 수는 없습니다. 자식에게 허물이 있다면 그 부모가 마땅히 바른 도로써 가르치며 덕성으로 격려하여 바로잡아야 할 것입니다. 이로써 행실을 고친다면 처음에 허물이 없던 것보다 더 기특한 일이 되오니, 천륜을 온전히 하여 은혜와 의리로 가르치셔야 마땅합니다. 하물며 성염 누이는 백옥처럼 흠이 없고 맑으니, 분명 허물이 있지 아니합니다. 잘 못된 헛소문이 귓가에 들리나 예가 아닌 것은 듣지도 않고 보지도 않으셔야 합니다. 비록 눈앞에 있는 것이라도 없는 듯이 여기면 되는 것이니 무슨 큰일이겠습니까?

성염 누이는 추호도 허물이 없을 뿐만 아니라 깨끗하고 청정하며 단정하고 엄하여 열녀와 철부의 맨 앞자리에 설 만합니다. 하늘을 우러러 부끄러움이 없으며 땅을 굽어봐도 거리낄 게 없으니, 가히 근심할 바가 아닙니다. 성염 누이가 처한 이 상황은 마치 양화 같은 파렴치한이 공자를 업신여기고, 장창 같은 소인이 맹자를 중상모략하는 것과 같습니다. 선인에 대한 악인의 이러한 행태는 오히려 세상에 선과 악이 현격하게 다르다는 사실을 깨우쳐주는 것이지요. 세상에서는 흔하게 일어나는 일인데 숙부께서는 천고에 이 같은 괴이한 일이 다시 없는 것으로만 아시니, 제가 진실로 성염 누이의 억울한 누명에는 놀라지 않았습니다만 숙부께서 덕에 어긋나는 행위로 조치를 잘못한 일에는 놀랐습니다.

성염 누이를 죽이시면 골육을 잔인하게 죽였다는 악명만 얻으실 뿐입니다. 사람들이 한결같이 '사람이 자식을 두어 지극히 사랑하지 않는 자는 없지. 비록 잔학하고 사리를 분별하지 못하더라도 그 자식은 사랑하기 마련이니, 하물며 은백은 너그럽고 후덕하여 분명 자식을 사랑하는 정이 평범하지 않았을 거야. 하지만 그 딸을 자기 손으로 죽였으니, 이는 문강의 천한 행실과 여후와 측천무후의 흉악함과 교활함에 비할 만해. 그렇지 않다면 어버이 된 자가 어찌 차마 자식 죽이는 일을 아무렇지 않게 하겠는가? 모르긴 몰라도 문호의 근심을 덜고 조상에게 욕이 미치지 않게 하려고 그러지 않았을까.'라고 말할 것입니다. 또 어떤 사람은 '한번 쾌히 결단했구나.'라고 말할지도 모르고, 또 어떤 사람은 '그렇다고 해도 차마 행하지 못할 바다.'라고 말하겠지요. 옥같이 깨끗한 행실을 지닌 누이조차 옳고 그름을 헤아릴 수 없는 지경이라 그 억울함을 명백하게 밝힐 수 없을 겁니다. 그런데 어찌 흉얼을 더하려 하십니까? 널리 생각하시고 길이 헤아리시되, 일을 서둘러 경솔하게 처리하여 나중에 후회하는 일이 없으시길 바랍니다."

말을 이어 정인유 등이 예를 갖춰 절하고 울며, 작은누이를 죽이시면 참혹한 악언이 크게 더할 뿐 아니라 천륜을 없애는 큰 변고임을 일컬어 분노를 잠깐 멈추시고 세 번 살피시라고 애걸했다. 그것이 한갓 사사로운 정 때문에 하는 말이 아니라 구구절절이 이치에 통달하고 순할뿐더러 그 간곡함은 무쇠를 녹일 정도였다.

정염이 본래 딸아이를 매우 안타깝게 여겨 반드시 죽여 없애려고 한 것이 아니었기에 어찌 마음 아프고 애석하지 않겠는가? 하지만 정염은 타고난 고집이 강해, 한번 뜻을 정하면 일만 마리의 소가 끌어도 뜻을 돌이키는 법이 없었다. 아들과 조카 등이 하는 말이 옳다는 것을 모르지 않았으나, 딸아이를 죽이지 않으면 탕자 장세린이 인연을 바라는 마음과 장헌이 사돈을 맺고자 하는 비루한 말들이 그치지 않을 것이니, 그 통탄할 상황을 차마 어찌 두고 보겠는가? 그래서 비록 슬프고 참혹하기 그지없으나 지금 딸아이를 없애는 것이 훗날을 위한 옳은 선택이라고 생각하여 처음 다짐했던 뜻을 고치지 않았다. 이에 정염이 평안치 못한 표정으로 말했다.

"너희들은 어지럽게 굴지 말고 모두 나가거라. 내 오랫동안 고되고 힘겨운 삶을 살았으나 차마 죽지 못한 것은, 오직 부모님이 남겨주신 몸을 함부로 어쩌지 못해서이다. 그러나 하늘에 쌓은 죄가 많아 어린 딸에게까지 미치니, 비루한 소문이 귀를 놀라게 하며 앞날을 구렁에 빠뜨리는구나. 내 비록 어질지 못하고 자애롭지 못하나 천륜을 어기면서 피붙이를 죽이고 싶겠느냐? 하지만 성염이를 살려둔다면 오히려 욕됨이 더하고 비루한 소문이 그치지 않을 것이다. 너희들은 성염이를 죽이는 것이 흉얼을 더하는 것이라 했지만, 그 아이가 없어져야 그 음란하고 방탕한 소문이 사라질 것이다. 뜻밖의 재앙으로 젊은 나이에 죽게 된 원통함과 분함만 남겠지. 내 더 이상 왈가왈부하기 싫으니 너희의 말을 다시 듣고 싶지 않구나."

정염의 고집을 돌이키게 하는 정겸과 정삼

말을 마치자 정겸이 들어왔다. 여러 공자들이 일시에 맞이하며 방석을 바로 하여 앉으시기를 청했다. 이에 정겸이 자리에 나아가 정염에게 물었다.

"형과 조카들이 여기에 다 모여 있는데, 분위기가 왜 이리도 이상한가요? 무슨 일이라도 있으신가요?"

정염이 맥이 빠진 듯 힘없이 슬퍼하며 말했다.

"수백(정겸)이 모르지 않을 텐데 왜 새삼스레 묻느냐? 오늘 딸아이가 죽는 날인데, 온 가족이 모두 모여 영원한 이별을 슬퍼하는 게 이상할 리 있느냐?"

정겸이 다 듣고 온화하게 웃으며 말했다.

"그만두십시오. 가까운 혈육을 해치는 일이 얼마나 참혹한 변고입니까? 자식이 성문의 윤리에 어긋난 짓을 했다면 사사로운 정을 아주 끊어버릴 수 있겠지만, 음란한 허물은 의리로 꾸짖고 조용히 가르쳐 행실을 닦아 밝은 도에 나아가면 매우 다행스러운 것입니다. 사랑하지 않는 자식이라 하더라도 차마 죽이지는 못할 것인데, 하물며 죄 없고 허물 없는 자식을 두고 말해 무엇 하겠습니까? 성염이처럼 어질고 기특하고 고귀하고 빼어난 자식은 그 흉얼과 비루한 소문이 미친다고 해도 차마 죽이는 일을 태연하게 할 사람은 없을 것입니다. 그 아이를 죽이면 시원하고 거리낌이 없어지는 게 아니라, 오히려 이치에 맞지 않아 헤아릴 수 없는 재앙이 더할 겁니다. 긴 세월 동안 자식 잃은 슬픔에 고통스러울 것이고, 죽기 전까지는 그 한스러움이 사라지지 않을 것입니다. 행여 조카의 신상에 해를 끼친 원수를 찾아 더러운 소문의 진상을 밝혀 원통함을 푼다고 한들 죽은 자는 다시 살아 올 수 없습니다. 그때 형의 지극한 아픔과 한스러움을 어디에 견주며 무엇과 비교하겠습니까? 바라건대 너무 성급하게 일을 처리하지 마시고 장헌이 말한 전후 사정을 한번 들어보십시오."

이어 장헌이 여원홍으로부터 장세린과 정성염 간의 사연을 들었고, 여원홍이 힘써 권했기에 혼사를 의논할 뜻을 두었으며, 이를 집안사람들한테는 확인하지 않고 바로 여기로 와 경솔하게 말을 옮긴 자신의 행실을 많이 뉘우치고 돌아갔다는 일을 낱낱이 알려주며 이어 말했다.

"여원홍이 간사하고 교활하나 사리와 체면을 모르는 이는 아니기에 아무 까닭 없이 재상가 규수를 더러운 소문에 휘말리게 하지는 않았을 겁니다. 아마도 이상하고 요사스러운 자가 간교한 꾀로 조카를 해하려고 추잡한 말을 여씨 부중에 퍼뜨린 게 아닐까요? 여원홍은 형님의 마음을 헤아리고 장헌을 시켜 그렇듯 혼인을 구하게끔 유도하여 형님의 분노를 일으켜 혼사가 이루어지지 못하게 희롱한 듯합니다. 그러니 형님이 장씨 부중과 친분을 맺을 뜻이 없다면 조카를 혼인시키지 않고 빈 규방에서 홀로 지내게 할 수는 있겠지만, 여원홍의 꾀에 놀아나 조카를 죽이신다면 한갓 잔인하며 혹독할 뿐만 아니라 멀리 내다보는 지혜를 잃는 일이 될 것입니다."

정염이 정경의 얼굴을 바라보며 그 말을 잠자코 듣고 있을 뿐 아무 대꾸도 하지 않았다. 그때 멀리서 신발 끄는 소리가 났다. 정인광이 황망히 일어서서 형제들을 돌아보며 말했다.

"아버지께서 범씨 부중에서 돌아와 계셨는지, 여기에 오셨네요."

말을 마치고 형제들과 함께 당에서 내려가 정삼을 모시고 올라왔다. 정염과 정경 또한 난간에 나와 정삼을 맞이하며 말했다.

"형님, 언제 돌아오셨습니까? 저희가 아이들과 함께 이곳에 와 있어서 미처 알지 못했습니다."

정삼이 대답했다.

"이제 막 돌아와 어머니를 뵈었는데, 어머니께서 다급히 말씀하시기를 '집안에 큰 변고가 생겨 지금 은백(정염)이 딸아이를 죽이려고 하는구나. 내가 직접 가서 말릴 수도 있겠으나, 인흥이가 엄한 매질을 당하고 나서 다시 죽음을 무릅쓰고 다투려고 하니 잠깐 안심하도록 위로하고 타일러 상황을 살핀 뒤 가서 보려고 했다. 너는 모름지기 지금 빨리 가서 은백의 지나친 행동을 말려라.' 하셨다. 듣고 있다가 놀란 마음에 미처 자초지종을 여쭙지 못하고 바로 온 것이다. 어찌 된 변고이기에 반나절 만에 이 지경에 이른 것이냐?"

정염이 탄식하며 대답했다.

"천만뜻밖에 성염이가 음란하고 천한 행실을 저질렀다는 추잡한 소문을 전해 들었습니다. 제가 불행하게도 개돼지 같은 장헌과 이웃으로 지낸 탓이니 누구를 탓하겠습니까? 무릇 저에게 쌓인 재앙이 끝이 없어 어린 딸의 앞날을 구덩이에 빠뜨리게 되었으니, 그 아이를 살려두면 추잡한 욕됨과 음란하고 참혹한 누명이 그치지 않을 것입니다. 그러니 아버지와 딸의 천륜을 끊고 죽음을 도모할 수밖에요."

이어서 장헌이 전후로 했던 말들을 일일이 자세하게 아뢰고 나서 덧붙여 말했다.

"장헌도 여원홍의 말만 듣고 여기로 바로 왔으니, 그 아들 또한 성염이와 마찬가지로 이 일에 대해서 모르고 있을 겁니다."

정삼이 전후의 이야기를 한번 듣고는 놀라워하면서 생각했다.

'성염이의 행실이 위엄 있고 이치에 맞아 맑고 시원하며 밝게 빛나는 해와 같은데, 누가 이와 같은 추잡한 말을 지어내어 여원홍의 귀에 들리게 했을까? 그 심술이 참으로 괴이하구나. 그러나 친히 보고 들었다 해도 이 일을 차마 입 밖으로 말하기는 어려운 일인데, 이 또한 누가 말한 것인가?'

정삼은 자못 의심이 일어나 가만히 통탄스러워하며 근심이 가득했으나 겉으로는 드러내지 않고 말했다.

"은백이 결벽증이 있고 고집 또한 대단하다는 것을 안다. 어려서부터 형제간의 우애를 나누었고 이제 늘그막에 함께 살며 친형제처럼 지내는데 어찌 그 성정을 모르겠느냐? 그러나 이렇듯 걷잡을 수 없이 망령되어서 이치에 맞지 않게 잔인하고 의리에 어두울 줄은 정말로 몰랐구나. 오히려 성염 조카의 뜬구름 같은 추잡한 소문보다 더 놀라울 따름이다. 은백은 빨리 딸을 죽여 사사로운 정을 없애고, 장헌 부자가 놀라 움츠리게 하며, 사람들로부터 '은백은 쾌하고 엄숙하다'는 말을 듣기를 의도한 것이니, 어찌 이치를 아는 군자의 행동이라고 할 수 있겠느냐? 오히려 내가 부끄럽구나. 때가 되면 일을 이렇게 만든 간사한 범인이 자연스레 밝혀질 것이니, 그때를 기다려 조카가 억울하고 추잡한 소문에서 시원스레 벗어나면 될 것인데 이 무슨 언행이란 말이냐? 모름지기 섬뜩한 말을 다시 하지 말고 성염이의 처소를 제수씨 협실로 옮겨 놀란 마음을 위로하고 일이 어찌 될지 잠자코 지켜보거라.

지난번 장세린의 병이 누군가를 사모하는 마음에서 비롯된 것인지는 직접 듣지 못했으니 어떻다고 단정하지 못할 것이다. 그러나 화도와 관련된 말은 의심쩍구나. 내가 생각건대 우리 부중에 성염이를 해롭게 하려는 자가 조카의 모습을 그려 장세린에게 보여준 것 같구나. 장세린이 성염이의 실제 모습을 보지 못했으나 화상을 보고 흠모하며 항상 생각하다가 병을 키워 위태로운 상황에 이르렀으되 예에 벗어난 행동이므로 사람들에게 차마 말하지 못한 듯하니, 이는 한 가닥 염치를 생각한 것이다. 비록 학문과 덕행을 갖춘 군자의 행실에 들어

맞는 것은 아니나, 담장을 넘고 벽을 엿보는 방탕함이 아니고 은밀히 재상가의 귀한 여아와 인연을 맺고자 음탕한 뜻을 품은 것이 아니니, 편벽되게 경박한 탕자로 여기지는 못할 것이다. 이 세상에 영원한 것은 없어 온 세상의 염치가 해이해지고 오륜과 삼강이 무너졌으니, 지금 이 시대를 살아가는 사람이 어찌 공자와 맹자의 도통을 잇고 요임금과 순임금의 참됨과 선함을 갖출 수 있겠느냐? 구태여 위로하려는 말이 아니라 인물됨과 문필이 장세린만 한 사람도 드물 것이다. 은백이 바라는 바가 아니라고 한들 어찌하겠는가? 작은 일도 운수를 벗어나지 못하는데, 하물며 인륜지대사는 더 말할 것도 없지. 세상에 태어나면서부터 정해진 운명이 있으니, 아우가 그 하늘의 뜻을 어떻게 바꿀 수 있단 말인가? 바라건대 고집을 돌이켜 헛되고 망령된 행실을 그만두거라."

정염이 다 듣고 나서, 그러한 것을 모르지는 않으나 또한 섭섭해하며 말했다.

"세상에 어찌 이런 괴이한 변고가 흔하겠습니까? 제가 마음으로 헤아리건대, 만일 형님과 수백(정겸)의 딸아이 가운데 한 명이 이와 같은 추잡한 소문에 걸려들었다면 놀라움과 불행함이 어떻겠습니까? 그런데 좀 전에 수백이 이러이러한 말을 하면서 기색이 태연하고 형님 또한 조금도 놀라지 않으시니, 이는 곧 성염이에 대한 지극하고 간절한 정이 없기 때문입니다. 이는 제가 평소 생각하던 것과는 다르니 유감스럽습니다."

정삼이 웃으며 말했다.

"가히 어리석은 말이로구나. 재종형제의 딸아이를 위해 지극하고 간절한 정을 갖기가 어디 그리 쉽겠느냐?"

정염이 대답했다.

"형님은 그렇게 말씀하시지만 저는 생각이 다릅니다. 우리 집안이 본래 선조로부터 하인과 종이 한솥밥을 먹으며 지내왔으니, 재종과 팔촌 또한 친형제나 다름이 있겠습니까?"

정삼이 미소 지으며 말했다.

"너는 그렇다고 해도 나와 정겸은 그와 같지 않으니, 각각 마음이 다른 것인데 유감스러울 게 뭐가 있느냐?"

정겸이 문득 얼굴빛을 고치고 탄식하며 말했다.

"제가 타고난 성품이 미혹하고 어두워 남을 잘 살피지 못합니다. 일찍이 총명하고 민첩하지 못해 좋지 못한 일을 미리 깨달아 알지도 못하지요. 그러니 성염이의 일 또한 명백히 헤아리기 어렵습니다. 형의 성품이 너무 강하고 곧아 아들과 조카의 단점을 보시면 참지 못하고 고치려 하시니, 이에 불만을 품은 이가 원망이 일어 은밀히 형의 사랑하는 딸을 해치려 한 것이 아닌가 싶습니다."

정염은 말이 없었으며, 정삼은 정겸의 말을 듣고 더욱 근심이 깊어졌으나 겉으로 드러내지는 않았다. 정삼은 다만 정염이 고집스러움과 과격함을 깨우치도록 잘 타이르며 피붙이를 잔인하게 해치려는 변을 만들지 말라고 했다. 말이 마디마디마다 현명하며 너그러워 이치에 들어맞고 도리에 합당하니, 정염이 하늘을 찌를 듯한 분노를 가라앉히고는 망설임 없이 내린 결정이 지나치게 성급했음을 깨달았다. 정염은 공손하게 정삼을 우러르며 마치 공자와 맹자의 말씀을 듣는 듯했다. 마침내 정염이 얼굴빛을 엄숙하고 경건하게 하고 몸을 일으켜 절하며 말했다.

"형님이야말로 하늘이 내신 성인과 같습니다. 제가 진실로 잔인하고 혹독한 것을 모르는 바가 아니었으나, 딸아이를 이 세상에 머물게 하면 탕자의 더러운 바람을 끊지 못할 것이라 여겼습니다. 그래서 피붙이를 잔인하게 해할지언정 앞날의 고통과 한스러움을 깨끗이 씻고자 했는데, 형님의 가르치심이 지극히 이치에 합당하니 제가 어찌 허물을 고쳐 받들지 않겠습니까? 다만 딸에게 잘 어울리는 짝을 구하려던 뜻이 헛수고가 되고 말았습니다. 이제 텅 빈 규방에서 홀로 지내게 하며, 다시는 '혼인'이라는 두 글자를 입에 올리지 않으려 합니다. 이제부터는 형님과 수백이라도 딸아이의 혼인을 제게 권하지 않으시는 것이 옳을까 합니다."

정삼이 정성염의 혼사는 다른 날 의논해도 늦지 않으니 '폐륜' 두 글자는 가당치 않음을 이르고는 잠시 방 안에 들어가 정성염을 보았다.

폐인을 자처하는 정성염을 위로하는 정삼

이때 정성염은 집안 어르신들과 부친의 앞선 대화를 모두 듣고 자기와 관련된 추잡한 소문을 대강 알고 있었다. 비록 자신이 살아온 평생을 되돌아보아도 하늘과 신에게 부끄러움은 없었으나, 헛된 소문으로 인해 '음란한 여자'라는 오명을 씻기 어려울 듯했다. 부친이 자신을 죽이려던 뜻을 바꾸었으나, 정성염은 진실로 죽고 싶은 마음일 뿐 살고자 하는 뜻이 없었다. 결국 정성염은 폐인을 자처하여 하늘의 해를 다시 보지 않으려 했고, 친한 동기간이라도 얼굴을 마주 보지 않으려 했다. 한순간에 옥 같은 심장이 조각조각 바스러지며 마디마디 녹아내리니, 다만 운명을 탄식하고 운수를 슬퍼할 뿐 무슨 말을 더 하겠는가?

정성염의 고결한 성품과 행실은 천고에 짝이 될 만한 이가 없을 정도로 특출했으나, 추잡한 헛소문으로 인해 위태롭고 슬프고 원통한 신세가 되어버렸다. 정성염은 죽어서 세상을 잊으려 하고 또 꼭꼭 숨어서 사람을 대면하지 않으려 하니, 숙부들은 탄식하며 애석하게 여기고 형제들은 매우 원통하고 슬퍼했다. 이렇듯 집안 식구들이 정성염을 아끼는 마음이 한결같았으니, 정염의 뼈아픈 심정이야 비할 데가 있겠는가?

정인흥이 매를 심하게 맞았을 때 움직이기도 어려운 상황이었으나 아버지의 성정을 헤아려서 자기의 아픔은 돌보지 않고 바삐 옷을 갖춰 입으러 들어갔다. 그러고는 정인유를 시켜 존당에 들어가 정인광에게 이 일을 전하게 했기에, 그제야 온 집안이 이 변고에 대해 대강 알게 된 것이었다. 정인흥이 정성염의 처소에 이르렀을 때, 정인광이 형제들과 함께 정성염을 구했고 정겸과 정삼이 연이어 들어가 정염을 타일러 변고를 막았으나 정인흥은 누이에게 흉얼이 미친 것이 몹시 가슴 아팠고 애석함과 분함이 이루 말할 수 없었다. 하지만 본래 예를 엄히 지키는 까닭에 불미스러운 일을 다시 입에 올리는 것은 예가 아니라 여겨 마음을 억누르며 입을 꾹 다물었다. 정염은 딸아이를 생각하는 마음에 눈물이 거침없이 마구 흘러내렸는데, 이를 본 정삼이 웃으며 말했다.

"너희 부자는 어찌 사소한 일에 이같이 과도하게 굴어 일상의 예에서 벗어남이 심한가? 비루한 재앙을 꺼리지 않는 게 아니라, 지금이라도 장세린의 말을 들어보면 성염 조카의 명백함은 빛난 해같이 드러날 것이다. 또 화도를 그려 장세린에게 보여주고 이 말을 여씨 집안에 흘린 간사한 자가 꾸민 악한 일도 머지않아 밝혀질 것이다. 가히 근심하지 않아도 될 것이니, 은백과 인흥이는 괴이하게 굴지 말라."

말을 마치고 정성염을 타이르며 말했다.

"네가 들은 오늘의 추잡한 소문을 교씨(교숙란)가 처한 상황과 비교한다면, 너는 분명 지금의 네 처지가 더 욕되며 더럽다고 생각할 것이나 억울하고 원통한 마음이야 다름이 있겠느냐? 하지만 교씨가 죽었다는 소식을 듣지 못했으니, 너에게 그 아이를 본받으라고 하면 더욱 비루하다고 여길지도 모르겠구나. 하지만 너의 떳떳함을 밝히는 날에 이르러서는 내 말이 틀리지 않았음을 알 것이니, 모름지기 목숨을 하찮게 여기지 말거라. 욕되고 비루한 재앙이 이를지라도 사는 것이 죽는 것보다 나으니라. 슬픔과 분노를 견디지 못해 죽는다면, 이는 천한 이들의 무식한 행동과 다르지 않다. 네가 비록 나이가 어리지만 우리 가문에서 태어나 가르침을 받았으니, 천성이 총명하고 지혜로운 데다가 의리가 통달하고 지식 또한 남다를 것이다. 자식 된 도리로 따지면, 매사에 부모의 명을 따르고 거스르는 일이 없어야 한다. 그리고 부모가 잘못하면 세 번 간언을 올리되 그래도 뜻을 얻지 못한다면 겉으로는 순종해도 그 잘못된 행동을 따르지 않고 고쳐 행할 수 있어야 한다. 세상 사람들이 상황에 따라 정도와 권도를 활용하지 못하고 다만 부모에게 순종하기만 하면 부모의 과실과 나쁜 평판을 가리지 못하니, 이는 성인의 가르침을 모르는 것이다. 좀 전에 네 부친이 너에게 죽으라고 했는데, 네 뜻이 어떠했는지 모르겠구나. 네가 널리 생각했다면 부친의 과격함을 간하고 간절하게 목숨을 빌었어야 마땅하다. 행여 부친이 듣지 않더라도 온갖 방법을 꾀하여 죽기를 면해서 부친이 잔악하고 포악한 사람이 되지 않게 해야 할 것이다. 나의 어진 며느리(장성완)는 어린 나이에 기이하고 처참한 환난을 당했을 때 목숨을 태산같이 여겼다. 비록 얼굴을 상하게 하고 귀를 잘랐으나 결국 절개를 지켜 열녀의 행실을 보인 것이다. 그 아이가 나중에 물에 빠지게 된 것은 흉악한 적에게 욕을 당할 수도 있는 다급한 상황이었기 때문이지만, 그 본뜻은 부모에게 오명이 더하게 될까 봐 죽기를 원치 않았다. 네가 당한 일은 장씨 며느리의 재앙에 비하면 새 발의 피와 같이 하잘것없다. 그러니 너는 마땅히 장성완을 본받도록 해라."

정성염이 경청하면서 머리를 끄덕일 뿐이요 감히 품은 생각을 말하지 못했다. 정삼과 정겸이 정성염을 심히 아끼며 가련히 여겨 다시 위로하고는 뒤이어 공자들과 함께 존당으로 향했다.

화도 사건의 범인을 추측하는 정씨 부중 사람들

이때 정염 부자는 정삼 등을 보낸 뒤 잠시 남아 있었고, 정삼은 정겸과 함께 공자들을 거느리고 가서 서태부인을 모셨다. 서태부인은 정삼을 보자 급히 물었다.

"정염은 그릇됨을 깨달았으며, 성급히 행하던 일을 멈췄느냐?"

정삼이 대답했다.

"참혹하고 잔인한 행동은 그쳤으나 그 불행함이야 비할 데가 있겠습니까?"

서태부인이 탄식하며 말했다.

"부모가 되어 자식을 사랑하는 일은 그치기 어려우니, 평범한 자식이라도 그 앞날이 영화롭고 일생이 편안하고 복되기를 바라는 것은 당연한 일이다. 하물며 성염이처럼 뛰어나고 아름다운 자식에 대한 은백의 사랑이야 말해 무엇 하겠느냐? 한때 분노가 치밀어 피붙이를 잔혹하게 죽이는 일이 큰 변고인 것을 깨닫지 못하고 행여 참혹한 행동을 할까 걱정되어 친히 가서 만류하고자 했는데, 그만두었다고 하니 다행이다만 그 심정이야 오죽하겠느냐? 옥처럼 맑고 깨끗한 성염이가 추잡한 소문에 휩싸였으니 어찌 기가 막히고 슬프고 분하지 않을까? 그런데 인영이가 말한 대강의 이야기를 들어보니, 화상 사건이 심히 이상하고도 공교롭더구나. 은백에게 해코지하려는 자가 먼저 그 어린 자식을 해쳐 앞날을 빛나지 못하게 하고 욕됨을 면하지 못하게 하려는 것이니, 말세의 풍속이요 인심의 극악함이 가히 무섭구나."

정삼은 어머니께서 의심하는 바와 같은 생각이었으나 깊은 근심을 품으시는 것을 민망하게 여겨 부드럽고 밝게 대답했다.

"화도 사건은 의심스러운 일이지만 직접 목격하지 못했으니 그것이 누구의 계략인지 어찌 알겠습니까? 원래 우리 가문의 아이들이 남자나 여자나 모두 타고난 기질과 용모가 보통 사람보다 빼어나니, 무릇 아름다운 생김새가 덕에는 해가 될 뿐 복에는 해가 되지 않습니다. 성염이가 잠깐 우환에 처했으나 저 아이의 지조와 절개가 옛적 열녀들과 비교해 볼 때 전혀 뒤떨어지지 않으며, 타고난 바탕이 재앙과 복록을 아우르고 있습니다. 머지않아 앞날이 밝게 빛날 것이라 깊이 근심하고 심히 놀랄 만한 일은 아닙니다. 그런데 은백의 결벽증이 과하여 장후백(장헌)을 평생 편벽되이 업신여기므로 그 아들이 자기 딸을 사모한다는 말을 더욱 한심스럽고 통탄할 일로 여겨 도리어 큰 과실에 이를 뻔했으니, 사람의 성정이 과격한 것이 어찌 큰 흠이 아니겠습니까?"

정겸이 갑자기 웃으며 말했다.

"인영이가 어찌 자기 누이동생의 몸에 비루한 재앙이 미쳤음을 자세히 알고 있었습니까?"

서태부인이 답했다.

"인흥이가 처음에는 여기 함께 있었는데, 자기 아비가 부르자 우연히 부르시는 줄로만 알았지. 그런데 인의가 다급하게 떨며 들어와서 인흥이가 엄한 매를 맞고 사처에서 옷을 갈아입는다는 말을 전했단다. 자리에 있던 사람들이 매우 놀라고, 인경이가 인웅이와 함께 나아가 인흥이를 보니 그 아이가 장세린과 각별히 친하게 지낸 죄로 매를 맞았다고 하더구나. 그 사이에 일어났던 일들을 알지 못했기에 사건의 전말을 아는 인유와 인명이에게 들었는데, 이때 인영이가 함께 있다가 장헌을 들먹이며 말마다 참혹한 욕을 그치지 않고 해댔단다. 내가 그러지 말라고 했으나 성을 내고 몹시 탄식하며 하늘을 찌를 듯이 분노하더구나. 그 아비의 아들이니 어찌 강하고 사납지 않겠느냐?"

정겸이 웃으며 말했다.

"진실로 은백 형님과 인영이를 보면 그 아버지에 그 아들이로군요."

이어서 지난번 정인영이 장헌을 보고 한바탕 욕하며 꾸짖던 일을 웃으면서 말했다.

"인영이가 의도적으로 장헌이 박부인을 취하던 일을 들추니까 장헌이 매우 괴로워하고 무안해하며 어찌할 바를 몰라 하더군요. 그래서 제가 인영이를 꾸짖고 장헌을 위로하여 돌려보낸 적이 있었지요. 잘못된 일을 저지르고 저 열 살 안팎 어린아이의 말에 몸 둘 바를 몰라 하는 꼴이 어찌 우습지 않겠습니까?"

정삼이 말했다.

"세상에 허물 없는 사람이 있겠는가? 허물이 없다면 곧 성현일 텐데, 오늘날 같은 말세에 성현이 어디 있겠나? 그러나 덕보다 재주가 앞서 잘못된 것을 꾸미고 정의보다 욕심이 앞서는 사람과 어울리거나 깊이 사귀는 것은 좋지 않겠지. 장후백은 허물이 있긴 하나 다른 이가 타이르면 수긍하고 또 스스로 허물에 대해 사죄하니, 성질이 온화하고 무던하다고 할 수 있다. 그를 편벽되게 용렬하다고만 할 수 없을 것이니, 너희가 그를 심히 업신여겨 사람으로 보지 않는 것이 도리어 허물이 될 것이다. 인영이가 어른들 말을 듣고 장후백을 능멸하고 그렇듯 욕하며 꾸짖었다고 하니, 이는 곧 은백의 허물이요 인영이가 방자한 것이다. 그러한 행실을 꾸짖고 가르치지 않으면 점점 심해져 사리 분별을 하지 못하는 데에 이를 듯하구나. 그러나 인흥이는 순하며 통달하고 인유는 겸손하며 성염이 또한 빼어나니, 은백은 자식복이 더할 수 없이 크다 할 만하구나."

정겸이 웃으며 말했다.

"은백 형이 자식을 잘 두었다는 말씀은 옳습니다만, 장헌의 성질이 온화하고 무던하다고 하신 말씀은 지나치십니다."

정삼이 또한 웃으며 말했다.

"내 평생 공치사해 본 적이 없는데 어찌 장후백에게만 그러하겠느냐? 그 사람됨이 강개하여 절개 있는 선비가 될 것이란 뜻이 아니다. 충직하고 순하며 선량할 뿐 아니라, 일을 받들 때는 모든 면에 두루 걸쳐 있어서 벼슬자리에 임하고 맡은 책임을 살피는 데에 으뜸이며 편벽되고 옹졸하게 일 처리를 하지 않지. 집안을 다스리는 데는 불찰이 있더라도 나랏일에는 이해가 빠르고 영리하며 공정하고 사사로움이 없으니, 명철한 군자라도 그보다 더 낫지는 못할 것이야. 그가 평범하고 수준이 낮은 자가 아니니, 마음대로 용렬하다고 비웃지 말라는 말이다."

이에 정겸이 크게 웃으며 말했다.

"형님이 장헌을 칭찬하시며 명철한 군자와 비교하시니, 고금에 명철한 선비들에게 큰 욕이 될 듯합니다. 원래 장헌이 허물 있는 사람인데, 벼슬자리에 임해서는 큰 잘못이 없으며 탐욕스럽게 법을 어기는 일도 저지르지 않는 게 실로 이상할 정도입니다. 사리에 맞게 시원스레 결정하고 너그러운 마음으로 막힘 없이 공적인 일을 처리하니, 어찌 된 일인지 도무지 알 수가 없습니다."

정삼이 말했다.

"그러니 비록 장후백이 일상의 예법에서는 다소 벗어난다 하더라도 가히 낮춰 보아서는 안 될 것이다."

정겸이 웃고는 다시 말하지 않았다.

정성염의 처소에서 발견된 화도

이에 앞서 정염이 시중드는 아이에게 명하여 소화부인을 들라 청했다. 부인이 오자 정염은 딸아이의 처소를 부인 협실로 옮길 것을 이르고 아들들을 돌아보며 말했다.

"화도 사건은 요사한 자가 꾀한 일이다. 성염이의 얼굴을 그려 장세린에게 보냈으니, 장세린의 화도를 성염이의 처소에 감추어 두었을지도 모르지. 그러니 화장대 상자 같은 것들을 뒤져보거라."

이에 정인홍 등이 정염의 명을 받들었다.

소화부인이 딸아이의 얼굴을 마주하니 가히 다행한 일이었으나, 그 어린 나이에 홀연 추잡한 소문에 휩싸이게 된 것이 마음 깊이 원통하고 분했다. 이에 소화부인이 딸의 손을 잡고 귀밑을 어루만지며 말을 잇지 못한 채 조용히 옥 같은 눈물을 떨구었다. 그러다 길게 탄식하며 슬픈 목소리로 말했다.

"말도 안 되는 추잡한 소문이 너의 만 리 앞길을 막게 생겼으니, 분하고 원통한 마음을 비할 데가 없구나. 그러나 너의 성품이 백옥보다 맑고 시원하며 고결하니, 하늘을 우러러 부끄럽지 않고 또 신령을 대해도 부끄러울 게 없단다."

정성염이 말을 잇지 못한 채 머리를 숙이고 있었으나, 두 눈에서 눈물이 흘러내렸다. 이에 소화부인의 마음은 찢어지는 듯했다. 그러나 쓸데없이 슬퍼하면 딸아이의 원통함만 더할 뿐이라 여겨 감정을 누르고 딸을 위로하며 함께 침실로 돌아왔다.

이때 정인홍 등이 한동안 정성염의 화장대와 상자 등을 샅샅이 찾았으나 화도를 발견하지 못했다. 그러다 유모가 가지고 있던 대나무로 만든 상자를 열어보니 그곳에 한 폭의 화도가 있었고 그림 아래쪽에는 시 한 수가 적혀 있는 게 보였다. 이에 그 화도를 정염에게 가지고 갔다. 정염이 청사에 나와 아들들과 함께 그 화도를 보았는데, 잘생긴 얼굴과 겉모습은 정인광과 비슷했고 맑고 깨끗한 얼굴색과 체형은 정인흥과 흡사했다. 그 모습은 전한 시절의 승상 진평처럼 부귀를 누릴 관상과 당나라 시인 이백 같은 호방함을 아울러 지니고 있었는데, 이는 장세린의 모습과 조금도 다름이 없었다. 그림 아래에 화도를 신물로 삼는 뜻을 시로 지었는데, 변치 않는 청산과 녹수를 두고 굳게 맹세하는 내용이었다. 음탕함이 도드라져 담박하거나 깨끗하지는 않았으나, 지은 시문이 빼어나 평범한 문필은 아니었다.

정염이 화도를 보고 마침내 어떤 결정을 내렸을까? 다음 이야기를 읽어보라.

진범을 추정한 정염과 그를 훈계하는 서태부인

정염이 아들들과 함께 화도를 살펴보니, 그림 그리는 수법이 화려했으며 글씨체도 기이해 장세린이 그린 그림이 분명해 보였으니, 이는 귀신도 진짜와 가짜를 구분하기 힘들 정도였다. 정염 부자는 정성염의 지조와 절개가 곧음을 알았기에, 설령 장세린이 온갖 음탕한 말로 꾀었어도 이를 부끄럽게 여길지언정 거들떠보지도 않았을 거라 믿었다. 또한 유모와 시녀에 이르기까지 음란하고 천박한 일을 지극히 꺼리니, 감히 장세린의 뜻을 전할 리도 없었을 것이다. 하물며 장세린은 깨끗하고 훤칠한 용모에다 호방한 성품으로 사람됨이 음흉하고 사악하거나 간사하고 교활하지 않으니, 다른 사람에게 속을지언정 요사스럽고 괴상한 일을 꾸며내 은밀하게 사람을 속이는 성격은 아니었다. 다만 그가 가진 흠이라면 학문을 닦는 무리에 적극적으로 나아가 배움을 이루지 못해 스스로 몸을 지키고 수행할 능력이 부족한 점이었다. 그러나 호방하고 쾌활한 영웅호걸이요 무리 중 뛰어난 위인이니, 어찌 대궐처럼 준엄한 재상가의 여인을 함정에 빠뜨리는 간사하고 교활한 짓을 하겠는가?

정염이 비록 과격하고 엄한 성품이나, 생각이 여기에 미치자 장세린 또한 누군가에게 속아 그리된 것이라 확신했다. 그러나 아무 근거 없이 짐작만으로 아무개가 꾀한 일이라고 할 수 없으니 원통함만 더할 따름이었다. 이에 정성염의 유모를 불러다 대나무 상자를 방 안에 두었던 까닭과 언제 열어보았는지를 물었다. 유모가 9월 10일경 두어 가지 의복을 세탁하여 상자 안에 넣고는 다시 열어보지 않았고, 방 안에 우연히 둔 이후 손대지 않았다고 아뢰었다. 정염이 다시 묻지 않았으며, 화도 사건으로 유모를 의심하지 않고 물러가 있으라고 했다.

소화부인이 정성염을 데리고 침실로 돌아간 뒤, 정염은 태일전에 들어가 서태부인을 뵈었다. 서태부인이 정염을 돌아보며 말했다.

"성염이의 비루한 재앙을 듣고 부모 된 자로서 한스럽고 비분한 것이 당연하겠지만, 그럴수록 전후의 사연을 자세히 물어 억울함이 밝혀지기를 기다리고 어지럽게 굴지 않아야 할 것이다. 그런데 어찌 죄 없는 아들을 매질하여 뼈와 살이 상할 지경에 이르게 했으며, 빙옥처럼 맑고 밝은 태도와 행실을 갖춘 딸을 죽이려 한 것이냐?"

정염이 머리를 숙이고 말했다.

"제가 본래 결벽이 심하고 조급한 성격입니다. 보기 드문 추잡한 소문이 열 살 딸아이에게 미치는 상황을 보니, 무식하고 어질지 못한 이를 이웃으로 둔 것이 몹시도 화가 났습니다. 잔인하고 포학하다는 소리를 들을지언정 성염이를 속히 죽여 비루하고 천박한 말을 두 번 다시 듣고 싶지 않았습니다. 그런데 운계(정삼) 형님의 가르침이 이러이러하고 수백과 아이들의 소견이 저와는 다르기에 바야흐로 처음 먹었던 뜻을 돌이키게 되었습니다. 그러나 성염이의 앞날이 암울하니 그 원통함을 어디에 비하겠습니까? 우리 집안 아이들이 모두 장세린과 교분이 두텁지만, 인홍이는 그를 각별한 친구로 알아 비루한 말을 듣고도 누이동생의 인생을 끝나게 했으니 어찌 그 죄를 다스리지 않겠습니까? 화가 머리끝까지 나서 때리긴 했지만 크게 상하지는 않았습니다."

서태부인이 못마땅해하며 말했다.

"조카가 장헌과 이웃하여 지내는 일을 이렇듯 한스러워하나, 내 생각에는 오히려 장헌이 너희와 이웃으로 지내는 것을 한스러워할 것 같구나. 장헌이 조카가 한 일을 알았다면, 가히 더불어 이웃하지 못할 사람이라고 하며 집을 옮겨 멀리 피할지 어찌 알겠느냐? 네가 저지른 오늘 사건과 지난번 인광이의 행동거지를 생각해 보면, 가히 그 삼촌에 그 조카요 또 그 조카에 그 삼촌이로구나. 이 어찌 한심하지 않겠느냐?"

분하고 원통하게 여기던 정염이 서태부인의 말씀을 듣고는 온화하게 웃으며 대답했다.

"인간 같지도 않은 장헌이 스스로 멀리 떠나가 준다면야 시원할 따름이니 그것이 무슨 큰일이겠습니까? 권세 있는 이들을 붙좇아서 아첨하던 장헌이, 지금은 우리 집안과 행여 멀어질까 봐 두려워하고 있는데 어찌 떠날 생각이 있겠습니까? 인광이가 아내를 죽이려 했던 일은 그렇다 해도, 제가 딸아이를 죽이려 했던 것은 추잡한 소문을 잘라내고자 함이었습니다. 이는 자식에 대한 사랑이 지나쳤기 때문이지 구태여 혹독하고 잔인한 뜻이 있었던 것은 아닙니다."

서태부인이 다시 대꾸했다.

"인광이가 아내를 죽이려던 잘못이 비록 무겁긴 하나, 이는 오히려 나이가 어린 탓에 지나친 행동에 이른 것이라 족히 꾸짖을 바는 아닌 것 같구나. 그러나 나이가 불혹에 가까워서 그렇듯 생각이 짧아 소인배처럼 분노를 참지 못해 단연코 자식 죽이려는 뜻을 두었으니, 그 허물은 아내를 죽이려던 것보다 심한 것 같구나."

정염이 다시 말했다.

"숙모께서 인광이를 편드시어 차별하시니 제가 어찌 감히 더 말씀드리겠습니까? 다만 제가 도대체 무엇을 잘못했는지 모르겠습니다. 제가 자식을 죽이려 했던 것이 인광이가 자기 아내를 죽이려던 일보다 더 심하다고는 인정하지 못하겠습니다."

그러자 곁에서 듣고 있던 정겸이 말했다.

"형님은 더 이상 말씀하지 마십시오. 인광이가 아내를 죽이려고 한 것이 비록 지나친 처사였으나 또한 엄격하다 할 수 있고, 그 행동은 효성에서 비롯된 것이니 가히 잘못이라 말하지 못할 것입니다. 그러나 형님이 오늘 분노를 참지 못해 부녀 사이의 천륜을 베어 공연히 자식을 죽이려던 것은 다른 이들이 들어도 놀랄 만한 일이고 그것은 있을 수 없는 행동입니다. 사리에도 마땅하지 않고 의로움에도 미치지 못하며 사람으로서 할 짓이 아니니, 크고 훌륭한 덕에 크나큰 흠이 되는 일일 뿐입니다. 어찌 인광이가 엄격한 게 잘못이겠습니까?"

정염이 다 듣고 쓸쓸해하며 말했다.

"수백이 평소에는 자기의 생각을 명확하게 드러내지 않아 한결같이 온건하고 침착하다고만 생각했는데, 오늘 어찌 이 형을 책망하는 데에는 이리도 심하게 구느냐? 그러나 만약 네가 이 일을 당했다면 나처럼 변고를 수습하기도 어려웠을 것이다."

정겸이 크게 웃으며 말했다.

"저는 본래 사리에 어둡고 용렬하나 오늘과 같은 일을 당한다면 성내며 놀라기는 하겠으나 무슨 유달리 특별한 사달이 나겠습니까? 형님이 인흥이를 심하게 때리시고 성염이를 죽이려고 하셨는데, 변고의 수습을 그렇게 하시면 무슨 쾌함이 있겠습니까? 제 어리석은 견해로는 그러한 형님의 행동이 딱히 부러워 보이지는 않습니다."

정염이 웃으며 다시 말을 하지 않았다.

정삼이 정염을 돌아보며 정인흥을 사처에서 쉬게 하라고 하자, 정염은 아들이 거동하기 어려운 것을 알고는 물러가 쉬라고 명했다. 정인흥이 부친의 명을 받들어 물러갔고, 자리에 있던 공자들도 모두 뒤따라 나갔다. 정염이 정삼과 정겸에게 장세린의 화도가 유모의 상자 안에 있던 사실을 전하고, 그 시에 드러난 감정에 음탕함이 끝없는 중에도 지은 글이 뛰어나며 필체가 비상한 것이 장세린이 손으로 쓴 것 같다고 말했다. 이어 눈썹을 찡그리며 한참 동안 생각에 잠겨 있다가 길게 탄식하며 말했다.

"제 평생 마음속에 품은 바를 드러내지 않으며 말로써 사람을 칭찬하지 못하므로, 평소 제게 원한을 품은 자가 해코지하려고 한 것은 이상하지 않습니다. 딸아이가 겪은 추잡한 소문의 원인 역시 저의 굽힘 없는 강직함 때문입니다. 그렇다고는 하나 한집안 내에 이렇듯 변고를 일으키는 간사한 사람이 있을 줄이야 어찌 생각이나 했겠습니까? 군자는 보지 못한 일에 대해 확실한 근거 없이 짐작만으로 판단하지 않지요. 그러기에 제가 직접 보고 듣지 못한 일을 차마 단정해서 말하기는 어렵습니다. 그러나 한집안 내에 살면서 그가 저를 삼촌같이 여기고, 저 또한 그에게 모자란 점이 있어도 부디 착하게 행동하기를 권하며 소홀하게 대하지 않았습니다. 그런데 딸아이의 추잡한 소문을 명백하게 밝히고자 의심되는 바를 드러내려 하니 탄식과 놀라움이 먼저 일어나네요. 지금은 묻어두겠지만 끝내 그러지는 못할 것입니다. 가만히 생각하면 가문의 풍습과 대대로 쌓아온 미덕을 떨어뜨려 선대의 지극하신 어짊과 의로움뿐만 아니라 훌륭한 덕과 친족끼리 서로 화목하게 지내는 온화한 분위기를 제가 받들어 행하지 못하고 도리어 무너뜨리고 어지럽히게 된 것 같습니다. 그러니 어찌 스스로 수치스럽지 않겠습니까?"

정삼은 정염이 이렇게 말하지 않아도 마음이 답답하고 슬프고 한스러웠다. 어질고 바른 도리를 행하는 큰형(정잠)에게서 정인중 같은 불초하고 괴이한 아이가 태어난 것을 생각하니 심히 즐겁지 않았으나, 어머니께서 근심하실 것을 민망히 여겨 말투와 얼굴빛에는 그런 심정을 전혀 드러내지 않았다. 정염이 울울해하며 근심하고 기쁜 빛이 없는 것도 한낱 딸아이의 추잡한 소문을 슬퍼해서만이 아니었다. 집안에 어질지 못하고 간특한 별난 인간이 생겼음을 탄식하여 가문 대대로 쌓아온 미덕을 추락시키는 일이 될까 염려하는 마음이 컸기 때문이었다.

정삼이 탄식하며 말했다.

"우리 가문이 대대로 친족끼리 서로 화목하게 지내고 한 고장에 대대로 살면서 종들과 한 솥에 밥을 나눠 먹었다. 일찍이 한 자의 비단과 한 되의 쌀도 사사롭게 처리하지 않고 천한 하인에 이르기까지 서로 숨기는 것이 없었지. 그래서 사소한 원한으로 서로 사이가 나빠지는 일도 없었다. 그런데 못난 우리에게 이르러서는 집안의 풍속과 대대로 쌓은 미덕을 실추시켜 형제와 숙질 사이에도 숨기는 마음과 불만스러운 마음을 먹으니, 이는 곧 선조의 교훈을 받들지 못한 죄인이라 할 수 있다. 오늘날 성염이가 추잡한 소문으로 신상에 변고가 닥쳤으나 누구의 계략인지 알지 못하니, 그 일이 밝혀지면 성염이의 억울함이 씻기게 되어 다행한 일일 것이다. 그러나 변고를 꾸민 자는 그 과악이 모두 드러날 것이니, 어찌 막중한 근심이 자질구레한 분노에 비할 바이겠느냐?"

정염과 정겸이 그 말이 지당하다고 일컬으니, 서태부인이 눈썹을 찡그리며 탄식하고 말했다.

"오늘 성염이의 더러운 소문이 기막히긴 하나, 어질지 못한 이를 기른 것은 어른이 사리에 어둡고 못난 탓이지 아이의 죄라고 말하지 못할 것이다. 늙은 어미가 사리에 어둡고 살피지 못한 탓이니, 옛적 현명한 부인이 자식을 가르치고 큰 뜻을 세움에 투철했던 데에 비한다면 죄인이라 할 만하지 않겠느냐?"

말을 마치고는 탄식하며 울적해했다.

정삼이 어머니의 뜻을 헤아리고는 근심이 깊으신 것을 민망하게 여겼다. 마음에 온갖 근심을 품었으나 겉으로는 안 그런 척하며 목소리를 부드럽게 하여 심려하지 마시라고 말씀드리고 또 밝게 웃으며 아뢰었다.

"세상사에 통달한 옛사람이 '오늘 술이 있으면 취하고 내일 일이 있으면 감당하라'고 했습니다. 그러니 아직 닥치지 않은 일로 근심하시는 게 무슨 이로움이 있겠습니까? 부디 어머니께서는 이런 사소한 것까지 염려하지 마십시오."

그리고 난 뒤 정겸·정염과 더불어 정답게 농담을 주고받으며 모친이 한 번 웃으시기를 바랐다. 정겸과 정염 또한 정삼의 효성에 감탄하고 일일이 받들어 어기지 않았으므로, 비록 마음에 맞지 않는 바가 있어도 서태부인 앞에서는 감히 하인의 무리도 꾸짖는 일이 없었으니, 지극한 효성과 아름다운 행실이 가법을 이뤄 대대로 한결같았다. 그런데 정인중은 홀로 도량이 좁고 간사한 소인의 마음씨와 태도를 보여, 형제들과 친척들을 마치 하늘과 땅을 나누듯 하니 어찌 통탄스럽지 않겠는가.

정염이 이날 밤에 해일루로 들어가 부인을 만났다. 아들들이 침소의 잠자리를 살피고 안녕히 주무시라고 인사를 올렸으나 딸아이는 보이지 않았다. 울적하고 슬픈 마음에 부인에게 물었다.

"딸아이를 데리고 이리로 오시더니 성염이는 왜 보이지 않습니까?"

부인이 맥 빠진 듯 쓸쓸히 대답했다.

"성염이가 비록 말은 하지 않았으나 형제자매도 마주하기를 부끄러워하며 사람 만나기를 원하지 않기에 협실에서 지내게 했습니다. 좌우의 문을 굳게 잠그고 병풍과 장막을 여러 겹 둘러서 해가 비치지 않도록 하고 그 안에 몸을 숨겼습니다. 협실은 외지고 깊은 곳에 있어서 그렇게까지 하지 않아도 하늘을 보기 어려운데, 완전히 꽁꽁 묶인 죄인으로 자처하니 그저 참담하고 마음이 아플 뿐입니다."

정염이 탄식하며 말했다.

"내가 분을 참지 못해 잔인한 일을 저지를 뻔했다가 운계 형님이 타이르시는 말을 듣고 깨달아 과격한 행동을 그치게 되었지요. 만약 그렇지 않았다면 천추의 한이 되었을 거요. 지금은 성급하게 행동했던 일을 후회하고 있다오. 딸아이의 앞날이 빛나지 않을 것과 지금 죄인으로 자처하는 모습이 그러함을 생각하니, 원통한 비분이 쌓여 차라리 자식의 죽음을 슬퍼하는 것보다 더한 것 같소."

이에 소화부인은 아무 대꾸도 하지 않았다.

정염이 딸아이를 해하려 한 간사한 자를 이미 짐작하고 의심했으나 소화부인에게는 말하지 않았다. 정염은 호방하고 쾌활하여 자식과 조카들의 잘못에 대해서는 엄하게 꾸짖어 다스리며 조금도 숨기거나 묻어두는 일이 없었다. 그러나 이 일에 대해서는 딸아이의 추잡한 소문을 원통하게 생각할지언정 어질지 못한 자가 꾸민 일임을 속히 밝혀 딸아이의 억울한 불명예를 깨끗하게 씻어내기만을 바랐을 뿐, 친족들의 화목한 분위기를 해치거나 한집안 식구들 간의 정의가 변하거나 하지 않았으면 했다. 그 순박하고 참된 마음이 너그럽고 후덕했으며 진중하면서도 높은 품격과 준엄함이 이와 같았다.

박씨를 책망하는 장헌과 이실직고하는 장세린

앞서 장헌은 정염이 세차고 준엄한 모습으로 분개하여 몹시도 화를 내자 두려움에 휩싸여 몸이 오그라들었다. 그런 가운데 정인영이 기세등등하게 말하는 모습을 보고, 참으로 그 아버지에 그 아들이라는 것을 알 수 있었다. 용과 호랑이 같은 위엄으로 장헌을 순식간에 짓밟을 듯이 위아래를 헤아리지 않으니, 장헌이 당황스럽고 두려워 속히 집으로 돌아와 부인과 아들을 마주했다. 혼담을 의논하려다 욕된 일을 당했다고 말하지는 않았으나, 참혹한 안색과 분한 심기를 감추지 못하여 거동이 자연스럽지 않았다. 이 모습을 보고 연부인이 마음속으로 의아하게 여겼으나 즉시 물어보지는 않았다. 그런데 갑자기 박씨가 내달아 물었다.

"상공이 어디 가서 누구에게 핀잔을 듣고 오셨소? 어째 하는 말씀과 얼굴색이 매우 불쾌해 보이시는구려?"

장헌이 문득 짜증을 내면서 말했다.

"내 반평생 가까이 살면서 오늘처럼 원통하고 답답한 곤경을 당해본 적이 없으니, 누구의 탓이며 무엇 때문이란 말인가? 태임의 태교와 맹모의 삼천지교를 본받지 못한다 해도, 당신이 적어도 사람이라면 세린이가 그런 불초한 일을 저지르게 했겠는가?"

박씨는 아들 장세린을 이 세상에 견줄 자가 없는 훌륭한 사람으로 알 뿐만 아니라 장헌이 자기의 흠을 잡아 말하고 또 아들을 불초하다고 하는 말을 이날 처음으로 들었다. 이를 매우 괴이하게 여겨 갑자기 왈칵 성내며 얼굴색을 바꾸고는 이내 소리를 빽 지르며 말했다.

"자식의 현명함과 불초함이 어찌 어미에게만 달렸고 아비에게는 그 원인이 없을까? 하늘이 돕고 신령이 도와 창린이를 비롯한 아이들이 모두 아비의 모습을 닮지 않았기에 망정이지, 당신을 닮았더라면 도대체 무엇에 쓰겠습니까? 세린이가 불초하나 일찍이 부모를 욕되게 할 짓은 행하지 않았는데, 어디 가서 예의 없이 굴며 덤벙이다가 곤경을 당하고 와서는 도리어 애꿎은 자식 탓을 하는 겁니까?"

말을 마치고도 노한 기운이 가득하니, 연부인이 한참을 바라보다가 꾸짖으며 말했다.

"사람의 성질이란 늙으면 조급하던 바가 적이 느긋해지는 법인데, 어찌하여 말씀을 삼가지 않고 이렇듯 하는가?"

말을 마치고는 장헌에게 욕을 당한 까닭을 물었다. 장헌은 추밀사 여원홍이 했던 말에서부터 정염과 서로 묻고 답했던 이야기를 일일이 전했으며, 또 정인영이 내달아 욕하던 일까지 전부 옮기면서도 전혀 부끄러워하지 않았다. 그리고 이어서 말했다.

"자식을 잘못 낳아 어버이에게 욕이 미치기에 이르렀으니, 오늘 정공(정염)에게 곤경을 당한 것은 세린이 때문이다. 여공(여원홍)은 세린이의 상사병에 놀라워하면서도 오히려 장인과 사위의 정으로써 그 생사를 걱정하여 공변된 마음으로 혼인하기를 권했으니, 내가 그 뜻을 알고 고마워했지. 정공이 그토록 험악한 인물일 줄은 모르고 피차 자녀의 허물을 눈감아주고 좋은 이웃으로 두터운 정을 맺어 인척 관계를 이루게 될까 생각했는데, 허다한 부끄러운 광경과 욕된 거동을 모두 보았으니 어찌 통한함을 견딜 수 있겠는가?"

연부인이 전후 사연을 듣고는 한심해했다. 박씨는 아들이 누군가를 사모한다는 것은 꿈에도 몰랐던 일이라, 더러운 누명이 재상가 규수에게 미치게 했다는 말에 대해 큰 소리로 꾸짖으며 욕했다. 장세린은 이 말을 듣고 정성염과의 인연이 만 리보다 더 멀어졌기에 다시 말을 꺼내지 못할 것이라 여겼다. 이에 스스로 낯빛이 죽은 재같이 변하여 갓을 벗고 허리띠를 풀고는 계단에 내려와 죄를 청하고는 머리를 땅에 두드리며 눈물을 머금고 말했다.

"못난 제가 어지럽게 함부로 행동하여 음란하고 도리에 어긋난 일을 저질러 부모님의 가르침을 받들지 못했습니다. 또한 학문을 숭상하고 큰 도를 따르는 큰형을 우러르지 못하여, 스무 살에 미치지 못해서 여자에게 마음을 기울여 허다 음란하고 패역함이 예에서 어긋났습니다. 여씨 같은 흉물스러운 여인을 취해 마음이 상했던 까닭에 허랑방탕함이 더하여 오래도록 술에 취해 깨지 못했습니다. 일상의 예의를 차리지 못하고 정신이 연기와 안개 속에 흐리멍덩한 채로, 모월 모일에 과연 이러이러한 그림을 얻어 감탄하며 감복했지요. 그 그림 속 여인이 진짜 사람이 아님에도 그저 손안의 진귀한 보화로만 여겼습니다. 이후 정인중이 와서 그 그림을 보고 놀라며 가만히 했던 말이 수상했습니다. 그래서 분명 그림 속 인물이 그 집안의 사람이라 짐작했고, 정공(정겸)의 아들 인의를 불러 그 그림을 보여주었지요. 그랬더니 그가 담담하게 육촌 누이의 얼굴과 같다고 하기에, 그 말을 진실하다 믿어 더욱 흠모하게 되었습니다.

그러나 인연의 길은 아득히 멀어 능히 이룰 방법이 없는 까닭에 맘 속으로 골똘히 생각하며 슬퍼하다 보니 자연스레 병이 되어 위태한 상황까지 이르게 되었던 것입니다. 이 어찌 학덕이 높은 선비의 행실 이며 군자의 도리겠습니까? 스스로 음란하고 더럽고 도리에 어긋난 줄 모르지 않으나, 능히 사모하는 마음을 베어내지 못해 한낱 허물 을 쌓고 죄를 남기게 되었습니다. 그러나 담장을 넘어 향기를 훔치는 방자한 행동은 감히 생각지도 않았을 뿐만 아니라, 정 소저는 덕망이 높은 가문의 여식으로서 태도와 행실이 곧고 바르며 기세가 세차서 그런 뜻밖의 변고를 당했다면 어김없이 살기를 바라지 않을 것입니 다. 못난 제가 재상가 규수를 사모하는 행실도 지극히 마땅하지 않은 데, 또한 깊은 규방을 꿰뚫어 어찌 음란한 죄를 저질렀겠습니까? 헛 된 그림만 보고 사모하는 마음을 가졌을지언정 정 소저의 실제 모습 을 꿈에서도 보지 못했으며, 그 유모와 시녀들도 알지 못합니다. 그 러하니 남녀가 정을 통해 서로의 초상화로 신물을 삼았다는 말은 정 말 사실무근이며 허무맹랑하고 흉측한 말씀일 따름입니다. 어질지 못한 장인(여원홍)이 제가 자기 딸을 박대한 데 대해 악심을 품고 저 를 해하려고 하는 것은 이상하지 않으나, 공연히 재상가 규수를 난처 한 상황에 빠뜨려 흉악하고 추잡한 소문을 퍼뜨리니 이 얼마나 흉한 마음입니까?”

(책임번역 한정미)

완월회맹연 권 58

장헌의 오해와 뉘우침

장세린에 대한 오해가 풀리고
장헌이 정씨 부중에 가서 사과하다

진실을 알게 된 장헌

장헌의 셋째 아들 장세린이 말했다.

"어질지 못한 장인(여원홍)이 제가 자기 딸을 박대한 데 대해 악심을 품고 저를 해하려고 하는 것은 이상하지 않으나, 공연히 재상가 규수를 난처한 상황에 빠뜨려 흉악하고 추잡한 소문을 퍼뜨리니 이 얼마나 흉한 마음입니까? 정공(정염)은 그 딸의 억울한 누명이 너무도 분했을 것이나, 그렇게 요란하게 처리하시기 전에 제게 한 번이라도 물었다면 충분히 누명을 풀었을 것입니다. 그런데 사람을 모욕하고 능멸해서 허다한 나쁜 일들이 그 지경에 이르고 아버지께서도 욕을 당하셨습니다. 이는 못난 저 때문이니 스스로 죽어 죗값을 치르겠습니다. 먼저 도리를 잃었으니 남을 원망할 일은 아니지만, 제가 실제로 담장을 넘고 벽을 엿보는 음란한 행동을 했다 해도 그 딸이 응했으면 제게 죄를 물을 수 없습니다. 그런데 하물며 아무런 근거도 없지 않습니까? 정공이 그 아들을 죽이고 그 딸을 약을 먹여 죽인다 해도 제가 속으로 정 소저(정성염)를 사모한 일이 잘한 일이 아니라 부끄럽긴 하지만 불편한 마음이 없지 않습니다. 그 아비가 자식을 죽인다 해도 놀랍지 않습니다만 정인영 같은 어린애까지 어른을 함부로 모욕한 것은 너무도 한심한 일입니다. 정인영이 아버지를 욕보였는데 제가 어찌 그 아비를 욕하지 못하겠습니까? 저를 엄히 꾸짖은 뒤에 정공에게 어린아이를 시켜 어른을 욕하게 한 뜻을 물어보시지요."

장헌은 정염 부자에게 욕을 당하고 나서는 마음이 더욱 답답하고 분통이 터졌다. 그러나 아들이 지금까지의 이러저러한 사연을 하나도 감추지 않고 낱낱이 말하는 것을 들을수록 정성염의 신상에는 조금도 허물이 없다는 것을 알게 되었다. 자신이 여원홍의 말만 듣고 경솔하게 발설해서 일이 어지럽게 된 것을 안타까워하며 뉘우쳤으나 이제 와서 후회해도 소용이 없었다. 그런데 갑자기 아들이 정염 부자에게 따지자고 하는 말을 듣고는 깜짝 놀라 흰자위가 드러날 정도로 눈을 흘기고 손을 내저으며 말했다.

"정신이 나갔구나, 나갔어. 그게 무슨 말이냐? 네가 원래 정씨를 사모하고 그리워하지 않았다 해도 내가 말을 잘못해서 남의 규수를 모함해 해를 입혔으니, 그 아비나 형제라면 어찌 화내고 원망하지 않겠느냐? 그만한 말도 안 할 사람이 어디 있단 말이냐? 정공이 나를 바로 뒤집어 내치고 인영이가 내 뺨을 치며 능욕해도 나는 원망할 수 없고 너도 욕을 해서는 안 된다. 어찌 원망할 일도 분노할 일도 아닌 것으로 그들과 맞서서 어버이의 욕을 더하려고 하느냐? 내가 정공에게 사죄하여 정씨의 누명을 풀어주고 네가 벌 받을 짓을 하지 않았음을 밝힐 것이니, 너는 다시는 이상한 말을 하지 마라. 너는 여공이 어질지 못하고 못됐다고 그렇게 욕하지만, 이번에 혼사를 권한 것은 공평하고 어진 뜻이었다. 일이 이렇게 어지럽게 된 것은 분명 정성염과 너를 해치려는 간사한 사람이 전한 말을 듣고 쓸데없이 근거 없는 말을 지어냈기 때문이다. 모름지기 원망하지 마라.”

그러고는 옷과 띠를 갖추어 마루에 올라오게 했다. 장세린은 아버지의 처세와 출세에 대해 사람들이 무시하고 조롱하는 것을 마음속으로 애달파하고 슬퍼해 왔다. 그런데 이번에 아버지가 자신 때문에 정염 부자에게 욕을 당한 것을 알고 황송하고 두려워 스스로 움츠러들었다. 죄를 짓지는 않았지만 불효를 저지른 것 같아 탄식하며 스스로를 용납할 수가 없었다. 그래서 아무 잘못이 없는 사람처럼 옷과 띠를 갖추지 못하고 머리를 조아리며 엄정하게 처분해 주기를 청했다. 장헌은 용렬한 데다 엄격하지 않아서 본래부터 자식을 꾸짖고 훈계하지 않았으니, 장세린이 음란하고 방탕하기 짝이 없다 해도 엄한 아버지의 위엄으로 잘못을 꾸짖고 의리로 경계하지 못할 인물이었다. 장헌은 아들이 고집스럽게 벌을 내려달라고 하는 것을 보고는 눈썹을 찡그리며 말했다.

“나는 본래 부자간에 달래어 권하는 것을 좋아하고 비록 잘못이 있어도 요란하게 꾸짖고 욕하며 매로 때리는 것을 온당하게 여기지 않았다. 오늘 은백이 죄 없는 아들을 각별히 엄하게 매로 쳐서 살이 찢어지고 피가 솟는 것을 보니, 그 모진 성격이 승냥이나 호랑이보다 심하더구나. 또 딸을 죽이러 들어간다는 말을 들으니 참으로 인정 없는 잔인하고 사나운 성정이라 그대로 따라 배우고 싶은 마음이 없다.

어찌 너의 적은 허물을 지나치게 꾸짖겠느냐? 모름지기 마루에 올라 와서 편히 앉도록 해라."

말을 마치고 좌우에 명해서 관과 띠를 주어 오르게 하라고 했다. 장세린이 감히 거역하지 못하고 머리를 조아려 절하고 드디어 옷과 띠를 갖추어 마루에 올라가 모시고 앉았다. 자식으로서 아버지가 어 질지 못하고 무섭지 않은 것을 업신여겨 조금도 조심하지 않고 두려 워하지 않는 것은 자식 된 도리라 할 수 없으니, 이는 한낱 어지럽고 어질지 못한 사람일 뿐이다. 장세린의 효성과 우애, 충성스러움과 어 짊은 이런 못된 패륜아의 막된 행실과는 비교할 수 없었다. 오늘 장 세린은 몹시 부끄럽고 도저히 용서받지 못할 듯 두려워하며 어찌할 바를 몰라, 차라리 아버지에게 매를 100대 맞고 속죄하는 것이 낫겠 다고 생각했다. 그래서 얼굴도 못 들고 숨도 쉬지 못한 채 큰 불효를 슬퍼하고, 깊은 못가에 있는 듯 조심하며 삼갔다. 비록 안회와 맹자 와 정자와 주자의 효성에는 미치지 못해도 타고난 자질이 평범하지 않아서 어른을 지극한 효성으로 공경하고, 형을 우러르며 본받지는 못해도 열 가운데 두셋은 따르고자 했다. 부모에게 효로써 기쁨을 드 리지 못하고 생사를 모를 병으로 슬픔과 근심을 더했을 뿐 아니라 정 염 부자에게 무시와 모욕을 당하게 했으니, 이는 자신의 불효라고 여 겨 괴로워하며 스스로 그 허물과 죄를 씻고자 했다. 그러나 그것도 못 하게 되자 사람을 대하기조차 부끄러워졌다. 연부인이 아들의 마 음을 헤아리니, 스스로 허물과 그른 바를 깨닫고 아버지가 자신 때문 에 욕을 당한 것을 더더욱 불효한 죄로 여기면서 용서받을 길이 없다 고 생각하는 것 같았다. 연부인은 미친 듯이 함부로 날뛰다가 이렇게 깨달은 것이 다행스러워 어여삐 여기며 위로하여 말했다.

"네가 여씨를 아내로 맞은 뒤로 한낱 미치광이가 되어 부모도 알지 못하는 것 같아 아버지가 참으로 한심해하셨는데, 오늘 문득 스스로 허물을 깨닫는 것을 보니 어찌 기쁘고 아름답지 않겠느냐? 네 아버지가 여공의 말을 들으시고는 바로 정씨 부중으로 가서 가볍게 청혼하신 탓으로 욕을 당하신 것이다. 애달아하고 원망한들 이미 엎어진 물이니 어찌하겠느냐? 경조공(정염)이 꿈속에도 생각지 않던 천금 같은 딸의 더러운 소문을 듣고 원통하고 분해서 그렇게 화를 내는 건 이상한 일이 아니다. 네가 경조공을 욕하는 게 오히려 생각이 짧은 것이니라. 한 장의 그림으로 인해 그리움이 병이 되어 생사를 걱정할 지경에 이른 것은 워낙 해괴망측한 일이라 남들이 알까 두렵구나. 그러나 네가 몰래 아름다운 규방을 엿보고 여인의 모습을 그린 게 아니라 다른 사람이 공교히 말하며 둔 그림에 혹하여 그림 속 여인을 사모하기에 이르렀으니, 비록 떳떳하지는 않지만 담장을 넘어 향을 훔친 방자하고 음란한 행동은 아니다. 허물이 적다고는 못 하지만 그렇다고 윤리를 무너뜨린 무도한 행실도 아니다. 그러니 스스로 삼가고 가다듬어 도리에 어그러지지 않게 행해야 하지 않겠느냐? 경조공이 비록 화가 치밀어 천륜을 끊어 딸을 죽이려는 뜻이 있었으나, 티 없는 백옥과 투명한 얼음처럼 허물이 없으니 부질없이 죽게야 하겠느냐? 반드시 골육을 죽이는 큰 변을 행하지 않으실 것이고, 이 일로 딸의 혼사를 끝내려 할 것이다. 네가 한번 잘못을 범했으나 모름지기 한결같이 크고 바른 뜻을 지켜 다시 어지러운 행동을 하지 않는다면 세월이 흐른 뒤 경조공의 노기가 자연히 풀릴 것이다. 그리고 자신의 딸을 혼인시키지 않으려 마음먹은 다음에야 다른 가문과 혼사를 의논할 일이 있겠느냐? 남자로서 충성을 다하여 절의를 세우고 학문에 나아가 행실을 두터이 하는 도를 얻지 못할까 근심할지언정 배필을 만나지 못할까 근심하고 초조해하다 병이 나기에 이른단 말이냐? 네가 위독할 때 내가 희린이와 함께 속인 게 있는데, 맹자 어머니와 같은 앎이 있었다면 차마 속이지 못했을 테니 맹자 어머니와는 천지 차이 아니겠느냐? 이 일로 네가 내 말을 믿지 않겠지만 그윽이 생각해 보아라. 경조공이 몹시 놀라고 극도로 분노하여 딸을 죽이려 마음먹은 것이 어떤 뜻이겠느냐? 더러운 소문을 일천 번 밝힌들 네 수중에 그 그림이 있고 사모하는 마음으로 병까지 들었으니, 이를 다 없던 일로 하고 달리 사위를 고르는 해괴한 일은 없을 것이다. 너는 다만 때를 기다리고 어지러운 염려를 그치도록 해라."

장세린이 머리를 조아리고 불초하기 이를 데 없다고 새삼 일컬으며 어머니의 말을 받들겠다고 했는데, 황공해하고 불효를 탄식하는 모습이 얼굴에 드러났다. 이에 둘째 아들 장희린이 도리어 몹시 다행으로 여기며 말했다.

"아버지가 욕을 당하신 것은 우리의 불초함이 빌미가 된 것이니 그 불효가 막심하나, 지금 네 거동이 전날 취해서 날뛰던 것과 다르니 기특하고 다행스럽구나. 선한 본성을 되찾고 잘못을 두 번 다시 하지 않는 것은 안회도 바람직하게 여기신 것이니, 네가 만일 이를 본받는다면 허물을 짓기 전보다 낫지 않겠느냐?"

장세린이 감히 대답할 바를 몰라 몹시 당황스러워하며 자신의 못 남을 탄식했다.

장헌은 본래 자녀들을 공자와 맹자에 비교해 왔다. 오늘 화가 치밀어 박씨에게 태교를 잘못했다고 하고 장세린을 못난 자식이라 하긴 했으나, 무슨 일이든 기특하게 여겨 그 허물을 이야기하거나 탓하지 않던 터라 오늘 이렇게 하는 것을 예사로 알았다. 연부인과 장희린은 몹시 다행스럽게 여겼으나 박씨는 전후 사정을 듣고 나서 아들의 행동이 공자 앞에 나가도 부족하지 않을 것 같았다. 이에 무식한 박씨는 이렇게 생각했다.

'남자가 담장을 넘고 벽 틈으로 엿보는 호방함과 방탕함은 음란한 죄가 되지 않고 절개를 잃는 망측한 일이 아니다. 큰 허물도 아니고 하물며 그림 속 사람을 그리워한 것이 아닌가. 문왕은 성인이셨으나 태사 같은 배필을 두시고 또 삼천 후비를 두었으니 이는 반드시 호색하신 것이다. 내 아이가 호색한들 무슨 죄가 될까마는, 정염이 내 아이를 사람으로 여기지 않고 제 아들과 사귐이 두터운 것을 다 죄로 삼아 꺼리고 제 딸을 죽여 내 아이와의 인연을 끊으려 하니 어찌 원통하지 않은가?'

그러고는 여원홍을 무참히 욕하던 것을 돌이켜 정염에게 한바탕 크게 욕을 하고 또 머리를 흔들며 말했다.

"누가 정씨들을 밝은 현인들의 후예로 어질고 선하며 행동이 올바르다고 했느냐? 사납고 극악하기로는 정씨 같은 사람들이 없을 것이다. 도부수[7]가 아닌데도 사람 죽이는 것을 어찌 그렇게 쉽게 여기는

7　도부수(刀斧手): 큰 칼과 큰 도끼로 무장한 병사.

지……. 사람 같지 않은 정인광은 아내를 죽이려 들었고, 극악한 정염은 딸을 죽이겠다고 떠들어대니 저런 흉한 것들이 또 어디 있겠느냐?"

장헌이 말했다.

"어질고 선하며 행동이 올바르고 마음이 트이고 관대하며 한가히 있을 때는 마음을 풀고 즐거이 있으니, 성인의 틀과 군자의 덕이 가지런함은 우리 후덕한 청계 형제와 목재(정인성의 별호)뿐이다. 은백(정염)과 재보(정인광)는 인덕이 부족하여 조금이라도 마음에 맞지 않으면 곧 무슨 일을 낼 듯이 심술과 사나움을 부리니 아랫사람이 어찌 견디겠느냐? 내가 딸아이가 돌아온 것을 슬퍼하다가 오늘 은백의 거동을 보니 재보의 불순함이 더욱 생각나는구나. 차라리 쫓겨난 며느리로 문을 닫아걸고 해를 보지 않을지언정 그 집안에 있으며 긴긴날 사납고 못된 짓을 어찌 당하겠느냐? 이제는 딸아이를 저 집에서 맞아들인다 해도 보내지 않을 것이다."

박씨는 딸아이가 지극한 말로 사정하는 것을 듣고 정삼과 화부인 욕을 그쳤으나 정인광을 원망하고 소씨(소채강)를 미워하는 마음은 오히려 줄지 않았다. 박씨가 정염을 욕하면서 정인광과 소씨에 대한 욕을 멈추지 않자 연부인이 그러지 말라고 하고 장희린도 덕을 잃는 일이라고 간했다. 그 말이 이치에 맞고 정대해서 박씨가 비로소 욕을 그쳤으나, 정씨 부중 사람들을 원망하는 말은 그치지 않았다.

정성염의 억울함을 풀어주기 위해 여원홍을 찾아간 장헌

장헌이 정성염을 위해 억울함을 풀어줄 계교를 생각하다 보니 마음속이 어지럽고 정신이 사나워 큰일을 맞닥뜨린 것 같았다. 이튿날 조회를 마치고 돌아오는 길에 여씨 부중에 이르러 여원홍을 만나니, 장헌이 미처 말을 꺼내기 전에 여원홍이 전날 일을 물었다. 장헌이 몹시 심드렁하게 눈썹을 찡그리고 얼굴을 찌푸리며 말했다.

"제가 태어난 이래 어제처럼 난처함과 모욕을 두루 당한 적이 없었습니다. 혼인을 이루어 사돈을 맺는 일은 만 리나 멀어진 것 같고, 제가 공연히 재상가 딸을 함정에 빠트린 못되고 나쁜 사람이 되었으니 은백이 원망하고 화내는 것도 이상하지 않지요. 제가 소문의 뿌리를 찾아서 형님에게 들은 바를 말했더니 은백의 모진 성정이 불같아서 자기 딸을 죽이겠다고 하고 또 자기 아들을 매로 몹시 때렸습니다. 그 민망함을 어찌 다 말하겠습니까? 그래서 부끄럽고 분한 마음으로 집에 돌아와서 세린이에게 이유를 말하고 이전의 일을 물었더니 아이의 대답이 이러하더군요. 우연히 그림을 보고 두기는 했지만 실제 모습을 본 적이 없고, 더욱이 남녀의 정을 통하는 것은 생각지도 못한 일이라고요. 모두 진심이었으며 하나도 거짓이 없었습니다. 제가 비록 어리석으나 자식의 사람됨을 모르지는 않습니다. 만일 형이 일러준 일 같은 게 있었다 해도, 제가 일을 너무 소홀히 처리했습니다. 아이에게 묻지 않고 급히 구혼했으니 남을 탓할 일이 아니지요. 도대체 형은 어디서 누구한테서 근거 없고 터무니없는 말을 듣고 저한테 말한 것입니까? 비록 일이 많으나 형과 제가 그 말 낸 자를 찾아서 성염 소저의 누명을 씻어주는 것이 옳을 듯합니다. 다른 사람과 원한을 맺는 것이 뭐가 좋겠습니까? 얼른 터무니없는 일을 만들어낸 자를 말해서 은백 부자로 하여금 형과 제가 나쁜 마음과 간악한 계교로 성염 소저를 해하려 한 게 아님을 알게 하는 것이 좋겠습니다."

여원홍이 듣고 얼굴빛이 변하며 불쾌해하고 또 몹시 놀란 듯했다. 장헌이 구혼한 것과 정염이 부끄럽고 참담하게 여겨 딸을 죽이려 한 것은 자신이 짐작한 대로였다. 그러나 장헌이 자기에게서 처음 그 말이 나왔다고 하니, 정염의 귀한 딸에 대한 나쁜 소문을 처음 말한 사람을 대지 않을 수 없는 상황이 되어버렸다. 결국 생각한 것은 장씨 부중의 여종이 터무니없는 말을 만들었다는 것인데, 그렇게 되면 정성염의 억울함이 풀리고 여종은 벌을 받을 뿐이겠지만 이는 혼사를 방해하려던 뜻이 오히려 혼사를 이루어지게 만드는 일이 될 수 있었다. 여원홍은 계교가 뜻대로 되지 않은 것을 원통해했으나, 벌써 그렇게 말했으니 달리 꾀를 낼 수 없었다. 오직 말을 낸 사람을 대서 정염으로 하여금 자신이 만들어낸 말이 아님을 알게 해야 했다. 이에 여원홍이 천연스럽게 대답했다.

"나는 문승(장세린)을 위해 공정한 마음으로 이 혼사를 힘써 권해서 부디 혼인이 이루어지게 하려던 것이었는데, 이렇게 뜻대로 안 될 줄 어찌 알았겠나? 원래 아드님과 정염의 딸이 사사로운 마음을 두어 그림을 서로 신물로 삼은 불미스러운 일을 사람들이 다 알았을 뿐 아니라, 댁의 여종 연월이 소씨의 아이(정인중)에게 이러이러하다고 분명하게 일렀으니 그 말이 명백하고 확실하다고 생각했네. 형은 돌아가서 연월을 불러 소문의 근원을 물으시되 만일 잘못이 없다고 하거나 말한 적이 없다고 하면 소씨의 유모를 잡아두고 대면해서 잘잘못을 따지게 하시게."

그리고는 맹파를 불러 장헌 앞에서 연월이 한 말을 옮기라 하고, 근래 연월이 각별히 자주 다니던 것과 맹파에게 장세린과 정성염의 불미스러운 일을 전한 날과 시를 다 기록하여 올리게 해서 장헌에게 주었다. 장헌이 받아서 소매에 넣고 말했다.

"연월이 만약 소문의 근원을 바른대로 대거나 자기가 터무니없는 말을 지어냈다고 하면 맹파를 대질할 일이 없겠지만, 만일 잘못한 일이 없다고 하면 맹파를 잡으러 보낼 것이니 즉시 보내주십시오."

여원홍이 흔쾌히 응낙하고 거리낄 게 없다는 듯 다시 웃으며 말했다.

"형이 돌아가 은백을 다시 볼 텐데, 내가 간섭할 일은 아니지만 사위를 위해 이렇게 한 것이라고 전해주게. 그리고 비록 소저의 억울함을 씻어도 문승이 이미 그림을 얻어 사모하다 병이 들기에 이르렀고 마침내 다른 집안과는 혼사를 논하지 못할 테니 고집하지 말고 좋게 혼사를 이루는 것이 마땅하다고 말씀하시게."

장헌이 고개를 흔들고 손을 저으며 말했다.

"혼사라는 말은 다시 꺼내지도 마십시오. 혼사를 의논할 사람은 따로 있습니다. 은백의 괴상망측하고 조급한 성격은 그 조카인 인광이보다 더합디다."

여원홍이 웃으며 말했다.

"정 태우(정인광)는 형의 사위인데 어찌 이상하다고 흠을 잡는가?"

장헌이 원망하며 말했다.

"사위 아니라 아들이라도 그 날카롭고 사납고 인정머리 없고 모진 걸 보면 사랑하는 마음이 사라질 겁니다. 은백이 혼인을 청하여 나와 사돈이 되고 싶다고 해도, 나는 그의 강하고 날카로운 면이 언짢아 내키지 않습니다. 사위가 그런 것도 병이 됐는데 며느리가 그 아버지와 형제를 닮아 강하고 모질면 그 괴로움을 어찌 견뎌낸단 말입니까?"

여원홍이 웃고 다시 말이 없었으나, 일이 되어가는 것을 보니 장세린이 자기 딸을 영원히 쫓아내고 정씨 집안의 사위가 될 것 같았다. 이에 조용히 일을 도모해서 분풀이를 하고자 했다.

연월을 문초하는 장헌

장헌이 서둘러 집에 돌아가 연월을 잡아내라고 매섭게 호령했다. 원래 연월은 매우 충성스럽고 순박한 여종으로, 그녀가 맡은 일은 음식을 마련하고 땔감을 가져와 쌓고 양잠을 하는 것 등이었다. 젊어서부터 늙어서까지 게으르지 않고 간교하지 않으며 오로지 마음을 다하고 힘을 다했다. 또 게으르게 놀면서 사람들과 술을 마시거나 마음을 드러내 말한 적도 없었다. 연월이 사내종에 이끌려 와 마당에 꿇어 엎드리니 장헌이 무서운 목소리로 화를 내며 꾸짖었다.

"네가 몹쓸 말을 지어내 세린이와 정 소저를 누명에 빠트린 것은 무슨 마음이냐? 내 이미 맹파의 말을 다 들었으니 감히 숨기지 못할 것이다. 그럼 일과 세린이가 정 소저와 서로 정을 통한다고 한 게 네가 지어낸 것이냐? 누가 말하는 것을 듣고 맹파에게 전한 것이냐? 형벌을 받기 전에 분명히 말하거라."

연월이 천만뜻밖의 예기치 못한 일을 당해 자초지종을 알지 못하니, 무슨 일이며 무슨 말인지 몰라 주인에게 아뢰었다.

"맹파는 여 소저의 유모지만 여 소저가 돌아가신 뒤로 얼굴을 서로 대한 적이 없을 뿐 아니라 이곳에 계실 적에도 맡은 일이 달라서 서로 어울려 말한 적이 없습니다. 맹파와 대질해서 물으신다면 저의 죄가 없음을 살피시게 될 것입니다."

장헌이 더욱 화를 내며 좌우에 명해 형틀을 차려놓게 하고 맹파가 기록해서 올린 것을 읽게 했다. 그러나 연월은 일찍이 여씨 부중에 대해 아는 게 없고 맹파와 서로 말을 주고받은 적이 없었다. 또한 날짜와 시간을 보니 다 연월이 연부인을 모시고 있느라 곁을 떠난 적이 없는 날이었다. 연월이 원통하고 억울하다고 하면서 그 기록한 날짜와 시간을 가져가 연부인께 보이고 물어보시라고 애걸했다. 더불어 맹파와 대질하기를 원했으며, 그림 일과 셋째 공자가 정 소저와 정을 통했는지 아닌지는 전혀 모른다고 대답했다. 장희린과 장세린이 모두 아버지를 모시고 있다가 연월이 원통해하고 억울해하는 것을 보고 불쌍히 여겨 아뢰었다.

"연월은 본래 요망하고 악독한 사람이 아니고 말이 많은 편도 아닙니다. 연월이 여씨 집안을 알지 못한다고 하고, 맹파를 만났다고 한 날은 다 어머니를 옆에서 모시고 떠난 적이 없다고 합니다. 그러니 어머니께 그날 연월의 거취를 여쭈어서 그 말이 옳으면 여씨 집안을 오가며 터무니없는 요사한 말을 지어낸 자는 도깨비나 귀신이 아니면 실로 간사한 인간일 겁니다. 옛날에 누이가 화액을 당한 것과 큰

형수가 고생한 것은 다 사람의 얼굴을 바꾸고 마음을 변하게 하는 요약 때문에 집안의 난리가 계속 일어나고 큰형수와 누이의 화액이 끝이 없어서 그렇게 된 것입니다. 연월은 결단해서 주인을 모함하고 반역할 여종이 아니고, 맹파 또한 근거 없고 터무니없는 일을 연월에게 미루어 즉시 발각되게 하지는 않았을 겁니다. 요악하고 교활하고 간사한 자가 헤아릴 수 없는 술수를 행하게 한 게 아닌가 싶습니다."

장헌이 잠깐 노기를 가라앉히고 아들을 시켜 정당에 들어가 연월의 거취를 알아 오라 했는데, 과연 연월의 말이 틀리지 않았다. 이에 장헌이 두 아들을 돌아보며 물었다.

"이제 어떻게 처리하는 게 좋겠느냐?"

두 아들이 함께 아뢰었다.

"비록 하찮고 천한 여종이지만 원통한 일에 죄를 물을 수는 없겠지요. 여씨 집안의 맹파를 잡아 대질하는 것도 도움이 안 될 것 같으니, 묻지 마시고 그냥 두시면 반드시 일을 꾸민 자의 간사함이 자연히 드러날 겁니다. 그때가 되면 정 소저의 억울함이 깨끗이 풀릴 것이고, 제가 비록 방탕하나 깊은 규방을 범한 일이 없음을 사람들이 알게 되겠지요."

장헌은 그 말이 그럴듯하다고 여겨 연월을 풀어주고 맹파를 잡아와 묻지도 않았다. 장헌은 정성염의 해처럼 곧은 행실은 옥같이 깨끗하고, 성품은 얼음처럼 맑은 것을 비로소 깨닫고, 자기가 공연히 정성염을 함정에 빠트려 정염 부자의 노여움을 일으키는 화근이 된 것이 두려워 전전긍긍하면서 잘못을 뉘우치고 사죄하려 했다. 그러나 부인과 두 아들이 강하게 막으며 가지 못하게 하니, 자기 몸이지만 마음대로 할 수 없어 감히 마음을 먹지 못했다. 장헌이 초조해하는 기색을 숨기고 두 아들이 다 자신들의 처소로 물러나기를 기다렸으나 이날은 두 아들이 좌우에서 모신다며 물러나지 않았다. 마음이 우울하고 답답해질 즈음에 손님이 이르렀는데, 이들은 높은 관직에 중요한 작위를 가진 왕족과 재상들이었다. 두 아들은 어린 서생으로 조정의 재상들을 대하는 일이 부담스러워 비로소 물러갔다. 장헌은 손님들을 접대하며 기분 좋게 담화하는 척했으나 마음은 온통 정씨 부중에 가 있었다. 장헌은 손님들을 잘 대접해 돌려보내고 나서, 혹시 손님들이 오면 자기가 집에 없다고 하라 이르고는 얼른 곁문으로 나가 정씨 부중에 이르렀다.

잘못을 사죄하는 장헌

그때 정삼은 정염·정겸과 더불어 문윤각에 앉아서 아들, 조카, 문하생 등을 앞에 두고 강론하고 있었다. 문하생들은 저마다 어진 유학자와 이름난 선비가 되기 위해 나아가는 자들로, 안연이나 자기 같은 사람도 있고 민자건이나 중궁처럼 도덕을 갖춘 사람도 있으며, 자유와 자하처럼 문학을 잘하는 사람도 있고, 자하와 자공처럼 말을 잘하는 사람도 있었다. 또 비간 같은 충심과 용방 같은 마음 아니면 급암 같은 당당함과 위징 같은 곧음을 지녀 한결같이 빼어나고 하나하나가 다 비상했다. 그러나 단점도 있어서 성질이 강하고 격한 사람도 있고 괄괄하고 호방한 사람도 있어서, 두계량의 협기와 의리를 본받은 사람도 있고 용백고의 두터운 신의를 본받은 사람도 있었다.

정삼은 이들의 성정에 맞게 가르침을 줬는데, 호방함이 밖으로 드러나면 조용히 과묵하도록 주의를 주고, 어질지만 유약하면 강하고 군세도록 주의를 주고, 너무 강하고 과격하면 온화하고 후덕한 마음을 가지라고 했다. 그렇게 문하생들을 권장하는 한편, 또 각각 성품에 결점이 있는 자는 내내 타이르며 마치 요순과 공자처럼 지극한 선과 온화함으로써 이끄니 선비들이 공경하여 따르며 추앙하는 소리가 드높았다. 문하생들이 넓은 마루에 가득 벌려 앉아 있는데, 한결같이 관을 높이 쓰고 있었다. 그 모습이 우아하고 고결했으며 씩씩하고 날렵했다. 저마다 예를 지키고 도를 구하며 정삼을 따르고 우러러 모시는 것이 마치 북두성이 제 자리에 있으면 뭇별들이 북두성을 향하는 것 같고, 공자가 법석에 한가히 있으면 삼천 제자가 두려워하며 따르는 것 같았다. 정염과 정겸 또한 조화로운 기운으로 문답을 주고받았는데, 이때 동자가 문득 장헌이 왔다고 아뢰었다.

정삼이 일어나 장헌이 마루에 오르기를 기다리며 잠깐 눈을 들어 공자들을 보니 괴로워하는 빛이 있는 듯했다. 그러나 이들은 장헌이 부형의 옛 친구라 평소처럼 마루에서 내려가 공손히 맞았다. 그러나 정인광 홀로 난간 앞에서 내려갈 듯 말 듯 하며 괴로운 빛이 얼굴에 나타나니, 정삼이 이를 보고 눈을 살며시 찡그렸다. 정인광이 그 모습을 보고 감히 원망하는 기색을 드러내지 못하고 할 수 없이 맞이했으나 장헌의 얼굴을 똑바로 쳐다보지 않았다. 장헌이 중계에 이르러 문득 관을 벗고 띠를 풀고는 무릎걸음으로 기어 오니, 수많은 제자들과 공자들이 몹시 이상하게 여겼다. 이에 정삼도 놀라움을 이기지 못하고 물었다.

"장형은 이 무슨 행동인가? 청컨대 그런 행동을 그치고 마루에 올라와서 말하시게."

이에 장헌이 말했다.

"예로부터 벗이란 선한 일을 서로 권해야 하는데, 내가 지금 허물이 중하고 죄가 무거우나 잘못을 꾸짖어줄 사람이 없네. 원컨대 형이 은백과 더불어 나의 죄과를 다스려주시게. 더 일찍 웃옷을 벗고 가시나무를 지고 찾아와 사죄를 했어야 했는데……. 그러나 은백의 만금 같이 귀한 딸을 위해 억울함을 풀어주려다 보니 미처 겨를이 없었네. 여공(여원홍)에게 소문의 근원을 물은 뒤 다시 부중에 돌아와 근거 없고 터무니없는 말을 지어낸 간악한 여종을 중히 다스리려 하다가 시간이 늦어졌네. 은백은 노여움을 삼키지 말고 얼른 나를 다스려주게. 내가 어제 여공의 말만 듣고 바로 여기에 와서 따님의 빙옥 같은 맑은 행실에 더러운 말을 끼친 것은 진실로 한심한 일이었네. 천 번 뉘우치고 만 번 죄를 삼은들 미칠 길이 있겠는가? 오직 스스로의 죄를 알아 세 치 혀의 가벼움을 베어내고 싶지만 차마 못 하고 또한 어떻게 해야 할지 모르고 있으니 운계(정삼)와 의계(정염)는 널리 가르쳐주게."

정염이 장헌의 말을 듣고는 그의 이러한 비루함이 더욱 싫었지만, 그의 작위가 높고 슬하에 어진 아들을 두었으니 함부로 멸시하지 못할 뿐 아니라 정삼이 친히 내려가 마루에 오르기를 권하니 혼자서만 괄시할 수가 없었다. 그래서 정삼의 뒤를 따라 섬돌에 내려서서 말했다.

"제가 장형에게 무슨 죄를 지었기에 어제오늘 이틀을 연달아 뜻하지 않은 말과 괴이한 행동을 해서 심신을 놀랍게 하는가? 서로의 허물이든 옳고 그름이든 얼굴을 맞대고 조용히 말해도 될 텐데 이 무슨 행동인가? 형이 작위가 높고 나이도 이제 불혹에 가까우니, 이렇게 체통을 잃어서는 안 될 것이네. 어린 시절에 함께 청매를 꺾어 겨루고 죽마 타며 놀다가 이제 같이 늙어가니, 마음 깊이 친하고 형제와 다름이 없을수록 겉치레하는 말을 두지 않는 것이 옳은데, 형은 어찌 우리의 뜻을 모르는가? 예로부터 벗은 서로 선한 일을 권한다는 말이 있지만, 임금과 아버지 앞이 아닌 다음에는 관을 벗고 띠를 풀고 머리를 조아리며 죄를 청하지 않는 법이라네. 그런데 형은 어찌 이런 행동으로 우리를 몸 둘 바 모르게 하는가?"

정삼이 붙들어 올리고 정엽이 이렇게 말하니, 장헌이 끝내 고집을 꺾고는 옷과 관을 갖추어 함께 마루에 올랐다. 그러고는 정엽을 향해 공손히 두 번 절하고 말했다.

"따님에게 잠시나마 헤아릴 수 없는 더러운 누명을 쓰게 한 것은 이 불인한 내가 너무도 도리에 어긋난 탓이네. 형이 나를 원통해하고 형의 자식들이 나를 원망하는 것은 말하지 않아도 알겠네. 내가 어제 안개 속에 있다가 오늘 푸른 하늘을 대한 듯 불현듯 깨달았으나, 이제 와 한탄하고 후회한다고 되돌릴 수 있겠는가? 어제 여공을 만나 소문의 근원을 찾으니 이러이러하게 대답하며 늙은 여종에게 미루었네. 그래서 그 여종에게 따져 물으니 그 말과 행동이 이러이러하며 몹시 원통하다고 원망하기에 우리 아이들이 이리이리 말하며 없던 일로 하는 것이 좋겠다고 해서 연월에게 심하게 따져 묻지 않고 맹파와 대질하지도 않았네. 형이 이를 어리석다고 여기면 연월을 여기에 잡아와 엄히 물어보시게. 세린이가 그림을 얻게 된 경위를 어제서야 비로소 들었는데 참으로 이상했네. 그림을 얻었으나 진짜 그 사람이 누군지 몰라 번민할 즈음에, 인중이가 와서 그 그림을 보고는 놀라고 당황하는 행동과 가만히 하는 말이 수상하기에 어디 물을 데가 없어서 인의를 불러 그림을 보이며 넌지시 물었다고 하네. 그런데 인의가 눈치를 모르고 진실을 말해서 비로소 형의 딸인 것을 알게 되었고 끝내 실제 모습은 꿈에도 보지 못했다고 하네. 과연 거짓으로 꾸며낸 말이 없으니, 못난 아들의 이 말이 스스로 자신의 허물을 감추지는 못해도 형의 따님의 누명은 족히 씻을 만하니 도리어 다행 아닌가?"

정염이 절하고 장헌을 붙들며 지나친 예와 괴이한 행동을 하지 말라고 하면서 이 말을 가만히 들으니, 비록 고집이 있긴 하나 본래 사물을 잘 살피고 관대한 사람이라 이미 의심하던 바에 어찌 깨닫지 못하겠는가? 이 일은 장헌의 탓이 아니고 집안사람이 관계된 것이 틀림없었다. 이는 곧 옥선초와 금선패를 가지고 군주 한난소에게 억울한 누명을 더하고, 하늘의 해와 같은 기백의 행실을 가리고 해치려던 짓과 같은 것임을 알아차렸다. 장헌을 원망할 것이 없으나 언짢고 분통이 터지는 것은 어쩔 수가 없었다. 이에 정염이 기분이 나빠 눈썹을 찌푸리고 말했다.

"제가 못나고 변변찮기 짝이 없어 어제 딸을 즉시 죽여 없애지 못한 탓으로 형이 또 오늘 불미스러운 일을 다시 일컬으시니, 아주 잠깐 듣는 것도 언짢습니다. 제발 그만하고 다른 얘기를 하시지요. 제가 비록 딸아이를 죽이지 않았으나 아예 딸이 태어나지 않은 것으로 여기니 거리낄 게 아무것도 없습니다. 그러니 누명이 미친들 놀랄 게 무엇이며 비록 누명을 씻는다 해도 기쁠 게 없습니다. 여씨 부중 여종과 댁의 시녀는 말할 것도 없고 내 집 종들이 허무맹랑한 말을 지어냈다 해도 딸의 앞날을 신경 쓰지 않을 것이니, 그들을 다스려 원한을 품을 생각도 없습니다. 형이 없던 일로 한 것은 잘한 일입니다. 이제 제가 참으로 듣고 싶지 않은 말을 다시는 하지 말아주시면 진정 다행이겠습니다."

말을 마치자 엄숙한 태도가 마치 당 태종이나 위엄이 넘쳤던 조문과 같아서 다시 말을 붙이기 어려웠다. 장헌이 기가 죽어, 듣기 싫다는 말을 다시 하며 잘못을 빌지도 못하고 한갓 불안감만 더해갔다. 이에 사죄하며 다시 정삼에게 말을 시작하려 하자 정삼이 바삐 말리면서 말했다.

"형은 오늘 어째서 이렇게 괴상한 행동을 많이 해서 우리로 하여금 몸 둘 바가 없게 하는가?"

장헌이 갑자기 얼굴빛이 슬퍼지면서 진정으로 간절하게 탄식하며 말했다.

"내가 천성이 어리석어 의리를 통달하지 못해 평생 남에게 허물을 쌓아왔지만, 형과는 정이 형제 같고 친하기로는 사돈 간이나 마찬가지네. 내가 저지른 온갖 죄가 산같이 무겁지만 형은 천지 같은 넓은 마음과 성현 같은 인덕으로 깊이 꾸짖지 않고 크게 허물로 삼지도 않았지. 그뿐만 아니라 여러 잘못을 흔쾌히 용서하고 어질지 못하고 박덕한 것을 시원하게 살려주었네. 또한 형제처럼 여기며 부족함을 채워주고 사돈의 의를 맺고 관대하게 오랜 벗의 정을 변치도 않았네. 이에 내가 마음에 사무쳐 일찍이 은혜를 잊은 적이 없었네. 그런데 집안을 다스리는 것이 엄하지 못해 집안사람이 망령되이 말을 함부로 하여 재보(정인광)의 분노를 사고 딸의 죄를 만들어 수없이 불편하게 한 것은 다시 말할 것도 없네. 여름을 보내고 가을이 지나 한겨울에 미쳤으나 만나지 못해 마음속으로 탄식하며 우울할 뿐이었는데, 오늘 다행히 서로 보게 되니 이는 곧 형의 덕이네. 내가 비록 큰 죄인이나 반가운 정과 감격한 뜻을 어찌 누를 수 있겠는가? 이제부터 장인과 사위의 끊어진 의를 다시 잇고 불편한 마음을 다 태워버려, 비록 지기가 서로 잘 맞지는 않으나 얼굴도 안 보는 어그러짐은 다시는 없었으면 하네. 그러니 먼저 내 죄를 길이 용서해 주기를 바라네. 형이 나의 허물을 들춘 적이 없지만 사람들이 다 형처럼 마음이 넓지 못하다네. 그러니 좌우에 가득한 어진 선비들은 나의 용렬함을 비웃지 말고 재보는 길이 용서하여 나의 마음을 생각해 주었으면 하네."

말을 마치자 두 눈에서 뜨거운 눈물이 흘러 비단 도포에 떨어졌다. 이는 한갓 속이는 뜻을 감추고 말을 불쌍하게 해서 사람들을 감동시키고, 정삼이 그 아들을 엄히 다스려 마음속에 노여움을 품지 못하게 하고, 자신은 장인과 사위의 의리를 온전하게 하려는 것이었다. 그뿐만 아니라 정인광이 너무 사납고 날카로우며 매몰차고 야박한 것을 늘 원망하다가 오늘 부드럽고 상서로운 모습을 대하니, 이백이 하늘로 오른 것이 무엇이 귀하고 왕자진이 난새를 탄 것이 무엇이 특별하랴 싶어서였다. 그 자리에 있던 선비들 모두 훌륭한 명문가의 귀한 아들이고 인물과 성품과 행실이 특출했으나, 그 가운데 정인광은 천지를 다스릴 만한 기상이 있었다. 장성완이 아니면 정인광의 어진 배필이 없고 정인광이 아니면 장성완의 일생에 빛이 없을 것 같았다. 하늘이 정한 인연이고 상제가 명하신 좋은 배필이니, 특별한 만남이요 비상한 짝이었다. 그러나 자기 부부가 공연히 딸의 앞날을 방해하는 그루터기가 되어 군자와 숙녀의 금슬이 끊어지고 부부의 화락함이 끊어져 딸은 한낱 폐인 신세가 되었으니, 실로 아비의 사랑하는 마음에 괴롭고 후회스러워 눈물이 흐르고 한숨이 끊이지 않았다. 정삼이 장헌을 붙들어 위로하고 사례하며 말했다.

"나는 어리석고 박덕하니 형의 끝없는 칭찬을 어찌 감당하겠는가? 형은 성급히 그런 말 말고 옛날 사귀던 정과 사돈의 두터움을 잃지 말게. 내 비록 신의도 없고 불의하나 평생 저버리지 않을 것이네. 더욱이 댁의 형수가 잠시 실언한 것은 이미 사람들이 기억도 못 할 텐데, 장부가 어찌 그 허물을 말하며 규방의 일을 아는 체하겠는가? 못난 아들이 경솔하고 편협해서 관대함과 도량을 갖추지 못했으니, 이는 곧 내가 가르치지 못한 탓이네. 형의 말을 들으니 또한 부끄러운 마음이 없지 않네. 내가 사리에 어두워 살피지 못해 일찍이 형이 오셨을 때 불러서 인사 올리라고 명하지 못했네. 그런 탓으로 가까운 곳에 있으면서도 여러 달 인사를 폐했으니, 이는 형의 마음을 저버린 것이네. 허물이 우리 부자에게 있고 잘못이 그 댁에 있지 않은데, 형이 겸양하는 말씀이 지나치니 내가 더욱 불안하다네. 이후로는 명심해서 아이에게 뜻을 받들라고 경계하겠네. 저도 사람의 마음이 있으니, 형이 아끼고 사랑함을 어찌 고마워하지 않겠는가?"

말을 마치고 정인광을 돌아보며 말했다.

"내가 비록 말하지 않았지만, 이는 어렵지 않은 인사이고 또 무심하게 그만둘 것도 아니다. 바로 옆 가까운 데 있고 아침저녁 왕래하여 한집과 다름이 없는데, 어찌 여러 달 동안 게을리 인사도 드리지 않았느냐?"

정인광이 꿇어 엎드려 듣고 나서 대답했다.

"어찌 어려운 일도 아닌데 하명하시지 않았다고 여러 달 인사드리기를 그만두었겠습니까? 형님(정인성)이 집에 없어서 한가롭게 인사할 겨를이 없었습니다. 근래에는 병으로 하던 일도 챙기지 못해서 다른 일에 생각이 미치지 못했습니다. 이런 말씀까지 하시게 된 것은 곧 못난 저의 어리석음 때문입니다."

그 얼굴빛이 간곡하고 말소리가 부드러운 가운데 조심하는 빛이 가득했다. 효성이 지극하고 예의를 갖춘 정인광은 마음속의 분노와 원망을 감히 얼굴에 드러내지 못했다. 장헌이 저절로 정이 솟으며 귀중히 여기는 마음을 누르지 못하고 잘못을 용서했다. 그리고 그윽이 딸의 앞날을 도모하기 위해, 조금 전까지만 해도 맞으러 온다 해도 딸을 보내지 않겠다던 뜻을 어느새 고쳐 정인광 앞에 나아가 그의 손을 잡고 말했다.

"내가 정말로 자네에게 잘못한 게 많네. 이제 와서 후회해도 이미 늦었으니 어찌 돌이킬 수 있겠는가? 그러나 성인도 허물을 고치는 것을 허락하셨고 상나라 때도 항복한 자는 죽이지 않았네. 내 이미 옛날의 잘못을 고쳐 슬피 빌면서 용서를 구하니, 자네는 어르신의 관대하고 넓은 도량을 따라 받들어 나의 잘못을 용서하고 넓은 마음으로 정을 온전히 하기를 바라네. 내가 어른이라고 해서 감히 자네를 아랫사람으로 보지 않으니, 오직 변치 않는 나의 정을 헤아리게나. 내 이제 자네 앞에 절하고 머리를 조아려 사죄할 테니, 이후로는 마음속에 품은 분노를 없애기 바라네."

장헌이 말을 마치고는 갑자기 몸을 일으켜 공손히 절했다. 이때 정인광은 장헌이 구구하게 애걸하고 절하며 사죄하는 것을 보니 더욱 짜증이 나고 밉고 화가 났다. 오랫동안 한결같이 피하며 상대하지 않으려 했으나 오늘 불행히 만나 이 같은 일을 보고 그의 뜻을 생각하니, 과연 이는 진정으로 잘못을 뉘우치는 것도 있지만 한편으로는 거짓으로 속여 딸의 앞날을 도모하려는 뜻도 있는 것 같았다. 그 속됨과 비루한 마음이 갈수록 더한 것이 싫었으나 아버지의 뜻을 헤아려서 바로 싫어하는 얼굴과 무시하는 말을 하지 못하고, 장헌이 절하는 것을 공경하게 받들어 두 번 절하고 자리를 피하며 답했다.

"공은 아버님의 벗으로 어르신의 귀함이 있고 겸하여 조정의 대관이십니다. 소생의 무리가 우러러 받들고자 하오니, 체면을 생각하시어 이같이 하지 않으시면 참으로 다행이겠습니다."

정인광은 말을 마치고 눈썹을 가지런히 하고 눈은 아래로 깔며 공손한 태도를 보였다. 아버지를 모시고 변함없이 그 뜻을 받들어 왔기에 비록 남의 아버지라도 공경했지만, 장헌의 태도가 비루하여 더불어 말도 하고 싶지 않았다. 그 모습이 서릿발같이 엄중하고 흰 달빛처럼 분명했으나 말마다 모두 부끄럽게 하는 것이어서, 정삼이 무안함을 더하는 것은 군자의 덕이 아니라 여겨 부드럽게 말했다.

"형께서 어찌 이렇게 뜻밖의 말씀을 하시는가? 내 아이가 비록 믿음도 없고 행실도 박하나 형이 이렇게 지나치게 대우하시는 은혜를 저버리지 않을 것이니, 어찌 원망으로 대하겠는가? 사위가 비록 외인이라고 하나 또한 반(半)아들의 의리가 있지 않은가. 친소와 경중이 조금 다르긴 하지만 그 정이야 어찌 아들보다 못하리오? 하물며 형과 나는 관중과 포숙처럼 마음을 아는 사이이며 소홀히 대해 온 친구가 아니지 않나? 내 아이는 장인과 사위의 의는 말할 것도 없고 숙부와 조카의 정이 있을 뿐 아니라 제 도리에 맞게 반드시 공경할 것이니, 형이 스스로 엄하게 해야 하네. 어찌 체통 잃는 것을 생각지 않고 어른이 가볍게 어린 아이에게 절하며 잘못했다고 하고 공연히 사죄하는가? 이는 남처럼 대하는 것이나 다름없네. 우리 부자가 이런 일을 당하니 이는 평소 바라던 바가 아니라 나도 이렇게 불안한데, 아이의 황송함과 두려움은 어떠하겠는가? 청컨대 형은 스스로를 존중하게."

그러고는 술과 안주를 내어오게 해서 잔을 들어 장헌에게 권하며 손님과 주인이 서로 술을 많이 마셨다. 정염이 장헌을 한낱 산새와 들짐승같이 알았으나 책망이 깊지는 않았고, 또 정삼의 지극히 화평한 뜻을 거슬러 다르게 대할 수가 없어 특별히 싫어하는 빛을 나타내지 않고 예사롭게 술잔을 기울였다. 장헌이 몹시 기뻐하고 다행히 여겨 두려워 떨리던 마음을 적이 풀었으나, 정인광은 마음이 풀릴 길이 없어 답답해하며 한탄했다. 정삼이 장헌의 얼굴을 보고 그 마음을 불쌍히 여겨 각별히 한 잔을 받들어 장헌에게 말했다.

"형이 오늘 귀한 몸을 굽혀 우리 부자가 도저히 감당하지 못할 일을 하니, 내가 민망하여 먼저 한 잔을 받들어 두터운 뜻에 사례하고 다시 아이에게 술잔을 올리게 해 사랑해 주심을 받들고 저의 보잘것 없는 정성이나마 다하라고 하겠네.”

장헌이 얼른 잔을 받아 마시고 감격스러운 눈물을 하염없이 흘리며 말했다.

“형이 이 장헌 대접에 한결같이 은혜와 덕을 더하니, 내가 비록 무지하여 아는 게 없으나 뼈에 사무침을 이길 수 있겠는가?”

정삼이 기쁜 빛으로 사례하여 말했다.

“내가 형과 더불어 관포의 정을 잇고자 하는 것인데 형이 어찌 은혜와 덕을 일컬어 지기의 정분을 소원하게 하고 내 마음을 불편하게 하는가? 형이 옛일을 두루 잘 아니 감히 하찮은 말을 더할 바가 아니지만, 관중이 돈을 탐하고 이익을 취했을 때 그의 가난함을 꿰뚫어 알고, 세 번 싸워 세 번 달아났을 때 겁쟁이라 하지 않은 것은 포자【포숙. 열국 때 사람】가 관중【관중의 자는 이오이며, 열국 때 사람. 포숙과 서로 마음을 알아주는 벗이었음】을 알았기 때문이네. 내가 어리석고 못났으나 지기를 대접하는 것은 포자와 같고 형은 오직 관중 같을 따름이니, 어찌 그런 말을 하시는가?”

말을 마치고 정인광에게 명했다.

“장형이 귀한 몸을 굽혀 너에게 절하신 것은 넘치는 일이고 도리어 체면을 잃는 일이다. 우리 부자가 지나친 예를 받고 사례하는 도리가 없어서는 안 될 것이다. 내가 먼저 한 잔으로 후의에 사례했으니 너도 잔을 받들어 사랑해 주시는 것에 절하고 감사드리도록 해라.”

정인광이 참으로 괴롭고 싫었지만 어찌 아버지 명을 거역하겠는가. 좋은 듯이 명을 따라 몸을 굽혀 두 번 절하는데, 얼굴빛을 바꾸고 말을 머뭇거리듯 하니 그 효성스럽고 공손하며 예절 바른 몸가짐이 빛나고 엄숙할 따름이었다. 문인 주방수는 처사 주수량의 아들이요 장헌의 둘째 아들인 장희린의 처남인데, 얼굴이 빼어나고 호방함이 남달라서 일찍이 능란한 말솜씨와 활발한 의론으로 농담하기를 좋아했다. 그러나 정삼의 가르침을 받들어 널리 배우고 도를 구하면서 성정을 고쳐, 단정하고 엄숙할 뿐 아니라 신중함까지 갖추게 되었다. 그래서 스승 앞에서 감히 시끄럽게 농담을 하지 못하다가 오늘 정인광이 아버지 명에 따라 장헌 앞에 술잔을 올리는 것을 보고 내내 그 싫어하는 뜻을 알아차리고는 속으로 웃음이 나왔다. 그러나 공경해야 하는 자리라 감히 웃는 얼굴을 나타내지 못했다. 다만 옥 같은 얼굴을 낮추고 큰 키를 굽혀 나직이 옥술잔에 향기로운 술을 받들어 정인광에게 주며 말했다.

"동창에게 잔을 받들어 주는 게 내 일은 아니지만, 이런 일에 공손하지 못해 예의와 법도에 한 치의 어긋남이라도 있으면 어른을 공경하는 도리가 아니지. 그래서 내가 스스로 잔 잡는 수고를 맡았네. 술잔에 술이 가득하면 쏟아지기 쉽고 고운 옥은 깨지기 쉬우니, 가득 찬 물그릇을 받들고 옥을 조심해서 잡듯 모름지기 조심해서 예를 잃지 말게."

정인광이 싫은 마음을 어쩌지 못하고 있는데 이 말까지 들으니 가소로운 생각이 들었다. 이에 눈을 흘기며 주생(주방수)을 바라보고는 천천히 아버지 앞에 나아가 아뢰었다.

"소자가 아버지와 두 숙부께 먼저 첫 잔을 올리고자 합니다."

정삼이 말했다.

"내가 본래 과음을 못 하는 데다 조금 전에 여러 잔을 먹어 취한 듯하구나. 두 아우도 술을 많이 마셨고. 그러니 네 잔을 또 받을 수 있겠느냐? 장형께 각별히 잔을 받들라고 한 것은 술이 지극히 귀해서가 아니다. 장형이 조금 전 지나친 예를 보였으니 우리 부자가 이에 사례해야 하지 않겠느냐? 그래서 한 잔 술로 사랑해 주시는 마음을 받들라고 한 것이다."

정인광이 하릴없어 돌아서서 장헌에게 절하고 주생이 주는 잔을 비로소 받아 공경하는 모습으로 나아왔다. 장헌이 이제 어른 대접을 받으며 사위가 반(半)아들의 의리와 후생의 도리를 하는 것을 보니, 이보다 더한 기쁨과 즐거움이 없는 것 같았다. 두 어깨가 하염없이 들썩이고 두 눈썹이 저절로 춤추며 마음이 즐거워 웃음 띤 얼굴에 기쁨이 넘치니, 웃느라 입이 크게 벌어지고 흥을 내는 소리가 요란하게 시끄러웠다. 그러나 자기도 모르게 어리석은 말이 나와 잔을 끝내 받지 않으며 말했다.

"내 무슨 덕과 무슨 의로 자네의 이러한 공경과 술잔을 편안히 받겠는가? 다만 자네 아버님이 하시는 말씀을 조금 전에 자네도 같이 들었지만, 자네 아버님은 늘 스스로 포자를 본받는다고 하시고 나를 관중에 비기시네. 내가 어리석고 못나 관중에 비할 수는 없으나 자네 아버님의 은혜에 감격하는 것은 관중이 포자에게 감격한 것보다 더하다네. 자네가 아버님의 큰 덕과 두터운 뜻을 이어 나를 보기를 자네 맏형 묵재(정인성)가 장인(이빈)을 보는 것처럼 한다면 내가 슬하의 자식으로 알고 이 잔을 받겠네. 그러나 본마음은 다르면서 한갓 아버지의 명을 따를 뿐이라면 내 무슨 낯으로 자네의 장인이라 하여 감히 앉아서 이 잔을 받겠는가? 결단해서 술을 도로 물리거나 시원하게 마음에 있는 말을 해보게."

정인광이 잔을 받들고 꿇어앉아 이 말을 들으니 원통하고 분한 마음과 싫고 미운 마음이 순식간에 일어나, 그 말하는 입을 발로 차고 뛰어나가고 싶었다. 아버지 명이라 괴롭고 싫은 마음을 나타내지 못하고 할 수 없이 잔을 올리는 중에 그 원망하는 말을 또 들었으나 차마 아버지의 뜻을 따르지 않는 자식이 되는 잘못을 범할 수 없었다. 그래서 눈을 낮추고 순순히 대답했다.

"아버님이 공과 더불어 정의가 지극히 두터우시니, 소생은 오직 아버님을 받들어 가르침을 따를 것입니다. 어찌 다른 의견이 있겠습니까?"

말을 마치자 두 눈이 엄숙하여 가을 서리가 어린 듯했다. 정겸이 정인광의 마음을 꿰뚫어 보고는 살며시 웃으며 장헌에게 말했다.

"형은 참으로 의심이 많은 사람이네. 인광이가 비록 고집이 있으나 효성이 남들보다 뛰어나 일찍이 아버지 명을 어기고 거스른 적이 없네. 구태여 두터운 정을 나타내지 않고자 한다면 인광이가 대충 아무렇게나 하겠지만, 인광이가 형(장헌)과는 골육 같은 정이 있으니 당연히 숙부와 조카 사이처럼 여길 것이네. 인광이가 사사로운 의견을 세우지 않겠다고 하는데 형이 어찌 믿지 않는가? 모름지기 잔을 받아 마시고 부질없이 앞에 꿇려 조련하지 마시게."

장헌이 정인광의 말 한마디를 듣지 못해 몹시 답답했으나, 정겸의 말이 이러하고 또 정인광의 기색이 엄하고 좋지 않아서 두려운 마음도 들었다. 장헌이 감히 잔을 잡은 채 꿇려두지 못하고 비로소 잔을 받아 마시고 미처 말을 하기도 전에 정인광이 의젓하게 일어나 뒷줄로 가더니 유생들과 함께 앉았다. 장헌이 끝내 정을 나누지 못한 것을 애달파했지만, 그 잔을 받고 그 말을 들으니 참으로 기쁨과 즐거움이 바라던 것 이상이었다. 장헌이 다시 정삼을 향해 사례하려 하니 정삼이 급히 붙들어 말리고 기분 좋게 이야기하는데, 그 부드러운 기운이 봄바람 같았다. 장헌이 더욱 은혜에 감격하여 몸 둘 바를 몰라 했는데, 그 마음이 저절로 얼굴과 말에서 드러나고 모습으로 나타났다. 이에 정삼은 순순히 겸양했으나 정인광은 갈수록 장헌의 비루함을 견디지 못했다. 저녁에 장헌이 돌아갈 때 공자들이 마지못해 마루에서 내려와 배웅하니 장헌이 정인광의 손을 잡고 그 얼굴을 바라보며 한낱 어리석은 사람처럼 말했다.

"남자의 한마디는 천년이 지나도 바꾸지 않는 것이다. 좀 전에 자네가 나를 보고 아버지를 대하는 성의와 다름이 없을 것이라 했지. 이것이 참말이면 장인과 사위의 정이 지극할 테니 앞으로는 나를 소원하게 대하지 못하겠지. 나도 다른 사위들이 장인을 극진하게 대하는 것을 부러워하지 않겠네."

정인광은 장헌이 하는 말마다 염치가 없음을 통탄했으나 새삼 책망하는 것이 합당하지 않을 뿐 아니라 아버지의 화평하고자 하시는 마음을 흩트릴 수 없어 매우 공경하는 듯이 관을 숙이고 공손하게 들을 뿐 대답이 없었다. 장헌이 서운해하며 손을 놓고 정인홍에게 말했다.

"아까는 겨를이 없어 자네가 원통하게 매를 맞은 것이 내가 경솔하게 말한 탓임을 사과하지 못했네. 행여라도 허물하지 말게. 불행 중

다행으로 그 심한 매를 맞고도 이처럼 움직일 수 있으니 부끄러운 마음이 조금 위로가 되네."

정인광은 마음속으로 분노가 치밀었지만 아버지와 숙부가 기뻐하시는 것을 보고 구태여 화난 얼굴을 할 수 없었다. 또 사위를 대해 애걸하는 말과 구구한 거동을 하는 것이 우스꽝스러웠으나 얼굴빛을 바꾸지 않고 다만 소매를 들어 길게 사례할 뿐이었다. 이에 장헌은 아무 거리낌 없이 기분 좋게 돌아갔다.

정삼이 정염·정겸과 함께 존당으로 향하자 정인유와 정인경이 모시고 들어갔다. 유생들은 정인광의 띠를 붙잡아 머물게 하고는 동시에 왁자하게 웃음을 터뜨리며 말했다.

"오늘 형이 장인어른에게 첫 잔을 드리며 각별한 정성을 표했으니, 형이 오래 우러러 사모하던 뜻을 만에 하나라도 편 것이라 하겠더군."

정인광이 빙긋이 웃으며 말했다.

"내가 타고난 명이 기구해서 사람으로서 참지 못할 원통함을 참았다네. 그러느라 후배들과 벗들에게 드문 볼거리가 되었다니 보람이 있구만. 사람이 어짊과 어리석음, 선함과 악함으로 나뉘지 않는다면 요순의 성대함과 하걸의 창궐함이 이미 천지와 같이 나뉘었음을 어찌 알겠는가?"

정인유가 껄껄 웃으며 말했다.

"형님이 장공(장헌)의 위세에 많이 눌려 계신가요? 장공을 대하실 때마다 눈을 가늘게 뜨고 눈썹을 나직하게 해서 약한 여자가 엄한 장부 앞에서 부끄러워하며 사랑하여 받드는 것 같더군요. 이는 곧 장공의 사랑하던 첩이 되었을 때 삼가며 조심하던 버릇이겠지요. 오늘 잔을 받들어 공경하며 올리실 때 장공이 일어나 어른다운 체하던 행동은 냉담했던 포사도 웃을 정도로 정말 웃겼답니다."

정인광이 웃고 미처 답하기도 전에 공자들이 저마다 놀리고 웃으며 희롱했다. 주방수는 스스로 잔을 잡아 정인광의 행동을 흉내 내고 한수전은 또 장헌의 모양을 흉내 내어 어깨를 으쓱이고 눈썹을 움직이며 턱을 높이 들고 입을 크게 열고는 수염을 어루만지며 절절히 어리석고 눈치 없는 말을 그치지 않았다. 마치 장헌이 옆에 앉아 있는 것 같았다. 좌우에 가득한 문인들과 학사들이 손뼉을 치고 크게 웃으며 배를 잡고 넘어지니, 허리가 아프고 가슴이 막히는 것도 모를 정도였다. 정인광 또한 웃으며 부채를 들고 한수전의 어깨를 치며 말했다.

"갑자기 풍증이 들었는가? 어째서 어깨를 가만히 두지 못하는가? 그 행동은 한 번 보는 것도 분통이 터지고 놀라운데, 어찌 흉내를 내서 다시 보게 하는가? 참으로 비위도 좋을세."

공자들이 웃고는 정인광이 장헌을 흉내 내는 것을 싫게 여긴다며 계속해서 놀려댔다. 정인광이 이리저리 응수하며 즐거운 환담이 그치지 않다가 뒤이어 사촌들과 함께 존당으로 향했다.

장헌의 말을 듣고 슬퍼하는 두 아들

이날 장헌이 집으로 돌아와 부인과 두 아들을 보고 정씨 부중에서 있었던 이야기를 하나하나 말하며 기뻐하고 좋아했다. 연부인은 장헌의 행동이 갈수록 기이하고 놀라운 것을 마음속으로 개탄하고 부끄러워했으나, 폐부에 얽힌 병을 말로 고칠 길이 없어 묵묵히 말이 없었다. 장세린은 아버지가 새삼 체면을 잃게 된 것이 자신 때문에 비롯된 일이라 참담하고 부끄러워 스스로 자신의 불효를 견딜 수 없었다. 그래서 머리를 숙이고 부끄러운 빛이 얼굴에 가득하니, 옥 같은 얼굴에 붉은 연지가 묻은 듯하고 버들 같은 눈썹과 별 같은 눈에 흐릿한 안개가 낀 것 같았다. 눈길이 고요하여 눈빛이 흔들리지 않았으나 슬프고 부끄러워 멍하니 정신이 없었다. 용서받을 길이 없다고 생각하니 갑자기 죽어버리고 싶고 막막하게 아무런 마음도 나지 않아 나무로 만든 사람처럼 앉아서 아무 말도 못 했다.

이때 장희린이 아버지가 정씨 부중에 가서 사람들에게 비웃음을 당하고 몹시 체면을 잃은 것이 다 아우의 탓임을 안타까워했으나 엎어진 물이라 어쩔 수가 없었다. 자신들이 아버지 모시기를 게을리하여 높고 귀한 손님들이 많이 왔을 때 잠깐 물러나 아버지를 살피지 못해 구태여 정씨 부중에 가서 체면을 잃고 웃음거리가 된 것을 자신이 어리석고 못난 죄라고 여겨 서글퍼했다. 장헌이 좌우를 돌아보며 부인과 두 아들이 다 얼굴색이 좋지 않은 것을 보고는 혀를 끌끌 차며 말했다.

"남의 자식을 보다가 내 자식을 보니 더욱 잘못 낳은 걸 알겠구나. 사람이 다 정씨 집안의 행실과 예법, 정씨 자식들의 지극한 효성을 본받기는 어렵겠지만, 어버이 마음을 편안하게 하는 것이 자식 된 도리다. 그런데 너희는 부드러운 얼굴로 부모를 모시거나 부드러운 말로 위로하기는커녕 공연히 불효한 낯빛과 화가 난 모습을 하는구나. 이렇듯 행동이 불순하고 괴이하니 어찌 놀랍지 않으냐? 내 일찍이 창린이와 성완이가 이러는 걸 본 적이 없다. 너희가 나를 다스리는 엄한 선생같이 굴면서 나를 한심하게 여기는 것이냐?"

두 아들이 엎드려 듣고 나서는 매우 황송하여 서둘러 관을 벗고 띠를 풀고는 머리를 조아리며 잘못을 빌었다. 장희린은 어릴 때의 조급하며 강하고 모질던 성격을 고친 뒤로 모호하고 느슨할지언정 이치에 맞지 않는 말을 하지 않았다. 부모를 지극한 효성으로 받들고 섬겨, 죽을 곳에 보낸다 해도 감히 명을 어기지 않을 듯했다. 부모의 명을 따르던 신생을 본받거나 순임금의 큰 효를 능히 따를 만한 위인은 못 되지만, 오늘 아버지가 체통을 잃고 실수한 것이 너무도 민망해서 먼저 자신이 어리석고 불효하여 아버지를 제대로 모시지 못한 잘못을 빌었다. 그리고 긴말로 아버지가 정씨 부중에 가서 완전히 체면을 잃고 끝없는 웃음거리가 된 것은 다 자신들의 죄라고 하며 구구절절 잘못을 빌었다. 그 가운데 아버지의 처사가 사람들에게 비웃음을 당한 것을 절절히 간하는 말은 명백해서 치우치지 않고 정대했다. 그뿐만 아니라 이후에 다시는 그처럼 체면 잃는 일을 하지 마시라고 간절히 빌면서 한없이 눈물을 쏟아 아름다운 얼굴을 적셨다.

장세린은 수치스럽고 당황스러워 오직 자신이 변변치 않아서 아버지가 체면을 잃고 남들에게 비웃음을 당하신 것이라고 했다. 그러면서 눈물을 흘리며 죽어도 용서받지 못할 것이라고 하며 슬퍼했다. 장헌이 비록 어리석어 잘 알지 못하고 고집스러워 잘 깨닫지 못하나, 두 아들의 말을 듣고 그 간절한 효성에 감동했다. 또 자신이 체면을 잃어 남의 비웃음을 살 만한 점이 없지 않음을 비로소 깨닫고는 후회가 되었다. 그러나 자신이 엎드려 잘못을 빌지 않으면 정염에게 용서하는 말을 듣지 못할 것 같았고, 정삼 부자에게 절하여 사죄하지 않으면 정인광이 자기와 말을 주고받지조차 않을 것 같았다. 잠깐 몸을 낮추고 말을 구구하게 해서 큰 기쁨을 얻어 깊은 근심을 풀었고, 정인광이 잔을 올리고 절함으로써 온전히 슬하의 자식이 되었다. 그러니 만금으로도 바꾸지 못할 좋은 일인데 두 아들이 쓸데없이 슬퍼하고 애달파하는 것이 도리어 민망해서 웃으며 말했다.

"너희는 워낙 사사로운 마음이 지나치구나. 사람이 성인이 아닌 다음에야 다 허물이 있는 법이다. 비록 잘못이 있어도 스스로 깨달았다면 그 허물을 고칠 뜻을 다른 사람들에게 내보이는 것이 옳다. 내가 지극히 그릇되고 잘못된 일을 했는데도 사사로운 욕심과 이기려는 마음으로 태연히 옳은 체하고 도리어 상대방이 내게 빌기를 바라는 사람은 사납고 음흉하고 간교한 마음을 지닌 것이다. 이런 부류의 사람은 좋지 않다. 내가 옛날 전해지는 말 가운데 '빈천한 자는 오히려 교만할 수 있지만 부귀한 자가 감히 남에게 교만하겠는가?'라는 말을 옳다고 여겨 평생 조심하고 공경했으며 사람들의 허물을 따지거나 공격하지 않았다. 그러나 한때의 실언으로 의계(정엽)의 화를 돋우고 남의 규수를 함정에 파묻었다. 저 정씨들이 마침 마음이 넓고 관대해서 깊이 원한을 품지 않았지만, 내가 실언한 잘못이 어디까지 미쳤더냐? 그러니 한번 직접 가서 어제의 실언을 사죄하고 정 소저의 누명을 풀어주지 않을 수 없었다. 또 내가 옛날에 재보(정인광)에게 잘못을 저질렀으나 운계(정삼)가 갈수록 화평하고 재보가 아버지의 뜻을 따른 것에 감격해서 또 한 번 사례하지 않을 수 없어 두 번 인사를 한 것이다. 은백(정엽)이 노기를 풀고 재보 부자가 또한 넘치는 예로 대하며 마음에 두지 않고 온화하게 대해주었는데, 이는 바란다고 해서 얻지 못하는 것이라 내가 잠깐 눈을 낮추고 말을 부드럽고 공손하게 한 것이다. 무슨 체면을 잃고 체통을 잃어 나의 지위와 부귀가 떨어진단 말이냐? 너희가 이 일로 사람들의 비웃음을 샀다고 하면서 슬퍼하고 애달파하는데, 이는 좁고 치우친 생각일 뿐이다. 내가 그렇게 하지 않았으면 백 년이 되어도 은백의 화가 풀리지 않을 것이고, 재보와는 말도 한마디 나누지 못할 것이다. 내가 오늘 정씨 집안에 안 갔다고 지위가 더 존엄해지고, 잠깐 다녀왔다고 바로 비천해진다는 것이냐? 제발 고루하게 굴지 말고 또 부질없이 잘못을 빌지도 마라. 내 너희의 얼굴빛이 온화하지 못한 것을 보고 어버이 섬기는 도리는 그런 게 아니라고 했으나 구태여 잘못했다고 꾸짖는 것은 아니다. 너희도 예사롭게 할 것이지 어찌하여 죽을죄라 일컬으며 스스로 못난 탓이니 해서 내 마음을 불편하게 하느냐?"

그러고는 두 아들을 나오게 하고 옆에 있던 사람을 시켜 정월염을 부르게 했다. 장세린은 큰형수를 대하는 것이 참으로 부끄러웠지만, 피하는 것도 이상해서 어쩔 수 없이 둘째 형과 더불어 옷과 띠를 갖추고 인사한 뒤에 마루로 올라갔다. 정월염이 부름을 받고 바로 당 앞에 이르니, 장희린과 장세린이 일어나 공손히 맞았다. 정월염이 시아버지 앞으로 가서 절하고 명을 받드니, 장헌이 앉으라고 하고는 말했다.

"며느리가 집안의 소소한 사고와 근심과 병으로 오랫동안 친정에 다녀오지 못했으니, 그 마음이 울적한 것은 말할 것도 없고 서태부인께서 몹시 서운하실 듯하구나. 또 묵재(정인성)가 아들을 낳은 경사를 축하하지 못했으니, 비록 아버지(정잠)와 묵재가 집에 없지만 며느리 마음에 슬픔이 더하겠구나. 오늘 특별히 친정에 가서 사오일 머물다 돌아오너라."

그리고 어제오늘 이틀 동안 정염과 이야기한 것을 전하고 나서 말했다.

"은백은 성정이 몹시 엄격하고 고집도 무척 세지만 나의 뉘우치는 뜻과 사죄하는 말이 진심에서 나온 것임을 알았으니, 며느리는 그윽이 은백의 말을 들어보아라. 비록 바라던 바는 아닐 테지만 공연히 소저(정성염)의 혼인을 막지는 못할 것이다. 그러니 이 혼인이 이루어질지 아니면 한결같이 고집을 부려 천금 같은 딸을 규방의 머리 긴 중으로 만들고자 하는지 알아 오너라."

정월염이 이 말을 듣고 미처 대답하기 전에 연부인이 눈썹을 찡그리며 말했다.

"며느리가 여러 달 동안 친정에 다녀오지 못했으니 우울한 마음은 묻지 않아도 알 만하다. 오늘 며느리가 친정에 간다 해도, 불미스러운 일로 경조공(정염)을 뵙는 게 무안하겠구나. 셋째 공자가 아직 장가들지 못했고 정 소저의 차례는 그다음이라고 하니, 불행하고 원통한 판에 급하지도 않은 혼사를 의논해서 경조공의 분노를 더해서는 안 되겠지. 내가 말 안 해도 며느리가 부질없는 말을 하지 않겠지만, 상공께서 경조공의 뜻을 알아보라 하셨으나 그렇게 해서는 안 된다는 말을 하는 것이다. 며느리가 무슨 말로 그 뜻을 알아보겠느냐? 오직 잠잠히 있으면서 일이 되어가는 것을 보고 경조공의 화가 풀리기를 기다리는 게 좋을 것 같구나."

정월염은 시부모의 말을 듣고 어떻게 해야 할지를 정하지 못한 채 오직 절하며 '네네' 대답만 할 따름이었다. 장헌이 다시 손자 장현윤을 어루만지며 말했다.

"아이의 말은 이치에서 좀 벗어나도 어른이 허물 삼지 않으니, 너는 모름지기 어미를 따라가서 경조공을 보거든 네 삼촌(장세린)을 나무라며 사위 못 삼겠다는 일을 말해보거라."

장현윤이 엎드려 대답했다.

"제가 아직 젖내 나는 아이인데, 큰일에 참견해서 간섭할 수 없을 뿐 아니라 혼사는 자연히 이루어질 것입니다. 지금은 경조 할아버지가 귀한 따님을 혼인시키지 않는다는 결정을 하셨으니, 그에 어긋나는 말은 미움과 화를 더할 따름입니다. 굳은 뜻을 한순간에 돌이키지는 못하시겠지만, 셋째 숙부가 경조공의 사위가 되려면 경조 할아버지께서 하염없는 고집을 그치시고 마음을 돌이키셔야 가능할 것입니다. 할아버지는 염려하지 마시고 어머니가 중간에서 권할 수 없는 사정을 다시 생각해 주십시오."

장헌이 손자의 생각이 깊고 과묵하며 정대하여 나날이 옛 유학자의 풍모와 어진 선비의 틀을 이뤄가는 것을 기뻐하여, 그의 손을 잡고 귀밑을 어루만지며 연부인을 돌아보고 웃으며 말했다.

"창린이의 아름다움이 사람들 중에 뛰어난 선비요 참새 가운데 봉황이지만, 오히려 이 아이에게는 못 미치겠소. 며느리의 태교가 어질지 않았다면 어찌 이렇게 온화하고 아름다워 성현의 풍모와 유학자의 모습을 갖추었겠소?"

연부인 또한 좋아하고 기뻐하는 빛을 드러냈다. 여섯 살 어린아이를 큰 성과 높은 산처럼 믿고 중히 여기니, 장현윤의 사람됨을 묻지 않아도 알 만하다.

이어서 정월염이 시부모에게 절하고 사오일 머물다 돌아오겠다고 한 뒤, 옹설각에 이르러 시누이 장성완을 보고 친정에 잠시 돌아간다고 말했다.

아버지가 한 일을 안타까워하는 장성완

이때 장성완은 온갖 병이 갈마들어 잠도 잘 못 자고 밥도 잘 먹지 못해 시름시름 앓으며 위태함이 갈수록 더했다. 부모가 근심할 것이 두려워 부모가 와서 볼 때는 아픈 것을 무릅쓰고 일어나 자리에서 내려와 맞으면서 평소처럼 대했다. 하지만 아버지와 두 어머니가 돌아가시고 나면 찬 자리에 몸을 던지고 빛깔 없는 이불을 위로 끌어당기고는 정신이 혼미하여 정신을 차리지 못했다. 하루에 미음 한 종지도 삼키지 못하고 피를 섞어 토하기를 그치지 않으니, 병세가 깊어지고 위태로움이 나날이 더해갔다. 그러나 장헌과 박씨는 어리석어 그 위중함을 알지 못하고 오직 장세린의 병에만 초조해하다가 그가 회복한 것을 몹시 다행하게 여길 뿐이었다. 병세가 이 지경이 되자 장성완이 세상일에 아무 생각이 없는 듯하고 말소리도 귀담아듣지 않는 듯하여, 집안사람들은 일찍이 여러 가지 집안일을 장성완에게 전하지 않았다.

이날 장헌이 정염의 화평함을 보고 정인광의 잔을 받고 돌아와 기뻐하는 말을 부인과 두 아들에게 하니, 박씨가 대강을 듣고 역시 너무 기쁘고 기분이 좋아서 엎어질 듯이 옹설각으로 달려와 딸에게 이 일을 두루 다 전했다. 장성완이 아픈 것을 억지로 참고 어머니를 맞아 처음부터 끝까지 듣고는 소리 내어 하염없이 탄식했다. 옥 같은 얼굴에 붉은 구름이 어리고 두 눈에 눈물이 차올라 구름같이 무성한 귀밑머리가 봄비 같은 눈물에 젖는 줄도 알지 못했다. 박씨가 이 모습을 보고 놀라며 말했다.

"우리가 늘 사위가 매몰찬 것을 한탄하고 슬퍼했는데, 저번 날 아버지가 사람 같지 않은 여씨(여원홍)의 못된 꾀임을 듣고 정씨 부중에 가서 경솔하게 혼사를 구하다가 경조공의 범 같은 성미를 돋우어 공연히 우환을 더했지. 그런데 이제 다행히 아버지가 흔쾌히 한번 사죄하고 잘못을 빌자 경조공의 모진 성미가 풀어지고 사위도 품었던 화를 풀었다는구나. 일마다 바라던 것보다 훨씬 잘됐으니 이보다 기쁘고 좋을 수 없다. 오직 바라는 건 경조공이 고집을 돌이켜 세린이를 얼른 사위로 맞고, 사위가 요괴 같은 소채강의 정체를 깨달아 영원히 쫓아낸 뒤에 널 다시 맞는 것이다. 그래야 내 모든 근심이 없어질 텐데. 그런데 너는 우환에도 슬퍼하지 않더니 무슨 일로 이다지 상심하는 것이냐?"

장성완이 어머니의 마음과 생각이 이런 것을 보고 더욱 민망했으나 그 지극한 정을 느껴 자기 남매의 불효를 슬퍼하고 장세린의 사람됨을 깊이 안타까워했다. 그러나 또한 엎질러진 물이라 원망해도 어쩔 수가 없었다. 아버지가 하는 일마다 비웃음을 사고, 정인광의 능멸하고 모욕하는 뜻과 미워하고 싫어하는 마음은 잔을 받들어 나올 때 더욱 심해졌을 것인데도 아버지와 어머니는 아득히 깨닫지 못하고 이를 세상 사는 재미라고 하며 몹시 기쁜 일이라고 전하는 것을 보니, 이 또한 자식을 사랑하는 정에서 나온 것이라 여겨졌다. 장성완은 이것이 딸의 앞날을 기뻐하고 다행하게 여기는 마음이고, 장세린이 명문가의 숙녀를 배필로 삼을 수 있을까 해서 바라고 바라는 마음임을 슬피 깨닫고는 소매를 들어 눈물을 닦고 나직이 아뢰었다.

"저희가 보잘것없어 부모님께 한 가지도 효도를 다하지 못하고 도리어 근심을 더하여 아버지의 체면을 잃게 하고 사람들에게 조롱을 당하시게 했으니, 이 불효의 무거움은 형벌로도 벗어나기 어렵습니다. 자식 된 마음으로 어찌 애달프고 슬프지 않겠습니까? 아버지께서 지난날 여공(여원홍)의 말씀을 들으시고 경조공에게 가볍게 청혼하심으로써 정 소저의 절조와 열행을 음란하고 천한 데 이르게 했으니, 정씨 집안의 사람들이 원통해하고 분개하는 것이 어찌 이상한 일이겠습니까? 이미 잘못 말씀하셨으니 오직 지난날을 뉘우치는 모습만 보이시고 연월과 맹파의 말만 전해서 정 소저의 누명을 벗기셔도 충분했습니다. 체면을 생각하지 않으시고 몸을 굽히시고 또 어린 사람에게까지 절하며 잘못했다고 사죄하셨으니, 어찌 크게 체면을 잃은 것이 아니겠습니까? 경조공이 격하고 날카로우시나 본래 성품이 관대하셔서 자신의 지나친 행동을 그쳐 정 소저를 죽이지 않으시고, 셋째 아우가 사모한 허물이 크지만 직접 소저를 만나는 방자한 일을 하지 않은 줄 아신 뒤에는 한갓 놀라고 분해하시겠지만 구태여 아버지에게 원한을 품지는 않으실 겁니다. 그러니 아버지께서 그렇게 사죄하지 않으셔도 좁은 아녀자처럼 화를 품지 않지 않고 자연히 온화하게 대하셨을 겁니다. 그 사위라는 정군은 천 번 애걸하고 만 번 후회하는 모습을 보여도 또한 감동할 위인이 아닙니다. 자기 아버지의 명을 순순히 듣고 힘써 노력해서 두어 마디 말로 대한 것인데, 그 한 잔 술을 받으신 게 무슨 영화로움이 있습니까? 그는 분명 아버지를 뵙고 대화하기를 원치 않았을 것입니다. 아버지도 더불어 말씀하지 않으셨어야 하는데, 체면을 버리시고 구차하게 대화하고자 하셨으니 이 또한 못난 저를 사랑하시는 마음에서 비롯된 것이겠지요. 일마다 욕됨을 피하지 않으신 것입니다. 이에 제가 더욱 깊이 불효를 슬퍼하고 부모님이 체면을 버리시고 잘못 말씀하신 것을 애달파하게 됩니다. 어머니는 지금 소씨(소채강)를 계속해서 원망하시고 소 대인(소수)의 높고 넓은 덕을 원수로 갚으려 하십니다. 몸으로 불효와 불명의 큰 죄를 짓지 않았지만, 저는 진실로 아버지와 남편과 아들을 모두 갖추고 남처럼 길이 편안하게 사는 것을 바라지 않습니다. 어머니는 저를 아예 없던 사람으로 여기시고 마음에 담아두지 않으시면 되는데, 그걸 쉽게 못 하시는군요. 체면을 버리고 덕망을 잃는 것이 늘 저 때문에 비롯되니, 천지 사이에 못나고 불효함이 저 같은 사람이 또 어디 있겠습니까? 시아버지의 높은 명망은 이른바 하늘이 낸 어진 성품에서 온 것이니, 아버지가 체통 잃는 것을 안타까워하실지언정 비웃지 않으시고 시비하지 않으시겠지요. 하지만 그 사위나 다른 어린 사람들은 얼마나 우습게 여기고 조롱하겠습니까? 큰오빠(장창린)가 나간 뒤로 부모님이 크게 덕망을 잃어도 집안에 간할 사람이 없고 가려줄 사람이 없습니다. 그뿐만 아니라 셋째 아우와 저는 덕망을 잃고 집안에 누를 끼쳤으며, 둘째 아우는 한갓 슬퍼하며 탄식하기는 하나 선한 말과 도리로써 간언하지 못합니다. 그러니 못난 저희는 진실로 있으나 마나 한 자식들입니다."

박씨가 듣고 나서도 오히려 믿지 않고 말했다.

"사위가 우습게 여겼다면 잔을 잡아 술을 올릴 리가 없고, 경조공역시 네 아버지가 엎드려 잘못을 비는 것을 보고 놀라지 않았다면 전날의 그 같은 분노를 오늘 쉽게 풀지 않았을 것이다. 아버지의 예전 행동은 혹 사람들의 조롱을 샀을지 모르지만 오늘 일은 참으로 잘하신 것이니 너는 나무라지 마라."

장성완은 어머니가 깨닫지 못하는 것이 안타까워, 도저히 길게 말할 기운이 없었으나 딸 된 도리로 마음을 다스려, 잘 모른다고 아무 말도 고하지 않고 가만히 있으면서 어머니의 잘못을 두고 볼 수는 없었다. 이에 장성완이 긴말로 어머니의 흐릿한 마음을 밝히고 터무니없는 잡된 생각을 물리치게 했다. 그 태도가 부드럽고 공손하며 차분하고 온화했다. 무식하고 금수 같은 박씨는 딸의 온순한 얼굴과 어질고 효성스러운 말을 들으며 기특하다 말할 겨를도 없이 저절로 감동했다. 말씨가 순하고 이유가 분명해서 막힘이 없고 시원하게 통달하여, 하나라 걸왕과 은나라 주왕 같은 무도한 폭군이나 도척과 도륜 같은 흉악한 도적도 깨달아 감동하여 눈물을 흘릴 것 같았다. 조금도 넘치지 않고 경솔하지 않으면서도 많은 사람의 여러 마음을 들여다보는 듯이 이야기했다. 또 정인광을 원망하지 않고 불경한 말을 더하지 않았으나, 길이 한스럽고 노여워하는 마음은 없지 않았다. 그래서 부모님이 정인광의 마음을 얻으려고 그의 얼굴을 대하려 하는 것은 참으로 구차하기 짝이 없는 일임을 대강 아뢰고, 이미 남처럼 여기니 또한 구구하게 생각하지 말라고 부탁했다. 또 소채강의 아름다운 성품과 어진 행실을 두루 일컫고 그가 있는 것은 도움이 되었으면 되었지 아무런 해가 되지 않는다는 주장을 그치지 않았다. 박씨가 다른 말이 옳다는 것은 깨달았으나 다만 소채강에 이르러서는 딸의 말이 맞는지 알 수 없었다. 그러나 심하게 욕하고 꾸짖던 것은 점점 덜하게 되었다.

(책임번역 김경미)

친정에 가기 전 장성완을 만나는 정월염

이때 장성완이 어머니 박씨를 대하여 긴말을 하니, 병세에 더욱 해롭고 도움이 되지 않았다. 어머니가 돌아간 뒤 바로 머리를 베개에 던지니, 호흡이 가쁘고 정신이 어지러웠다. 진정하려 했으나 되지 않았고 문득 피를 토하기 시작했는데, 순식간에 몇 되나 토했다. 얼굴빛은 숨이 넘어갈 것 같고 손발이 점점 얼음같이 차가워지니 유모와 시녀들 모두 당황스러웠다. 그러나 이런 일이 드물지 않아서 장성완은 일절 부모에게 알리지 못하게 했을 뿐만 아니라 동생들에게도 알리지 않았다. 또 아무 도움이 되지 않는 치료로 어지러움을 더하려 하지 않아서, 오로지 유모와 시녀들이 모시고 돌볼 뿐이었다.

정월염이 시부모를 모시는 와중에 잠깐씩 와서 장성완을 볼 때마다 몹시 근심하고 우려했는데, 이날도 왔다가 이런 지경을 보게 되었다. 정월염은 장성완에게 친정에 인사드리러 간다는 말을 하고, 비록 사오일이지만 병세가 더 나빠지지 않기를 당부했다. 장성완이 슬픈 낯으로 말했다.

"언니가 오래 문안드리지 못하신 사이에 이 소저(이자염)가 아들을 낳았고, 만 리 밖 전쟁에서 승전한 소식도 전해졌어요. 두루 다행스럽고 기쁜 일이지요. 그러나 저희 셋째 아우가 정신 나간 미친 짓으로 공연한 일을 벌여 부모님의 체면을 깎이게 했습니다. 방자하고 음란하게 군 것에 자기 자신도 거리끼는 마음이 없지는 않겠지만, 아름답지 않은 병이 들어 이상한 사심을 멈추지 못했으니 어찌 허물이 가볍다고 하겠어요? 이제 경조 숙부 뵙기가 무안하실 테니, 저 또한 편치 않습니다."

정월염이 주저 없이 말했다.

"그 희한한 그림을 얻는 바람에 셋째 시숙이 상사하는 마음을 일으키신 것이지, 실제 모습을 엿보아 부끄러운 허물을 지은 게 아니니, 경조 숙부께서 좋게 여기시지는 않겠지만 우리가 그렇게 불편하고 무안할 게 뭐가 있겠어요? 다만 아가씨의 병환이 오래되어 수시로 피를 토하고 숨이 끊어질 듯 날로 위중하니, 제 마음이 근심과 걱정으로 좋지 않습니다. 게다가 숙부 내외께서 밤낮으로 잊지 못하시다가 이렇게 위중하다는 말을 들으면 어찌 걱정하고 놀라지 않으시겠어요? 하물며 아가씨는 임신한 몸인데, 이런 증세는 임신부에게는 해로운 것이라서 제가 그윽이 염려되고 걱정스러워 애가 타는군요. 부디 음식을 잘 드시고 각별히 몸을 돌보아 증세가 더 나빠지게 하지 마세요."

장성완은 정월염이 뛰어난 식견으로 자기를 아침저녁으로 살피며 그윽이 맥을 짚고 병세를 보았으니 임신한 것을 모를 것 같지는 않았다. 그러나 구태여 아는 체하며 말하지 않았기 때문에 그 신중함을 믿어 끝내 말하지 않을 줄 알았다. 그런데 오늘 갑자기 일컫는 것을 들으니, 오직 부끄럽고 수치스러울 뿐 아니라 아버지가 알게 되면 창피할 것 같았다. 눈을 내리깔고 옥 같은 얼굴이 불그레해지니, 지는 해가 서쪽 고개로 넘어가고 밝은 달빛이 계수나무에 비치는 듯 더욱 영롱하고 아름다웠다. 정월염이 아름다운 얼굴에 미소를 띠며 말했다.

"저는 일찍이 아가씨에게 심혈을 기울였는데 아가씨는 늘 데면데면하게 대하곤 했지요. 이는 끝내 형제와 다를 뿐 아니라 저의 사람됨이 더불어 말할 만하지도 않고 마음속을 비출 만하지도 않기 때문이겠죠. 제가 감히 아가씨가 데면데면하게 대하는 것을 원망하지 못하는데 어떻게 아가씨가 부끄러워하는 일을 요란하게 떠들겠어요? 다만 숙부 내외는 자질이 뛰어나 앉아서 천 리를 내다보시니 아가씨가 임신한 것을 내가 아뢰지 않아도 눈치채셨을 겁니다. 숙모와 할머니께서 아시는 거야 무슨 부끄러움이 있겠어요?"

장성완이 사례하며 말했다.

"제가 비록 어리석으나 어찌 언니의 관대하신 성의에 감격하지 않으며, 또 어찌 마음에 경계를 두어 형제가 아니라고 다르게 여기겠어요? 그러니 저의 못난 죄를 조금이라도 헤아려 주세요. 누군가와 마주하여 이야기하려고 하면 상심하여 머리가 숙여지고 저도 모르게 입이 닫힙니다. 저는 다만 어머니를 그릇되게 하고 시부모님께 욕을 끼친 불효한 사람입니다. 아침저녁으로 엎드려 사죄해도 용납받지 못할 처지인데, 오히려 편안히 우환이 없는 것처럼 하는 것은 더욱 무지한 것입니다. 어찌 사람으로서 용납되겠어요? 그래서 세상사를 뜬구름같이 여기는 것이니, 언니는 깊이 헤아려 주세요."

정월염이 속으로 그 마음을 슬퍼했으나 얼굴에 드러내지 않고 좋게 위로하며 거리끼지 말라고 당부했다.

정인광과 논쟁하는 정월염

정월염이 장성완과 헤어져 친정에 가니 정씨 집안사람들이 반기는 마음은 말로 다 할 수 없었다. 정월염이 또 발걸음을 사뿐히 옮겨 당에 올라가 앞자리에 계신 할머니와 어머니에게 절하고 돌아서서 숙부에게 절했다. 그러고 나서 다시 아우들과 사촌들을 대하여 서로 예를 차려 절한 뒤 할머니 앞에 편안히 모시고 앉아서 안부를 물었다. 자잘한 사고와 우환이 연이어 일어나 오랫동안 슬하에서 모시지 못해 마음속으로 슬프고 억울하던 일과 할아버지 제사에 참배하지 못해 내내 슬퍼하던 것을 아뢰고, 아버지가 전쟁에서 이긴 것과 이자염이 아들 낳은 것이 두루 크게 다행한 일이라고 말하는데, 슬픔과 기쁨이 교차했다.

법도에 따라 입은 예복이 단정하고 허리에 찬 옥고리는 낭랑하며 가는 허리에 보패로 된 띠는 눈부셨다. 그 모습은 부드러운 바람과 태양 아래 다투어 피어나는 꽃처럼 아름답고, 맑은 하늘의 햇빛과 눈을 비추는 달빛처럼 밝고 환했으며, 절도 있는 몸가짐은 엄숙하고 신중했다. 나이가 한창 젊고 얼굴빛이 빼어나게 아름다우니 그 모습이 새삼 빛났다. 서태부인과 숙부들이 새삼 흡족해했으며 일가친척들도 처음 보는 듯 거듭 칭찬하며 우러르고 감탄했다. 그러던 중에 또 장현윤을 보니 참으로 탁월하고 뛰어나 보였다. 이마가 훤한 것이 공자의 칠십 제자를 뒤이어 성현의 풍채를 지녔고 유자의 학문이 몸에 배어 완전히 외가를 닮은 것이 얼핏 정잠의 어릴 적 모습 같았다. 사람들이 깜짝 놀란 얼굴로 장씨 집안의 융성한 복을 헤아릴 수가 없겠다고 새삼 칭찬했다. 서태부인이 장현윤의 손을 잡고 등을 어루만지며 칭찬했다.

"탁월한 창린이와 현숙한 월염이가 낳은 자식이니 어찌 평범하겠는가. 이렇듯 비상하고 예의와 법도에 맞는 모습은 꼭 저의 외할아버지 어릴 때와 닮았으니 어찌 기이하지 않으냐?"

이에 정삼이 마땅한 말이라고 하며 정월염을 돌아보고 기뻐하며 말했다.

"네가 이곳에 오지 않은 지 거의 대여섯 달이 되었구나. 그사이 자잘한 사고와 우환 때문에 왕래하지 못한 것이겠지. 하지만 할머니의 마음을 생각한다면 어찌 한번 틈을 내지 못했느냐? 담장을 이웃한 친정이 도리어 머나먼 궁벽한 땅에 멀리 있는 듯하구나. 이는 내리사랑은 있으나 치사랑은 없기 때문이겠지. 그래서 내가 너를 아주 못마땅하게 여겼는데 오늘은 무슨 연고로 왔느냐?"

정월염이 미처 대답하기 전에 정염이 부드럽게 웃으며 말했다.

"형님은 어찌 마음에도 없는 말씀으로 책망하십니까? 장랑(장창린)이 변방으로 간 뒤 봄·여름을 보내고 가을·겨울을 맞았으니, 조카는 이별의 한으로 만사가 꿈같고 스스로 창해의 달이 되지 못하고 고개 넘는 구름이 되지 못하는 것이 슬프고 한이 쌓여 베개에 눈물이 어룽질 텐데, 어느 겨를에 할머니의 그리움을 생각하겠습니까? 저는 그사이에 오지 못한 것이 이상하게 생각되지 않았습니다.”

정월염이 뺨에 부끄러운 빛을 띠고 붉은 입술과 하얀 이에 웃음을 머금고 나직이 사죄하고 몸을 돌려 정인광에게 말했다.

“내가 여기 와서 할머니와 어머니를 모시지 못하는 것은 거취를 내 마음대로 못 하기 때문이다. 그러나 숙부께서 말씀하신 대로 내리사랑은 있고 치사랑은 없어서이니, 나의 효성이 얕은 까닭이라 아우만 매몰차다고 말할 수는 없겠구나. 하지만 내가 그사이에 오지 못한 것은 우환 때문이다. 그간 인흥 형제와 인경이와 인명이 등이 서재에 왔다가 혹 서로 보기를 청한 적도 있고 혹 떠들썩하게 말하고 갈 때도 있어 형제의 정을 다했다. 그런데 아우는 한결같이 나를 찾은 적이 없을 뿐 아니라 셋째 시숙(장세린)의 병세가 위독할 때 문병 한번 한 적이 없다고 하니, 친구의 도리는 오륜에 속하고 정이 형제와 같은데 어찌 그렇게 매몰차고 인정이 없을 수가 있느냐?”

정인광이 무릎을 모으고 단정히 앉아 들을 뿐 바로 대답하지 않고 있다가 잠시 뒤에 물었다.

“누님께서 말씀하시는 병은 누구의 병을 이르시는 겁니까?”

정월염이 답하기 전에 정겸이 웃으며 말했다.

“그게 누구의 병이겠느냐? 문승(장세린)의 병이 위독하던 것을 말하는 것인데 새삼 묻는 것은 어째서이냐?”

정인광이 정월염을 향해 미소 지으며 말했다.

"집안에 우환이 있으면 형제로서 어찌 근심하지 않겠습니까? 저의 지식이 고루한 탓에, 형수가 물에 빠지면 시동생이 구한다는 말은 들었지만 시동생이 병이 들면 형수가 밤낮으로 지켜보며 한순간도 다른 일을 할 겨를이 없다는 말은 누님에게 처음 듣는군요. 이건 어디서 나온 예법인지 모르겠네요. 제가 비록 성현을 우러르지 못하고 군자의 큰 도를 얻지 못했지만, 예가 아니면 움직이지 않고 예가 아니면 보지 않습니다. 누님의 시동생이라는 장씨네 탕자가 아름답지 못한 병이 들어 생사를 오갔는데, 제가 어찌 그 예에 어긋난 병을 모르겠습니까? 그러나 이런 무리는 관중이나 포숙처럼 마음을 알아주는 진정한 친구라고 할 수 없으니, 제가 문병하지 않았다고 매몰차다는 허물이 될 것은 아닙니다. 다만 제가 누님에게 인사를 전혀 안 한 건 이씨 부중에 계실 때와 달라서였습니다. 비록 화를 내진 않으시나 누님이 이를 문제 삼으시니, '그 고을에 들어가면 그 풍속을 따른다'고 누님의 성정도 평소 염치없는 것을 듣고 보는 데 익숙해지셨나 봅니다. 초나라 귤이 제나라에 가면 밀감이 되는 것처럼 누님도 변하셨군요."

정월염이 정인광을 한참 쳐다보다가 말했다.

"성인이 사라져서 천하에 도가 없어진 지 오래되니, 온 세상에 청렴과 의리가 없어지고 삼강오륜이 무너져 성현을 따르고 예의 있는 행동을 본받는 장부들도 인륜을 저버리고 부부유별과 붕우유신을 생각하지 못할 때가 있다. 그러니 깊은 규방의 어리석은 여자가 할 일도 못 하면서 무슨 지식이 있어 의리를 통달했겠느냐? 다만 인정에 가깝지 않은 것과 음험하여 바르지 못하고 지나치게 고집하는 것을 보면 가련하고 이상하게 여기지. 아우는 말하기를, 시동생이 병이 나면 형수가 밤낮으로 지켜보며 잠시 한순간도 다른 일을 할 겨를이 없다는 예의가 어디 있느냐고 했지? 일의 경중에 따른 당당한 예의는 모르겠고, 한집에서 시동생이 위독해 곧 큰 변을 당할 지경에까지 이르러 시부모와 온 집안 식구들이 당황해서 어쩔 줄 몰라 하면 목석 같은 사람도 흔들리는 법인데, 어찌 나 홀로 아무 일도 없는 듯이 편안하겠느냐? 하물며 시누이(장성완)의 병세가 점점 위태로워 생사를 염려할 정도였다. 그 사람됨이 보통 사람과 달라서 병이 들었어도 위태로운 모습을 부모님께 보이지 않았지만 끝내 살기 어려울 것 같더구나. 이런 추위에 한 벌 베옷만 입고 근심하고 슬퍼하니, 옥에 갇힌 죄인이나 다름없다. 친복을 입는 형제요 같은 항렬의 정으로 마치 내가 직접 당하는 것처럼 슬프고 애통하다. 아우는 분명 사리와 체면을 모른다고 우습게 여기겠지만 나는 밤낮으로 평상심을 얻지 못하고 자고 먹을 때도 걱정이 가득하다. 이는 구태여 형제자매보다 더한 정이 있어서가 아니라 사람을 아끼고 목숨을 살리고 싶어서인 것이다. 시누이의 병이 이러한데 우환이 가볍다고는 못 하겠지."

말을 마치자 근심스러운 기색이 은근히 비치고 두 눈에 눈물이 어리며 옥 같은 뺨이 붉어졌다. 이는 곧 시누이의 위독한 병을 슬퍼했기 때문이었다. 장성완의 병세가 우연한 것이었다면 말 없고 신중한 정월염이 이토록 슬픔을 나타내지는 않았을 것이다.

정인광을 설득하는 정삼

정삼은 모르던 일이 아니었으나 새삼 우려를 그치지 않았고, 서태부인은 놀라움을 감추지 못하고 말했다.

"장씨 아이가 돌아간 지 일곱 달이 지났는데도 병세가 한결같다는 말을 듣고 심각하다는 건 이미 헤아리고 있었으나, 끝내 살길이 막연하게 될 줄은 생각지 않았다. 어떤 병세로 점점 위중하게 된 것이냐? 처음에 인광이가 인정 없이 자살하라고 재촉할 때 그 말이 몹시 분별 없고 경솔했지. 그러나 친정으로 돌려보낼 때는 인사차 다니러 가는 것처럼 각별히 싫어하지 않았다. 그런데 손주며느리는 어찌 그렇게 지나치게 처신하는가? 월염이 너는 아침저녁으로 보면서 옷을 갈아 입으라고 권하지 않았느냐?"

정월염이 답했다.

"처음에 죄인으로 자처하면서 날씨가 점점 추워지는데도 여름옷을 바꿔 입지 않기에 시부모님께서 이를 몹시 가련하게 여겨 권하시고 저도 지나치다고 일컬었으나 조금도 흔들리지 않았습니다. 난취 등이 걱정하고 당황하여 숙부와 숙모께 아뢰려고 하자 시누이가 말하기를 '임금이 신하에게 죄를 주면 감히 어기지 못한다. 내가 이미 남편에게 죄를 지었으니 어찌 죄지은 자가 죄수옷을 벗겠느냐? 10년이 지나도 남편의 명이 없으면 옷을 바꾸지 못할 것이니, 모름지기 부모님께 아뢰어 그 근심을 더해서 내 죄를 깊게 하지 말라'고 했는데, 그 뜻이 군세어 부질없이 여러 말을 하지 못했습니다."

듣고 있던 사람들이 무릎을 치며 감탄하고 근심 어린 얼굴로 걱정하는 가운데 정염과 정겸이 거듭 감탄하며 말했다.

"아름답고도 어질구나! 예로부터 충신과 열사가 예법을 지켰지만 어찌 이렇게까지 한 사람이 있었을까? 이 말을 들으니 큰어머니와 형님이 명하시는 것보다 인광이가 한마디 말로 용서하고 도리상 그렇게 해서는 안 된다고 달래는 게 나을 것 같습니다."

서태부인이 정삼을 돌아보며 말했다.

"너는 며느리의 일을 모르지 않을 텐데, 어찌 아직 인광이에게 명하지 않았느냐?"

정삼이 자리에서 내려와 두 번 절하고 말했다.

"제가 어른을 받드는 데 어리석고 민첩하지 못하며 아랫사람을 거느리는 데 자애롭지 못하고 잘 살피지 못합니다. 그런 까닭에 어머니께서 인광이를 사랑하시는 마음을 받들지 못하고, 어린 며느리가 무고하게 죄인으로 자처하는 줄도 몰랐습니다. 그뿐만 아니라 천성이 어리석고 둔하며 말을 하는 데 게을러서 지금껏 인광이에게 말하지 못했습니다. 오늘에야 비로소 인광이의 뜻이 어떤지 묻고 알아보려 합니다."

말을 마치고 자리로 돌아가 정인광을 불러 가까이 앉게 하고 물었다.

"너는 예전에 경계한 것을 기억하느냐?"

정인광이 황급히 대답했다.

"어찌 감히 잊겠습니까?"

정삼이 또 물었다.

"그러면 네 아내를 죄에 둔 것은 무슨 뜻이냐?"

정인광이 다시 무릎을 꿇고 대답했다.

"구태여 그 죄에 처하게 한 것이 아니라 오로지 변고에 대응하느라 정신이 없어 돌아오라고 부르지 못한 것입니다. 그 사람이 스스로 죄인으로 처신한 것은 제가 명을 내려 다스려서가 아닙니다."

정삼이 또 말했다.

"알겠다. 돌아오게 할 것이고, 버릴 뜻이 없다는 게 분명하지?"

정인광이 허리를 굽히고 대답했다.

"과연 그렇습니다."

정삼이 또 물었다.

"네 뜻이 그러함에도 며느리를 죄인처럼 내버려두고, 또 박부인을 원수로 삼는 것은 무슨 까닭이냐?"

정인광이 옥 같은 얼굴에 조심스럽고 송구한 빛을 띠며 대답했다.

"대의로 생각해 보면 어찌 옳은 일이겠습니까? 그러나 장씨의 일은 제가 마음대로 결정한 게 아닙니다. 어른의 명을 따른 것이고 아내 또한 따라야 한다고 생각해서 거절하지 못한 것이니, 남편을 따라야 한다는 대의와 배필의 천륜을 어기지 못할 것입니다. 만약 아들을 낳으면 외가를 버리지 못할 테니 무사할 것이고, 아들이 자라면 제가 죄인으로 두지도 못할 것입니다. 장씨가 만약 죽기에 이른다면 장씨 집안과 사위의 의리를 끊지는 못하나, 또한 타인과 다르지 않을 것입니다."

옆에 있던 사람들이 정인광이 따져 말하는 것을 조용히 들으면서 그 말이 옳다고 감탄하는 한편 옛날 일을 생각하고는 웃음을 참지 못했다. 정삼과 두 공이 또한 희미하게 웃음을 머금었으나 정인광이 머리를 숙이고 앉아 있었기 때문에 아버지의 기색을 모르고 몹시 두려워하는 빛을 띠었다. 정삼이 다시 물었다.

"네 말을 들으니 이 아비가 의아하고 알 수가 없구나. 며느리가 살아 있을 때는 박부인을 장모로 대하지 않으면서 죽은 뒤에도 사위의 의리를 끊지 못한다고 하니, 살았을 때와 죽었을 때가 다른 것이 어찌 괴이하지 않으냐?"

정인광이 대답했다.

"아내로 삼아 사위와 장모로 대하게 된 것은 어쩔 수 없습니다. 굳이 옳은 건 아니지만 관계는 끊지 않아서 복제를 의논하긴 했으나 차마 자주 예를 차려 인사하고 기분 좋게 상대하며 정성을 들이면서 원수를 은혜로 대하는 일은 차마 못 하겠습니다."

정삼이 웃으며 말했다.

"자주 예를 차려 인사하고 정성을 다하라는 것이 아니다. 장공은 네 아비의 친구이고 그 아들들은 너의 벗들이니, 한번 그 집에 가서 세린이의 병을 묻지 못한단 말이냐?"

정인광이 답했다.

"어찌 한번 묻고 인사할 만하지 않겠습니까마는 정신없고 사나운 장모의 미친 말을 생각하면 담이 차고 심신이 놀라 차마 그 집에는 못 가겠습니다. 그 모자에게 정성을 들일 뜻이 없으니, 자주 문병하여 살피는 것은 제 마음과 다릅니다."

정삼이 한참 말이 없다가 말했다.

"세린이의 병이 회복되었으니, 이전에 문병하지 못한 건 지나간 일이다. 새삼 말을 꺼내는 것이 쓸데없지만, 장공이 네 아버지의 절친한 벗은 아니라 해도 창린이는 너의 벗이요 월염이는 네 누이며 며느리는 네 아내이다. 누이의 시집과 아내의 아버지를 버릴 수 없고 벗을 공연히 끊지 못하는데 네 어찌 장씨네 집을 왕래하지 않는단 말이냐? 모름지기 고집하지 마라. 조금 전 월염이 말을 너도 들었거니와, 며느리가 이 추운 계절에 베옷을 바꿔 입지 않고 죄인을 자처하고 있으니, 이렇게 하고서야 약한 몸이 어찌 견디겠느냐? 네가 이제 용서한다는 말을 안 하면 그 죽음을 재촉하는 것이다. 네가 말로는 며느리를 죽게 하려는 게 아니라고 하지만 며느리가 죽는다면 칼과 약이 다르지 않듯 너 때문이라는 것을 모르느냐?"

정인광이 대답했다.

"처음에 할머니와 아버지께서 아내를 친정으로 돌려보내실 때 명복을 입은 채 돌려보내시며 죄인으로 자처하지 않아도 된다고 말씀하셨고, 저도 베옷을 입고 지내라는 말을 하지 않았습니다. 어찌 구태여 그렇게까지 하면서 이상한 행동을 한답니까?"

정삼이 한숨을 쉬며 말했다.

"아아, 네 어찌 누이의 말을 듣고도 이렇게까지 깨닫지 못하느냐? 임금이 신하에게 죄를 주면 비록 온 백성이 위로하고 불쌍히 여기더라도 임금이 믿지 않으면 곧 죄인이다. 백성들이 모두 죄가 없다 해도 임금이 죄가 있다고 하면 백 년이 지나도 죄를 벗어나지 못하는 법이다. 여자가 남편을 섬기는 도리는 신하가 임금을 섬기는 도리와 한가지니라. 네 처에 대해 그 아버지도 죄가 없다 하고 네 아비도 죄가 없다고 했다. 그러나 네가 있는 힘을 다해 죽으라고 재촉하다가 어버이의 만류함을 좇아 그만두긴 했으나, 친정으로 돌아갈 때 '죄가 없으니 처벌을 기다리지 말라'는 말이 없었다. 이는 곧 죄를 지어 귀양 간 사람과 같아서 며느리가 석고대죄하며 울고 아침저녁으로 죄를 헤아리는 것이니, 시절이 바뀌고 세월이 간들 죄인인 것이다. 어찌 옷을 스스로 바꿔 입겠느냐?"

정인광이 그 뜻을 깨달아 두 손으로 땅을 짚고 얼굴을 숙이고는 말했다.

"제가 참으로 어리석어 깨닫지 못하다가 말씀을 들으니 분명히 알겠습니다."

정삼이 또 말했다.

"내일 마땅히 글을 써서 옷을 바꿔 입기를 권하는 게 어떠하냐?"

이에 정인광이 대답했다.

"말씀대로 하겠습니다."

정삼이 기뻐하며 말했다.

"그러면 내일 보낼 테니, 너는 먼저 글을 쓰도록 해라."

정인광이 명을 듣고 곧바로 붓과 벼루를 내와서 편지 한 통을 써 아버지 앞에 드리니, 정삼이 받아서 정염에게 도로 주며 말했다.

"그래도 끝내 마음이 편치는 않구나."

그 자리에 있던 사람들이 모두 웃고 글을 돌려보니, 그 뜻이 정숙하고 글씨가 눈부셔 참으로 고담준론이었다. 그 편지의 내용은 이러했다.

그대가 죄가 없으니, 내가 비록 행실을 제대로 배우지 못했으나 부모님이 계신데 어찌 그대의 목숨을 마음대로 할 수 있겠소? 할머니께서 그대의 죄가 아니니 죄수옷을 입을 일이 아니라 하시고, 아버지께서도 허물이 없다 하시오. 내가 감히 명을 어길 수 없음은 부인도 이전부터 밝히 알고 있을 텐데, 어찌 구태여 죄인으로 자처하시오? 그대의 밝고 뛰어난 식견으로 내 명을 받들어 거의 다른 행동을 하지 않을 줄로 알고 이 같은 일이 없으리라 여겼소. 그런데 그윽이 들으니 오늘까지도 죄수옷을 벗을 수 없다고 한결같이 고집한다 하니, 흉노에게 굴하지 않고 절개를 지킨 소무처럼 장차 북해에서 얼어 죽기를 기약하시는가? 그 마음을 놀라게 하고 불안하게 한 것은 내가 분명하지 않고 흐릿해서 부인으로 하여금 믿을 수 없게 한 탓이오. 부인이 아프다는 소식을 듣고 할머니와 부모님이 한결같이 걱정하셔서 편히 앉지도 못하시고 편히 주무시지도 못하시며 근심이 크시다오. 아, 부모님의 근심을 더하게 되면 그 후회를 어찌하겠소? 오늘 아버님께서 명백하게 깨우쳐 주셔서 글을 보내 분명히 말하니, 이후로는 이런 일이 없으면 참으로 다행이겠소.

자리에 있던 사람들이 보고 나서, 정겸의 부인 서씨가 크게 웃으며 말했다.

"이렇게 애틋한 말을 전하는데, 이전에도 이랬는지 우리는 모르지만 조카며느리(장성완)는 알겠지. 그 대답이 어떨지 얼른 보고 싶어 하룻밤이 삼추와 같이 길게 느껴질 것 같구나."

정염의 부인이 웃으며 말했다.

"조카며느리가 처음부터 온순하고 공손했으니, 허물도 죄도 없이 하루아침에 귀양 가는 죄인이 되었다가 이제 죄를 용서한다는 명을 들으면 다만 덕택이라 일컬으며 은혜를 감사할 뿐 원망하고 분노하지는 않을 겁니다."

이에 서부인이 맞다고 했다. 서태부인은 모두가 보기를 기다렸다가 글을 다시 거두어 상자에 넣고 다음 날 보내려고 했다. 정삼이 소채강에게 명해서 장성완의 겨울옷 한 벌을 갖추라고 하니, 소채강이 마음속으로 매우 기뻐하며 명을 받들었다.

정염과 장세린의 일을 이야기하는 정월염

정월염이 정인광의 기색을 보니 담담하게 아무 생각도 없는 것 같아 구태여 여러 말로 그의 심정을 엿보려 하지 않고 또 장성완에 대한 말도 다시 하지 않았다. 몽룡을 데려오게 해서 할머니 서태부인 앞에서 뵈니, 이는 진실로 덕망 있는 집안의 경사요 국가의 복이었다. 이보다 더한 기쁨이 없으나 돌아가신 어머니가 알지 못하심을 슬퍼하여 자연히 안타까움과 비통함을 이기지 못했다. 기쁨의 말을 다 갖추기도 전에 눈썹에는 슬픔이 깃들고 옥 같은 얼굴에는 수심이 어리며 눈물이 소매를 적셨다. 옆에 있던 사람들도 슬퍼했고 서태부인은 한숨을 쉬고 탄식했다. 정삼은 어머니가 슬퍼하시는 것이 걱정되어 정월염을 돌아보고 말했다.

"자하가 효에 대해 물으니 공자가 말씀하시기를 '얼굴빛을 삼가라' 하셨다. 자하는 효도를 지극히 했으나 자못 얼굴빛을 즐겁게 하지 못해서 공자가 이렇게 말씀하신 것이다. 너는 이런 의리를 잘 알아 평소에 슬프고 근심스러운 얼굴을 할머니께 보이지 않더니 어찌 오늘은 참지 못하느냐? 너희가 비록 친어머니를 일찍 잃어 모시지 못하는 슬픔이 있으나, 형님과 형수가 계시고 위로 할머니가 계시니 즐거운 마음으로 재롱을 부리며 기쁘게 해드리는 것이 마땅하다. 그런데 어찌 쓸데없이 슬픈 마음이 일어나게 하느냐?"

정월염이 공손히 듣고 나서 일어나 절하고 사죄하며 가르침을 받들겠다고 대답했다. 그러고는 슬픈 얼굴을 고쳐 곧 봄날 같은 얼굴이 되니, 온화한 기운이 새로웠다. 숙부들이 더욱 좋아하며 칭찬하고 장현윤도 비할 데 없이 기뻐했다. 정월염이 다시 몽룡을 안고 기뻐하며 칭찬하다가 정염 부부를 향해 정인홍이 아들 낳은 것을 축하하며 복이 많다고 하니, 정염이 흐뭇해하며 말했다.

"세상에 지극한 재미로 늘그막에 손자를 얻는 기쁨보다 더한 게 없으니, 인홍이가 아들 낳은 것이 어찌 효도가 아니며 우리의 복이 아니겠는가? 운계(정삼) 형님같이 겸손한 분도 인성이가 아들을 낳은 경사에 이르러서는 친척과 향당의 축하를 사양하지 않았는데, 부인은 어찌 사람들이 복이 많다고 할 때마다 민망하게 여기시오? 사람들 대부분이 극락을 두고도 극락을 알지 못하면서, 한 가지 이익만 있으면 그 한 가지 이익은 알아차리지. 이를 보면 참으로 사람의 욕심이 끝이 없다 하겠지. 하지만 어찌 장부의 처사가 그렇게 자잘해서야 되겠는가?"

정겸이 웃으며 말했다.

"다른 일은 관대하고 어질며 활달하시다 하겠으나 어제 같은 일은…… 제 말이 불경하고 버릇없이 들리겠지만, 자못 미친 사람 같으시더군요. 어찌 관대하고 어진 어른의 처사라 하겠습니까?"

정염이 갑자기 좋은 기색이 사라지고 발끈 분개한 빛으로 손을 저으며 말했다.

"수백(정겸)은 쓸데없는 말을 다시는 하지 말게. 생각할수록 분통이 터지고 화가 나는 일이니. 아까 사죄하고 뉘우치는 뜻을 보긴 했지만 끝내 나의 사랑하는 딸을 누명에 빠트린 원수인데 어떻게 아무렇지도 않게 이야기하고 옛날의 좋은 관계를 온전히 하겠는가? 그러나 후백(장헌)을 책망할 건 아니고, 또 내 딸을 해치려고 못된 꾀와 간사한 계교를 지어낸 게 아니라서 스스로 딸의 운명을 탄식할 뿐 그를 심히 탓하지 않았던 것이네. 외동딸의 만 리 앞길이 속절없이 막히게 되었으니, 한없는 아비의 사랑으로 원통하고 억울하여 그 원망과 설움이 죽음보다 더할 것 같네. 그러나 자식을 죽이는 것은 있을 수 없는 일이라서 운계 형님의 말씀을 듣고 나의 처사가 지나침을 뉘우쳤네만, 후백의 탕자를 원망하는 마음이야 어찌 생전에 풀리겠는가? 전에는 아녀자를 향한 흉악한 마음이 있어 간사한 계교를 지어냈다 하더라도, 장세린이 선비의 행실을 조금이라도 가졌다면 어찌 그림 한 장에 마음이 기울어져 음란하고 난잡한 병이 되기에 미쳤겠는가? 짐승 같은 아비에, 자식 또한 개돼지로다. 의명(장창린)과 재보의 부인(장성완)은 고수의 아들 순이나 곤의 아들 우와 같아 천고 이래로 이들보다 뛰어난 인물이 없으니 함부로 말할 수 없지만, 세린이는 속된 인물이니 그 부모를 닮지 않고 누구를 닮았겠는가?"

이렇게 분하고 원통해하는 것을 보니, 정염은 병들고 비루한 자들이나 떠돌며 빌어먹는 천한 자들보다 장세린을 더 배척하는 것 같았다. 그러니 어찌 그를 사위로 맞아 가까이 두고 사랑하는 손님으로 삼을 마음이 있겠는가? 정월염이 머리를 숙이고 조용히 들어와서는 정염의 격하고 준열한 태도를 이상하게 여기지는 않았지만 얼굴빛을 가다듬고 말했다.

"이러시면 안 됩니다. 숙부는 어떻게 남의 욕을 이렇게 여지없이 하시는지요? 강상이 지엄한데, 그 사람의 며느리를 앞에 두고 조금도 거리낌 없이 그 시부모를 헐뜯고 욕하십니까? 제 시동생이 실제로 음란하고 난잡해서 윤강을 어지럽히고 강상을 어겼다고 해도, 부모가 자식에게 그렇게 하라고 시킨 게 아니니 시부모님의 허물이 아닙니다. 하물며 시동생은 품성이 아름답고 본성이 탁월하여 부족함이 없습니다. 문장과 자질이 뛰어나고 빼어난 데다 초 태우의 관옥 같은 얼굴과 진 학사의 맑은 골격, 진 승상의 부귀한 상과 송홍의 덕을 아울러 갖추었습니다. 숙부께서 천하에서 널리 구하셔도 그런 젊은이를 얻지 못하실 것이니, 무익한 분노는 그치셔도 좋을 듯합니다."

말을 마치자 뺨에서 향기나 일어나고 눈썹에 상서로운 기운이 어리는 가운데 희미하게 웃음을 머금었다. 그 말이 분명하며 그윽하고 정대하여 구차하거나 간사하지 않았으며 안팎이 한결같이 밝고 한 치의 머뭇거림도 없으니, 한번 들으면 가슴속이 시원하여 일만 가지 불편함이 순식간에 사라지게 했다. 정염이 딸을 평생 혼인시키지 않기로 했기에 진실로 분노를 감출 수 없었으나, 성정이 관대한 데다 본래 사랑하는 사람에게는 좋지 않은 기색을 드러내지 못하는 성품이어서 흐뭇하게 웃음을 머금고 말했다.

"후백이 하늘의 복을 과하게 받아 백승(장창린) 같은 아들과 너 같은 며느리를 두었으니, 이보다 더한 즐거움이 없을 뿐 아니라 문호가 만대에 빛나겠구나. 조상이 무슨 덕을 쌓고 공을 세웠기에 그러한지 도저히 알 수가 없다만, 어찌 분에 넘치는 것이 아니겠느냐? 지금 네 말로 미루어보면, 나는 허물이 크고 장가놈 부자는 잘못이 대단치 않다는 말이구나."

장헌의 편을 드는 장현윤

정염의 말을 듣고 나서 장현윤이 정색하고 늠름하게 꿇어앉아 아뢰었다.

"대부께서 어머니에게 말씀하시고 어머니가 이에 대답하시니, 저는 오직 자리에서 모시고 들을 뿐입니다. 그러나 말씀이 윤리와 예법에 어긋나십니다. 다른 사람의 손자 앞에서 그 할아버지를 욕하시며 태연하게 거리끼지 않으시니, 이는 곧 제가 어리고 잔약해서 있는지 없는지도 살피지 않으신 것입니다. 그러나 강상에 따르면 미미하고 천한 종이라도 그 자손 앞에서 그 부모의 잘못을 일컫지 못하는 법인데, 하물며 욕하고 꾸짖는 말씀을 하십니까? 대부께서 그리하시니 제가 어찌 편안히 듣고 있겠습니까? 오늘 여기 모시고 있는 것이 후회됩니다."

그 말에 이어 숙연하게 무릎을 모으고 몸을 굽혀 꿇어앉으니, 온화한 바람이 불고 단비가 적시는 듯 부드럽고, 높은 기상은 가을 하늘

같고 여유 있는 행동은 바다처럼 시원했다. 마치 장창린이 자리에 앉아 있고 이빈이 수염을 어루만지며 말하는 듯했다. 좌중에 있던 사람들이 얼굴빛이 달라지며 문득 놀라워하고 칭찬했으며, 정염 또한 그의 손을 잡고 등을 어루만지며 칭찬했다.

"기특하고도 대단하구나. 공자 집안에 자사가 있고 증석 밑에 증삼이 있듯이, 실로 석보(이빈)의 손자요 백승의 아들이구나. 다만 이를 짐작하지 못한 것은 백승이 석보의 아들이라고 하나 실은 이름만 그럴 뿐 닮거나 같을 수가 없기 때문이지. 그런데 친할아비와는 다르고 도리어 석보와 닮아서 꼭 친손자 같으니 기이하고 이상한 일이다. 이 아이는 제 양할아버지를 닮고 친할아버지를 닮지 않았으니, 이가의 아이지 장가의 손자가 아닌 것 같다. 그런데 후백이 할아비라고 지극한 정성으로 받드는구나. 이 아이가 자리에 있을 때는 감히 후백의 시비를 말해선 안 되는데, 내 무심히 그 잘못을 들먹였으니 살피지 못한 허물이 내게 있구나. 다만 그 할아비를 네 아비와 숙모보다 어질다 한 것은 도척을 가리켜 공자보다 낫다고 한 것과 같으니, 이는 아비와 숙모를 욕한 것이다. 이 생각은 어찌 못 하느냐?"

장현윤이 정염의 얼굴을 우러러보며 대답했다.

"요임금의 아들이 요임금을 닮지 않고 순임금의 아들도 순임금을 닮지 않아 만대에 길이 탄식이 이어지지만, 아버지와 숙모가 요순과 같다면 할아버지는 자손을 가르친 어짊이 있는 것이니 분명 요순보다 나은 것입니다. 대부께서는 어찌 저의 작은 정성은 돌아보고 위로하시면서 말씀마다 할아버지 욕을 그치지 않으십니까? 진실로 받아들일 수 없고 아무런 감격도 없습니다. 군자는 술수를 두어서는 안 되는데, 대부께서는 어찌 진실되고 고요할 줄 모르시고 사람을 모욕하시며 듣지도 보지도 못한 욕을 심하게 하십니까? 그러지 말아주십시오. 감당할 수 없습니다."

정염이 이 말을 듣고는 어여쁘고 기특해서, 진정 외손자 같아 손을 잡고 등을 어루만지기를 그치지 않았다. 이에 정삼이 조용히 웃으며 말했다.

"은백이 평소에 강하다고 자부하며 호언장담과 능변으로 사람을 공격하고 어려서부터 기운을 아낄 줄 모르더니, 오늘 저 여섯 살짜리 어린아이에게 말문이 막히고 도리어 기운이 위축되는구나. 장하다, 현윤아! 장씨 집안의 경사요 천하의 인재로구나. 후백이 무슨 복으로 백승 같은 아들과 이런 뛰어난 손자를 두었는가?"

정겸이 이어 말했다.

"후백의 평범하고 변변치 못한 뜻과 비루하고 인색한 행실로 창린이 같은 아들을 낳은 것은 생각지도 못할 복입니다. 그런데 다시 조카 같은 어진 며느리를 얻고 현윤이 같은 뛰어난 손자를 두었으니, 집안의 명성을 빛내고 문호를 창대하게 할 것입니다. 그뿐만 아니라 공자의 학문을 잇고 사직을 보호할 인물로 이보다 더 나은 인물이 없으니, 명나라 황실의 다행이요 백성의 복이지요. 한갓 장씨 집안의 경사로운 일에 그치지 않을 것입니다. 후백이 큰 복을 누리고 가문이 높아지는 것을 사람들이 다 의아해하지만, 이는 분명 조상들이 덕을 쌓아서 대대로 이어지는 것인가 싶습니다. 굽으면 펴지고 가면 오는 것이 하늘의 이치이니, 비록 후백이 널리 베푸는 도리를 하지 않아도 그 가운데 숨은 덕이 있어서 창린이와 현윤이가 나온 것입니다. 형님이 창린이와 현윤이가 석보(이빈)와 닮은 것을 이상하게 여기시지만, 그것은 알기 쉬운 일입니다. 석보와 창린이가 비록 친아버지와 친아들 사이는 아니지만 밝은 군자로서 공자의 뜻과 증자와 맹자의 효를 받들어 행하고 삼가 어기지 않으니, 석보는 주공과 공자 같고 창린이는 정자산【열국 시절의 현명한 군자】과 같아서 그 어짊이 한결같이 높아 서로 짝할 만합니다. 창린이가 친아버지를 찾아 돌아오면서 성씨는 바뀌었을지언정 행실은 변함이 없으니, 한결같이 석보의 가르침을 받은 아들이지 배운 것 없이 사랑만 받은 장씨 집안의 자식과 같지 않습니다. 무슨 일을 하든 석보의 가르침 밖으로 나가지 않고 또 감히 어기지 못하니, 아름답고 기이함이 백달(이창현. 이빈의 아들) 등과 더불어 여수의 밝은 구슬이나 곤산에서 나는 옥과 같습니다. 하나를 들으면 열을 알고 열을 들으면 백을 알며, 가르침이 저절로 기상이 되고 익혀서 습관이 된 것이니 석보를 닮은 게 뭐가 이상합니까? 현윤이 또한 훌륭한 선조의 후예로 그 아비보다 더 낫습니다. 이는 곧 조카의 태교가 태임보다 부족하지 않았음을 알 수 있는 것이지요.”

정염이 좋아서 허허 웃으며 장현윤을 칭찬했고 장헌의 융성한 복을 재삼 일컬으며 말했다.

“백승의 성품은 창계(이빈)의 가르침이 아니었다면 그렇게 빛나고 아름답지 못할 것이고, 현윤이의 특출함은 그 부모의 품성을 타고나지 않았다면 이렇게 빼어나지 못할 것이다. 생각하면 그 아름다움이 다 이상하지 않지만, 타고난 성품은 배우지 않고도 저절로 아는 조카며느리(장성완)가 으뜸이지 않을까 싶다.”

정삼이 고요히 웃으며 말했다.

"나의 며느리는 과연 세상에서 처음 보는 사람이다. 아우가 타고난 성품이라 한 건 비록 분에 넘치는 말이지만 과연 맞는 말이지. 그러나 사람이 너무 일찍부터 뛰어나면 도리어 초년의 복에 해롭기 때문에, 나는 사람을 취할 때 남녀를 불문하고 너무 악하지만 않다면 각별히 뛰어난 것보다 지극히 평범한 것을 오히려 좋게 여긴다. 며느리가 일찍부터 평범함은 찾아볼 수 없고 기대 이상으로 뛰어났으나, 난 그것을 기뻐하지는 않는다."

정염이 웃으며 말했다.

"형님의 며느리는 성현의 덕을 이었을 뿐 아니라 풍모와 얼굴이 천지에 비할 데가 없고 만고에 짝이 될 만한 사람이 없습니다. 형님의 사랑하시는 마음이 지나쳐, 하늘이 시기할까 두려워하시지만 이미 큰 복과 영화와 귀함을 타고난 사람이니 초년 재액을 거리낄 게 뭐가 있습니까?"

정삼이 빙그레 웃으며 말했다.

"은백이 알아듣지 못하는구나. 내가 어찌 군자와 어진 여자를 평범하다고 할 만큼 무식하겠는가? 내가 말하는 평범함은 세속에 물들어 간사하고 아첨하며 악착스럽지 않은 것이다. 내 며느리를 성현보다 나은 용모와 정신이라고 하여 하늘이 시기할 것을 근심하는 것도 아니다. 내 생각에 남자는 후덕하고 신중하며 곧고 깨끗해야 하고, 여자는 온순하고 차분해야 하며 정숙함을 귀하게 여기고 아름다운 외모를 중요하게 여기지 않아야 한다. 아들과 조카와 며느리들이 다 얼굴과 용모가 너무 빼어난 것이 진실로 기쁘지는 않지만, 효행을 갖춘 데다 아름다운 외모를 더한 것이니 어찌 거리끼는 마음을 두겠는가?

그러나 매우 빛나고 지극히 귀한 것은 귀신이 시기하고 조물주가 꺼리는 바이다. 성과 맞바꿀 만한 귀한 구슬은 천하의 난을 일으키고, 바닷속 밝은 구슬은 위나라의 재앙이 되기도 하고, 높고 아름다운 것이 낮고 악한 것보다 못하기도 하지. 사람도 이와 같아서 산이 높으면 바람이 그치지 않고 물이 깊으면 소리가 요란하듯, 군자의 빼어난 열행은 소인이 시기하고 이름이 높으면 세상이 꺼리는 법이다. 차라리 평범해서 오래 수복을 누리는 편이 더 낫지 않겠느냐?"

정염과 정겸이 웃으며 대답했다.

"우리 자식과 조카와 며느리가 다 용모와 풍채가 진실로 남들보다 뛰어나긴 하지만, 왕발이나 낙빈왕처럼 요절하거나 불길한 징조도 없고 조비연이나 양귀비처럼 괴이한 행동으로 욕되게 할 일도 없습니다. 하늘이 길한 사람을 도와 복록이 자연스럽게 성한데, 어찌 오래가지 못할까 염려하십니까?"

정월염과 화부인의 대화

정삼이 웃음을 머금고 말이 없었다. 서태부인은 정태요가 없는 것을 서운해하며 말했다.

"월염이가 대여섯 달 만에 돌아오니 그리던 정이 충분히 위로가 된다만, 딸아이가 돌아간 지 오래되어 또 그리운 마음이 더하니, 과연 사람의 욕심이란 끝이 없구나. 훗날 큰아이 부자가 돌아오게 되면 걱정거리가 없어 한갓 옛일이나 얘기하면서 나도 웃을 수 있겠지. 하지만 지금 나는 자잘한 병 때문에 만 리 밖 전쟁터에서 위험에 처한 아이에게 걱정을 끼치게 될까 봐 스스로 두렵고 조심스럽구나."

정삼이 말했다.

"어머니의 넓은 마음과 관대하심이 아니면 형님이 비록 천상을 휩쓸고 천하를 꿰뚫는 충성과 큰 절개를 가졌다 해도 어찌 조상의 뒤를 이어 신하의 직분을 다하겠습니까? 어머니께서 한결같이 사사로운 정을 억제하셔서 형님이 해를 꿰뚫는 충성과 임금을 보좌할 재주를 펼치게 하시니, 어찌 어머니의 덕이 넓고도 넓은 것이 아니겠습니까? 이제 승전보가 잇달아 올라오니, 다시 남방의 근심이 없어지고 인성이도 대여섯 달 안에 돌아올 것입니다. 날을 꼽아 기다리다 보면 형님도 어느새 돌아오겠지요. 헤어졌다 만나는 것은 다 순식간의 일입니다. 길이 안심하시고 염려를 놓으셔서 형님이 어머니를 다시 뵙는 날, 어머니가 약해지지 않으신 것을 기뻐하게 하심이 자애하시는 은혜입니다. 누이는 집에 돌아간 지 한참 됐지만 이태부인께서 편치 못하셔서 돌아오기 어려울 것 같아 청하지 못했는데, 제가 어제 범씨 부중에 다녀올 때 길에서 광국이【상광국. 정태요의 셋째 아들】를 만나 이태부인의 병세를 물어보니 괜찮아지셨다고 하더군요. 이제 상형(상연. 정태요의 남편)께 글을 보내서 내일 누이가 집에 오도록 청하시지요."

서태부인이 고개를 끄덕이고 촛불을 이어가며 밤이 깊어도 침상에 오를 생각을 하지 않았다. 정삼이 잠을 제때 안 주무시면 몸에 좋지 않다고 하면서 편안히 주무시기를 청했다. 서태부인이 비로소 침상에 오르는 것을 본 뒤에 정염과 정겸은 아들과 조카를 거느려 서재로

가고 부인들 또한 물러났다. 오직 정삼은 아들과 더불어 편히 주무시는지를 보고 물러나려고 남아 있었고, 화부인은 이자염·정월염과 함께 잠자리를 지키려고 모시고 있었다. 이윽고 정삼이 일어나 밖으로 향하자 화부인이 침상 밑에서 잠자리를 지키다가 정월염을 돌아보고 말했다.

"우리 며느리【장성완】는 남달리 허리가 가늘고 기운이 정숙해서 드러내려고는 하지 않겠지만, 조카가 아침저녁으로 본 지 이미 일곱 달이 되었으니 자연히 임신부 모습으로 달라졌겠지? 조카가 모르지 않을 테니, 그 병이 임신에 해가 되지는 않겠느냐?"

정월염이 두 눈을 들어 화부인의 얼굴을 우러러보며 웃음을 머금고 말했다.

"숙모는 어찌 뜻밖의 말씀을 하십니까? 제가 어리석고 둔해서 무슨 말씀인지 모르겠군요. 누가 임신한 지 일곱 달이 됐다고 하던가요?"

화부인이 미소 지으며 말했다.

"내가 비록 조카보다 총명하지 못하나, 시어미가 되어서 며느리가 임신한 걸 아는 게 이상한 일이 아닌데 조카가 뜻밖의 말로 알다니? 우리 며느리는 분명 나에게 감추라 하지 않았을 텐데, 조카가 그렇게 말하는 건 무슨 뜻이지?"

정월염이 비로소 활짝 웃고 감탄하며 말했다.

"제가 어찌 숙모가 물으시는데 숨기겠습니까? 시누이가 한결같이 점잖고 정숙해서 과연 집안에서 임신한 것을 아는 사람이 없는데, 시어머니 홀로 그 기미를 아시는군요. 저도 잠깐 스치며 알게 됐습니다. 하지만 시누이는 스스로 몸을 괴롭혀 죽지도 못하고 차마 도리를 거슬러 부모님께 자식 잃는 고통을 끼치지도 못하지만, 죽어 없어질 마음을 먹은 지 오래이고 세상 일도 전혀 알려고 하지 않습니다. 그런데 원치 않는 복과 경사가 생겼으니, 이 때문에 달갑지 않고 슬퍼하는 것 같았습니다. 오늘 제가 비로소 이리이리 말했더니 그 대답이 이러이러하더군요. 어려서부터 근심 없이 즐겁던 때가 없어서 몹시 애처롭고 불쌍했는데, 병세가 위태해서 아마도 무사히 분만하기 어려울 듯하니 어찌 애가 타고 걱정이 되지 않겠습니까?"

그러고는 장성완의 병세를 일일이 말하니, 화부인은 모르던 일이 아니었으나 더욱 위태롭고 불쌍하게 여겨져 말했다.

"사람의 삶과 죽음은 정해져 있고 화와 복은 하늘에 달려 있으니, 억지로 도모한다고 면할 수 있는 게 아니다. 며느리의 덕성과 기질이라면 화를 돌이켜 반드시 복을 얻고 모든 재앙을 풀어 크나큰 영화를 누릴 것이다. 그러니 어찌 계속 근심하고 또 사람의 힘으로 벗어나고자 하겠느냐? 분명 타고난 수와 복을 누릴 테지. 다만 나는 하찮은 복과 얕은 덕으로 자식 네 명을 두고 세 아들이 장가들었으나, 하나도 제대로 화목하게 집에 깃들어 사는 걸 못 보는구나. 남에게 말 못할 무거운 근심과 절박한 염려가 많으니, 이는 나의 재앙이 아니겠느냐? 우리 며느리가 아픈 중에 마음을 편안히 하지 못하고 밤낮으로 세상에 나온 것을 골똘히 생각하니, 그러고서야 어찌 회복이 쉽겠느냐? 효성에서 비롯된 마음이겠으나 쓸데없이 마음을 쓰지 말고 세상 근심을 떨쳐버리는 것이 으뜸일 텐데, 그러지 못하니 참으로 걱정이구나. 인광이는 큰아이의 너르고 활달한 성품에 미치지 못해 성질이 날카롭고 말이 엄해서 부드럽고 어진 데가 없으니, 부모의 바람에는 벗어나지만 요즘은 조금 고쳐서 예전과 달라졌더구나. 그러나 내 생각엔 장모에 대한 인광이의 미움과 인광이에 대한 며느리의 원망을 풀려면 시간이 꽤 걸릴 것 같다."

정월염이 화부인의 말을 들으니, 근심하는 것이 한갓 장성완의 우환만이 아님을 어찌 모르겠는가? 또한 길이 한숨짓고 슬픈 마음이 들었으나, 화부인이 자신의 부족함을 일컬으니 감히 다른 말을 못 하다가 화부인이 끝에 한 말을 듣고 웃으며 말했다.

"여자인 것이 구차하고 원통함이 많아 시누이가 당한 일과 지나온 일이 뼈에 사무치고 애통하다고 하겠지만, 시누이는 본래 예를 엄히 지키고 대의를 아는 사람입니다. 비록 마음속으로는 수치와 분노가 사무치겠지만 남편을 원망하지는 못할 테니, 어찌 인광이가 처가를 배척하고 미워하는 마음과 같겠습니까? 시누이는 끝내 순종하여 자신을 낮출 겁니다. 인광이처럼 뻣뻣하고 과격하지 않아 마음속의 원망과 화를 겉으로 나타낼 사람이 아닙니다."

화부인이 웃으며 말했다.

"그렇지. 며느리가 어찌 마음에 있는 것을 겉으로 나타내겠느냐마는 인광이는 모욕당한 것을 복수했지만 며느리는 조금도 갚지 못했지. 사람 마음은 한가지니, 속으로 원망이 없지 않아서 마음속에 품고 있다가 그것이 모여 병이 점점 깊어졌나 보다."

정월염이 그렇다고 하고는 이자염과 함께 잠자리를 모셨다. 화부인이 아끼고 좋아하는 이자염과 정월염 두 사람을 곁에 두니, 각별히 흐뭇하고 사랑스러웠다. 이자염 또한 태산과 북두성을 보듯 화부인을 친어머니처럼 우러러 바라보았다. 감히 지기(知己)라 할 수는 없으나 어찌 조금이라도 가림이 있겠는가? 그러나 자식을 대하여 어미의 부덕을 일컫지 못하고 잘잘못을 따지기도 어려우니, 이자염의 어지럽고 위태한 형세를 일컫지 못하고 한갓 속으로만 근심을 품을 뿐이었다.

마음을 터놓는 정월염과 이자염

이자염이 정월염과 더불어 의를 맺고 자매의 정을 겸한 세월이 오래이고 또한 정이 들었으니 어찌 형제와 다름이 있겠는가? 서로 사랑하고 친근했지만 이자염이 정씨 집안에 시집온 뒤로 소교완이 그 시어머니(서태부인)가 이자염을 사랑하는 것을 몹시 꺼렸고 동서 간의 정이 두텁고 마음이 맞는 것도 처음부터 좋아하지 않았다. 이자염은 시어머니가 좋아하지 않는 것을 감히 하지 못했고, 밤낮으로 시어머니를 받들어 공경하고 삼가느라 조금의 즐거움도 구하지 않았다. 그런 까닭에 정월염을 만나는 일이 종종 있었으나 어른들 앞이나 여러 사람이 모이는 자리에서나 서로 마주할 따름이었고 사사로운 자리에서 조용히 얼굴을 마주한 적이 없었다.

정월염이 이자염의 신세가 위태로움을 슬퍼하며 속으로 근심하는 마음이 있었으나 평온하고 화목한 집안의 행복한 분위기를 해칠까봐 그런 심정을 마음속에 담아두고 오직 이자염을 따를 뿐 즐거운 빛이 없었다. 이자염은 예나 지금이나 한결같아서 정숙한 태도와 부드러운 기운으로 오직 공경하는 예를 지키며 한없이 조심할지언정 슬픈 빛을 띠거나 근심과 괴로움을 나타내는 일이 없었다. 해와 달이 제자리에 있고 사계절이 운행하여 만물이 자라나듯 자기 자리를 지키니, 정월염이 이를 보고 마음속으로 매우 칭찬하며 생각했다.

'큰 사람이구나! 타고난 성인으로 순임금을 본받고 민자건을 이었으니 시어머니(소교완)의 생각을 돌이킬 수 있겠구나. 그렇게 기대하면 위로가 되긴 하나 어머니의 심상치 않은 행동이 그치지 않는다면 집안의 어지러움이 적지 않고 인성 부부가 효성을 다해도 인륜이 무너지는 것을 면치 못하겠구나.'

생각이 이에 미치자 정월염은 슬픔으로 탄식하고 혀를 차며 바로 눈앞에 닥친 일이 아닌데도 또 생각했다.

'어미와 자식은 하늘이 맺은 관계이다. 비록 낳지 않았다 해도 어미와 자식 사이에 어찌 거리를 두며, 혐의가 있다고 해서 도리에 벗어나고 덕에 어긋나는데도 입을 틀어막고 눈을 감아 다른 사람이 시비하는 것을 보고도 어찌 홀로 간하지 않겠는가? 이는 인륜이 무너지고 은혜와 사랑이 멀어지는 일이다. 내 마땅히 어머니(소교완)께 아뢰어 깨닫지 못하시는 바를 두루 말씀드려야겠다. 짧은 사이에 성품을 돌이켜 덕을 닦는 것이 쉽지는 않겠지만, 밖으로 덕성이 한결같이 이어져 점차 패도에 이르시지 않게 하리라.'

그러다 또 가만히 탄식하며 다시 생각했다.

'남들이 어머니의 선한 마음과 덕을 의심하고 진심이 아니라고 하지만, 일찍이 드러난 실덕이 없는데 어찌 자식으로서 어머니를 억박질러 어질지 않다고 하겠는가? 또 이상한 의심을 품어 반드시 우리를 죽여야 그만둘 것이라고 하며 근심하고 슬퍼하는 것은 참으로 하늘과 사람이 두려워하고 귀신도 두려워할 일이다. 아우와 올케가 지극한 효성으로 하늘에 호소하고 우러른다면 하늘도 감응하고 밝고 총명하신 어머니께서도 어찌 끝내 풀리지 않으시겠는가? 작은 일도 운명에 매여 있어 벗어날 수 없으니, 불초한 내가 함부로 말할 게 아니고 사사로운 근심으로 해결할 수도 없겠구나.'

그러고는 근심과 슬픔을 드러내지 않고 굳이 간하는 말도 하지 않았다.

이날 밤 정월염은 이자염과 함께 서태부인과 화부인을 모시고 잤는데, 주위에 다른 사람이 없어 방 안이 고요했다. 눈을 감고 말을 하지 않으니 둘 다 자는 것 같았으나, 멀리 헤어져 있던 회포와 부모형제를 생각하는 마음에 눈물이 마르지 않았다. 정월염은 침상에서 뒤척이며 더욱 잠을 이루지 못했다. 이자염이 문득 고개를 돌려 정월염을 살펴보는데, 향기로운 뺨과 푸른 눈썹과 가지런한 하얀 이가 무척 아름다웠다. 이자염이 잠깐 웃음을 머금자 그 모습 또한 아름답고 우아해서 왕자진이나 소동파 같은 문장가도 그 찬란한 아름다움을 다 그리지 못할 것 같았다. 이자염의 뛰어난 모습과 빼어난 행실은 오직 하늘 같은 요임금이나 홀로 공을 세운 순임금에 비할 만했다. 정월염이 이자염과 형제의 의로 정을 맺은 지 9년 만에 이날 처음으로 웃는 빛을 보고는 너무도 드문 일이라 문득 베개를 밀치고 일어나 말했다.

"내가 올케와 함께 형제로 가깝게 지낸 것이 9년째인데, 숙부들과 사촌들이 혹 농담을 해서 할머니를 기쁘게 해드리면 올케도 부드러운 음성과 즐거운 얼굴빛을 보이긴 했어도 스스로 웃는 것을 보지는 못했다. 오늘 나를 보고 그윽이 웃는 빛이 있으니, 왜 그런 것이지?"

이자염이 옷을 여미고 일어나 두 어른이 잠든 것을 살핀 뒤 다시 웃음을 머금고 말했다.

"물으시니 답하지요. 옛날 아가씨가 계속 화란을 만나 근심과 고통으로 날을 보내셨는데도 신선 같은 풍모와 뛰어난 자질이 변하지 않으셨지요. 집안의 숙부들이 모두 감탄하시며, 아름다운 구슬이 골짜기에 잠기고 옥이 진흙에 던져져도 상서롭고 보석 같은 빛을 잃지 않는다고 하셨습니다. 그때 오라버니(장창린)[8]가 말하길, 기질과 얼굴이 빼어나서가 아니라 성정이 느긋해서 하늘이 무너져도 구멍이 있고 땅이 꺼져도 스스로 피할 수 있다고 여겨서 다른 사람의 위로 없이도 태연히 먹고 자는 것을 편하게 하고 근심하거나 슬퍼하지 않는 것이라 했습니다. 그러자 숙모들이 크게 웃으시고 오라버니에게 쓸데없는 말을 말라고 하셨으나, 오라버니는 계속해서 자고 먹는 것을 편안하게 해서라고 하더군요. 그런데 이제 보니 침상에서 뒤척이며 생각을 깊이 하시네요. 오라버니의 말씀이 맞다면 그사이에 성정이 달라지신 것이니, 지난번 경조 숙부님(정염)의 밝은 가르침을 드러내지 못하실까 봐 웃었습니다."

정월염이 듣고는 온화하게 웃으며 말했다.

"내가 어리석고 못나서 시누이들이 나를 푸대접하긴 했지만, 일찍

---

8 장창린이 이빈의 집에서 이창린으로 자란 적이 있기 때문에 이자염이 오라버니로 부르는 것임.

이 나를 공격하는 건 보지 못했지. 그런데 오늘 올케가 경조 숙부의 말씀을 이어 나에게 그렇게 말하니, 비로소 시누이 무서운 줄 알겠구나. 비록 그렇지만 지금은 내가 올케의 시누이니 마땅히 공경해야 하지 않겠는가? 내가 잠들지 못하는 건 오라버니의 행차를 근심해서가 아니라 두 어른(정잠과 이빈)을 그리워하는 마음 외에도 아우를 생각해서이지. 올케가 그것을 밝혀 말하는 것을 보니, 남의 마음을 내 마음처럼 헤아려 아는군."

이자염이 웃음을 머금고 사과하며 말했다.

"제가 불경하고 어리석어 아가씨를 공격했으니 무례함을 사과드립니다. 그러나 아가씨가 저를 넘치게 공경하고 존중해 주신 세월이 오래되어, 지금 아가씨가 시누이의 높음을 말씀하시지만 저는 늘 우리 오라버니의 부인으로 보지 서먹한 시누이로 보지 않습니다. 어찌하여 푸대접한다고 하십니까?"

정월염이 한참 웃고 농담하는 사이에 근심스러운 얼굴을 거두었으며, 이자염의 뜻을 알아채고는 더욱 탄복하고 감격했다. 자신이 부모 형제를 그리워하는 가운데 근심으로 슬퍼하고 걱정으로 잠을 이루지 못하자, 이자염이 평생 처음으로 농담을 해서 정월염으로 하여금 근심해도 어쩔 수 없는 바에야 차라리 걱정을 씻어버리고 쓸데없는 시름을 머금지 않게 하려 했기 때문이었다. 총명하고 명석한 정월염이 어찌 그 마음을 꿰뚫어 알지 못하겠는가? 이에 정월염이 감탄하며 생각했다.

'하늘이 내 아우를 내신 것은 유학을 잇게 함이고, 이자염 같은 성인에 가까운 이가 내 아우의 배필이 되게 한 것은 반드시 정씨 집안을 번창하게 함이리라. 하늘이 이렇듯 유학을 망하게 하지 않고 정씨 집안을 번창시키려 한다면, 환퇴[9]가 공자를 해치려 한들 어떻게 해치겠는가? 공자를 해치려다 나무만 베지 않았는가? 아우와 올케의 생명에 해가 되지 않는다면, 그만한 걱정이야 설마 어찌하겠는가? 이 부부는 자연 괜찮아질 것이다.'

이렇게 생각하며 스스로 위로했으나 집안의 어지러움을 생각하니 일마다 이상했다. 정성염의 그림을 그려 장세린을 홀려서 빠지게 한 사람이 누구일까 생각하니, 의심이 자못 말하기 어려운 이에게로 향해 몹시 한탄스럽고 마음이 어지러웠다. 이윽고 닭 울음소리가 새벽을 알리고 물시계의 종소리가 잦아지자, 정월염은 이자염과 함께 화부인이 옷 입는 것을 챙겨드리고 얼른 취일루로 가서 아침 인사를 드렸다.

정인중의 잘못을 나무라는 정월염

소교완은 시어머니와 며느리, 숙모와 조카가 한방에서 잠을 자며 갈수록 사랑으로 어우러지고 효성을 다하는 것이 원통해서 견딜 수가 없었다. 지난밤은 본래 이자염이 서태부인을 모시고 자는 날이어서 할 수 없이 서태부인 방에서 밤을 지내게 했으나, 시기하고 미워

---

9 공자를 해치려 한 송나라의 대부.

하는 마음과 꼬이고 삐뚤어진 생각이 배나 더했다. 그러나 소교완은 이를 얼굴에 나타내지 않고 온화한 얼굴로 옷을 받들고 이부자리를 거두며 효성과 온당한 도리로 아무렇지 않게 보아 넘겼다. 어머니의 정과 시어머니의 덕을 드러내고 현윤과 몽룡을 나오게 해서 쓰다듬으며 어루만지니, 양부인이 살아서 지극한 정과 자애를 다해도 이보다 더하지 못할 듯했다. 또 안과 밖이 다른 것을 한눈에 엿볼 수도 없었다. 몸가짐이 엄숙하고 기운이 매서워, 온화하고 겸손한 중에 아랫사람에게는 몹시 엄격하고 무서워서 소교완을 모시는 사람은 죄가 없어도 두려워 움츠러들었고 그 앞에 가면 몸을 굽혀 벌벌 떨며 감히 우러러보지 못했다. 고운 얼굴과 약한 기질을 지녔으나 몸가짐은 엄중하여 10척 장부라도 압도할 만했다. 선한 모습과 비상한 기질은 견줄 사람이 없고 모든 일 처리는 속인들이 다 우러러볼 정도이니, 어찌 덕성이 부족하다고 하며 또한 어질지 못하다고 우기겠는가?

이런 까닭에 정명염은 입을 닫고 말이 없었으나 정월염은 성품이 정명염과 조금 달랐다. 비록 보지 못한 일을 간할 수 없고 어머니의 잘못을 적발해서 드러내지는 못하지만, 정인중의 간사하고 불인한 행동이 완전히 소인의 작태라고 여겼다. 앞에서는 당하고 뒤에서는 해치며, 겉으로 인자하나 속으로 잔학하며, 입에 꿀을 발랐으나 배에는 칼을 감추었음을 알아차리고, 이보다 더 조상과 부모·형제를 욕되게 할 수 없음에 경악했다. 정월염은 이날 아침 인사를 드리는 자리에서 정인중을 보고는 소교완 앞에서 그의 행동이 잘못되었음을 경계하고 타일렀다.

정월염은 긴말로 효성과 우애와 충성과 신의를 당부하며, 거짓으로 꾸미는 것을 물리치라고 일렀다. 또 간악하고 잔학한 마음을 버리지 않았음을 밝히며 알아듣게 말했다. 소교완이 관여되어 있다는 것을 구태여 드러내지는 않았지만, 간간이 옛날 일을 가져와 증거로 삼으면서 오늘날의 일을 거론했다. 정대한 말로 어긋난 것을 물리치니, 말이 길었으나 어지럽지 않고 사리를 두루 갖추어 명쾌했다. 정성스러운 뜻과 우애하는 마음으로 잘못을 슬퍼하고 행실을 닦아 선으로 나아가기를 몹시 바랐는데, 비유하자면 유하혜가 아우인 도척을 변화시키지 못함을 애통해하는 것 같았다. 붉은 입술을 열어 흰 이를 드러내며 세세히 말하니, 구름이 지나가고 밝은 달이 흐르는 듯 모든 행동이 평안하고 예의는 절도가 있었다. 모습이 명쾌하고 사리가 두루 통하니, 공자의 말씀과 자사의 의논도 이보다 더할 수 없었다. 정월염의 말을 들으면 진실로 간사한 마음이 구름처럼 흩어지고 사나운 뜻이 안개처럼 흩어져, 갑자기 어진 도로 돌아와 공연히 부끄러워하고 결연히 부정함을 끊어버릴 듯했다.

그러나 못된 정인중은 흉악함과 극악함이 나날이 심해져, 성현의 말은 지나가는 바람처럼 들을 뿐이었다. 한편, 못된 흉계와 요망한 말을 좋아하고 즐기니, 지극한 정성으로 경계하고 진심으로 개선하려는 누이의 마음에 조금이라도 감동함이 있겠는가? 도리어 한을 품고 원망을 머금어 형과 형수를 도모하고 아우를 없앤 뒤에 남은 힘이 있으면 정월염을 평안하지 못하게 해서 자기 마음에 거리낄 것이 없고자 했다. 하지만 아직은 꾀를 이루지 못했고, 작은 화를 참지 못하면 지자와 영웅의 도량이 아니라고 여겼다. 이에 잘못했다고 하며, 이후에는 그릇됨이 없이 누이의 가르침을 받들겠다고 했다.

정월염은 정인중이 바로 잘못을 고치지 않을 줄은 알았으나, 형과 형수와 누이를 당장이라도 해칠 정도로 흉악하고 사나울 줄은 몰랐다. 소교완이 정인중을 훈계하는 것은 제법 의리가 있고 법도가 있어서, 맹자의 어머니가 세 번 이사하며 자식을 가르친 뜻을 이은 듯했다. 소교완은 아들의 불인함을 비록 좋아하지는 않았으나, 그것을 말리지 않고 꾀를 주고 나쁜 일을 공모하게 되었음을 어찌 알겠는가? 이런 가운데 정인중이 정성염을 해치려고 장세린을 공교롭게 속인 것은 알지 못했다. 그러나 소교완은 남다른 총명함으로 정월염이 정인중을 경계하면서 비록 정성염을 해쳤다고는 안 했으나 비추어 의심하는 말임을 알아차렸다. 그러나 그윽이 의심하되 또한 모르는 척하고 뒤에 조용히 정인중에게 물으려고 했다.

정인광의 편지에 답장을 쓰는 장성완

이날 정삼이 안채에 아침 인사를 드린 뒤에 글을 쓰고 수레를 차려 정인광에게 상씨 집안에 가서 누이 정태요를 모셔 오라고 했다. 그리고 소교완에게 장성완의 옷과 띠를 차려오게 해서 시녀를 시켜 장씨 집안에 받들어 보내게 했다.

이에 앞서, 장성완이 친정에 돌아온 지는 이미 일곱 달이 되었다. 시부모와 숙부의 돌봄과 은덕이 부족하지 않았고, 남편도 출거의 행실을 분명히 말하지 않았다. 장성완은 타고난 자질이 고고하고 깨끗하여 하늘을 우러러 부끄럽지 않고, 단정한 성품과 곧고 바른 행실은 흠잡을 데 없었다. 그런데 뜻밖에도 남편에게 허물 잡힌 사람이 되니, 불행한 처지와 난처한 행색 때문에 죽고 싶을 뿐이었다. 이런 까닭에 죄를 자처하고 석고대죄하며 세월을 보내니, 애간장이 타 없어지고 마음이 초췌해져 오래 묵은 병이 날로 심해져서 아침저녁으로 위급했다. 그 참담한 모습과 위태로운 병세로 볼 때 헌원과 천단, 화타와 편작 같은 명의가 살아 있다 해도 어찌 살기를 바랄 수 있겠는가?

장헌의 둘째 부인인 박씨는 어리석기가 세상에서 따를 자가 없었다. 평소 딸을 지나치게 사랑해서 딸의 앞날이 좋기를 도모하다 공연히 풍파를 일으켜 버렸다. 이로 인해 효자의 부모를 욕되게 해서, 거울이 둘로 쪼개지듯 딸 부부가 헤어지게 되었다. 그뿐만 아니라 엄하고 세찬 성격의 사위가 한 조각 인정도 없이 당한 모욕을 되갚고 또 죄를 주어 다스리니, 딸의 일신에 참지 못할 원통함과 비할 데 없는 화가 더해졌다. 딸이 이미 쫓겨나 버려진 사람으로 돌아와서 죄인으로 자처하고 도끼에 엎드리기를 밤새도록 하니, 약한 장이 녹아내리고 난초 같은 마음이 꺾여 묵은 병이 심해지고 온갖 병이 달려들었다. 장헌과 박씨는 자애가 박절하지 않았음에도 지난날 갖가지로 모해하여 참소와 나쁜 말을 더하고 공연히 함정에 빠트려 사지에 밀어 넣은 것을 이제 와서 뒤늦게 후회했다. 이에 심장에 스민 한과 뼈마디에 박힌 고통이 스스로 만든 결과임을 딸에게 사죄하고자 했다. 그런데 딸이 병상에 위태로운 모습으로 죄수옷을 입고 짚자리에 쓰러져 있는 것을 보니, 부모로서 안타깝고 원통하여 하늘 문을 두드려 하소연이라도 하고 싶었다. 먹고 마셔도 맛을 모르고 때때로 부르짖으며 슬퍼할 따름이었다.

그런데 천만뜻밖에 딸을 위로하는 사위의 편지와 딸을 위해 준비한 옷과 띠가 함께 이르렀다. 옷과 띠를 함께 보낸 것이다. 이는 정인광이 단지 아버지의 뜻을 받든 것이고 스스로 한 일이 아니니 비록 분노와 원통함을 흔쾌히 용서한 것이 아님을 알았지만, 지난날 수건과 패도를 주며 죽기를 독촉하던 때와는 크게 달랐다. 시아버지(정삼)의 은덕 덕분에 다 죽게 된 사람이 살게 되었으니, 오늘부터 만금같이 소중한 딸이 죄수옷을 벗고 평소처럼 지낼 수 있게 된 것이다. 장헌이 하늘로 올라갈 듯 두 어깨를 으쓱이더니 뒤이어 손을 모아 축수했다.

"어질도다 어르신이여, 고맙도다 어르신이여! 이 은덕을 어찌 보답할까!"

이에 온 집안에 기쁜 소리가 가득했다. 박씨가 바삐 응설각으로 딸을 보러 가서 난간으로 치달아 손뼉을 치면서 시아버지의 은덕과 사위의 뉘우침을 흐뭇하게 일컬으며 딸에게 자랑했다. 또 시녀에게 편지와 옷과 띠를 받들어 놓으라 하고 급히 봉한 것을 열어보았다. 비록 칠보는 아니지만 쌍봉구화관[10]에는 상서로운 기운이 영롱하고, 옥으로 만든 띠와 장복은 오색구름이 어린 듯하고, 가벼운 비단 치마는 붉은 안개가 어린 듯했다. 면류관과 옥귀걸이, 금비녀와 옥으로 만든 띠는 광채가 화려하여 눈부셨다. 또 대여섯 가지 장신구가 있었는데, 깨끗하고 맑아 요란하거나 사치스럽지 않았다. 이는 소채강이 보낸 것으로, 장성완의 병과 깊은 근심을 환히 알고 있어서 화려하고 고운

---

10 쌍봉구화관: 두 마리 봉황과 국화를 수놓은 관(冠). '구화'는 '국화'의 옛말.

것을 더하지 않았던 것이다.

이때 장성완이 어머니의 다급한 소리를 듣고 놀라 잠깐 눈을 들어 살피니, 정씨 부중의 시녀인 미협을 앞세워 풍우같이 휘몰아치며 달려와서 날치고 서두는 모습이 몹시 의아해서 마음속으로 걱정하고 있었다. 박씨가 정인광의 편지를 빼 들고 한 차례 큰 소리로 읽고는 평생 처음 보는 듯이 글씨의 뛰어남과 문장의 빼어남을 입이 마르게 칭찬했다. 그리고 글을 휘말아 장성완의 손에 쥐어 주며 말했다.

"네 남편이 편지로 너에게 안부를 물으니, 이 영화를 어찌 이루 다 말하겠느냐? 어서 보고 얼른 답장을 써서 은혜에 감사하고 즉시 빛나는 옷으로 갈아입어 남편의 후의를 저버리지 마라."

박씨는 한편으로 급히 독촉하고 한편으로 장신구와 의복을 하나하나 점검하며 품질을 따지고 하늘에서 내린 듯이 영광스러워했다. 그러면서 웃다 울다 하며 감격의 눈물을 흘리니, 그 사정은 불쌍하나 그 모습은 참으로 볼만했다. 장성완이 어머니의 거동을 물끄러미 바라보고는 눈썹에 근심이 어리고 뺨이 붉어졌으나, 당장에는 어머니의 귀에 아무 말도 들리지 않을 것 같아서 간하지도 못하고 말도 못한 채 낯이 뜨거워질 뿐이었다.

연부인이 비로소 이곳에 이르니, 모습이 의젓하고 행동이 우아하며 한창 나이로 얼굴이 아름답고 몸가짐은 더욱 진중했다. 이윽고 자리에 앉은 뒤 눈을 들어 박씨가 하는 부끄러운 행동을 보고는 완연히 기쁘지 않은 빛으로 한참을 가만히 있다가 정인광의 편지를 보고서야 비로소 얼굴이 환해지며 장성완을 돌아보고 말했다.

"이는 과연 우리 집의 복이요 경사로구나. 부모의 구구한 사정으로 딸이 병상에서 죄를 자처하여 목숨이 아침저녁에 달려 있는데도 딸을 잃을까 슬퍼할 뿐 어찌할 수 있었겠느냐? 마음이 도려내는 듯하고 깎이는 듯하다가, 이제 네가 살아나게 되었으니 이 은덕은 결초보은해야겠지."

그리고 장성완에게 편지를 주어 보게 했다. 장성완이 받아서 조용히 훑어보고 즉시 붓과 벼루를 내어와 답장을 써 주며 시녀 설난으로 하여금 미협과 함께 돌아가게 했다. 연부인이 이에 장성완을 돌아보며 온화하게 웃으며 말했다.

"이 옷을 은혜로 주셨으니 그 뜻을 받드는 것이 옳다. 즉시 옷과 띠를 바꿔 부모의 마음을 위로하는 것이 바른 효이다."

이에 장성완이 정인광의 글을 보니 어른의 뜻을 받든 것이지 자기 의심이 풀려서 보낸 것이 아니었다. 정인광이 몹시 자책하며 잘못했다고 하고 그 말뜻이 매우 엄중했지만, 장성완은 그 글이 더욱 수치스러워 죽고 싶었다. 진실로 죽어 모르는 것이 다행이고 하루도 세상에서 숨 쉬기를 바라지 않았는데, 어머니 박씨가 이렇게 체면 없는 행동을 하니 더욱 참담하고 불행했다. 자신의 불효를 슬퍼하고 자신의 운명을 탄식하며 상심하니, 처연히 슬픔이 맺혀 구슬 같은 눈물이 흘러내렸다. 연부인이 그 마음을 헤아리며 애련해하고, 자연 마음이 아파서 장성완의 머리를 어루만지며 위로했다. 장성완이 감동하여 옷을 바꿔 입으니 연부인이 기쁘고 행복한 눈물을 흘렸다. 장헌과 박씨도 다행으로 여기며 기뻐하는 마음이 비할 데 없으니, 온 집안사람들의 환성이 즐겁게 넘쳐흘렀다.

이때 정인광이 상씨 부중에 나아가 아버지 정삼의 글을 전한 뒤 할머니가 고모(정태요)를 그리워하신다는 말을 아뢰고 고모에게 친정에 다녀가기를 청했다. 정태요가 어머니의 그리워하는 마음을 생각하니 돌아가고 싶은 마음이 화살같이 급했다. 마침내 친정으로 돌아가게 되자 두 아들이 정인광을 따라 고삐를 잡고 가마를 옹위해서 돌아왔다. 정씨 부중에 이르자 조카들과 시종들이 맞아주었다. 중문에 다다르니, 이때는 점심때라 남녀 식구들이 다 태전에 모여 있다가 동시에 일어나 정태요의 가마를 맞으며 반기고 기뻐하며 손을 잡고 대청에 올라갔다. 서태부인도 크게 반기며 빨리 오르라고 하니, 정태요가 어머니에게 절하고 사촌 형제들과 부인들과 소저들과 서로 예를 마친 뒤에 어머니 앞에 나아가 그간의 안부를 묻고 오래 돌아오지 못해 애태웠던 마음을 간절히 아뢰었다. 서태부인이 기뻐하며 손을 잡고 반기고는 외손자들을 어루만지니, 그 사랑이 정인광을 향한 것과 다름이 없었다.

이때 장씨 부중에 편지를 받들고 갔던 시녀 미협이 설난과 함께 돌아왔다. 장성완이 친정에 돌아간 지도 벌써 일곱 달이 되었는데, 오늘 비로소 설난이 대청 아래에 이른 것이다. 설난을 보고는 마치 장성완을 본 듯해서 온 집안사람들의 반기는 마음이 끝이 없었다. 정삼이 정인광에게 명하여 봉투를 열어보라 하니, 정인광이 명을 받들어 글을 살펴보았다. 영롱한 필체로 쓴 정숙한 문장들이 종이 위에 펼쳐져 있으니, 반듯하고 단정한 모습을 대한 듯 문득 반갑고 어렴풋이 떠올라 저절로 뺨이 붉어졌다. 정인광이 보기를 마치자 서태부인이 그 글월을 가져오게 해서 정월염에게 읽게 하니, 대개 이런 말이었다.

죄인 장씨는 두 번 절하고 삼가 글월을 정군께 올립니다. 저의 죄악이 크고 중하니 스스로 그 죄악을 모르지 않습니다. 진실로 천지 사이에서 숨 쉬기를 바라지 않고 죽기를 원하니, 도끼에 나아가 죽기를 바랄 뿐입니다. 뜻하지 않은 글을 내리시고 옷과 띠를 보내시니 황송하고 감사하여 무슨 말을 해야 할지 모르겠습니다. 저의 죄로 인해 시어른들께 지은 불효 막대하오니 이 더욱 망극하여 어찌할 바를 모르겠습니다. 다만 방에 엎드려 장수하시기를 바랄 따름입니다.

서태부인이 다 듣고는 그리운 얼굴을 본 것처럼 반가웠으나, 두 눈에서 하염없이 눈물이 흘렀다.

"죄 없고 어여쁜 며느리가 참으로 불쌍하구나. 자식들이 멀리 떠나 괴로운 데다 손주며느리 때문에 마음이 편치 않았는데, 옷을 즉시 바꿔 입었다고 하니 처신이 온순하고 단정하구나. 아름다운 자질과 덕성으로 모질고 애련한 일을 당하니, 내가 어찌 한시라도 잊을 때가 있겠는가?"

서태부인이 말을 마치고 내려와 장성완의 병세를 묻자 설난이 꿇어앉아 장성완이 여러 달 앓던 중 고질병이 더해 병이 깊어졌으며 지금은 더욱 위독해서 이불에 몸을 던진 채 위태롭게 있다고 고했다. 온 집안사람들이 놀라고 염려하여 즐거운 기운이 한순간에 사라졌다. 정삼이 장성완을 불러와 서태부인의 깊은 염려를 덜어드릴까 했으나, 장성완의 병세가 위독해서 돌아오기를 권할 수도 없었다. 정삼은 어머니가 이렇게까지 생각하는 것을 민망히 여겨 낮은 목소리로 부드럽게 아뢰었다.

"장씨 며느리의 병이 중할 뿐 아니라 지금 같은 심한 추위에 가볍게 출입했다가는 반드시 병이 심해지기 쉽습니다. 좀 낫기를 기다렸다가 돌아오라고 할 테니 걱정하지 마십시오."

서태부인은 일이 그런 줄은 알지만 끝내 애처로워하는 마음을 어쩔 수 없었다. 정삼은 어머니에게 여러 번 마음을 놓으시라고 한 뒤에 물러나 사랑으로 나갔다. 부인들은 서태부인이 즐거워하지 않는 것을 걱정하여 모여서 담소하며 자리를 파하지 못하고 미협을 불러 장씨 부중에 가서 본 것을 물었다. 부인들은 박씨의 거동을 듣고는 눈앞에 보는 것처럼 웃었고, 공자들도 배를 잡고 웃었다. 소채강은 장성완의 병세를 걱정했지만 박씨의 거동에 대해서는 못 들은 듯이 했다. 이때 정월염이 시누이 장성완의 편지를 살피며 그 마음을 비춰 보고는 마음이 찢어지는 것 같은 슬픔을 누르지 못해 하염없이 눈물을 흘리며 말했다.

"시누이의 덕성과 행실에 무슨 부족함이 있겠습니까? 하지만 때를 만나지 못해 재앙과 액운이 극심하니, 옥같이 연하고 난초같이 부드러운 기질과 성품으로 곧 아침이슬처럼 사라질까 걱정입니다. 그 병세를 보니 이제 목숨을 보전하기를 바랄 수 없을 것 같군요. 형제처럼 깊은 정이 있는 시누이가 너무도 불행하니 자연히 마음이 편치 않습니다. 세상에 여자 된 것이 욕되고 원통합니다."

정태요가 말했다.

"월염아, 네가 시누이 편을 들고 오라비를 원망하느냐? 네 오라비는 어진 덕을 갖춘 군자로 행실에 조금도 부족함이 없다. 시운이 가로막아 저들 부부가 지금은 형편이 좋지 못하나, 훗날 영화와 복록의 아름다움이 곽분양보다 더할 것이다. 인광이가 아니면 이런 영화와 복록을 어떻게 누릴 수 있겠느냐? 네 성정이 온화하고 총명해서 내게 미칠 바가 아니라 생각했는데, 오늘 이렇듯 치우치고 좁은 것을 보니 시댁 가문의 풍습을 배웠나 보구나."

이 말에 정월염이 웃고 서태부인이 이어 탄식하며 말했다.

"내가 장씨 며느리의 애잔한 모습과 병상을 잊지 못해 그리워하는 마음이 지극한데, 어느 날에나 돌아와 내 마음을 위로해 주겠느냐? 이를 마음에서 잊은 적이 없다."

부인들과 소저들이 서태부인이 이렇게 즐거워하지 않는 것을 민망히 여겨 종일 옆에서 모시고 농담과 우스갯소리로 기쁘게 해드렸고, 투호와 바둑을 벌여 승부를 겨루며 날이 저물기에 이르렀다. 저녁 인사를 하고 각자 처소로 돌아갔으나 정태요와 정월염은 서태부인을 모시고 잤다. 고모와 조카가 정담을 나누며 이런저런 이야기로 밤을 보내니, 그 정이 모녀와 다르지 않았다. 이때 정인광이 아버지 정삼을 모시고 태전에 저녁 인사를 마치고 물러 나와 아버지가 편히 잠든 것을 본 뒤 비로소 서재로 돌아왔다. 이때는 몹시도 추운 겨울이었다. 뜰 안의 섬돌에 눈꽃이 어지럽게 흩날려 눈 깜빡할 사이에 나무마다 매화꽃이 활짝 핀 듯했다.

(책임번역 김경미)

완월회맹연 권 60

정인광의 출정과 장성완의 임신

정인광이 서천 지역 순유사로 출정하고
장성완의 임신 사실을 온 집안이 알게 되다

꿈에서 장성완에게 진심을 토로하는 정인광

이때는 몹시도 추운 겨울이었다. 뜰 안의 섬돌에 눈꽃이 어지럽게 흩날려 눈 깜빡할 사이에 나무마다 매화꽃이 활짝 핀 듯했다. 정인광은 눈 내린 경치를 즐기며 몇 구절 시를 읊었다. 그러고는 그리운 큰형을 생각하니, 홀로 따뜻한 방에서 지낼 수 없어 마루에 비스듬히 누워 먼 하늘을 애달프게 바라보았다.

그런 중에 갑자기 정신이 혼미해지더니 몸이 움직여 한 장소에 이르렀는데, 그곳은 다름 아닌 장씨 부중 장성완의 처소인 응설각이었다. 마음속으로 '내가 굳이 이 집에 와서 내실에 들어가는 게 무의미하다.'라고 생각하고 곧 나오려 했다. 그런데 눈을 들어보니 이미 자기 몸이 방 한가운데 들어가 있고, 부인 장성완은 침상에 누워 죽어 있었다. 정인광은 부인의 옥 같은 얼굴이 식어버린 재같이 변하고 혼백이 옥황상제의 궁으로 돌아가 명맥이 아주 끊어진 것을 눈앞에 대하니 슬퍼졌다. 장성완에게 비단 수건과 칼을 주어 자진하기를 독촉하고 친정으로 돌려보냈던 일을 생각하니 더 마음이 아팠다. 정인광은 모든 것이 자기 탓인 것만 같았다. 침상 앞에 나아가 하염없이 한바탕 길게 소리 내어 우니, 끝없이 한스럽고 슬프고 원망스러웠다.

혹시나 잠시 정신을 잃은 것인가 싶어 장성완의 손을 잡아 맥을 짚어보았지만 온몸의 맥박은 뛰지 않았다. 속절없이 자신의 경솔함을 후회하며 슬퍼했으나 이제 어쩔 수 없는 일이었다. 정인광은 진실로 세상을 살아갈 뜻이 없었으나, 부인의 꽃다운 혼을 위로하고 내세에 부부가 되어 백년해로하며 자식을 낳아 평생 기쁘고 즐겁게 살 것을 기약했다. 그러나 눈앞에 닥친 참혹하고도 슬픈 고통은 견딜 수 없었다. 문득 박씨가 딸의 시신을 붙들고 고통스럽게 부르짖으며 사위를 원망하고 딸의 죽음이 사위 때문이라 했다. 정인광이 마음속으로 분노가 일었으나 한편으로 이런 생각이 들었다.

'이제 부부의 연은 끊어지고 부인이 죄없이 억울함을 품고 돌아가는구나. 부인은 나를 저버린 적이 없는데, 나는 매번 부인을 저버려 마침내 이번 생에서는 다시 만날 수 없게 되었구나. 저 박씨 부인을 몹시 한탄하던 내 마음을 돌이켜 잘못을 나무라지 않는 것으로 죽은 넋에게 고마움을 나타내리라.'

그러면서 몸을 돌이켜 시신을 향해 다시 큰 소리로 울며 절하고는 곧 문을 열고 나왔다. 이때 눈을 들어 살펴보니 한 부인이 구름과 안개처럼 희뿌연 망건과 옷을 걸치고 별 같은 눈을 뜬 채 달 모양의 패옥을 가지런히 달고 있었다. 시원하고 밝은 기운과 신령스럽고 기이한 분위기를 띠고 있었으며 짙푸른 눈썹에는 근심이 서려 있었다. 정인광을 보고 몸가짐을 바로 하고는 꽃 같은 얼굴을 숙이고 눈썹을 찡그리며 거듭 부끄러운 빛을 띠다가 마침내 인사를 올렸다. 정인광이 답례하며 자세히 보니, 이는 다른 사람이 아니라 바로 장성완이었다. 반갑고도 슬픈 마음에 자연스레 그 소매를 잡고 탄식하며 말했다.

"내가 부인을 함부로 대하고 저버린 일이 너무 심했소. 그대가 이미 하늘로 영영 돌아갔으니, 나의 이 가득 찬 슬픔은 천지간에 다함이 없을 것이오."

말을 마치고 다시 눈을 들어 살펴보니 오색구름이 사방에서 일어나고 기이한 향내가 방 안에 가득했다. 한 선관이 흰 관을 쓰고 흰 옷을 입고 손에 흰 옥으로 만든 홀을 들고 있었는데, 고상하고 우아한 풍채를 띠고 있었다. 그 사람이 정인광을 향해 소매를 들며 말했다.

"군자와 숙녀의 시운이 다하여 숙녀의 수명이 오늘로 끝났으니, 수레를 타고 옥경에 가서 조회에 참석해야 했습니다. 끊어진 부부의 인연을 다시 잇기는 어려웠는데, 그대가 아내를 잃고 슬퍼하는 마음이 옥경의 궁궐까지 닿아 하늘이 감동하셨습니다. 옥황상제께서 명령을 내려 숙녀를 다시 세상에 머물게 하여 부부의 끈을 도로 이으라고 하셨습니다. 그래서 내가 여기에 와서 그대를 위로하고 옥녀를 세상에 돌려보내니, 차후에 음양의 이치를 헤아려 오랜 세월 화평하고 즐겁게 지내길 바랍니다."

말을 마치자 소매 속에서 기묘한 꽃가지를 꺼내어 한번 부치니, 좌우에서 쌍쌍의 군자들과 숙녀들이 줄지어 나왔다. 그들이 찬 패물들이 서로 부딪쳐 쟁그랑쟁그랑 소리가 났는데, 마음과 눈이 황홀하여 조금 전 광경과는 확연히 달랐다. 장성완은 고통스러운 질병에 시달려 초췌한 모습으로 병상에 누워 있었는데, 지금 다시 보니 봄빛처럼 밝은 얼굴의 중년 부인이었다. 남녀 하인들과 귀한 신분의 사람들이 양쪽에서 섬기고 받들었는데, 마치 자기 부부를 영접하는 것 같았다. 자기는 당당한 공후재상의 벼슬을 가졌고, 부인 또한 봉작을 받은 부인의 복색을 차려입고 있었다. 자녀들과 사위들과 며느리들이 집 안 가득 늘어서 있는데, 공손하고 예법에 맞는 몸가짐에 아름답고 성한 모습은 비할 데가 없을 정도였다. 황홀하고 놀라워 다시 물어보려고 했는데, 이윽고 종과 북소리가 함께 울리는 소리에 놀라 깨니 한바탕 꿈이었다.

기다란 베개가 적적하고 널찍한 이불은 무료하여 자기 외로운 한 몸이 책상에 기대어 손에는 책을 들고 있었다. 아직 잠자리에는 들지 않았으며 남아 있는 등불은 빛을 점점 잃어가고 있었는데, 곁에서 시중들던 아이는 엎드려 졸고 있었다. 정인광은 꿈속의 일이 또렷하게 생각나, 죽은 부인의 모습이 아직도 눈에 선했다. 그녀가 병상에서 위태로운 상황이라는 것을 아는 까닭에 자연스레 마음이 평안치 않았고, 자기 부부로 인해 집안 어른들의 근심이 더하니 자식으로서 불효가 막심했다. 정인광은 부인이 목숨을 잃을까 근심하는 마음과 집안에 불효를 끼치지 않아야 한다는 마음이 앞서, 자연스레 베개를 물리고 벌떡 일어나 창문을 활짝 열고 하늘의 기상을 올려다보며 별자리를 살폈다. 장성완의 주성이 어둡고 침침하여 밝은 광채를 감춘 까닭에 잘 보이지 않았다. 너무 놀라 즉시 세수하고 다시 촛불을 밝힌 뒤 화로에 향을 넣었다. 그러고는 마음을 비우고 몸을 깨끗하게 하여 《주역》을 펴고 점을 치니, 과연 장성완의 타고난 수명이 오늘 다했기에 살 방도를 얻기 어려웠다. 놀란 마음에 하늘의 운수를 다시 살펴보았다. 사람이 이 세상에 살아 있다면 그 주성이 이러한 모습을 띠지는 않을 것이기에, 적이 의심하면서 다시 《주역》의 괘를 면밀하게 살폈다. 만일 다시 사는 경사를 얻는다면 앞날에 여덟 가지 복이 물 흐르듯 펼쳐지겠지만, 지금은 병세가 위독하여 살기를 바랄 수 없었다. 이에 정인광은 자연 근심스럽고 두려운 마음을 떨치지 못했다.

순유사로 출정하는 정인광

이때 서천 절도사 왕촉이란 자가 있었다. 그는 본래 재물에 대한 탐욕이 많을 뿐 아니라 법을 어기며 백성을 전혀 보살피지 않았다. 또한 민간의 아름다운 여자들과 옥이며 비단을 강제로 빼앗고, 부정한 방법으로 재물을 탈취했으며, 혹 백성 가운데 죄를 범하는 자가 있으면 살을 깎고 뼈를 긁으며 기름을 짜고 가죽을 벗겨 비할 데 없이 잔인하게 다스렸다. 백성들은 매년 굶주림과 전염병에 시달렸고, 온갖 곡식이 가뭄의 재앙에 말라비틀어져 열매를 맺지 못했다. 게다가 겨우 남은 열매들이 익을 때쯤 장마가 끊임없이 이어져 한낱의 곡식조차 얻을 수 없었다. 또 해충으로 인한 재해가 극심하여 벌레들이 들에 뒤덮여 사람이 길에 나다닐 수 없을 정도였다. 도깨비 같은 해충들과 전갈 같은 온갖 벌레들이 산과 들에 두루 퍼져 가득했으니, 백성들이 잠시도 버틸 수가 없었다. 상황이 이렇다 보니 부모가 자기 자식을 건사하기도 어려웠고, 자식이 부모를 효로써 봉양하기도 어려운 지경에 이르렀다.

관가의 수령들은 하급 관리들을 시켜 부유한 백성의 재물과 곡식을 빼앗게 했고, 혹 명령을 거스르는 자가 있으면 위력으로써 붙잡아다가 옥에 가둬두고 큰 채찍으로 고통스러운 형벌을 내렸다. 또 백성들을 온갖 수단과 방법으로 괴롭혀 밤낮으로 원통한 울음소리가 천지를 흔들었으나 절도사는 조금도 신경 쓰지 않았다. 그런 데다 전염병은 점점 더 퍼져 누구나 한번 걸리면 살기를 바랄 수 없었다. 한 해의 절반이 지나기도 전에 서천 10만여 호에 사는 백성들이 거의 다 죽게 되었으니, 참혹하고 독한 재앙이 아닐 수 없었다.

이때 조주 계행산 아래에 한 요적이 있어 산채를 이루었는데, 이름하여 '항산도사' 혹은 '태청도인'이라고 불렸다. 그는 조주 계행산의 요도인 장손환의 조카로, 이름은 장손확이고 자는 왈능이다. 수하에 수십만 제자를 끌어모아 큰 산채를 짓고 그 지역을 차지하고 있었는데, 그의 요망하고 간사한 환술이 미치지 않는 곳이 없었다. 비바람을 거뜬히 만들어내고, 귀신을 부리기도 하며, 산을 뽑거나 바다를 뒤집어엎고, 나무를 걸어 다니게 하거나 돌을 달리게도 했으며, 흩뿌린 모래에 주문을 외워 억만 군병을 만들어서 부리기도 했다. 또 대낮을 캄캄한 밤처럼 침침하게 만들며, 칠흑 같은 밤을 환한 대낮처럼 밝게 하는 조화를 부렸으며, 부지불식간에 사람의 간과 쓸개를 빼내 죽이며, 또 사람이 짐승이 되게 하고 짐승을 사람이 되게 하는 등 그 요망하고 간사한 환술이 헤아릴 수 없을 정도였다. 장손확은 인근 고을을 쳐서 군마를 모았는데, 사람들이 그의 신통함을 알았기에 맞서 겨룰 엄두를 내지 못했다. 이에 서천 인근에 있는 고을들이 반항하지 않고 순순히 항복했다. 절도사 왕촉은 이 요적을 통제할 방법이 전혀 없어 황제가 있는 황성에 표를 올려 도적의 형세를 세세히 보고했다.

황제가 조회를 베풀어 궁에 도착한 표문을 신하들에게 보여주며 타개책을 물었다. 곁에서 호위하는 신하들은 말이 없었고, 사간원의 신하들도 잠잠하여 책략을 아뢰는 이가 없었다. 황제가 매우 걱정스러워, 요사한 도적을 소탕할 수 있는 능력이 있는 자를 가려 뽑으려 했다. 이때 태우 정인광이 요적을 쓸어 없앨 재주가 있다는 말을 듣고 황제가 특명으로 정인광에게 서천 절도 선유사(宣諭使)를 제수했다. 황제가 정인광을 가까이 불러 마주 보고 상황을 전하자 정인광이 감히 사양하지 못하며 아뢰었다.

"신하가 되어 나라가 위태로운 때에 어찌 개인의 사사로운 정을 생각하겠습니까. 그런데 제가 재주가 부족하고 나이가 어려 세상일을 많이 겪어보지 못했습니다. 국가의 중대한 직책을 받들어 요적을 멸하고 백성들의 삶을 위로하고 안정시켜 황제 폐하의 뜻을 이룬다면 다행일 것입니다. 하지만 제 재주가 이에 미치지 못하오니, 조정에서 노련한 인물을 다시 택하셔서 촉 땅을 진정시키시기를 엎드려 바라옵니다."

황제는 정인광이 아뢰는 말을 듣고 위로하며 말했다.

"신하를 잘 알기로는 임금보다 더 나은 이가 없다. 그대의 재주와 인덕을 내가 헤아려 이와 같은 중대한 임무를 맡기는 것이니라. 나라의 위태로움을 걱정하며 황제를 잊지 않는 것이 신하의 직분이니, 서촉 백성들을 위로하고 어루만져 짐의 덕화를 밝히는 것이 내가 그대에게 원하는 바이다."

정인광이 어쩔 수 없이 황제의 은혜에 감사해하며 물러 나왔다. 그러고는 집에 돌아와 조회 자리에서 있었던 일을 부모님께 아뢰었다. 부모님과 숙부들이 심히 놀라며 염려하고 두려워했다. 정잠과 정인성이 돌아오지 못했는데 정인광이 또 험한 땅으로 가야 하는 상황에 놓였으니, 서태부인이 근심하고 서운해했다. 정삼은 아들이 이와 같은 중대한 임무를 맡을 정도로 나라에 큰 난리가 났음을 심히 염려할지언정 아들의 안위는 그다지 근심하지 않았다. 아들의 재주와 덕이 능히 요적을 소탕하고 서천 지역의 백성들을 격려하여 위험이 닥친 상황을 반드시 구할 것이라고 믿었기 때문이다. 그러나 세상의 도리가 순탄하게 돌아가지 못하고 집안에서는 변고가 거듭해서 일어나며, 남쪽 지역 정벌을 위해 출정한 형(정잠)과 인성에 대한 근심이 여전한데 또다시 서쪽 땅에 인광을 보내야 하는 걱정을 겸하게 되었으니, 어머니가 이 일로 근심하실 생각에 애가 탔다.

이때 장성완의 병세가 더욱 위중해지니, 장세린과 정성염의 혼사가 제대로 이루어지기 어려운 상황이었다. 장헌은 친정에 간 지 여러 날이 지난 며느리 정월염에게 돌아올 것을 명했다. 아울러 사위 정인광이 촉 땅으로 출정하는 것을 염려하는 가운데, 혹시라도 멀리 나가게 되었으니 하직 인사를 하러 와서 딸아이를 위로하지나 않을까 기대했다. 그러나 문득 도리에 맞지 않는 경솔한 뜻이라 여기며 이렇게 생각했다.

'사위가 교만하고 자존심이 강해 어른을 공경하지 않으니, 내가 매번 체면을 잃으면서까지 먼저 굽신거리게 되는구나. 통탄할 일이로다. 그 기특한 용모와 비상한 풍채를 만나면 자연스레 내 마음이 빠져들어 정신이 흐릿해지고 말지. 젊은이와 늙은이가 서로 가져야 할 태도가 현격히 달라야 함을 생각하지 못하고 순순히 저에게 굽히게 되니 어찌 애달프지 않겠는가? 이번에는 내가 먼저 가서 인사하지 않고 어찌 행동하는지 한번 지켜봐야겠다.'

이때 정인광의 친척들과 오랜 친구들뿐 아니라 높은 벼슬아치들이 모두 태운산 정씨 부중에 모여 정인광을 떠나보내는 것을 아쉬워하니, 떠나는 정인광 또한 마음이 좋지 않았다. 모두 정인광을 돌아보며 위로하기 바빴으나 장헌은 체면 때문에 가까이 있으면서도 와보지 않았다.

정월염은 시댁에 돌아와 시부모님께 인사드린 뒤 물러가 시누이 장성완을 만났는데, 그사이 장성완은 병세가 더욱 위중해져서 침상에서 깊은 잠에 빠져 있었다. 난초가 말라비틀어진 듯 얼굴과 용모가 초췌했다. 정월염은 사오일 사이에 이처럼 상태가 심각해진 것을 보고 매우 놀랐고, 이에 애처로워하며 슬퍼했다. 이때 장성완은 정월염에게 시부모님의 안부를 물었고, 서태부인이 자신을 그리워하고 걱정한다는 말을 듣고는 자신의 불효를 스스로 탄식하고 슬퍼하며 길게 한숨을 내쉬고는 서태부인의 덕망을 우러르며 그리워했다. 정월염이 정인광의 출정 소식을 전하자, 장성완은 촉 땅의 요적이 흉악하고 교활하다는 말을 듣고도 정인광이 일월 같은 밝은 덕행과 의리를 지닌 것을 알기에 전혀 근심하지 않았으나 전염병이 창궐한 가운데 먼 길을 무사히 갈 수 있을지는 심히 걱정되었다.

다음 날, 장헌이 내당에 들어와 딸의 병세를 보고 마음속 깊이 불쌍해하고 애처로워하며 슬퍼했다. 이에 길게 탄식하며 말했다.

"사위가 여전히 인정머리 없다고는 하나, 촉 땅으로 가는 먼 여정에 다시 만날 기약이 아득한데도 병든 아내를 한 번도 찾지 않고 심지어 작별 인사도 하지 않다니! 내 비록 바라지도 않았으나, 저에게 나는 부친과 항렬이 같은 어른이며 장인으로서 남보다 각별한데…… 너무나 교만하고 방자하여 사리와 체면을 전혀 생각하지 않는구나. 내가 어른이니 먼저 찾아보는 것은 아니 될 일이지. 이번에 촉 땅으로 가는 출정이 임박했으나 내 결단코 먼저 찾아가지 않을 것이다."

연부인이 장헌의 말을 듣고는 이렇게 말했다.

"그렇지 않습니다. 사위가 처가에 발길을 끊은 것은 우리가 먼저 도리를 지키지 않았기 때문입니다. 이참에 우리가 허물을 뉘우치고 죄를 구하는 것이 마땅하지요. 나이의 많고 적음을 따지고 항렬을 내세워 사위를 책망할 일이 아닙니다. 이제 사위가 위험을 무릅쓰고 머나먼 촉 땅에 갈 날이 머지않았으니, 데면데면하던 사람이라도 찾아가 보고 위로하는 것이 옳습니다. 그런데 상공은 겨우 어른의 체면만 생각하시고 장인과 사위 간의 의리만 헤아리십니까? 그간 사위에게 업신여김을 당함이 끝이 없다가 새삼스레 오늘에서야 이처럼 거드름을 피우며 거만하게 구는 것이 오히려 사리에 맞지 않으며 체면을 손상하는 일입니다. 사위가 스스로 찾아와 뵐 리는 만무하니, 장인이 작별 인사를 하지 않았다는 것을 다른 사람들이 들으면 이상하게 여길 것입니다. 그 비난은 오로지 상공에게 돌아가고 해로움은 고스란히 딸에게 돌아갈 것이니, 이는 다시 추한 태도를 드러내는 일입니다. 마땅히 직접 찾아가서 사위를 보고, 머나먼 출정에 잘 다녀오라고 작별 인사를 함으로써 장인의 도리를 하는 것이 옳을까 합니다."

장헌이 듣고 보니 연부인의 말이 구구절절 다 옳았다. 이에 두 눈을 껌뻑거리고 코를 찡긋거리며 한마디도 대꾸하지 못하다가 한참 뒤에 길게 한숨을 쉬며 말했다.

"아무리 생각해도 전부 내 잘못이니, 나이 어린 사람을 어찌 책망하겠소. 장인과 사위가 이렇듯 서로 트집을 잡는다면 사이가 좋아질 리가 없지. 딸의 병이 쾌차하여 살아나면 어떻게라도 사위와의 관계를 기대해 보겠지만, 만약 딸이 죽게 된다면 장인과 사위의 정은 뜬구름처럼 날아갈 것이오. 그렇게 된다면 내가 살아 있으나 죽는 것보다 못할 것 같구려."

말을 마치고 상심하며 탄식할 뿐이었다.

출정하는 정인광을 전별하는 정씨 부중

이때 정씨 부중 사람들이 모두 와서 정인광을 송별했다. 서태부인이 마음을 다스리고는 출정하는 정인광을 위로하며 신하 된 자가 나랏일을 맡으면 당연히 집안일은 잊고 황제와 황실을 위해 마음을 다함이 떳떳한 행동이라 일컬었다. 또 위험한 곳에 가서도 몸을 소중히 보호하여 서천의 난리를 진정시키고 공을 세워 무사히 군대를 이끌고 돌아오기를 당부했다. 정인광은 할머니 무릎 앞에 꿇어앉아 몹시 탄식하며 슬퍼하시는 모습을 우러러보면서 마음이 베이는 듯 아팠다. 그러나 슬픈 낯빛으로 할머니와 부모님의 염려를 보태는 것이 옳지 않아, 생기 있는 모습과 기쁘고 밝은 목소리로 못난 자신을 위해 걱정하지 마시고 마음 편히 지내시기를 간절히 빌었다.

동쪽이 밝아올 때쯤, 황제께 작별을 아뢰는 일이 늦어질 것 같아 서둘러 할머니와 부모님과 숙부께 예를 갖춰 절하며 하직을 고하고 형수들과 아우들과 누이동생들과도 서로 인사를 나누었다. 그때 소채강이 멀리서 예를 갖춰 인사하니, 정인광도 소매를 들어 답례로 인사할지언정 구태여 한마디 당부하는 말이 없었다. 이에 정명염이 정인광에게 말했다.

"너는 오늘 황제와 황실을 위한 임무를 받들어 먼 길을 떠나면서, 아내와 이별의 회포를 나누지는 않더라도 한마디 건넬 말이 없지는 않을 듯한데 어찌 이리도 매몰찬 것이냐?"

정인광이 공손히 두 손을 맞잡으며 대답했다.

"구태여 건넬 말이 없는데 어르신들 앞에서 사사로이 이별의 정을 나눌 일이 있겠습니까. 형수(이자염)께서 큰어머니를 받들어 모시느라 시간적 여유가 없을 것입니다. 소씨는 다른 맡은 일이 없고 또 몸에 병도 없으니, 내가 집에 없는 동안 옛적 진효부처럼 어머니를 잘 받들기를 바랄 뿐입니다."

말을 마치고 다시 어르신들 앞에 나아가 만수무강하시길 빌었다. 그 모습이 마치 갓난아기가 어미와 떨어지는 것처럼 애틋했다. 정삼이 타이르며 '사사로운 마음을 억누르지 못한다면 나랏일에 태만하게 된다'고 말하고는 황제께 나아가 뵙는 때를 어기지 말라고 했다. 그러자 정인광이 머리 숙여 인사를 올리고 비로소 걸음을 돌려 궁궐로 향했다. 이때 정인명과 정인경, 정인웅 등은 웃어른을 모시느라 자리를 비우기 어려워 여기에서 서로 작별했다. 이들은 눈물을 흩뿌리며 보내는 사람이나 떠나는 사람이나 하나같이 아쉬워했는데, 마치 아녀자처럼 정인광의 소매를 붙잡고는 귀한 몸을 잘 보호하고 나랏일에 마음을 다해 요적을 소탕하고 공을 세워 군대를 이끌고 돌아오라고 말했다. 정인광은 여러 아우의 손을 잡고는, 부모님을 받들어 모시고 할머님과 여러 숙부를 잘 모셔 평안하게 지낼 것을 거듭 당부했다. 그러고는 끝없이 차오르는 회포를 억누르며 작별했다.

정인광은 말을 달려 대궐 앞에 이르렀는데, 이미 각 부의 하급 관리들이 황제의 뜻을 받들어 길 가는 데 필요한 여러 가지 물건을 준비해 놓고 있었다. 황제는 정인광을 불러서 인검(引劍)을 직접 채워 주며 요적을 소탕하여 서천 지역을 회복할 것을 당부했다. 또 대원수와 다름이 없으니 절도사 이하로 명령을 어긴 자가 있으면 곧바로 처형하고 나중에 보고하라 하시면서 옥으로 만든 잔에 향기로운 술을 따라 황제와 신하가 헤어지는 정을 나누었다. 크고 풍성한 은혜로 대우하니, 그 총애가 자기 한 몸에만 미치는 것이 아니었다. 정인광은 그 은혜가 분수에 넘쳐 굳이 사양하며 감당하기 어려워했다. 황제가 다시금 정인광을 위로하고 여러 가지 정치적인 일에 관해 묻자 정인광이 머리를 조아리며 일일이 답변을 아뢰었다. 그 시원하고 활달한 담론은 푸른 바다와 같이 넓고도 컸으며, 밝고도 통달한 깊은 뜻은 아득히 높고도 먼 하늘에 닿을 듯했다. 그 말을 들으면 마음속 품은 생각이 활짝 열리고 심정이 상쾌해질 듯하니, 좌우에 둘러선 신하들이 모두 부러워하며 감탄했다. 정인광의 말에 귀 기울이며 얼굴빛이 달라지지 않는 이가 없었으니, 황제가 크게 기뻐하고 신하들을 돌아보며 말했다.

"참으로 짐을 보필할 만한 인재로다."

그러고는 다시 명령을 내렸다.

"정삼의 오래도록 변치 않는 절개를 짐이 밤낮으로 사모했으되, 처사로 살아가려는 높은 뜻을 돌이키지 못해 아침저녁으로 슬퍼하며 한스러워했다. 그런데 이렇듯 정인성과 정인광 같은 아들로서 나의 부족한 덕을 채워주니, 명나라 황실의 다행함과 백성들의 복을 어찌 이루 다 말할 수 있겠는가? 정삼이 아니었다면 정인성과 정인광 같은 국가의 중대사를 맡길 만한 훌륭한 인재를 얻을 수 없었을 것이니, 이제 향기로운 술과 갖가지 음식을 보내어 치하하고자 하노라."

이에 신하들이 황제의 뜻이 지극히 마땅함을 아뢰었고 정인광은 더욱 황공해했다.

날이 늦어졌으므로 정인광은 황제가 계신 섬돌을 향해 산호만세를 부르며 절하고 물러났다. 뒤이어 군중으로 가 호통(號筒)을 세 차례 불고는 명령에 따라 지휘하며 절월을 움직여 서쪽으로 난 길로 나아가니, 황제가 조정에 가득한 문무 신하들에게 명령하여 교외까지 전별하게 했다.

인검을 받들어 출정하는 정인광은 대원수의 위엄 있는 모습이었다. 그는 장수나 재상이 될 만한 인재로, 빼어난 풍채와 성품에다 모든 나라를 화합하게 할 기상을 갖추었으니, 당태종 같은 제왕의 모습과 하나라 우임금의 구척장신에 비할 만했다. 조정 문무백관 가운데 풍채가 빼어나고 외양이 아름다운 자가 한둘이 아니지만, 정인광이 좌중에 들어서면 태양이 떠오르는 것같이 아름답게 빛나며 밝은 달이 솟아오른 듯했다. 마치 까막까치 사이에 봉황이 섞이고 개돼지

틈에 교룡이 섞인 듯하니, 세상에 정인광과 비교할 만한 기질을 지닌 자를 찾기 어려웠다. 오직 그의 형제와 그의 참된 친구 네다섯 정도만 엇비슷하다고 할 수 있을 듯했다.

이때 소수 선생은 이미 조정의 벼슬자리에서 물러나 세상사의 번거로움을 피해 있은 지 오래되었으나 오늘 여기에 와서 정인광을 전별했다. 소수는 장성완의 위태로운 병을 애태우며 걱정하여 먹고 자는 일이 편치 않았으나, 오늘은 정인광이 나랏일로 행차하는 까닭에 사사로운 근심을 내색하지 않았다. 정인광이 자리에서 내려와 두 손을 모아 절하며 공경하는 모습으로 소수의 시를 듣고 차운했는데, 문장마다 충성과 절의가 빛나고 엄숙했다. 사람들은 정인광의 시를 보고 칭찬했으며, 두 숙부와 소수도 매우 아름다워했다. 해가 서쪽 산봉우리로 저물자 조정에 가득했던 벼슬아치들이 거의 다 돌아갔다. 두 숙부와 소수 또한 수레를 돌리니, 멀리 이별하는 서운함으로 인해 정인광은 두 숙부의 수레 앞에 절하면서 겨우 눈물을 삼켰다. 하지만 두 숙부는 슬픈 표정으로 이별의 눈물을 떨구며 정인광에게 무사히 촉 땅에 도착하여 나라를 위한 싸움을 잘 이뤄내고 속히 돌아오기를 당부했다. 이에 정인광도 두 숙부에게 길이 평안히 지내시기를 청했다.

이렇게 서로 헤어졌는데, 친구 네다섯 명과 정인홍 등 삼형제는 군대의 깃발을 따라 강촌을 지나 서관에서 하룻밤 묵을 때, 헤어지기 서운한 마음과 울적한 마음으로 인해 잠들지 못한 채 슬픔에 잠겼다. 이윽고 객사에 새벽녘 북소리가 울리고 닭이 새벽을 알리자, 소속된 부하들이 벌써 수레를 대놓고 떠날 명령을 기다리고 있었다. 친구들과 정인홍 등은 여기에서 헤어지는 것이 슬퍼, 차라리 어제 강촌에서 이별하는 것이 더 나을 뻔했다고 여겼다. 하지만 눈물 흘리는 모습은 보이기 싫어, 울적하고 슬픈 마음을 누그러뜨렸다. 정인광은 절월을 돌려 서쪽으로 향하고 정인홍 등은 말을 타고 돌아오는데, 서로 가다 뒤돌아보고 가다 뒤돌아보며 그러기를 10리까지 그치지 않았다.

장성완의 임신 소식을 알리는 정삼

정인홍 등 삼형제가 정인광과 작별한 뒤 부중으로 돌아왔다. 이때 서태부인이 통탄스럽고 슬픈 마음에 눈물을 흘리며 말했다.

"너희 셋은 인광이와 함께 아침이 되면 조회에 참여하고, 저녁에 돌아오면 또 함께 이 늙은 할미를 보러 와 내가 마음이 흡족하고 즐거웠다. 그런데 이제 인광이가 멀리 떠나게 되었으니, 새로운 수심과 옛 근심이 아울러 일어나 슬픔과 울적함을 억누를 수가 없구나."

정염과 정겸, 세 명의 공자는 좋은 말로 정성스레 서태부인을 위로하면서, 이별의 정이 슬프긴 하나 정인광이 돌아오게 되면 이전보다 더 빛나는 효도를 이룰 것이라고 했다.

정삼은 황제의 은혜가 너무나 크고 넘쳐서, 황제의 전교를 받고는 불안하고 두려웠다. 정삼은 빛나는 영예도 바라지 않았고 부귀는 뜬구름처럼 허황한 것이라고 여겼기 때문이다. 그러니 황명을 전하는 내시가 문 앞에 당도하여 황제의 명령이 자기에게 미치는 것을 전혀 기뻐하지 않았고, 오히려 벌벌 떨며 두려워했다. 그러나 어머니께서 근심하실까 싶어 온화한 낯빛과 부드러운 목소리를 유지한 채 온갖 근심을 쓸어버렸다. 이에 황제께서 내려주신 음식과 향기로운 술을 가져다가 온 식구들과 함께 내려주신 은혜에 감사해하며 서로 맛보고 흔쾌히 기뻐했다. 이처럼 황제의 은혜와 특별한 사랑을 즐기는 모습을 보이니, 서태부인이 근심스러운 빛을 나타내지 않았다.

이로부터 온 집안사람들이 정인광이 겪는 행차의 수고로움과 위험을 걱정하는 말은 서태부인 앞에서 꺼내지 않았다. 서태부인을 모시는 이들은 서로 농담 섞인 말을 거리낌 없이 했으며, 활기 넘치는 변론과 재미있는 이야기를 나누는 일이 그치지 않았으니, 온갖 근심을 말끔히 풀어내고 갖은 염려를 깨끗이 쓸어버릴 듯했다. 그러나 서태부인은 공자들이 함께 모여 있는 것을 볼 때마다 멀리 나가 있는 정인성과 정인광에 대한 걱정이 더욱 간절하여 마음 상하고 슬퍼하는 일이 잦았다. 아들 정삼이 걱정할까 봐 스스로 참으며 안 그런 척했으나, 장성완의 병 또한 걱정되어 수심 어린 기색을 거둘 수 없었다. 이에 정삼은 한결같이 기쁘고 즐거운 얼굴로 정성껏 위로하고 위안하며, 장성완의 병이 비록 위태롭고 중하긴 하나 아직 한창인 나이니 향을 사르는 일은 없을 것이라 아뢰었다. 그리고 며느리가 임신한 지 일고여덟 달쯤 되었다는 사실을 아뢰고는 웃으며 말했다.

"누님과 정염 등이 늘 인광이를 보채면서 궁상맞다고 치부하고 자식 낳기에는 아직 멀었다고 했는데, 이제 며느리가 몇 달이 지나면 해산할 것이니 인광이의 자식 경사가 구태여 늦어지는 것은 아니라 하겠습니다."

서태부인이 정삼의 말을 듣고 뜻밖의 좋은 소식에 몹시 놀라며 기뻐했다.

"지난번 너는 손자며느리(이자염)가 임신한 지 예닐곱 달이니 늦가을에는 반드시 해산할 것이고, 인광이는 내년 봄 사이에 자녀를 볼 것이라 했지. 나는 이씨가 잉태한 것은 다행스럽게 여겼으나, 인광이가 자녀를 얻을 것이라는 말은 믿지 않았었다. 그런데 모든 일이 너의 예측에서 벗어나지 않는구나. 그런데 어찌하여 인광이가 떠나기 전에 이런 소식을 알려주지 않았느냐? 아니면 인광이가 이미 눈치채고 있었는가 싶기도 하구나."

　정삼이 대답했다.

　"어찌 인광이에게 이런 경사스러운 소식을 일부러 알리지 않았겠습니까. 다만 소공(소수)이 인광이 처의 액운이 예사롭지 않다고 하면서, 인광이 부부가 아득히 멀리 떨어져 생사를 걱정하게 함으로써 재액을 없애는 것이 옳다고 했습니다. 그러면서 며느리의 임신 사실을 인광이가 알게 하지 말라고 저에게 당부했지요. 제가 본래 누구를 속이는 것에 대해서는 관대하지 않으나, 이는 곧 윗사람의 부탁이고 소공이 또한 평범한 술사들처럼 망령되게 거짓을 말하는 사람이 아니지 않습니까. 학문과 도덕을 제대로 갖춰 위로는 천문학을 꿰뚫고 아래로는 지리학에 통달했으며 만물의 이치를 훤히 깨닫고 있어서, 그 명철함으로 말할 것 같으면 감히 맞설 자가 없을 정도로 뛰어납니다. 건국 초에 유기(劉基)가 비록 총명하고 민첩했으나 끝내 성문(聖門)의 큰 도를 얻지 못했으며, 영특한 재주를 가졌으나 도리어 점술에만 능통한 사람에 가까웠습니다. 이를 소공이 늘 개탄하며 말하기를, 소옹(邵雍) 선생이 시끄러운 새소리를 듣고 중원이 오랑캐들에게 더럽혀질 것을 짐작했으나 송나라 천자인 휘종과 흠종이 굴욕을 당한 상황을 막아내지 못했다고 하며, 자기가 미리 아는 바를 드러내는 것을 꺼려했습니다. 하지만 며느리의 병을 보고는 심히 걱정되어 그 액운을 없애야겠다고 생각한 겁니다. 그래서 먼저 주성의 정기를 다스려 임신할 길한 때가 보이지 않게 한 것이지요. 인광이 부부의 아들 낳을 복된 징조가 주성에 드러나지 않게 하려고 주성의 기운을 눌러서 감춘 것입니다. 제가 별자리 운수를 살펴보니, 아들 부부의 주성에 달리 드러나는 바가 없었습니다. 다만 이치를 한번 헤아려보고 두 며느리가 임신했음을 먼저 알아챘던 것입니다. 인광이는 하늘의 운수에 통달하고 상수학(象數學)이 부족하지 않지만, 그 주성을 보면 반드시 위태롭다고 생각할 것입니다."

서태부인이 고개를 끄덕이며 오히려 이자염의 임신 소식을 들었을 때보다 더 경사스럽고 다행한 일이라며 즐거워했다. 이는 그간 정인광 부부의 금실이 좋지 않아 염려했던 까닭도 있고, 또한 내내 장성완의 병세를 걱정했는데 그것이 다 이유 있는 상황이었기 때문이다. 정염과 정겸은 비로소 장성완이 임신했다는 복된 소식을 듣고는 기쁜 마음이 가득 차 자기 며느리가 임신한 듯 즐거워했다.

"형은 원래 방사의 술법을 꺼려 멀리하셨는데, 이제 며느리의 병세에 있어서 만큼은 소공이 하자는 대로 따르셨군요. 인광이에게도 아내가 임신한 사실을 밝히지 않으셨으니, 그와 같은 일은 그다지 해롭게 생각하지 않으시는 모양입니다."

정삼이 웃으며 말했다.

"소공께서 음양의 재앙과 흉한 운수를 능히 없앨 것이라 하셨으니, 이와 같은 일이 비록 사리에 맞지 않고 어리석어 군자가 믿고 취할 바는 아니지만, 또한 예로부터 성현께서도 필요한 경우에 행하신 바였다. 그렇기에 나의 본뜻은 아니지만 구태여 편벽되게 무시하지 않은 것이다. 나이 지긋하신 어르신의 말씀을 좇아서 내 고집을 피우지 않은 것일 뿐이다."

이에 정염과 정겸이 옳다고 일컬었다. 정태요 또한 장성완의 복된 경사를 신기해하고 기뻐하며 매우 다행스럽게 여겼다. 정태요가 화부인을 돌아보니, 얼굴에 온화한 기색을 띠고 있을 뿐 특별히 기뻐하는 빛이 없어 웃으면서 물었다.

"올케는 며느리가 임신했다는 사실을 알고 있었는가? 어찌 새삼스레 기뻐하는 빛이 없는가?"

화부인이 대답했다.

"제가 성격이 재빠르지 못하고 둔해서 보고 듣는 바에 반응이 늦었던 것이지, 미리 알았던 것은 아닙니다."

정태요가 웃으며 말했다.

"겸손한 태도로 거짓말하지 말게나. 아우(정삼)와 자네는 이미 알고 있던 모양이네그려. 월염 조카 또한 이 사실을 모르지 않았을 텐데, 지난번 여기 와서 나를 만났을 때 일절 내색하지 않았지. 무릇 인광이에게는 비밀로 한다고 해도 어째서 나까지 속이려 드는가?"

정삼이 웃음을 머금으며 말했다.

"누님은 남의 며느리가 아름다운 것만 보셔도 배 아파하지 않습니까? 하물며 아들을 낳아 자손이 번성하게 될 것을 들으시면 더욱 기뻐하지 않으실 것이니, 어찌 꺼리지 않았겠습니까?"

정태요가 크게 웃으며 말했다.

"실없는 말은 하지도 마라. 내가 어찌 조카며느리를 친며느리와 달리 여겨 그 아름다움을 배 아파하겠느냐? 아우야말로 내 손자들이 번성한 것을 배 아파하더구나."

정삼이 미처 대답하기 전에 정염이 수염을 어루만지며 말했다.

"누님의 손자들이 비록 층층이 번성하나 굳이 부럽지 않으니, 무엇 때문에 배가 아프겠습니까? 저는 저의 갓 태어난 새 손자가 누님의 많은 손자들을 압도할 거라고 생각합니다. 하물며 인성이 등의 기특함과 몽룡이의 비상함은 말해 무엇 하겠습니까? 초나라 귤이 변해 제나라 탱자가 되는 것이 아니라면 누님이 태교하셨는데 자손이 어찌 평범하고 속되겠습니까? 그런데 낳은 아비를 닮고 기른 어미를 닮지 않았기에 상씨 집안 조카들은 우리 정씨 가문의 아이들에게 전혀 미치지 못하고 있습니다."

정태요가 크게 웃고 말했다.

"오늘이 무슨 날이기에 이렇듯 분통 터질 말만 하는 것이냐? 우리 자식들과 손자들이 비록 남보다 뛰어난 기질은 없으나 은백(정염)의 아들과 손자에 미치지 못할 바는 아니다. 그런데 곰과 호랑이와 기린 같은 손자들을 개돼지같이 여기며, 그들의 부형 알기를 사람 가운데 말단으로 여기는구나."

이에 정염이 크게 웃었고, 서로 아들을 자랑하며 자손을 뽐내면서 실없는 농담을 계속 이어갔다.

원래 정염은 아들 훈육에 관해서는 매우 엄하여 한 번도 온화한 낯빛을 지어 보이지 않았다. 지나치게 꼼꼼하고 자세하게 꾸짖고 가르쳤으며 작은 허물도 용서하지 않았으니, 정인홍 등이 늘 삼가며 조심했다. 이른 아침과 늦은 밤에도 깊은 골짜기의 절벽에 서 있는 것처럼 조심하면서 일언반구도 자유롭게 내뱉지 않았으나, 정염은 그런 자식들을 굳이 효성스럽고 유순하다고 칭찬하지 않고 한결같이 매우 엄하고 세차게 대했다. 그런 정염이 오늘 정태요를 마주해서는 자신의 여러 아들을 더없이 자랑했다. 정인홍은 모든 일에 박식하고 여러 가지 사물의 사리를 분별하며 생각과 논리가 심오하여 진정 어진 덕과 대인의 모습을 지녔다고 했다. 또 정인유는 옥과 같은 고운 외모에 신선 같은 풍채를 띠었고, 빛나는 문장력을 가졌으며, 또한 문하성의 뛰어난 학사이며 홍문관의 이름난 선비라 했다. 그리고 정인필은 부모에 대한 효도와 형제간 우애가 깊을 뿐 아니라 자애롭고 인자하여 세상을 뒤덮을 만한 군자이며, 정인영은 씩씩하고 호방한 기상이 뛰어나며 재주와 기질이 특출나 천고의 영웅호걸이며 세대에 독보적인 열사라고 했다. '그 아버지에 그 아들'이라고 하면서 자신이 아니었다면 네 명의 인물됨이 이처럼 뛰어나지 못했을 것이라 스스로 자랑하는 말을 그치지 않았다. 정태요가 일일이 대꾸하며 정인홍 등의 결점을 지적하고 자기 아들인 상안국 등을 지나칠 정도로 자랑하는 가운데 서로 옥신각신하며 웃음과 다툼이 종일토록 이어졌다. 정삼과 정겸은 즐겁게 웃을 뿐이었고, 여러 공자들은 그윽이 웃음을 머금었다. 이렇듯 기쁘게 웃으며 즐거운 나날을 보냈다.

이빈과 양창명의 귀환, 서태부인의 장성완 걱정

흐르는 물같이 빠른 세월은 화살을 쏜 듯하여 잠깐 사이에 새해를 맞이했다. 새해 인사를 하러 온 손님들이 무리를 이루어 구름처럼 몰려들어 정씨 부중 서태부인이 오랜 세월 장수하시길 기원했다. 높은 수레와 귀한 손님들이 종일 끊이지 않고 찾아와 빛나는 축하 인사를 올렸으나, 서태부인은 옛일을 돌이켜 흐느끼며 나랏일로 인해 멀리 떠난 자손을 염려하는 슬픈 마음이 더욱 새로워졌다. 정삼 남매는 선친을 그리워하는 슬픈 마음이 해가 바뀌고 계절이 변할수록 더했으나, 슬퍼하는 어머니께 걱정을 끼칠 수 없어서 근심되고 슬픈 마음을 내색하지 않았다. 정인성이 돌아올 날이 서너 달쯤 남았으므로 손꼽아 그날을 기다리며 석 달의 봄날이 속히 지나가고 산뜻한 여름이 다가오기를 온 집안이 바랐다.

서태부인은 몽룡이 태어난 것을 가문의 큰 경사로 삼고, 집안과 나라를 짊어질 인재가 될 것을 바랐기에, 손안의 진귀한 꽃인 양 여겨 눈에서 잠시도 떠나게 하지 않았다. 그런데 정월 보름에 이빈과 양창명이 모두 조정으로 돌아온다는 소식이 들리자, 정삼은 어머니께서 갑작스럽다고 느끼실 것 같았지만 그래도 이자염이 부친을 뵈러 가지 않을 수는 없을 것이기에 열흘 정도 친정에 가서 지내기를 허락하며 몽룡이도 함께 데려가게 했다. 이에 이자염은 친정에 돌아가 할머니를 뵙고 이씨 부중 사람들과 함께 서로 걱정하던 마음과 오래도록 애틋하게 그리워하던 정을 나누었다.

이에 앞서 양부인(정기염)은 작년에 태운산 친정에 돌아왔다가 아들 한 명을 낳고 계속 머무르며 정인웅과 함께 홀어머니를 모시면서 세월을 보냈다. 그런데 양창명이 돌아온 까닭에 갓 태어난 아들을 데리고 시댁으로 돌아가게 되었으니, 대화부인의 마음은 말할 것도 없고 서태부인 또한 갑작스러운 이별로 마음이 좋지 않았다. 서태부인은 이자염과 정기염의 작별 인사를 받았는데, 이자염과는 비록 열흘 간의 이별이었지만 긴 이별을 하는 듯 슬퍼하면서 마치 귀한 보물을 잃은 듯했다. 이에 정삼을 돌아보며 말했다.

"이 손부(이자염)는 곧 돌아올 텐데도 이렇게 슬픈데, 하물며 장 손부(장성완)는 친정에 돌아간 때가 오래 지났으니 그 슬픔이 오죽하겠느냐? 인성이와 인광이 두 아이가 비록 집에 없다 해도 그 처자식이 별 탈 없이 잘 있으면 다행이겠지만, 손자며느리 병이 깊어 아직 돌아오지 못하니 어찌 우울하지 않겠느냐? 조금이라도 차도가 있거든 여기로 데려와 해산하게 하는 것이 어떻겠느냐?"

정삼이 답했다.

"며늘아기가 오랫동안 어머니를 받들어 모시지 못해 이렇듯 서운해하시니, 당장 오늘이라도 어찌 데려오고 싶지 않겠습니까. 하지만 추위가 심해 잘못하면 병세를 악화시킬 수 있습니다. 또한 며늘아기는 인광이가 분명하게 자신을 다시 맞아들이려 하는지 알지 못하니 여기에 속히 오는 것을 무안해할 것입니다. 시일이 지체되긴 하겠지만 차라리 친정에서 해산하기를 기다렸다가 월염이를 통해서 인광이의 말을 전한 다음 제가 며늘아기를 불러 돌아오게 하려고 합니다."

서태부인이 고개를 끄덕이며 다시 장성완을 데려오라고 하지는 않았으나, 그 병세를 걱정하는 마음은 날마다 더했다.

반성하는 장세린과 그를 격려하는 연부인

장헌과 박씨는 아침저녁으로 딸의 침소에 가서 딸을 살폈다. 병세가 얼마나 위태로운지, 임신한 지 몇 달째인지는 까마득히 몰랐으나, 다만 사위가 용서한다는 말을 듣고부터는 딸아이가 음식을 평상시처럼 잘 먹는 것이 매우 기뻤다. 그럼에도 장성완은 응설각 안에만 머무르며 사람들이 모이는 곳에는 모습을 드러내지 않았고, 여전히 버림받아 쫓겨난 부인으로 자처하기를 그만두지 않았다. 그러나 의복을 갖춰 입고 부모님을 뵈니, 어찌 지난번처럼 여름옷 한 벌로 견디며 중한 죄를 지은 죄인처럼 지내던 모습에 비할 수 있겠는가. 장헌이 이러한 딸의 아름다운 모습을 보고는 사위 정인광에게 바라는 바가 지나쳐 과한 뜻을 품게 되었다. 사위가 반드시 원망하고 분노하는 마음을 풀고 화기애애하게 굴며, 머지않아 딸아이를 환영하고 자기를 장인어른으로 대접하여 사위의 도리를 다하리라는 생각에 기뻐하며 즐거워했다. 또 정염의 고집스럽고 강한 성격이 너그럽고 유하게 바뀌어 자기와 더불어 사이좋게 지내기를 약속하고 아들(장세린)을 허락해 사위로 맞이하지 않을까 하는 기쁜 생각이 끝이 없었다.

손자 장현윤이 먼저 돌아와 외가 식구들의 이야기를 대강 옮겼는데, 정염의 뜻이 이러이러하게 굳고 정인광 또한 이러이러한 나라의 명령을 받들어 촉 땅으로 가면서 숙모(장성완)께 글을 남긴 바를 전했다. 장헌이 기대하고 예상했던 바와 달라 매우 낙심했지만, 사위가 비록 자기를 좋게 여기지는 않더라도 정삼이 자기 부녀를 한결같이 은혜롭게 대우한다면 딸아이의 앞날이 좋아질 것임을 짐작할 수 있었다. 그러나 장세린의 부부 인연은 어느 세월에 이루어질지 알 수 없으니, 우울하고 슬퍼서 즐겁지 않았다. 장세린 또한 정염이 그 과격한 고집 때문에 고명딸을 평생 홀로 지내게 하기로 결심한 것을 쉽게 되돌리지 않으리라는 것을 모르지 않았다. 하지만 정성염이 혼인을 못 하게 된 것이 자기로 인해 비롯된 일이니, 정성염의 앞날은 자기에게 달려 있기에 결국에는 혼인을 할 수 있지 않을까 하는 마음에 조급하게 생각하지 않으려 했다.

장세린은 자신 때문에 부친의 잘못이 더하게 되어 몸 둘 바를 몰랐다. 아버지와 형은 평소 자신을 사랑으로 보듬고 맹렬한 위엄을 부리지 않았기에 한 장 그림 때문에 생사를 오갈 정도의 병을 앓아 걱정을 끼친 일에 대해 죄로 다스리거나 꾸짖지 않았다. 그렇다고 본래 천성이 총명하고 빼어난 장세린이 이 일이 어찌 허물이 된다는 것을 모르겠는가. 오래도록 부끄러워하며 사람을 마주할 면목이 없었는데, 아버지가 엉뚱한 행동과 말실수로 정씨 부중 사람들에게 조롱당하고 정염 부자의 업신여김을 받으니 이는 다 자기의 불초한 죄라고 생각하여 고통스러운 형벌로 자기 스스로를 벌주어 그 죄를 대속하고자 했다. 그러나 부모님께 받은 몸을 해하는 것 또한 큰 죄여서 자기 마음대로 벌할 수도 없었다. 이에 자책하다가 누나(장성완)가 두문불출하는 태도를 본받아 오직 부모님께 아침저녁으로 문안 인사만 드릴 뿐 돌아다니며 사람들을 만나지 않았다. 술도 아예 끊고 마시지 않았으며, 놀기 좋아하는 호방했던 성품이 갑자기 조용하게 변했을 뿐만 아니라, 부친이 정염의 고집스러움을 한스러워하며 탄식하자 순순히 자기의 허물과 죄를 일컬으며 괴로워하지 마시라고 간절히 빌었다. 아울러 자기의 잘못을 깨달았으며, 전날 죽을병을 앓고 위태롭던 일이 한심스럽다며 다시는 신경 쓰지 않겠다고 말씀드렸다. 그 얼굴빛과 하는 말이 온순하면서도 조심스러워 불효한 자신을 스스로 용납하지 못하니, 연부인이 이 같은 아들의 모습을 매우 다행스럽게 여기고 진정 기뻐하며 말했다.

"꾸짖고 경계하지 않아도 이렇듯 스스로 허물을 깨달아 행실을 닦으니 어찌 이전보다 더 기특하지 않겠느냐. 내가 요사이 살펴보니 네가 수선당에 거처하면서 사람을 일절 만나지 않고 스스로 죄준다고 하니, 너의 뜻이 어떠하기에 그렇게 행동하느냐? 남의 귀한 가문의 소중한 딸의 앞날을 망쳤으니, 비록 음란하고 도리에 벗어난 행동은 아니었으나 자연스레 그 허물이 너에게 있음을 깨달아 후회하는 것이냐? 아니면 아버지가 너로 인해 다른 사람에게 조롱거리가 되니 불효를 스스로 탄식하여 조용하게 지내면서 그 죄를 면하고자 하는 것이냐?"

장세린이 공손하게 얼굴빛을 고치며 대답했다.

"못난 제가 어리석고 무식하여 무의미한 데에 취했습니다. 그림 한 장에 마음을 빼앗기고 위험한 병까지 걸려 생과 사를 오갔으니, 그 행실이 저속하고 음란한 것은 변명하지 않겠습니다. 다만 규범을 범하는 죄는 짓지 않았습니다. 그 사모하던 마음은 부끄럽지만 군이 정씨 가문에 뚜렷하게 지은 죄는 없습니다. 어찌 이 일로써 죄를 자처하며 사람 대하기를 부끄러워하겠습니까. 그러나 제가 못난 까닭에 아버지께서 체면을 잃으셨으니, 제가 아무리 못났어도 이 지경에 이르러 어찌 마음이 편안하고 행동거지를 평상시와 다름없게 하겠습니까. 정염 부자에게 허다한 욕을 당하신 일을 생각하면 마음이 쓰리고 한스럽지만, 그 일의 근본은 모두 저로부터 비롯된 것입니다. 아버지와 어머니께서 채찍으로 저를 꾸짖어 다스리셨다면 제가 만에 하나라도 죄를 덜었겠지요. 하지만 도리어 죄인인 저를 사랑으로 감싸주시고 죄로써 다스리지 않으시니, 못난 제가 스스로 몸을 괴롭게 하는 형벌을 내려 죄를 대속하고자 한 것입니다. 그러나 부모님께서 내려주신 몸을 차마 훼손하고 벌하지 못하기에 수선당에 조용히 거하면서 스스로 죄를 꾸짖고 허물을 고치려고 노력하고 있습니다. 그러니 어찌 사람들 있는 곳에 나갈 수 있겠습니까.”

말을 마치고 진심으로 슬퍼하니, 연부인이 어루만져 위로하며 말했다.

“능히 선한 마음을 되찾고 잘못을 두 번 다시 저지르지 않는 것은 맹자께서 옳다고 여기시는 일이다. 네가 이제 그것을 본받으려 하니, 애초에 허물이 없던 것보다 더 성숙한 모습이다. 어찌 다행스러운 일이 아니겠느냐.”

장세린이 감사해했고 장희린도 매우 기뻐했으나, 장헌과 박씨는 특별히 기뻐하지 않았다. 오히려 궁상맞게 수선당 깊은 곳에서 문을 닫고 머리를 웅크린 채 죄지은 사람처럼 지내는 것을 복이 없다고 여기면서, 까닭 없이 꺼림칙한 행동을 하지 말라고 했다.

장헌은 며느리 정월염에게 정염의 뜻을 다시 물어보았다. 장세린과 정성염의 혼인이 가망이 있을까 싶어 이야기를 꺼낸 것이다. 정월염은 사촌 동생이 아직 나이가 어려 숙부께서 혼인을 조급하게 생각하지 않는다고 했다. 또 아직은 분노의 감정이 깊어 딸을 혼인시키지 않기로 하셨으나, 어차피 다른 가문으로 시집보낼 수는 없으니 자연스레 혼인이 이루어질 것임은 염려하지 않으셔도 된다고 말씀드렸다. 이에 장헌이 기뻐하며 말했다.

"그렇게만 된다면 매우 다행스러운 일이니, 어찌 혼인이 성사되기를 재촉하겠느냐."

장성완의 임신 소식을 듣고 기운을 차리는 박씨

이때 장희린 형제가 장성완의 위급한 병을 애타게 걱정하는 중에, 부모님이 지나치게 염려하시어 건강을 해치게 될까 봐 허둥지둥 어찌할 바를 몰랐다. 이에 자지도 먹지도 못한 채 부모님을 모시면서 '이렇게 몸을 돌보지 않고 걱정하시는 것이 누님의 병을 낫게 하는 데에 무익하다'고 아뢰었다. 아울러 누님의 비상한 기질과 지극한 덕이 여기서 끝나지 않을 것이라 말씀드리며 간절히 몸을 돌보시기를 권했다. 그러나 장헌과 박씨는 두 아들의 말을 듣지 않고 내내 슬퍼하며 애간장을 태워 두 사람 또한 곧 죽을 듯한 지경에 이르니, 집안의 참담함을 어디에 비할 수 있겠는가.

연부인은 장헌과 박씨처럼 과도하게 굴지 않았으며, 십분 참고 억제하면서 철없이 울부짖거나 꺼림칙한 행동을 하지 않았다. 그러나 딸아이를 사랑하는 마음은 그들 못지않아 슬픔을 감출 수 없었다. 딸의 위태로운 증세로 보아 살 가망이 없을까 걱정하며 애태우는 마음이 어찌 장헌과 박씨보다 덜하겠는가. 이에 밤낮 응설각에 와서 딸아이를 붙들고 마음속으로 슬퍼하고 탄식하며 가슴 아파했다. 정월염과 주성혜와 양혜완 역시 시누이의 병이 회복하기 어렵고 또 시아버지와 두 어머니께서 근심으로 애태우며 몸을 돌보지 않으시니, 어찌할 바를 모르고 슬피 울며 정신없이 날을 보냈다. 장헌과 박씨 그리고 연부인 모두 비쩍 마르고 수척해지니, 며느리들은 놀랍고도 근심스러워 한때를 쉬지 못하고 여러 날 음식을 먹지도 못한 채 지성으로 구호했다. 그러다 정월염은 연부인을 뵙고 하늘의 도가 어그러지지 않았다면 괜찮아질 것이라 아뢰며 시누이의 임신 소식을 박부인께 알려 그 슬픔을 조금이나마 위로하는 것이 어떨지 여쭈었다. 그러자 연부인이 깊은 한숨을 쉬며 말했다.

"네 말이 비록 일리가 있으나 지금 이 시대가 어둡고 혼탁하여 착한 이에게 임하는 신령의 보응이 거꾸러지고 없어진 지 오래되었으니 가히 믿을 바가 못 된다. 병이 이 지경에 이르렀으니 어찌 쉽게 회복하기를 바라겠느냐? 그 스러져가는 자식의 모습을 대하는 부모의 마음 또한 애간장이 녹는 듯하고 살얼음을 디디는 것처럼 위태로울 수밖에. 신중하지 못한 박씨의 성격으로 자식을 따라 죽고 싶어 하는 것이 어찌 이상하겠느냐. 하지만 그렇다고 진짜 죽지는 않을 것이니, 박씨가 온 마음을 다해 애태우며 근심하긴 하나 지나치게 위태롭지는 않을 것이다. 지금껏 딸아이가 임신한 경사를 밝히지 않는 것은 그 아이가 굳이 그 사실을 알리고 싶어 하지 않았기 때문이다. 하지만 지금 박씨가 이렇듯 몸을 돌보지 않아 이러다가는 딸보다 먼저 죽게 생겼으니, 그 말을 전해 박씨를 위로한다면 또한 다행스럽지 않겠느냐?"

"시누이가 임신한 지 여러 달째인 사실을 취란정 어머니(박씨)께 아뢰면 반드시 기뻐하실 겁니다. 애태우시던 중에 다행스러워하실 것이나, 시누이가 무사히 해산하기를 절실히 바라며 산천에 기도하고 사찰에 가서 축원하실 듯합니다. 만일 그렇게 된다면 제가 한 일이 유가의 큰 덕을 저버리는 것이고 또한 체면을 잃으시면서까지 지나치게 그 사실을 널리 알리실까 봐 걱정스럽습니다. 하지만 눈앞에서 그렇듯 슬퍼하시는 것을 보면서 그런 자질구레한 부끄러운 일은 차마 생각할 겨를이 없습니다."

연부인이 고개를 끄덕이며 말했다.

"바로 내 뜻과도 같구나. 박씨가 기력을 수습하고 정신을 모아 기도할 마음이 생긴다면 다행한 일이다. 지금 그 위태로움이 딸아이와 다름이 없는데 어찌 사소한 염려를 생각하겠느냐? 박씨가 원래 신령을 모신 사당과 불교의 도리를 좋게 여기지만 딸아이의 병에는 실로 방법이 없는 줄로 알아 다만 애를 태우며 몸을 상할 뿐이었다. 이 어찌 참담한 상황이 아니겠느냐?"

말을 마치고 곁에 있던 심부름하는 아이에게 명하여 박씨를 모셔 오게 했다.

이날 장성완은 정신이 가물가물하다 인사불성이 되어 마치 주검과 같았다. 이에 장헌과 박씨는 차마 딸을 보지도 못한 채 정당에서 발을 동동 구르고 가슴을 두드리며 하늘을 원망할 뿐이었다. 그 모습이 반쯤 미친 사람들 같았다. 두 공자가 부모님을 모시며 정도가 지나치다고 말씀드리고 애태우며 허둥지둥 어찌할 바를 몰랐다. 이때 연부인이 찾는다는 소식을 듣자 박씨가 더욱 놀라고 의아해하면서 벌떡 일어나 말했다.

"딸아이 목숨이 분명 끊어진 게야."

그러면서 한 번 걸음에 열 번 엎어지며 가는 것이 정말 머지않아 죽을 사람처럼 상태가 위태로웠다. 두 아들과 며느리들이 몹시 근심하며 박씨를 양옆에서 붙들어 부축하여 응설각에 이르렀다. 연부인은 장성완이 덮고 있던 비단 이불을 젖히며 아직 죽지 않았다고 이르고는 소리 높여 우는 박씨를 진정시켰다. 그리고 딸아이가 임신한 지 여덟 달이 되었다는 사실을 전하고, 병세가 비록 위중하긴 하나 목숨이 위태로울 정도는 아니라고 했다. 또한 다행히도 뱃속 태아가 아무 탈 없이 건강하다고 말하며 박씨의 손을 잡아당겨 장성완의 배를 함께 어루만졌다. 박씨가 처음에는 매우 슬퍼하며 딸아이가 죽는 것을 보느니 먼저 죽는 것이 낫겠다며 아무 소리도 귀담아 듣지 않다가, 연부인의 말을 듣고 나서는 매우 기뻐하며 슬픔을 잊고 딸아이의 배를 살펴보니 과연 임신한 것이 맞았다. 박씨는 스스로 자신이 총명하고 슬기로우며 세상 물정에 모를 일이 없다고 자칭했으나, 허망한 뜬 기운과 가볍고 성급한 성품이 볼품없을 뿐이고 실로 아는 것이 없었다. 다만 임신부의 배를 살펴보면 대강 남녀를 분간할 줄 알며, 또 쌍둥이인지 아닌지도 알 수 있었다. 딸아이의 뱃속 태아가 분명 한 명이 아닌 것 같은데, 좌우로 움직이되 편안하여 불평치 않는 것을 보니 의아하여 헤아리기 어려웠다. 이에 얼떨떨하여 말이 없다가 조금 뒤에 입을 열었다.

"세상 물정이 그 이치에서 벗어나는 일은 없는데, 어찌 죽은 이의 뱃속 태아가 편안히 좌우로 남녀가 나뉘어 있는 것인지……. 부인은 어떻게 생각하시나요?"

연부인이 대답했다.

"자네의 말이 지나치도다. 딸아이의 병이 위중하긴 하지만 아직 엄연히 살아 있는데, 어찌 죽었다고 말하는가? 옛적에 죽은 여인의 뱃속에서 아이가 태어난 적이 있으나, 지금 세상에 그런 일은 들어보지 못했네. 딸아이가 무사히 해산하는 일은 시간이 지나면 분명 이루어질 텐데, 뱃속의 태아가 편안한 것이 어찌 이상하겠는가? 하물며 딸아이가 오래도록 장수의 복을 누릴 것이라 자식 경사가 더 있을 것이네. 그러니 자네는 성급히 죽으려고 하지 말게. 재앙과 축복은 하늘에 달렸으니 능히 사람의 힘으로 어쩌지 못하는 것이네. 자식이 병들어 부모가 슬퍼하고 근심하는 것이 당연하겠지만, 그렇다고 자식보다 먼저 죽기를 바라는 것은 자네와 상공에게서 처음 보는 일이네. 이는 도리어 딸아이의 효성을 상하게 하는 것이기에 애달프다네."

박씨가 장성완의 머릿결을 쓰다듬으며 손을 어루만지고는 심히 기뻐하며 미더워했다. 그리고 마음을 굳게 먹고 온 힘을 다해 딸아이를 살리겠다고 다짐했다. 그러면서 스스로 이렇게 생각했다.

'연부인과 며느리들이 지극정성으로 밤낮 돌보니, 내가 구호한다 해도 그보다 더하지 못하고 도리어 훨씬 부족할 것이다. 성완이를 저들에게 맡겨두고 나는 억만금 재산을 들여 신기한 술사를 찾아 천지신명과 여러 부처와 일월성신께 기도하여 딸아이의 장수와 축복을 빌어야겠다. 정성이 지극하면 하늘이 감동하고 금과 비단을 뿌리면 귀신도 사귈 수 있다고 하지 않았는가. 딸아이가 이미 시댁으로부터 용서를 얻었고 임신한 지 여덟 달이 되었으니, 이제 병을 회복한다면 높고 귀하게 대접받는 일은 근심하지 않아도 될 것이다. 원래 귀신이 있기 때문에 저승과 지옥이 있어 어둡고 혼탁한 인간 세상의 어질지 못한 이를 징계하는 것이지. 딸의 높은 절개와 밝은 행실은 귀신과 사람이 함께 감동할 정도이니, 이깟 병에 살지 못하면 진정 하늘의 도는 없는 것이다. 요괴롭고 간교한 소채강이 본처가 쫓겨난 일을 남몰래 기뻐하고 거만하게 정인광의 방을 차지하여 영원히 누리기를 바란다면 이 어찌 죄와 허물이 아니겠는가? 인간 세상에서 형벌로 다스려야 할 뿐 아니라 그 죄를 역사책에 기록해야 할 것이다. 내 당당히 딸아이의 위태로운 병을 소채강에게 돌려보내고, 소씨의 건강하고 편안한 상태를 딸아이에게 돌아오게 할 것이다. 이 일을 도모하는 것은 귀신의 조화가 아니면 불가능할 것이다. 신통한 사람을 널리 찾아 위로는 하늘의 문을 두드리며 아래로는 토지신을 흔들어 원망을 없애고, 사찰에서 기도하여 하늘과 토지신이 함께 마음 아파하며 감동하도록 할 것이다. 그리하여 딸아이의 수명을 연장하고 복을 도탑게 하여 다시 시댁으로 돌아가면 평생 눈앞에 거슬리는 것이 없게 만들고, 소채강은 지옥에 들게 하여 천만겁이 지나도록 다시는 사람의 도리를 얻지 못하게 하고야 말리라.'

생각이 이에 이르자 행여나 근심으로 상한 기력이 미치지 못해 큰 일을 그르칠까 하는 염려가 끝이 없었다. 갑자기 죽으려고 했던 마음이 아득히 멀어졌으며 살아야겠다는 뜻이 매우 격렬하게 타올랐다. 그래서 누가 권하지 않았음에도 기력을 보충할 만한 맛 좋은 음식과 과일을 먹으려 했다. 이에 정월염이 진수성찬을 차려 드리며 드시기를 청하고 기쁜 목소리와 밝은 얼굴빛으로, 시누이가 병을 회복하여 두 집안의 부모님께 불효를 더하지 않을 것이라 말씀드렸다. 그 말이 나긋나긋하여 박씨의 우울한 마음이 훤히 트일 뿐 아니라 빛을 잃었던 두 눈이 환하게 밝아졌다. 정월염의 말이 순리에 맞으니, 그 말을 듣고는 온갖 근심을 쓸어버리고 밥상을 마주하여 숟가락을 들었다. 차려진 밥상에 반찬 가짓수는 많지 않았지만 입맛에 맞는 반찬들이 여러 날 굶은 목구멍과 위장을 기름지게 하니, 눈 깜빡할 사이에 얼굴에는 온화한 빛이 돌았다. 실로 바짝 마른 나무에 비와 이슬이 내려 촉촉이 젖은 것과 같았다. 박씨가 다 먹은 뒤 상을 물리고 몸을 일으키며 말했다.

"총명하고 통달하신 부인과 효성스럽고 신실한 며늘아기가 내 딸의 생사를 어림쳐서 그릇되게 말씀하지는 않았겠지요. 내 비록 성완이를 낳았으나 기르고 가르친 공은 부인께 있으니, 그 의리가 천성보다 못하지 않습니다. 내가 저를 위해 죽을지언정 구호하지 못할 뿐 아니라 그 모습을 볼 때마다 마음이 아프니, 차라리 따로 떨어져 지내면서 보지 않는 것이 나을 듯합니다. 어진 며느리들이 부인을 모시고 여기에 있으면서 구호하고 또한 충성스럽고 근실한 난취와 설난 등이 병을 돌본다면 내가 근심할 것이 없습니다. 다만 저 하늘이 목숨을 구해주시고 말없이 도우시어 딸아이의 위독한 병을 거두어주시길 바랄 뿐입니다."

박씨가 말을 마치고 침실로 돌아갔는데, 발걸음의 빠르기가 이전에 제대로 걷지도 못하고 엎어지던 때와는 전혀 달랐다.

장헌을 위로하고 장성완을 진맥하는 정삼

정월염이 박씨를 침소에 모셔다 드린 뒤 잠깐 자기 처소로 돌아가 술과 밥을 차리고 장현윤을 불러 말했다.

"할아버지(장헌)께서 사오일간 주무시지도 못하고 식사도 못 하셨으니, 숙모(장성완)에 대한 근심에 더해 두렵고 걱정되는 마음이 크구나. 네가 마땅히 외가에 가서 외할아버지(정삼)를 뵙고, 숙모의 병 때문에 할아버지와 할머니께서 과도히 염려하고 계시다고 아뢰고 오너라. 외할아버지께서 직접 오셔서 네 숙모의 병을 보실 뿐만 아니라 할아버지의 초조한 근심을 위로하시어 과도하게 걱정하시는 마음을 덜게 하실 것이니라."

장현윤이 어머니의 말씀대로 정씨 부중에 가서 외할아버지께 인사드린 뒤 숙모의 병으로 인한 근심과 할아버지 내외가 통탄하고 슬퍼하며 지나치게 염려하심을 아뢰었다. 정삼은 장성완에게 가보려 했으나 낮에는 어머니를 모시느라 잠시도 떠나지 못했고, 요사이엔 형이 머나먼 전장에서 보내온 승전 소식을 담은 편지가 도착해 온 집안이 매우 기뻐하며 축하하러 온 손님들이 구름 모이듯 몰려들었으므로 틈을 내지 못해 한동안 장씨 부중에 가지 못했다. 그러나 잊고 있던 것은 아니었기에, 며느리의 병이 깊고 증세가 위태한 바를 내색하지 않고 걱정했으나 서태부인의 심려를 일으킬까 두려워 위태롭다는 말씀은 드리지 않았다. 그런데 장현윤이 전하는 말을 들으니 더욱 놀랍고도 참혹하여 즉시 어머니 계신 방에 들어가 장씨 부중에 다녀오겠다고 아뢴 뒤 곧장 출발했다.

정삼은 정인경과 장현윤의 호위를 받으며 협문을 통해 장헌이 있는 문희당에 이르렀다. 장희린이 부친을 모시고 있다가 정삼이 온 것을 보고 빨리 마당으로 내려와 인사하며 맞았고 장헌 또한 일어나 맞이했다. 그런데 장헌의 얼굴이 무척 야위어 있었다. 애태우느라 파리하게 수척해졌을 뿐 아니라 참혹하고 고통스러운 모습에다 눈물이 글썽글썽한 눈은 약간 부어 있었다. 정삼이 이미 전해 들었으나 장헌의 모습을 보니 며느리의 병세를 묻지 않아도 알 만했다. 정삼이 막 장헌에게 말을 걸려고 했는데, 장헌이 갑자기 소매를 들어서 얼굴을 가리고 목 놓아 울면서 말했다.

　"내가 함부로 행동하고 예의가 없으며 자애롭지 못하고 총명하거나 어질지도 못해 딸자식의 나이가 열 살이 안 되었을 때 기이한 재앙을 안겨 죽을 곳에 밀어 넣었습니다. 그때 죽지 않은 것은 천지신명이 도운 것이었지요. 그런데 마침내 오랜 근심으로 마음이 상한 것이 병이 되어 저 아이의 목숨을 끊게 생겼습니다. 이제 인사불성이 된 지 사오일이지만 이 병을 다스릴 방법이 없으니, 이는 내 손으로 자식을 죽이는 것이나 마찬가지입니다. 어찌 골육을 해치는 사납고 독한 사람과 다르겠습니까?"

　장헌이 본래 인정이 없고 자식을 사랑하는 법을 모르는 사람이었으나 지금은 더없이 고통스럽고 한스러워했다. 자식을 잃은 슬픔으로 눈이 먼 자하의 상황과 다름없어 보였다. 만약 장성완이 죽는다면 자신도 따라 죽어, 어린 자식을 해친 불인한 자로서 무덤에서 용서를 구하고 부모와 자식 간의 도리를 저승에서나 이루고 싶어 하니, 그 고통과 근심과 애처로움이 어떠하겠는가? 장헌은 말하는 중에도 기운이 막힐 듯하니, 장희린과 장현윤이 좌우로 붙들며 걱정하고 당황하여 어찌할 바를 몰랐다.

정삼이 며느리를 가엾게 여기며 어루만지니, 그 사랑이 어찌 장헌이 딸을 사랑하는 것과 같지 않겠는가. 또 그 위태로운 모습을 보고 애태우며 걱정하는 것이 어찌 장헌이 근심하며 마음 졸이는 것과 다르겠는가. 그러나 사리와 체면상 무익하게 슬퍼하며 아파하는 모습을 보이지 않았다. 또 며느리의 운명이 지금은 위태로우나 오히려 그 타고난 수명이 다하지 않았음을 알고 있었다. 장헌의 말을 듣고는 내색하지 않았으나 슬피 여겼고, 며느리의 상태를 걱정했으나 오히려 밝은 태도로 위로의 말을 전했다.

"제가 홀로 계신 어머니를 모시느라 자리를 비우지 못했고, 또 자질구레한 사고가 연이어 일어나 오랫동안 이곳에 오지 못했습니다. 며느리의 병을 친히 살피지 못해서 진정 우울하고 걱정스러웠는데, 현윤이가 전하는 소식을 듣고 며느리의 병세가 요새 더욱 위중해져 인사불성이 되었음을 알고는 놀랍고 근심을 떨칠 수가 없었습니다. 제가 비록 밝히 알지는 못하나, 수명을 다 누릴 운수인지 귀하게 될 생김새인지 요절할 상인지 아닌지는 대략 깨우쳤습니다. 우리 며느리의 어진 성품과 덕성으로 볼 때 지금은 생사를 걱정할 때가 아닙니다. 분명 좋은 때를 맞을 텐데, 어찌 형은 이렇듯 과도하게 상심하고 애태우며 근심하시는 것입니까? 여러 해 전 참혹한 재앙에도 살았으니, 남은 불행이 다 끝나지 않아 지금 생사의 갈림길에 서 있으나 병으로 인해 죽지는 않을 것입니다. 형은 제 말을 허황하다고 여기지 말고 무익한 심려를 더십시오. 그리고 둘째 희린이가 걱정하는 바를 돌아보시고, 또 우리 며느리의 효성을 헛된 곳에 돌아가게 하지 마십시오. 어찌 천금같이 귀한 몸을 생각하지 않고, 딸아이가 죽으면 나도 살지 않겠노라 하십니까? 비녀 꽂은 아녀자와 치마를 두른 부인이라도 경솔하게 내뱉지 않는 말을 형이 이렇듯 함부로 꺼내어 주변 사람들을 근심하게 하십니까?"

그러고는 장희린을 돌아보며 말했다.

"네 아버지가 수척해진 것을 보니 제대로 걷지도 못하실 듯하구나. 술과 밥상을 여기에 차려와 드시게 해라."

이에 장희린이 무릎을 꿇고 앉으며 말했다.

"천지신명이 저희를 돕지 않으시어 누님에게 위급한 질병이 닥쳐온 데다 부모님께서 애태우며 염려하시느라 침식을 오래도록 거르시기에 이르렀습니다. 저희가 위로해도 그 걱정이 덜어지지 못해, 날마다 기력이 더 손상되어 가십니다. 두렵고 걱정되는 마음을 어찌 다 아뢰겠습니까? 오늘 귀한 가문의 대인께서 누추한 곳에 왕림하셔서 아버지의 쇠약하고 손상된 몸을 염려하시며 누님의 위급한 증세를 살펴주시니 진실로 감사할 따름입니다. 은혜가 골수에 사무치도록 다행스러운 일이니, 이 고마움을 어디다 비할 수 있겠습니까?"

말을 마치고 은혜에 감사해하며 또한 다행스러워하는 빛이 얼굴에 가득했다. 장희린은 즉시 내당으로 들어가 술과 밥을 차려달라고 했다. 정월염이 이미 마련해 놓은 상태라 빨리 받들어 내보내자 장희린은 부친의 밥상을 받들었고 장현윤은 정삼의 밥상을 받들어 앞에 가져왔다. 장헌이 손을 저으며 상을 치우라고 하고는 눈물을 끊임없이 흘리며 말했다.

"여백(정삼)이 나를 염려하여 침식을 그만두지 말라고 하니 감격스러우나 오히려 내 마음을 잘 알지 못하는 것입니다. 음식을 먹으려해도 칼을 삼킨 듯하고 잠을 자려 해도 바늘침 위에 앉은 듯하니, 이때문에 먹지도 자지도 못하는 것입니다. 침착하지 못하고 과도한 행동임을 내 어찌 모르겠습니까. 하지만 어진 딸자식을 온갖 방법으로해쳐 심혈을 사르며 마음 끊어버리기를 그지없이 했으니, 비록 800년을 장수한 팽조처럼 오래 살 수 있는 골격을 타고났다고 한들 어찌제명대로 살 수 있겠습니까? 자식이 오랜 근심으로 인해 마음이 상하고 이렇듯 젊은 날에 죽게 되는 것이 다 내 탓입니다. 자식에 대한정과 인륜의 중함은 말할 것도 없고 사람의 생명이 지극히 중한데,나 때문에 자식이 죽게 생겼으니 어찌 편안하게 아무렇지 않은 듯 먹고 자는 일이 평안하겠습니까? 그러니 여백은 행여나 이상하게 생각하지 마십시오."

정삼이 마음속으로는 슬프게 여겼으나 얼굴빛을 밝게 하고는 웃으며 말했다.

"세상에 부모를 잘 섬기는 자식과 자식을 잘 아는 어버이가 부모의근심과 자식의 병 앞에서 애태우고 허둥거리는 것이 어찌 이상하겠습니까. 그러나 이 때문에 자식보다 먼저 죽는 사람이 있다는 소리를듣지 못했습니다. 며느리의 오랜 근심으로 인한 병의 증세로 형은 스스로 자식을 해쳐 죽기에 이르게 했다고 하나, 이미 재앙을 겪었음에도 목숨을 보전하여 죽을 땅에서 살아났는데 이제 무엇 때문에 헛되이 세상을 버리려고 합니까? 제가 비록 어질지 못하며 자식을 사랑하는 정이 두텁지 못하나, 어버이로서 며느리를 위한 정과 가련하게 여기는 마음이 아들과 다르지 않습니다. 우리 며느리가 이 병으로 인해 살지 못한다면 그 참혹한 고통을 어찌 말로 다 하겠습니까? 제가 일찍이 거짓된 말을 한 적이 없는데, 형은 어찌 이처럼 제 말을 믿지 않으십니까? 형의 자애가 도를 넘고 지난 일을 후회하는 마음이 지극하여 한마디 말로 그 뜻을 돌이키지 못하겠지요. 하지만 며느리가 죽으면 형이 따라 죽을지언정, 아직은 며느리가 죽지 않았으니 형이 또한 살아야 그 끝을 볼 수 있을 겁니다. 애태우다 먼저 죽으면 며느리가 뜻밖에 살아나더라도 그 불효를 감당하기 어려울 것입니다. 부친이 자기 때문에 애태우며 걱정하다가 죽었다면 어찌 그 죄를 견디며 살 수 있겠습니까? 이는 딸자식을 사랑하는 마음이 지나쳐 도리어 불효를 저지르게 하는 것이니, 그러지 않는 것이 마땅합니다."

말을 마치고는 밥그릇 뚜껑을 열고 젓가락을 들어 장헌의 손에 쥐여주며 먹기를 권했다. 장헌이 비록 아는 것 없고 말이 통하지 않는 위인이었으나 정삼이 하는 말은 매우 신뢰했다. 정삼이 이렇듯 정성껏 권하자 고맙게 생각하며, 딸아이가 살아날 수 있지 않을까 싶어 억지로 음식을 먹었다. 정삼이 잔을 들어 장헌에게 권하며 식음을 전폐하는 것은 옳지 않은 일임을 재차 말하고, 그 부자와 조손이 모두 식사하고 나서 함께 들어가 장성완의 병세를 진찰하려 했다. 이에 장현윤을 돌아보며 말했다.

"네가 먼저 들어가서 네 어미에게 내가 왔음을 말씀드리고, 병소에서 보게끔 하거라."

장현윤이 즉시 들어갔고, 장헌 부자가 뒤를 이어 정삼을 인도해 옹설각에 다다랐다. 연부인은 침전으로 가고, 정월염이 와서 병소를 치우며 장성완의 머리를 남쪽으로 향하게 두고 정삼과 장헌을 맞이했다. 정삼은 조카딸의 인사를 받고 반겼으나, 며느리가 인사불성인 채 시신처럼 누워 있는 것을 보고는 빨리 나아가 앉아 상태를 살폈다. 과연 죽은 사람 같고 산 사람의 모습은 아니었다. 몸은 마른 나무 같고 몸빛은 식어버린 재 같았다. 얼음과 눈 같은 얼굴에 반점 혈색이 없으니, 진실로 얼음을 깎아 만든 사람이요 눈으로 지은 형상이라 피와 살을 지닌 사람이라 할 수 없었다. 길게 자란 머리카락은 빗질하지 않은 지 여덟 달이나 되었으나 난초 기름을 갓 바른 듯했는데, 옥 같은 귀밑과 수정 같은 이마를 덮고 있었다. 지난날 훌륭하고 뛰어났던 모습에 비추어보면 그 모습이 너무도 달라져 있었다. 정삼은 안타까워하며 바삐 맥을 짚어보니, 실낱같은 맥이 뛰고 있었다. 그러나 겉모습만 보아서는 전설적인 명의가 돌아온다 해도 살릴 방도가 없을 것 같았다. 상태가 이러하니, 장헌이 죽어서 이 모습을 보지 않으려고 하는 마음이 어찌 이상하겠는가. 정삼이 장성완의 손을 쥐고 애처로워 쉽게 말을 못 하니, 장헌이 조급해하며 물었다.

"여백은 성완이가 이 병으로 죽지 않을 것이라 말하더니, 이 모양을 보고도 살 가망이 있다고 할 수 있겠습니까? 틀림없이 죽을 때를 기다리는 형상이니, 아마도 죽음이 썩 가까이 다가왔는가 싶습니다."

정삼이 근심 어린 얼굴을 풀고 장헌의 손을 이끌어 장성완의 맥이 뛰는 정도를 알려주며 말했다.

"죽은 사람이면 맥이 뛰는 정도가 이렇지 않을 것인데, 어찌 그렇듯 초조해하십니까?"

장헌이 말했다.

"이 실낱같은 맥이 곧 끊어질 듯한데, 어찌 초조하지 않겠습니까?"

정삼이 대답했다.

"비록 위태롭고 근심스러우나 그래도 몸의 원기를 살피니 죽을 것 같지는 않습니다. 제가 의술의 이치에 대해서 조금은 깨달은 바가 있으니, 모름지기 헛되이 여기지 마십시오."

이렇듯 말하는 사이에 시종이 소수가 방문했다고 아뢰었다. 정삼과 장헌이 급히 일어나 맞이해 들어오니, 소수가 정삼에게 물었다.

"장 소저의 병을 살펴보니 그 증세가 어떠하던가?"

정삼이 대답했다.

"겉모습을 보아서는 살 방도가 아득하나, 맥이 뛰는 정도를 보니 미더운 것이 있었습니다."

소수가 말했다.

"맥이 아주 끊어졌어도 이 아이는 지금 죽을 운명이 아니네. 그러니 후백(장헌)은 과도하게 상심하지 말고 여백 또한 염려치 말게나. 다만 저 아이가 올해와 내년에 참혹한 액을 당할 운수 때문에 질병으로써 활기를 잃은 것이니, 어찌 생사를 넘나드는 것이 이상하겠는가."

말을 마치고 문을 열고 들어가니, 정월염이 예를 갖춰 절을 올렸다. 소수가 본래 정월염을 친조카며느리처럼 사랑했기에 겸손하게 답례하며 병으로 인한 근심에 대해 인사를 나누었다. 또 정잠이 전쟁에서 크게 승리한 것을 축하하니, 정월염이 다 듣고 나서 자리에서 일어나 공경해 마지않았다. 소수가 드디어 장성완 앞에 나아가 앉아 살펴보니, 비록 불행한 운수와 때에 따른 운명을 알고 있으나 자연스레 참혹하고 안타까워 크게 탄식하며 말했다.

"어렸을 적 험한 액운이 어찌 이와 같은 사람이 있단 말인가. 죽지 않은 게 오히려 이상할 정도로다. 지금 오랜 근심으로 쌓인 질병이 발하여 위중한 상태에 이르렀으니 어찌 이상하다고 하겠는가."

그러고는 정삼을 돌아보며 말했다.

"내가 여름에 우연히 하늘의 일월성신이 돌아가는 현상을 바라보다가 장 소저와 자네 아들의 주성을 살펴보니 아들을 낳을 길한 기운이 빛을 내고 있었네. 그런데 장 소저는 병증이 크게 일어나 재앙의 운수가 가볍지 않았네. 그래서 내가 잠깐 방사의 술법으로써 아들 낳을 길한 기운을 가린 것이라네."

(책임번역 한정미)

현대역 완월회맹연 6: 소교완 모자의 평지풍파

1판 1쇄 발행일 2024년 8월 19일

완월회맹연 번역연구모임

발행인 김학원
발행처 (주)휴머니스트출판그룹
출판등록 제313-2007-000007호(2007년 1월 5일)
주소 (03991) 서울시 마포구 동교로23길 76(연남동)
전화 02-335-4422 **팩스** 02-334-3427
저자·독자 서비스 humanist@humanistbooks.com
홈페이지 www.humanistbooks.com
유튜브 youtube.com/user/humanistma **포스트** post.naver.com/hmcv
페이스북 facebook.com/hmcv2001 **인스타그램** @humanist_insta

편집책임 문성환 **편집** 윤무재 **디자인** 박진영
조판 홍영사 **용지** 화인페이퍼 **인쇄** 청아디앤피 **제본** 민성사

ⓒ 완월회맹연 번역연구모임, 2024

ISBN 979-11-7087-234-4 04810
        979-11-6080-422-5 (세트)